本书由

        大连市人民政府资助出版

The published book is sponsored

by the Dalian Municipal Government

班 柏／著

A Study on Translating Sherlock Holmes into Chinese

福尔摩斯探案小说汉译研究

四川大学出版社

项目策划：张　晶　余　芳
责任编辑：王　玮
责任校对：杜嘉楠
封面设计：阿　林
责任印制：王　炜

图书在版编目（CIP）数据

福尔摩斯探案小说汉译研究 / 班柏著 . — 成都：
四川大学出版社，2019.4
　（译学新论丛书）
　ISBN 978-7-5690-2861-4

　Ⅰ . ①福… Ⅱ . ①班… Ⅲ . ①侦探小说－文学翻译－
英国－现代 Ⅳ . ① I561.074

中国版本图书馆 CIP 数据核字 (2019) 第 073713 号

书名　福尔摩斯探案小说汉译研究
　　　Fuermosi Tan'an Xiaoshuo Hanyi Yanjiu

著　　者　班　柏
出　　版　四川大学出版社
地　　址　成都市一环路南一段 24 号（610065）
发　　行　四川大学出版社
书　　号　ISBN 978-7-5690-2861-4
印前制作　跨　克
印　　刷　四川盛图彩色印刷有限公司
成品尺寸　170 mm×240 mm
印　　张　24.75
字　　数　528 千字
版　　次　2019 年 6 月第 1 版
印　　次　2019 年 6 月第 1 次印刷
定　　价　98.00 元

　　　　　　版权所有 ◆ 侵权必究

四川大学出版社
微信公众号

雅俗文学辩证关系的新研究

——序班柏博士《福尔摩斯探案小说汉译研究》

◆曹明伦

　　笔者在近日草就的《2018岁末读书浮记》中感叹：在当今学界，"始于不知何所云，止于不知己所云"的文科论文绝非鲜见。所幸的是，班柏博士的这部论著不在此"绝非鲜见"之列。

　　这部著作由作者据其博士学位论文《福尔摩斯探案小说汉译过程中的雅俗流变》修改整理而成。作者以福尔摩斯探案小说百年汉译历史为主要研究对象，将其置于近现代以来小说雅俗观流变的大背景下进行研究，发现文学界关注的近现代以来的雅俗流变现象在文学翻译领域同样存在，福尔摩斯探案小说汉译过程中的雅俗流变同近代以来的小说雅俗观流变有明显的互动关系，认为福尔摩斯探案小说并非一般的通俗文学作品，应将其视作"雅化通俗文学"。

　　胡适在其《白话文学史》中说："一切新文学的来源都在民间。"郑振铎在其《中国俗文学史》中说："许多的正统文学的文体原都是由'俗文学'升格而来的。"陈平原在《超越"雅俗"——金庸的成功及武侠小说的出路》一文中断言："时至今日，金庸的贡献在于其以特有的方式超越了'雅俗'和'古今'。"而读萨克雷《名利场》第10章，我们也会发现，在19世纪初期，斯摩莱特的《亨佛利·克林克》同菲尔丁、伏尔泰以及小克雷比雍的作品一道，都被视为通俗文学（light literature）。由此可见，世界文学史上的雅俗流变由来已久，中国文学史上的雅俗之争更是绵延不绝。但随着《水浒传》《红楼梦》《三国演义》以及《飘》《茶花女》等曾经的俗文学作品先后进入高雅文学的殿堂，愈来愈多的研究者放弃了雅俗二元对立的文学史观，用"超越雅俗"的眼光，看到了雅俗文学中间状态作品的价值，看到了雅俗文学互相渗透并相互兼容的流变过程，看到了雅文学与俗文学的界限越来越模糊的现状。

班柏博士以近代以来雅俗对峙与融合的文学史观切入翻译研究，以福尔摩斯探案小说汉译为例，探讨翻译文学中的雅俗观流变对不同时期译本产生的影响，并以此为视角，反观福尔摩斯探案小说汉译对文学雅俗观产生的反拨效应。就理论价值和现实意义而言，这部新著有以下可称道之处：

首先，以福尔摩斯探案小说百余年翻译史论，映射侦探小说这一文类在中国近代思想史上的认识变迁，剖析了侦探小说的雅俗定位对相关译本产生的巨大影响，以点及面，由面观点，具体个案与时代文学思潮密切结合，相互观照。

其次，用是否服务特定社会的主导意识形态作为雅俗的衡量尺度，用是否以娱乐消遣和沟通大众为主要目的作为雅俗的分割标准，同时注重雅俗中间之"灰色地带"和雅俗融通的可能，这种认识论为近代以来文学史上的雅俗分期提供了可供操作的框架；作者在此基础上提出的近代以来的五种雅俗形态及其历史分期对于雅俗文学翻译规范的形成和发展具有观照意义，有助于深化两种文学翻译规范的对比研究。

第三，以福尔摩斯探案小说为个案，以意识形态和译者风格为切入点，揭示了翻译史上雅俗互动的复杂性：如晚清时期的以俗为雅、"十七年"及"文化大革命"期间的以通俗为低俗等雅俗操纵观使福尔摩斯汉译受到的限制；而在操纵弱化时期，福尔摩斯汉译又呈现出媚俗、通俗、雅俗共赏乃至雅化的形态。这些形态反映了译者复杂而矛盾的心态——是取悦俗众还是不偏不倚，是尝试沟通雅俗还是尽力贴近高雅文学。

第四，福尔摩斯探案小说的汉译在不同历史时期均促进了人们对雅俗关系的正确认识。无论是清末民初对于通俗文学的普及和新小说的促进，还是民国中后期对于通俗文学翻译媚俗风气的矫正；无论是20世纪50年代末对通俗小说翻译限制的突破，还是改革开放初期对于雅俗之争的促发，以及新时期译本雅俗多样形态的共生，都能发现福尔摩斯探案小说的汉译所起到的积极作用，这无疑会促使学界深刻反思通俗文学，尤其是优秀乃至经典通俗文学的汉译现状与不足，促进通俗文学翻译的深入研究。

尤其值得称道的是，作者深入挖掘史料，使用了大量早期译本，甚至发现了此前尚未有学者研究过的1934年福尔摩斯探案小说，该版为真正意义上的全集。附录"译本正误"匡正了前人在福尔摩斯探案小说研究中产生的若干讹误，这有可能使今后的翻译史、翻译教材、翻译研究和文学研究著作更准确地呈现福尔摩斯探案小说及其在中国的译介历程。

总而言之，《福尔摩斯探案小说汉译研究》一书以新的研究视角，用新的研究方法，有新的研究发现，具有重要的理论价值和显著的现实意义。

我对班柏博士的著作即将付梓表示衷心的祝贺。希望作者能够借专著出版之东风，在翻译研究领域继续耕耘，取得更为丰硕的成果。

　　是为序。

2019年元旦于四川大学

目　录

绪　论

福尔摩斯探案小说被推理小说拥趸誉为侦探小说中的"圣经"，足见其文学
地位与价值之高。出版数据同样显示了福尔摩斯探案小说受欢迎的程度。世界各
国相继出版《福尔摩斯探案全集》，数据统计称，"仅在中国，从20世纪80年代
至今，就有30余家出版社翻译出版，总印数超过了2000万册"[1]。

就福尔摩斯对于侦探小说创作的影响而言，阿瑟·莫里森（Arthur George
Morrison，1863—1945）的马丁·休伊特（Martin Hewitt）探案模仿了福尔摩斯探
案。R. 奥斯汀·弗里曼（Richard Austin Freeman，1862—1943）将福尔摩斯为代
表的物证推理加以延伸和发展，塑造了法医学侦探桑代克博士（Dr. Thorndike）
的形象。范·达因（S. S. Van Dine，1888—1939）的业余侦探菲洛·凡斯（Philo
Vance）有着福尔摩斯般的自负。通俗杂志《我什么都知道》的编辑有感于福尔摩
斯和假扮绅士的盗贼莱佛士（柯南·道尔[2]的妹夫欧奈斯特·洪纳刻意反道尔之道
行之）大行其道，约请莫里斯·勒布朗（Maurice Leblanc，1864—1941）创作了
集二者于一身的侠盗亚森·罗平。欧美之外，日本侦探小说中的三大名侦探之一
的神津恭介瘦瘦高高，会演奏乐器，有女人缘却讨厌女人，这样的人物形象无疑
有福尔摩斯的影子。岛田庄司笔下的御手洗洁也像福尔摩斯一样神经质，孤僻骄
傲，办案时口才绝佳，平日里却寡言少语。

福尔摩斯探案小说对高雅文学[3]也有一定的影响，艾略特（T. S. Eliot，
1888—1965）在《大教堂中的谋杀》（*Murder in the Cathedral*，1935）中刻意

1　蓝岚. 这些年，我们追过的侦探小说家[N]. 贵州都市报，2015-11-30（B15）.
2　为了尊重作者、作品原貌，本书在特殊情况下使用"柯南道尔"，其他情况下一
　　般称"柯南·道尔"。
3　本书使用的（高）雅文学（也称严肃文学、精英文学、文人文学）是同（通）俗
　　文学（也称大众文学）相对的一个概念。本书对形形色色同雅文学相似或有交叉
　　的概念，如先锋文学等，不做考量。

模仿了《马斯格雷夫典礼》一案中的古文仪典。"'Who shall have it?'/ 'He who will come.'/ 'What shall be the month?'/ 'The last from the first.'/ 'What shall we give for it?'/ 'Pretense of priestly power.'"[1] 诗剧中大主教贝克特（Archbishop Thomas Becket）同亨利国王派来的诱惑者（Tempter）之间的一问一答明显借用和仿拟了福尔摩斯小说中的仪典原文。

博尔赫斯的小说《死亡和罗盘》套用了福尔摩斯探案小说《斑点带子案》的开篇方式，连措辞都如此相近。试比较：

"Of the many problems on which Lönnrot's reckless perspicacity was exercised, none was so strange – so rigorously strange, one might say – as the periodic bloody deeds that culminated at the Villa-Tristele-Roy, amid the perpetual fragrance of the eucalyptus."[2]

"Of all these varied cases, however, I cannot recall any which presented more singular features than that which was associated with the well-known Surrey family of the Roylotts of Stoke Moran."[3]

《斑点带子案》的开篇即预告事件人物死亡，叙述即将围绕这一点展开，该叙述方式也被移植到《死亡和罗盘》的开篇中。尽管博尔赫斯插入罪犯设计的计中计，从本体论上探讨人生与世界，借此颠覆了传统侦探小说的模式，但福尔摩斯探案小说对其产生的影响不容否认。

福尔摩斯探案故事所产生的巨大影响源自作品自身的雅化价值。关于这一点，《剑桥犯罪小说指南》至少注意到道尔对于短篇侦探小说模式更新起到

1　Eliot, T. S. *The Complete Plays of T. S. Eliot* [Z]. New York: Harcourt, Brace & World, Inc., 2014: 21.

2　Borges, Jorge Luis. Death and the Compass [C]. Jorge Luis Borges. *Collected Fictions*. Trans. Andrew Hurley. Harmondsworth: Penguin, 1998: 147.

3　Doyle, Arthur Conan. *The Complete Sherlock Holmes* [Z]. New York: Doubleday/ Penguin Books, 1930: 257.

的巨大作用。该书指出："Doyle plays enough variation on the pattern to keep it constantly fresh."[1]清凉院流水在《JOKER|旧约侦探神话——清》（1997）中提及"构成推理小说的三十项要素"，其中大部分要素福尔摩斯探案小说已有涉及。在《证券经纪人的书记员》中的双胞胎诡计、《斑点带子案》中的密室、《血字的研究》中的暗号、《"格洛里亚斯科特"号三桅帆船》中的遗书、《跳舞的人》中的暗语、《狮鬃毛》中的水生物杀人、《博斯科姆比溪谷命案》中的垂死信息、《恐怖谷》中的交换尸体等细节中均可窥见道尔的变化多端及其对侦探小说模式起到的奠基作用。《剑桥犯罪小说指南》尤其强调的是福尔摩斯的性格，而非其计谋或是其智力推理造就了作品的成功。福尔摩斯那波西米亚式的生活方式和注射可卡因的反抗社会行为使其人物形象尤为鲜明。福尔摩斯对于事件的不幸常抱有同情之心，并因之放下面具，这令读者折服于他那古怪但却又本真的人性。[2]《简本犯罪小说指南》也提及："福尔摩斯性格中的那些细节被加于其身的方式（小提琴、无事可做时的抑郁、7%溶液，等等）确保了道尔笔下的这位侦探成为也许是小说中最为知名的英国人，其故事则成为全世界真正最畅销的读物之一。"[3]相比之下，尽管法医学侦探桑代克强化了福尔摩斯科学探案的一面，但却缺少福尔摩斯性格中复杂而微妙的一面。"福尔摩斯融合了多位侦探的特点——杜宾疏离的立场，勒考克的敏锐及必要时的勇敢，埃兹拉·吉宁士的科学至上主义，格赖斯和基尔斯比的城市背景及反讽式理解，还有罗伯特·奥德利的懒散；福尔摩斯对音乐的兴趣、对大量烟斗烟丝的品味，还有至少在早期存在的注射可卡因溶液之习，则新增了一抹世纪末的波西米亚风情。"[4]希金斯在解释福尔摩斯神话的根源时，不仅肯定了福尔摩斯与华生跨越时限的搭档关系，维多利亚时代的煤气灯、雾和汉森马车，而且探究了作品的两大基本要素：对科学和法医学的

1 Priestman, Martin. *The Cambridge Companion to Crime Fiction* [M]. Cambridge, New York: Cambridge University Press, 2003: 48.
2 同上。
3 Forshaw, Barry. *The Rough Guide to Crime Fiction* [M]. London: Rough Guides, 2007: 4. 译文如无特殊说明，均出自笔者。
4 Knight, Stephen. *Crime Fiction, 1800-2000: Detection, Death, Diversity* [M]. New York: Palgrave Macmillan, 2004: 55-56.

执着、对正义的渴望。[1]

福尔摩斯探案小说的文学价值已引起多部西方文学史的关注。《维多利亚小说指南》第13章专门探讨了从新门小说到侦探小说的演进历程，虽然对福尔摩斯探案小说的评价仅寥寥数行，但至少作者称其为"一笔可观的财富"（"but it took Doyle a few years to realize what a spectacular property he had invented"[2]），并肯定了道尔短篇侦探小说的独特性。《爱丁堡苏格兰文学史第2卷·启蒙 英国与帝国（1707—1918）》称："福尔摩斯探案故事持久流传下来的原因在于这些故事让我们想到他者是'文明'、也是我们每个人不可或缺的一部分，他者站在依赖常识的自我的另一面，正如福尔摩斯之于华生，或心灵中僭越的那部分之于循规蹈矩的那部分一样。"[3]《英国及爱尔兰英语文学史》则注意到福尔摩斯对于侦探小说发展所起到的巩固和催熟该文类的作用："自从侦探小说从威尔基·柯林斯发展到阿瑟·柯南·道尔，这一文类成为所有类型中最受欢迎的类型之一。"[4]

由上可见，无论是从作品销量、影响，抑或作品自身的文学价值（包括其引发的英语文学史编撰者的关注）来看，福尔摩斯探案小说都应引起文学研究者的瞩目。福尔摩斯探案作品并非仅供人们娱乐消遣的通俗文学作品，其超越时代的经典属性、独特的审美价值正是高雅文学所特有的品质。正是这种雅化品格使福尔摩斯探案作品在侦探小说作品中拔得头筹，在通俗文学中占据永恒之地，乃至在高雅文学中也有其身影。诸多版本的外国文学史收录过福尔摩斯探案小说。郑克鲁2006年修订的《外国文学史》就专门论述了福尔摩斯探案作品。

以上雅俗标准是以作品自身的文学审美价值做出的判断，而在我国，纵观福

1　Hitchens, Christopher. *Unacknowledged Legislation: Writers in the Public Sphere* [M]. New York: Verso, 2003: 273-274.

2　Brantlinger, Patrick & William B. Thesing. *A Companion to the Victorian Novel* [M]. Malden: Blackwell Publishers Ltd., 2002: 239.

3　Manning, Susan, et al. *The Edinburgh History of Scottish Literature Volume 2 Enlightenment, Britain and Empire (1707-1918)*. Edinburgh: Edinburgh University Press, 2007: 299.

4　Carter, Ronald and John McRae. *The Routledge History of Literature in English Britain and Ireland* [M]. London and New York: Routledge, 1997: 399.

尔摩斯作品汉译史，还可发现以文学作品的社会功利价值判断作品雅俗这一维度。顾燮光的《译书经眼录》（1927）对四部福尔摩斯探案小说的集中评论较具代表性。《补译华生包探案》（1906）的相关评论有社会功利和文学审美两方面的体现："本书所译凡六节，情迹离奇，令人目眩。而《礼典》一案，尤为神妙。机械变诈，今胜于古，环球交通，智慧愈开，而人愈不可测。得此书，枨触之事变纷乘，或可免卤莽灭裂之害乎？"[1]由此可见，就社会功利价值而言，启智和伦理道德是早期福尔摩斯译作乃至侦探小说翻译最为关注的两方面。就文学自身审美价值而论，早期评论多关注作品的通俗文学审美价值，缺乏对高雅文学审美价值的关注，上例中的"情迹离奇，令人目眩"即是如此，这契合中国传统小说相对重情节、轻人物与背景的传统，也是侦探小说得以流行的重要原因。对于作品雅化价值评论的缺失，部分原因在于批评者自身的语言能力不足，同时缺乏原文、译文的对比意识，只能从"译笔"这一单一向度做出评价。如对短篇《毒蛇案》的评论，"于案中情节，言之极详。译笔亦奇警可喜"[2]。对于中篇《唯一侦探谈四名案》，则称"译笔冗复，可删三之一。然写情栩栩如生，固小说之佳构也"[3]。对中篇和短篇"译笔"的两种不同态度仍有情节中心意识留下的痕迹，这仍是一般通俗小说关注的焦点之一。

　　侦探小说在清末曾同科学小说、政治小说并列，"此三者，尤为小说全体之关键也"[4]，在"文化大革命"前则被认定为"隐藏着极深的思想毒素"[5]。对于福尔摩斯探案小说的社会功利观，清末和"文化大革命"期间的两种功利评价几乎走向了两个极端。至于福尔摩斯探案小说自身文学审美的认识方面，初期论者在认识到"情节离奇"这一通俗品格之外，还注意到了作品的一些当时可称得上的雅化品格，如"华生笔记"的第一人称限制视角、"文先言杀人者之败露，下

1　顾燮光.小说经眼录[C].阿英.晚清文学丛钞 小说戏曲研究卷.北京：中华书局，1960：536.
2　同上，第534页。
3　同上，第536页。
4　定一.小说丛话[J].新小说，1905（3）：170.
5　刘堃.怎样正确地阅读《福尔摩斯探案》？[J].读书，1959（5）：29.

卷始叙其由"[1]的倒叙。当下译者的认识更为全面，视福尔摩斯探案小说为"维多利亚时代的风情长卷"[2]，提出了"译福尔摩斯的九个面向"[3]，作品中的雅化价值逐渐被发掘。

福尔摩斯探案小说汉译的研究起步相当早，但民国初期"回雅向俗"的风潮使侦探小说的社会功利价值被娱乐消遣价值取代，进而引发五四文化运动的批判，作品的文学雅化品格在相当长时期内被忽视，作品仅被视为一般的通俗文学。真正对其雅化品格有所重视仅在清末和20世纪80年代中期通俗文学再度繁荣之后，分别以其社会功利价值和文学审美价值而得到认可。于洪笙、何青剑在1984年发表的文章《一个值得重视的文学样式——从福尔摩斯谈侦探小说的发展及地位》（《国际政治学院学报》1984年第4期）表明侦探小说的地位在新时期才有所扭转。

本书从雅俗观的流变入手，分析了中外文学作品所体现的文学审美和社会功利雅俗观，又进一步在文学审美雅俗观内部提出了以文学价值高低为跨界标准，并以此标准审视小说发展中的雅俗分别；同时审视了经典侦探小说具有的特定社会功利价值，为进一步探讨侦探小说中的"圣经"——福尔摩斯探案小说的雅化品格做好理论和实践两方面的准备（第一章）。本书主体围绕福尔摩斯探案小说雅化品格的翻译展开（第二章至第六章），从晚清时期的尝试探索（第二章）直到20世纪80年代中期以来的雅俗多元格局形成（第六章），中间大致经历了媚俗（民初，第三章）、向俗（以政治功利价值为导向，20世纪三四十年代冒升、50至70年代最为典型，主要在第四章第一节讨论）、雅俗对峙（五四时期和20世纪80年代初期，第五章）三种形态。

通过对福尔摩斯探案小说这一雅俗"中间地带"作品翻译的研究，本书有如下发现：

"五四"虽然开启了雅俗对峙的格局，但"五四"本身并非雅俗之别的起

1　林纾. 序[Z]. 科南达利（柯南道尔）. 歇洛克奇案开场. 林纾，魏易，译. 上海：商务印书馆，1914b：序.
2　刘忆斯.《福尔摩斯全集》是一幅摹写英国维多利亚时代的风情长卷[N]. 晶报，2013-12-07（B02）.
3　参见：李家真. 译福尔摩斯的九个面向[N]. 晶报，2013-12-07（B05）.

点。至少在1906年以后，雅文学作品译介数量的明显上升说明译者对雅俗有了较为明晰的判断。雅与俗的意识是近代以来译者文化接触和文学积累渐进的结果。林纾在大量译介西方文学作品的过程中，对雅俗概念理解较深，他同魏易合译的《歇洛克奇案开场》（1908）对作品中的雅化文学品格已有较好的再现。

以文学审美为依据的雅俗区分与对峙在五四时期基本形成，但以社会功利价值为导向的雅俗观则可追溯至梁启超等倡导新小说理念之时。更准确地讲，至少在梁启超明确倡导新小说之前，1896年《时务报》将福尔摩斯探案小说放入"英文报译"专栏起，译者已有一定的社会功利导向的雅俗区分意识。鉴于此，本书提出了小说雅俗的社会功利和文学审美评判标准，前者常被特定时代的意识形态操控，而后者则要看是否以娱乐功能为主并与大众沟通。另外，文学价值的高低往往可以使雅俗跨越界限、彼此通约。福尔摩斯探案作品汉译验证了两种雅俗标准的可行性：就社会功利标准而论，我国晚清时期的以俗为雅、"十七年"和"文化大革命"时期的以通俗为低俗是两种典型表现；就文学审美标准而言，福尔摩斯探案小说汉译作品呈现了媚俗、通俗、雅俗共赏、雅化四种形态。

福尔摩斯探案作品汉译过程是文学审美性质的雅俗观逐渐从社会功利性质的雅俗观中独立出来的过程。伴随这种独立，作品的文学雅化品格得到人们更加深入的认识。侧重再现原文语体风格、注重挖掘原作文化内涵并进行深度翻译、再现原文的中层阶级趣味并积极修订旧译错误是福尔摩斯探案小说重译的三种雅化倾向。三种雅化意识的形成是20世纪80年代中期以来雅俗观念渐趋融合的产物，上述认识有助于当下学界重新审视雅俗中间状态的作品，并进而反思如何翻译通俗作品中的雅化品格。

与译本雅化对应的是译本媚俗问题，该问题更多受制于时代的翻译规范、译者自身的文学修养和大众的审美期待，常表现为译者为跨越文化距离而做出的适俗调试。早期福尔摩斯探案小说译作留下了西方侦探小说传统同中国公案小说、言情小说、武侠小说传统碰撞的痕迹，才子佳人式的文学审美心态和旧道德的约束使译文不时发生变形；近来福尔摩斯译作的媚俗倾向表现在抢译、乱译，以及语言市俗、情节泄露等方面。本书对这些问题的揭示进一步说明通俗文学译介既需要同读者互动，也需要理论的指引和升华。

近代以来，文学史上还有过两次雅俗对峙。第一次对峙给通俗文学译者带来的是以原文为中心的翻译模式的转变，用图里的概念来讲，是实现了从"文学文本翻译"到"文学翻译"的转变。第二次对峙在以原文为中心的基础上做到了更加忠实和准确。此外，第二次对峙还有社会功利性雅俗观干扰的成分。福尔摩斯探案小说的汉译表明，两次对峙提升了通俗文学的翻译质量，帮助通俗文学认识到俗中之雅。此种认识有助于深刻认识雅俗对峙的积极影响。

　　就社会功利的雅俗观而论，福尔摩斯译作的正面作用集中体现在晚清社会启蒙思想的传播方面。其功能虽有夸大，但译作确实使学界乃至社会来反思中国司法、侦查体系的不足，促进了民主观念的传播。

　　就文学审美而论，福尔摩斯探案小说汉译的积极作用体现在各时期对雅俗关系的正确认识方面。清末的福尔摩斯译介热潮引入了第一人称叙事、对话开场、倒叙、悬念等文学审美观，促进了新小说（包括本土侦探小说）的发展；民初媚俗译本的风行见证了福尔摩斯译作在通俗化方面的影响力；五四时期的福尔摩斯的新译带动部分译者发掘译作的俗中之雅；20世纪50年代末，福尔摩斯译作能够在雅文学翻译热潮中占据一席之地说明了俗中之雅可能达到的高度（尽管翻译实践仅做到了还原作以通俗）；改革开放之初，福尔摩斯译介为摆正雅化通俗文学在雅俗之间的位置起到了较大作用；21世纪以来福尔摩斯译作的雅化会带动学界发掘更多通俗文学作品的雅化品格。综上，福尔摩斯译作在近代以来的各个时期均为辨清雅俗关系起到了正面引导作用。

　　附带的史料研究价值在于：（1）更正并确认了7部福尔摩斯探案小说的首译信息，确认《壁上血书》为福尔摩斯探案小说的第一篇作品《血字的研究》。（2）确认新星版全集所称的8册《福尔摩斯探案大全集》（1941年世界书局出版）并非首部福尔摩斯探案全集全译本，1934年世界书局出版的《福尔摩斯探案全集（上、下）》才是真正意义上的全集。（3）纠正了有关福尔摩斯探案小说汉译史实的大量偏误（详见附录）。

第一章

雅俗流变观照下的福尔摩斯
汉译本分期

早期的西方文学作品常带有说教或宗教意味，典型代表即中世纪的教会文学。同期存在的骑士小说则在发展中融入了大量通俗成分：《堂吉诃德》以幽默、滑稽、讽刺、夸张的手法对骑士小说进行反讽，《十日谈》肯定人性的欲望，《巨人传》抨击封建教育的愚民性质和宗教禁欲主义的虚伪。在西方，以基督教为代表的理想文学传统和以骑士文学、城市市民文学为代表的感性文学传统蕴含了雅俗的对峙与融合。作为雅俗观的源流，文学作品的社会功能同政教等意识形态话题关系密切，以社会功利的眼光打量文学始终是文学作品雅俗评判的标杆之一。

中国文学具有悠久的"文以载道"传统，《关雎》被解读为"后妃之德"（《毛诗序》），此中包含明显的意识形态干预成分，此种解读使得"风诗"被封为经，成为雅文学。《孔雀东南飞》表现出同西方类似的人性解放意识，《西厢记》肯定"人之大欲"，两者都反映了通俗文学对意识形态所赋予的传统伦理道德说教的反拨。中西方文学的雅俗判断都有社会功利价值观的干预维度，这一维度是先于小说雅俗观而存在的。

近代工业革命带来的社会发展促成了小说的雅俗分裂。现代都市的形成、市民社会的兴起、识字率的提高、印刷术的改进等使得小说家不得不面对为哪些阶层的哪些人写哪些类型作品这一问题。是否以市民趣味（其主要功能为娱乐）为观照成为小说雅俗划分的基本点。尽管就文学品格来看，雅俗作品互有融通是不争的事实，但研究者还是可以大致区别开来。

第一节　小说雅俗区别及福尔摩斯探案小说的雅俗归类

近代以来，小说的雅俗区别开始凸显。司各特的历史小说开启了一种雅俗共赏的先例，作品的广受欢迎给作者带来巨大的经济利益。到19世纪中期，一大批出版商开始迎合中低阶层市民的需求，奥利芬特（Laurence Oliphant，1829—1888）称"小说家的真正读者是平民百姓——那些仅有普通理解能力和平常同情心的民众，不管他们的地位如何"[1]。福尔摩斯探案小说使柯南·道尔成为当时最受欢迎的通俗小说作家，其声望仅科幻小说家威尔斯可及。通俗作家奥利芬特、麦克唐纳（George MacDonald，1824—1905）、贝冷丁（Robert Ballantyne，1825—1894）的作品有其中层读者群（"middlebrow" readership），这些读者的存在使得大批雅俗中间地带的作品得以产生并流传。但作品所具有的雅化品质却往往在二元对立的雅俗表达中被忽略，译者发掘并表现此种雅化品格的意识尚不明确，相关翻译研究跟进不足。

中国的近代化进程晚于西方，在引入西方的雅俗判断标准时，由于此前译介的通俗小说泛滥，高雅小说的译者和作家对通俗文学采取了一种矫枉过正的批判态度，使雅俗对峙的矛盾一面在相当长时间内被放大，而其中融合互补的一面有所遮蔽。

一、西方对小说雅俗的界定及其对福尔摩斯探案小说的归类

《企鹅文学术语和文学理论词典》（1999）对"通俗小说"（popular novel）的定义是：

> 拥有广大读者的一种小说之松散称谓，略带贬抑，暗含针对中层和下层读者的作品，且文学价值不高。很多畅销书、历史小说、奇情小说、惊悚小说和冒险小说被描述为此类小说。著名的英国通俗小说

1　转引自：Manning, Susan, et al. *The Edinburgh History of Scottish Literature Volume 2 Enlightenment, Britain and Empire (1707-1918)*. Edinburgh: Edinburgh University Press, 2007: 291.

作家有Warwick Deeping, Howard Spring, R. F. Delderfield, Dornford Yates, Angela Thirkell, Daphne du Maurier和Dennis Wheatley，这样的作家还有很多。[1]

该定义给出了小说雅俗的区分标准：一在读者旨归，二在文学价值。该定义对通俗小说的评价不高，从其所列的畅销书"惊悚小说"来推断，侦探小说也应属于作者划定的"文学价值不高"范围。

《不列颠百科全书》将"通俗文学"放在"大众艺术"（popular art）词条之下，其定义为：

> 通俗文学（popular literature）包括写给大众和赢得大众青睐的作品。它同雅文学（artistic literature）的区别在于通俗文学意在娱乐。不同于高雅文学（high literature），通俗文学不追求很高程度的形式美感和玄奥（formal beauty and subtlety），也不期望持久。通俗文学同教育引发的识字普及是一同发展起来的，受到了印刷技术革新的推动。随着工业革命的发生，从前为少数受过良好教育的精英阶层之消费所生产的文学作品，为更大数量的群体，甚至人口中的大多数所接近。
>
> 雅俗文学的边界是模糊的，当下公众的喜好和后来批评者的评价会造成两个范畴时常彼此通约。当莎士比亚在世时，他很可能被看做通俗文学作家，但现在他被看做是高雅文学作家。事实上，确定一部作品为通俗文学作品的主要但并非一成不变的方法是看作品是否昙花一现，即，是否随着时间流逝而丧失其吸引力及其重要性。
>
> 通俗文学中最重要的文类是而且总是爱情小说，该文类自中世纪以来不断发展。其中最常见的类型描述两个（通常年轻的）人在受阻的恋爱中所遭受的挫折。另一种常见类型是幻想，或是科幻小说。背景发生在19世纪美国西部边疆并因此得名的西部小说也很受欢迎。最后，侦探

1　Cudden, J. A. *A Dictionary of Literary Terms and Literary Theory* [Z]. London and New York: Wiley-Blackwell, 1999: 548.

小说或是谋杀类谜题小说也是被广泛阅读的通俗文学。通俗文学已逐渐接纳连环画和卡通故事。[1]

这个定义明确给出了雅俗文学的区分标准（是否"意在娱乐"）及其边界的模糊性问题（雅俗可以"彼此通约"），划定了通俗文学的范畴（爱情小说、科幻小说、西部小说、侦探小说、连环画和卡通故事等）。"通俗文学"这一词条简明、清晰地阐释了通俗文学的相关重大话题。

从英国文学史的编纂来看，约翰·派克（John Peck）和马丁·科伊尔（Martin Coyle）合编的《英国文学简史》（*A Brief History of English Literature*，2002）第11、12章《维多利亚时代的文学》中未收录柯南·道尔及其福尔摩斯探案作品。《英国、爱尔兰和美国文学史》在介绍柯南·道尔之前，介绍了19世纪末上层、中层和下层读者的分野，萨克雷、梅瑞狄斯、哈代（在某种程度上）是为知识分子写作的雅文学作家，史蒂文森和吉卜林被划归为中间一派，其创作的儿童文学、冒险文学和侦探文学都有一种"逃避主义"（escapism）的创作初衷。该文学史对福尔摩斯评价如下："在《血字的研究》（1887）中首次出现的福尔摩斯，是英国小说中最有名的人物之一，道尔令笔下的业余侦探及其助手华生医生同苏格兰场最好的侦探对抗。福尔摩斯是一个十足的绅士，使用适量的毒品，探索19世纪80年代跑着汉森马车、到处是煤气灯和诡异街道的伦敦，一个让作品对于当代读者越来越具有吸引力的失落世界。"[2]

这部文学史充分肯定了福尔摩斯的文学价值。很明显，对通俗文学的评价去除了上面简史所带有的某种偏见。该文学史认为"侦探小说从冒险小说发展而来"[3]，从中可以推断福尔摩斯探案小说仍被视为通俗文学，但作品较高的雅化品格已得到肯定。

1　The Editors of Encyclopædia Britannica. Popular art [Z/OL]. (unknown) [2015-05-06] http://global.britannica.com/EBchecked/topic/470196/popular-art. 出自《不列颠百科全书》网络版"popular art"词条。

2　Wagner, Hans-Peter. *A History of British, Irish and American Literature* [M]. Berlin: Wissenschaftlicher Verlag, 2003: 110.

3　同上。

《爱丁堡苏格兰文学史》第31章《"半商业，半艺术"：维多利亚时代的成人和青少年小说》中提到同时期多位"半商业、半艺术"类小说家的名声多半陨落，如麦克唐纳、奥利芬特，但——

> 柯南·道尔一开始情形就有所不同；他自1890年开始广受欢迎，当时他的历史言情小说和他最受欢迎的小说福尔摩斯探案故事都没有跻身严肃文学（"serious" literature）之列。目前，以上几位作者在苏格兰和英国都未占据经典地位（canonical status）……在这一阶段，正如英奇教长（Dean Inge）在《维多利亚时代》（1992）一文中所说，好像"当文学作品一半是商品、一半是艺术时，作品才会长盛不衰（flourishes best）"[1]。

这里暗示的是福尔摩斯探案作品属于半雅半俗的作品，既然目前尚未跻身严肃文学之列，称其为通俗文学中雅化程度较高的作品也未尝不可——更何况，上文提及的《不列颠百科全书》提出的雅俗跨界标准在于作品是否"昙花一现"，福尔摩斯探案小说的持久吸引力说明作品已具有跨界的资格。

二、国内对小说的雅俗界定及对福尔摩斯探案作品的归类

《中国近现代通俗作家评传丛书·总序》为"中国近代通俗文学"所下定义如下：

> 中国近现代通俗文学是指以清末民初大都市工商经济发展为基础得以滋长繁荣的，在内容上以传统心理机制为核心的，在形式上继承中国古代小说传统为模式的文人创作或经文人加工再创造的作品；在功能上侧重趣味性、娱乐性、知识性和可读性，但也顾及"寓教于乐"的惩恶

1　转引自：Manning, Susan, et al. *The Edinburgh History of Scottish Literature Volume 2 Enlightenment, Britain and Empire (1707-1918)*. Edinburgh: Edinburgh University Press, 2007: 299-300.

劝善效应；基于符合民族欣赏习惯的优势，形成了以广大市民层为主的读者群，是一种被他们视为精神消费品的，也必然会反映他们的社会价值观的商品性文学。[1]

《20世纪中国通俗文学史》称雅俗的分界至今没有明晰的答案，也许永远没有正确答案。该书作者对雅俗文学的分界大体如下：

前者强调探求人生的真谛，后者强调休闲与趣味。这就显示了流派的分别。但一般说来，除了流派之外，雅俗之分的综合评价标准是：一、是否"与世俗沟通"，二、是否"浅显易懂"，三、是否重视"娱乐消遣"功能。有些知识精英文学也是浅显易懂的，但它陈义很高，就与世俗难以沟通。通俗就是道俗情而与俗众相通。另外，通俗文学看重趣味性，崇尚"传奇"。[2]

需要指出的是，该书在做出这种划分之前便已明确指出，"除了大雅大俗的作品，一望而知者外，总会有些'中间性'的作品"[3]。在同其他通俗文学作品比较时，孔庆东认为"侦探小说作为通俗小说中唯一的舶来品，对雅化的要求是最高的"[4]。

福尔摩斯探案小说作为侦探小说中的"圣经"，其"中间性"品格中的雅化色彩自不待言，其翻译也就自然带有向雅、向俗的问题。

《中国现代通俗小说流变》总结的通俗小说的三个主要特征为：大众化品格、世俗化表达、娱乐性功能。"'大众化品格'指的是作为现代工业文化和市民社会伴生物的通俗小说所特有的精神内涵与价值取向。""通俗小说的世俗化

---

1 范伯群.中国近现代通俗作家评传丛书·总序[Z].哀情巨子——鸳鸯派开山祖——徐枕亚.南京：南京出版社，1994：1-2.
2 范伯群，汤哲声，孔庆东.20世纪中国通俗文学史[M].北京：高等教育出版社，2006：14.
3 同上，第13页.
4 孔庆东.早期中国侦探小说简论[J].啄木鸟，2013（12）：168.

表达强调的是审美品位。通俗小说把浅显易懂、明白晓畅作为自己的美学追求，力求适应大众读者的阅读心理、欣赏能力和审美情趣，使小说与大众接受之间达到一种心理上的同构对位效应。""娱乐性功能是通俗小说必须具备的基本功能，其他功能无不由此派生或为此服务。"[1]

陈平原划定的雅俗区分条件则更为复杂：

> 在中国文学里，雅俗之分，绝不仅是文体、体裁乃至读者对象的区别，更包括艺术风格和审美趣味。同样是谈论小说语言，"话须通俗方传远"、"言不甚深，音不甚俗"，这自然是限于文体特征；"字真不俗"、"村俗不可言"，这里的"俗"却已经不是指明白晓畅通俗易懂，而是指艺术风格的粗鄙和审美情趣的低下。[2]

事实上，"通俗"和"鄙俗"既可指个体的审美趣味，也可指群体的导向，具有一定的社会功利性质。"通俗"与"鄙俗"的区别在于，"前者指可见的外在的形式特征（如写作章回小说、采用白话），后者则指作品体现出来的品格、趣味（不论文白，也不论章回小说还是正统的诗文）"[3]，国内论者大多未能明确在雅俗的社会功利导向这一维度上加以区分、单加考量。

国内学界对福尔摩斯探案小说的雅俗归类比较一致。郑振铎在评价林纾的翻译时，称林纾翻译的作品仅有六七十种是著名的，"其中尚杂有哈葛德及柯南道尔二人的第二等的小说二十七种"[4]，从其对柯南·道尔较低的评价来看，福尔摩斯探案小说很可能是被排除在雅文学之外的。《20世纪中国翻译史》称福尔摩斯探案作品"缺乏严肃性和深刻性"[5]，也将其放入通俗文学作品之列。福尔摩斯探案小说的译者俞步凡说："广大民众对福尔摩斯这个文学形象的评价是最权威的评价，他这个所谓的'通俗读物'的形象，其典型意义决不在鲁滨孙或堂吉诃德

1　张华.中国现代通俗小说流变[M].济南：山东文艺出版社，2000：6-8.
2　陈平原.陈平原小说史论集[M].石家庄：河北人民出版社，1997：687-688.
3　同上，第688页。
4　郑振铎.林琴南先生[J].小说月报，1924（11）：9.
5　方华文.20世纪中国翻译史[M].西安：西北大学出版社，2005：68.

等等之下。"[1]

三、小说雅俗的评判标准

上述中外文献对小说雅俗划分标准的研究大多集中在文学作品自身的品格上，可称其为文学本真标准。一方面，雅俗可以从自身的文学功能和文学价值来判断，以消遣娱乐为主要目的并与俗众沟通是俗区别于雅的一般标准。正如有专家指出，"决定纯、俗的关键还在于内容，通俗文学的职能是以'娱心悦目'为己任而能与'俗众沟通'者"[2]。另一方面，还存在一个跨界标准，即《企鹅文学术语和文学理论词典》（1999）中所说的文学价值的高低。通俗文学作品中价值较高者可以跃升为高雅文学，像"《金瓶梅》、《红楼梦》在文体类型上都是白话和章回体，在当时显然属于通俗小说，但在审美品位上却大大高于同时代的文言小说，在当代早已成为高雅小说了"[3]。而高雅文学中价值较低者也可跌落至通俗文学（唐代的传奇小说最初就是士大夫的高级消遣文学，后来逐渐发展为通俗小说），这是雅俗的跨界标准。

雅俗中间地带作品的存在愈发让研究者认识到雅俗的概念是相对的，高雅作品中很可能有通俗的成分，通俗文学作品也很可能有高雅的成分，两者可以互相学习借鉴。从我国近现代以来的文学发展史来看，雅俗的确是互通互动、相互影响的。莫言多年前就曾说："几年来，我一直在思考所谓的'严肃'小说向武侠小说学习的问题，如何吸取武侠迷人的因素，从而使读者把书读完，这恐怕是当代小说唯一的一条出路。"[4]20世纪30年代初，张恨水在雅俗融通方面就曾做出可贵的尝试，他的《啼笑因缘》将社会压迫和人的命运主题引入通俗文学创作，使得俗文学向雅文学靠拢，带动武侠、社会、侦探小说也逐步将人的命运和思想情绪写进来。

1 俞步凡. 柯南道尔的福尔摩斯——实证主义科学与法、情、理的文学典型形象[EB/OL].（2012-12-19）[2015-01-02] http://blog.sina.com.cn/s/blog_66d1f1660101rih8.html.
2 范伯群. 中国近现代通俗文学史[M]. 北京：北京大学出版社，2007：29.
3 张华. 中国现代通俗小说流变[M]. 济南：山东文艺出版社，2000：3-4.
4 莫言. 谁是复仇者？——《铸剑》解释[J]. 中国现代文学研究，1991（3）：110.

福尔摩斯探案小说属于雅化程度较高的通俗文学作品，在译介过程中这些雅化品格值得，也得到了一定发掘。比如译介早期，倒叙方式、第一人称限制叙事和对话开场等就对本土创作产生了极大的影响，近期则有译本视福尔摩斯探案小说为"维多利亚时代的风情长卷"[1]，对书中名物、篇章名之蕴含、用词语气等方面下尽功夫，"尽一己之所知所能、如实反映作品原貌及时代特征"[2]。

以上雅俗之分偏重文学自身的审美品格，其发端与形成在五四时期；此前梁启超等人推崇的借文学开启民智的，以新小说为雅、以域外小说为雅的文学雅俗观是一种以社会功利价值（包括政治功利价值）为导向的雅俗观，本质上属于操纵文学本真标准的意识形态标准。"十七年"及"文化大革命"时期的小说雅俗观强调文学服务于政治，尽管其贴近大众的审美诉求从方向上同晚清借文学开启民智的导向相反，但两者在雅俗观上的社会功利性都表现突出。究其发端——

> ……梁启超等人关注文学，热心于文学变革，并非作为文学家现代审美意识的自觉。……他们竭力强调文学的认识价值、教化功能，强调文学的意识形态普泛性，淡化文学意识形态的特殊性，淡化文学的审美价值，促使怂恿文学向政治靠拢，消弭文学与政治的距离，……其结果必然是文学观念与文学精神的相背离：越是夸大文学的作用，便越是加强了文学单纯服务于政治目的的工具性，而越是加强这种工具性，文学便越是丧失掉自己的独特品格，从而也便丧失掉自己独立生存发展的自由空间。[3]

这种功利的文学雅俗观有其历史渊源，"以诗文为教化手段的文学功用观成

1　刘忆斯.《福尔摩斯全集》是一幅摹写英国维多利亚时代的风情长卷[N]. 晶报，2013-12-07.（B02）.

2　李家真. 译后记[Z] // 柯南·道尔. 福尔摩斯谢幕演出. 李家真，译注. 北京：中华书局，2012：335.

3　高文平. 二十世纪中国文学政治功利观念发生论[J]. 中国现代文学研究丛刊，1994（1）：78-79.

为古代最重要的文学观念"[1]。来自雅文学传统"言志""载道"的压力迫使白话小说不得不承担起部分"载道"功能，受制于接受群体的知识文化水平，这种"载道"在小说创作中常被扭曲为"教化"和"劝善"。放大和压缩通俗小说的认识价值和教化功能导致晚清和"文化大革命"期间雅俗的评判标准从自身审美品格中偏移出来，出现认识本位偏差。

社会功利导向的雅俗标准对作品能否翻译、以怎样的姿态被翻译这两方面施加影响：通俗文学的娱乐消遣本质不一定同主流的文学社会功利观一致或被认可，这时意识形态会进行干预，比如提升或者贬低通俗文学的功能。如清末存在两种意义的"雅"：以小说这一文类为雅，以域外小说为雅。前者意在把小说提升到文学中心的地位上来，是小说被赋予开启民智的文学功能的结果。[2]后者存在于小说文类内部，以域外小说为雅，所以引进了侦探小说、政治小说和科幻小说。这两种"雅"都是意识形态干预造成的。以当下文学性的眼光看，这两种"雅"都存在一定程度的误读，如后者中，仅政治小说属于"雅"的范畴。最为严重的误读是在"文化大革命"期间，侦探小说被视为"海淫海盗"之物，被贴上低俗甚至恶俗的标签。

在文学审美和社会功利两种雅俗评判标准中，前者为一般意义上的雅俗衡量，后者是标出意义上的雅俗衡量。社会功利价值在侦探小说、科幻小说等通俗文学中存在，但一旦被放大或压缩，则会构成对雅俗一般状态的扭曲，甚至操控。

1　张岱年，等.中国文化概论[M].北京：北京师范大学出版社，1994：230.

2　几道、别士在《国闻报》所刊《本馆附印说部缘起》（1897）中大谈"夫说部之兴，其入人之深，行世之远，几几出于经史上，而天下之人心风俗，遂不免为说部之所持"，用例也还包括《水浒传》《三国演义》《西厢记》的"精微之旨"，到《译印政治小说序》（1898）刊出之时，态度已经急转直下："中土小说，虽列之于九流，然自虞初以来，佳制盖鲜，述英雄则规画《水浒》，道男女则步武《红楼》，综其大较，不出海盗海淫两端。"这里梁启超的眼光已投向新小说，到《论小说与群治之关系》（1902）发表之时，其新民"不可不先新一国之小说"的说法开启了"小说界革命"，仍在指斥旧小说"陷溺人群"。从以上论述可见，梁启超将小说提升到文学中心的位置，此处文学主要指新小说。以上引文分别参见：陈平原，夏晓虹.二十世纪中国小说理论资料：第1卷（1897—1916）[M].北京：北京大学出版社，1989：12，12，21，33，36，37.

我国近现代文学的雅俗发展大致经历了五种形态：雅俗摸索（清末）、媚俗（民初）、雅俗对峙（五四时期及改革开放初期）、政治性向"俗"（系社会功利性质，在20世纪30年代前后"文艺大众化运动"中显露，在40年代文学俗化运动中强化，50至70年代占据主流）和雅俗融合（20世纪三四十年代在俗化思潮兴起的同时萌发，80年代中期以来愈发明显）。

与此相应，福尔摩斯的译介也大致经历了雅俗摸索、媚俗（以偏重文学审美的标准而论，两者均发生在雅俗观萌发时期）、雅俗对峙、政治性向"俗"和雅俗融合五种形态。可以说，译本自身的雅俗形态反映了主流雅俗观的流变，为适应主流雅俗观，译本做了相应的调整。本书将讨论福尔摩斯探案小说译本的策略调整，重点分析作品中的雅、俗品格是怎样翻译的。从社会功利性质的雅俗观出发，本书还分析了伦理道德、政治、意识形态等社会功利因素对福尔摩斯探案小说雅、俗品格的强行提升或贬低。

第二节　雅俗通约视角下的福尔摩斯探案小说雅化品格

所谓的"先锋—大众""特异—程式""探索—娱乐""精神追求—商品追求"等雅俗区分特征分析都无法忽略这样的事实："高雅小说也是一种商品，也不可能没有一点娱乐色彩，反之通俗小说也有其艺术探索，也有其精神价值——一切都只能是相对而言。"[1]

正因如此，"理想的小说界布局，应该是由'高雅小说'、'高级通俗小说'和'通俗小说'三部分构成。"[2]现实中的确存在大量介于雅俗之间的"高级通俗小说"，它们都是雅化程度较高的通俗小说。本书将论证，福尔摩斯探案小说就具有这样的品格。

一、小说发展过程中的雅俗通约常态

大多数人所能想到的最早的英国小说《鲁滨逊漂流记》（1719）本身反映了

1　陈平原. 小说史：理论与实践[M]. 北京：北京大学出版社，1993：276.
2　同上。

世界通商的情形和中产阶级（middle-class）的生活。18世纪初出现的这部小说折射了当时新兴商业社会的形成过程。"大体而言，这部英国小说讲述工作谋生的中产阶级之体验。"[1]为此，初始阶段的英国小说都不乏有所夸大的世俗和现实主义色彩。笛福致力书写新兴商业经济，成为市场体制的桂冠诗人，但其对市场经济的纷乱、矛盾与局限的书写又不能不说是对适俗写作的突破，这种中产阶级写作的开端明显具有雅俗融通的倾向。

在法国，到了18世纪，文学不再同学问画等号，内容也不仅局限于想象写作，而且拓展至神学、历史、哲学、科学诸领域。"约至1840年以后，文学成为大众消费的一种产品，为此生出一种娱乐的功用。至1870年，针对没有文化读者的通俗文学与针对受过教育的精英阶层的高雅艺术之间的裂缝开始出现，此后大众作品与较难的作品间的鸿沟益发加大。"[2]19世纪初，各大报刊为满足市民群体阅读需求而进行小说连载，促使大仲马等大批作家投入其中，促生了小说发展的黄金期。大仲马的通俗小说《基度山恩仇记》采用报刊连载的形式，注重情节曲折真实，内容光怪陆离，人物性格鲜明；另外，其所做的避免枝节溢出的戏剧化努力也完全适应大众的胃口。从其在中国的经典化地位来看，其雅俗共赏的品格得到了认可。从其接受司各特的影响来看，也可看出其雅俗融通的尝试，"作为司各特的热情赞赏者，他把传奇性的历史变为生动的别致的现实，为广大读者所接受"[3]。

在德国，自1825年后，各出版社组织起来加入德国出版商市场协会。"个体出版商的资本财富进而能够为更多作家提供经济上的进一步保障，使其最终从事职业写作。"[4]定制的消遣文学从中受益。小说在18世纪德国仍无地位，至20世

1　Peck, John & Martin Coyle. *A Brief History of English Literature* [M]. Basingstoke & New York: Palgrave Macmillan, 2002:133.

2　Coward, David. *A History of French Literature From* Chanson de geste *to Cinema* [M]. Malden, Oxford & Carlton: Blackwell Publishing Ltd., 2002: xxiii.

3　卡斯泰，等. 法国文学史[M]. 巴黎：阿金特出版社，1981：665. 译文出自：郑克鲁. 外国文学史：上册[M]. 2版. 北京：高等教育出版社，2006：201.

4　Beutin, Wolfgang, et al. *A History of German Literature From the Beginnings to the Present Day*[M]. 4th ed. trans. Calre Krojzl. London and New York: Routledge, 1993: 226.

纪初才获得同诗歌、戏剧平等的地位。德国文学中的娱乐成分更多体现为智性愉悦。"茨威格的作品以心灵刺激、以扣人心弦制胜，《朗读者》没有滑稽和幽默，但它有别的魅力，如悬念，如暴力和色情刺激；鲁格的小说中什么都有，包括滑稽描写，所以《光芒渐逝的年代》成为了畅销书。"[1]

在英国，19世纪末，作家纷纷意识到读者群的分化，开始针对不同读者层写作。"和那些有极大创新的作家相比，赫伯特·乔治·威尔斯的作品使用了对读者不那么具有挑战性的方式来表达其富有争议、未来主义的思想，这表明通俗文学（popular writing）和高雅文学（intellectual literature）的分歧日益拉大。"[2]

以上是作家自觉进行雅俗通约的尝试。雅俗概念的流变使文学作品的雅俗归类随之发生变化。"纵观中国古代文学史，相对于诗文的雅及核心位置，小说只能占据俗及'小道'位置。"[3]而随着古代小说的发展，其内部也发生了裂变，所谓通俗小说就是白话小说、章回体小说，士大夫创作的文言小说则属于雅文学。文言小说的源头为《史记》以来的列传体，而白话小说的源头来自说书体。到了晚清，白话就不一定通俗了。如梁启超的《新中国未来记》属于典型的政治小说、雅文学，而文言小说《玉梨魂》却是红极一时的通俗小说。

雅俗自身也在裂变。古代诗文占据雅文学的中心，但"诗以言志，文以载道"显然是两种文学传统。梁启超提升小说"载道"功能对于促使小说走向雅文学的中心极为有利。强化社会功利价值既能提升小说地位，又能使小说与作者自身的处境密切关联。周瘦鹃创作的三部短篇小说《亡国奴日记》（1915）、《卖国奴日记》（1918）、《亡国奴家里的燕子》（1923）均系社会功利色彩浓厚之作。张恨水也在20世纪30年代创作了大量的"国难小说"，如《九月十八》《弯弓集》。随着时代的变迁，社会功利价值导向时常发生变化，但无论是从《亡国奴日记》行销数万册，还是《新中国未来记》对当时文坛的影响，抑或是世界反

1　黄燎宇.德国文学传教士黄燎宇教授谈如何欣赏德国文学：下[EB/OL].（2015-03-09）[2015-10-31].http://www.biz-beijing.org/news.php?year=2015&id=402.

2　Carter, Ronald & John McRae. *The Routledge History of Literature in English Britain and Ireland* [M]. London and New York: Routledge, 1997: 400.

3　司新丽.论中国古代小说到现代小说之不同雅俗格局[J].东岳论丛，2013（10）：78.

法西斯文学对张恨水国难小说的发掘中，都可看到社会功利性雅俗观同文学审美性雅俗观的互动。

在同一文学雅俗观观照下，作品价值的高低各不相同，也造成雅俗彼此通约。我国的四大名著在产生之初都属于通俗文学，这些白话小说从宋代话本演化而来，但其艺术成就高，超俗入雅。这同笔者提出的雅俗跨界标准相吻合。赵树理提炼晋东南群众口语，吸收民间文艺"讲故事"的手法，嵌套叙事，注重情节的起伏多变，通俗浅显却极富表现力，呈现出一种"本色美"。这种艺术价值的升华，使得赵树理的小说被划入高雅小说之类。"金庸的小说，当然应属通俗小说中的武侠类型，但就精神内涵、艺术水准和美学品味而论，完全可归入高雅小说之列。"[1]

小说的他国化也给雅俗通约创造了便利的条件。通俗小说《茶花女》译介至中国的初期，让国人认识了第一人称叙事、日记体显身叙事者全知叙述的手法，并且打破了传统言情小说的大团圆结局。以此管窥，晚清新小说的变革确立了"以新为雅"的基调并非没有理据。《飘》所涉及的南北战争和南方社会变革，"已使老百姓感到有诸多隔膜，只有知识分子才理解其中的'玄奥'，于是被视为一种高雅小说了"[2]。从傅东华首译本将人名和地名进行中国化的改造、改变，添加中国文学意象，规避基督教文化词汇的操作等实践来看，译本的适俗色彩的确非常明显。

作品的雅俗评价在不同历史时期可能会有所不同。到了近代，"小说之高雅或通俗，关键不在于是文言还是俗话"[3]。四六骈俪的《玉梨魂》被划入通俗小说同其哀情体裁有密切的关联，但近年来的评论不乏对其雅化品格的关注。"《玉梨魂》的'有情人难成眷属'的'终天之恨'，成为五四小说所宣示的礼教吃人的精神源头。"[4]这部开鸳鸯蝴蝶派小说先河的作品，近来还有评论称其是"对封

1　张华.中国现代通俗小说流变[M].济南：山东文艺出版社，2000：4.
2　范伯群，等.20世纪中国通俗文学史[M].北京：高等教育出版社，2006：13.
3　范伯群.中国近现代通俗文学史[M].北京：北京大学出版社，2007：29.
4　李宗刚.《玉梨魂》：爱情悲剧和人生哲理的诗化表现[J].文艺争鸣，2010（11）：73.

建礼教的质疑"[1]，同时，以其"深度的人生哲理、浓郁的人文情怀和源远流长的诗化品格，给中国现代文学以深刻的熏染"[2]。

《名利场》中，利蓓加给孩子们读的全是"轻松的读物"[3]（"works of light literature"[4]）："她和露丝小姐一起读了许多有趣的英文书法文书，作家包括渊博的斯摩莱特博士，聪明机巧的菲尔丁先生，风格典雅、布局突兀的小克雷比勇先生（他是咱们不朽的诗人格蕾一再推崇的），还有无所不通的伏尔泰先生。"[5]当克劳莱先生以为孩子在读斯摩莱特的四卷本英国史时，其实家庭教师跟露丝小姐读的是其恶汉小说《汉弗莱·克林克》，凡奥兰小姐读的法国戏剧差点引发克劳莱先生的嗔怪，机智聪明的利蓓加以学习成语之名巧妙应对。虽然无法确知凡奥兰所读的法国戏剧究竟为何，但至少伏尔泰的戏剧是包含反对教会特权和封建专制思想的，这对经常讲道的克劳莱而言，其有嗔怪之情是可以想见的。伏尔泰的戏剧《俄狄浦斯》《凯撒之死》《中国孤儿》成为雅文学，菲尔丁的《汤姆·琼斯》等作品也进入英国文学史，雅俗的流变可见一斑。

雅俗文学作者自身进行的多种融合尝试也值得一提。20世纪30年代初期三次文艺大众化讨论给雅文学界带来新的气象。鲁迅在第一次讨论中提出"应该多有大众设想的作家，竭力来作浅显易解的作品，使大家能懂，爱看"[6]。在第二次讨论中，鲁迅不但于文章中借用了民间歌谣，还创作了《好东西歌》等歌谣体诗。在第三次讨论中，他更是以大众语为关注焦点，反对文言复兴和"新生活运动"，探讨了文字改革，包括汉字拉丁化的问题。茅盾、老舍、巴金的长篇小说均重视人物、情节因素，先锋姿态已然放低。在三四十年代，张恨水的《啼笑因缘》《八十一梦》等注重章回小说同西洋技法的结合，并在作品中灌输现代意

1　范伯群. 中国近现代通俗作家评传丛书·总序[Z] // 哀情巨子——鸳鸯派开山祖——徐枕亚. 南京：南京出版社，1994：269.

2　李宗刚.《玉梨魂》：爱情悲剧和人生哲理的诗化表现[J]. 文艺争鸣，2010（11）：73.

3　萨克雷. 名利场[M]. 杨必，译，北京：人民文学出版社，1957：105.

4　Thackeray, William Makepeace. *Vanity Fair* [M]. New York: Barnes & Noble Classics, 2003: 140.

5　萨克雷. 名利场[M]. 杨必，译，北京：人民文学出版社，1957：106.

6　鲁迅. 文艺的大众化[J]. 大众文艺，1930（3）：11.

识。顾明道以新文艺笔法创作的《荒江女侠》（1928）、还珠楼主玄想超妙的《蜀山剑侠传》、孙了红借鉴反侦探亚森·罗平创作的鲁平探案系列小说都能反映通俗小说所做的雅化尝试。创作《塔里的女人》、六卷本《无名书》的无名氏（卜宝南）被归入"新鸳鸯蝴蝶派"，徐訏的《风萧萧》《一家》思索永恒真善美与现实相悖的哲学命题，苏青的《结婚十年》则以女性的细腻泼辣叙述平实自然的生活。她们的作品既有"文学之为文学"的雅化追求，又不时套用了"爱情加间谍"等通俗文学的情节架构，在雅俗融通方面颇有特色。

改革开放以来，学术界对金庸的武侠小说、琼瑶的言情小说、高阳的历史小说等引发的通俗小说热潮做了热烈的讨论。这些通俗文学的经典地位业已树立，与此同时，在相关作品的认定上也出现了将其列入雅文学的呼声。红学家冯其庸在20世纪80年代中期就认可金庸小说研究的学术价值，赞同"金学"的发展。与此同时，雅文学也有同俗文学合流的趋势。王朔作品的调侃和反讽充满了后现代意味，"痞子"的描写更是在大众与知识分子阶层引起了热烈反响。80年代末90年代初期的"新写实小说"或讲述艰难而尴尬的人生，或描写转型期的社会奇观，抑或阐述女性的私人体验，作品在自觉与不自觉地与世俗沟通。"它几乎是40年代都市作家如张爱玲、苏青、徐訏、无名氏等人作品的地道承续，基本上沿用俗中见雅的模式。"[1]

二、经典侦探小说的雅化品格

早在20世纪20年代末，程小青就意识到侦探小说在雅俗文学对峙中的尴尬境地，自觉以理论意识武装自我，为优秀侦探小说的雅化品格辩护。在《谈侦探小说》一文中，他意识到新文学家和新小说作家，"明明把侦探小说屏除在文学的疆域以外，绝对不承认的"[2]。对其根源，程小青也有清醒的认识，"凡西方文学家已经承认是白的，我们敝国的文学巨子，自然不敢说黑；凡系他们所'非'的，当然也不敢说'是'。这种亦步亦趋恪遵前辈典型的态度，……却牺牲了文

1　吴秀亮.中国现代小说雅俗新论[M].北京：人民出版社，2010：204.
2　程小青.谈侦探小说：上[J].红玫瑰，1929a（11）：1.

学家所应有的独立的主观，和超然的鉴别力。"[1]为此，侦探小说作者、译者、评论者时常把侦探小说的社会功利效用大加强调，以期在雅俗对峙格局中赢得一席之地。程小青强调侦探小说具有三大功利价值：启智——"侦探小说的质料，侧重于科学化的；可以扩展人们的理智，培养人们的观察，又可增进人们的社会经验"；培育好奇心——"侦探小说的情节，总包含一个重大的疑问，利用着'什么'，'为什么'，'怎么样'，等等的疑问，以引动人们的好奇本能，而使他发展扩大"；利于司法破案——"我们的司法情形，就大体说来，委实也太可怜了！……侦探小说在现代的吾国，可以有相当的收获，并且有普遍提倡的必要"[2]。

至于文学审美品格，程小青同样有明确的认识。他指出文学批评家韩德（James Henry Leigh Hunt，1784—1859）提出的文学三要素——想象、情感、风格——侦探小说都具备。

> 必须利用了敏锐的想像力，才能演绎成功一篇又离奇又曲折，而又在人们情理之中的情节。……写惊骇的境界，怀疑的情势，和恐怖愤怒等的心理，却也足以左右读者的情绪，……至于结构的技巧，例如布局的致密，脉线的关合，和口语的紧凑等等，都须比较其他小说格外注意。[3]

经典侦探小说追求现实感，注重同读者互动。探案故事中的叙述接受者和人物的关系很近，但却离叙述者很远，这样，谜题就可以到最后一刻才揭晓。但读者深知，侦探小说的犯罪主题意在表明"问题可以得到'矫正'（set right），同作恶者对抗来伸张正义就可以做到这一点"[4]。读者互动意识是侦探小说在大众

1　程小青. 谈侦探小说：上[J]. 红玫瑰，1929a（11）：2.

2　程小青. 谈侦探小说：下[J]. 红玫瑰，1929b（12）：2-4.

3　程小青. 谈侦探小说：上[J]. 红玫瑰，1929a（11）：3.

4　Paul, Robert S. *Whatever Happened to Sherlock Holmes: Detective Fiction, Popular Theology, and Society* [M]. Carbondale and Edwardsville: Southern Illinois University Press, 1991: 9.

通俗文学中脱颖而出，又能够吸引相当数量精英读者的关键所在。"伍德罗·威尔逊'发现'了J. S. 弗莱切的作品"；英国小说家毛姆说："没有任何侦探小说像柯南·道尔的作品那样流行，歇洛克·福尔摩斯这个人物的创造使我相信其他任何侦探作品都不配拥有这样的追捧。"[1]王安忆读福尔摩斯，称其"非常有趣味"[2]，还撰有《华丽家族：阿加莎·克里斯蒂的世界》。

侦探小说被称作一种类型小说（genre fiction，即通俗小说，popular fiction），但其文类的内部演变表明侦探小说有不断创新的诉求。第二次世界大战后日本推理小说在译介和改写欧美侦探小说的基础上取得了较大发展，从本格、变格、社会派再到新本格一路走来，诞生了江户川乱步、横沟正史、梦野久作、松本清张、岛田庄司等一大批名家，同时出现了《恶魔》《本阵杀人事件》《脑髓地狱》《点与线》《占星术杀人魔法》等一批名作。

单就欧美侦探小说而言，在经典解谜推理之后便有反侦探的侠盗、硬汉派、警察程序小说、间谍小说，苏联和我国还出版过大量反特小说。在欧美小说的黄金时代，除了艾勒里·奎因、阿加莎·克里斯蒂、约翰·迪克森·卡尔三大名家，塑造了法医学侦探桑代克的弗里曼（R. Austin Freeman，1862—1943）也是具有代表性的作家之一。他尝试在故事前半部分就描述行凶过程及凶手心理，其新颖的"反叙述"手段蕴含其求雅求新的特别用意；范·达因（S. S. Van Dine，1888—1939）的菲洛·凡斯探案侧重心理分析、动机分析，可谓在福尔摩斯探案重视"凶手是谁"（whodunit）、桑代克重视犯罪手法（howdunit）的基础上又进了一步，着力点落在揭开作案动机（whydunit）上。雷克斯·斯托特（Rex Stout，1886—1975）成功地将安乐椅侦探引入长篇，塑造了尼禄·沃尔夫的形象。克雷顿·劳森（Clayton Rawson，1906—1971）的魔术师侦探梅里尼则以破解不可能犯罪见长。塞耶斯（Dorothy Leigh Sayers，1893—1957）塑造了彼得·温西勋爵同哈略特·凡这位女性小说家侦探，并描述了两者的对抗过程。

流派纷呈的现象表明侦探小说创作群体自身具有明确的雅化意识和突破意

1　qtd. in Morley, Christopher. *The Standard Doyle Company: Christopher Morley on Sherlock Holmes* [M]. New York: Fordham University Press, 1990: 209.
2　王安忆，张新颖. 王安忆谈话录[M]. 桂林：广西师范大学出版社，2008：27.

识，除了人物塑造、侦探手段的推陈出新，还在情节方面力求新颖多变，其突出表现为预设核心诡计。鲇川哲也的《黑色皮箱》（1955）成功运用了时刻表诡计；西京村太郎的《七个证人》结合了孤岛模式和法庭推理，《双曲线的杀人案》结合了暴风雪山庄和双胞胎诡计。岛田庄司的宏大诡计可以令列车在行进中消失，令尸体行走于车厢，令居民变成兽头人身的怪物。在岛田庄司的小说中至少可见新本格派在使谜题具有幻想性、神秘性和超出常理的奇异色彩方面做出的努力；另一位叙述性诡计大师折原一则常利用读者的先入之见在尾声制造出其不意的效果。

从理论创新来看，后来的侦探小说作家和评论者往往能够总结前人的创作经验，而这些经验又为创作者巧妙构思、推陈出新奠定基础。诺克斯"十诫"（1928）及范·达因《侦探小说写作二十条》（1928）为古典解谜推理设定的规则都旨在确保作者和读者进行公平智力竞赛。约翰·狄克森·卡尔在其作品《三口棺材》的第17章借侦探基甸·菲尔博士之口总结了百年侦探小说创作中的经典密室谜题；二阶堂黎人在其《恶灵之馆》（1994）中借二阶堂兰子之言对密室做了进一步阐发。我孙子武丸则在其《8的杀人》中构思新的密室——"视线的密室"；有栖川有栖在《魔术镜子》中剖析了七种不在场证明（alibi）；清凉院流水在《JOKER旧约侦探神话》中论及本格推理的30种情节要素；东野圭吾的《名侦探的守则》（1997）更是以解构童谣杀人、死亡密码等诡计来反省本格推理的窘境。

侦探小说除了从同类作品的历史经验中汲取力量，也广泛接纳来自雅文学的影响，社会派推理小说家松本清张对底层劳动人民生活的真实描写得益于陀思妥耶夫斯基和高尔基的滋养。侦探小说作品的文学雅化品格达到相当高的高度，脱俗入雅的例子也是常见的。以爱伦·坡为例，他的推理小说（tales of ratiocination）历来属于高雅文学。究其原因，爱伦·坡的文学理论与实践深深影响了他本人和后继侦探小说家的创作。兼做雅俗作品的坡提出，小说创作应效仿解数学题的精确、执着和一丝不苟。德国理想主义的审美观在坡身上得到了传承，完全视艺术为作家自发冲动驱使的智力活动，其创作是纯粹的"为艺术而艺术"。

博尔赫斯创作的《小径分岔的花园》借侦探小说的形式表达对时间和空间的

深刻思考，将哲学问题，如时间循环论、相对论、多元化的问题作为文学素材。《死亡与罗盘》中作者运用芝诺悖论，探索了"迷宫"命题的本质与哲学思辨内涵。博尔赫斯深邃的文学思想使其侦探小说创作具有玄学色彩，自然超越了通俗文学的境界。

土耳其作家奥尔罕·帕穆克所著的长篇小说《我的名字叫红》开篇第一句即"如今我是一具尸体，一具躺在井底的尸体"[1]，给人带来通俗小说的诡异，但小说穿插伊斯坦布尔的历史、宗教、文学、绘画艺术，杂以伊斯兰爱情故事和凶手、侦破者、被害者的交替叙述，使得作品不仅雅俗兼具，而且跨越了雅俗的分隔。

三、福尔摩斯探案小说的雅化品格

"道尔迫于生计在南海这个狄更斯和吉普林度过童年的地方当一名全科医生，他发现自己有一种胡乱涂写几笔的冲动，并且想成为司各特那样的历史小说家。"[2]为成为雅俗共赏的历史小说家，道尔创作了《白衣纵队》（1891）、杰拉德准将系列、《奈杰尔爵士》（1905—1906）等9部历史小说，且在福尔摩斯系列中表达了未能在严肃文学领域有所作为的缺憾。"就算福尔摩斯从来不曾来到世间，我也不会有更多的成就。话又说回来，兴许他终归还是有点儿碍事，会掩盖我那些更加严肃的文学作品。"[3]

尽管道尔在《福尔摩斯旧案钞·前言》中表达了对雅文学的某种遗憾之情，但其福尔摩斯探案小说不乏雅化品格。福尔摩斯探案小说的最大雅化特色表现为科学侦查、理性推断。这使得原本悬念丛生、曲折离奇的侦破情节更多了一层智性思考，犯罪本身掩盖的复杂社会问题也发人深省。从这一点来看，靠人的智慧和科学手段探案要比公案小说人神兼判更具现代性，可谓一大进步。（《百家公

1　帕慕克，奥尔罕. 我的名字叫红[Z]. 沈志兴，译. 上海：上海人民出版社，2012：1.

2　Hitchens, Christopher. *Unacknowledged Legislation: Writers in the Public Sphere* [M]. New York: Verso, 2003: 273.

3　道尔，柯南. 福尔摩斯探案全集[Z]. 李家真，译注. 北京：中华书局：2012g: 3.（七册分别以a-g标识，下同）

案》中非现实怪异故事和神仙法力断案共计54则，占54%，另一部同样描写包公断案的《龙图公案》也有34则借助于鬼神。）从翻译目的来看，这也是"为何译"福尔摩斯探案小说的因素之一。

福尔摩斯和华生代表了司法和医学的合作，尽管这种模式在柯林斯的《月亮宝石》中已经建立起来，但福尔摩斯和华生将其发展到"精密的科学"的高度。福尔摩斯对烟灰、指纹、头发、笔迹、车胎痕迹、子弹轨迹、有毒物、血迹的分析以及人物着装和心理活动的分析对司法医学的普及起到了极大的推广作用，这也是福尔摩斯探案小说在清末广泛译介的一个深层次原因。

福尔摩斯探案小说的另一雅化特色表现在作者以高超的写作手法满足了读者的猎奇心理。"侦探小说和谜题小说的大受欢迎反映了读者对于不正常心理的一种兴趣，和一种解决方案被实际提出的满足感——在真实的生活中和更加严肃的小说里，这种满足感已越来越不可能。"[1]福尔摩斯探案满足读者猎奇心理的手法是高超的，水生物杀人、用狗跟踪撒了茴香的马车，甚至故意设置一些福尔摩斯的失误，这些都是作品求新求变的雅化品格。作者柯南·道尔曾经和妻子打赌，说妻子猜不出《银色马》（1891）故事中的凶手，在其回忆录中道尔也承认创作中有时不得不冒风险。道尔的侦探小说能达到古典解谜推理的巅峰同他求新求变的意识分不开。

福尔摩斯这一人物及其故事的确是在奇情小说[2]尝试和验证的元素上精心提炼出来的。福尔摩斯超越其他科学侦探之处在于其探案故事让侦探小说的模式富于变化，常变常新。道尔作品的活力、故事的精巧、架构的精湛和简洁同重故事情节的中国古代小说传统一致。道尔不断变化结构和叙事技巧以保持作品的新意[3]，至少《冒险史》（1892）和《回忆录》（1894）这两部短篇小说做到了这一点。对西方中产阶级读者来说，福尔摩斯探案故事是一种智力冒险，我国读者也被其吸引。1916年的《全集》中刘半农对此有所认识，他认为：

---

1 Carter, Ronald & John McRae. *The Routledge History of Literature in English Britain and Ireland* [M]. London and New York: Routledge, 1997: 304.

2 威尔基·柯林斯的《白衣女人》就是奇情小说经典。

3 cf. Priestman, Martin. *The Cambridge Companion to Crime Fiction* [M]. Cambridge, New York: Cambridge University Press, 2003: 48.

且以章法言，《蓝宝石》与《剖腹藏珠》，情节相若也，而结构不同；《红发会》与《佣书受绐》，情节亦相若也，而结构又不同。此外如《佛国宝》之类，于破案后追溯十数年以前之事者凡三数见，而情景各自不同；又如《红圈会》之类，与秘密会党有关系之案，前后十数见，而情景亦各自不同。此种穿插变化之本领，实非他人所能及。[1]

除了主题和情节，福尔摩斯探案小说还塑造了鲜活的人物，如福尔摩斯、华生。福尔摩斯既有超人般的科学头脑，又有平常人的行为情感，如坐在安乐园上和同伴聊天，吸烟斗，读《每日电讯报》，拉小提琴，打拳击，进行日本式摔跤，甚至还有注射可卡因的"恶习"。而合作伙伴华生既忠诚又质朴，给读者留下了深刻的印象。两人的友谊在《三个同姓人》中华生受伤时表现得尤为明显，福尔摩斯冷冰冰外表下藏着不为人所知的另一面。读者对作品和人物的感情集中体现在福尔摩斯的"复活"上。在《最后一案》中，福尔摩斯同莫里亚蒂教授一同坠入莱辛巴赫瀑布。20万读者退订刊发了该故事的《海滨杂志》，这一事实证明了福尔摩斯在读者心中的地位，其文学价值得到了充分认可。对福尔摩斯探案小说雅化品格的认识越深入，就越能了解其译作何以不断被复译。

至于"译何为"，早期译者尤其重视发掘作品蕴含的司法公正理念和科学刑侦的破案方法，试图了解和学习西方的刑侦、司法制度为我所用——尽管从实际效果来看，这种尝试并未对刑侦、司法进程起到实质性推动作用。真正深刻的影响体现在作品对本土小说创作模式的改变上。早期译文章节题名渐趋清晰，题记作用渐被认可，章回小说的套语逐渐消除，这说明福尔摩斯探案小说的译介促进了章回体小说的现代转型。新小说从福尔摩斯探案中汲取的雅化品格简述如下：第一人称限制叙事的运用（程小青等侦探小说作家亦步亦趋、采用第一人称次要人物仰视叙述）、个性化的人物形象描绘、横截式的对话开篇方式、人物心理的细致刻画，景物及环境描写对故事真实性的烘托等。从"译何为"的视角反推，

1　半侬（刘半农）. 福尔摩斯侦探案全集·跋[Z] // 柯南道尔. 福尔摩斯侦探案全集. 刘半农，等译. 上海：中华书局，1916：跋.

也可看到早期译本所重视的福尔摩斯探案小说社会功利和文学审美方面的雅化特征。

对于"如何译",早期译本多缺乏模仿原文文体风格的意识,"译述"之风较为盛行,这同当时梁启超"译意不译词"翻译方法的影响及其背后经世致用的社会功利观有关,译故事、译情节暗含一种适俗的倾向。这种适俗同当时读者的知识文化水平也有关系,粗通文墨、民智未启的民众难以提出更高的要求。传统小说的种种影响使得早期译本世俗化。另外,要求译者调和中西两种小说传统也需要一段适应时间。早期译本不断提取福尔摩斯作品中能为我所用的因素,这些因素被译者视为"雅",其实很大程度上就是前文所说的"新",即以"新"为"雅"。

最近的新译本深入挖掘福尔摩斯探案作品的文化内涵,强调作品是维多利亚时代的风情画卷,尽力还原作品在那个时代的风貌。语言方面,新译本用浅近文言翻译原文中的新闻报道,意在使读者体味维多利亚时代的古典韵味。译本整体上强调语言逻辑清楚,表意准确,具有明显的超越意识,对雅化品质的关注可谓更加细致。典型的译本为李家真译本(中华书局2012年中文简体版、外研社2012年汉英双语版、香港牛津大学出版社2013年中文繁体版)。新译本还有一种倾向,就是吸收福尔摩斯研究(在学界又被称为"福学")的新成果,放入注释和延伸阅读材料中,比较典型的是新星图注本(2011)。以上两种趋势均含有明显的深度翻译色彩。两者之外,译林版(2005)也有一定的雅化意识。力求语言贴切以再现人物身份,运用方言土语和有中国特色的表达使译文地道,呈现双关语等原文修辞特征,并注重习语异质性的传递,这些均是其雅化尝试。

综上所述,福尔摩斯探案小说尽管属于通俗小说,但雅化程度较高,其雅化品格在不同时期得到不同程度的发掘,各译本的侧重点也不尽一致。

第三节　小说雅俗观流变视野下的福尔摩斯汉译本分期遴选

《荀子·儒效》有言:"不学问,无正义,以富利为隆,是俗人者也。"后世的雅俗观此时已萌生。《庄子》《离骚》都在斥"俗"。雅俗的概念不断演化流变，以《论语》中的"雅言"为例，"雅言"不过是周王室地区的"普通话"。本书意在研究福尔摩斯探案小说汉译过程中的雅俗流变[1]，因此只围绕晚清以来的雅俗观流变选取典型译本进行分析，探讨福尔摩斯探案小说汉译同各种雅俗观之间的关系。

本书大致涉及五个时期的雅俗观：清末雅俗观念雏形期、民初媚俗期、"十七年"及"文化大革命"时期的社会功利性向俗期、"五四"以及改革开放之初的雅俗对峙期、近年雅俗的融合期。[2]由于这五个时期涉及晚清以来的五种雅俗形态（摸索形态、媚俗形态、向"俗"形态、雅俗对峙形态和雅俗融合形态），这里有必要对晚清以来的雅俗流变情况作一概述。需要说明的是：本书仅在清末民初提及小说整体挤入"雅"文学圈（指传统的经史文章）的努力[3]，其余的探讨都局限在小说内部的雅俗分别内。

一、近现代小说雅俗观的流变

中国古代，小说一直处于文学结构的边缘，雅俗的矛盾并未真正出现。梁启超等新小说家提升小说为"文学之最上乘"[4]，赋予小说以"开启民智"的职能，这之后雅、俗的对立才真正构成近现代文学史上的一对矛盾（准确地讲，是社会功利性质的雅俗对立，偏重文学审美的雅俗对峙要到五四时期才基本形成）。提升小说为"雅"文学是指将小说提升到经史文章的中心地位上来。清末民初有两种雅俗观，除了小说整体向"雅"的移动，还存在另外一种意义上的雅，即小说内部雅与俗的分裂。当时的倾向是以"新"为雅，即以域外小说为"雅"。将引进政治、科学、侦探小说"作为小说全体之关键"[5]，体现了新小说家译介"域

1 限于篇幅和话题需要，本书无意对整个现代以来的文学雅俗互动进行探讨，对此感兴趣者可参见范伯群《20世纪中国通俗文学史》（2006：330-351）、陈平原《陈平原小说史论集》（1997：687-717）。

2 20世纪三四十年代通俗文学仍在发展，此外还有两种潮流，一种是革命文学和文学大众化所代表的社会功利性向俗潮流，另一种则是文学审美意义上的雅俗融合，本书第四章第一节、第二节和第六章导言分别做了简要评价。

3 这种努力不是一蹴而就的，1917年胡适在《文学改良刍议》中仍努力将小说同骈文、律诗的"小道""正宗"位置对调。

4 饮冰. 论小说与群治之关系[J]. 新小说，1902（1）：1-8.

5 定一. 小说丛话[J]. 新小说，1905（3）：170.

外小说之精华"改造中国旧小说的目的。但除政治小说外，引进的其他小说大部分都是通俗小说，"以俗为雅"势必不能实现小说由俗到雅的过渡。这种译介过程中"以俗为雅"的误读给侦探小说贴上了开启民智、灌输新知的标签（也是当时小说界的普遍标签）。"新小说理论家借鉴西方文学经验，重新建构文学圈，提倡小说创作，把小说形式作为雅文学的中心。""晚清小说家实际上无暇细辨两者的区别，往往把'雅'直接等同于'新'。也就是说，借助于域外小说的刺激与启迪，完成中国小说由俗向雅的过渡。"[1]从以上两种雅的观念可以看出，清末民初是雅、俗这一矛盾的酝酿期，不具备当下雅俗观的典型特征，仅具雏形。"就中国'通俗文学'和'纯文学'两者割离分歧的起点，一般咸被指认为五四时期的新文化运动，但事实上更可追溯至晚清梁启超等人的'新小说'理念。"[2]胡志德所谓的追溯可谓是对社会功利性质雅俗观的追溯，而"五四"则更多代表了一种文学审美性质雅俗观的对峙。

> 到五四时期，判断通俗小说的标准明显变化，不再有古代那种文体类型的决定性作用，而主要是衡量小说的思想艺术价值。新文学小说在对旧小说的批判中诞生，其突出标志是时代精神加欧化技巧。通俗小说则以娱乐主义加传统技法为标志，但为了适应时代变化和读者需求，已开始学习借鉴外国小说和新文学的优点，逐渐趋向与新文学小说遵循同样的美学原则。[3]

新文学的"雅"体现在文学功能方面，即文学可以启蒙，可以召唤，可以启示，新文学反对"鸳鸯蝴蝶派"的"娱乐""游戏""消遣"文学观。
"五四文学时期应当在什么时候结束？这个问题，大部分研究者结论相同：

1　陈平原.二十世纪中国小说史：第1卷（1897—1916）[M].北京：北京大学出版社，1989：97.
2　胡志德.清末民初"纯"和"通俗文学"的大分歧[J].赵家琦，译.清华中文学报，2013（10）：219.
3　张华.中国现代通俗小说流变[M].济南：山东文艺出版社，2000：4.

即1927年，距胡适文章十年。"[1]20世纪30至40年代是一段雅俗的整合期。这种整合的结果表现在："到20世纪40年代的时候，双方都较有意识地吸取对方的长处，创作出不少通俗型的'雅'小说，和雅致型'俗'小说。"[2]整合的另一个结果是向俗的苗头再次出现且发展壮大。在30年代的"文学大众化"讨论中，郭沫若提出"大众文艺的标语应该是无产阶级文艺的通俗化。通俗到不成文艺都可以"[3]。鲁迅则对其中迎合大众和媚俗大众的倾向保持清醒的认识，左翼的大众文学讨论并未付诸行动，不敢向俗文学迈进。《在延安文艺座谈会上的讲话》（1942）指出"五四"之后新文学的路向应是向俗文学靠拢，俗文学在解放区占据主流。随着"俗"的社会功利性内涵不断膨胀，50至70年代便走向了社会功利性向俗一边倒的局势，"五四文学是个性的、文人的文学，继承了较多传统文人文学'自我表现'的传统。而十七年文学则是大众的、非个人的、教化的。"[4]

改革开放之后，这种偏重社会功利的雅俗观逐渐淡化。"五四"树立的文学审美雅俗观在改革开放之初承续下来。当时既有社会功利性的雅俗对峙，又有"五四"确立的文学审美性的雅俗对峙，1981年《福尔摩斯探案全集》译本见证了两种类型的雅俗对峙。

雅俗的社会功利导向弱化，使得文学审美性质的雅俗面貌得以彰显。随着通俗文学的复兴与繁荣，学界自20世纪80年代中期开始重视通俗文学研究，并逐渐认识到雅俗各自的特色和相互融通的必要。福尔摩斯探案小说作为通俗文学中的精品，其雅化品质日益彰显，求雅求变的新译本的出现自然在情理之中。

二、福尔摩斯汉译本的分期遴选

近现代以来，每一次雅俗观的流变都会带动具有相应特色的福尔摩斯汉译本

1　此处的胡适文章指的是《文学改良刍议》一文，1917年在《新青年》上发表。引文出自：赵毅衡. 苦恼的叙述者[M]. 成都：四川文艺出版社，2013：10.
2　汤哲声. 中国通俗小说流变史[M]. 重庆：重庆出版社，1999：77.
3　郭沫若. 新兴大众文艺的认识[J]. 大众文艺，1930（3）：633.
4　吉旭. 文化困境中的艰难叙事——十七年小说的俗文学叙事特征研究[J]. 新文学评论，2013（2）：115.

出现。译本的"雅"与"俗"不是孤立的，它与一个时代的雅俗观紧密相关。福尔摩斯探案小说雅化程度较高，其汉译史可折射近现代以来文学史的雅俗流变。对其研究可发掘出不同雅俗观对译本雅化或俗化产生的影响，也可发现不同译本采取的不同的适应性策略。

近现代以来雅俗观变动频繁，不同研究者对雅俗的周期性变化有不同的划分。在博采各家观点的基础上，笔者尝试归纳出自己的雅俗分期方法，并在这一视野下选取福尔摩斯典型汉译本来体现不同雅俗时代的典型特征。

所选译本大都为同一时期内影响较大的译本，兼顾个别名家译本，如清末的林纾译本。在新世纪译本中仅选取了一批市场和译者影响力都不大的译本，因其在适俗的做法上各有特色。

晚清译本中，本书选取《时务报》上首次刊载的四篇福尔摩斯探案小说、当时畅销的短篇小说集《华生包探案》（此前曾在《绣像小说》刊载）、林纾和魏易合译的《歇洛克奇案开场》三种译本来反映晚清的雅俗观：一种是以小说为雅，意在使小说进入雅文学圈的中心，成为"文学之最上乘"；另一种在小说内部，以新为雅，以域外小说为雅。

《时务报》上的四篇译文有一种误读倾向。译介初期，译者似乎尚难分清新闻报道与小说之间的分别，将侦探小说视为了解西方司法、刑侦科学的"广见闻"渠道，带有明显的社会功利导向。以文学审美角度观之，译文在引入第一人称限制叙述、倒叙和对话开篇、以景物描写来凸显故事真实性等方面做出了向雅、向俗两种尝试。到《绣像小说》刊载五篇《福尔摩斯回忆录》故事之时，译者大致确定了以适俗为导向、以中国小说传统为旨归的翻译观。这一翻译观在林纾、魏易合译的《歇洛克奇案开场》（今译《血字的研究》）中被打破。该译作具有明显的雅化倾向，与五四新文学所倡导的原文中心翻译观较为类似，删削甚少，译笔老道，译文传神，这得益于译者长期的西方文学译介经验和体悟。

以辛亥革命为分界线，新小说前后两期特色迥异。辛亥革命后、五四运动前俗文学为文坛主流，出现一股"回雅向俗"的风潮，新小说"移风易俗"的前期努力失败了。"回雅向俗"体现了后期新小说作者为争取读者而做出的反向调整。在这样的风潮之下，福尔摩斯民初译本呈现媚俗特色就不足为怪了。此期译本选取1916年《福尔摩斯侦探案全集》，该全集对小说中的部分人物形象做了适应才子佳人小说、武侠小说传统的处理，加入了古代传统小说说教的成分，在道德层面基本上囿于旧道德，在叙述方式上保留了说书人口吻，还不时以评论进行叙述干预。

本书没有单独分析"五四"时期雅俗对峙阶段的译本情况，而是将其同改革开放初期的对峙情形合并处理，观察雅俗对峙同通俗文学翻译观转变之间的关联。选取的译本分别为1927年《标点白话福尔摩斯探案大全集》和1981年《福尔摩斯探案全集》。

从20世纪20年代后期起，"文学革命"开始向"革命文学"过渡。除《革命与文学》（郭沫若，1927）外，尚有《关于革命文学》（蒋光慈，1928）、《怎样地建设革命文学》（李初梨，1928）等系列讨论，成仿吾的《从文学革命到革命文学》更是早在1923年就对文学革命提出了批评。"凡是表同情于无产阶级而且同时是反抗浪漫主义的便是革命文学。"[1]以"左联"为中心，这场革命文学高扬"文学大众化"旗帜，提出"俗语文学革命运动"，主张"今后的文学必须以'属于大众，为大众所理解，所爱护，为原则'"[2]。文学充当教育大众的手段，变成"舆论的舆论"其实又回到梁启超文学政治功利观所指引的道路上去，但调转方向，一改"利俗"的精英立场，屈就"向俗"的大众立场。试比较：

> 表面上新小说追求的是小说的通俗化，但这种俗只是落实在文体上，而不是在审美趣味上。……"利俗"是手段，"启蒙"才是目的。着意启蒙的文学不可能是真正的通俗文学。作家是站在俗文学的外面，用雅文学的眼光和趣味，来创作貌似通俗的文学。由雅人写给俗人看的，为了迁就俗人的阅读能力而故意俗化的小说，骨子里仍然是雅小说。[3]

1　郭沫若. 革命与文学[J]. 创造月刊，1926（3）：9.

2　冯雪峰. 中国无产阶级革命文学的新任务[M] // 中国新文学大系1927—1937（文学理论集一）. 上海：上海文艺出版社，1987：419.

3　陈平原. 中国现代小说的起点：清末民初小说研究[M]. 北京：北京大学出版社，2005：106.

晚清新小说译介者、倡导者对待域外小说是"以俗为雅"的，目的在于改造旧小说。这一点同此次大众化以来的向俗运动不同，文学大众化要求雅文学向俗文学靠拢。而此期的俗文学实际上只有服务于政治目的才有发展空间。

"抗战期间固然不宜于娱乐性文学的发展，而社会主义国家其中一个共同点就是没有侦探小说。"[1]这种说法基本上反映了30年代文学大众化以来到1978年之前的这一时期内的整体趋势。

"毛泽东文艺思想的核心是文艺为政治服务，这一服务论的文学观是贯穿1949年以前的解放区文学和建国后17年文学，包括'文革文学'的根本指导思想。"[2]这种文艺服务政治的思想很大程度上受到了苏联的影响。因阶级对立思想占据主导，福尔摩斯被看作私有制的维护者，福尔摩斯探案小说的翻译因此受到抑制和打压。"自从俄国革命后，柯南道尔（Arthur Conan Doyle）的侦探小说即遭当地禁售，目为'有害青年'的书籍。"[3]

1957至1958年三部福尔摩斯探案中篇小说的翻译出版是一个特例。1957年反右运动前，中国文学界紧跟苏联文学界。当时，斯大林时代结束，苏联文艺界对侦探文学的认识有所转变，我国也根据俄文译本翻译了两部雅化程度较高的通俗文学作品：柯林斯的侦探小说《月亮宝石》（1957）和威尔士的《大战火星人》（1957）。跟风苏联是福尔摩斯译本在此期出现的原因之一。《巴斯克维尔的猎犬》前言就引用了俄译本编者的话："在西方资本主义国家，侦探小说的体裁在柯南道尔的拙劣的摩拟者的笔下，早已成为散布强暴和凶杀思想的、愚蠢的、黄色的低级读物了。柯南道尔的优秀作品与这些反人道主义的强盗'文艺'是没有任何共同之处的。"[4]

改革开放之初社会功利性的雅俗对峙集中反映在《尼罗河上的惨案》风波

1　孔慧怡.还以背景，还以公道——论清末民初英语侦探小说中译[M] // 王宏志.翻译与创作——中国近代翻译小说论.北京：北京大学出版社，2000：92.
2　王洁.建国后十七年文学与政治文化之关系研究[D].南京：南京师范大学，2003：1.
3　娜弥.苏联的侦探冒险小说[J].西书精华，1940（5）：179.
4　柯南道尔.巴斯克维尔的猎犬[M].俊莹，译.北京：群众出版社，1957：前言.

上。其结果证明通俗文学的存在实属必要，侦探小说娱乐性的本质得到官方意识形态的认可。但文学界雅俗对峙思想仍未立即消除，对侦探小说的文学审美价值仍有疑虑。

为论述方便起见，本书将"五四"和改革开放初期的两次对峙给通俗文学译者带来的影响合并讨论，选取1927年、1981年福尔摩斯探案全集译本进行比照，总结两次雅俗对峙对福尔摩斯探案小说汉译的影响，以总结译者翻译观的雅俗转变。

至于雅俗融合方面，以文学性的雅俗观来看，抗战开始后，"新文学小说已不再自居20年代的崇高地位，……对旧派小说的意识落后（封建的、小市民的）的轻蔑态度在战争环境中有所改变……不再把启蒙对象当做打倒的对象了"[1]。这次雅俗对峙缓解后，雅俗文学相互借鉴、取长补短，出现了一波雅俗中间状态的作品，如张资平、张恨水的作品。这些作品虽未占据当时的主流，但为20世纪80年代中期以来雅俗文学的再次融合提供了很好的研究视野。"到80年代中期，（通俗文学）大潮涌起，形成全社会关注的一个'热门话题'。"[2]雅俗融合的一个重要标志是对俗文学的关注和对俗文学价值的发掘，对通俗文学有了较为系统的重新认识，不过这方面的理论研究出现略晚：1995年，"王先霈等主编的《80年代中国通俗文学》可以说是新时期以来理论界对通俗文学现象所作的较早而较系统的理论关注"[3]。雅俗融合期的译本选择有三个典型特征：俗化、雅俗共赏和求雅。俗化的译本较多，雅俗共赏的译本此处以译林版全集为代表，求雅译本则以新星图注本、中华书局译本为主。

三、本书对雅俗的操作界定

前文界定了俗与雅的一般区分标准为"以消遣娱乐为主要目的并与俗众沟

1　徐德明.中国现代小说雅俗流变与整合[M].北京：社会科学文献出版社，2000：182.
2　汤学智.大众文学与文学生命链——新时期一种文学现象考论[J].文艺评论，2001（2）：26.
3　钱中文，等.自律与他律：中国现当代文学论争中的一些理论问题[M].北京：北京大学出版社，2005：174.

通"，但由于俗众缺乏对雅的鉴赏力，在不同时期的审美品味有一定的变化、其时代的翻译规范经历变革，在操作上就应有更为具体的参照系。[1]"五四"前，真正文学意义上的雅的概念尚未形成，为操作方便，大致采取了两种界定译本雅俗的标准。"晚清小说的主要读者是'出于旧学界而输入新学说者'"[2]，因此，晚清时期译本雅俗的标准，大致以其与传统白话小说的接近程度一致。民初则以对小市民趣味的迎合程度断定雅俗，因为"辛亥革命后的小说读者主要是小市民"[3]，译者语言、文学、文化知识的匮乏也是译作无法雅化的客观原因之一，可视作此期的雅俗界定的另一标准。

"五四"之后，雅俗的标准主要由俗文学翻译实践同雅文学翻译实践的距离判定，距离接近者为雅，较远为俗。[4]"五四小说的主要读者则是青年学生。"[5]这样一批受教育程度较高的读者为译本确定了雅的评判标准，即相对精英主义的先锋的小众的立场。如"五四"确立的原文中心的翻译观相对此期"豪杰译"的作风，显然是小众和先锋的立场。而随着翻译理论与实践的日趋成熟，改革开放之初的译文已然接受了相对忠实的翻译观，那么就不应以译文是否做到了基本忠实为雅的评判标准，而应有更高的标准，如雅文学翻译中常讨论的"信、达、雅""神似""化境""信、达、切"等更高的要求。这是因为俗众读者对译文之俗能够感知和领会，但对雅却缺乏足够的认识和判断。此时，必须引入雅文学的翻译观，在时代语境内判断译文同雅文学翻译观的差距，借此判断译本之雅与俗。这些更高标准的提出和践行为新世纪以来的译本雅化尝试给出了判断的依据。对于原文中产阶级趣味再现的关注、对"施语"（source language）的体贴入微和对"受语"（target language）的运用自如显然是在基本忠实的翻译观之上又

1　如清末对于第一人称叙事尚觉新奇，对于人物、景物、心理的细致、逼真的刻画尚觉冗余，而"五四"以来的大众读者显然对之更接受。

2　陈平原.陈平原小说史论集[M].石家庄：河北人民出版社，1997：275.

3　同上。

4　在20世纪50年代后期一波英美文学译介热潮中，雅文学翻译的一批经典作品为后来译本树立了尽管存在争议但大致方向相对清楚的一些雅化范本。此前，雅文学翻译一直是理论先行，实践的践行略显落后（但仍领先于俗文学的翻译实践）。因此，在这段过渡期内，雅化通俗文学的翻译仍存在一个向雅向俗的问题，具体仍以当时雅文学翻译实践践行的规范为雅的维度。

5　陈平原.陈平原小说史论集[M].石家庄：河北人民出版社，1997：275.

进了一步。这是中产阶级读者队伍壮大、雅俗融合后学界更加关注雅化通俗文学及其译作的结果。

另外，需要说明的是，除了上述文学审美方面的雅俗认识与界定，本书还提出社会功利性质的雅俗观一说。其中功利即"功效和利益"[1]之意，社会功利即作品产生的社会功效，包括在社会变革、道德、教育等意义上作品所产生的作用。以此为导向的雅俗观即本书所称之社会功利性雅俗观。在晚清，这种雅俗观主要体现在译作的移风易俗和开启民智的作用上。晚清强调小说提升民智意在提升民众的认识水平，具有一种由俗向雅的维度；而"十七年"及"文化大革命"时期则是强调雅文学向俗文学靠拢，两者在方向上是相反的。

最后，这里还要对本书中的雅俗相关术语略做说明。清末雅俗探索时期，本书用"适俗"来形容《绣像小说》译本的尝试。尽管"'新小说'的主要读者已不再是'愚民百姓'，而是知书识礼的士子了"[2]，但《绣像小说》毕竟是一本尝试小说通俗化、便于群众理解的一本"化民"杂志。之所以用"适俗"而非"媚俗"来形容其翻译福尔摩斯小说的努力，是因为其译文没有大规模、"一边倒"式地迎合读者的阅读心理，只是为后来的媚俗译本做了一些探索性的尝试。在规模和刻意迎合读者的程度上要弱许多，因此本书选用"适俗"一词形容译文的尝试。新世纪以来的译本中，"向俗"风潮的再起仍然是指不同程度的适应俗众口味的译文改造，而译林版译文改造的程度之深、规模之大为其他版所不及，故此用"媚俗"形容。

"雅化"是"五四"雅俗观形成后才涉及的一个术语，是针对俗文学相对于雅文学翻译观的差异而提出的。由于"五四"实现的是以原文为中心的翻译观，对于雅化通俗文学作品的翻译而言，在"五四"时期，"雅化"指的是具有原文中心意识的译本；中华人民共和国成立前，由于雅文学实现了原文中心到基本忠实的翻译规范转变[3]，而俗文学翻译仅完成了从译述到原文中心的转变，导致在

1　中国社会科学院语言研究所词典编辑室. 现代汉语词典[K]. 7版. 北京：商务印书馆，2017：454.

2　陈平原. 陈平原小说史论集[M]. 石家庄：河北人民出版社，1997：273.

3　基本忠实的例子可参见茅盾在《〈简爱〉的两个译本——对于翻译方法的研究》中对李霁野译文（1935）的评价。

20世纪50年代的一波翻译高潮中雅文学作品的翻译更进一步，出现一批更贴近"信、达、雅"翻译观的"雅化"译本。[1]而同期的福尔摩斯译作（后来为1981版全集直接使用）则仅能做到基本忠实。这样，1981版全集基本忠实的翻译观已落后于雅文学的翻译理念与实践，不能称之为雅化译本的代表，称之为以"俗"译"俗"的译本不为过，"定本"之称有失偏颇。中华书局2012版则明确声称以"信、达、雅"为旨归[2]，译本的实践也证明了这一点（详见第六章第三节相关内容）。

综上可见，通俗文学译介从翻译理念到实践都存在一定的滞后性，需要雅文学的引领。

顺带补充的是，本书所称的"雅化通俗文学"作品，即陈平原所说的"高级通俗小说"[3]，为介于通俗文学和高雅文学中间状态的作品；其"雅化品格"指的是一定时期内（本书界定的雅俗不同阶段的发展形态之内）对于俗众相对陌生，却被雅文学所倡导的艺术表现方式。

1　以张谷若为例。1935年和1936年张谷若分别翻译出版的《还乡》和《德伯家的苔丝》就"取得了巨大的成功，被香港有关评论者称为'译作的楷模'"（孙致礼. 序二　译界楷模　光照后人 // 孙迎春. 张谷若翻译艺术研究[M]. 北京：中国对外翻译出版公司，2004：xxxii）。据保守统计，《苔丝》的译文注释就接近500条。1957年人民文学出版社再版《苔丝》，该重译本又做了全面修订，"修订后的更能反映原作的神韵，也更符合当代人的阅读口味"（孙致礼. 序二　译界楷模　光照后人[M]. 孙迎春. 张谷若翻译艺术研究. 北京：中国对外翻译出版公司，2004：xxxi）。初版译文至少做到了基本忠实，第三版（1957版）则经典化，成为难以逾越的"雅化"译作。

2　参见：李家真. 译福尔摩斯的九个面向[N]. 晶报，2013-12-07（B05）.

3　陈平原. 小说史：理论与实践[M]. 北京：北京大学出版社：276.

第二章

晚清：雅俗的社会功利导向
与审美导向摸索

清末，侦探小说的社会功利价值被夸大，侦探小说作为"小说全体之关键"[1]被引入，是梁启超提升小说地位，使其跻身文学圈的一种雅化尝试。"小说要进入文学圈，就必须努力向高雅的文学靠拢"[2]，从晚清小说雅化的途径"有学问，有才情，能教诲，能弘文"，可见当时的雅化既有社会功利，也有文学审美两方面的意味。当时的大部分小说都强调"开启民智"，即使狭邪小说《九尾龟》也如此标榜。福尔摩斯探案作品，虽然消遣娱乐为其本质，但其自身不乏对犯罪问题的揭露、对司法正义的维护和对科学刑侦方法的运用。因此，侦探小说社会功利价值的一面得到了译界的重视，侦探小说在此期泛滥起来。

"在'五四'之前，小说有文、白之别，可是没有纯、俗之分。"[3]以文学审美品格而论，晚清小说家以"新"为"雅"，目的在于完成中国小说由"俗"向"雅"的过渡。通俗小说中，福尔摩斯探案小说雅化程度较高，客观上促进了新小说的形式创新（包括第一人称叙事视角、对话开篇以及悬念叙事的引入）和本土侦探小说的萌芽（程小青的霍桑、包朗模式就是对福尔摩探案的模仿）。

第一节　《时务报》译文（1896—1897）奠定的两种雅俗观走向

《时务报》引进福尔摩斯探案小说的初衷在于介绍西方律法制度、刑侦制度甚至西方社会，并非仅将其视作文学作品刻意引入，而是更多带有一种社会功利意图。梁启超小说"开启民智"的主张是从文化的角度看待翻译，"将翻译视

1　定一. 小说丛话[J]. 新小说, 1905（3）: 170.
2　陈平原. 陈平原小说史论集[M]. 石家庄: 河北人民出版社, 1997: 688.
3　范伯群. 中国近现代通俗文学史[M]. 北京: 北京大学出版社, 2007: 28.

作文化过程来研究使得此种研究更适合进行政治现实的批判，而非建立艺术标准"[1]。《巴黎茶花女遗事》1898年才得以译介，此前国人对西方文学的认识仍处于相对无知的状态。此期的福尔摩斯汉译只能进行一些探索性尝试，译者尚无明确的雅俗观，只是在了解西方的过程中偶然发现了侦探小说。对于如何处理文本形式的问题，译者只能结合新闻报道和传统文学两大参照系进行尝试。

一、《时务报》译文"记实事、广见闻"的社会功利导向

从栏目设置来看，引入福尔摩斯并将其放入《英文报译》这一了解西方社会的专栏，意在使国人"学艺"泰西律法，这同《时务报》创刊目的中提及"学艺之学"是一致的。记录新政、"交涉要案"、"旁载政治、学艺要书"是《时务报》板块设置的重要考量。该报直至最后一期也没有再刊载侦探小说，类似的仅有"博搜交涉要案"以免"律法不讲，为人愚弄"[2]的《会审信隆租船全案》（36册至50余册，张坤德译），可见福尔摩斯探案的引进意在提升中国人的律法意识。

福尔摩斯被置放在《英文报译》的专栏之下，同该报《东方报译》《路透电音》以及其他政论专文并置，具有明显的社会功利导向。该报本着各学科无所不包的理念，传播"新义"。《英包探勘盗密约案》作为第一篇被译介的福尔摩斯探案小说，不仅主题"英意海军协定"同西方社会的政治生活密切相关，开篇也以"政治人物"引入福尔摩斯探案正题："英有攀息（名）翻尔白斯（姓）者，为守旧党魁、爵臣呵尔黑斯特之甥。幼时尝与医生滑震同学，年相若，而班加于滑震二等。"[3]再以第六册《英文报译》专栏下的文章为例，《论中国将来情形》《挟制中国修理北河论》《日本丝业宜整顿论》《论美国之富》《英国商务册二则　商务委员　省煤法》《英重气球》《火车因天热失事》《德国随军狗》，加上这最后一篇《英包探勘盗密约案》，让人难以想象这篇文字是以小说的形式在

1　Luo, Xuanmin. *Ideology and Literary Translation: A Brief Discussion on Liang Qichao's Translation Practice* [C] // Luo Xuanmin and He Yuanjian. *Translating China*. Bristol, Buffalo and Toronto: Multilingual Matters, 2009: 127.
2　梁启超. 论报馆有益于国事[C] // 戴逸. 近代报刊文选. 成都：巴蜀书社，2011：29.
3　（柯南道尔）. 英包探勘盗密约案[N]. 张坤德，译. 时务报，1896（6）：16.

《时务报》上流传的。

另外，一个不能忽略的细节是，1899年，素隐书局曾将《包探案》（也称《新译包探案》）同《茶花女遗事》合刊，而该《包探案》除了收录四篇《时务报》上的福尔摩斯探案作品译文，还收录了第一篇翻译侦探小说——1896年《时务报》第一期刊载的《英国包探访喀迭医生案》。该案"译伦敦俄们报"，虽同叙包探推理，却并不具有明显的小说意识。以开篇为例："前数年时，英伦敦包探公所，忽来一人。"开篇同新闻报道相仿，将时间、地点、人物一一交代。内容讲述的是喀迭医生用"放天气入口鼻法"[1]杀其妻及二子，"用印度毒草"[2]杀搬家之车夫，以同样伎俩毒嘀子生，后弃置海上。喀迭医生被捕后自尽，嘀妻亦死。包探推敲，喀迭贪嘀子生钱财，与嘀妻图谋不轨，遂犯下罪案数起。该案的纪实色彩颇浓，刊载意图也可从结语中窥知一二："其狠且狡如此，然终不能逃包探之察。固有天道，而亦由包探之精密多知，故能破此奇异之案也。"[3]

在"广见闻"的过程中，译者逐渐认识到了官方侦探同私家侦探的区别。如《时务报》刊载的第一则福尔摩斯探案，虽名曰《英包探勘盗密约案》，但译者在翻译过程中已从攀息给华生的信中明确感知到两者的区别——"此事虽探捕并覆我，然终欲得歇洛克一商之"[4]。有了明确的官、私之分，接下来的三案标题便不再有包探字样。《记伛者复仇事》中有明确区分两者的对话："此人曰：'嘻！汝辈岂巡捕房中人耶？'歇曰：'非是。'曰：'然则何干汝事而屑意问之？'歇曰：'人固有不平而私访者。'"[5]在《继父诳女破案》中，案件委托人迈雷色实之继父"既不肯寻巡捕，又不肯告汝（指福尔摩斯——笔者）"[6]。此处，福尔摩斯的私家侦探——福自称"顾问侦探"[7]——身份更加明确。《呵尔唔斯缉案被戕》一案对福尔摩斯的私家侦探事业做了简要总结："盖自第一章考验

1　［作者不详］.英国包探访喀迭医生案[J].张坤德，译.时务报，1896（1）：24.

2　同上，第25页。

3　［作者不详］.英国包探访喀迭医生案[J].张坤德，译.时务报，1896（1）：25.

4　柯南道尔.英包探勘盗密约案[N].张坤德，译.时务报，1896（6）：17.

5　柯南道尔.记伛者复仇事[N].张坤德，译.时务报，1896（12）：17.

6　柯南道尔.继父诳女破案[N].张坤德，译.时务报，1897（24）：17.

7　柯南·道尔.福尔摩斯探案全集[Z].李家真，译注.北京：中华书局：2012a：24.

红色案起，至获水师条约案止，即欲辍笔，不复述最后一事。"五起案件加在一起构成了认识西方侦探的渐进阶梯。《英国包探访喀迭医生案》中只能看到包探的"精密多知"，演绎推理方面无甚可观。包探适逢喀迭外出时造访，当即在书舍发现"天气入脑致死人之法""针蘸毒药，从脊梁放入以杀之法""秘密毒药之法"[1]。巧合远远大于科学推断，此种现象在接下来的福尔摩斯探案之中，不复如是。

《英包探勘盗密约案》中，福尔摩斯用石蕊试纸做血迹类样品检验。译者不避术语繁多，"小炉""弯口瓶""汽自管出""激以冷水""二立透之器""持一小玻璃桿连蘸数瓶""内有药水""持一验酸质之蓝色纸"[2]等一系列术语和相关表达被详细翻译过来，体现了译者对西方法医学侦查方法的重视。若以情节论，此处和侦破情节不甚相关，译者本可将之删去，但译者悉心移译，颇见其对西方思想、科学方法和治侦探之学的渴求之心。

《记伛者复仇事》中译者注意到呵尔晤斯使用的科学推断方法。"'……然今晚当无客，帽擎已告我矣。'……'汝雇英国工人做工'……'此靴钉印，非耶？'……'君近日甚忙'……'我素知汝为人行医，必步往，惟事忙方坐车，今汝靴虽用过，而靴底泥污少，故知之。'"[3]这一段文字并非探案故事正文，系导入部分的插曲，之所以保留下来，应是译者刻意为之。

《继父诳女破案》也保留了福尔摩斯的演绎推理："'汝眼光甚短，汝排铅板甚费力耶？'……'汝来此何匆遽也？'"[4]"汝试验彼袖端，有细纹两缕，此其排铅板近案处。吾复见其鼻端有夹形，故语之曰'汝系短视，系排铅板者。……而彼两靴互异，钮系仅及半，其来时之匆遽可知。'"[5]

《记伛者复仇事》删除了福尔摩斯关于华生的两处推论。一处为华生衣服上的烟灰暴露出华生抽的是阿卡迪亚混合烟草，一处为华生将手帕塞入袖中暴露出

1　［作者不详］.英国包探访喀迭医生案[J].张坤德，译.时务报，1896（1）：24-25.

2　（柯南道尔）.英包探勘盗密约案[N].张坤德，译.时务报，1896（6）：18.

3　（柯南道尔）.记伛者复仇事[N].张坤德，译.时务报，1896（10）：18.

4　（柯南道尔）.继父诳女破案[N].张坤德，译.时务报，1897（24）：17.

5　（柯南道尔）.继父诳女破案[N].张坤德，译.时务报，1897（25）：18.

他曾是军人。《继父诓女破案》中，译者删去了福尔摩斯对女客户登门来由给出的两种推断。这两案尽管未能将所有推理毕现，但公允地说，译者已将大部分推理环节展现给读者。

《呵尔唔斯缉案被戕》一案为福尔摩斯同莫里亚蒂教授的对决，对推理判断的渲染让位于对科学侦探敬业精神的刻画。既有福尔摩斯对莫里亚蒂罪行的揭露，"此诚罪人中之拿破仑也，凡伦敦各案，均系莫所指使，迄未宣露。其心之敏，才之长，脑之佳，不问可知矣。有如蛛之端坐网中，丝绪数千，任动其一，内即惊觉"[1]；也有福尔摩斯勇敢面对莫里亚蒂的当面威胁，"'此会势力甚大，声气极灵。尔虽聪明，殆未见及。尔其速行，否则蹈尔脚下。我即起曰：'我畅谈半日，忘却他约矣'"[2]；还有福尔摩斯为侦探事业献身，"唤熟悉者查勘该处情形，始知二人彼此相持，滚至山下"[3]。

上述五则案件的结集出版，意在引介西方侦查制度、反映私家侦探的科学探案精神，体现了《时务报》的办刊方针，也大致展示了西方侦探的整体形象及其社会地位与影响。

从四篇福尔摩斯探案小说的署名和出处标记也可看到译者在小说文体和新闻文体上的徘徊。四篇译作均未署作者阿瑟·柯南·道尔之名，出处按先后顺序依次标记为："译歇洛克呵尔唔斯笔记""译歇洛克呵尔唔斯笔记 此书滑震所撰""滑震笔记""译滑震笔记"。孔慧怡称："'笔记'一词也绝不会让1896年的中国读者联想到层次复杂的叙事方法，反而只会想到传统文人的笔记小说，而因此更认定这些'笔记'自然是以作者命名的。"[4]可见，在翻译第一篇福尔摩斯探案小说之时，译者以为作者是呵尔唔斯（福尔摩斯）。原著开篇言明华生的案件记录人身份："I find them (three cases of interest) recorded in my notes under the headings of 'The Adventure of the Second Stain,' 'The Adventure of the Naval Treaty,'

1　（柯南道尔）. 呵尔唔斯缉案被戕[N]. 张坤德，译. 时务报，1897（27）：18.
2　（柯南道尔）. 呵尔唔斯缉案被戕[N]. 张坤德，译. 时务报，1897（28）：17.
3　（柯南道尔）. 呵尔唔斯缉案被戕[N]. 张坤德，译. 时务报，1897（30）：18.
4　孔慧怡. 还以背景，还以公道——论清末民初英语侦探小说中译[C] // 王宏志. 翻译与创作——中国近代翻译小说论. 北京：北京大学出版社，2000：98.

and 'The Adventure of the Tired Captain.'"[1] 译文漏译此处，这说明译者很可能将该案作为真实的探案记录进行了翻译。对于华生作为侦探助理兼记录人的身份不甚了了，甚至攀息给滑震的信中明确提及滑震与呵尔唔斯的朋友（"your friend Mr. Holmes"[2]）关系的叙述，也被删去。删减、省略后的译文如下："汝若能与歇洛克呵尔唔斯来，则当面言之。"[3]第二案起，译者显然意识到自己在上篇犯下的错误，进而开篇即对案件记录者进行更正——"滑震又记歇洛克之事云"[4]。结合第一案来看，这种标识方式让人困惑，作者到底是呵尔唔斯还是滑震？抑或是滑震在呵尔唔斯笔记基础上的杜撰？这里，小说意识和真实记录混杂，难以分辨这一事实：华生是绝大多数福尔摩斯探案故事的作者和案件参与人，而柯南道尔又是福尔摩斯和华生合作破案的作者。到了第三、第四两案时，此种标识才略为清晰，基本上肯定了滑震记录人的身份。但笔记在古代是一个相当宽泛的概念，至少刘叶秋在《历代笔记概论》中就在"小说故事类"之外另划分出"历史琐闻类"和"考据辩证类"[5]笔记。而西方之"历史琐闻"自然在梁启超倡导译介的范畴——"广译五洲近事，则阅者知全地大局与其强盛弱亡之故，而不至夜郎自大，坐智井以议天地矣"[6]。《时务报》总理汪康年在该报草创期受邹代钧"广译西报"思想的启发，十分认同邹代钧"事皆记实，能广见闻，即能益神智"[7]的主张。笔记小说本身受史传体例的影响，多标榜自身记事之真实，故而在《记伛者复仇事》篇首可见"滑震又记歇洛克之事云"[8]字样，附会笔记体小说给人以纪实的假象。

　　《时务报》开启的"记实事、广见闻"导向，使后来的译本注意到私家和官方侦探职业的区别。1902年的《议探案》区分了私人侦探"议探"和官方侦探

1　Doyle, Arthur Conan. *The Complete Sherlock Holmes* [Z]. New York: Doubleday/Penguin Books, 1930: 447.
2　同上。
3　（柯南道尔）.英包探勘盗密约案[N].张坤德，译.时务报，1896（6）：17.
4　（柯南道尔）.记伛者复仇事[N].张坤德，译.时务报，1896（10）：18.
5　刘叶秋.历代笔记概述[M].北京：北京出版社，2003：4.
6　梁启超.论报馆有益于国事[C]//戴逸.近代报刊文选.成都：巴蜀书社，2011：29.
7　邹代钧.邹代钧一百五通[C]//上海图书馆.汪康年师友书札.上海：上海古籍出版社，1986：2648-2649.
8　（柯南道尔）.记伛者复仇事[N].张坤德，译.时务报，1896（10）：18.

"包探"，有所进步。但是，到福尔摩斯的第一个中篇译本《四名案》1903年出现时，仍题署"原文医士华生笔记、英国爱考难陶列辑述"，译者依然没把小说同现实区分开来，作者也被视为编辑者。

在《歇洛克复生侦探案·弁言》中，译者明确了柯南·道尔的作者身份（"而陶氏亦几有搁笔之叹，于是创为歇洛克复生之说"[1]），但《弁言》前半部分称柯南·道尔附会滑震笔记，说明该译者也未在纪实与虚构之间划出清晰的界限："英国呵尔唔斯·歇洛克者，近世之侦探名家也。所破各案，往往令人惊骇错愕，目眩心悸。其友滑震，偶记一二事，晨甫脱稿，夕遍欧美，大有洛阳纸贵之概。故其国小说大家陶高能氏，益附会其说，迭著侦探小说，托为滑震笔记，盛传于世。"[2]《弁言》结尾称："至于滑震笔记原书，虽几经续译，而未尽者尚多。自顾不才，未敢妄为续貂也。左篇稿脱，乃弁数语于简端。"[3]可见，译者仍将道尔笔下的案件记录人华生视为真实存在的人物。

上例中，将道尔所著侦探小说建基在滑震笔记之上，并在"窃毁拿破仑遗像"题名下标注"全篇仍托为滑震记载语"，说明译者开始有了一定的小说意识，但将虚构之理想侦探假托为现世之真实侦探，说明译者对于小说的虚构性仍理解不够。这还表现在译者将福尔摩斯复生之理由归为"嗣自歇洛克逝世后，虽奇案叠叠，而他人无复有如歇氏之苦心思索，默运脑髓以破之者，而陶氏亦几有搁笔之叹。于是创为歇洛克复生之说，假借盛名，实其记载"[4]。该说同现今通行的"厌弃"说相悖，道尔认为"自己正处于这样一种危险，即，将创作之笔被迫用于并彻底认同被我视作低等的文学成就之上"[5]。道尔的厌弃还来自侦探小说创作自身的创新压力："写完26个福尔摩斯故事之后（含《硬纸盒子》——

---

1 知新子（周桂笙）. 歇洛克复生侦探案·弁言[Z] // 陶高能（柯南道尔）. 歇洛克复生侦探案. 新民丛报，1904（7）：86.

2 同上，第85-86页。

3 同上，第86页。

4 同上。

5 英文原文为 "…I saw that I was in danger of having my hand forced, and of being entirely identified with what I regarded as a lower stratum of literary achievement." Doyle, Arthur Conan. *Memories and Adventures* [M]. New York: Cambridge University Press, 2012: 99.

笔者），再让他（道尔）构想新的探案情节以及一连串的推理过程，那真是一件"令人痛苦的事情'。"[1]而福尔摩斯的复活更多是商业化运作的结果——读者的强烈要求和报社的丰厚报酬诱使作者再次提笔。认为滑震笔记真实存在，认为福尔摩斯复生前确有其人，以上两种"伪说"反映了译者不彻底的小说意识，同时也让译文染上了"开启民智"和商业包装的双重色彩。

从《歇洛克复生侦探案·弁言》中的伪称，到《华生包探案·序》中的"茶余酒罢遣兴之助"[2]，雅俗的社会功利影响逐渐减弱，娱乐、通俗的功利影响加大。可见，从晚清的雅俗探索到民初的向俗风潮，其间有着较为清晰的过渡痕迹。

尽管如此，《时务报》开启的标榜社会功利价值的做法得到了后来者的肯定和传承，渐渐发展为某种评论定式。

这种传承主要基于福尔摩斯探案小说在了解西方、教育大众上的意义，包括了解西方的司法审判制度、私家侦探地位、推理演绎的逻辑方法等方面。《歇洛克奇案开场·序》中的"寓其改良社会、激劝人心之雅志"[3]是在借侦探小说唤起民众救国新民的热情。《笑序》所说"今之所谓侦探者，夫岂苟焉已哉？必其人重道德、有学问，方能藉之以维持法律、保障人权，以为国家人民之利赖"[4]，是出于司法制度比较视角来考量侦探小说的。比较的结果难免不对当时司法制度的落后进行揭露和抨击，《冷序》中抨击中国官府侦探的腐败："中国侦探则不然，种赃、诬告、劫人、暗杀，施其冤抑之手段，以陷人于困苦颠沛之中。然则中国之所谓侦探者，其即福尔摩斯所欲抉发而除锄者欤？"[5]严独鹤对比了私家侦探同官方侦探："私家侦探不可少，而官中之侦探，则多且滋患。何以故？为私

1 米勒，罗素."福尔摩斯之父"柯南·道尔的传奇一生[M].张强，译.南京：江苏文艺出版社，2012：92.

2 商务印书馆主人.序（1903）[M] //（柯南道尔）.华生包探案.商务印书馆编译所，译述.上海：商务印书馆，1906：1.

3 陈熙绩.歇洛克奇案开场·序[M] // 歇洛克奇案开场.林纾，魏易，译.上海：商务印书馆，1914：序.

4 天笑生（包天笑）.福尔摩斯侦探全集·笑序[C] // 任翔，高媛.中国侦探小说理论资料1902—2011.北京：北京师范大学出版社，2013：31.

5 冷血（陈景韩）.福尔摩斯侦探全集·冷序[C] // 任翔，高媛.中国侦探小说理论资料1902—2011.北京：北京师范大学出版社，2013：32.

家侦探者，必其怀热忱，抱宏愿，如故之所谓游侠然，将出其奇才异能，以济法律之穷，而力拯众生之困厄者也。"[1]半侬的"柯氏此书，虽非正式的教科书，实隐隐有教科书的编法。其写福尔摩斯，一模范的侦探也；写华生，一模范的侦探助理也"[2]，更多的是对西方司法稽查制度的借鉴诉求。

清末民初的这种论调在民国中期以来仍得到强调，福尔摩斯科学探案的社会价值和意义还在彰显，"社会间机诈之事，层出不穷，侦探之需要甚亟。窃愿有侦探如福尔摩斯、聂克·卡托华之产生，以救济哀哀无告之人也"[3]。《美国威尔逊硕士序》称福尔摩斯探案小说"可以增进人们敏锐的观察，利用科学方法，解决一切困难问题"[4]。

到了20世纪50年代，群众出版社1957年推出的《四签名》在前言中仍在肯定福尔摩斯作品的科学探案精神："他能利用各种巧妙的侦察手段和推理的方法来调查与案情有关的线索。他善于从错综复杂的情节中剥去各种假象的外衣，抓住实质。他能够根据后果和残缺不全的痕迹，合理地推断出案件发展的过程，终而挖出元凶。"[5]

在教育意义方面，刘半农看到了福尔摩斯探案的逻辑理性，百余年来此类批评并不多：

一案既出，侦探其事者，第一步工夫是一个索字；第二步工夫是一个剔字；第三步工夫即是一个结字。何谓索？即案发之后，无论其表面呈若何之现象，里面有若何之假设，事前有若何之表示，事后有若何之行动，无论巨细，无论隐显，均当搜索靡遗，一一储之脑海，以为进行

1 严独鹤.福尔摩斯侦探案全集·严序[C] // 任翔，高媛.中国侦探小说理论资料1902—2011.北京：北京师范大学出版社，2013：32.
2 半侬（刘半农）.福尔摩斯侦探案全集·跋[C] // 柯南道尔.福尔摩斯侦探案全集.刘半农，等译.上海：中华书局，1916：跋.
3 烟桥（范烟桥）.侦探小说琐话[J].侦探世界，1923（2）：11.
4 威尔逊.美国威尔逊硕士序[C] // 柯南道尔.福尔摩斯新探案大集成：12册.徐逸如，译.何可人，选辑.上海：武林书店，1937：1.
5 群众出版社编辑部.前言[M] // 柯南道尔.四签名.严仁曾，译.北京：群众出版社，1957：前言.

之资。……何谓剔？即根据搜索所得，使侦探范围缩小之谓。……至于最后一个结字，则初无高深之理想足言，凡能于索字用得功夫，于剔字见得真切者，殆无不能之。然而苟非布置周密，备卫严而手眼快，则凶徒险诈，九仞一篑，不可不慎也。[1]

后来的批评者也认识到了逻辑推理在探案中的作用，但挖掘并不深。冯亦代将福尔摩斯风靡的原因归结为"不在于以恐怖残酷取胜"，将凶杀"作为他故事的引子，大费笔墨的则是写神探福尔摩斯分析推理的方法，……也就是经过对案件的烛隐抉微，排尽万难，终于得到凶杀案的来龙去脉"[2]。

二、审美导向观照下的《时务报》译文：向俗、向雅两种尝试

《时务报》首次译介的四篇福尔摩斯探案小说，均采用话本小说的标题拟制方式，意在适俗，而副标题强调"笔记"，则是向古代雅文学靠拢。可见，误将小说看作纪实性的新闻报道使得译者在形式应对上思路混乱，只能在向雅、向俗的方向上做一些尝试。适俗方面，对于细节性描写的大量删除，说明此时译者尚不懂得减缓叙述速度的妙处，仍以传统的故事中心为小说是否优秀的衡量标准。对话开篇的删削说明译者尚不能体会短篇小说形式由纵述到横截转变的价值。各篇的适俗程度不一，总体的趋势是由俗向雅。

第一篇福尔摩斯探案故事《英包探勘盗密约案》对原文的调整最大，至少显示出译者在以下三个审美层面上的不适应：一是对第一人称叙事的不适应，二是对叙事采取的倒叙模式不适应，三是对侦探小说开篇方式的不适应。

第一人称叙事给晚清新小说的创作带来了一定的突破，这虽非译介域外小说带来的创新，但第一人称创作的普及确实同侦探小说的译介关系密切。侦探小说在第一人称的运用上充分显示了自身的悬念美学效果，极大地调动了读者的叙事参与感。以《时务报》刊载的四篇福尔摩斯探案故事来看，译者经历了从中国古

---

1 半侬（刘半农）.福尔摩斯侦探案全集·跋[C] // 柯南道尔.福尔摩斯侦探案全集. 刘半农，等译.上海：中华书局，1916：跋.
2 冯亦代.柯南道尔弃医从文百年纪念[J].瞭望周刊，1991（27）：37.

代惯用的第三人称全知视角到相对陌生的第一人称限制视角的转变。

　　传统小说的第三人称全知叙事一般同整齐划一的线性叙事时间搭配使用。为此，第一篇福尔摩斯探案故事做出了极大的调整——以案件委托人攀息为切入点，介绍其生平、其与华生的同学关系、遇到的困难及相应的请求。这样一来，案件委托人陈述自己如何丢失密约的情节被迫前移，原文的结构产生了大幅度的扭曲变形。

　　之所以要做如此大的调整，同福尔摩斯探案小说的叙事时间扭曲有很大关系。侦探小说的倒叙开场，同晚清读者，尤其是士大夫阶层、维新人士的阅读习惯不匹配。传统小说也有补白性质的干预性倒叙，但结构性的倒叙对于传统小说而言，是对情节连贯的破坏，因此很少被采用。做时空顺序的大调整、借此重新布局和安插细节并使全文妥帖无误是相当困难的事，于是译者在第二篇福尔摩斯探案故事《记伛者复仇事》中进行了调整。译者尽管保留了第三人称全知叙事，却改变了叙事时间："滑震又记歇洛克之事云：滑震新婚后数月，一日夜间，方坐炉旁览小说。……忽闻门铃骤摇，亟视钟，已十一点三刻。……含怒启局门，门甫开，即见歇洛克立阶上。正骇异，歇谓曰：'深夜相扰，得毋见怪。'"[1]这种福尔摩斯亲自陈述案情或是案件委托人自己陈述案情的方式均属倒叙，译者此处采纳了原文的倒叙形式，保留倒叙便于译者用第三人称全知叙述改写，很多地方仅需将"我"改为"滑（震）"即可。可见，倒叙比第一人称更早被译者接受。

　　从第三篇《继父诳女破案》起，译者开始接受第一人称次要人物仰视式叙述。[2]开篇如下："余尝在呵尔唔斯所，与呵据灶舭语。清谈未竟，突闻叩门声，仆人通谒曰：'有女名迈雷色实者，请一见谈密事。'"[3]有了第三篇的经验，第四篇的第一人称叙事和倒叙就显得顺理成章："余友呵尔唔斯，凤具伟才，余已备志简端，惜措词猥芜，未合撰述体例。兹余振笔记最后一事，余心滋戚。……

1　（柯南道尔）. 记伛者复仇事[N]. 张坤德，译. 时务报，1896（10）：18.

2　孔慧怡因未找到《继父诳女破案》原文，因此在《还以背景，还以公道——论清末民初英语侦探小说中译》一文中，只能将第一人称限制叙事的率先使用归结到《时务报》刊载的最后一篇福尔摩斯探案故事《呵尔唔斯缉探被戕》上。

3　（柯南道尔）. 继父诳女破案[N]. 张坤德，译. 时务报，1897（24）：17.

诚以提论此事，使余哀怜。时逾两纪，犹未慊也。"[1]

尽管第三篇保留了第一人称叙事，但该篇对原作开篇改动最大，删除了福尔摩斯有关"生活比人们的任何想象都要奇异"[2]的一番宏论、华生与福尔摩斯的辩论与反诘、有关鼻烟壶和宝石戒指来由的叙述、福尔摩斯对案件趣味性的剖析以及福尔摩斯对来访女主顾情感状态的两种推断。

与之形成对比的是《记伛者复仇事》。这个故事的开篇改动最小，因该篇采用了福尔摩斯直接登场拜访华生陈述案情的方式，故而直切主题，符合传统小说"溯源式开场"的要求，即时间（"新婚后数月，一日夜间"）、地点（诊所之中，因有"方坐炉旁"等言语）、人物（歇洛克及滑震），加上起因（"末节君能助我否？"[3]）。

可见，中西方小说开篇模式的差异造成了翻译中的删削现象。

除了形式上的差异，西方侦探小说在开篇所涉内容也与中国小说大不同。福尔摩斯探案开篇牵涉逻辑演绎推理，福尔摩斯论述演绎法的部分可谓整个探案系列中的精华和点睛之笔，也是福尔摩斯作为科学探案偶像地位被确立的根基。译者却将理论升华的这部分统统删去，这说明当时的译者对侦探小说的精髓尚无深刻的认识。

仍以《记伛者复仇事》开篇为例。福尔摩斯在故事开篇对演绎推理进行的精彩论述均被删除。如演绎效果的不可思议——"仅仅是因为旁人没有留意到他用作演绎基础的那个小小细节"[4]；另外，华生故事耸人听闻的效果在于华生"把案情当中的一些要素捏在了自个儿的手心里"[5]。

类似的演绎推理总结在第三篇福尔摩斯探案故事《继父诳女破案》译介时也被删去（该故事原文先于其他三篇故事发表，也不在另外三篇所在的小说集《福尔摩斯回忆录》中，属于福尔摩斯探案系列的第一部短篇小说集《福尔摩斯冒险史》（1892年，先于前者一年）。如下面这句："在一名观察专家看来，细节才

1　（柯南道尔）.呵尔唔斯缉案被戕[N].张坤德，译.时务报，1897（27）：17.
2　柯南·道尔.福尔摩斯探案全集[Z].李家真，译注.北京：中华书局：2012b：77.
3　（柯南道尔）.记伛者复仇事[N].张坤德，译.时务报，1896（10）：18.
4　柯南·道尔.福尔摩斯探案全集[Z].李家真，译注.北京：中华书局：2012c：185.
5　同上。

60

是案子的精魂所在。"[1]除此之外，福尔摩斯也不时发表一些关于犯罪的论述：
"生活比人们的任何想象都要奇异……各式各样的离奇巧合、图谋算计和误解猜疑，……奇巧的事件链条，……所有这些东西如何世代相因，产生种种最为不可思议的结果。"[2]译者删除演绎推理和犯罪的相关论述，有可能出于对逻辑学的不了解。严复翻译的《穆勒名学》和《名学浅说》分别在1905年和1909年出版，其发起成立名学会并系统讲授逻辑学是在1900年。在此之前，难以期待民众对培根视为"一切法之法、一切学之学"[3]，严复视为"公家之用者"[4]的逻辑学——包括演绎、归纳等——有更多的认识。

如果说删除和逻辑相关的演绎推理尚情有可原的话，删去开篇中有关案件重要性或是其独特之处的话语则显得比较突兀。如第一案的被删部分就清晰地记录了案件的意义："前述三起案件的记录，……第一件案子关涉极大，……也许要到下个世纪，公布案情才不至于引发危机。有鉴于此，我决定暂且略过此案，转而叙写前述的第二件案子。"[5]

在第四案《呵尔唔斯缉案被戕》中，不仅涉及案件重要性的开篇话语没有被删，叙事人称和叙事时间也都保持了原文的模样。该案件的独特之处体现在以下几方面。首先，案件蕴含了华生对福尔摩斯的兄弟情义："时逾两纪，犹未懔也"[6]；其次，企图颠倒黑白的声音令华生义愤填膺："夕姆斯莫立亚堆副将来函，曲护伊弟行为"[7]；最后，"齐尼乏报""路透捷报"[8]相关报道模糊不清，未能彰显正义。第一人称体现在全篇始终以"余"的视角展开叙事。倒叙体现在华生对福尔摩斯和莫里亚蒂两人纠葛的态度上。文中先言有人要为莫里亚蒂翻案，然后再回溯两人恩怨的始末。

1　柯南·道尔.福尔摩斯探案全集[Z].李家真，译注.北京：中华书局：2012b：77.
2　同上.
3　穆勒，约翰.穆勒名学[M].严复，译述.北京：商务印书馆，1981：2.
4　严复.西学门径功用——在北京通艺学堂的演讲词[C] // 尚玉卿.百年大学演讲录.北京：中国友谊出版公司，2008：4.
5　柯南·道尔.福尔摩斯探案全集[Z].李家真，译注.北京：中华书局：2012c：267.
6　（柯南道尔）.呵尔唔斯缉案被戕[N].张坤德，译.时务报，1897（27）：17.
7　同上，第17-18页。
8　同上，第18页。

第四案不仅在开篇方式、倒叙、第一人称三个方面较以前的译文有了质的变化，其他方面也有较大改观，基本做到了以原文为中心进行翻译，"五四"前出现的此种翻译观实属个案。这种改观令读者不禁怀疑译者是否为一人。[1]该译文的原文中心观体现在未对译文做出较大删改上。不仅人物描写逼真生动，景色刻画细致仿若原文，连晚清译者"忌讳"的心理描写也都刻意保留下来。人物描写方面，莫里亚蒂"长而瘦，额骨尖而白，两眼深入眶里，头发甚修整，面白无血色，两肩上耸，如读书人常态，一望而知为山长也。其头向前而伸。动摇间宛如蛇形。眼闪闪视我曰……"[2]比照原文：

> He is extremely tall and thin, his forehead domes out in a white curve, and his two eyes are deeply sunken in his head. He is clean-shaven, pale and ascetic-looking, retaining something of the professor in his features. His shoulders are rounded from much study, and his face protrudes forward and is forever slowly oscillating from side to side in a curiously reptilian fashion. He peered at me with great curiosity in his puckered eyes.[3]

画线部分漏译，译文也有些小的改动，如将"一望而知为山长也"一句错后翻译。错译也不是没有，如将"clean-shaven"译为"头发修整"，将"爬行动物"译为"蛇"，也未将"puckered eyes"表述的眼睛眯缝起来的状态译出来，细节上的瑕疵不可谓不多，但放在翻译文学稀少、中西文学审美格格不入的晚清语境中，这样的人物描写已算宝贵。

1　1899年，上海素隐书局将1896年《时务报》第1期刊载的《英国包探访喀迭医生案》连同其他四篇福尔摩斯探案故事结集，与《茶花女遗事》合刊，名为《包探案》（也称《新译包探案》）。该篇在《时务报》刊载时列在《域外报译》栏下，为"桐乡张坤德译"，结集时五篇故事的译者却均署"丁杨杜译"。尽管丁实为文明书局发行人，应将其排除在福尔摩斯的译者之外，但译文风格的不一致确实十分明显。

2　（柯南道尔）.呵尔唔斯缉案被戕[N].张坤德，译.时务报，1897（28）：16-17.

3　Doyle, Arthur Conan. *The Complete Sherlock Holmes* [Z]. New York: Doubleday/ Penguin Books, 1930: 472.

译文中的景物描写也力趋逼真，如对福尔摩斯"葬身地"莱辛巴赫瀑布的描写：

> 及至瀑布处，在山半倒注，境险可怖，水因雪融盛涨而下，涌进深谷，复从深谷涌起波沫，恍若火焰之熛突，然后冲入大峡。是峡四面皆黑石，瀑布汹涌彭湃，訇訇相隉，足使观者目眩神骇。我等立在山边，向下注视，闻水声与黑石相激，有如千军万马，鼓噪而前。[1]

《时务报》是以社会舆论为总体导向并借此扩大影响的媒体，文学性的景物描写非其关注点，但这段景物描写言辞简约清晰，描述直观生动，修辞翻译得体，充分体现了瀑布的奇、险和壮阔。漏译的部分仅有两处："and narrowing into a creaming, boiling pit of incalculable depth" "The long sweep of green water roaring forever down, and the thick flickering curtain of spray hissing forever upward"[2]。

心理描写也十分细致。华生返归瀑布，不见福尔摩斯，心乱如麻："细想呵之木棍，使余心碎，可见伊并未至洛生劳，必仍在此条小路上。一面是山，一面是陡坡，及仇人赶到，尚未走开。此时瑞士童子，亦不知去向，谅伊亦是莫之党羽，听莫与呵为难，然则究竟实情如何，谁能言之？"[3]此段心理描写生动细腻，充分表现了华生对老友的情感。译文几乎字字对译，可谓近于忠实。

另外，如果以一种宏观的眼光观之，《时务报》第四篇福尔摩斯探案小说译文诚可谓雅饬可嘉。晚清翻译批评者常因语言能力不足而无法进行原文、译文的对比研究，评论者常评译者的文学修养，而非翻译能力。以"文笔"代替"译笔"，这种批评方式为后世诟病。但不容忽视的一点是："译笔"确实是雅化的一个重要方面，这一点在整个民国时期的通俗文学翻译中没有得到很好地落实。尤其是民初，媚俗风潮渐起，词气浮露之风渐盛，译文甚至担不起晚清翻译批评

1　（柯南道尔）. 呵尔唔斯缉案被戕[N]. 张坤德，译. 时务报，1897（30）：17.

2　Doyle, Arthur Conan. *The Complete Sherlock Holmes* [Z]. New York: Doubleday/ Penguin Books, 1930: 478.

3　（柯南道尔）. 呵尔唔斯缉案被戕[N]. 张坤德，译. 时务报，1897（30）：18.

词汇中泛滥的"雅驯""雅饬""佳""妙"之评价。以此观察《时务报》刊载的这一译文,其译笔之佳尤显难能可贵。

第四篇福尔摩斯探案小说的另一雅化表现在不畏疑难的翻译精神上,福尔摩斯和莫里亚蒂的对峙话语就是一例。莫里亚蒂猜透了福尔摩斯的心思并威胁他:"You hope to place me in the dock.... You hope to beat me. I tell you that you will never beat me. If you are clever enough to bring destruction upon me, rest assured that I shall do as much to you."[1]福尔摩斯委婉应战:"...If I were assured of the former eventuality I would, in the interests of the public, cheerfully accept the latter."[2]莫里亚蒂丢下一句晦涩难解的恐吓之语:"I can promise you the one, but not the other."[3]新译近乎字对字的译文,"我只能跟您担保其中一件,另一件我可担保不了"[4],保留了原文的迂回。1981年全集认为"the one"指代"I shall do as much to you","the other"指"bring destruction upon me"。该理解较为准确,译文相应译为,"我答应与你同归于尽,但不是你毁灭我"[5]。《时务报》译文为:"莫不言而起,摇首者再,既而曰:'……尔今谈笑之下,意欲擒我,则万万不能。尔可以制我之命,则我亦能制尔之命也。'我曰:'……我果能为地方除去一害,即置我死地,亦所甘心。'莫作恨恨声曰:'我只能许尔一语,不能许汝又一语也。'"[6]从上下文来看,该译文基本做到了逻辑清晰,即莫不甘失败,要置福于死地(许诺的是"制尔之命"),而不是相反(不许诺的是"制我之命")。该译文表明译者对原文的理解相当准确。

第四篇译文美中不足的是结尾的收束过分匆忙:"我现在所以写此篇之故,皆因为莫助虐者,毁谤我所亲敬之良朋耳。"[7]其实,原文结尾处作者部分套用了斐多评苏格拉底的话来评价福尔摩斯:"...whom I shall ever regard as the best and

---

1　Doyle, Arthur Conan. *The Complete Sherlock Holmes* [Z]. New York: Doubleday/Penguin Books, 1930: 473.

2　同上。

3　同上。

4　柯南·道尔. 福尔摩斯探案全集[Z]. 李家真, 译注. 北京: 中华书局: 2012c: 323.

5　柯南道尔. 福尔摩斯探案全集[Z]. 丁钟华, 等译. 北京: 群众出版社, 1981b: 228.

6　(柯南道尔). 呵尔唔斯缉案被戕[N]. 张坤德, 译. 时务报, 1897(28): 17.

7　(柯南道尔). 呵尔唔斯缉案被戕[N]. 张坤德, 译. 时务报, 1897(30): 18.

the wisest man whom I have ever know."[1]该评价给人盖棺论定的印象，对提升读者对福尔摩斯的崇敬之情不无深意，不宜删减。

总体而言，该译文对清末民初常被译者删改的景物、心理、人物描写未做大的变动，这是译文"雅化"意识的明显体现。

纵观四篇译文，由"俗"至"雅"的演进路径清晰，译者对人称、叙事时间、开篇意蕴的理解日渐深刻，景物、心理、人物描写的价值也渐被发掘。

值得注意的一点是，从《时务报》的四篇福尔摩斯译文来看，译界对于晚清翻译中的删改现象理解并不全面，和情节关联并不紧密的人物、景物刻画或是心理描写被保留的例子不仅上述几例。以景物描写而言，即使是全盘改写的第一篇《英包探勘盗密约案》对之也有保留，只不过对景物描写的用意知之不深罢了。"歇语毕四视，忽拈一枝玫瑰花，嗅之曰：'此花粉红与绿叶新鲜相映，凡具奇姿，必有奇福，君事或得之此花乎？"[2]这段对洋蔷薇（moss-rose）描述的文字是和福尔摩斯阐述宗教需要演绎法来改进的一套高论联系起来的——"要想证明上帝的仁慈，花朵就是最有利的力量。……它的芬芳和颜色令生命增辉添彩，但却不是生命存在的条件。额外的恩赐只能出自仁慈的胸襟，所以我要再一次强调，因为花朵的存在，我们完全可以对生活充满希望。"[3]当时的译者无法理解福尔摩斯的奇谈怪论，更无法理解作者塑造的福尔摩斯是有种种怪癖、有"缺陷"的科学侦探，因此原文中福尔摩斯的些许荒诞被译者抹去。另外，译者对宗教和上帝之类并不关注，将福尔摩斯改写为类似佛祖拈花微笑般的神秘形象。此类改写可谓给民初世俗化的译本树立了模仿的典范，与《时务报》后期刊载的更趋近以原文为中心的福尔摩斯探案小说翻译相反，后者开启的是一种"向雅"的模式。

1　Doyle, Arthur Conan. *The Complete Sherlock Holmes* [Z]. New York: Doubleday/Penguin Books, 1930: 480.
2　（柯南道尔）.英包探勘盗密约案[N].张坤德，译.时务报，1896（7）：15.
3　柯南·道尔.福尔摩斯探案全集[Z].李家真，译注.北京：中华书局：2012c：285.

65

第二节　适俗的初步尝试：《绣像小说》（1903）译本

"华生包探案"为误读，系福尔摩斯探案，若以当时的观念来看，"包探"应改为"议探"才大致符合福尔摩斯"咨询侦探"[1]的私家身份。《华生包探案》（1906）最初在《绣像小说》（1903）上刊载，说明此期的译者已有了明确的小说意识。在这本以"化民"为宗旨的刊物上发表上述评论表明社会功利性的雅俗观仍然有较大的影响力，至少通俗小说可以借这一名义行娱乐消遣之实。从文学审美方面看，1906年始，西方经典文学作品的数量才明显上升。[2]为此，《绣像小说》上刊载的福尔摩斯探案作品采取适俗姿态是其必然选择。前期《时务报》译文做出的部分适俗调试也为《绣像小说》的译文处理起到了示范与导引的作用。

尽管和当时的豪杰译相比，译文基本上只删而不增[3]，较多地忠实原文，但仍然是趋俗的译本。译文以目标语文化为参照坐标进行了较大的改写，细读之下漏译、误译、小的改动仍显得较多。此期译者外语水平不高，翻译经验不足，译作不能很好地保持作品的完整性并折射作品的文学性。译作的改写同时顺应了晚清现代都市兴起、市民社会形成、报刊业迅速发展、通俗文学市场相应扩大的时代潮流。另外，粗通文墨的"愚民"客观上对翻译数量要求紧迫，对翻译质量要求不高。

就改写的具体情况而言，大致存在"疏忽"和"深思熟虑的删节或改动"两种情况。有学者指出："译者或编者因种种限制，很多时候做出仓促的决定，以致后世对这个时期的翻译留下不良印象，甚至把一些深思熟虑的删节或改动亦归入疏忽之列。"[4]以上两种改动的动因大致可从学养不足和文化与文学干预两方面进行分析。

1　柯南道尔.福尔摩斯探案全集[Z].丁钟华，等译.北京：群众出版社，1981a：18.
2　参见：陈平原.中国现代小说的起点：清末民初小说研究[M].北京：北京大学出版社，2005：32.
3　孔慧怡所称的"只删而不增"也是相对的。她所谓"从这个角度来看……他们对翻译的态度也可以说是非常严谨的"，是就当时"半译半作"的翻译风气而言。参见：孔慧怡.以通俗小说为教化工具——福尔摩斯在中国（1896—1916）[C]//孔慧怡.翻译·文学·文化.北京：北京大学出版社，1999：25.
4　孔慧怡.翻译·文学·文化[C].北京：北京大学出版社，1999：26.

一、学养不足：不能，非不为也

译者由于语言能力不足，文化知识储备不够，对西方小说缺少必要的认识，不能很好地把握原作思想，产生的译文自然达不到"雅化"的程度。这是《绣像小说》上刊载的福尔摩斯探案小说译作的客观现实。

译者语言能力不足导致的误译时常发生，词、短语、专名、术语都存在误译的问题。在词、短语的误译方面，如果说 "portrait"[1] 译作 "遗像"[2] 系译者对死者画像与生者画像的区分，那么 "the butt end of a pistol"[3] 译作 "昔日之枪声"[4]，"the chest of drawers"[5] 译作 "抽屉"[6] 只能归因于译者语言能力不足。"Halfway down Harley Street"[7] 被理解为 "至赫力街，归途方半"[8] 也反映了同样的问题，此处实为 "穿过了半条哈莱街"[9]。对短语中的习语，译者译得颇为随意，如 "freeze on to（my ankle）"[10] 被生硬地译作 "冻毙于余足旁"[11]，其实是 "咬住我的脚踝不放"[12]；专有名词翻译常不准确，"Constable Pollock" 译作 "康斯泰泊

1　Doyle, Arthur Conan. *The Complete Sherlock Holmes* [Z]. New York: Doubleday/Penguin Books, 1930: 423.
2　（柯南道尔）. 华生包探案[Z]. 商务印书馆编译所，译述. 上海：商务印书馆，1906：100.
3　Doyle, Arthur Conan. *The Complete Sherlock Holmes* [Z]. New York: Doubleday/Penguin Books, 1930: 374.
4　（柯南道尔）. 华生包探案[Z]. 商务印书馆编译所，译述. 上海：商务印书馆，1906：1.
5　Doyle, Arthur Conan. *The Complete Sherlock Holmes* [Z]. New York: Doubleday/Penguin Books, 1930: 433.
6　（柯南道尔）. 华生包探案[Z]. 商务印书馆编译所，译述. 上海：商务印书馆，1906：117.
7　Doyle, Arthur Conan. *The Complete Sherlock Holmes* [Z]. New York: Doubleday/Penguin Books, 1930: 430.
8　（柯南道尔）. 华生包探案[Z]. 商务印书馆编译所，译述. 上海：商务印书馆，1906：111.
9　柯南·道尔. 福尔摩斯探案全集[Z]. 李家真，译注. 北京：中华书局：2012c: 226.
10　Doyle, Arthur Conan. *The Complete Sherlock Holmes* [Z]. New York: Doubleday/Penguin Books, 1930: 374.
11　（柯南道尔）. 华生包探案[Z]. 商务印书馆编译所，译述. 上海：商务印书馆，1906：2.
12　柯南·道尔. 福尔摩斯探案全集[Z]. 李家真，译注. 北京：中华书局：2012c: 98.

波罗遂克"[1]，忽略了警员这一警衔，此前提及的"Sergeant Tuson"[2]为警长，两者均系伦敦警察厅（俗称"苏格兰场"）的一种警衔制度等级。"Hop"[3]为"啤酒花"，译者略去经营品种，直接译为"余向经商"[4]。在专业词汇翻译方面译者语言能力的不足表现尤为明显，如"强直性晕厥"[5]（原文"catalepsy"[6]）被译作"瘫痪症"[7]，"seizures"[8]指晕厥"发作"，被理解为"刀剪"[9]，可能是同"scissors"（剪刀）混淆的结果。

　　需要注意的是，在词的翻译层面，译者对文化负载词的删改不少。《旅居病夫案》中来访医生表示想在卡文迪许广场开一间诊所，伦敦的医家云集之地国人未必熟悉，译者删去不译情有可原。"四肢和胸膛都如赫拉克勒斯一般健美"[10]，

1　（柯南道尔）. 华生包探案[Z]. 商务印书馆编译所，译述. 上海：商务印书馆，1906：97.

2　Doyle, Arthur Conan. *The Complete Sherlock Holmes* [Z]. New York: Doubleday/ Penguin Books, 1930: 373.

3　同上，第353页。

4　（柯南道尔）. 华生包探案[Z]. 商务印书馆编译所，译述. 上海：商务印书馆，1906：45. 但《书记被骗案》中用"汽车"（柯南道尔，1906：86）来对译"train"（Doyle, Arthur Conan. *The Complete Sherlock Holmes* [Z]. New York: Doubleday/Penguin Books, 1930: 367）并非误译，因为19世纪末20世纪初"汽车"和"火车"名称存在"混乱的一个过渡时期"［杨敬宇. 术语探源（一）科技名词发展考察三则[J]. 科学技术语研究，2001（4）：33］。在《银光马》案中，"train"（Doyle, Arthur Conan. *The Complete Sherlock Holmes* [Z]. New York: Doubleday/Penguin Books, 1930: 335）的确是被译为"火车"［（柯南道尔）. 华生包探案[Z]. 商务印书馆编译所译述. 上海：商务印书馆，1906：18］的，可见《华生包探案》的译文很可能并非出自一人之手。《哥利亚司考得船案》中的"福而摩司"（柯南道尔. 华生包探案[Z]. 商务印书馆编译所译述. 上海：商务印书馆，1906：1）在《旅居病夫案》中作"福而摩斯"［（柯南道尔）. 华生包探案[Z]. 商务印书馆编译所译述. 上海：商务印书馆，1906：98］，在其他四案中均为"福尔摩斯"，据此也可推测译者很可能非一人。

5　柯南·道尔. 福尔摩斯探案全集[Z]. 李家真，译注. 北京：中华书局：2012c：216.

6　Doyle, Arthur Conan. *The Complete Sherlock Holmes* [Z]. New York: Doubleday/ Penguin Books, 1930: 425.

7　（柯南道尔）. 华生包探案[Z]. 商务印书馆编译所，译述. 上海：商务印书馆，1906：103.

8　Doyle, Arthur Conan. *The Complete Sherlock Holmes* [Z]. New York: Doubleday/ Penguin Books, 1930: 427.

9　（柯南道尔）. 华生包探案[Z]. 商务印书馆编译所，译述. 上海：商务印书馆，1906：107.

10　柯南·道尔. 福尔摩斯探案全集[Z]. 李家真，译注. 北京：中华书局：2012c：219.

此处涉及希腊神话中的大力士，为免去读者猜解之劳，译为"孔武有力"[1]。"取治疗晕厥的药物亚硝酸戊酯吸入剂"改为去药室"取药水"[2]；"the West End"[3]为诊所所在之西区，译作"西屋"[4]；"the Telegraph"[5]为"《每日电讯报》"，译作"电报"[6]；"欧石楠（烟斗）"[7]被省去；"唐璜"[8]的风流作风难以理解，也被删去；赛马中的赔率，译者不解，将"一赔三"[9]的赔率译为"三次中得胜者再"[10]。纽马克将文化划分为五类范畴[11]，其中物质文化包括食物、衣装、住房与城镇、交通等方面。原文中的"dressing gown"[12]意在加入服装文化，指的是"（梳妆、休息等时罩于睡衣外的）晨衣"[13]。译文"福尔摩斯已立床侧著衣履"[14]一句将"晨衣"省去。当下译本仍译作"睡衣"[15]，可见译者对西方文化中的服装文化认识不够。

词汇理解不到位也会破坏文体效果，造成语气不当。"Sorry to bring you out

1　（柯南道尔）. 华生包探案[Z]. 商务印书馆编译所，译述. 上海：商务印书馆，1906：106.

2　同上，第107页。

3　Doyle, Arthur Conan. *The Complete Sherlock Holmes* [Z]. New York: Doubleday/Penguin Books, 1930: 427.

4　（柯南道尔）. 华生包探案[Z]. 商务印书馆编译所，译述. 上海：商务印书馆，1906：105.

5　Doyle, Arthur Conan. *The Complete Sherlock Holmes* [Z]. New York: Doubleday/Penguin Books, 1930: 335.

6　（柯南道尔）. 华生包探案[Z]. 商务印书馆编译所，译述. 上海：商务印书馆，1906：19.

7　柯南·道尔. 福尔摩斯探案全集[Z]. 李家真，译注. 北京：中华书局：2012c：42.

8　同上，第133页。

9　同上，第6页。

10　（柯南道尔）. 华生包探案[Z]. 商务印书馆编译所，译述. 上海：商务印书馆，1906：20.

11　Newmark, Peter. *A Textbook of Translation* [M]. Shanghai Foreign Language Education Press, 2001: 95.

12　Doyle, Arthur Conan. *The Complete Sherlock Holmes* [Z]. New York: Doubleday/Penguin Books, 1930: 431.

13　陆谷孙. 英汉大词典[K]. 2版. 上海：上海译文出版社，2007：562.

14　（柯南道尔）. 华生包探案[Z]. 商务印书馆编译所，译述. 上海：商务印书馆，1906：113.

15　柯南·道尔. 福尔摩斯探案全集[Z]. 李家真，译注. 北京：中华书局：2012c：227.

on such a fool's errand"[1]句中"sorry"译作"可谓不幸"[2],语气过重。这样的误译还会造成短语意义的费解,"比秋昔日竞争之际遇"[3](原文"the incidents of Beecher's career"[4])就很难理解。

译者的语法知识不足是译文出现偏差的另一原因。《旅居病夫案》中福尔摩斯猜中华生的心思,译者翻译出来的效果竟是没有猜中。原文如下:"'You are right, Watson,' said he. 'It does seem a most preposterous way of settling a dispute.'/ 'Most preposterous.'..."[5]文中,华生的回答包含重复字眼,译成截然相反的话语"否,恐难如君言"[6],确实令人费解。这样一来,福尔摩斯在读者心中料事如神的神探形象的可信度会大打折扣,译者对于比较级与最高级这一语法现象理解不够,致此失误。

比较结构之外,译者在否定结构的理解上也错误频出。上例中,福尔摩斯接着提及爱伦·坡小说中的推理,并表示自己常做此类推断。[7]译文"否否。余不信"[8]是对华生所言"Oh, no!"[9]的误解,华生此处要传达的仅是"我并没有表达

---

1 Doyle, Arthur Conan. *The Complete Sherlock Holmes* [Z]. New York: Doubleday/ Penguin Books, 1930: 430.

2 (柯南道尔). 华生包探案[Z]. 商务印书馆编译所, 译述. 上海:商务印书馆, 1906:111.

3 同上, 第110页。

4 Doyle, Arthur Conan. *The Complete Sherlock Holmes* [Z]. New York: Doubleday/ Penguin Books, 1930: 424.

5 同上, 第423页。

6 (柯南道尔). 华生包探案[Z]. 商务印书馆编译所, 译述. 上海:商务印书馆, 1906: 99.

7 福尔摩斯并没有具体明确地提及爱伦·坡的小说的名字(实际指《莫格街凶杀案》),译文却将其改编为:"余前日非以波也小说之《汗漫游》一篇语子耶?"[(柯南道尔). 华生包探案[Z]. 商务印书馆编译所, 译述. 上海:商务印书馆, 1906: 99]《汗漫游》(今之《格列佛游记》)1903年第8-10期(前两回曾以《僬侥国》之名刊于同年第5期)及此后(至1906年)一直在《绣像小说》上刊载,1903年第10期也正是《旅居病夫案》所在同期,这样的生拉硬拽无疑是在为刊物做广告,其浓厚的商业氛围和相对粗糙的翻译文风一览无遗。

8 (柯南道尔). 华生包探案[Z]. 商务印书馆编译所, 译述. 上海:商务印书馆, 1906: 99.

9 Doyle, Arthur Conan. *The Complete Sherlock Holmes* [Z]. New York: Doubleday/ Penguin Books, 1930: 423.

过不相信"（"expressed incredulity"[1]）的意思。这一点再次证明译者十分欠缺基本语法知识。再举一例，当福尔摩斯表示案件"相当有趣"[2]时，华生这位搭档的仰视视角开始发挥作用："I can make little of it."[3] "君见与仆正相合，仆亦窥见一斑。"[4]译者显然是把原文否定的意思当作肯定来处理了。

译者的外语能力不足还表现为语法和词汇问题常混杂一处。上例中，华生质疑福尔摩斯何以在自己静坐不动的情况下竟能猜出自己的心思，毕竟爱伦·坡小说中的推断者所观察的对象"stumbled over a heap of stones"[5]。译者将其理解为"登高于丛石"[6]，误解了其中的动词及其固定搭配。

如译者对基本词汇、语法理解尚成问题，句意不通自然在所难免。"I should wish to make it an absolute specialty, but of course a man must take what he can get at first."[7]一句被译为"然余学识浅薄，阅历短少，不能畅所欲言，故不免有疵累。语未终，忽觉失言，赧形于色"[8]。译者显然没有理解"absolute specialty" "take what he can get"是来访医生表白自己从事医学事业的心愿与无奈——起步时并没有多少选择的权利。当一位意向投资者问医生"Have you the tact?"[9]，其实来者不是问医生是否有实践经验，"常试练否？"[10]，而是问他待人接物如何，后来译

1 Doyle, Arthur Conan. *The Complete Sherlock Holmes* [Z]. New York: Doubleday/ Penguin Books, 1930: 423.

2 柯南·道尔. 福尔摩斯探案全集[Z]. 李家真，译注. 北京：中华书局：2012c：226.

3 Doyle, Arthur Conan. *The Complete Sherlock Holmes* [Z]. New York: Doubleday/ Penguin Books, 1930: 430.

4 （柯南道尔）. 华生包探案[Z]. 商务印书馆编译所，译述. 上海：商务印书馆，1906：99.

5 Doyle, Arthur Conan. *The Complete Sherlock Holmes* [Z]. New York: Doubleday/ Penguin Books, 1930: 423.

6 （柯南道尔）. 华生包探案[Z]. 商务印书馆编译所，译述. 上海：商务印书馆，1906：99.

7 Doyle, Arthur Conan. *The Complete Sherlock Holmes* [Z]. New York: Doubleday/ Penguin Books, 1930: 425.

8 （柯南道尔）. 华生包探案[Z]. 商务印书馆编译所，译述. 上海：商务印书馆，1906：100.

9 Doyle, Arthur Conan. *The Complete Sherlock Holmes* [Z]. New York: Doubleday/ Penguin Books, 1930: 426.

10 （柯南道尔）. 华生包探案[Z]. 商务印书馆编译所，译述. 上海：商务印书馆，1906：104.

本在此点上也出现了理解障碍，试比较以下译法："你明白吗？"[1]

不解之处，译者不免要生编乱造。"I have got in the way of late of holding as little communication with him as possible."[2]该句表明医生不愿意和自己古怪的投资人交流，由于没有读懂，译者只能编个理由："盖前日接无名信时，余亦未语彼，不便突陈也。"[3] "... I should hardly dare to hint as much to our specialist."[4]这里的"hint"是指福尔摩斯明知病人是在装病，却无法向医生点破这一点，译文中福尔摩斯竟不敢断言来者装病："惟易于识破否，则余不敢决。"[5]译文可谓"失之毫厘，谬以千里"。

有些误解对译文造成的伤害是十分严重的。如《哥利亚司考得船案》中，译者对密语的猜解过程本身就没有理解到位，自然无法让读者明了福尔摩斯的推测过程。福尔摩斯首先想到的是词义的事先约定，推翻该想法后，找到"Hudson"一词，确定其同主题的相关性，进而明确写信人为贝多斯。有了一定进展后，福尔摩斯又试着倒读、隔一词读、隔两词读，终于找到答案。但译文则完全丢失了这种逻辑："编成句读""谛审其字句联络处"均不得要领，"每间两字成文"[6]倒是译对了，但最终得出的结论竟是"无怪屈父不得其解"[7]。屈费尔之父正是理解了纸条上的内容才被吓死，"不得其解"可谓前后矛盾，不知所云。即使谜语已经猜解，翻译也成问题。"The game is up"被译为"争端已起"[8]，实为"游戏已经结束"[9]。

1　柯南道尔. 福尔摩斯探案全集[Z]. 丁钟华，等译. 北京：群众出版社，1981b：151.

2　Doyle, Arthur Conan. *The Complete Sherlock Holmes* [Z]. New York: Doubleday/ Penguin Books, 1930: 428.

3　（柯南道尔）. 华生包探案[Z]. 商务印书馆编译所，译述. 上海：商务印书馆，1906：107.

4　Doyle, Arthur Conan. *The Complete Sherlock Holmes* [Z]. New York: Doubleday/ Penguin Books, 1930: 430.

5　（柯南道尔）. 华生包探案[Z]. 商务印书馆编译所，译述. 上海：商务印书馆，1906：112.

6　同上，第10页。

7　同上。

8　（柯南道尔）. 华生包探案[Z]. 商务印书馆编译所，译述. 上海：商务印书馆，1906：10.

9　柯南·道尔. 福尔摩斯探案全集[Z]. 李家真，译注. 北京：中华书局：2012c：112.

　　即便是晚清看中的侦探小说中的科学与推理精神，译者也常不甚了了。以《银光马》开篇不久福尔摩斯对列车时速的推算为例："'车每分钟行英里五十有三里半，此行颇安逸也。'华生曰：'吾未见驿栈。'福曰：'我亦未见，且电报局距此路亦远至六十码。'"[1]译文不知所云。其实，华生想到的办法是数标杆："'我倒没去数那些每隔四分之一英里一根的标杆。'"[2]而福尔摩斯的办法是以电报线杆子的间距推算："这条铁路上的电报线杆子是每隔六十码一根，火车的速度很容易算。"[3]对当时的译者而言，基本的推断术语处理起来已相当棘手，"surmise, conjecture, and hypothesis"[4]（"猜测、推断和假设"[5]）这样的词只好删去不译。

　　上述问题主要体现在理解方面。表达上，译文也存在表述夸张、措辞随意、用语粗疏等问题。《旅居病夫案》中来访医生的研究成果获奖只是引起了"相当的关注"[6]，医生"声名鹊起"也就罢了，竟自称"久之余遂为善治斯症之巨擘"[7]。形容泊里新吞的恐惧，凭空加上"较诸临亲友之丧尤甚"[8]。医生所言"缺乏资金"[9]被赤裸裸地译成"谋利心切"[10]，其实是对"want of capital"[11]的误读。

　　译文表达方面的另一个问题在于浅近文言的不便。即便是与推理相关的通俗

1　（柯南道尔）.华生包探案[Z].商务印书馆编译所，译述.上海：商务印书馆，1906：19.
2　柯南·道尔.福尔摩斯探案全集[Z].李家真，译注.北京：中华书局：2012c：4.
3　同上.
4　Doyle, Arthur Conan. *The Complete Sherlock Holmes* [Z]. New York: Doubleday/ Penguin Books, 1930: 335.
5　柯南·道尔.福尔摩斯探案全集[Z].李家真，译注.北京：中华书局：2012c：4.
6　同上，第216页。
7　（柯南道尔）.华生包探案[Z].商务印书馆编译所，译述.上海：商务印书馆，1906：103.
8　同上，第112页。
9　柯南·道尔.福尔摩斯探案全集[Z].李家真，译注.北京：中华书局：2012c：216.
10　（柯南道尔）.华生包探案[Z].商务印书馆编译所，译述.上海：商务印书馆，1906：103.
11　Doyle, Arthur Conan. *The Complete Sherlock Holmes* [Z]. New York: Doubleday/ Penguin Books, 1930: 425.

表达，译起来也并非得心应手。如感叹句 "'You have followed me wonderfully!'" [1] 是华生对福尔摩斯推理之精确发出的感叹，译者添加了文言感叹词："'嘻，异哉！子之知吾腹心也。'" [2] 浅近文言的使用造成了表达的程式化。

晚清译者"好多句子恐怕连读都读不通。于是只能译得顺就译，译不顺就编，或者干脆跳过去" [3]。上述诸例展示了部分误译的根源——语言能力的缺失。与之相随的是译者对西方小说理解的不足。

中西小说人物形象的设置差异颇大也造成了翻译的困难。如约而至的写信人"面黑而恶" [4] 同原文 "with a dark, fierce face" [5] 基本吻合。中西方对恶人的描写确实多少有些共同点，但原文尚有 "surprisingly handsome" 在前，给译者带来不少麻烦。这种美貌和罪恶的组合在西方是常见的，福尔摩斯探案小说中多有此类设计。《显贵的主顾》中的格朗纳男爵、《跳舞小人》中的亚伯·斯兰尼就是此类。在中国晚清，这一形象却难以为读者接受，"美貌"之意被省去，接下来添加"貌之狰狞如彼" [6] 进一步强化其"恶"。虽然即使在当下，处理这样的文化差距，也有一定困难，但现代译文的"脸庞黝黑粗犷" [7] 明显多了一层褒义的色彩。

晚清译者在对修辞手法的理解上也出现了一些障碍。"For three hours we strolled about together, watching the ever-changing kaleidoscope of life as it ebbs and flows through Fleet Street and the Strand." [8] 原文"人潮涌动"的比喻有一种情景交

1　Doyle, Arthur Conan. *The Complete Sherlock Holmes* [Z]. New York: Doubleday/ Penguin Books, 1930: 425.

2　（柯南道尔）. 华生包探案[Z]. 商务印书馆编译所，译述. 上海：商务印书馆，1906：100.

3　陈平原. 中国现代小说的起点：清末民初小说研究[M]. 北京：北京大学出版社，2005：40.

4　（柯南道尔）. 华生包探案[Z]. 商务印书馆编译所，译述. 上海：商务印书馆，1906：106.

5　Doyle, Arthur Conan. *The Complete Sherlock Holmes* [Z]. New York: Doubleday/ Penguin Books, 1930: 427.

6　（柯南道尔）. 华生包探案[Z]. 商务印书馆编译所，译述. 上海：商务印书馆，1906：106.

7　柯南·道尔. 福尔摩斯探案全集[Z]. 李家真，译注. 北京：中华书局：2012c：219.

8　Doyle, Arthur Conan. *The Complete Sherlock Holmes* [Z]. New York: Doubleday/ Penguin Books, 1930: 424.

融的效果，和前文提到的福尔摩斯喜在"稠人广众之中，探奇索隐"[1]形成互文，福尔摩斯正是在这"五百万人口的正中央"[2]施展着自己的才华，同罪犯展开斗争。"携手同行，出步海滨，睹晚潮之澎湃，兴致蓬勃。"[3]译文中，福尔摩斯察人情、观世故的一面为译者忽略。退一步讲，这样的比喻即使不构成理解障碍，或多或少也构成意象障碍。再如，"Why, that makes it as clear as crystal"[4]，该句喻体就被改换成"则此事明如镜矣"[5]。

由于上述限制，译文在理解原著精神方面显得不尽如人意。这也体现在对人物内涵的理解上。福尔摩斯问华生是如何开启自己的思绪的，华生表示记不得了："仆之思源，仆诚不知。可发一噱。"[6]这个"可发一噱"是译者的杜撰。此种杜撰不仅不符合两人的绅士身份，更是对科学推理的一种轻视，可见"化民"之主张在译者选择适俗的翻译取向之时便已注定只能以"假开启民智之名，行娱乐消遣之实"的面貌呈现。此种思想在《华生包探案·序》中表达得十分明确："或曰：'是不过茶余酒罢遣兴之助，何裨学界？奚补译为？虽然，是固可见彼文明人之情伪……未始不可资鉴戒，且引而伸之，亦可使当事者学为精审，免鲁莽灭裂之害。"[7]以"娱乐消遣"之态度着手翻译，自然难以理解作品的雅化艺术特色。福尔摩斯的推断环环相扣，进而形成一条推理的链条。译者凭空添加的"然君之变化不测，亦岂易于探索者哉？"[8]无疑削弱了福尔摩斯的判断的可信度

1 （柯南道尔）.华生包探案[Z].商务印书馆编译所，译述.上海：商务印书馆，1906：98.
2 柯南·道尔.福尔摩斯探案全集[Z].李家真，译注.北京：中华书局：2012c：210.
3 （柯南道尔）.华生包探案[Z].商务印书馆编译所，译述.上海：商务印书馆，1906：101.
4 Doyle, Arthur Conan. *The Complete Sherlock Holmes* [Z]. New York: Doubleday/Penguin Books, 1930: 434.
5 （柯南道尔）.华生包探案[Z].商务印书馆编译所，译述.上海：商务印书馆，1906：118.
6 同上，第100页。
7 商务印书馆主人.序（1903）[Z].（柯南道尔）.华生包探案.商务印书馆编译所，译述.上海：商务印书馆，1906：1.
8 （柯南道尔）.华生包探案[Z].商务印书馆编译所，译述.上海：商务印书馆，1906：100.

（"不可能会跟错方向"[1]），突兀且不合时宜。以福尔摩斯的风格，遇到难题，他会说"这是要抽足三斗烟才能解决的问题；同时我请你在五十分钟内不要跟我说话"[2]，不至于"词气浮露"[3]至此。

有时福尔摩斯的演绎逻辑是隐含的。在《婿妇匿女案》中，福尔摩斯认为案件中有"丑恶"（"ugly"[4]）之事，可能涉及"敲诈勒索"（"blackmail"[5]），但译者却将暗示赤裸裸地译为"仆料其妻必有暧昧事"[6]并加以渲染："其妻以有人知之，恐知者传播，以金箝知者之口。"[7]这种做法为1916年全集的媚俗处理开了个头。

福尔摩斯的幽默有时十分隐蔽，译者可能因不得要领将其删除了事。如《银光马》中福尔摩斯找回失踪赛马，"估摸着自个儿能在下一场马赛当中赢上一点儿"[8]。这句暗示福尔摩斯偷偷下了注，但这样的表达对当时的译者和读者来说都很费解，被删的命运就在所难免。

福尔摩斯的幽默体现了中产阶级、知识阶层的语言情趣，迥异于"可发一噱"式的市民趣味，译者在翻译时却未能如实呈现这种情趣。"这些案子都发生得太早，那时候，我那个传记作者还没有开始帮我吹嘘呢。"[9]这里福尔摩斯既表现了自负的一面，又有对华生的调侃。译文将之删去说明译者无意也无暇深究其语言情趣，仅就情节相关内容译述。如此前的另一段幽默就同故事的情节有关，得以保留："子观仆所录之案，可谓多否？使子早知，吾料子将请吾取出语汝之

1　柯南·道尔. 福尔摩斯探案全集[Z]. 李家真，译注. 北京：中华书局：2012c：212.
2　柯南道尔. 福尔摩斯探案全集[Z]. 丁钟华，等译. 北京：群众出版社，1981a：275–276.
3　鲁迅. 中国小说史略[M]. 北京：人民文学出版社，1973：252.
4　Doyle, Arthur Conan. *The Complete Sherlock Holmes* [Z]. New York: Doubleday/ Penguin Books, 1930: 359.
5　同上.
6　（柯南道尔）. 华生包探案[Z]. 商务印书馆编译所，译述. 上海：商务印书馆，1906：52.
7　同上。
8　柯南·道尔. 福尔摩斯探案全集[Z]. 李家真，译注. 北京：中华书局：2012c：33.
9　同上，第129页。

不暇，焉肯促余收藏？”[1]

福尔摩斯也有爱搞恶作剧的一面，但并非心胸狭隘之人。译者却放大了这一面，使译文过于夸张极端。《银光马》中失马之主人对福尔摩斯不够重视，福尔摩斯打算“拿他来找点儿小小的乐子”[2]，但绝不至于到了“以彼之藐视吾，必戏弄之，以泄吾愤”[3]的地步。

译者对华生的理解也有一些偏差。《书记被骗案》中，译文描述“福观华生貌色，或笑或言，性情豪迈，令人倾倒”[4]，然而实际上华生在福尔摩斯探案中一直扮演着忠实笃定的合作伙伴角色，历来无豪放之性情。

除了人物各具特色，福尔摩斯探案小说开篇亦特色鲜明。即使同样是对话开篇，也要做适当的改变，同是案件的遴选原则，入选理由也各不相同。也有以福尔摩斯或者华生生活中的重要细节或变化开场的。这种特色鲜明、富于变化的开篇方式难以被当时的译者和读者接受。以《华生包探案》收录的小说为例，六篇故事的开篇方式都被改变了。表2.1对比了这六个故事的开篇。

表2.1 《华生包探案》原文与译文开篇方式对比

篇名	原文	译文
哥利亚司考得船案	有关对话背景的一句话及福尔摩斯、华生的对话	改为溯源式开场
	华生第一人称叙述	保留
银光马案	对话开篇	改为第三人称叙述
	直接切入案件	保留
孀妇匿女案	案件遴选原则与本篇特色（福尔摩斯角色不耀眼）	删除
	福尔摩斯的锻炼怪癖	删除

1　（柯南道尔）.华生包探案[Z].商务印书馆编译所，译述.上海：商务印书馆，1906：57.

2　柯南·道尔.福尔摩斯探案全集[Z].李家真，译注.北京：中华书局：2012c：27.

3　（柯南道尔）.华生包探案[Z].商务印书馆编译所，译述.上海：商务印书馆，1906：34.

4　同上，第79页。

续表2.1

篇名	原文	译文
墨斯格力夫礼典案	福尔摩斯生活中的怪癖：煤斗装雪茄，烟丝塞进波斯拖鞋，折刀戳信在壁炉上，子弹打出"V. R."字样	删除
	化学品、罪案遗物、文件乱放	保留
书记被骗案	华生购买诊所，业务繁忙	删除
	福尔摩斯登门求助	保留
旅居病夫案	案件遴选原则与本篇特色（失误，但仍然破案）	删除
	福尔摩斯的"读心术"	保留

  从表2.1中可见，开篇中第一人称的用法对于晚清的译者和读者来说有一个接受的过程。1903年《绣像小说》刊载的福尔摩斯探案小说译文中，除了《哥利亚司考得船案》保留了第一人称叙事外，其他五案均改为第三人称全知叙事。第三人称叙述重新占据主导说明，尽管有第一人称译介的先例，但《包公案》所采用的缩略叙事开场和"溯源式"的开场（溯源必然要求一个全知叙述者的存在）才正对市民读者口味。试看其第一回开场方式："且说宋朝自陈桥兵变，众将立太祖为君，江山一统，累代相传，至太宗、真宗，四海升平，八方安静，真是君正臣良，国泰民安。"[1]从这一点看，第一人称译介经历的波折同样反映了精英阶层报纸《时务报》和市民刊物的根本不同，后者显然缺乏前者的先锋立场。[2]

  译文开篇的删削会造成前后故事情节的衔接断裂。以《孀妇匿女案》为例，首段提及的福尔摩斯"判断失误，真相还是在机缘巧合之下浮出了水面"[3]，和文

---

1 （清）石玉昆. 包公案[M]. 长沙：岳麓书社，2014：1.
2 对开篇的改造删削了原文。其实，删削与故事情节不相关的说辞很大程度上仍是在适应中国古代白话小说的"史传"传统。史传传统常保持一种线性叙事，保持时间和情节的连贯统一。此外，悬念、倒叙开场很大程度上迎合了传统白话小说"'倘若情节离奇曲折，无关教诲也无碍'这一'内部掌握'的标准"（陈平原. 中国现代小说的起点：清末民初小说研究[M]. 北京：北京大学出版社，2005：103）。因此其译介引入较为顺利，易于为读者接受。而对话开场、场景开场这些产生陌生化效果的相对新奇的开篇手段是"史传"传统所没有的，译者显然还不敢贸然做出更为大胆的尝试。此种来自本土文学传统的干预在下节有更为详尽的讨论。
3 柯南·道尔. 福尔摩斯探案全集[Z]. 李家真，译注. 北京：中华书局：2012c：41.

末福尔摩斯叮嘱华生的话语两相对应，"他日苟有案情微小而吾妄加思索者，望君以此案戒吾，感君指正不尽"[1]。删除首段后文末结论便成了无源之水、无本之木。

译文删削的另一问题在于故事出现新的漏洞。《华生包探案》译者的保守立场使得译本不得不改编故事结构并编造适当理由使故事的整体情节尽量过渡自然。这种编造在当下看来当然漏洞百出。以《墨斯格力夫礼典案》开篇的一段文字为例：

> 福尔摩斯与华生同居，共读书斋中。福性不羁，书籍常散漫。华生为医师，多置化学试验器具，以故室觉褊狭。而福所勘之余迹，堆积几案，尤为室累。华生常欲徙去之，终以难于启齿而罢。福珍视记录，不啻金玉。有劝之焚毁者，悉婉言以谢。其视幼时所著日记则尤贵，以所载悉所勘案情也。福每岁必复阅昔时记录一二遍毕，仍置原处。而每日著述，辄卷成轴。按月掷诸屋隅，任其堆积。故公共之精舍，不啻为福一人之贮案房矣。[2]

除画线部分的增补外，未画线处的问题同样不容小视。首先，"多置化学试验器具"的是福尔摩斯，不是华生。华生初见福尔摩斯之时，福尔摩斯就在医院实验室进行血红素分离的法医学实验。整段内容均以福尔摩斯为话题焦点，介绍福尔摩斯的古怪癖性，此处视点的转移给读者造成了理解上的障碍。"华生常欲徙去之"仅是一种言外之意（implicature），明确的读者定位使译者此处只能做明晰化处理，降低叙事接受难度。"幼时所著日记"实际为"旧案相关的文件"[3]，每岁复阅一二遍文件系误读，应为一二年才对文件整理一次（...it was only once in

1　（柯南道尔）.华生包探案[Z].商务印书馆编译所，译述.上海：商务印书馆，1906：56.
2　同上，第56-57页。
3　柯南·道尔.福尔摩斯探案全集[Z].李家真，译注.北京：中华书局：2012c：127.

every year or two that he would muster energy to docket and arrange them[1]）。

尽管晚清小说读者中不乏旧学界的开明人士，但译者不惜删改、补缀、挪移、编造来迎合那些粗通文墨的"愚民"的口味。《华生包探案》为后来媚俗译本的大行其道开了先河，树立了一种模仿的典型。[2]

二、文化与文学干预：不为，非不能也

译文的"有所不为"常受到当时中国文化心理和中国文学传统的影响。其中，文化干预体现在对文学作品的翻译态度上，文学干预更多体现在具体的翻译策略上。

就文化心理而论，译作、译风粗糙反映了译者"中学为体，西学为用"的文化态度。一些令人费解的错误当为粗忽所致。比如，"first floor"[3]译作"三层"[4]，"Nearly two months"[5]译作"已两日"[6]，"the candle on the side-table"[7]被译作"车中之灯烛"[8]；病人为"昨天"[9]的不辞而别而道歉，却被译为"余今

1　Doyle, Arthur Conan. *The Complete Sherlock Holmes* [Z]. New York: Doubleday/Penguin Books, 1930: 386.

2　需要补充的一点是，还有一种删削可能并非学养不足所致，而是出自刊物自身版面的限制。《书记被骗案》中有几段福尔摩斯推论华生和邻居行医哪家生意更好的文字，语言简洁，推理明晰（通过台阶的磨损程度来推断），虽说和故事情节不甚相关，但对福尔摩斯形象的树立颇有益处，译者弃之不顾，这一点恐怕只能归因于小说期刊的版面问题了，出单行本时也未加更正。

3　Doyle, Arthur Conan. *The Complete Sherlock Holmes* [Z]. New York: Doubleday/Penguin Books, 1930: 427.

4　（柯南道尔）. 华生包探案[Z]. 商务印书馆编译所，译述. 上海：商务印书馆，1906：105.

5　Doyle, Arthur Conan. *The Complete Sherlock Holmes* [Z]. New York: Doubleday/Penguin Books, 1930: 358.

6　（柯南道尔）. 华生包探案[Z]. 商务印书馆编译所，译述. 上海：商务印书馆，1906：51.

7　Doyle, Arthur Conan. *The Complete Sherlock Holmes* [Z]. New York: Doubleday/Penguin Books, 1930: 425.

8　（柯南道尔）. 华生包探案[Z]. 商务印书馆编译所，译述. 上海：商务印书馆，1906：102.

9　柯南·道尔. 福尔摩斯探案全集[Z]. 李家真，译注. 北京：中华书局：2012c：221.

晨猝然不告而去"[1]；"一镑必畀余四五辨士"[2]，这一说法和前文交代的出资人留给医生四分之三的所得相差悬殊，至少镑和便士中间还有先令这一单位；

"...he appeared, I remember, to be quite unnecessarily excited about it"[3]译作"余落落不之异"[4]，显然弄错了主语，其意为他（Blessington）没有必要"大惊小怪"[5]；《旅居病夫案》中两个歹徒初次预约就诊的时间是"at about a quarter-past six to-morrow evening"[6]，这里的"傍晚"被译作"次晨"[7]，这一错误在后文又有重复，打乱了医生的叙事节奏——"前日来客预约——昨晚患者初次登临——今天傍晚患者二次拜访——今天夜里泊里新吞遇害"。罪犯选择的预约时间正是傍晚候诊室无人之际。从情节的推动来看，这一时间点非常重要，却被译者忽略了。该案提及几名罪犯提前释放的细节，译者译作"监禁期满，被释"[8]。译者对次要人物无心关注，常删改相关描写，例如"仆立门前以待"[9]就压缩了仆人的身高——"身材矮小"[10]。

从文学传统来看，译本依照本土文学传统进行的适俗改造是对原文的刻意背离，大致可从叙事主体、叙事时间、人物和情节三方面加以分析。

叙述主体方面，译文不时以中国传统白话小说说书人的口吻展开叙述。《旅居病夫案》开头，来访医生讲述了自己曾因财力不足难以独立行医而苦恼，译者

1　（柯南道尔）. 华生包探案[Z]. 商务印书馆编译所，译述. 上海：商务印书馆，1906：108.

2　同上，第105页。

3　Doyle, Arthur Conan. *The Complete Sherlock Holmes* [Z]. New York: Doubleday/Penguin Books, 1930: 427.

4　（柯南道尔）. 华生包探案[Z]. 商务印书馆编译所，译述. 上海：商务印书馆，1906：105.

5　柯南·道尔. 福尔摩斯探案全集[Z]. 李家真，译注. 北京：中华书局：2012c：219.

6　Doyle, Arthur Conan. *The Complete Sherlock Holmes* [Z]. New York: Doubleday/Penguin Books, 1930: 427.

7　（柯南道尔）. 华生包探案[Z]. 商务印书馆编译所，译述. 上海：商务印书馆，1906：106.

8　同上，第118页。

9　同上，第109页。

10　柯南·道尔. 福尔摩斯探案全集[Z]. 李家真，译注. 北京：中华书局：2012c：223.

加入"心颇郁郁"[1]的字样，将医生的苦恼由暗含转为直露。此种表述属于说书人的口语语体，译者显然还没有"明确意识到小说传播方式已从'说—听'转为'写—读'"[2]，仍以口头讲述的标准去进行书面描述。口头讲述要求清晰、生动。为此，有人来拜访医生，确认他的姓名时，医生回以一躬，译文则言"鞠躬称是"[3]；耸肩则补缀为"耸肩欲答"[4]，指着自己装钱的箱子，则夸大其词，补上一句"大获黄白，重金在积"[5]；福尔摩斯听了住院病人的讲述后"摇了摇头"[6]，译文马上补充"（首摇不止）状颇不怿"[7]。医生在讲完自己的经历以及同投资人的关系后，打算讲讲上门求助的理由，译者立即插入过渡和总括下文大意的文字："并无所谓变故也，不幸近忽龃龉，一至于此。"[8]有时为了使上下文衔接连贯，译者颇费思量。《旅居病夫案》中福尔摩斯向警方打探信息获取情报，译者还记得前文福尔摩斯曾索要受害人的照片，将之加入译文（原文仅称四人"在警察总署是出了名的"[9]），"携泊里新吞小影，往示兵士，彼等皆识之"[10]。甚至还有一些说书人故意"卖关子"，当医生读完一封奇怪的来信以后，"孰料即以此事大起波澜。岂余初料所及者哉"[11]。有些说书人插言是颇为随意的，"余初以粗汉相待，至是深悔以貌取人，不觉自失"[12]。这纯粹是为接下来的对话过渡，此种顺便交待的方式多少有旧小说道德说教的成分。投资人某天惶恐

---

1 （柯南道尔）. 华生包探案[Z]. 商务印书馆编译所，译述. 上海：商务印书馆，1906：103.

2 陈平原. 中国现代小说的起点：清末民初小说研究[M]. 北京：北京大学出版社，2005：92.

3 （柯南道尔）. 华生包探案[Z]. 商务印书馆编译所，译述. 上海：商务印书馆，1906：103-104.

4 同上，第104页。

5 同上，第110页。

6 柯南·道尔. 福尔摩斯探案全集[Z]. 李家真，译注. 北京：中华书局：2012c：225.

7 （柯南道尔）. 华生包探案[Z]. 商务印书馆编译所，译述. 上海：商务印书馆，1906：111.

8 同上，第105页。

9 柯南道尔. 福尔摩斯探案全集[Z]. 丁钟华，等译. 北京：群众出版社，1981b：165.

10 （柯南道尔）. 华生包探案[Z]. 商务印书馆编译所，译述. 上海：商务印书馆，1906：118.

11 同上，第106页。

12 同上。

莫名，医生询问，却惹得投资人"大动肝火"[1]，医生也就不敢再问。译者在"动火"和"不言"之间添油加醋，加入"强余勿措意"[2]之言，煽动听者的情绪。这是说书的一种技巧，译文中这样的情形屡见不鲜。说书人的痕迹有时还表现为事先泄露部分"谜底"，以引起听者关注。医生发现住院的这位投资人的举动怪异，推测其"似知此中情节者"[3]。此处添加的译文为后文揭开这位犯罪团伙成员的面纱留下伏笔，之后出现的"君休矣"[4]也影射了人物被害的命运。一些冗余信息的添加在于故意迎合市民口味，这种任意添加是说书人的特权，也是说书表演的需要。如福尔摩斯在现场打开烟盒闻雪茄，译者马上加上"是烟香美"[5]，这有违福尔摩斯干脆利落的探案作风和简洁的语言风格。

说书人作为全知叙述者，有权对叙述内容进行评论干预，并加入译者的社会感言及思想认同。社会评论的焦点之一体现为译者对西方政治制度的关注。译文对西方政治话题颇为敏感，"议会已经休会"[6]几个字就会引发作者的一通议论："偶取日报读之，则载有英国议政院龃龉事。街谈巷议，言论沸腾，都人乡士，悉侦骑四处伺消息，无异于本地风波，劳人排解矣。不觉兴致索然……"[7]比较原文："But the paper was uninteresting. Parliament had risen. Everyone was out of town..."[8]上例不过是华生对无聊生活的感叹和对出去度假的向往，而译者则一提到西方议会便激动起来，加入了本人对西方政治民主的乌托邦想象。梁启超在《新中国未来记》（1902）中对推翻专制、实现人种平等、施行君主立宪、达到世界大同的憧憬，吴趼人《新石头记》（1905）中描述的德育普及、不存党争的"文明境界"都表达了同样的政治想象和强国寄托。由此可见，翻译小说确实充

1　柯南·道尔.福尔摩斯探案全集[Z].李家真，译注.北京：中华书局：2012c：219.
2　（柯南道尔）.华生包探案[Z].商务印书馆编译所，译述.上海：商务印书馆，1906：106.
3　同上，第109页。
4　同上，第111页。
5　同上，第115页。
6　柯南·道尔.福尔摩斯探案全集[Z].李家真，译注.北京：中华书局：2012c：209.
7　（柯南道尔）.华生包探案[Z].商务印书馆编译所，译述.上海：商务印书馆，1906：98.
8　Doyle, Arthur Conan. *The Complete Sherlock Holmes* [Z]. New York: Doubleday/Penguin Books, 1930: 423.

当了新闻舆论的角色，填补了公众舆论的缺失。

译者还会增加一些社会道德、刑侦制度感言。如《旅居病夫案》中，医生想在繁华地段开一诊所，提及配套的房屋、装潢、车马，译者感言"世风所尚，往往然也"[1]。《书记被骗案》中译者更是借福尔摩斯之口，向忙于从医的华生大讲包探之益："仆意为包探亦大佳，破奇抉异，增见识，新思想，获益匪浅。"[2]

译文增添的内容还反映出译者的思想认同，中国传统的儒、释、道传统文化思想在译文中均有体现。

《旅居病夫案》中"儿子"和"父亲"（小说中的一对骗子）来看病，医生为子之孝心感动，译者加入了渲染之词："几废寝食，君善治之，仆感德不忘也。"[3]当病人晕厥发作时，"我的第一反应是又同情又惊惧……第二反应却是一种专业上的欣幸之情"[4]。此种感受对于晚清的医德观不啻为一种挑战，自然被列入删除之列。前文收到病人来函约诊时医生的兴奋体现的是医者的救死扶伤精神，被保留下来在情理之中。当福尔摩斯建议住院病人只需"把实话说出来"[5]时，译者加入了儒家有关"礼"的说教："夫不欺蔽余者，余当尽力为彼助。君以非礼遇余。余焉能为？"[6]《孀妇匿女案》中丈夫对妻子产生怀疑，译者将之译为"知余妻营私之心綦重，前约两款，不足以解其诡秘，消其狡狯，使服夫命以守妇道"[7]，显露出"三纲五常"的思想。

道家思想在译文中也有体现，如华生竟在译文中流露出道家的洒脱之情："颇思策杖遨游，藉资消遣，惟福而摩斯则喜奔走于稠人广众之中，探奇索隐，破世界之疑团，而山水之乐，未暇流连。"[8]福尔摩斯邀请华生伦敦城里散步，

1　（柯南道尔）. 华生包探案[Z]. 商务印书馆编译所，译述. 上海：商务印书馆，1906：103.
2　同上，第78页。
3　同上，第106页。
4　柯南·道尔. 福尔摩斯探案全集[Z]. 李家真，译注. 北京：中华书局：2012c：221.
5　同上，第326页。
6　（柯南道尔）. 华生包探案[Z]. 商务印书馆编译所，译述. 上海：商务印书馆，1906：111.
7　同上，第49页。
8　同上，第98页。

"天已晚矣，清风徐来，正可消遣。余等盍散步通衢，一览夜色乎？"[1]俨然有淡泊名利、宁静致远的道家风骨。译文的风景描写尤其能体现道家小国寡民的理想。"房舍精美，门前阡陌纵横，对面有茅屋一所，左右皆荒野"[2]，俨然是"土地平旷，屋舍俨然，有良田美池桑竹之属，阡陌交通，鸡犬相闻"（《桃花源记》）的翻版。"家居无事，与妻偕游，致足乐也"[3]，又有《庄子·逍遥游》"乘天地之正，而御六气之辩，以游无穷"的那种境界。

佛家思想在译文中体现不多，但也有流露。且看："天道循环，冤冤相报。泊里新吞之死，即使国法不伸，不能为彼复仇，以慰阴灵而警来者，上天明明，亦必不佑彼害泊里新吞者也。"[4]这段文字前刚好有一段颂扬西方民主法制精神的话语："彼籍隶英国，固为子民。当受国法之庇护。今既不幸被害，国有常刑，自当为之追捕议抵。庶几依托国法者，无人人自危之弊也。"[5]且不说译文里"the shield of British law""the sword of justice"[6]概念的缺失、"无人人自危之弊"的增补，单从西方民主、正义的现代话语同佛教因果报应、道教的天道承负思想混杂这点来看，即可见晚清中外思想碰撞之剧烈。

除了叙述主体，译本对叙事时间也进行了改造。中国古代白话小说在叙事时间的处理上常表现为"时间满格"，倾向于填补时间空白以减缓叙事速度，降低叙事难度，给读者留出将文本时间转化为故事时间的间歇。但侦探小说的情节驱动模式让故事发展在时间上更趋紧凑，如何处理其间的差异是译者要面对的问题。故事里，清晨，福尔摩斯接到求助，立即叫华生起床。"'……快点儿吧，亲爱的伙计，他可是在紧急求援哩。'约莫一刻钟之后，我俩再次来到了医生的寓所。"[7]这样的叙事节奏对于译者而言显然过快，于是要补充"华生亟整衣冠，

1　（柯南道尔）. 华生包探案[Z]. 商务印书馆编译所，译述. 上海：商务印书馆，1906：101.

2　同上，第45页。

3　同上。

4　同上，第119页。

5　同上。

6　Doyle, Arthur Conan. *The Complete Sherlock Holmes* [Z]. New York: Doubleday/Penguin Books, 1930: 434.

7　柯南·道尔. 福尔摩斯探案全集[Z]. 李家真，译注. 北京：中华书局：2012c：227-228.

与福同车而行"[1]一句以减缓节奏。

以上叙事主体和叙事时间的分析均从叙述方面而论。若从故事层面论，需从人物和情节两方面分析。

人物方面，中国传统小说人物描写重"神似"忽略"形似"，这对译文的人物刻画产生了一定的影响。高度抽象、概括和程式化的中式人物处理方式时常给人留下"千人一面"的印象。以《旅居病夫案》中上门求助的医生为例。该描述就有"文弱才子"的影子。"客坐火炉之侧，起立相迎。面削，色青白。发蓬蓬然。年不及四旬。惟体殊文弱，且手白而瘦。颇类雕工。服黑色衣。"[2]

这一人物描绘杂糅了中西方人物的描绘方式，但人物动作、性格、气质的描绘被过度删削造成人物立体感的缺失，人物形象模糊而单薄。事实上，原文接下来会提到该人的医学特长、从医经历、辛苦经营的状况，这些和人物的描绘相呼应，给人以层层推进、形象日益鲜明之感。试看新译：

> 我俩进门的时候，一个面色苍白的尖脸男子从壁炉旁边的椅子上站了起来。他蓄着淡黄色的连鬓胡子，年纪至多不过三十三四岁，但却形容憔悴、气色欠佳，让人一望而知，操劳的生活榨干了他的精力，夺走了他的青春。他举手投足紧张腼腆，说明他天性敏感。起身的时候，他用一只手扶住了壁炉台，那只手瘦小白皙，不太有医家的特点，反倒是颇具艺术家的气质。他的衣着庄重简朴，礼服外套是黑的，裤子的颜色也很深，领带上则好歹有那么一抹亮色。[3]

即使是中西文学作品中性格颇为一致的"恶人"形象，译文也颇简略。"旅居病夫"泊里新吞被形容为"见其体硕貌粗，面色愁闷，毛发倒竖。若甚躁急

---

1 （柯南道尔）. 华生包探案[Z]. 商务印书馆编译所，译述. 上海：商务印书馆，1906：113.

2 同上，第102页。

3 柯南·道尔. 福尔摩斯探案全集[Z]. 李家真，译注. 北京：中华书局：2012c：214.

者”[1]。比较当下的译文：

出现在我们眼前的是一个奇形怪状的男人，外表跟他的声音一样，体现着一种失魂落魄的精神状态。此人十分肥胖，同时又显然是比从前瘦了许多，以致脸上的皮肤耷拉下来，变成了两个松松垮垮的口袋，跟寻血猎犬的双颊相仿佛。他的肤色苍白惨淡，稀稀拉拉的淡黄色头发似乎已经在强烈的恐惧之中竖了起来。[2]

人物表达情感的动作中西不尽一致，译者做了调整。表达痛苦和苦恼的动作："'Oh, such a business!' he cried with hands to his temples."[3]这里医生得知泊里新吞自杀，惊惧地向福尔摩斯陈述，译文将动作改为"以手加额"。

人物的感叹方式也是译者要应对的难题。华生在听到福尔摩斯推断出三嫌疑人登楼的顺序之后，惊叹道："My dear Holmes!"[4]这种感叹方式难以为当时读者接受，故改为："聪明精细哉！其密思忒歇洛克福而摩斯乎？"[5]

小说中的对话，作为一种特殊的叙事手段，中西表达差异颇大。称呼方面，对话中牵涉的人物称呼充斥媚俗之风，"洋泾浜"英语风行，称"医生"为"道克忒"[6]，先生则为"密思忒"[7]。就连人物初见互致问候，中西表达也存在较大差异。晚清时代的寒暄和谦让表达有一套严格的话语体系，如何处理问候语的翻译也是译者面临的一大难题。《书记被骗案》开场福尔摩斯拜访华生，问候道："哈，我亲爱的华生""见到你我真是高兴极了！"[8]福尔摩斯还表达了对华生妻

1　（柯南道尔）. 华生包探案[Z]. 商务印书馆编译所，译述. 上海：商务印书馆，1906：110.
2　柯南·道尔. 福尔摩斯探案全集[Z]. 李家真，译注. 北京：中华书局：2012c：224.
3　Doyle, Arthur Conan. *The Complete Sherlock Holmes* [Z]. New York: Doubleday/ Penguin Books, 1930: 431.
4　同上，第433页。
5　（柯南道尔）. 华生包探案[Z]. 商务印书馆编译所，译述. 上海：商务印书馆，1906：116.
6　同上，第103页。
7　同上，第91页。
8　柯南·道尔. 福尔摩斯探案全集[Z]. 李家真，译注. 北京：中华书局：2012c：69.

子的问候。这套寒暄体系和晚清大不相同，译者仅将其译为"华生与通款洽，寒暄数语"[1]。《旅居病夫案》中华生提到来访医生的著作，来访大夫说："我很少听人说起我这本书，还以为大家已经彻底把它给忘了呢。"[2]这一段答语在晚清变成了谦辞："浅言腐说，见弃于人，不足以供大雅之览者久矣。"[3]介绍完自己后，医生转入正题："<u>君事旁午</u>，仆言他耗君光阴，<u>弥觉惭悚</u>。"[4]（画线部分为笔者添加）译入语系统的谦辞体系比源语复杂、烦琐，试比较原文"I quite appreciate how valuable your time is"[5]。

人物对话中，译者还时时注意礼貌原则，当来访的投资人问医生是否有不良嗜好时，译文对这种唐突的提问方式做了弱化处理："君有所嗜好否？"[6]

再以对话中的言语行为论之。中国古典白话小说的对话方式同西方侦探小说的对话有显著不同，仅从形式而论，中国古典白话小说中人物之间的话轮转换一般是要先注明言说者的。例如《红楼梦》第三十七回宝玉到秋爽斋后，众人谈话前都有表明身份的话语标记——"众人见他进来，都大笑说""探春笑道""宝玉笑道""黛玉说道""迎春笑道""宝玉道"。接下来的几段话轮也都是围绕"宝钗道""李纨也来了，进门笑道""黛玉道""李纨道""探春笑道"[7]展开对话，难怪译者要将"乃就坐言曰""华生问曰"提到原文对话的前面。"乃就坐言曰：'余名波西屈力斐令，泊罗克街四百零三号门牌。'语未竟，华生问曰：'著知觉损伤论者，非子也耶？'"[8]试比较原文："'My name is Dr. Percy Trevelyan,' said our visitor, 'and I live at 403 Brook Street.' 'Are you not the author of

1　（柯南道尔）. 华生包探案[Z]. 商务印书馆编译所，译述. 上海：商务印书馆，1906：77.

2　柯南·道尔. 福尔摩斯探案全集[Z]. 李家真，译注. 北京：中华书局：2012c：215.

3　（柯南道尔）. 华生包探案[Z]. 商务印书馆编译所，译述. 上海：商务印书馆，1906：102.

4　同上，第103页。

5　Doyle, Arthur Conan. *The Complete Sherlock Holmes* [Z]. New York: Doubleday/ Penguin Books, 1930: 425.

6　（柯南道尔）. 华生包探案[Z]. 商务印书馆编译所，译述. 上海：商务印书馆，1906：104.

7　曹雪芹，高鹗. 红楼梦[Z]. 北京：人民文学出版社，1974：445.

8　（柯南道尔）. 华生包探案[Z]. 商务印书馆编译所，译述. 上海：商务印书馆，1906：102.

a monograph upon obscure nervous lesions?' I asked."[1]事实上，来访医生讲述自己经历用了49段文字，没有一处文字是以"某人说"开头的，而译文在话轮转换时必定标明"病者谓余曰""余曰""又曰""言毕，其子续言曰""语其子曰"[2]等，跟上述《红楼梦》的例子颇为一致。此点可能是全篇故事将华生的第一人称叙事改为第三人称全知叙事的一个原因。福尔摩斯探案大多由华生讲述，华生讲述的故事之中又有福尔摩斯自述或案件委托人陈述两种情形，可能是这种复杂的嵌套结构太过陌生，暗含的转述结构过于复杂，才使当时无法使用现代标点的译者做出叙事调整。

就故事情节而论，一些侦探小说翻译应恪守的禁忌晚清时还没有形成，译文对于侦探小说的悬疑特色考虑不够周详，出现了"泄底"的现象。如《旅居病夫案》中福尔摩斯和华生散步归来，发现有马车等候，福尔摩斯马上做出一系列推断："马车的主人是个医生""还是个全科医生""刚开业没多久，业务却非常红火""他来是想找咱们咨询"[3]。但译文未等福尔摩斯开口，便在"有车待于外"后紧接了一句"灯有医生标识"[4]。何以神探的屡次推断都被译者译得面目全非？问题的答案还得从译者的适俗取向上找。译本以本土文化和文学传统为依归，以新兴市民读者为目标群体，这必然导致外来侦探小说和本土公案小说发生碰撞时，译者会参照本土公案小说的模式对译文加以改造。"谁是凶手"（whodunnit）模式是爱伦·坡以降的古典解谜推理者恪守的原则之一，福尔摩斯探案故事也严守这一规则。但在晚清，公案小说重视的是查案而非断案，为此公案小说中开篇便已知晓凶手的故事不在少数。公案小说中，"悬念"的概念是靠情节的奇巧来推动的，而"谁是凶手"显然不能引起译者的自觉并进而形成一种侦探小说译者的回避泄底意识。除了回避泄底意识的淡薄，晚清小说中还存在一

1　Doyle, Arthur Conan. *The Complete Sherlock Holmes* [Z]. New York: Doubleday/Penguin Books, 1930: 425.

2　（柯南道尔）. 华生包探案[Z]. 商务印书馆编译所，译述. 上海：商务印书馆，1906：108.

3　柯南·道尔. 福尔摩斯探案全集[Z]. 李家真，译注. 北京：中华书局：2012c：213.

4　（柯南道尔）. 华生包探案[Z]. 商务印书馆编译所，译述. 上海：商务印书馆，1906：101-102.

些其他的叙事禁忌。比如避免引发读者过激的心理和情绪反应，避免引起社会舆论的谴责都在之列。医生对泊来新吞的自缢过程描述不长，只有三言两语，但译者还是将其删去，意在不让读者产生不适感，对其吊死之状的描述文字也进行了压缩。用铁丝撬锁也非"光明之举"，译文改为"乃设法启之"[1]。

情节方面，在叙事序列的安排上译者也做了调整，将前后因果关系明晰化即为表现之一。抢劫银行案的首犯自首，"根据他提供的证词，卡特莱特上了绞架，另外三个人也每人摊上了十五年的徒刑"[2]。译者为了降低读者理解的难度，将原文暗含的意义显化，添加"赦瑟吞（而监禁三人十五年）"[3]字样就是显化的结果，也使谋杀案的前后因果关系更加明确。另一处提及复仇者出狱，打算"为死去的同伙报仇雪恨。前两次上门的时候，他们都没能如愿以偿"[4]。这里译者显然觉得头绪不清，两句中间补上"后知瑟吞易名泊里新吞，延道克忒波西屈力斐令行医于家，乃伪称俄国某贵族，偕其党来，伪就医以伺泊踪迹。（不幸两次皆未相遇）"[5]，不耐细碎的补缀，给读者留下这样的感觉：删削实属无力，增补确出有心。

来自本土文学传统的影响让位于来自文化心理上的影响，这解释了译文删改的随意性。*The Resident Patient* 中的出资者在看到自己的卧室出现他人的脚印后，反应过激，"竟然坐到一把扶手椅上，实实在在地哭了起来"[6]。若以说书—听书的效果而论，此处反差之大，足以吊起接受者的胃口，译者竟毫无保留地删去，这说明来自本土文学传统的影响不及当时"中体西用"的文化心理影响深。

1　（柯南道尔）. 华生包探案[Z]. 商务印书馆编译所，译述. 上海：商务印书馆，1906：117.

2　柯南·道尔. 福尔摩斯探案全集[Z]. 李家真，译注. 北京：中华书局：2012c：234.

3　（柯南道尔）. 华生包探案[Z]. 商务印书馆编译所，译述. 上海：商务印书馆，1906：118.

4　柯南·道尔. 福尔摩斯探案全集[Z]. 李家真，译注. 北京：中华书局：2012c：234.

5　（柯南道尔）. 华生包探案[Z]. 商务印书馆编译所，译述. 上海：商务印书馆，1906：119.

6　柯南·道尔. 福尔摩斯探案全集[Z]. 李家真，译注. 北京：中华书局：2012c：223.

第三节　迈近雅化：《歇洛克奇案开场》（1908）

以社会功利性质的雅俗观观之，《歇洛克奇案开场》（1908年，今译《血字的研究》）秉持了林译小说一贯的救亡图存的主张。诚如其友人在序言中所言：

> 吾友林畏庐先生，凤以译述泰西小说寓其改良社会、激劝人心之雅志。自《茶花女》出，人知男女用情之宜正；自《黑奴吁天录》出，人知贵贱等级之宜平；若《战血余腥》，则示人以军国之主义；若《爱国二童子》，则示人以实业之当兴。[1]

从上文中可见译本受小说教化工具论的影响十分明显，译序借此论调表达了译者的"庚子创痛"和爱国热忱，"使吾国男子，人人皆如是坚忍忧挚，百折不挠，则何事不可成，何侮之足虑？"[2]。

从文学审美的雅俗观论之，译本并没有跟从豪杰译[3]的时代风气，原文的人物、景物、心理描写基本得到保留，虽有偏差和些许省略，但译作并未改变原作的整体面貌。译者有保持原作修辞手段的意识，对习语和专有名词也知难不畏，尤重译笔，在多方面为有雅化追求的译者指明了努力的方向。

一、对"豪杰译"作风的摒弃

《歇洛克奇案开场》雅化的一个特征是，在一个充斥豪杰译的时代，译本并没有跟从"豪杰译"的翻译风。主题方面，译本在题目上明确标注"侦探小说"

1　陈熙绩. 歇洛克奇案开场·序[M] // 歇洛克奇案开场. 林纾，魏易，译. 上海：商务印书馆，1914：1.

2　同上，第2页。

3　"所谓'豪杰译'指日本明治初期的政治活动家和新闻记者身份的翻译家的翻译。他们为了强调小说的政治色彩和教化作用，常常在翻译外国文学作品时，改变其原作的主题、结构和人物，或任意增删，这种改编式的翻译被时人称为'豪杰译'。"（郭延礼. 中国近代翻译文学概论[M]. 武汉：湖北教育出版社，1998：222.《十五小豪杰》的翻译文体在晚清引起的影响可参见：王志松. 析《十五小豪杰》的"豪杰译"[J]. 中国比较文学（3），2000：72.）

字样，林纾本人在序中也明确言称："余曾译《神枢鬼藏录》一书，亦言包探者。……今则直标其名曰《歇洛克奇案开场》，此歇洛克试手探奇者也。"[1]体裁方面，也不存在郑振铎批评的所据原文有依照"儿童用的故事读本""把许多极好的剧本，译成了小说"[2]的问题。结构方面，译作依原文编排，分为上下两部，章节也都依照原文分割，上下部各七章，只是少了章名而已。尽管没有分段，但译文仍依原文顺序逐段翻译，没有打乱原文的顺序。人物方面除了歇洛克福尔摩斯和华生外，两位警官格来格森、勒司忒雷得，罪犯约佛森贺迫，受害者特莱伯、司达格森，俾格尔街侦探队的小头目威根司，老人约翰佛里尔及其女露西全部音译，发音也颇为接近当下的音译规范。以《世界人名翻译大辞典》能找到的几位为例：Gregson——"格雷格森（英）"；Lestrade——"莱斯特雷德（英）"；Jefferson Hope——"杰斐逊（英）""霍普（男女教名，亦作姓用）（英）"；Wiggins——"威金斯（英）"；Ferrier——"费里尔（英）"；Lucy——"露西（女名）；卢西（英、葡、德）"。[3]郑振铎称林纾的翻译"即译一极无名的作品，也要把作家之名列出，且对于书中的人名地名也绝不改动一音。这种忠实的译者，是当时极不易寻见的"[4]。现将1915年《壁上血书》人物译名罗列至表2.3.1，对照可知林、魏译本之音译标准化程度及徐大译本的"豪杰译"作风。

表2.3.1　《壁上血书》主要人物译名（数字为出处页码）

英文名	Sherlock Holmes	John Watson	Gregson	Lestrade	John Ferrier	John Rance	Jefferson Hope	Lucy
译名	荷美滋2	瓦达1	格列斯弥13	托里亚玛13	洪育摄忌基42	赛义20	妥米阿瞒39	纪美38

1　林纾.序[M] // 科南达利（柯南道尔）.歇洛克奇案开场.林纾，魏易，译.上海：商务印书馆，1914b：序.
2　郑振铎.林琴南先生[J].小说月报，1924（11）：9.
3　新华社译名室.世界人名翻译大辞典[K].北京：中国对外翻译出版公司，1993：1145，1670，1387，1298，1972，938，1726.
4　郑振铎.林琴南先生[J].小说月报，1924（11）：11.

郭延礼对"豪杰译"所下定义中的最后一项"任意增删"和《歇洛克奇案开场》中的增删也是有本质区别的。试以小说结尾处福尔摩斯总结其探案所用演绎法为例。在本案中，福尔摩斯指出"逆推"或称"分析性推理"在探案中的关键作用。

原文为：

Most people, if you describe a train of events to them, will tell you what the result would be. They can put those events together in their minds, and argue from them that something will come to pass. There are few people, however, who, if you told them a result, would be able to evolve from their own inner consciousness what the steps were which led up to that result. This power is what I mean when I talk of reasoning backward, or analytically.[1]

译文为：

若在他人，吾逐层剖决，彼必骤问效果。尚有多人，既语之结穴，则不审所从入之途。偶示人以从入之途，则又不明其结穴。此案但举一四字，闻者便知其合两二字之所成。此为分析之推解。[2]

英文画线部分为译者省略部分，中文画线部分为译者增补部分，所增部分有助于加深读者对陌生逻辑名词的理解。至于用"逐层剖决"来对应"a train of events"，用表示"归结要点"的"结穴"一词对应"result"，用"分析之推解"来对应"reasoning analytically"不能说是"一名之立，旬月踟蹰"[3]，至少也能看出译者还是深思熟虑，颇下了一番功夫的。再来看两处增补。一处为包探格

1　Doyle, Arthur Conan. *The Complete Sherlock Holmes* [Z]. New York: Doubleday/Penguin Books, 1930: 83-84.

2　科南达利（柯南道尔）. 歇洛克奇案开场[Z]. 上海：商务印书馆，1914：95.

3　严复. 译例言[M] // 赫胥黎. 严复先生翻译名著丛刊 天演论. 严复，译. 上海：上海交通大学出版社，2014：18.

来格森至马丹（即"Madame"旧时音译）加本铁尔家，马丹为其子辩护："以吾子之立品，及在水师中之声望语之，生平行事，万非杀人之人。"[1]原文"His high character, his profession, his antecedents would all forbid it"[2]并没有透露马丹之子的职业，五段之后才有提及："吾子在水师中尚须用费，吾惟以钱之故，故容忍之。"[3]由此推断，译者至少是在对上下文语境进行了一番考量之后才措辞润笔的，颇不类译《孝女耐儿传》（1907）时"耳受而手追之，声已笔止，日区四小时，得文字六千言，其间疵谬百出"[4]之态。另一处，原文为："The man whom you held in your hands is the man who holds the clue of this mystery, and whom we are seeking."[5]译文："此人即凶手，吾今即欲捕其人，其人确为杀人者也。"[6]此处译文太过直露，将未明确交代的信息"那个人身上背着这宗谜案的线索，也是我们正在追查的人"[7]显化，事实上原文第一部第七章结尾处才告知读者该人是谋杀者。尽管"直露"，但译者的翻译态度可谓颇为认真。一年以后（1909）林纾本人仍辩称"不审西文，但能笔达；即有讹错，均出不知"[8]，据此推断，态度严谨的译者为林纾的合作者魏易，他很可能对译文进行了全面的了解以后方着手共同翻译。

有关林纾及其合作者在译作中的增补，钱钟书在《林纾的翻译》一文中曾以添加比喻、增补评论[9]明确说明，加上此前提及的趣味性译笔[10]，至少可以归纳为

1　科南达利（柯南道尔）.歇洛克奇案开场[M].上海：商务印书馆，1914：41-42.

2　Doyle, Arthur Conan. *The Complete Sherlock Holmes* [Z]. New York: Doubleday/Penguin Books, 1930: 44.

3　科南达利（柯南道尔）.歇洛克奇案开场[M].上海：商务印书馆，1914：42.

4　林纾.译《孝女耐儿传》序[C] // 罗新璋，陈应年.翻译论集.北京：商务印书馆，2009b：240.

5　Doyle, Arthur Conan. *The Complete Sherlock Holmes* [Z]. New York: Doubleday/Penguin Books, 1930: 36.

6　科南达利（柯南道尔）.歇洛克奇案开场[M].上海：商务印书馆，1914：31.

7　柯南·道尔.福尔摩斯探案全集[Z].李家真，译注.北京：中华书局：2012a：49.

8　林纾.《西利亚郡主别传》序[C] // 罗新璋，陈应年.翻译论集.北京：商务印书馆，2009a：242.

9　参见：钱钟书.林纾的翻译[C] // 钱钟书，等.林纾的翻译.北京：商务印书馆，1981：27-28.

10　同上，第25页。

三种。《歇洛克奇案开场》中的增译，相较删改，为数不多，属于个别现象。加入译者的评论的例子仅找到一例，即华生对福尔摩斯不肯迅速接案的批评："'汝儒缓如是，焉成大事？吾为汝呼车矣。'"[1]译文中除上述三种增补，还存在两种增补，可视为对钱钟书所做林译增补范畴的补充：一种将相关事实明晰化，如对摩门教迫害行为的描述，提及"此等教，本为国教所不容。（然其严处己教之人，则威棱无上。）"[2]原文："The victims of persecution had now turned persecutors on their own account, and persecutors of the most terrible description."[3]括号中的译文大致对应原文。有时译者试图以本国文化阐释西方理念，也旨在明晰相关概念，"吾盖屏去一切成见，令灵界洞明，以纳万有"[4]，原文仅有"with all my mind entirely free from all impressions"[5]，"成见"以后的内容是译者所加，颇有道家的玄学色彩；另一类增补可能出于增加行文连贯性的目的："问之同舍，谓晨来下值，兹方卧也，居停引余至公共接客之堂。"[6]原文："On inquiry we found that the constable was in bed, and we were shown into a little front parlour to await his coming."[7]显然，"晨来下值"是为了使过渡自然添加上去的。比之民初译本的大量叙事评论干预和随意的增添，林纾、魏易译本此类干预少之又少，可谓雅矣。

对原文的删削在这一译本中也是普遍存在的，但并非大刀阔斧，而是修枝剪叶式的。"至于说是林先生故意删节，则恐无此事。好在林先生这种的翻译还不多。至于其他各种译文之一二文句的删节，以及小错处，则随处皆是，不能一一举出。"[8]在删改方面，问题较大的地方主要在逻辑思辨的讨论上。福尔摩斯的演

1　科南达利（柯南道尔）. 歇洛克奇案开场[M]. 上海：商务印书馆，1914：18.

2　同上，第67页。

3　Doyle, Arthur Conan. *The Complete Sherlock Holmes* [Z]. New York: Doubleday/Penguin Books, 1930: 62.

4　科南达利（柯南道尔）. 歇洛克奇案开场[M]. 上海：商务印书馆，1914：95.

5　Doyle, Arthur Conan. *The Complete Sherlock Holmes* [Z]. New York: Doubleday/Penguin Books, 1930: 84.

6　科南达利（柯南道尔）. 歇洛克奇案开场[M]. 上海：商务印书馆，1914：28.

7　Doyle, Arthur Conan. *The Complete Sherlock Holmes* [Z]. New York: Doubleday/Penguin Books, 1930: 34.

8　郑振铎. 林琴南先生[J]. 小说月报，1924（11）：10.

绎法及其推理过程是译者最大的难题之一。"君必谓服药之事，何能出以威偪？顾罪史之上，如是者，累累不可省记。"[1]中间缺漏的一句为 "By the method of exclusion, I had arrived at this result, for no other hypothesis would meet the facts"[2]，主要术语即"排除法"（"exclusion"）。演绎逻辑术语的翻译的确是个问题，福尔摩斯在案件总结时使用了"演绎过程""链条""环环相扣"[3]等术语，译文则用"试观全案，钩连关锁，初无断节失枝之处，滋何知矣"[4]来对译 "You see, the whole thing is a chain of logical sequences without a break or flaw"[5]，用文言来翻译逻辑术语必然会造成概念上的偏差。再举一例："未睹情形，胡能悬揣？机变不可无，成心亦不可有。既蓄成心，灵光转昧。"[6] "It is a capital mistake to theorize before you have all the evidence. It biases the judgment."[7] "成心"对应"bias"尚可理解，而"机变""灵光""悬揣"实属意会，关键的推理术语"theorize""evidence""judgment"基本上都没有译出。虽略有几分说理的色彩，但终究不可细究。翻译中的"口授笔录"合作模式会造成一定程度的译文粗糙，而科学侦探强调演绎推理严密，译文在此方面难以呈现原文的逻辑性。在解释演绎推理方面，译者也有回避之嫌。如 "I ought to know by this time that when a fact appears to be opposed to a long chain of deductions, it invariably proves to be capable of bearing some other interpretation."[8]一句译文为 "（吾料其为毒，至不验，转疑己之不智，）天下事固不能浪用其疑也。"[9]

在人物描写上译文有部分删改，但改动幅度不大，基本没有改变人物的整体

1　科南达利（柯南道尔）.歇洛克奇案开场[Z].上海：商务印书馆，1914：96.

2　Doyle, Arthur Conan. *The Complete Sherlock Holmes* [Z]. New York: Doubleday/ Penguin Books, 1930: 84.

3　柯南·道尔.福尔摩斯探案全集[Z].李家真，译注.北京：中华书局：2012a：149.

4　科南达利（柯南道尔）.歇洛克奇案开场[M].上海：商务印书馆，1914：98.

5　Doyle, Arthur Conan. *The Complete Sherlock Holmes* [Z]. New York: Doubleday/ Penguin Books, 1930: 85.

6　科南达利（柯南道尔）.歇洛克奇案开场[M].上海：商务印书馆，1914：19.

7　Doyle, Arthur Conan. *The Complete Sherlock Holmes* [Z]. New York: Doubleday/ Penguin Books, 1930: 27.

8　同上，第49页。

9　科南达利（柯南道尔）.歇洛克奇案开场[M].上海：商务印书馆，1914：49.

形象。以福尔摩斯的形象为例："身材在六英尺以上，<u>瘦损如枯树</u>，较诸魁人为高。平时眼光如利矢射人，鼻锋钩如鹰喙，望而即知其刚果。下颌突出，亦见<u>城府之深</u>。指头非见墨沈，即涉药痕。<u>余不告读吾书者以懒乎</u>。"[1]

此段原文如下：

In height he was rather over six feet, and so excessively lean that he seemed to be considerably taller. His eyes were sharp and piercing, <u>save during those intervals of torpor to which I have alluded</u>; and his <u>thin</u>, hawk-like nose gave his whole expression an air of alertness and decision. His chin, too, had the prominence and <u>squareness</u> which mark the man of determination. His hands were invariably blotted with ink and stained with chemicals, <u>yet he was possessed of extraordinary delicacy of touch, as I frequently had occasion to observe when I watched him manipulating his fragile philosophical instruments.</u>[2]

尽管译文缺失了英文画线部分，却增添了汉译中的画线部分。译文所增部分突出体现了钱钟书所谓的"抗腐作用"[3]。所增两个比喻形象直观，所添评论"城府之深"对人物的性格进行了一定概括，正是林纾所谓"画龙点睛""颊上添毫"的"古文义法"[4]。林纾十分注重译笔传神，其删改起到了"诱"和"媒"的作用，这是林译产生品牌效应的重要原因。

译文对景物和心理的描写均无大的改动。以对第一位受害人尸首所在房间的描绘为例：

---

1 科南达利（柯南道尔）.歇洛克奇案开场[M].上海：商务印书馆，1914：8.
2 Doyle, Arthur Conan. *The Complete Sherlock Holmes* [Z]. New York: Doubleday/Penguin Books, 1930: 20.
3 钱钟书.林纾的翻译[C] // 钱钟书，等.林纾的翻译.北京：商务印书馆，1981：30.
4 同上，第28页。

房中空无所有，惟空乃愈见大。墙上本有糊裱，今则已长莓纹。尚有数处纸剥，倒挂于下。墙上石灰，已幻黄色。与门对者，为巨炉，炉檐，则伪云母石为之。檐次有小红烛，可径寸。窗上为尘所积，阳光穿漏，作惨淡色。益以屋中无地非尘，乃益形其凄凛。[1]

《壁上血书》（1915）上的同段描述文字则要简陋得多："一入门，第一室内即见尸体横陈。窗上所嵌玻璃，悉为尘冒，光线黯淡。地板上尘埃，厚可寸许。全室尽作凄惨之色。"[2]林、魏译本仍有少量漏译，如"It was a large square room""solitary（window）""uncertain（light）"[3]等。但整体的细致程度颇高，这是1915年译本没有的。

心理描写方面，以一段华生对疑案的揣测为例。"觉愈思此案，而所云毒死之案，乃愈生疑。第见吾友以鼻即尸口闻之，是必得服毒之迹兆，顾非服毒者，胡死？且周身不得一创，而流血被地。又属何人？但观此尸衣服周整，似初无用武之事。但觉兹事弗白，睫亦弗交。"[4]

此段及之前一段心理描写在《壁上血书》第八章（该书打乱了原文安排，重新分割为20章，每章3页左右）中均被删去。

尽管在逻辑推理方面尚有不足，译文在真实再现原文心理、景物、人物的细致描绘方面较旧译有了长足的进步。此外，林、魏译本的求雅特色还有多方面表露，再现原文修辞特色即是表现之一。"歇洛克指泥中足印曰：'此却不然，足迹之乱，即群牛至此，亦不复沓至是。'"[5]这里的夸张修辞和原文完全对应：

"'If a herd of buffaloes had passed along, there could not be a greater mess."[6]面对官方警探的错误判断，福尔摩斯不禁失笑，"勒司忒雷得怒曰：'笑尽汝也，汝

---

1 科南达利（柯南道尔）.歇洛克奇案开场[M].上海：商务印书馆，1914：20.
2 （柯南·道尔）.壁上血书[M].徐大，译.上海：商务印书馆，1915：14.
3 Doyle, Arthur Conan. *The Complete Sherlock Holmes* [Z]. New York: Doubleday/ Penguin Books, 1930: 28-29.
4 科南达利（柯南道尔）.歇洛克奇案开场[M].上海：商务印书馆，1914：32.
5 同上，第19-20页。
6 Doyle, Arthur Conan. *The Complete Sherlock Holmes* [Z]. New York: Doubleday/ Penguin Books, 1930: 28.

纵聪明，而狗老始精于猎'"[1]。从意象的保留来看，比当下译文"姜还是老的辣"[2]更胜一筹。因为原文即以"the old hound is the best"[3]来描写福尔摩斯的勘察，"且自语如呻，如吼，有时则作惊异声，其状大类猎狗之迹逃狐"[4]，其中比喻和原文"a pure-blooded, well-trained foxhound"[5]相对应。

译者颇有一种"译笔"意识，深得"古文义法"之精髓，这也使得译文呈现雅化色彩。对于原作中的警句，译者尽量言简意赅。"There is nothing new under the sun. It has all been done before"[6]，译文作"日月所临之地，无独必有偶。今日有是疑狱，当时亦必有之"[7]，颇有《圣经·传道书》的简洁庄重。用"世无天才，但有勤勉"[8]来对译"genius is an infinite capacity for taking pains"[9]可谓对称工整。约佛森见到心仪的姑娘，顾不得开矿集资，"neither silver speculations nor any other questions could ever be of such importance to him as this new and all-absorbing one"[10]，译者将之译为"舍矿苗而掘情根矣"[11]。译文虽有压缩，但基本意思简洁、清晰。描写被捕后凶犯对福尔摩斯表示钦佩的一句为："The way

---

1　科南达利（柯南道尔）.歇洛克奇案开场[M].上海：商务印书馆，1914：24.

2　柯南·道尔.福尔摩斯探案全集[Z].李家真，译注.北京：中华书局：2012a：39.

3　Doyle, Arthur Conan. *The Complete Sherlock Holmes* [Z]. New York: Doubleday/ Penguin Books, 1930: 31.

4　科南达利（柯南道尔）.歇洛克奇案开场[M].上海：商务印书馆，1914：24.

5　Doyle, Arthur Conan. *The Complete Sherlock Holmes* [Z]. New York: Doubleday/ Penguin Books, 1930: 31. 当然，也有个别修辞没有译出的，如福尔摩斯在陈述车夫的咒骂时使用了反讽："the finest assorted collection of oaths that ever I listened to"（Doyle, Arthur Conan. *The Complete Sherlock Holmes* [Z]. New York: Doubleday/Penguin Books, 1930: 40）。这一修辞在新近译本中也没有翻译出来，"嘴里是一大堆我闻所未闻的污言秽语"（柯南·道尔，2012a：58），对于百年前的译者，不宜苛求。最早注意该修辞的为1958年译本"骂的那话简直是我从来也没听到过的'最好听的'词了"（柯南道尔.血字的研究[Z].丁钟华，袁棣华译.北京：群众出版社，1958：51）。

6　Doyle, Arthur Conan. *The Complete Sherlock Holmes* [Z]. New York: Doubleday/ Penguin Books, 1930: 29.

7　科南达利（柯南道尔）.歇洛克奇案开场[M].上海：商务印书馆，1914：21.

8　同上，第24页。

9　Doyle, Arthur Conan. *The Complete Sherlock Holmes* [Z]. New York: Doubleday/ Penguin Books, 1930: 31.

10　同上，第61页。

11　科南达利（柯南道尔）.歇洛克奇案开场[M].上海：商务印书馆，1914：65.

you kept on my trail was a caution."[1]译文为"以我权谋，竟为汝得，真百思不复能到"[2]。此处"caution"应取"（俗）极不平常的人或物"[3]之义，译者的理解比1958年版更贴切（该版译作"十分谨慎周密"[4]），也颇能体现钱钟书所谓的"生动"[5]。有时使用的直译方法颇有超前意识，如将"Good God"[6]直译为"上帝！"[7]，比之"天哪！"[8]并不觉逊色。同理，"The Lord be thanked"[9]译作"谢上帝！"[10]也不像"谢天谢地"[11]那样归化。格来格森知晓福尔摩斯未去帽店核实信息，"大悦曰：'在理亦宜一往。须知大局当从小罅求之。汝此着疏矣"[12]。警官前句对福尔摩斯的训诫和后句对福尔摩斯的奚落，颇能增加"词趣"，属于钱钟书所谓的"锦上添花"[13]之笔。

译者不避难涩，对习语意象等尝试保留，译文虽不尽完美，但仍勤于探索。"I am the most incurably lazy devil that ever stood in shoe leather"[14]这里暗含的习语"save shoe leather"字面义为"尽量少走路，以节省鞋子"，1981和2012版译文均未尝试将隐喻的喻体带出，只译出了喻指意义"懒"，林、魏译文则进行了尝试"吾有时慵困，几于不窥左足"[15]。

对于专有名词和术语译文也没有避讳，如华生对福尔摩斯敬业精神的赞叹：

1　Doyle, Arthur Conan. *The Complete Sherlock Holmes* [Z]. New York: Doubleday/Penguin Books, 1930: 77.

2　科南达利（柯南道尔）. 歇洛克奇案开场[M]. 上海：商务印书馆，1914：85.

3　梁实秋. 远东英汉大词典[K]. 北京：商务印书馆，远东图书公司，1991：331.

4　柯南道尔. 血字的研究[M]. 丁钟华，袁棣华，译. 北京：群众出版社，1958：121.

5　钱钟书. 林纾的翻译[C]. 钱钟书，等. 林纾的翻译. 北京：商务印书馆，1981：26.

6　Doyle, Arthur Conan. *The Complete Sherlock Holmes* [Z]. New York: Doubleday/Penguin Books, 1930: 68.

7　科南达利（柯南道尔）. 歇洛克奇案开场[M]. 上海：商务印书馆，1914：75.

8　柯南·道尔. 福尔摩斯探案全集[Z]. 李家真，译注. 北京：中华书局：2012a：115.

9　Doyle, Arthur Conan. *The Complete Sherlock Holmes* [Z]. New York: Doubleday/Penguin Books, 1930: 39.

10　科南达利（柯南道尔）. 歇洛克奇案开场[M]. 上海：商务印书馆，1914：35.

11　柯南道尔. 血字的研究[M]. 丁钟华，袁棣华，译. 北京：群众出版社，1958：49.

12　科南达利（柯南道尔）. 歇洛克奇案开场[M]. 上海：商务印书馆，1914：40.

13　钱钟书. 林纾的翻译[C]. 钱钟书，等. 林纾的翻译. 北京：商务印书馆，1981：26.

14　Doyle, Arthur Conan. *The Complete Sherlock Holmes* [Z]. New York: Doubleday/Penguin Books, 1930: 27.

15　科南达利（柯南道尔）. 歇洛克奇案开场[M]. 上海：商务印书馆，1914：18.

"君于包探之学，几若自成一科学矣。"[1]"科学"（"science"[2]）一词是由日文转译过来的，1908年出版的《英华大辞典》都仅有对应词，而无释义。要说译者没有一点"原文为中心"的雅化意识的话，在清末尚流行的"格致之学"一说显然会成为译者的首选。"tanning yard"[3]译作"硝皮之厂"[4]，"rocking-chair"[5]译作"摇榻"[6]，甚至提及的宗教秘密迫害组织也没有完全省略，如将"the Institution of Seville"[7]译作"西班牙之音圭西动"[8]，尽管不够准确，没能译出"宗教法庭"之意，至少译者是用心查阅资料了解到"Seville"为西班牙城市名后做出的判断。

二、林纾、魏易雅化意识的形成

林纾希望通过翻译西方小说开启民智，其社会功利意识先于其文学审美意识生成，这一点邱炜萲曾有所提及："又闻先生（指林纾——笔者按）宿昔持论，谓欲开中国之民智，道在多译有关政治思想之小说始。故尝与通译友人魏君、王君、取法皇拿破仑第一、德相俾士麦克全传属稿，草创未定，而《茶花女遗事》反于无意中得先成书，非先生志也。"[9]本篇《歇洛克奇案开场》的社会功利意识，陈熙绩在译序中已略表，前文已提及，现补充林纾本人的立场："当日汪穰卿舍人为余刊《茶花女遗事》，即附入《华生包探案》，风行一时；后此续出者

1　科南达利（柯南道尔）.歇洛克奇案开场[M].上海：商务印书馆，1914：28.

2　Doyle, Arthur Conan. *The Complete Sherlock Holmes* [Z]. New York: Doubleday/Penguin Books, 1930: 33.

3　同上，第66页。

4　科南达利（柯南道尔）.歇洛克奇案开场[M].上海：商务印书馆，1914：72.

5　Doyle, Arthur Conan. *The Complete Sherlock Holmes* [Z]. New York: Doubleday/Penguin Books, 1930: 65.

6　科南达利（柯南道尔）.歇洛克奇案开场[M].上海：商务印书馆，1914：71.

7　Doyle, Arthur Conan. *The Complete Sherlock Holmes* [Z]. New York: Doubleday/Penguin Books, 1930: 62.

8　科南达利（柯南道尔）.歇洛克奇案开场[M].上海：商务印书馆，1914：67.

9　邱炜萲.客云庐小说话·卷三　挥尘拾遗·茶花女遗事[C] // 阿英.晚清文学丛钞·小说戏曲研究卷.北京：中华书局，1960：408.

至于数易版，以理想之学，足发人神智耳。"[1]林纾更看重侦探作为一门科学的价值，这一点同晚清开启民智、传播新知的舆论导向是一致的。

林纾的文学审美雅俗观在从事文学翻译事业之前便已开启。"若林先生固于西文未尝从事，惟玩索译本，默印心中，暇复昵近省中船政学堂学生及西儒之谙华语者，与之质西书疑义，而其所得力，以视泛涉西文辈，高出万万。"[2]林纾在不断同合作者翻译外国文学的过程中加深了对域外文学叙事风格、思想品格的认识。与此同时，他结合自身深厚的古文修养进行比较、思考，渐渐形成文学翻译的审美意识。

但从文学审美性质的雅俗观来看，《歇洛克奇案开场》受译者中国古代雅文学审美观的影响更多。将译本视作史传，便是向古代的雅文学看齐。中国古代白话小说向来有"慕史"（以史书为正宗）之传统，为此，陈熙绩在序中将书中人物比作"越勾践、伍子胥也"，请读者"勿作寻常之侦探谈观，而与太史公之《越世家》、《伍员列传》参读之可也"[3]。此种比拟客观上是在向古代雅文学标准靠拢。《歇洛克奇案开场》虽为侦探小说，但其包藏的是一个复仇的故事。作案者约佛森"流离颠越，转徙数洲，冒霜露，忍饥渴，盖几填沟壑者数矣。卒之，身可苦，名可辱，而此心耿耿，则任千剐万磨，必达其志而后已。此与卧薪尝胆者何以异？"[4]。译序使这本通俗小说充满了爱国救亡的民族精神，渲染了历史悲剧感（译文和摩门教的历史有较大关联）。

《歇洛克奇案开场》的汉译体现了译者的西方文学审美认同。究其因，林、魏长期的合作经验极大地提升了二人的文学审美意识。以小说题名的翻译为例。前期合作翻译时积累的经验使林纾有所体悟，这一点体现在林、魏合译的两部侦探小说（确切地说，另一部此前一年出版的《神枢鬼藏录》为短篇侦探小说集）

1　林纾. 序[M]. 科南达利（柯南道尔）. 歇洛克奇案开场. 林纾，魏易，译. 上海：商务印书馆，1914b：序.

2　邱炜萲. 客云庐小说话·卷三　挥尘拾遗·茶花女遗事[C] // 阿英. 晚清文学丛钞·小说戏曲研究卷. 中华书局，1960：408.

3　陈熙绩. 歇洛克奇案开场·序[M] // 歇洛克奇案开场. 林纾，魏易，译. 上海：商务印书馆，1914：2.

4　同上。

上。林纾自称："余曾译《神枢鬼藏录》一书，亦言包探者，顾书名不直著'包探'二字，特借用元微之《南阳郡王碑》'遂贯穿于神枢鬼藏之间'句。命名不切，宜人之不以为异。今则标其名曰《奇案开场》，此歇洛克试手探奇者也。"[1] 侦探小说题名的含蓄与新奇，恐怕林纾是最早论及之人。显然，像"英包探勘盗密约案""华生包探案"这些题名在林译眼中过于直露。《歇洛克奇案开场》各章均能按照原文的分割方式标示为"第一章""第二章"等，此种保留原作章节的做法促进了长篇小说由章回体向章节体的转换，是林译小说的雅化特征之一。至于未能将各章的题名译出，反映了林纾在章名处理上经历的波折。尽管林、魏合译的《迦因小传》（1905）没有译出各章题名，但林纾、曾宗巩合译[2]的《海外轩渠录》（1906），其中题名是全部译出的。出现的问题是卷、章不分：卷上的"第一章　记苗黎葛利佛至利里北达"，应为"第一卷　利立浦特（小人国）"；列入卷下的"第二章　葛利佛至坡罗丁纳"应为"第二卷　布罗卜丁奈格（大人国）"，缺第三、第四卷。卷上第一至五节、七到八节，卷下第一、三、七、八节均应标注为"章"。各章的标题以二到十个短语或短句组成，可谓繁复。尽管如此，译文并没有走捷径大加删削。如卷下的第一章"记大飓风　以舢舨取淡水　葛利佛附舟寻岛国　葛利佛见执于岛人入农家　居岛久乃屡逢不若　叙岛民"[3]。林、魏合译的《不如归》（1908）也保留了章节题名，如"第十九章　战余小纪""第二十章　武男养创""第二十一章　浪子图死""第二十二章　耶稣宣言"，等等。林纾在题名翻译上不断摸索，逐渐体会到依原文全部译出题名的道理。而1916年《福尔摩斯侦探案全集》4部中篇的译者全盘照搬林、魏《歇洛克奇案开场》中的章名翻译模式，未得林译之精髓。

　　林纾在同合作者共同翻译西方文学作品时，时常揣摩西方作品中的叙事手段。以叙事视角为例，传统白话小说说书人全知视角的影响在译文中渐趋消退。林、魏的《歇洛克奇案开场》题名虽有说书人的意味，但内容上已经摆脱了章回

1　林纾.序[M] // 科南达利（柯南道尔）.歇洛克奇案开场.林纾，魏易，译.上海：商务印书馆，1914b：序.

2　在正文中卷上、卷下均标示为"闽县林纾 长乐曾宗巩同译"。版权页则云"译述者闽县林纾、仁和魏易"。

3　狂生斯威佛特.海外轩渠录[Z].林纾，魏易，译.上海：商务印书馆，1914：1.

体的说书风格，这是林译小说的一贯特色："对偶回目和'话说'、'看官'、'未知后事如何，请听下回分解'、'有诗为证'等固定格式在林译小说中都消失殆尽。"[1]仅个别处暴露了说书人的痕迹，如在交代露西成长为一位风华正茂的少女时，译者在代入说书人"卖关子"的技巧之时不禁预先"泄底"，"而露西情苗之生，关系滋大，匪特一身不保，且贻害及于诸无辜者"[2]。原文虽有预述的成分，但要含蓄得多："In the case of Lucy Ferrier the occasion was serious enough in itself, apart from its future influence on her destiny and that of many besides."[3]

《歇洛克奇案开场》体现了中西小说叙事人称的融合。以该案第一人称的翻译处理为例，译者借鉴了《时务报》上刊载的福尔摩斯探案故事第二篇《记伛者复仇事》的运作模式，并对其加以改造。《记伛者复仇事》开篇为"滑震又记歇洛克之事云：滑震新婚后数月……"[4]，译者将第一人称嵌入："华生曰，当一千八百七十八年，余在伦敦大学校医学毕业，以国家欲设军医，余遂至乃忒立试验所学。"[5]译文的"华生曰"开场模式收到了将第一人称嵌入第三人称叙事框架的效果。第一人称和第三人称叙事方式的同时存在说明翻译小说引入的新的叙事模式有一个过渡过程。在林、魏合译的《神枢鬼藏录》（1907）中也有类似的做法："白勒忒曰：'余前此乃以一人兼两报馆之主笔：夜中为明日侵晨之报，迟明则又为日中之报，此日中之报，盖为人庖代，非我恒职。'"[6]原文为："I had been working double tides for a month: at night on my morning paper, as usual; and in the morning on an evening paper as *locum tenens* for another man who was taking a holiday."[7]《海外轩渠录》卷上、卷下的开篇加入"葛利佛曰"也是如此，第一、第三人称混杂受中国自传、自述文学传统的影响，如《五柳先生传》中陶渊明的

1　胡翠娥. 文学翻译与文化参与：晚清小说翻译的文化研究[M]. 上海：上海外语教育出版社，2007：122.

2　科南达利（柯南道尔）. 歇洛克奇案开场[M]. 上海：商务印书馆，1914：62.

3　Doyle, Arthur Conan. *The Complete Sherlock Holmes* [Z]. New York: Doubleday/ Penguin Books, 1930: 59.

4　（柯南道尔）. 记伛者复仇事[N]. 张坤德，译. 时务报，1896（10）：18.

5　科南达利（柯南道尔）. 歇洛克奇案开场[M]. 上海：商务印书馆，1914：1.

6　阿瑟毛利森. 神枢鬼藏录[Z]. 林纾，魏易，译. 上海：商务印书馆，1914：1.

7　Morrison, Arthur. *Chronicles of Martin Hewitt* [Z]. New York: D. Appleton and Company, 1896: 1.

"先生"自称、《史记》中司马迁的"太史公曰"和《聊斋志异》中的"异史氏曰"。

关注叙事视角和人称的特色并非林译小说中的孤立现象，林纾一贯关注作品叙事方式的特异之处。关于叙事情节的进展，林纾注意到西洋小说的延缓绵密，"为人不过十五，为日同之，而变幻离合，令读者若历十余年之久"[1]；对叙事形式的逼真性问题，林纾注意到"述英雄语，肖英雄也，述盗贼语，肖盗贼也，述顽固语，肖顽固也"[2]；在叙事文体风格的辨别方面，林纾注意到"余虽不审西文，然日闻其口译，亦能区别其文章之流派，如辨家人之足音。其间有高厉者，清虚者，绵婉者，雄伟者，悲梗者，淫冶者"[3]。林纾在译《歇洛克奇案开场》之时，尤其注意到倒叙制造的悬念效果："文先言杀人者之败露，下卷始叙其由，令读者骇其前而必绎其后，而书中故为停顿蓄积，待结穴处，始一一点清其发觉之故，令读者恍然，此顾虎头所谓'传神阿堵（眼睛——笔者按）'也。"[4]林纾还将这种自觉的雅化意识运用到自己的创作中来。如他创作的《京华碧血录》（1913）就运用了倒叙手法，首章叙述少年游忠定祠、得宝剑，再以少年归来收到的信件透露少年姓名，第二章始交代少年生平。

本着吸纳西洋小说雅化特质的态度，林纾在自己创作的小说中还注重人物心理的细致描写。在他创作的时事小说《金陵秋》中，林纾使用了大段的内心独白。王仲英随部攻打南京，负伤后背靠老柳，观望山下，思及亲友、长官，念及情人、工作，更虑及死后之怀恨、胜利之不及见，诸种复杂心理的细微刻画反映了林纾借西洋小说雅化品质来推动新小说发展的意图。

从借鉴和汲取西方文学精华的角度看，译本的文学审美认识在林、魏的翻译实践当中多有体现。译本基本上做到了以原文为中心，逐句翻译，并保留了原文

1　林纾.《撒克逊劫后英雄略》序[C]. 薛绥之，张俊才. 林纾研究资料. 福州：福建人民出版社，1983：118.

2　同上。

3　林纾. 译《孝女耐儿传》序[C]. 罗新璋，陈应年. 翻译论集. 北京：商务印书馆，2009b：241.

4　林纾. 序[M] // 科南达利（柯南道尔）. 歇洛克奇案开场. 林纾，魏易，译. 上海：商务印书馆，1914b：序.

的部分文学审美特色。究其根源，林、魏的合作关系是译本雅化特征的重要因素，两位合作者彼此影响，互相束缚，产生了良好的约束力，避免译本滑向"豪杰译"的粗糙作风。林纾在译介外国文学的过程中对域外文学的文体、叙事特色颇为熟悉，影响和提升了合作者的文学修养。他在《冰雪姻缘·序》（1909）中明确表示："惟其伏线之微，固虽一小物、一小事，译者亦无敢弃掷而删节之，防后来之笔旋线到此，无复叫应。冲叔（魏易）初不著意，久久闻余言始觉。"[1]这种语篇前后照应的西方惯用手法为林纾察觉，在其翻译《歇洛克奇案开场》中也有运用。如故事结尾福尔摩斯在总结探案的思辨过程时指出："In this way my second link was formed, which told me that the nocturnal visitors were two in number, one remarkable for his height (as I calculated from the length of his stride), and the other fashionably dressed, to judge from the small and elegant impression left by his boots."[2] 译文："自两足印中，辨其靴式，一为锐前而狭腰，豪家之制也；一则方前而博后，伧人也。"[3]且不计译文所做的删削与改动，"锐前而狭腰""方前而博后"为原文所无，从何而来？总不会是译者凭空臆想的产物。该信息出自第一卷第四章："但以门外足印观之，有方头革靴，盖于时样革靴之上，则死者前行，凶手蹑步入室。"[4]林纾所谓的"待结穴处，始一一点清其发觉之故"[5]，在其翻译实践之中确实有所贯彻。

　　林纾在教导魏易注重译文叙事特色的同时，魏易也在教导林纾学会忠实。关于忠实问题的争执，魏易的女儿曾回忆道："结果林先生总是顺从了父亲的意见，仅将自己的想法写在眉批里。"[6]蔡登山对此加以补充："这也是我们现在

1　林纾. 序[Z] // 却而司·迭更斯. 冰雪姻缘. 林纾，魏易，译述. 上海：商务印书馆，1909：1.
2　Doyle, Arthur Conan. *The Complete Sherlock Holmes* [Z]. New York: Doubleday/Penguin Books, 1930: 84.
3　科南达利（柯南道尔）. 歇洛克奇案开场[M]. 上海：商务印书馆，1914：96.
4　同上，第27页。
5　林纾. 序[M]. 科南达利（柯南道尔）. 歇洛克奇案开场. 林纾，魏易，译. 上海：商务印书馆，1914b：序.
6　魏惟仪. 林纾魏易合译小说全集重刊后记[M]. 台北：魏惟仪个人出版，1990：96.

看到的书中林纾冠以'外史氏曰'的按语，是由于魏易监督的结果。"[1]魏易的监督确实功不可没。钱钟书早已指出"'外史氏曰'云云在原文是括号里的附属短句""这种增补是不足为训的"[2]。在《贼史》（1908）中，狄更斯原文不在括号内的内容，林纾兴之所至也要加上些许评论，如："外史氏曰：'然则吾书忘矣！如是大员，安肯以笑靥向人？虽然本特而固明明人也，尊颜安无开霁之一时？'"[3]魏易的干预使得林纾的创作冲动得到了标记。创作冲动的消失殆尽在《歇洛克奇案开场》中表现得更加明显，全书并未有一处"外史氏曰"。

两人的合作关系是译文雅化的关键因素，一旦脱离这种约束和监督的关系，雅化的特色也就弱了许多。魏易单独翻译的《二城故事》（载于《庸言》1913年第13-24号及1914年1-2号合刊），雅化特色明显削弱。读者对魏易的删削曾公然表示不满："有一位自命能口译Dickens著作的魏易先生，自己动笔来译《二城故事》（*A Tale of Two Cities*）竟把第三章'The Night Shadows'完全删去。不知此章是该书最有精彩的一篇，是心理学的结晶；是全篇的线索。"[4]除了删削，在失去合作者的这部译文当中，魏易在不少方面都有所退步：其一是译文开篇即返回到章回体的开篇模式："吾书开场。为最佳之时代，亦为最恶之时代。为才知之时代，亦为冥顽之时代。为信仰之时代，亦为怀疑之时代……"[5]除了使用章回体，开篇还暴露不少问题，如"吾书开场"和"为最佳之时代"之间缺乏必要的联系，至少加上"话说""在下所述"之类的过渡，或是像周逴（周作人）译《匈奴奇士录》（1908）时开篇交代一下背景："吾书开场，在一千八百四十八年之春，一意大利汽车驿次。……"[6]"为最佳之时代"也可见译者对"it"做代词指称时间时的生硬处理。在语言使用上，魏易退回到了旧式白话、章回体小说常用的四字、六字的骈体结构和偶句，在开篇中体现得尤为明显。"言其善，譬

1　蔡登山. 林纾的"口译者"之一：魏易——另眼看作家之十七[J]. （台北）全国新书咨询月刊. 2008（11）：29.

2　钱钟书. 林纾的翻译[C] // 钱钟书，等. 林纾的翻译. 北京：商务印书馆，1981：27.

3　迭更司，却而司. 贼史[Z]. 林纾，魏易，译. 上海：商务印书馆，1913：5.

4　（罗）志希. 今日中国之小说界[J]. 新潮，1919（1）：114.

5　迭更司. 二城故事[J]. 魏易，译. 庸言，1913（13）：1.

6　育珂摩耳. 匈奴奇士录[Z]. 周逴，译. 上海：商务印书馆，1908：1.

诸阳春，自兹以往，渐渐入于佳境；语其恶，犹之严冬，霜雪载途，弥望皆呈可怜之状。"[1]译文无疑是在炫示译者本人的文采，因为对应原文仅是"it was the spring of hope, it was the winter of despair"[2]没有了林纾这位"不给予迟疑和考虑的间隙"的"应声直书的'笔达'者"[3]，魏易似乎忘记了自己当初给出的译者应克制创作冲动的忠告。

1　迭更司. 二城故事[J]. 魏易，译. 庸言，1913（13）：1.
2　Dickens, Charles. *A Tale of Two Cities* [Z]. London: Penguin Books, 1989: 35.
3　钱钟书. 林纾的翻译[C]. 钱钟书，等. 林纾的翻译. 北京：商务印书馆，1981：32.

第三章

民初：中华书局版《福尔摩斯侦探案全集》（1916）的媚俗习气

　　大致而言，"新小说"辛亥革命以前的主要倾向是由俗入雅，辛亥后则为回雅向俗；五四新文学兴起，"新小说"进一步俗化，变成严格意义上的通俗小说，与《狂人日记》、《沉沦》为代表的现代小说互相对峙，形成贯穿整个二十世纪中国小说史的雅、俗小说并存共进的局面。[1]

　　民初俗文学泛滥，成为小说界主潮，大部分文学作品思想平庸、市井价值泛滥、创作模式化，受到追求独立艺术价值的作家、译者的抵制。民初优秀通俗文学作品的翻译也沾染上这股媚俗之风。对优秀侦探文学而言，媚俗虽迎合了市民读者趣味，但却是对其本质属性的扭曲（对福尔摩斯探案尤其如此）。

　　辛亥革命到"五四运动"期间，通俗文学的泛滥是对此前小说过分追求社会功利价值的一种反动。这种反动有一定的积极意义，但后期新小说家认同一般市民的思想趣味，放弃了独立思考、"超前意识"和进取精神，放弃了雅化的追求和尝试。这种媚俗风气表现在翻译中，就是适俗改写。

　　适俗改写之风和译者身份关联颇大。1916年《福尔摩斯侦探案全集》（下称《全集》）的十位译者为（周）瘦鹃、半侬（刘半农）、（李）常觉、（陈）小蝶、（严）独鹤、（程）小青、（严）天俦、天虚我生（陈蝶仙）、（陈）霆

1　陈平原. 二十世纪中国小说史·第一卷（1897—1916）[M]. 北京：北京大学出版社，1989：100-101.

锐、渔火。[1]十位译者中，周瘦鹃、严独鹤、程小青、李常觉、陈蝶仙与陈小蝶
父子，六位均系鸳鸯蝴蝶派的主要代表。[2]其中，小蝶、瘦鹃、常觉、天虚我生均
是《礼拜六》编辑部成员，后一百期，程小青、严独鹤等也加入队伍。刘半农也
和鸳鸯蝴蝶派关系密切，早年常在《礼拜六》杂志上撰稿发文，自1912年赴上海
起，五年内发表艳情小说四十多篇。概言之，1916年版的《全集》的译者队伍以
鸳鸯蝴蝶派为主体是可以确认的。尤其是周瘦鹃，他本人就是鸳鸯蝴蝶派影响最
大的两大刊物之一的《礼拜六》（另一刊物为《小说丛报》）的主编之一。

　　1916年《福尔摩斯侦探案全集》在普通市民读者当中风行，恰是因为译者基
本上都属于鸳鸯蝴蝶派作家/译者这一阵营。该派译者大多充分"利用"自身的创
作"才华"，使译本和鸳鸯蝴蝶派自身的创作产生千丝万缕的联系，也因之获得
众多市民读者的认同。[3]

　　对这一派译者所做的译文改写进行分析并非偏离翻译本体，诚如皮姆所言：
"所有'拟译'、'改编'及其他诸种形态都会在既定研究目标之内给我们提供
有关翻译地位的信息。"[4]

1　《刘半农传》对严独鹤、程小青、天虚我生、周瘦鹃、陈霆锐均有简要注释，但
　　对严天侔、常觉、渔火却付诸阙如。见朱洪. 刘半农传[M]. 北京：东方出版社，
　　2007：19. 经查，严天侔系严独鹤家族兄弟，中华书局编辑。在十人之中，唯有
　　渔火资料最少，一说为作家，称"参与翻译的有……著名作家陈小蝶、周瘦鹃、
　　天虚我生、渔火等人，皆一时之选"。参见：余瑾. "福尔摩斯"与中华书局的
　　百年因缘[N]. 光明日报，第13版，2013-02-19. 陈霆锐翻译《全集》之时为上海
　　中华书局编纂员，后留学美国，获得密歇根大学政治学硕士、法学博士学位。
　　回国后执教多所大学，并应《申报》《新闻报》特约，撰写政治法律专论。刘半
　　农1913年23岁时进入中华书局任编译员。1916年春译完《全集》，5月校完。同
　　年，在编辑部紧缩人员时离职。
2　另有两位——天侔和陈霆锐——被称为"过客型"译者（见禹玲. 现代通俗作
　　家译群五大代表人物研究[D]. 苏州大学博士学位论文，2011：8）。其中，严天
　　侔译有《绛市重苏》《火中秘计》《荒村轮影》三则短篇，霆锐译有中篇《夔
　　祟》、短篇《窃图案》；渔火仅译有短篇《红圈会》一案，也应属于"过客
　　型"译者。
3　鸳鸯蝴蝶派译文中掺杂创作的这种改译之说，参见：陈平原. 陈平原小说史论集
　　[M]. 石家庄：河北人民出版社，1997：1233. 天虚我生还曾将之比喻成"名伶
　　之演旧剧"（天虚我生. 天虚我生序[C]. 欧美名家短篇小说. 长沙：岳麓书社，
　　1987：5）。周瘦鹃、程小青译文的相关特色可参见禹玲的博士学位论文第四
　　章、第五章。
4　Pym, Aothony. Mothid in Translation History [M]. Monchester: St. Jeromne, 1998: 65.

纽马克也说：

> 很多人严格区分翻译和改写，这一做法是不堪一击的。如果改写可
> 以定义为使用一种不同的形式，将相同的主题和情节转移至目标文化，
> 进而对文本的意义进行近似再现的尝试，那么批评者本人便可继续做出
> 更为精确的划分，这种区分要是公开地被陈述出来将十分有益。[1]

第一节　人物形象及其道德的扭曲变形

1916年中华书局出版的《福尔摩斯侦探案全集》对人物形象及其道德蕴含做出了适应小市民读者口味的调试。主要人物福尔摩斯的形象描写凸显了译者引入科学侦探的愿望，以及对读者猎奇心态的迎合。与此同时，福尔摩斯形象的扭曲还有以下几个因素：译者不能完全理解福尔摩斯怪诞的一面；译者对作品中悬念的价值认识不足，对官方警探和私家侦探的关系认识不足。在次要人物形象方面，译者对原作坚毅勇敢的男女形象做了才子佳人式的改造，对部分女性革命者的形象做了"英雌"化的处理。在人物道德方面，译者时常无中生有地加入"仁、义、礼、智、信"等传统道德观，以适应市民读者的口味。

一、人物形象的改造

1916年《福尔摩斯侦探案全集》的翻译杂糅了译者的媚俗改写，反映了"回雅向俗"的时代风潮，并由此可以追溯译者的生存场域与译者惯习。列维认为："将译文看作译者创造性个性的表达，进而辨识译者个性风格以及译者对作品生成结构所做的解释，这样做是可能的。"[2]

1　Newmark, Peter. *More Paragraphs on Translation* [M]. Clevedon: Multilingual Matters, 1998: 215.

2　Levy, Jiri. *The Art of Translation* [M]. Trans. Patrick Corness. Amsterdam/Philadelphia: John Benjamins Publishing Co., 2011: 14.

1916年《全集》的人物形象多加入了译者的个人想象，蕴含了译者的社会期冀，流露出译者群体复杂的时代心态。以福尔摩斯的形象为例：

> 身颀过六尺，唯以瘦脊故，乃愈觉其颀。目光至锐利，如能洞人，惟当偃卧沙发神智木木时，则反是。瘦鼻状若鹰嘴，衬托面部，更形其英锐而坚决。下颌做方形，外突，亦不啻为其刚毅之标识，两手上时沾墨痕，且为化学中之药品所污。然其下手精细特甚，初非粗心浮气者流，盖予时于彼整治其化学器具时见之也。[1]

原文中机警干练、细致敏锐的私家侦探形象在译文中基本得到了再现，但"初非粗心浮气者流"一方面流露出"辞气浮露，笔无藏锋"[2]的措辞适俗策略，另一方面，这一"赘语"的添加刻意突出了福尔摩斯科学侦探的形象。晚清民初的福尔摩斯形象常常带有部分救世色彩，至少译者和读者抱有这样的期待。"中国之鞫狱，所以远逊于欧西者，弊不在于贪黩而滥刑，求民隐于三木之下；弊在无律师为之辩护，无包探为之诃侦。"[3]林纾在《神枢鬼藏录·序》（1907）中表达了引入律师、侦探制度之于中国司法进程的意义与价值。周桂笙对侦探其人的描绘更是反映了民众心中认同的神探形象："而其人又皆深思好学之士，非徒以盗窃充捕役、无赖当公差者，所可同日语。"[4]译者的增删改动切合民众司法改革的愿景。

在福尔摩斯与法律的关系上，原文对官方侦探表达更多的是一种不满和失望，1916年《全集》译文则在强化此种失望的情绪之中加入了些许期待。失望情绪的强化方面，译者彰显了自身对福尔摩斯所采取的法外正义的支持，对福尔摩

1　柯南道尔. 福尔摩斯侦探案全集[Z]. 刘半农，等译. 上海：中华书局，1916a：11-12.（十二册分别以a-l标识）

2　鲁迅. 中国小说史略[M]. 北京：人民文学出版社，1973：434.

3　林纾. 《神枢鬼藏录》序[Z]. 阿瑟毛利森. 神枢鬼藏录. 林纾，魏易，译. 上海：商务印书馆，1914：1.

4　知新子（周桂笙）. 歇洛克复生侦探案·弁言[Z]. 陶高能（柯南道尔）. 歇洛克复生侦探案. 新民丛报，1904（7）：85.

斯僭越法律的做法予以维护——如删去了福尔摩斯因私闯密尔浮登宅邸可能造成的后果——"查出、被捕、受尊重的事业以不可挽回的失败与屈辱告终"[1]。"福尔摩斯对警察的嘲讽以及对法律的僭越，反映了维多利亚时期人们对于现实的不满以及对更加完美合理的正义践行方式的乌托邦式的追求。"[2]《全集》的处理方式同样反映了译者对国内司法者能力不足的痛切，因此对法外正义的合理性持肯定和赞扬的态度。在《剖腹藏珠》一案中，译者明白无误地将自己的观点表达出来，"莱斯屈莱特于培克街，实无异于传舍，日必一至。至则必与福尔摩斯讨论疑案。然莱斯才短，终且为吾友所屈也。"[3]尽管失望，译者对于官方侦探仍抱有期望，这种期望体现在福尔摩斯与警方关系的缓和上，如删去了对雷斯垂德表明的立场："你按你的方法办，我按我的方法办好了。"[4]这折射了译者尊重官方、维护法律的文人心态，也显露出译者对中国司法改革的期待。

对福尔摩斯这一人物的处理还反映了文人译者复杂的文化心态。祸国殃民的毒品用于身体健康且有着一份神圣职业的福尔摩斯身上，寻常读者难以接受。为此，译者置华生在阿富汗战争中"身体到今天还没有恢复"[5]这一事实于不顾，硬安排华生说"余体尚健，用之不当"[6]，同时替福尔摩斯找到了一个很好的借口，"固知药性过克，用之滋病，但以体既羸瘦，非此殆不能振刷神绪"[7]。

译文人物形象的扭曲变形不仅有社会、文化的干预，也有本土文学传统自身的影响。有时，译文中的福尔摩斯"故弄玄虚"的"炫技"未能得到充分的重视，这是本土文学传统的影响所致。这一点从译文对悬念的泄露上可见。《五橘核》一案中，福尔摩斯推断登门人从西南而来，来访者予以证实。这种由果及因

---

1 柯南道尔. 福尔摩斯探案全集[Z]. 丁钟华，等译. 北京：群众出版社，1981b：393-394.

2 刘小刚. 正义的乌托邦——清末民初福尔摩斯形象研究[J]. 中国比较文学，2013（2）：89.

3 柯南道尔. 福尔摩斯侦探案全集[Z]. 刘半农，等译. 上海：中华书局，1916i：15. "莱斯才短"为译者所加.

4 柯南道尔.福尔摩斯探案全集[Z]. 丁钟华，等译.北京：群众出版社，1981a：326.

5 柯南道尔.福尔摩斯侦探案全集[Z]. 俞步凡，译. 南京：译林出版社，2005a：121.（四卷分别以a-d标识）

6 柯南道尔.福尔摩斯侦探案全集[Z]. 刘半农，等译. 上海：中华书局，1916b：2.

7 同上。

的叙事方式常在开场使用，借以强化福尔摩斯的观察能力，进而为福尔摩斯阐述其演绎推理做出铺垫。但译者受到公案小说影响，重视情节奇巧曲折，对真相压制不够重视，为此改写的译文带有公案的痕迹。"福曰：'相君之靴，沾有黄白之泥，君殆来自西南方欤？'少年曰：'然。'"[1]。将原文肯定的语气改为疑问语气，也与神探的身份不符。试看原文："You have come up from the Southwest, I see."[2]

在女性形象方面，福尔摩斯探案小说中颇多坚强、自立、富有主见的女性，她们或是积极争取自己权益的委托方，或是敢于面对困难和危险的勇者，抑或是不畏歹徒的坚毅女子。《全集》译者对此类角色多赋予了"美如春花""慧如娇鸟"[3]的佳人气质，对女性形象多有篡改。

《弑父案》中，梅丽[4]"由于过分激动，十分情切，使得她全然顾不得姑娘家原有的娇羞与矜持"[5]，来找福尔摩斯为男友小马凯得争辩。译文中的这位小姐被改造成了大家闺秀，娴熟柔静。译者甚至杜撰了"蛮靴细碎之音"[6]这类端庄举止来配合译者心中的理想佳人形象，全然不顾原文仅提到"她的马车到门口了"[7]的事实。译文对其描绘如下："果有蛮靴细碎之音，逐渐而近。门辟，则一妙好之女郎，已立门限中，姣然如展图画：双目浅紫如玫瑰之宝石，远望之似有微波。双颊微绛，时于惊忧中露其秀媚之态，举止尤楚楚大方。"[8]

对西方女性外表和性格的改造程度取决于其同中国传统美人的差距。孔慧怡研究了西方美人的外表和性格搭配指征。依据发色，大致可将金发美人分为古典（温柔）美人、笨美人、天使三类，而黑发美人则可分为典雅、富有才华、有个

1　柯南道尔. 福尔摩斯侦探案全集[Z]. 刘半农，等译. 上海：中华书局，1916c: 92.
2　Doyle, Arthur Conan. *The Complete Sherlock Holmes* [Z]. New York: Doubleday/Penguin Books, 1930: 218.
3　孙再民. 中国古典孤本小说宝库[Z]. 北京：中央民族大学出版社，2001: 2.
4　即Miss Turner（Doyle，1930：208），该篇数处称其为"梅丽"，可能为"Miss"之误，见柯南道尔. 福尔摩斯侦探案全集[Z]. 刘半农，等译. 上海：中华书局，1916c: 75-76.
5　柯南道尔. 福尔摩斯探案全集[Z]. 俞步凡，译. 南京：译林出版社，2005a: 321.
6　柯南道尔. 福尔摩斯侦探案全集[Z]. 刘半农，等译. 上海：中华书局，1916c: 75.
7　柯南道尔. 福尔摩斯探案全集[Z]. 俞步凡，译. 南京：译林出版社，2005a: 321.
8　柯南道尔. 福尔摩斯侦探案全集[Z]. 刘半农，等译. 上海：中华书局，1916c: 75.

性的美人，以及娇小、机智、富有活力却市侩的美人两种。以地域论，凯尔特女性神秘而冲动，肤色和发色都较深的南欧女性则脾气较大。[1]以金发美人而论，福尔摩斯探案故事中多数为古典美人，此类美女十分接近中国传统美人的温柔形象，故而改动最少。《罪薮》中的爱丹就属于这一类型。"盖启关之人为一婉美之女郎，女郎方妙年，发金色，累累覆额，似瑞典产。慧目流利，双眸深黑，天然绰约。此时斜睨来客，面容不禁微绛，而双涡浅晕，颜色益形妩媚。买格杜睹状，心旌摇摇，神魂为荡。"[2]尽管不能做到译文同原文完全一致（原文"she surveyed the stranger with surprise and a pleasing embarrassment which brought a wave of colour over her pale face."[3]译文画线部分显然有所忽略），但基本人物形象没有大的改动。在柯南道尔的原文中，爱丹在逃亡过程中不幸离世，这种给金发古典美人配上悲剧结局的情况在《血书》中也曾出现，拥有栗色长发的露珊莉利亚也是如此："年复一年，女身益颀且壮。玉颊益娇红，行步益见轻倩，莉利亚田场之外有大道，道上有行人过，时见此轻盈绰约之姝，……如花招展，控纵而行，俨然已成西方之美人。"[4]"玉颊娇红"（her cheek more ruddy），"轻盈绰约"（her steps more elastic[5]）虽不脱古典小说美人形象的套语，但大致也做到了人物形象的忠实再现。此处西方金发古典美人无论是在外表还是性格上，都同中国传统颇为契合，因此译文改动不大。

福尔摩斯探案中的黑发美人勇敢坚定、高贵正义，多为案件的重要参与者，这种中西黑发美人性格的不匹配使得译文不得不"修正"原文中的此类形象。孔慧怡在《晚清翻译小说中的妇女形象》[6]一文中提到三位代表人物：富有自制力的Mary（例1），南欧美人Miss Harrison（例3）及某位贵族美人（例2a、2b）。相

---

1 参见：孔慧怡. 晚清翻译小说中的妇女形象[C]. 孔慧怡. 翻译·文学·文化. 北京：北京大学出版社，1999：34-37.

2 柯南道尔. 福尔摩斯侦探案全集[Z]. 刘半农，等译. 上海：中华书局，1916l：105.

3 Doyle, Arthur Conan. *The Complete Sherlock Holmes* [Z]. New York: Doubleday/Penguin Books, 1930: 820.

4 柯南道尔. 福尔摩斯侦探案全集[Z]. 刘半农，等译. 上海：中华书局，1916a：91.

5 Doyle, Arthur Conan. *The Complete Sherlock Holmes* [Z]. New York: Doubleday/Penguin Books, 1930: 59.

6 事实上，该文的主要案例均取自1916年中华书局版《福尔摩斯侦探案全集》，应属民初。下面的例证参见孔慧怡，1999：37-38.

应译文对女性的坚强性格及其容貌进行了改造。Miss Harrison健康的肤色"olive complexion"[1]就被改为"肤色雪白，柔腻如凝脂"[2]，配以"斜波流媚，轻盈动人"[3]的神态动作。另外，"a little short and thick for symmetry"[4]这一缺点被弱化，译作"惟体略短削，微嫌美中不足"[5]。显然，南欧美人同中国传统美人在体形上差距最大，而贵族美人则同中国传统美人在五官上差距较大。为此，贵族美人令人敬畏的鹰钩鼻（"curved nose"[6]）、薄嘴唇（"thin-lipped"[7]）几乎全被略去，只剩下"朱唇乃颤动不已"[8]略同中国美女形象有所关联。就性格而论，即便身材和五官都符合中国传统的自制力强的美女，也无法逃脱被改造的命运，译文加入"双颊白如梨花，一若夜来余惊尚未去者"[9]使之贴近中国古典美人的形象。

关于福尔摩斯故事中主要女性形象的改造，尚有两点值得注意。

其一，佳人式的女性想象仅是译者审美心态的一种体现，尚有"英雌"（女英雄）化的女性形象改造。在《金边夹鼻眼镜案》中安娜（Anna）是以俄国革命者的形象出现的，常觉和天虚我生的译文"妇人怫然以袖拂之，凛凛之态，令人不禁畏敬，故哈勃根亦即退"[10]，塑造了侠肝义胆的"英雌"形象，与原文中"果敢"（gallantry）的女性形象有一定偏差。这一意象在近90年后几乎以同样的形象复现——"刚毅的下巴、昂首的姿态，显示侠义情怀，令人油然而生敬慕。"[11]中国的侠客重"私义"，西方骑士追求公理正义，两种侠义精神之别且不论，仅就

1　Doyle, Arthur Conan. *The Complete Sherlock Holmes* [Z]. New York: Doubleday/ Penguin Books, 1930: 449.

2　柯南道尔. 福尔摩斯侦探案全集[Z]. 刘半农，等译. 上海：中华书局，1916g: 56.

3　同上。

4　Doyle, Arthur Conan. *The Complete Sherlock Holmes* [Z]. New York: Doubleday/ Penguin Books, 1930: 449.

5　柯南道尔. 福尔摩斯侦探案全集[Z]. 刘半农，等译. 上海：中华书局，1916g: 56.

6　Doyle, Arthur Conan. *The Complete Sherlock Holmes* [Z]. New York: Doubleday/ Penguin Books, 1930: 580.

7　同上。

8　柯南道尔. 福尔摩斯侦探案全集[Z]. 刘半农，等译. 上海：中华书局，1916i: 11.

9　柯南道尔. 福尔摩斯侦探案全集[Z]. 刘半农，等译. 上海：中华书局，1916d: 86.

10　柯南道尔. 福尔摩斯侦探案全集[Z]. 刘半农，等译. 上海：中华书局，1916i: 66.

11　柯南道尔. 福尔摩斯探案全集[Z]. 俞步凡，译. 南京：译林出版社，2005b: 498.

原文所涉而论，"坚毅的下巴"和"高昂的头颅"表现出更多的是一种让人钦佩的贵族气质。"And yet, in spite of all these disadvantages, there was a certain nobility in the woman's bearing—a gallantry in the defiant chin and in the upraised head, which compelled something of respect and admiration." [1]

其二，与佳人形象搭配的才子，在福尔摩斯探案故事中可谓少之又少，因为福尔摩斯探案故事中人物刻画的真实性是为情节和主题服务的。但译者写惯了"丰才啬遇，潦倒终身"的才人形象，总能找到一展身手的地方，《荒村轮影》中痴情的"史唐敦"便成了绝佳人选。"史唐敦归后，镇日踞病者榻前，状类痴。今晨其妻已溘然怛化，彼犹依依其侧，不胜哀恋之忧也。美人黄土，言之伤心。" [2]事实上，这一典型才子形象用于橄榄球队员身上实难匹配，但"技痒"之译者不惜臆造些"美人黄土，言之伤心"的话来篡改原文"发了疯似的" [3]为爱人不顾比赛的勇敢的伤心人形象。其原因在于其情可怜，能换取读者一掬眼泪，译者也就不顾那么多了。

以上讨论限于主要人物。次要人物方面，对"佳人"之外的普通女性，译者同样是带着某种"偏见"的。《红圈会》中的瓦伦夫人用恭维和劝人行善的手法使得不肯帮忙的福尔摩斯回心转意，显示了这位女性的执着和机智。但译者则将相关性格描述"But the landlady had the pertinacity and also the cunning of her sex. She held her ground firmly" [4]删去，用一位可怜妇人的形象取而代之："时有一妇人名瓦伦夫人者，立其旁，神色沮丧，絮絮向福申诉，语甚琐屑。" [5]妇人形象的改写涉及福尔摩斯的形象："夫人曰：'韦弗特之事，在君固目为寻常而韦则感君臂助。……今余不揣冒昧，必欲有求于君者，亦以久耳盛名。……语已，泪几

1　Doyle, Arthur Conan. *The Complete Sherlock Holmes* [Z]. New York: Doubleday/Penguin Books, 1930: 619.
2　柯南道尔. 福尔摩斯侦探案全集[Z]. 刘半农，等译. 上海：中华书局，1916i：98.
3　柯南道尔. 福尔摩斯侦探案全集[Z]. 丁钟华，等译. 北京：群众出版社，1981b：485.
4　Doyle, Arthur Conan. *The Complete Sherlock Holmes* [Z]. New York: Doubleday/Penguin Books, 1930: 901.
5　柯南道尔. 福尔摩斯侦探案全集[Z]. 刘半农，等译. 上海：中华书局，1916k：27.

夺眶而出，福见其可悯，乃立止所事。"[1]福尔摩斯性格中的小小自负被忽略，其同情心则被放大。试看原文："Holmes was accessible upon the side of flattery, and also, to do him justice, upon the side of kindliness."[2]可见，对女性形象的归化改造引发包含主要人物形象改变在内的全局变动。

其他次要人物的描写上，译文有时删改颇大，甚至显得有些随意。如《隰原蹄迹》中，一高等小学校长登门后即昏倒，译文描述颇为简陋："则觉其面至大，实较予倍。眼下亦起重皮，唇阔而厚，气咻咻然。"[3]来者苍白的脸庞、满布的皱纹、紧闭的双眼、乌青的眼袋、张开的嘴巴、下垂的唇角、多肉的下巴、未刮的胡须等都被抹去。对校长气质的描述也差强人意，如称"其人极肥硕，鞠躬而入，户几为塞。既入而颜色惨沮，身躯尽颤，直向地上晕仆，状如肥豕之就笠也"[4]。画线部分的夸张与滑稽色彩同原文不符，原文高大、自傲、威严、自制和稳重的校长形象消失殆尽（"so large, so pompous, and so dignified that he was the very embodiment of self-possession and solidity"[5]）。

人物改造常体现为职业译者的一种惯习。《全集》中翻译《血书》《病诡》的周瘦鹃，在其翻译非福尔摩斯故事《缠绵》时将老人对妻子美貌的描述译作"有驻颜之术""柳腰更觉瘦削"，发福以后则是"环肥燕瘦"般可爱，"是我主人金枝玉叶的令千金"[6]。译者风格的一贯性及其所受时代翻译风尚的影响可见一斑。

最后需要补充的是，译文对道尔笔下中国人的形象做出了一定的维护。如《病诡》一案中，对东方疾病颇有研究的施密司先生问华生福尔摩斯病从何来，华生答："Because, in some professional inquiry, he has been working among Chinese

1　柯南道尔. 福尔摩斯侦探案全集[Z]. 刘半农，等译. 上海：中华书局，1916k：27-28.
2　Doyle, Arthur Conan. *The Complete Sherlock Holmes* [Z]. New York: Doubleday/ Penguin Books, 1930: 901.
3　柯南道尔. 福尔摩斯侦探案全集[Z]. 刘半农，等译. 上海：中华书局，1916h：113.
4　同上。
5　Doyle, Arthur Conan. *The Complete Sherlock Holmes* [Z]. New York: Doubleday/ Penguin Books, 1930: 539.
6　柯南道尔. 缠绵[C] // 周瘦鹃，译. 欧美名家短篇小说. 长沙：岳麓书社，1987：182.

sailors down in the docks."[1]这里提及福尔摩斯因同中国水手打交道而染病的事实被译文泛化，读者能看到的仅是"先是彼以探案故，入船坞工作，与东土之水手辈杂处，故知此病必得自东土"[2]。译者以"东土"概念偷换"中国"概念，实现了对不尽如人意的现实的遮蔽。

二、人物道德观的改造

鸳鸯蝴蝶派译者并不像吴趼人一派对域外侦探小说持排斥态度（吴趼人骨子里认同的是章太炎倡导的旧学复兴，为此，作《中国侦探案》来振兴公案小说，"恢复我固有之道德"[3]）。他们更无法认同"五四运动""打倒孔家店"式的头脑风暴，因此，译文也沾染了旧的道德说教气息，"三纲五常"和名教观念时有流露。

福尔摩斯这位英式英雄人物的特立独行之举常使译者陷入道德选择上的尴尬境地。福尔摩斯用手枪在墙上射出"V. R."（维多利亚女王）的举动在译者眼中如果不是犯下了"大逆不道"之罪，至少也是犯了"大不敬"之罪，万万不可出现在译本中。读者只能看到"壁间弹孔，密若繁星，为状甚怪。彼固不以为异也"[4]。译者的道德底线此时暴露无遗。

"君为臣纲"之念在《情影》这一福尔摩斯短篇探案故事中也有体现。译者将福尔摩斯与波海米王之间委托人同被委托人的关系视为君臣关系。其实，福尔摩斯温情的道德观往往使其置法律条文于不顾，这一点和中国的法外正义——侠义传统有所契合。这种叛逆的道德观译者显然并不赞同，译者眼中的福尔摩斯是维多利亚时代秩序的维护者。为此，译者将福尔摩斯的所作所为限定在旧道德的约束范围内。《波西米亚丑闻》中福尔摩斯对国王始乱终弃的行为是不齿的，"对国王伸向他的手连看都不看一眼"[5]。此中可看出福尔摩斯

1　Doyle, Arthur Conan. *The Complete Sherlock Holmes* [Z]. New York: Doubleday/Penguin Books, 1930: 937.

2　柯南道尔.福尔摩斯侦探案全集[Z].刘半农，等译.上海：中华书局，1916k: 57.

3　趼（吴趼人）.上海游骖录[J].月月小说，1907（8）：64.

4　柯南道尔.福尔摩斯侦探案全集[Z].刘半农，等译.上海：中华书局，1916f: 29.

5　柯南道尔.福尔摩斯探案全集[Z].丁钟华，等译.北京：群众出版社，1981a: 261.

对王权意识的淡漠，他更关心的是自己的侦探事业和正义的伸张，而译文则凸显了福尔摩斯的"忠君"色彩："陛下勿赞其能，今彼已携陛下小影去，将奈何。"[1]福尔摩斯对艾琳·艾德勒这位聪颖机敏女性的尊重被篡改为臣民对君主的忠诚，而国王则成了译者道德天平倾斜的一端，可以胡作非为、无中生有。如国王批评艾琳，"而尤病在所爱不专"[2]。原本是国王"太不检点"[3]，这里却把矛头直指艾琳这位勇敢争取自己权利的女性。福尔摩斯惭愧地表示"予智不逮女郎，何敢膺此上赏""乃有此女郎，吾愧多矣"[4]也都留有"君为臣纲"的旧道德痕迹，骨子里仍然认同"女子无才便是德"之类的男权思想。

"父为子纲"方面，《怪新娘》中人物道德观的改动就有此种动因，相关改动颇大。新娘海特道伦在叙述自己逃婚的理由时，逻辑是十分简明清晰的：误以为丈夫已死——遇到圣西门贵爵——安排成亲（Then Lord St. Simon came to 'Frisco, and we came to London, and a marriage was arranged and pa was very pleased[5]）。为了加进"父母之命、媒妁之言"之类的道德教化，译者竟将译文铺陈敷衍成一则故事：

> 吾父以吾为病，乃偕余作漫游。后至旧金山，遂遇贵爵，视其状似甚垂青。然余心如古井，不复再波。但吾父坚以为贵客不可慢，故余不得不于表面上，略表欢迎之态。而贵爵竟以是缔情丝矣。其后忽复遇于伦敦，贵爵乞婚于吾父。吾父强吾嫁，劝勉再三，余不能抗，乃允之。默念此情虽已死灰，然人事亦不可不尽。吾但尽吾天职，为圣西门做一贤淑之妇可耳。[6]

1　柯南道尔.福尔摩斯侦探案全集[Z].刘半农，等译.上海：中华书局，1916c：23.
2　同上。
3　柯南道尔.福尔摩斯探案全集[Z].俞步凡，译.南京：译林出版社，2005a：245.
4　柯南道尔.福尔摩斯侦探案全集[Z].刘半农，等译.上海：中华书局，1916c：23.
5　Doyle, Arthur Conan. *The Complete Sherlock Holmes* [Z]. New York: Doubleday/ Penguin Books, 1930: 298.
6　柯南道尔.福尔摩斯侦探案全集[Z].刘半农，等译.上海：中华书局，1916d：71-72.

这段文字不仅包含听命于父母的孝悌思想，还兼及"五常"之中的"智"（"知人事、尽天命"的思想）、"夫为妻纲""既嫁从夫"（"尽吾天职，为圣西门做一贤淑之妇"）的"三从四德"思想，以及维护专制和等级差别的尊卑思想（对"贵爵"之殷勤）。

《翡翠冠》中添加的父慈子孝情节也受到"父父子子"的旧伦常的干预。在案件尾声处，福尔摩斯看望好尔特之子亚德，告知翡翠（今译"绿宝石"）复得一事。原文为"Then I looked in upon your son, told him that all was right"[1]，译文则变为：

> 顺道往见密斯脱亚德。好尔特巫曰："亚德亦恨我乎？"福曰："否。"好尔特曰："可怜之孺子，吾殊不知何以自谢其过。然君乃大劳苦，微君吾直不能再留人世间。密斯脱福尔摩斯，自此以后，吾身实君生矣。唯茉莉此后将如何，君曷为我卜之？"福尔摩斯蹙额曰："一失足成千古恨，再回头已百年身。吾亦甚愿其无恙始佳。"[2]

译文中报恩思想的表达使用了类似"再生父母"之类的旧式套话，"千古恨"与"百年身"句也有古代白话小说自觉承袭诗、文雅文学"载道"传统的痕迹，充满了劝善和教化的味道。回看原文，福尔摩斯彰显的是法律正义："It is equally certain, too, that whatever her sins are, they will soon receive a more than sufficient punishment."[3]另外，原文也不排除基督教罪与罚的思想，同译文的道德说教差异颇大。

在夫妻关系上，译者也未能摆脱"夫为妻纲"的封建伦常束缚，译文有"夫为妻纲"的影子。《情天决死》中尤斯塔斯·布莱肯斯特尔爵士之妻因丈夫酗酒

1　Doyle, Arthur Conan. *The Complete Sherlock Holmes* [Z]. New York: Doubleday/Penguin Books, 1930: 316.

2　柯南道尔. 福尔摩斯侦探案全集[Z]. 刘半农，等译. 上海：中华书局，1916d：94-95.

3　Doyle, Arthur Conan. *The Complete Sherlock Holmes* [Z]. New York: Doubleday/Penguin Books, 1930: 316.

成性，婚姻不幸，控诉道："这样一种婚姻仍要维持，那是犯罪，是亵渎，是不道德。"[1]这样一个谈起丈夫，"眼睛射着怒火"[2]的女人，断不会是一个十分依赖丈夫的弱女子。可是，囿于封建伦常，译者不敢将这样一个勇敢的女性付诸笔端，于是塑造了一个与原著相去甚远的"怨妇"形象："今日吾夫且遭惨死，未亡人将来生活，正如行于漆暗之中，甘苦未可卜，或且从此飘坠，亦未可知，自问复何生趣？言至此，泪又下，直被素颊，簌簌如断珍珠之线，悲乃无伦。吾侪皆屏息而待，亦不敢劝，直至其泣已。"[3]译者对当时正在兴起的解除缠足运动、"女权万岁"的口号、女子教育合法化的主张不可能不知，但译文却对妇女解放运动十分避讳，"不敢越雷池一步"。

译文加入"仁、义、礼、智、信"思想之处不在少数。以"仁"的加入为例。《火中秘计》中奥待克想要将财产遗赠给麦克弗伦，理由如下："...but he explained that he was a bachelor with hardly any living relation, that he had known my parents in his youth, and that he had always heard of me as a very deserving young man, and was assured that his money would be in worthy hands."[4]这段文字强调的"单身""无亲无故""相识""值得托付"等遗嘱托付理由对于民初鸳鸯蝴蝶派译者来说过于唐突，于是译者顺应儒家"仁者爱人"（《孟子·离娄下》）的思路，重新理顺翻译如下：

> 然而既乏妻子，又少亲族，茫茫天壤，付托无人。间尝独居深念，忆四海宾朋，惟与吾二老相知最厚。今虽人事倥偬，久经暌隔，顾言念旧交，辄未尝一日去诸怀。又熟闻吾年少而纯谨，知必为保家之令子。因愿尽以财产畀我，藉慰故人，且以励后生也。[5]

1　柯南道尔. 福尔摩斯探案全集[Z]. 俞步凡，译. 南京：译林出版社，2005b：532.
2　同上。
3　柯南道尔. 福尔摩斯侦探案全集[Z]. 刘半农，等译. 上海：中华书局，1916i：105.
4　Doyle, Arthur Conan. *The Complete Sherlock Holmes* [Z]. New York: Doubleday/ Penguin Books, 1930: 499-500.
5　柯南道尔. 福尔摩斯侦探案全集[Z]. 刘半农，等译. 上海：中华书局，1916h：34.

　　"以励后生"有"己欲立而立人"之意，从上文麦克弗伦提及"吾于奥待克，初不相稔，惟幼时曾耳其名，闻彼少时与吾父母过从甚密，而其后又忽息交，迹疏言默者，不知几经岁月矣"[1]来看，奥待克"言念旧交"，赠产于友之所为体现了儒家忠以尽己、恕以及人的忠恕之道。麦克弗伦对遗嘱来历的莫名其妙（"I could only stammer out my thanks"[2]）被译者改造成"吾闻其言，觉深合情理，亦惟唯唯，谢长者赐而已"[3]。可见，即使是为书中人物编造谎言，译者也顺应了自身的道德逻辑。

　　《全集》译者所理解的"义"同"侠"的概念时有混淆。《壁上奇书》中黑帮中人斯兰奶在和情敌的对峙中误将对方杀害，他叹道："可怜哉爱尔西，彼竟殉彼英国男子乎？然则吾负汝矣。"[4]这里斯兰奶只不过表现出一丝悔过之情绪，仅在某种程度上有"义"的色彩，而译者借福尔摩斯之口称"聆君之言，亦似具侠肠者"[5]。"侠"与"义"之所以不分，是因为"侠的基础是人间的'正义'"。[6]

　　《全集》中的"礼"涉及男女自由恋爱这一问题，还常和"父母之命"联系在一起。《怪新郎》（今译《身份案》）一案的改造就折射了译者想象的子女对父母的恭敬思想。欺骗玛丽·萨瑟兰小姐的伪君子继父，他假装"好静，要身份，讲教养"[7]，以骗婚、逃婚为手段，意在最终侵占萨瑟兰小姐的财产。本来这个伪装人物"说起话来挺斯文，文绉绉"[8]，符合才子佳人的叙事模式，译者将此处大段拿掉，反倒增添了一段渲染旧道德的话："且温特派克者，吾继父耳，安有权干余终生之事？吾尽吾为女之礼，自当做书报之。"[9]这说明旧道德在译者心

1　柯南道尔. 福尔摩斯侦探案全集[Z]. 刘半农，等译. 上海：中华书局，1916h：33.
2　Doyle, Arthur Conan. *The Complete Sherlock Holmes* [Z]. New York: Doubleday/ Penguin Books, 1930: 500.
3　柯南道尔. 福尔摩斯侦探案全集[Z]. 刘半农，等译. 上海：中华书局，1916h：34.
4　同上，第80页。
5　同上。
6　韩云波. 自序[M]. 韩云波. 中国侠文化：积淀与承传. 重庆：重庆出版社，2004：2.
7　柯南道尔. 福尔摩斯侦探案全集[Z]. 俞步凡，译. 南京：译林出版社，2005a：298.
8　同上。
9　柯南道尔. 福尔摩斯侦探案全集[Z]. 刘半农，等译. 上海：中华书局，1916c：54.

中的分量远较男欢女爱的情节为重。其实萨瑟兰小姐写信给继父只是"不愿行为不光明正大"[1]而已，和尽为女之责无甚关联，甚至感觉"父亲只比我大几岁，我结婚去征得他同意，挺好笑"[2]。自然，这种叛逆心态不符合"父母之命，媒妁之言"的旧道德，因而被译者"毫不留情地"删去。这种伦理态度在20世纪初期旧派文人的言情小说中早有坦露，后仍有延续："旧派文人承认自然感情，承认男女青年恋爱的权利，反对家长专制，……但同时又倾向于保守，持有既要自由恋爱，又要服从家长专制的原则。两者矛盾时，往往是后者压倒前者。"[3]

"智"有时体现在译者对西方爱情观的规约上。《壁上奇书》的结尾译者添加了一句："不知彼伧黑狱之中，亦尝自悟其用情之孟浪否耶？"[4]该故事讲的是一场自由恋爱引发的矛盾冲突及其酿成的悲剧，"彼伧"指斯兰奶，他的前女友因其参与黑帮活动弃他而去。斯兰奶为此从芝加哥追至伦敦，对峙过程中将前女友的现任丈夫击毙。译者很难理解这种自由竞争的复杂三角恋爱关系，于是退回到"发乎情，止乎礼义"（《毛诗序》）的传统礼教上去，指斥人物行为之不"智"。可见翻译过程中当传统的道德同新思想碰撞时，其结果往往是旧道德占上风。

"信"的"真实可靠"内涵从《病诡》一案题目可见。该案没有依题名"The Dying Detective"译成"临终的侦探"，而是选择将福尔摩斯装病的真相告知读者，可见译者深受"信"的思想影响。其实，欺骗读者恰恰是侦探小说的一大特色。

需要补充的一点是，译者并非是完全沉浸在旧道德之中，某些方面也有松动，比如对自由恋爱思想就没有完全排斥（毕竟，中国古代不乏这样的例子，司马相如和卓文君就是一例）。译者有时套用旧的言情小说模式对相关人物的行为听之任之，加以祝福。《怪新娘》结尾，圣西门贵爵离开已找到离散真爱的未婚妻，华生称其不够大度。福尔摩斯则表达了同情之心（"perhaps you would not be

1 柯南道尔.福尔摩斯探案全集[Z].俞步凡，译.南京：译林出版社，2005a：298.
2 同上。
3 王进庄.二十年代旧派文人的上海书写——以《礼拜六》、《红杂志》、《紫罗兰》为中心[D].上海：华东师范大学，2007：62.
4 柯南道尔.福尔摩斯侦探案全集[Z].刘半农，等译.上海：中华书局，1916h：81.

very gracious either, if, after all the trouble of wooing and wedding, you found yourself deprived in an instant of wife and of fortune"[1]）以及感恩之心（"thank our stars that we are never likely to find ourselves in the same position"[2]）。中国古代不乏类似思想，如"恻隐之心，人皆有之"（《孟子·告子章句上》）和"投我以桃，报之以李"（《诗经·大雅·抑》）等。但译者受才子佳人小说和公案小说的侠义情节影响更多，为此译文的道德观被改造成符合市民欣赏的习惯："余曰：'然而能者多劳，汝虽费尽智力，而圣西门贵爵实亦无所感激汝也。'福笑曰：'有情人竟成眷属，吾殊为佛郎雪斯庆得所耳。酒肴未罄，汝盍为我一拼酩酊乎？华生。'"[3]

　　"三纲五常"之外，尚有一些其他名教思想如仆忠于主的思想的显露，在《赤心护主》一案（该篇名本身就有浓厚的旧道德意味）中，译者为突显老管家对旧时小主的关心呵护，人为地加上"予以小主入学校，故亦投身学校中，俾尽保护之职"[4]以显忠心。看似滴水不漏，读者哪知是老主人破产之故，老管家才来学院当校仆。老管家顾及小主"名誉"之举动同福尔摩斯对之赞赏有加的态度（"发能赤心护主，仍纳入于正轨，世有几人哉？何罪之有？"[5]）都是译者在人为拔高人物的道德水准。相反，福尔摩斯认为知错能改难能可贵，这一西方道德伦理被淡化了。在《室内枪声》一案中，译者添加了"为谋必忠"[6]的情节，以对应前文"郡主"原本莫须有的请求——"劫其函件"[7]，即深入虎丘实施偷窃。很显然，译者对于西方法律的公正是崇敬的，而对于福尔摩斯的知法犯法却难以理解，不能完全理解作为私家侦探的福尔摩斯将正义置于法律之上的个人主义理念，只好搬出传统礼教的"忠义"思想来说服读者，市民阶层读者的意识滞后性为这种改写提供了生存的土壤。

1　Doyle, Arthur Conan. *The Complete Sherlock Holmes* [Z]. New York: Doubleday/Penguin Books, 1930: 301.
2　同上。
3　柯南道尔.福尔摩斯侦探案全集[Z].刘半农，等译.上海：中华书局，1916d：75.
4　柯南道尔.福尔摩斯侦探案全集[Z].刘半农，等译.上海：中华书局，1916i：47.
5　同上。
6　同上，第6页。
7　同上，第3页。

中西方仆人的地位不完全一致，译文对仆人的描写反映了中国当时的尊卑等级观念，这也是名教维护等级名分的思想在作祟。《獒崇》一案对仆人的形容就说明了这一点："巴林母妻为人笨拙可笑，然细观其形状，亦为世间一可怜人。"[1]该描述和原文有较大差距："She is a heavy, solid person, very limited, intensely respectable, and inclined to be puritanical."[2]原文里这位粗壮的仆人刻板、受人尊重，和译文中"笨拙可笑"的形象不符，译者对仆人的描绘体现出明显的尊卑等级意识。

除了儒家道德观，佛教的果报等思想在译文中也有体现。《机师之指》中哈得雷返还被骗之地，现场一片大火。"哈得雷乃大呼，曰：'是矣，此即余晕时所倚之玫瑰树也。由是言之，则火之起实由于灯之被压而倒。尔时，彼但欲取吾命，遂不计及危险。今天火其居，直可谓自作之孽也，而吾仇亦且复矣。'"[3]译者误将福尔摩斯解释起火原因的话加给了这位哈得雷，并将起火视为孽报，添加了原文偶发事件"you have had your revenge upon them"[4]并不具备的因果链。

当时读者熟悉的果报类公案小说印记在译文中多有流露。《金丝发》一案中，洛卡式被狗咬伤的结局就多了一种因果报应色彩："密斯脱洛卡式幸得痊愈，然已残废，不能行动，亦未始非虐女之报。"[5]

道家风骨常体现为田园风情和富有诗意的景物描绘[6]，译文中偶尔一现的人物超然物外一面也能反映这种风骨。《彩色带》结尾原是福尔摩斯在道德和正义

1　柯南道尔.福尔摩斯侦探案全集[Z].刘半农，等译.上海：中华书局，1916j: 75.
2　Doyle, Arthur Conan. *The Complete Sherlock Holmes* [Z]. New York: Doubleday/Penguin Books, 1930: 715.
3　柯南道尔.福尔摩斯侦探案全集[Z].刘半农，等译.上海：中华书局，1916d: 54.
4　Doyle, Arthur Conan. *The Complete Sherlock Holmes* [Z]. New York: Doubleday/Penguin Books, 1930: 286.
5　柯南道尔.福尔摩斯侦探案全集[Z].刘半农，等译.上海：中华书局，1916d: 117-118.
6　"时有蛙声阁阁破空气而出，似鸣得意，过此则复沉寂"（柯南道尔.福尔摩斯侦探案全集[Z].刘半农，等译.上海：中华书局，1916c: 112）；"村舍茅庐，时复隐约于绿树之背，各不为邻；篱边鸡犬，见生客，时争鸣，似欢迎者。遥望，则教堂高塔，巍耸云表，如白衣天使，下临尘寰，飘然独出侪众"（柯南道尔.福尔摩斯侦探案全集[Z].刘半农，等译.上海：中华书局，1916h: 69）。以上两例可见道家的田园诗意。

天平上的取舍："In this way I am no doubt indirectly responsible for Dr. Grimesby Roylott's death, and I cannot say that it is likely to weigh very heavily upon my conscience."[1]译者则在福尔摩斯不会良心不安的基础上渲染了道家情趣，"然吾侪昨夜之事，实危险无伦。幸吾一闻蛇行踖踖之声，即举杖而鞭其绳，蛇负痛，乃返奔而啮其主人。故雷洛克之死，吾实间接负有责任焉，然而密斯艾伦则庆得生矣。言次，吸其蒸，闲眺风景，而以烟尾掷之窗外。"[2]所增尾声有"抱朴守静"（陶渊明《感士不遇赋（并序）》）、"逍遥闲止"（陶渊明《止酒》）之风骨。

人物道德改造的背后是复杂的文化心态，即冯桂芬在《采西学议》中所言："如以中国之伦常、名教为原本，辅以诸国富强之术，不更善之善者哉！"[3]这种思想所表达的愿景被旧派文人视为中国现代化进程的最高境界。

第二节　故事情节的适俗改造

研究情节离不开情节单位，一般认为母题是情节的最小单位。"母题可以是叙述中的一个场景，一个事件，一个意象、象征或行动。"[4]托马舍夫斯基建议将其分为两类。直接推动情节的母题可称为动力性母题，反之则为静止性母题。[5]

动力性母题方面，1916年《全集》译文的适俗既涉及母题的内容，又涉及母题的形式。母题内容方面，译文的适俗集中体现在情节的保留和改造两方面。其一，译本保留了包含科学知识的情节，这能反衬出情节改造的适俗取向，域外科学进展的描绘满足了小市民读者的好奇心。其二，译本改造了部分故事情节，追求情节效果的趣味性：一方面，加入滑稽煽情的效果，另一方面，大力渲染男女

1　Doyle, Arthur Conan. *The Complete Sherlock Holmes* [Z]. New York: Doubleday/Penguin Books, 1930: 273.

2　柯南道尔.福尔摩斯侦探案全集[Z].刘半农，等译.上海：中华书局，1916d：40.

3　冯桂芬.采西学议[C].冯桂芬.校邠庐抗议.广州：聚丰坊校刻，1897：69.

4　赵毅衡.当说者被说的时候：比较叙述学导论[M].北京：中国人民大学出版社，1998：177.

5　同上。

情事（具体而言，对爱情悲剧强化"相爱—受阻—命运残酷—爱情毁灭"模式；对爱情喜剧，则强化"大团圆"模式）；母题形式方面，译文措辞粗浅浮露、人物爱情观市井化、人物功能受忽视、说书风格被承袭是其表现。这种浮露粗浅的翻译风气是译本适俗的重要表现。

静止性母题方面，1916年全集充斥着对西方文化习俗的误读。对于基督教文明、异国巫术、西方贵族等级、西方司法与婚姻制度、西方礼仪和游艺都存在一定程度的误读和误译。

一、动力性母题的保留和改造：对小市民情调的迎合

鸳鸯蝴蝶派文人将自身的审美心理揉入译文中，使译文产生了娱乐消遣导向。该群体自身的审美心理同市民读者颇为一致，导致译文全面迎合小市民的情调与口味。就动力性母题的内容而言，这种迎合有两重含义：既有对科学相关知识的保留，又有对以市民读者趣味为导向的故事情节改造。就动力性母题的形式而言，大致可从小说语言、人物设置、叙述风格几个方面分析其适俗性质。

动力性母题内容的保留主要指科学知识在译文中的保留。在强国保种的时代语境下，处于中间层的市民读者有着科学强国的情怀，因此，保留相关科学知识符合市民读者的阅读期待。《剑桥维多利亚小说指南》指出："福尔摩斯故事不仅给其中产阶级读者提供了好的消遣，这些作品还预见并普及了同时期犯罪学实践领域所取得的进步。"[1]《福尔摩斯侦探案全集》的译者显然意识到这些侦探学知识对中间层读者的吸引力。如《血书》第一章福尔摩斯找到一种只有血红素能够沉淀的试剂，相应的译文为"予已得一种试药，第以花马格洛平（药品名）沉淀其中，初不入以他物"[2]。另一处，该案提及死者所服毒药的来源："一日有教授之博士演讲毒药，以一种毒药名亚尔加鲁衣脱者，示其生徒，据云得自南亚美利加之毒矢，药力至猛，但进一格林（药之衡量名，约合吾国一厘七毫一丝有

---

1 Thomas, Ronald R. Detection in the Victorian Novel [C]. Deirdre David. *The Cambridge Companion to the Victorian Novel*. Cambridge: Cambridge University Press, 2001: 185.

2 柯南道尔. 福尔摩斯侦探案全集[Z]. 刘半农，等译. 上海：中华书局，1916a: 6. 花马格洛平（haemoglobin）非药品名，为血红素。

余），即可立死。予默识其药瓶，俟群众去后，窃取少许。"[1]该案收尾福尔摩斯
总结案情时还特意提及车轮痕迹带来的启示："逆知夜中必有车至，观其轮痕窄
而不广，则知此车非私家自备之车，以伦敦市上寻常之四轮马车，均较私家自备
者略小也。"[2]判断了受害者所乘交通工具后，福尔摩斯进而给出了自己判断死因
的理由：

> 检视尸体，初无创痕，观其容色作恐怖之状，想于未死之前，已灼
> 知不能幸免，苟有人有心疾或以暴疾死者，必不露其迹兆于面上。及闻
> 死者唇吻，略有酸味。因知其决为被迫而服毒，至何以知其被迫，则以
> 死者恐怖之面卜之，势必尔尔。[3]

从以上涉及血清学、毒物学、痕迹学、法医学的四个片段可以看出译者尽力
保留科学知识。一方面，相关知识对于普通市民来说有一种新奇感，它激发了人
们认知域外和想象域外的热情，侦探小说同政治小说、科学小说一道构成了人们
认识西方社会的重要渠道；另一方面，这种科学知识的译介如果细加审察的话，
很可能只是触及皮毛，未涉根本。以上述几例中的科学话语为例，科学术语全部
音译，带来的后果就是"译犹未译"，"花马格洛平"（"haemoglobin"[4]）虽
注为"药品名"，但和前面的"试剂"并无实质性区别，让人很难同"血红蛋
白"联系起来；"亚尔加鲁衣脱"（"alkaloid"[5]）也难和"生物碱"联系起来。
《英华大词典》（1908）收录了这两个词，释义分别为"*n.* A red fluid substance
in the red corpuscles of the blood，经脉铁猩，红脉红猩，血之红质"；"Alkaloid,
Alkaloidal, *a.* 属碱的，似碱的，有碱的"[6]。译者连词典都不翻一下就信笔译来，

1　柯南道尔. 福尔摩斯侦探案全集[Z]. 刘半农，等译. 上海：中华书局，1916a：130.
2　同上，第138页。
3　同上，第139页。
4　Doyle, Arthur Conan. *The Complete Sherlock Holmes* [Z]. New York: Doubleday/
Penguin Books, 1930: 17.
5　同上，第80页。
6　颜惠庆. 英华大词典[K]. 上海：商务印书馆，1908：51，1062.

并称"业侦探者，得之殊合实用，警界军界，尤不可不手此一编"[1]，通过这样的侦探小说意图开启民智，其效果可以想见。

保留科学探案的部分满足了读者的域外好奇心，填补了读者的想象空间，但应警惕这种浮皮潦草的译介作风可能带来的不良后果。

动力性母题内容的改造方面主要体现为译文对情节效果趣味性的追求上。一方面，译文追求喜剧效果。以《雪窖沉冤》为例。追踪自己丈夫从俄国至英国的安娜遭到逮捕，警察"哈勃根此时尽露得意之色，如猎狗之得兔，径前捉其臂"[2]。译文所渲染的这些滑稽色彩是原文（Stanley Hopkins had laid his hand upon her arm and claimed her as his prisoner[3]）所没有的。译者刻意凸显滑稽情节，不时添油加醋，插科打诨。

在《情影》中，福尔摩斯竟因"情事"被华生调侃，这也是译者添加的。"'苟其人非薏伦爱达，而君亦非福尔摩斯，则此二人者，殆可以为……'福曰：'华生又雅谑矣。'"[4]福尔摩斯固然曾经和华生开过玩笑"女性，是你的研究范围"[5]，但华生在书中并不曾以一种戏谑的口吻同福尔摩斯讲话，译者捕风捉影的本事是在人为制造一种戏剧效果乃至滑稽氛围，这种生编硬造现象在译本中颇为普遍。可见，滑稽、嬉闹等都市民间审美的确已积淀在市民写作、翻译之中。

上例还牵涉译者趣味性追求的另一方面，即对男女情事的关注。鸳鸯蝴蝶派译者擅长渲染男女情事，这也是小市民读者所热衷的。在《第二血迹案》中，欧洲事务大臣的妻子希尔达夫人登门拜访福尔摩斯，出门时"回眸一顾，则玉树梨花，已不禁汍澜泪颗矣"[6]。事实上，这种男女情事的渲染，已演变成为一种"巫

1　作者不详. 凡例[Z]. 柯南道尔. 福尔摩斯侦探案全集. 刘半农，等译. 上海：中华书局，1916a：1.

2　柯南道尔. 福尔摩斯侦探案全集[Z]. 刘半农，等译. 上海：中华书局，1916i：66.

3　Doyle, Arthur Conan. *The Complete Sherlock Holmes* [Z]. New York: Doubleday/ Penguin Books, 1930: 619.

4　柯南道尔. 福尔摩斯侦探案全集[Z]. 刘半农，等译. 上海：中华书局，1916c：23-24.

5　柯南道尔. 福尔摩斯探案全集[Z]. 俞步凡，译. 南京：译林出版社，2005b：564.

6　柯南道尔. 福尔摩斯侦探案全集[Z]. 刘半农，等译. 上海：中华书局，1916i：135-136.

山云雨"情节，"沉淀为汉民族的'集体无意识'"[1]。这些和鸳鸯蝴蝶派自身的创作态度密不可分。

　　进一步研究我们发现，译者对于男女情事的情节改造大致有两种模式，分别针对福尔摩斯探案故事所涉的爱情悲剧和爱情喜剧进行的篡改。悲剧中，鸳鸯蝴蝶派言情小说"相爱——受阻——命运残酷——爱情毁灭"的情节模式被强化，意在引起读者的关注。《佛国宝》中华生同毛斯顿初次见面，华生心生好感，相关描绘就有对相爱情节的强化：

> 　　毛斯顿姑娘姗姗而入，举止既稳，体态亦娴静大方。度其年，约当
> 摽梅迨吉之候。金黄之发，飘然覆其美额，体癯而秀，楚楚有致。衣著
> 亦雅洁可喜。顾眉宇间深负戚楚，望而可知为来商榷案情者。所御为褐
> 色之衣，不附饰物，冠亦褐色，一旁附以白羽，姿色虽仅中人，而丰神
> 温厚，蔼然可亲，蔚蓝之目，盈盈然如诉其愁苦，尤足令人加以悯恻。
> 余所见女子亦多矣，历大洲三，历国十数，然终未见一人能自表其天然
> 忠厚之忱于容色之间者。独于此女，睹其就坐之时，唇动手颤，踧踖之
> 状，形诸颜色，则不禁为之厚表同意。[2]

　　"楚楚有致"为毛斯顿姑娘之"妇容"；"温厚""蔼然""待人接物，尤为谦和厚"可见其"妇德"；她同福尔摩斯的对话，知其"妇言"之得体——试看其"福尔摩斯君""就教"[3]措辞有礼貌，吐字有涵养。"深负戚楚""如诉其愁苦""踧踖之状"等"弱女子"式的神情描绘折射出鸳鸯蝴蝶派所秉信的理想择偶标准，大致不出"三从四德"的范畴。此番打造出来的旧式相恋模式自然为市民读者接受。另外，译文加入"摽梅迨吉之候"意在暗示华生和毛斯顿将衍生一段恋情，才子佳人一见钟情式的相恋模式在译者笔下尽显。

1　徐朝友.鸳鸯蝴蝶派对柯南道尔小说女性形象的移植[J].安徽师范大学学报，2003
　　（6）：716.
2　柯南道尔.福尔摩斯侦探案全集[Z].刘半农，等译.上海：中华书局，1916b：11-
　　12.
3　同上，第12页。

受阻的情节在中外言情小说中屡见不鲜，柯南道尔笔下的爱情是为侦探小说的悬念叙事服务的，本身不无曲折。鸳鸯蝴蝶派译者对受阻的情节也十分关注，但却做了一定的"打磨"。《弑父案》中，同密斯汤纳恋爱的极姆斯因自身过错而受到酒吧女纠缠并与其进行了婚姻登记。福尔摩斯的话语 "What does the idiot do"[1] 带有明显的谴责口吻，而译者则对受阻的情节进行了符合鸳鸯蝴蝶派审美的改造，最明显之处莫过于加入了男权思想。原文的谴责口吻被解释成"少不更事"的无知，"且爱情滥用，尤为少年之通病"[2]，对于极姆斯尚无养家糊口之能力的事实——"he had no means of supporting himself"[3]——则删去不提。

在体现命运残酷一节上，严独鹤翻译的《窟中秘宝》就强化和改造了兰却尔（即Rachel Howells[4]）在被勃勒吞抛弃之后萌发的报复心理："而秋风团扇之捐，固已久怀怨毒。报复之念，蕴诸于心，正如弩箭在弦，随机即发。今也勃勒吞身处穴中，如堕陷阱，……回忆往事，顿触旧恨，以为此天假我以大好之时会也，不死此伧，无以泄吾愤。"[5]原文 "smouldering fire of vengeance" "passionate Celtic woman's soul" "wronged her"[6]蕴含的"复仇火焰""性情刚烈的凯尔特女人""受到屈辱"成分为中国典故、习语及比喻取代。南朝宋虞通之《妒记》、宋陈正敏的《遁斋闲览》、古希腊悲剧《美狄亚》、奥尼尔的《榆树下的欲望》等因爱生恨的复仇主题在中外文学中都有其传统，但鸳鸯蝴蝶派译者强化了命运对受害者的残酷。译者提供的推断结论是，"（兰却尔）急奋力拔木，木去而石合，勃勒吞乃葬身穴中"[7]，忽略了福尔摩斯给出的也许木头本身滑落的可能。这样做使福尔摩斯的推论失去了严谨，强化了情节效果。

在爱情毁灭的强化上，《雪窖沉冤》中"虚无党人"安娜的描述可谓典型。

1　Doyle, Arthur Conan. *The Complete Sherlock Holmes* [Z]. New York: Doubleday/ Penguin Books, 1930: 210.

2　柯南道尔. 福尔摩斯侦探案全集[Z]. 刘半农，等译. 上海：中华书局，1916c：79.

3　Doyle, Arthur Conan. *The Complete Sherlock Holmes* [Z]. New York: Doubleday/ Penguin Books, 1930: 210.

4　同上，第391页。

5　柯南道尔. 福尔摩斯侦探案全集[Z]. 刘半农，等译. 上海：中华书局，1916f：50.

6　Doyle, Arthur Conan. *The Complete Sherlock Holmes* [Z]. New York: Doubleday/ Penguin Books, 1930: 396.

7　柯南道尔. 福尔摩斯侦探案全集[Z]. 刘半农，等译. 上海：中华书局，1916f：50.

年长三十岁的丈夫背叛了她，为此，译者加入了爱情毁灭后安娜"产生"的憎恶之词——"其历史甚丑"[1]；对安娜心向往之的革命者爱理克司则增添了"其人学问涵养，尤足令人心佩"[2]等词，同自己丈夫的丑恶行径形成对照。原文仅提及爱理克司被流放到西伯利亚的事实（"Some of us found our way to the gallows, and some to Siberia"[3]），译者为强化一种爱情被摧毁的效应，对西伯利亚的恶劣条件做了强化："其人至今犹在西伯利亚冰天雪窖之中，役盐矿苦工，沉冤如海，灭顶莫白。"[4]这种"雪窖沉冤"的意象在清末民初虚无党小说盛行的语境下尤能抓住读者，"虚无党+言情"的模式辅以惨烈的结局，自然是让读者无法抗拒的。译者还借景抒情，在安娜服毒自尽后本应由福尔摩斯总结案情，译者此处加入悲情景致以渲染悲剧氛围："（语至此，声细益不可闻，死矣。）其时窗外朔风猛吼，撼窗槛振振作响，而室中转寂。良久，但闻大教师曰：'嗟乎，安娜死矣。'"[5]

当然，福尔摩斯探案故事牵涉的爱情也有圆满的，译者在翻译这类故事时会强化大团圆的结局。在《金丝发》的结尾，译者交代了人物结局——"而福兰与爱理丝则已结婚于海岛之上"[6]。译文额外加入了叙述干预之词："吾亦不禁额手遥祝。"为了配合"大团圆"结尾，译者明知福尔摩斯是一位不婚主义者，还是让华生为福尔摩斯的"终生大事"动了心思。

  论理，密斯亨特之手段，殊不亚于福，福尝言曰："使其人而为吾妹，使其人而为吾妹。"读者固尝闻之矣。然则使密斯亨特而为密昔斯福尔摩斯，福与亨特殆无不愿。而福竟淡然置之，故吾尝谓吾幸而不为专门侦探家，为则吾亦不得妻矣。然吾心中则仍朝夕私祝，愿此二人亦

---

1 柯南道尔.福尔摩斯侦探案全集[Z].刘半农，等译.上海：中华书局，1916i：66.
2 同上，第67页.
3 Doyle, Arthur Conan. *The Complete Sherlock Holmes* [Z]. New York: Doubleday/ Penguin Books, 1930: 620.
4 柯南道尔.福尔摩斯侦探案全集[Z].刘半农，等译.上海：中华书局，1916i：67-68.
5 同上，第69页。
6 柯南道尔.福尔摩斯侦探案全集[Z].刘半农，等译.上海：中华书局，1916d：118.

成眷属也。[1]

　　译者在结局上很费周折，既要为福尔摩斯的"永不结婚"考虑理由，又想为《金丝发》的团圆结局增添喜庆气氛。为此，译者将亨特小姐佯装拾镜子借以观察窗后情形的手段和福尔摩斯的侦探手段相提并论，且将福尔摩斯说的话——"I confess that it is not the situation which I should like to see a sister of mine apply for"[2]——进行了篡改，制造福尔摩斯对亨特小姐抱有极大好感的假象。

　　以上为1916年《全集》译本对动力性母题内容的保留和改造。

　　从形式方面看，小说语言措辞浮露，人物功能弱化，叙述风格不稳定，这三点是译文为了迎合小市民读者阅读期待的刻意改造。

　　1916年《全集》译文迎合小市民情趣的举措之一是使用粗浅浮露的语言。一个突出表现就是爱情描写的市井化。常觉、小蝶对于男女情爱的渲染就十分肤浅。试看其对华生和摩斯坦互生爱慕之情的渲染："女则紧握余手，并肩而立，<u>耳鬓摩挲，曾不少事顾避，夫情爱之为物，怪特不可以常理喻。……虽过后思维，自觉当时举动，未免唐突，而处乎当时之境，则又以为非此不足以称尽责。</u>"[3]画线处全系译者自由发挥的产物，结识未久、两情相悦的青年男女其纯情在译者笔下多了一丝世俗的意味。浮夸的描写迎合了通俗读者的口味，但却与原作含蓄的风格发生了冲突。

　　人物方面，译者忽视了部分人物的功能。"华生的一个最重要的功能就是隐藏福尔摩斯头脑中的想法。"[4]但早期译文的译者对此种雅化技巧颇不以为然，在"华生"的叙述中，揭破谜题的情形不时发生。《红发会》中，福尔摩斯推断出来访者惠尔森吸鼻烟，来者大惊，福尔摩斯称"我不想告诉您我是怎么看出来

1　柯南道尔. 福尔摩斯侦探案全集[Z]. 刘半农，等译. 上海：中华书局，1916d：118.

2　Doyle, Arthur Conan. *The Complete Sherlock Holmes* [Z]. New York: Doubleday/Penguin Books, 1930: 321.

3　柯南道尔. 福尔摩斯侦探案全集[Z]. 刘半农，等译. 上海：中华书局，1916b：41.

4　Kelleghan, Fiona. *100 Masters of Mystery and Detective Fiction* [M]. Pasadena & Hackensack: Salem Press, Inc., 2001: 211.

的，那样等于是侮辱您的智力"[1]。常觉、小蝶在翻译时却加入了其中的因果链条："且汝手指与鼻孔咸沾黄色之痕，故知好吸鼻烟。"[2]该译法固然使译本更流畅，减少了特定读者群的理解障碍，但把福尔摩斯推断出的结论和盘托出的做法实在是对侦探小说叙事技巧的漠视。在《火中秘计》中，福尔摩斯推断来者单身、身为律师且为共济会会员、患有哮喘，一连串论断的来由是华生给出的——华生模拟福尔摩斯的演绎法推断出来。但在译文之中，衣着、法律文书、表链坠和急促的呼吸这一系列理由被拆分开来，一一同推论对应。"予与福尔摩斯共事久，习闻其观察之术，聆斯言，初不以为异，盖麦克弗伦之衣，颇不整洁，因知其未娶；囊中文契累累，因知其为律师；身佩工党徽章，因知其为党员；而呼吸短促，时作牛喘，则又病征之现于外者也。"[3]在译者笔下，华生模拟福尔摩斯给出系列推断的那种神秘感消失了，一因一果的表述方式同一系列现象推断出一系列结果的效果显然不同。对于译者而言，在不同的场合下，华生这个叙事者需要不时扮演降低叙事难度的角色。降低难度必然导致开启民智的愿望落空，半农所谓"柯氏此书，虽非正式的教科书，实隐隐有教科书的编法"[4]也只能流于空谈。试以《跳舞的小人》（*The Dancing Man*）开篇福尔摩斯对演绎法的讲解为例。从183字的讲解中截取部分如下："演绎链条构筑完成之后，你只需要砸掉所有的中间环节，再把链条的起点和终点同时呈现在观众面前，就可以制造出一种技惊四座，同时又可能流于粗鄙浮夸的效果。"[5]福尔摩斯接下来用演绎的方法展示了自己从华生左手虎口推断出华生不打算在南非投资金矿的演绎链条。译者对于中西读者的"逻辑差"有明确的认识，于是译者将这段演绎法的"讲义"又进行了一番演绎。

1　柯南·道尔.福尔摩斯探案全集[Z].李家真，译注.北京：中华书局：2012b：44.

2　柯南道尔.福尔摩斯侦探案全集[Z].刘半农，等译.上海：中华书局，1916c：26-27.

3　柯南道尔.福尔摩斯侦探案全集[Z].刘半农，等译.上海：中华书局，1916h：28.

4　半侬（刘半农）.福尔摩斯侦探案全集·跋[Z].柯南道尔.福尔摩斯侦探案全集.刘半农，等译.上海：中华书局，1916：跋.

5　柯南·道尔.福尔摩斯探案全集[Z].李家真，译注.北京：中华书局：2012d：69.

盖天下之事，即使神秘鬼藏，亦莫不可以推测而得之。汝但以浅近着手，由第一事，推而至于第二事，而三而四而五，乃至本位。其事正若破竹，如历阶然。自卑而高，其势亦与步坦途等。唯欲舍其卑始，即一跃而登其颠（巅）者，则难矣。[1]

译文以市民熟悉的"破竹""历阶"等日常语汇和意象来阐释逻辑概念，能否达到"科普"的效果，颇可质疑，福尔摩斯这一人物功能也有所弱化。

叙述方面，译文承袭了中国古典白话小说拟说书的某些风格。在拟想的说书场景之中，译者不时要顾及读者的瞬时记忆和思维连贯，为此译者常同这种拟想读者互动。如《壁上奇书》中的这段文字："斯兰奶……双目灼然如爆炭，环顾室内之人曰：'……吾虽杀彼，吾亦无悔。<u>剡发枪固彼在我之先耶</u>。"[2]另一处，当福尔摩斯告知斯兰奶爱尔西已受创时，"斯兰奶岸然曰：'咄，汝勿欺我，使爱尔西已受创，则此函又何自来？'言已，展其手，中有小笺一纸，<u>即福适间所书者</u>。"[3]前一处画线部分引文的内容是9个自然段之后才应出现的内容，而后一处画线引文则是此前9～11段提到的，这种措辞的前后掂量实际上显示了译者对作为听者的读者的关照，还没有适应书面化时代读者对象已进入书斋这一角色的转变，读者完全可以在书斋之内自行梳理前后的逻辑线条。

译文对小市民情调的迎合是读者群变化的结果。士大夫阶层的灭亡、市民阶层的兴起催生了娱乐消遣的需求，侦探小说满足了小市民读者所需，文学作品的读者已不再是那些"百分之九十出于旧学界而输入新学说者"[4]，而是在精英阶层和底层之间的小市民——"城市中那些位于中等或者中下层的人们"[5]。

"晚清小说的主要读者是'出于旧学界而输入新学说者'，辛亥革命后的小

1　柯南道尔.福尔摩斯侦探案全集[Z].刘半农，等译.上海：中华书局，1916h：59-60.
2　同上，第79页。
3　同上。
4　觉我（徐念慈）.余之小说观.小说林[J].1907（10）：9.
5　卢汉超.霓虹灯外——20世纪初日常生活中的上海[M].上海：上海古籍出版社，2004：48.

说读者主要是小市民，而五四小说的主要读者则是青年学生。"[1] 拙劣的政治小说已经造成了"小说书亦不销"[2]的局面，消闲小说的泛滥正是对梁启超推动小说社会功利化的反动，"无关风化"之风在鸳鸯蝴蝶派的译文之中得到了充分反映。

二、静止性母题变形：对西方文化习俗的误读和篡改

1916年《福尔摩斯侦探案全集》译者"鬻文为生"的生存窘境必然导致译本生产在一定程度上的流程化。这种近乎"快餐"式的文化消费模式背后，隐藏的是商品经济带来的急功近利的心态。这种分散承包式的翻译方式导致译本质量不均，陈霆锐翻译的《獒祟》即是改写突出的案例。此类译文对于西方文化习俗的误读尤其突出，改动幅度也相应较大，致使情节单位——母题发生变形。这类母题的变形同迎合小市民的情节改造之举不同，它们大都不直接推动情节，属于描写型母题（托马舍夫斯基称之为"静止性母题""自由母题"，用巴尔特的概念，指示体母题[3]，与之对应的是功能体母题），"指出人物或环境中与情节有关的某些特征"[4]，也可以"不一定与情节相联系"。此类母题的变形说明译者对作品中的维多利亚时代风情（此种风情在当下已成为译者重点关注的雅化品格之一）并不了解，也无意了解。西方日常生活、历史与政治、宗教方面的文化习俗时常被误读和篡改。

日常生活折射的西方文化习俗可从其礼仪、娱乐、婚姻制度以及市民心理方面得以窥见。其中，对寒暄和客套语的篡改可看出译者对西方礼仪习俗不够了解。如在《剖腹藏珠》一案中，在莱斯屈莱特对福尔摩斯陈述案情前有一段导入语："On this particular evening, Lestrade had spoken of the weather and the newspapers."[5]译者对于西方以天气和报纸开端的寒暄与客套不熟悉，该段文字被

1　陈平原.陈平原小说史论集[M].石家庄：河北人民出版社，1997：275.

2　公奴.金陵卖书记[C].张静庐.中国现代出版史料乙编：5卷.北京：中华书局，1954：389.

3　参见：赵毅衡.当说者被说的时候：比较叙述学导论[M].北京：中国人民大学出版社，1998：177–179.

4　同上，第178–179页。

5　Doyle, Arthur Conan. *The Complete Sherlock Holmes* [Z]. New York: Doubleday/Penguin Books, 1930: 583.

直接删去。

一些西方娱乐项目可能引发读者的不解，译者在相应文字的处理上有所变通。如《五橘核》中约罕·倭本器少时同世父同住，"渠好酒，尝强予饮，予不能，则易而为奕"[1]。强迫饮酒并非西方习见之举，"易而为奕"也系归化，原文"playing backgammon and draughts"[2]未译作"下西洋双陆棋和西洋跳棋"是出于"讲故事、留情节"之心，在介绍西方的市民娱乐同适应俗众的需求之间，译者选择了后者。甚至西方的家具布局之类日常生活场景的描述也成为文学交流的障碍。此类信息可以间接窥见西方物质文明的发达，读者也可借此了解西方社会的真实市民生活。《海军密约》中密约的隐藏处就有相关描述："Presently he stooped and picked out a square piece of board, such as is usually left to enable plumbers to get at the joints of the gas-pipes. This one covered, as a matter of fact, the T joint which gives off the pipe which supplies the kitchen underneath."[3]民初读者本可以通过译文了解西方家居生活的方方面面，如地板、煤气、管道工人等，但译者程小青在翻译时显然仍停留在讲故事阶段，将之删去，只保留福尔摩斯同歹徒的搏斗情节，表明译者对细节安排的真实性了解不足。

对于西方的婚姻制度，译者知之不详，删去结婚证书、婚姻自愿之细节。维多利亚时代，大部分新人选择英国国教婚礼，该仪式由教区牧师主持，连续三周在定期主日仪式上宣布，这种制度称之为"结婚预告"。在《碧巷双车》中"密斯司密司"（Miss Violet Smith）被牧师威廉胜和乌德拉挟持逼婚。福尔摩斯质疑婚礼有效性时提出两点理由：一，威廉胜未见得有牧师资格；二，该婚姻许可证（"the licence"[4]）的获得并非出于女方自愿。许可证制度是给那些不想公开，或是想在其他教区结婚的人准备的，为此，两位骗子才骗得（"got it by a trick"[5]）

1 柯南道尔. 福尔摩斯侦探案全集[Z]. 刘半农，等译. 上海：中华书局，1916c：94.
2 Doyle, Arthur Conan. *The Complete Sherlock Holmes* [Z]. New York: Doubleday/Penguin Books, 1930: 220.
3 同上，第467页。
4 同上。第536页。
5 同上。

一纸许可证。福尔摩斯认为"被褫夺的"（unfrocked[1]）牧师主持的婚姻无效，有"福学家"认为是错误的。[2]对于这一点，没有必要要求译者对之做如此深入的研究。福尔摩斯提到的许可证制度是译者不熟悉的，民国期间尚未实施婚姻登记制度，婚姻依传统风俗缔结，婚书应是译者熟悉的一种婚姻仪式，由双方家长为子女签订，但它显然不同于西方政府签发的婚约（结婚证），这可能是译者删去的主要原因。译者如果在做到知其然的基础上追问其所以然的话，还应当明白，以上婚姻之所以无效是因为结婚时女方被手帕堵住嘴。并非出于自愿的婚姻在维多利亚时代是无效的。当然，这种雅化并非译者所追求的目标。

日常生活方面，西方民众不仅要互通礼仪、消遣娱乐、恋爱嫁娶，他们也有猎奇心理。以中西方对待巫医的态度为例。原文意在满足西方读者的猎奇心理，译文则对之有所回避。《魔足》一案部分译文的省略缘于译者对巫医的回避态度：

> 全欧中但蒲达试验所中，贮有此物，作为标本。此外微论不能更得，即遍检药物字典，亦不能觅此毒物之名。此物为一种毒物之根，产斐洲西部，形似人足，又类羊蹄，土人因锡名魔足。其性毒烈，斐人视为秘品，不易遽得。余经斐洲阿培海省时，偶得此少许。[3]

该处省略的内容大致如下："It is used as an ordeal poison by the medicine-men in certain districts of West Africa..."[4]（意为"西部非洲一些地区的巫医把它当作试罪判决法的毒物……"[5]）。另外，译者对"pharmacopoeia"（药典）进行了翻译，"the literature of toxicology"（毒品文献）却未译。我国古代公案小说中不

1　Doyle, Arthur Conan. *The Complete Sherlock Holmes* [Z]. New York: Doubleday/Penguin Books, 1930: 536.
2　参见：柯南·道尔. 新注释本福尔摩斯探案全集[Z]. 刘臻，译. 北京：同心出版社，2013b：133.
3　柯南道尔. 福尔摩斯侦探案全集[Z]. 刘半农，等译. 上海：中华书局，1916k：22.
4　Doyle, Arthur Conan. *The Complete Sherlock Holmes* [Z]. New York: Doubleday/Penguin Books, 1930: 969.
5　柯南道尔. 福尔摩斯探案全集[Z]. 丁钟华，等译. 北京：群众出版社，1981c：337.

乏阴间冥界判决或是官吏执法、鬼怪神灵相助的断案方式，但"试罪判决法"并不为国内译者和读者熟悉，删去恐怕同此有关。

牵涉西方历史、政治的话题，译者也常感到难以应对。西方的贵族同中国的贵人完全是两个概念，其相关历史物件难以在译文中找到对应物。《怪新娘》涉及贵族公子的恋爱奇闻，案件开头即提及圣西门贵爵的来信饰章和画押（"crest and monogram"[1]）。译文称"其面印有爵冕，及火漆印"[2]，当福尔摩斯调阅圣西门勋爵档案时，还提到其纹章为天蓝底色，黑色中带，上悬三棵铁蒺藜。饰章是盾形纹章的上方装饰，不同于生造词"爵冕"，常由主人首字母构成的画押也不同于保护信封内容安全的火漆印，而三只脚钉着地、一只向上的铁蒺藜中国虽有，但以其入纹章国人不熟悉，因此，纹章构成一句被译者省略。此类涉及中西爵位制度及其特色的表达若无注释，读者很难理解。由于译本以适俗为取向，归化和省略就成为译者常常借助的手段，所谓的了解西方文明，自然不能深入。

译者误读误译西方历史事实的情况时有发生。《五橘核》案中提及约罕·倭本器的伯父牵涉三K党的隐秘政治生活。这段译文翻译得十分混乱："尚有一种，则纪南美洲改组之事，对于北美之释放黑奴主义，反对甚烈。然此为国家大事，于橘核无关。"[3] "美国重建时期"（Reconstruction Era，1865—1877）即原文提及的"the reconstruction of the Southern states"[4]，并非"南美洲改组之事"，仍发生在译者所称的"北美"之内。将约罕伯父反对联邦政府派往南方的毡包政客（"he had evidently taken a strong part in opposing the carpet-bag politicians who had been sent down from the North"[5]）理解为反对"北美之释放黑奴主义"也存在概念偏差。事实上，尽管有一部分毡包客（carpetbaggers）怀有获取私利的动机，但"通常，毡包客支持旨在使南方民主化和现代化的举措，包括民权立法、经济

1　Doyle, Arthur Conan. *The Complete Sherlock Holmes* [Z]. New York: Doubleday/Penguin Books, 1930: 287.

2　柯南道尔. 福尔摩斯侦探案全集[Z]. 刘半农，等译. 上海：中华书局，1916d：57.

3　柯南道尔. 福尔摩斯侦探案全集[Z]. 刘半农，等译. 上海：中华书局，1916c：96-97.

4　Doyle, Arthur Conan. *The Complete Sherlock Holmes* [Z]. New York: Doubleday/Penguin Books, 1930: 221.

5　同上。

发展援助、公学体制建立等方面"[1]。反对毡包客更多牵涉黑奴解放之后的应对事宜。英美政治的真实情况并非译者和读者所关心的，在《怪新娘》一案中，福尔摩斯提及一位君主和一位大臣的政治谬误并借此表达对美国客人莅临的欢迎。道尔借福尔摩斯之口批评乔治三世和首相诺思勋爵，认为是他们的高压政策导致了美国独立。原文同时表达了英美重新联合的愿景，译者删去不提。

西方政治中的重要一环——司法权力方面，中西司法制度之间存在巨大差异，译者在翻译时并没有真正以引入西方制度的理念为指导。另外，原作中福尔摩斯的法律观有僭越之处。福尔摩斯本人不时有法外正义之举，法外正义既符合人物私家侦探的身份设定，也符合作者的正义乌托邦设想。但在中国小说传统之中，似乎只有武侠小说中才有此"出格"行为，为此，译者将两者联系起来。《格兰其庄园》中，克洛克船长为心爱的女人挺身而出，失手打死了虐待她的丈夫。福尔摩斯自拟为法官，华生为陪审员，模拟陪审团，对案件进行"判决"。这种对法律形式的尊重是福尔摩斯特有的人性道德观同刚性法律发生冲突时的一种协调，体现了福尔摩斯的正义观。而译者则似乎对陪审制度这种新鲜事物对民众的吸引力产生了质疑。但既然中国只有衙门断案，于是只有选择"私了"这种中国模式，"但英国法律严，君此举虽义，终不能自免于罪。君正青年，奚能以宝贵之光阴消磨于铁窗之下，故宁秘之"[2]。福尔摩斯对这对恋人的祝福——"过一年后你再回到这位妇女身边，但愿她的未来和你的未来都能证明我们今夜做出的判决是正确的"[3]——也经篡改沾染了传统的侠义道德色彩："华生，取酒来，浮一大白，为我贺此情天之大侠。"[4]译本呈现的道德意识和旧派文人的创作风格相吻合，20世纪20年代旧派文人的上海形象书写，也是"西化的生活意识难掩陈旧的传统生活的痕迹"[5]。

1　Foner, Eric. *Reconstruction: America's Unfinished Revolution 1863-1877* [M]. London: Harper Collins, 1988: 296.

2　柯南道尔. 福尔摩斯侦探案全集[Z]. 刘半农，等译. 上海：中华书局，1916i：122.

3　柯南道尔. 福尔摩斯探案全集[Z]. 丁钟华，等译. 北京：群众出版社，1981b：508.

4　柯南道尔. 福尔摩斯侦探案全集[Z]. 刘半农，等译. 上海：中华书局，1916i：123.

5　王进庄. 二十年代旧派文人的上海书写——以《礼拜六》、《红杂志》、《紫罗兰》为中心[D]. 上海：华东师范大学，2007：49.

司法母题变形方面，再举一例。《罪薮》一案中，白克以涉及秘密为由不肯揭露好友淘拿拉司的实情，对于白克之坚定，有如下描述："for one had only to look at that granite face to realize that no *peine forte et dure* would ever force him to plead against his will."[1]其中"peine forte et dure"为一酷刑，译文将其连同"陈述案情"（"plead"）等术语一并省去，"余等隐察其状，知咄嗟间必无术令之吐实，乃相觑亡策"[2]。如果译者了解西方的司法民主进程（拒不答辩时施用的"压刑"1772年废除，1828年拒不答辩被视为无罪申辩），结合1905年清政府废除枭首、凌迟、黥面等酷刑的时代语境来宣传司法进步，显然会切合开启民智的精英主张。译者完全可借译述之名，大加司法评论，但译者并没有像吴趼人评周桂笙译《毒蛇圈》那样对中西司法制度的差异认真思索，因此译文反映了译者假开启民智之名、行娱乐消遣之实的本质。

对于西方宗教，译者尽量回避。基督教相关指称常被省略。《罪薮》中教区牧师的住宅（"vicarage"[3]）失火一节并无实质性宗教指涉，译者将相关教职人员的头衔指称隐去："前此村人有失火者，众相觑无策，束手不敢前，淘辩拉司独耸身入火，冒险进援其人，卒获救免。"[4]

有时省略的术语关涉一定的宗教典故，译者可能未发觉。《罪薮》中福尔摩斯间接引用了《圣经》，当麦葛警官质问福尔摩斯苦等勃耳斯冬古墅之外用意何在，福尔摩斯告之"Possess our souls in patience"[5]。该句实为《圣经·新约·路加福音》"In your patience possess ye your souls"一句的简单改造，译文仅强调了"忍耐"："久之，麦葛似不耐，询曰：'密司忒福尔摩斯，吾等蹲伏于此，意将何图？'福尔摩斯急答曰：'吾友，弗高声，今必竭力忍持，万勿躁急。不尔

---

1 Doyle, Arthur Conan. *The Complete Sherlock Holmes* [Z]. New York: Doubleday/Penguin Books, 1930: 811.

2 柯南道尔.福尔摩斯侦探案全集[Z].刘半农，等译.上海：中华书局，1916l: 89.

3 Doyle, Arthur Conan. *The Complete Sherlock Holmes* [Z]. New York: Doubleday/Penguin Books, 1930: 780.

4 柯南道尔.福尔摩斯侦探案全集[Z].刘半农，等译.上海：中华书局，1916l: 27-28.

5 Doyle, Arthur Conan. *The Complete Sherlock Holmes* [Z]. New York: Doubleday/Penguin Books, 1930: 809.

或且偾事。'"[1]原文"保全灵魂"之意被抹掉了。

译者改造了一些宗教典故。在《驼背人》中，南希·德沃伊提到大卫这个《圣经》中的以色列王，他因觊觎乌利亚之妻拔士巴美貌，设计将乌利亚派往战场，致其被害阵亡，大卫则娶拔士巴为妻。为规避宗教用典，译者只好编造一通谎言："华生，汝不忆当欧列耳乱起，吾英有奸人名大隈者耶，大隈为军中裨官，阴以机密售敌，事既暴露，国人匪不吐弃，而密昔司以乃夫迹近大隈故，以此詈之，汝今当了然矣。"[2]这段故事结尾同原文相去甚远，也脱离了福尔摩斯借大卫之事重申故事主题之意。

一种常见的改造方式是用中国的鬼神来取代西方的神学典故。在《波西米亚丑闻》中，当福尔摩斯"猜"中了华生又开业行医，最近淋过雨，有一个笨手笨脚的女佣时，华生惊叹道："你要是早生几个世纪，那准要遭火刑烧死。"[3]这里华生指涉中世纪宗教和科学的对抗，以及哥白尼日心说引发的一系列宗教对科学家的迫害活动。意大利科学家布鲁诺就因批评经院哲学和神学、反对地心说而被宗教裁判所定为"异端"，被烧死在罗马鲜花广场。而对于这样的基督教指涉，译者不愿牵涉其中，原因之一即基督教在华传教事业和中国本土宗教的冲突持续不断，在当时仍是一个敏感话题。1884年"甲申教案"温州民众烧毁基督教堂去时未远，译者的文化干预意在摆脱同基督教的干系，为此，译文用"妖魔鬼怪"这类为市民熟悉的封建迷信说法来取得一种夸张的效果。"嗟乎福君，汝之为人，殆有鬼附其身，幸而生于当今之世，若先于一世纪生者，必早有人诧为妖魔，厝薪而焚之矣。"[4]当然，这种鬼神附体的神秘和不可思议同科学精神背道而驰，但译者过分追求情节效果，也就置异国宗教传统于不顾，增添了本国的民俗色彩。

再如，《魔足》中史登岱尔博士为恋人报仇，称"我的灵魂要我报复！"[5]。

1 柯南道尔. 福尔摩斯侦探案全集[Z]. 刘半农，等译. 上海：中华书局，1916l: 85.
2 柯南道尔. 福尔摩斯侦探案全集[Z]. 刘半农，等译. 上海：中华书局，1916f: 101.
3 柯南道尔. 福尔摩斯探案全集[Z]. 俞步凡，译. 南京：译林出版社，2005a: 237.
4 柯南道尔. 福尔摩斯侦探案全集[Z]. 刘半农，等译. 上海：中华书局，1916c: 3.
5 柯南道尔. 福尔摩斯探案全集[Z]. 王知一，译. 天津：天津教育出版社，2009c: 241.

译文则称"彼时吾愤恨填膺，热血潮涌，目眚偶合，恍惚见勃伦特阴灵诏吾，令图复彼仇"[1]，将西方宗教中的灵魂（"soul"[2]）替换为中国的鬼魂，译本不时为之。中国传统小说中谈鬼论神、搜神论异的因子为读者熟悉，译本将鬼神加入译文也切合民初"方术迷信（如预测术、降神附体术、占梦术等）沉渣泛起"[3]的时代语境。这种充斥鬼神的西方空间构建方式，在民初的小说期刊中不时有表现，尤以所译述的西方科学小说杂糅为多。《小说月报》1910年至1920年间刊载的科学小说中就存在大量相关案例。[4]

宗教术语的回避体现了译者的主要态度和策略，但也有特例。《掌中倩影》一篇就增补了宗教术语"天使"。该术语的增补可能同"天使"自身的美好意蕴有关，但从其使用来看，仍可见误读的倾向。"某年之秋季，时为礼拜二早晨，朝曦初上，霭然作黄金色，自窗隙射入，似天使发晓箭，特催人朝起者。"[5]西方基督教的天使是服侍、敬拜真神的信差，对于人而言，有负责保护圣徒、帮助义人、攻击恶人等职能，但少见其从事司晨之职。清晨阳光的描述可能借自罗马神话中的丘比特之箭，借以收到一种浪漫化的诗意效果。但原文是直切案件，紧密围绕案件的巨大影响展开的："It was, then, in a year, and even in a decade, that shall be nameless, that upon one Tuesday morning in autumn we found two visitors of European fame within the walls of our humble room in Baker Street."[6]

1　柯南道尔. 福尔摩斯侦探案全集[Z]. 刘半农，等译. 上海：中华书局，1916k：24.

2　Doyle, Arthur Conan. *The Complete Sherlock Holmes* [Z]. New York: Doubleday/Penguin Books, 1930: 969.

3　吴燕. 翻译相异性——1910—1920年《小说月报》对"异域"的表述[D]. 广州：暨南大学，2006：54.

4　参见：吴燕. 翻译相异性——1910—1920年《小说月报》对"异域"的表述[D]. 广州：暨南大学博士论文，2006：53–58.

5　柯南道尔. 福尔摩斯侦探案全集[Z]. 刘半农，等译. 上海：中华书局，1916i：125.

6　Doyle, Arthur Conan. *The Complete Sherlock Holmes* [Z]. New York: Doubleday/Penguin Books, 1930: 650.

第三节　叙事方式的传统化规约

　　1916年《全集》的翻译叙事关涉当时两种十分不同的叙事传统，分析起来也较复杂。从叙事理念看，"翻译可被理解为译文以另一种语言对再叙述的事件与人物进行构建而非再现的（再）叙述形式"[1]。操作层面则需要一套可行的叙事分析方式，限于篇幅，本节仅从叙事者和叙事时间两方面讨论，兼及其他叙事问题。

　　叙事者方面，重点论述叙事者的干预（包含指点干预和评论干预两方面）。此种干预系传统白话小说拟书场叙事的影响造成，体现为说书人口吻与措辞的残余。说书人式的妄加评论在译本中常常出现。

　　指点干预一般分为三种：标示风格的指点干预、限制性指点干预和超文本干预。译文中标示风格的指点干预数量较原文明显增多，表现为传统白话小说的说书风格；限制性指点干预在原文和译文中很少出现，在此不详细讨论；另一种指点干预——超文本干预多体现在"洋泾浜"英语在译本中的运用上。

　　评论干预也有三种：解释性评论、评价式评论和补充性评论。在三种评论干预之中，解释性评论受传统小说文化功能的制约，常倾向于老生常谈；评价式评论的插入对故事的情节发展起到了阻断的作用；补充性评价使用较少，翻译中也未得到重视。

　　叙事者的问题旁涉叙事方位和叙事是否可靠问题，在此一并论述。

　　叙事者和叙事视角的结合产生叙事方位问题。1916年《全集》仍留有第三人称全知叙事的影子，叙事者的叙事是否可靠也是本节讨论的话题之一。受传统小说可靠叙事的影响，1916年《全集》译文对人物性格复杂性（包含不可靠的一面）在一定程度上有所忽视。

　　叙述时间的分析可以从时序和时长两方面着手。时序方面，整体而言，传统小说大体上追求线性叙事，重视"时间满格"效应，译文明显受此影响。传统白话小说偶尔会打破线性叙事时序，使用预述。译本插入预述是受这种传统小说惯

　　1　Baker, Mona. Translation as Re-narration [C] // Juliane House. *Translation: A Multidisciplinary Approach*. Basingstoke: Palgrave Macmillan, 2014: 159.

用的时序变形手段的影响。叙事时长主要研究叙事时限（故事发生的时间长度与叙述长度的关系），尤其是其中的等述和静述。对原作开篇的等述，译文采取了区别对待的方式，对非对话场景开篇这一等述方式运用更多。译者对其中的对话场景开篇这一等述方式不大适应，多进行了改造，改造过程中加入了传统文人审美心态和叙事干预。原文以静述开场的，译文开篇进行适当压缩，以节省篇幅。

一、叙事者的适应与改造

叙事者有对叙述发表议论的特权，其所发议论为叙事干预。1916年《全集》的一个显著特征就是加入了大量叙事者干预。无论是形式上的指点干预还是内容上的评论干预，都是如此。

以标示风格的指点干预为主，凡是以作家华生身份开篇或收尾的地方，都常见叙述者同叙述接受者互动的指点干预。译文中标示说书人风格的指点干预较原文明显增多。《碧巷双车》开场中有一句："盖司密司范雷脱之一案，其间虽多曲折诡幻，而其结果，几乎演成一杀人之惨剧。……今吾请揭吾幕，以示读者。"[1]此处是译者自行加入的类说书人套语。《情影》开头译者加的说书人套语更长："要不能不惹读者之疑，而吾得暇必一告其始末。"[2]此类指点干预在故事中间也很多。《罪薮》中就有译者添加的类似指点干预："且闻其饱经风尘，转徙靡定，殊有怜惜之心，读者当知男女交际之间，怜惜一念，实为情爱之媒介，今爱丹既有是心，则知两人去情爱之境为不远矣。"[3]结尾处的指点干预可见《壁上奇书》，原文"补上一句收尾的话"这种灵活的指点被套上了中国式的模板——"吾书至此，当结果矣。唯尚有一语，须为读者告者。"[4]此外，《碧巷双车》结尾也有一段呼应开篇的指点干预，说明叙述如何进行："In the whirl of our incessant activity, it has often been difficult for me, as the reader has probably observed, to round off my narratives, and to give those final details which the curious might

1　柯南道尔.福尔摩斯侦探案全集[Z].刘半农，等译.上海：中华书局，1916h：83.
2　柯南道尔.福尔摩斯侦探案全集[Z].刘半农，等译.上海：中华书局，1916c：1.
3　柯南道尔.福尔摩斯侦探案全集[Z].刘半农，等译.上海：中华书局，1916l：107.
4　柯南道尔.福尔摩斯侦探案全集[Z].刘半农，等译.上海：中华书局，1916h：81.

expect. Each case has been the prelude to another, and the crisis once over, the actors have passed for ever out of our busy lives."[1]这段意在提醒接受者，叙述者只是在讲一段故事。此处的指点干预很长，甚至比说书人收尾的指点干预还长。中国古典小说收尾处一般用"正是"加上一首诗词，再跟上一句"毕竟……如何，且听下回分解"之类。译者对如此长的指点干预并未有多少不适，且看译文：

> 读者诸君，须知吾人纪载探案，但至水落石出。则亦可以已矣。吾书非为裁判而设，故于罪人既得而后，即不妨置诸不论。盖其事为法庭记录所当有，而于侦探史上实无关也。抑且吾人探案，每一案甫毕，即有一案继续发生，吾惟具一右手，所握亦止一笔，自不能舍重而就轻。（故吾此书，遂乃告竣，然一翻检予旧时日记，则于此事尚有附记一行，差足以免有首无尾之讥。）[2]

对原文长叙述干预的保留乃至扩张表明，在叙事转型期，译者仍想像传统白话小说一样借助更多的叙述干预来维持其长期形成的全面的叙述控制。另外，原文的指点干预经翻译后有所变形，也是受到拟话本小说传统的影响。"吾惟具一右手，所握亦止一笔，自不能舍重而就轻"一句就有"花开两朵，各表一枝"之类的改造。

原文中，长的指点干预放在开篇的，译者还是有些不适，毕竟这不符合传统白话小说极速开场的传统。试看《獒祟》第十一章开头："THE extract from my private diary which forms the last chapter has brought my narrative up to the eighteenth of October, a time when these strange events began to move swiftly towards their terrible conclusion. The incidents of the next few days are indelibly graven upon my recollection, and I can tell them without reference to the notes made at the time."[3]这种

1　Doyle, Arthur Conan. *The Complete Sherlock Holmes* [Z]. New York: Doubleday/ Penguin Books, 1930: 538.

2　柯南道尔. 福尔摩斯侦探案全集[Z]. 刘半农，等译. 上海：中华书局，1916h：111.

3　Doyle, Arthur Conan. *The Complete Sherlock Holmes* [Z]. New York: Doubleday/ Penguin Books, 1930: 732.

冗长的指点无非是想表明叙述者要从日记体转为回忆录体叙述，译者对此不大习惯，压缩为"上章摘录之日记，其事至十月十七日止。斯时正如堕五里雾中，诸事茫茫，无从得其端倪。以后乃渐次豁然开朗矣"[1]。译文中有关叙述风格转变方面的指点丢失大半。

第一人称目击型叙事方式的运用使得出于叙述环境需要而运用的限制性指点在全集中很少出现。译文中补缀的一例见于《雪窖沉冤》："同时，但闻有辂辂之声，橱忽转向前面，一妇人已奔跃而出，举其手曰：'天乎，吾实误杀惠灵顿也。'吾至此直茫然不知所云，但见面前所立之一人，形状实至奇异。"[2]这里的"但闻""但见"仅是为了将叙述空间集中在妇人奔出衣柜的场面，实际并非华生一人所闻所见，毕竟福尔摩斯和教授都在场。

另一种特殊指点干预——超文本指点干预手段在译文中出现较多。主要表现在称呼语方面，如"密司""密昔司""密司脱""马丹"。当时的上海一般大众也满口"密斯忒""密斯"之类的"洋泾浜"英语。将底本人物言语直接转化成叙述中的引语时，一般语音、语调会舍弃，但上海方言中的外来语记号却保留了下来。

在三种评论干预方式中，补充性评价较解释性、评价式干预少。但在译文中还是能找到这样的例子。补充性评价一般具备两种功能。

《血书》中有如下一节："予愕然曰：'君岂谓彼龙钟羸弱之老妇，乃能于车行时跃下，不为君及御者所见耶？'歇洛克·福尔摩斯锐声呼曰：'安有所谓老妇者，彼入吾屋时，故伪为老妇，实则为一活泼之少年。'"[3]"活泼少年"一语是译者增添的补充性评价，实现了泄底。原文"'Old woman be damned!' said Sherlock Holmes, sharply. 'We were the old women to be so taken in'"[4]中福尔摩斯使用了粗俗的市井语言，浅近文言难以应对，只好删去。补充性评价还有预述功能。《罪薮》下卷第一章结尾，作者使用了预述的手法来吊读者的胃口，程小青

1 柯南道尔.福尔摩斯侦探案全集[Z].刘半农，等译.上海：中华书局，1916j: 97.
2 柯南道尔.福尔摩斯侦探案全集[Z].刘半农，等译.上海：中华书局，1916i: 66.
3 柯南道尔.福尔摩斯侦探案全集[Z].刘半农，等译.上海：中华书局，1916a: 53.
4 Doyle, Arthur Conan. *The Complete Sherlock Holmes* [Z]. New York: Doubleday/ Penguin Books, 1930: 40.

的译文虽然也保留了预述，但出现了较大的理解偏差："老人亦和悦可人，初不峻拒，乃议每月十二金为屋膳之值，买格杜立色喜诺之。议定，买格杜遂留寓歇富忒家，而后此争宠夺欢，牵惹无数风波者，实种因于此时矣。"[1]原文含蓄而朦胧的话语意在生发一种悬念："So it was that McMurdo, the self-confessed fugitive from justice, took up his abode under the roof of the Shafters, the first step which was to lead to so long and dark a train of events, ending in a far distant land."[2]该译文意指买格杜自此开启了一系列同黑恶势力集团的斗争，故事在异国他乡收束。然而程小青译文过分直露，对作者风格特色把握不准，仅将此预述理解为紧接着发生的买格杜同推特鲍耳温之间为争夺爱丹而发生的争斗，对作品的全局观有所忽略。以上两例说明译者对于补充性评论功能的认识仍相当模糊。

解释性评论常意在说教。《碧巷双车》收尾处有一解释性评论："卡路德曰：'吾今亦悔之矣。虽然，吾昔处于南斐洲贱种暴徒权力之下，吾实不甘久矣。彼加暴行于女郎之身，较之加于吾身为尤甚。故吾之愤，遂不可遏。诸君试思，以安琪儿匹犷兽，天下宁有是理？……'"[3]"诸君试思"是译者添加的指点干预，其后为译者增补的解释性评论。就其内容而言，这里的解释性评论仍有古典小说的影子，倾向于老生常谈，因为"传统白话小说的文化功能不允许叙述者超越规范"[4]。

评价式评论会干扰叙事的流畅性。《血书》一案结尾，华生引用了贺拉斯《讽刺诗集》中的拉丁文诗句，系评价式评论："*Populs me sibilat, at mihi plaudo/Ipse domi simul ac nummos contemplar in arca.*"[5]周瘦鹃将其译为："开眸粲粲金满椟，笑骂由人吾自乐。"[6]说书人好用偶句的习惯在译文中流露了出来，评论过

1　柯南道尔.福尔摩斯侦探案全集[Z].刘半农，等译.上海：中华书局，1916l：106.
2　Doyle, Arthur Conan. *The Complete Sherlock Holmes* [Z]. New York: Doubleday/Penguin Books, 1930: 820.
3　柯南道尔.福尔摩斯侦探案全集[Z].刘半农，等译.上海：中华书局，1916h：106-107.
4　赵毅衡.当说者被说的时候：比较叙述学导论[M].北京：中国人民大学出版社，1998：38.
5　Doyle, Arthur Conan. *The Complete Sherlock Holmes* [Z]. New York: Doubleday/Penguin Books, 1930: 86.
6　柯南道尔.福尔摩斯侦探案全集[Z].刘半农，等译.上海：中华书局，1916a：142.

程体现了译入语文学程式对文本的干预。该引文之后还有周瘦鹃另加的评价式评论："贪夫殉财，见金则乐，君则以心脑殉世人沉冤奇狱。虚荣本非所计，际兹案情揭露，水落石出，回思数昼夜探微索隐，形劳神瘁，竟得告厥成功，云胡不喜？天下事当求其在吾，君亦足以自豪矣。"[1]原文引用名言收尾的评价式评论被改造后又多了指点干预的痕迹和色彩，其特点类似收场的诗行和收场评论。原文的评价式评论若"干扰"了正常的叙事流，则被译者删去。如《海军密约》中福尔摩斯对乔司甫·哈律逊的评论："Well, he has rather more viciousness than I gave him credit for, has Master Joseph."[2]该评论明显打断了即将到来的福尔摩斯与乔司甫的恶斗。

以第几人称叙述仍属于叙事者方面的问题，但该问题常同叙事视角一起讨论，两者共同构成叙事方位。福尔摩斯探案故事中仅有三案不是以华生为叙述者叙述的。其中《最后致意》和《王冠宝石案》采用的是"隐身叙述+全知视角"，这是传统小说读者熟悉的。《皮肤变白的军人》因发表时间较晚，又系孤篇，其"显身叙述者+主要人物视角"未引起较多关注。这三案的原作首发时间分别为1917年、1921年、1926年，因此1916年《全集》中仅有"侦探+助手"这一"显身叙述者+次要人物视角"叙事方式。《时务报》1897年刊载《继父诳女破案》和《呵尔唔斯缉案被戕》两案率先保留了华生的第一人称限制叙事。

第一人称限制叙事在清末民初的接受可谓一波三折。陈平原曾选择八种"新小说"刊物，以1906年和1911年为节点，对1902年至1916年的"新小说"分为三期进行考察。结果发现1903年至1906年《绣像小说》尽管有十篇译作采用了第一人称叙事，但并没有任何采用第一人称叙事的创作作品刊载。[3]可见，《绣像小说》上刊载的福尔摩斯探案小说中，六篇中有五篇将第一人称改造为第三人称，其目的在于适应传统小说的读者口味。1908年《歇洛克奇案开场》的开场方式相

1　柯南道尔. 福尔摩斯侦探案全集[Z]. 刘半农，等译. 上海：中华书局，1916a：142–143.

2　Doyle, Arthur Conan. *The Complete Sherlock Holmes* [Z]. New York: Doubleday/ Penguin Books, 1930: 467.

3　参见：陈平原. 陈平原小说史论集[M]. 石家庄：河北人民出版社，1997：261.

对特别——"华生曰，当一千八百七十八年，余在伦敦大学校医学毕业"[1]。这种以第三人称"作引子"，此后便一直沿用第一人称的做法显示了译者对传统小说全知叙事的眷恋。

1916年《全集》仍有部分篇章在仿拟说书人的语气，保留了以第三人称的"华生曰"带入第一人称"余"或"予"的叙述形式，可见仍有少部分译者和读者怀念旧的传统（见表3.1）。实际上，以"某人曰"开场并非古代笔记小说的常态（"溯源式"开场较多），也非"拟书场"开篇常态（比如开场诗文等），虽说中国小说"慕史"，但《史记》的"太史公曰"是总结性的史评文字，与探案小说的叙事性文字并不一样。笔者认为有可能是林纾率先将"某人曰"开场用于翻译域外小说。

表3.1　1916年《全集》第一人称和第三人称混用情况一览

册	案	案名	译者	第三人称	第一人称	"华生曰"内容	页码
2	2	"佛国宝"	半侬	华生曰	余	一日，福尔摩斯又自室中炉端架上……	1
10	39	"獒崇"	霆锐	华生曰	余	福尔摩斯操心虑患人也	1
11	40	"魔足"	小青	华生曰	余	余与歇洛克·福尔摩斯缔交既久	1
11	43	"窃图案"	陈霆锐	华生曰	予	此事发轫之始，乃在……年	67

有关叙事方位，研究者早就注意到，华生作为第一人称参与福尔摩斯探案是采取了次要人物为角心人物进行的仰视式叙述——"作者乃从华生一边写来，只须福终日外出，已足了之，是谓善于趋避。"[2]但多数论者对于华生作为柯南道尔假定的福尔摩斯探案作者的叙事地位认识不够。作为福尔摩斯案件作者的华生常常在案件的开篇和结尾处评述与总结该案。这种第一人称全知叙述是回忆录体常用的手段，常放在超叙述层。传统白话小说使用第三人称全知叙事视角，但却常借用说书人这一特殊身份自拟第一人称进行叙事，借此保持全知叙述者和叙述接

1　科南达利（柯南道尔）.歇洛克奇案开场[Z].上海：商务印书馆，1914：1.

2　觚庵（俞明震）.觚庵漫笔[J].小说林.1907（5）：3.

受者的互动。作为福尔摩斯探案故事作者的华生，其角色同说书人的角色功能部分一致。《壁上奇书》结尾将原文"Only one word of epilogue"[1]译为："吾书至此，当结果矣。唯尚有一语，须为读者告者。"[2]该译文的叙述者指点干预明显比原文长，尚未舍弃说书人的口吻与程式。从叙事方位的视角看，译文用说书人的口气代替原文华生的第一人称叙事，说明了两种叙事风格的相似性。

事实上，华生在第一人称显身叙述过程中偶尔也会进行"跨层"叙事，从主叙述层跳入超叙述层，如《血书（卷上）》第二章在描述完福尔摩斯的外貌之后，作为显身叙述者的华生进入超叙述层，转入全知叙述者的角色："The reader may set me down as a hopeless busybody, when I confess how much this man stimulated my curiosity, and how often I endeavoured to break through the reticence which he showed on all that concerned himself."[3]对比译文："读吾书者至是，必且以予为一至忙之人，长日为好奇心所鼓动，力欲抉破彼人之内蕴，在势亦殊鹿鹿。"[4]此处的"跨层"叙事同说书人时常对故事进行的叙事干预一致，因而其叙事方式得以完整再现。此类主叙述内部的跨层对于侦探小说来说是偶尔为之的技巧，但却是中国传统白话全知叙述小说的惯常之举。清末民初的译者在这一点上显得颇为放纵，译者时常添加叙事评论来进行"跨层"，进入全知叙事的超叙述层。

1916年《全集》中的大部分福尔摩斯探案小说保留了第一人称全知叙事搭配第一人称显身叙事这一模式，这为"五四"时期完成说书人叙事的现代转型即为叙述者开始讲述自己的故事助力不少。部分译者对第三人称和说书人叙事的保留可以说阻碍了新的叙事方式的引进。

在叙事干预、叙事方位之外，和叙事者密切关联的还有叙事可靠性问题。大部分福尔摩斯探案故事中的叙述者和隐含作者距离较近，因此是可靠叙述。[5]

1　Doyle, Arthur Conan. *The Complete Sherlock Holmes* [Z]. New York: Doubleday/Penguin Books, 1930: 526.

2　柯南道尔. 福尔摩斯侦探案全集[Z]. 刘半农，等译. 上海：中华书局，1916h: 81.

3　Doyle, Arthur Conan. *The Complete Sherlock Holmes* [Z]. New York: Doubleday/Penguin Books, 1930: 20.

4　柯南道尔. 福尔摩斯侦探案全集[Z]. 刘半农，等译. 上海：中华书局，1916a: 12.

5　笔者参照的可靠/不可靠叙述标准参见：赵毅衡. 当说者被说的时候：比较叙述学导论[M]. 北京：中国人民大学出版社，1998：54.

值得注意的是，福尔摩斯探案小说中，作为叙事者的华生，要么扣留信息，要么给出误导线索，要么斩断散落信息的逻辑联系，这三点均非不可靠叙事的标记。扣留信息方面，从福尔摩斯对华生的批评中可以看到："你把侦破的技巧和细节一笔带过，以便尽情地描写动人心弦的情节。"[1]主叙述层使用华生第一人称限制叙事，使得叙述接受者同华生一道被蒙在鼓里；另外，所谓的"红鲱鱼"（red herrings），即误导线索，并非事实本身不够真实；同理，关键信息或逻辑关联的缺失也不是不可靠的标志。

"福尔摩斯探案的叙述者华生医师的叙述是可靠的，华生几乎无性格特征可言。"[2]作者本人可能意识到了这种可靠叙事带给叙述者的呆板感觉，于是在一些案件中试着给华生扁平的性格添上一抹亮色，但《全集》译者受可靠叙事影响，翻译时没有体现出来。比如《佛国宝》一案中作者特意安排华生给心仪的毛斯坦姑娘讲述自己在阿富汗的冒险，华生一紧张叙述时出了错。译者没能注意到作者刻意使人物复杂化的此种努力，译文产生了极大的扭曲："余乃举往岁在阿富汗斯坦躬历之冒险故事告之。谓某日深夜，一虎入我帐幄，我急发一双管之枪毙之，且曲绘其状。"[3]原文为"how a musket looked into my tent at the dead of night, and how I fired a double-barrelled tiger cub at it"[4]，其幽默效果在译文中尽失，华生憨厚可爱的一面没能得到体现。另一处，面对毛斯坦即将拥有一笔巨大财富的事实，华生假装欢喜地说出一番贺词，这一笔意在表明华生懂得处事练达的道理，译者将华生伪装情感的这段评论删去。删去部分为："I think I must have been rather over-acting my delight, and that she detected a hollow ring in my congratulations, for I saw her eyebrows rise a little, and she glanced at me curiously."[5]令人惊讶的是，珍宝箱内空无一物，毛斯坦表现平静（"calmly"[6]），华生知道毛斯坦并不看重

1 柯南道尔.福尔摩斯探案全集[Z].丁钟华，等译.北京：群众出版社，1981b：487.
2 赵毅衡.当说者被说的时候：比较叙述学导论[M].北京：中国人民大学出版社，1998：47.
3 柯南道尔.福尔摩斯侦探案全集[Z].刘半农，等译.上海：中华书局，1916b：23.
4 Doyle, Arthur Conan. *The Complete Sherlock Holmes* [Z]. New York: Doubleday/Penguin Books, 1930: 99.
5 同上，第142页。
6 同上。

珍宝，且宝物一失，横亘在两人间的障碍亦去，爱情之念顿生。此处作者用69词来描述华生的内心，该段文字全被译者删去，这在清末民初叙述干预盛行的情形下显得有些奇怪。一方面，这段情爱描写含蓄，译者对其风格显然不适；另一方面，此处有华生自责的文字，如 "selfish" "disloyal"。[1]这段为了爱情而 "舍弃" 友情的评论无疑让作为叙述者的华生人物性格复杂化，为避免不可靠叙述，译者将其删除。

因为整体上是可靠叙述，福尔摩斯性格中略显复杂的一面也常不被译者理解。《海军密约》中福尔摩斯的恶作剧的言辞和动作被删去大半，如不怀好意地眨眼（"with a mischievous twinkle"[2]），请番尔泼打开早餐的盖子（"I suppose that you have no objection to helping me?"[3]）以及福尔摩斯的自我辩解（"Watson here will tell you that I never can resist a touch of the dramatic"[4]）。《失马得马》一案中，福尔摩斯为罗斯大佐找到了参赛马匹，且在该马身上下了赌注，这显然有违福尔摩斯身上体现的公正精神，"win a little on this next race"[5]一句被译者删去。在《魔足》一案中，福尔摩斯和华生险因毒气致命，而一旦脱离险境，福尔摩斯出语竟能恢复一半挖苦、一半调侃的常态："'It would be superfluous to drive us mad, my dear Watson,' said he. 'A candid observer would certainly declare that we were so already before we embarked upon so wild an experiment...'"[6]译文将福尔摩斯性格中怪诞和幽默的复杂一面抹去，原因在于人物性格的不可靠会给叙述的可靠性带来威胁。

二、叙事时间的接纳与调整

中国传统白话小说对时间的把控表现在叙事时间的显化上。这种对显化的时

---

1 Doyle, Arthur Conan. *The Complete Sherlock Holmes* [Z]. New York: Doubleday/ Penguin Books, 1930: 143.
2 同上，第466页。
3 同上。
4 同上。
5 同上，第348页。
6 同上，第966页。

间的关注甚至被海外汉学家认为到了"令人厌烦的程度"[1]。福尔摩斯探案故事《隰原蹄迹》开篇没有透露具体时间：出于强烈的小说"时素"意识，译者为委托人的登场安排了一个时间："有一日，忽来一绝大之名刺，其名曰汤乃特劳而夫·黑克司泰伯儿，其旁衔名累累，几不容载，博士硕士之属，触目尽是。"[2]

下文从时序和时长两方面分析译文中更为复杂的叙事时间问题。

以时序论，传统小说的线性叙事对译者产生了较大影响，表现为译者在译作中不断更正原文的非线性时序。《隰原蹄迹》开篇以一次述本讲述多次底本发生的事——发生在贝克街的事（"在贝克街的这座小小的舞台上，我们已经看到不少人物的出场和退场都很不寻常"[3]），实际是以缩略的形式（summary）开场，紧接着是对委托人登门这戏剧性一幕的评论，实际是时间的停顿。然后是对登门场面的详细描述，该场景描写就是在制造述本时间等于底本时间的等述效果。译者对这种"不按牌理出牌"的非线性时间序列颇不适应，删去了评论文字。

与线性时序搭配使用的是时间空白的填补。填补时间空白、留下时间实线是译本追求"时间满格"的表现。

在《病诡》一案中，施密司答应华生为福尔摩斯看病，接下来便写到华生怀着沉重的心情回到贝克街寓所，其间的时间空白属于作者特意安排的暗省略时间处理方式。这种"跳跃"符合现代小说省略增多的大趋势，译者却要将其填补出来："施密司曰：'然则吾独往亦佳。吾固谂密司脱福尔摩斯居址，更半小时者，必至矣。'予既出，中心惴惴然，返至福尔摩斯卧内。"[4]补充的"予既出"将暗省略替换为明省略，为的是追求一种不遗漏时间点的"时间满格"效果。

为满足线性时序的要求，译文不时采用缩写策略来替代原文暗省略留下的空白（或明省略留下的虚线），以留下时间实线。《窃图案》中，福尔摩斯和华生私闯休哥·爱勃斯丁寓所，找到一些报纸启事。看完之后，福尔摩斯决定同华生前往每日新闻报社，结束当天的工作。之后的事便已跳至第二天早餐后，其间内

1　Hanan, Patrick. The Early Chinese Short Story: A Critical Theory in Outline [J]. *Havard Journal of Asiatic Studies*, 1967(27): 176.
2　柯南道尔. 福尔摩斯探案全集[Z]. 丁钟华，等译. 北京：群众出版社，1981b：113.
3　柯南道尔. 福尔摩斯侦探案全集[Z]. 刘半农，等译. 上海：中华书局，1916b：333.
4　柯南道尔. 福尔摩斯侦探案全集[Z]. 刘半农，等译. 上海：中华书局，1916k：58.

容省略。译者的补充可谓失败：“言次，余二人即取步出门，既至发行所，办事人以不知谁何为对，余辈殊鞅怅。而时已深夜，万籁已无声矣，遂循原道归培克街安卧。明日醒来，红日已满窗矣。早餐讫，门前有乘车之客二人来。”[1]画线部分将叙述线上的时间填得满满当当。为了填充时间，译者竟猜错作者省略的事件，造成新的问题。福尔摩斯和华生去报社并非去探听发启事者丕落脱的消息，而是以丕落脱之名刊登一则诱饵启事，诱其同伙上钩。译者理解错误，又不肯细核原文（“That was my idea when I put it in”[2]）才造成了译文的偏差。

传统白话小说中，线性时序是整体趋势，但偶尔会被打破。时序变形方面，由于预述是传统白话小说的主要时序变形方式，1916年《全集》不时插入预述来迎合读者。《五橘核》一案中约罕·倭本器的伯父收到橘核后莫名遇害，之后其父也收到橘核，此时，译者在原本正常的叙述流中加入了一段预述：“日久而后，合家遂亦无复言及橘核之事者。然而一年之后，而祸事又至矣。”[3]

以上为时序问题的讨论，下面谈谈时长方面译者的认识和接受情况，讨论集中在叙事时限方面。

叙事时限，即“故事发生的时间长度与叙述长度的关系”[4]问题。1916年《全集》对原作开场方式做了调整，调整的原因涉及译者对中西不同叙事时限运用方式的认识。

在叙事时限涉及的五种叙述运动（省略、概述、等述、扩述、静述）中，1916年《全集》更多使用等述开场，其中，以场景的运用居多。对于场景开篇，译者大都将其中的对话场景改为非对话场景（参见表3.2）。针对原文使用的非对话场景开篇，译者常参照传统白话小说加以改造。

1 柯南道尔. 福尔摩斯侦探案全集[Z]. 刘半农，等译. 上海：中华书局，1916k：90.
2 Doyle, Arthur Conan. *The Complete Sherlock Holmes* [Z]. New York: Doubleday/Penguin Books, 1930: 929.
3 柯南道尔. 福尔摩斯侦探案全集[Z]. 刘半农，等译. 上海：中华书局，1916c：97.
4 胡亚敏. 叙事学[M]. 武汉：华中师范大学出版社，2004：75.

表3.2　1916年《全集》开篇对对话开场的改写情况

号	册	页	案	案名	引导语（前/后）	译文开篇	对话原文	页
1	3	25	5	《怪新郎》	said Sherlock Holmes...（后）	客岁之秋，余往访福尔摩斯。	"My dear fellow,"	190
2	4	77	13	《翡翠冠》	said I as I stood...（后）	一日，大雪初霁。	"Holmes,"	301
3	4	97	14	《金丝发》	remarked Sherlock Holmes...（后）	福尔摩斯掷其《每日新闻》于一边	"TO THE man who loves art for its own sake"	316
4	5	1	15	《失马得马》	said Holmes as we sat down together...（后）	某日之晨，余方与福尔摩斯共就餐	"I AM afraid, Watson, that I shall have to go,"	335
5	6	1	18	《孤舟浩劫》	said my friend Sherlock Holmes as we sat one winter's night...（后）	一夕，值冬际，天气苦寒，室中炉火熊熊然。	"I HAVE some papers here,"	374
6	8	27	27	《火中秘计》	said Mr. Sherlock Holmes...（后）	福尔摩斯归后数月，请予予，愿复同居。	"FROM the point of view of the criminal expert,"	498
7	12	44	1	《罪薮》	said I.（后）	余曰："以余度之，则……"（省略号为原译文自带）	"I AM inclined to think—"	769
8	11	27	41	《红圈会》	So spoke Sherlock Holmes and turned back...（后）	一日，余友福尔摩斯据案检阅其宿昔之探案	"WELL, Mrs. Warren, I cannot..."	901

　　尽管《块肉余生述》的独白开篇、《毒蛇圈》中的连续无引导词对话开篇给清末译界和创作界带来一定的变革意识，但从1916年《全集》译者采取的应对措施来看，八篇对话开场中就有七篇被改为非对话场景开篇。[1]可见，同是等述开场，译者的接受也是有偏好的，非对话场景开篇明显比对话场景开篇易被译者接受。由于传统白话小说溯源式的缩写开场很难嵌入侦探小说的开场翻译之中，从

1　八篇之中有六篇都交代了具体时间，这进一步证实了前文提及的中国传统小说强烈的时素意识对译本造成的影响。

实际操作来看，译者更为接受非对话场景开篇。这显然是受到了《黑奴吁天录》等19世纪西方小说常态开场模式的影响。

需要注意的一点是，尽管清末民初的译者接受了非对话场景开篇，但对其意义并不完全了解。译文偶尔会铺排场景，辞藻华丽，这一点或多或少是受中国古代文言小说的影响。"译文重铺陈与伟丽——这一点符合文言文的规范"[1]，这一规范的形成同清末译作请人润笔之习，包括林纾的古文译笔传统，有很大关系。

场景铺排、辞藻华丽造成篇幅增长，进入故事叙述的时间后错。文楷著、译不辨的侦探小说《盗尸》之开篇即是典型：

> 一千八百三十五年十一月十五日，天犹未曙，钟楼时计，恰两句二十五分钟。斯时贾喇斯告城内，大雨时行，雷轰电掣，银河倒泻，山岳动摇，路上行人，销声匿迹。俄雷声少止，忽闻马蹄驰骤，车声辚辚，由晏特士顿路一路疾驰，向黥查儿街而来。是街为城之通衢也，车坐二人，披西班牙装宽博外衣，戴广檐头巾，执辔者年约而立，……[2]

由上例可见，民初浅近文言翻译小说受到了古今中外多方面的影响。

受传统小说开场场景铺排、辞藻华丽之风影响，民初译者在翻译福尔摩斯探案故事时，有时会适当延缓切入主题的速度。译文在铺排的长度上较古代文言小说有较大压缩，对这种文言传统做了一定的适俗处理。

《波斯康谷奇案》开篇切入案情速度极快[3]，开篇如下："一天早晨，妻子和我正坐着用早餐，女仆送来一份电报。电报是歇洛克·福尔摩斯打来的，内

---

1 方开瑞. 语境、规约、形式：晚清至20世纪30年代英语小说汉译研究[M]. 北京：北京大学出版社，2012：228.

2 文楷. 盗尸[C] // 于润琦. 清末民初小说书系·侦探卷. 北京：中国文联出版公司，1997：52.

3 中国古代文言小说不乏这种快节奏的叙事，但多为溯源式缩写开场所致。如《聊斋志异·尸变》开场："阳信某翁者，邑之蔡店人。村去城五六里，父子设临路店宿行商。有车夫数人，往来负贩，辄寓其家。"（蒲松龄. 聊斋志异[Z]. 上海：上海古籍出版社，1979：2）这种开场方式并不适用于场景开篇的等述模式。

容如下：……"[1]电文的内容为邀请华生同往探案。为此，译者适当铺排场景来拉长篇幅时间。常觉、小蝶所译《弑父案》（即《波斯康谷奇案》）开篇场景有所拓展："朝餐列案，瓶花向人作嫣笑，其旁坐有两人，方自举盏相属，情味盎然者，则余与余妻也。食未竟，一女侍推门进，以电报授余。余妻即就余手观之曰：'是为福尔摩斯所发乎？'余曰：'然。'译其词曰：'……'"[2]这种拓展可以说是在篇幅时间上而非意义时间上有所延长。比较原文："WE WERE seated at breakfast one morning, my wife and I, when the maid brought in a telegram. It was Sherlock Holmes and ran in this ways."[3]译文加入了人物与景物的静态描写，使故事发展趋于停顿，减缓了叙事进度。加入华生夫妇的对话，故事时间和叙事时间一致了，开篇篇幅时长增加了。

以上讨论更多牵涉非对话场景开篇的接受（包含接受中的误读）情况，下面讨论对话场景开篇的改造问题。

将对话场景开篇改为非对话场景开篇的主要目的是维持时间的线性。以《孤舟浩劫》中的开场方式为例。"'I HAVE some papers here,' said my friend Sherlock Holmes as we sat one winter's night on either side of the fire, 'which I really think, Watson, that it would be worth your while to glance over...'"[4]对话场景开篇被改为非对话场景开篇："一夕，值冬际，天气苦寒，室中炉火熊熊然。余与福尔摩斯就炉侧相对坐，纵谭至乐。福尔摩斯谓余曰：'予藏有文件数纸，为侦查客劳里亚司各脱沉船一案时所得者，案情颇离奇，而此中文件，尤大诡异，当足邀君一顾也。'"[5]译者的改写保持了叙事时间的线性连贯，迎合迁就了辛亥革命至"五四"期间的主要读者对象——小市民的口味。福尔摩斯探案故事常常以福尔摩斯和华生的对话开篇，这种做法也是近代短篇小说形式由纵述到横截转变的标志之一。对话开篇制造了述本时间等于底本时间的叙事效果。但在传统白话小说中，对话

1　柯南道尔.福尔摩斯探案全集[Z].俞步凡，译.南京：译林出版社，2005a：311.
2　柯南道尔.福尔摩斯侦探案全集[Z].刘半农，等译.上海：中华书局，1916c：65.
3　Doyle, Arthur Conan. *The Complete Sherlock Holmes* [Z]. New York: Doubleday/Penguin Books, 1930: 202.
4　同上，第373页。
5　柯南道尔.福尔摩斯侦探案全集[Z].刘半农，等译.上海：中华书局，1916f：1.

部分不仅要排在极度缩写开场之后，还要排在开场后的一连串的缩写后面。原文第一段接下来事件的先后顺序是：先提及纸条的信息吓死了地方法官特雷弗，然后讲同时发生的动作，即福尔摩斯从抽屉中取出纸条。译文改写了这些事件的顺序，将"吓死地方官"这一悬念延后，主要目的是保留叙述线性："言次，自桌屉内出小革筒一。以历年久，筒已敝矣，探筒中，则故纸成束，福尔摩斯曰：'是皆案中之图牒也。'复以一纸授余曰：'此一短札，乃能夺司法绅士屈翁之魄而速其死，魔力至大，非可等闲视也。'"[1]

在将对话场景开篇改造为非对话场景开篇的过程中，译者还辅以其他配合手段，以使改造后的译文得到市民读者接受。辅助手段之一为加入传统的文人审美非对话场景叙述。《翠玉王冠案》开篇如下："'福尔摩斯，'我说道，一天早晨，我站在阳台窗前俯瞰街上，'有个疯子朝这儿跑过来，他的家人不管他一个人在外边跑，也真是可怜。'"[2]译者对于对话开篇仍不适应，改为景物场景开篇："一日，大雪初霁，残雪积屋顶，颓然如老妪之拥芦花而卧，檐前冻鸟啁啾，似言雨雪之粮，幸而早为之备也。时余方凭窗闲眺，忽见有人从京城车站而来。"[3]译者将第二段才交代的街上雪景提前，文字中掺杂了道家的恬静与情趣，显然同当下译文的景物描写大相径庭。试比较："昨天下的厚雪盖满地上，在冬日的太阳下银光闪烁。贝克街的路中央，来往车辆把雪碾压出一条灰褐色车道。"[4]侦探小说的景物描写在于刻画环境的真实性，该艺术手法在1916年《全集》译文中被扭曲，译者将自己的诗化情感运诸笔端，迎合了读者，却没能理解侦探小说景物描写同人物描写一样，目的在于营造一种真实的而非诗化的氛围。

另一种配合对话开篇改造的措施是插入叙述干预，这符合传统白话小说说书人任意增添自身评论的惯例。《金丝发》一案开篇的对话开场实际上是福尔摩斯的评论，为配合福尔摩斯的侦探学宏论，译者加入市井阐释。《金丝发》开篇如下："福尔摩斯掷其《每日新闻》于一边，自言曰：'凡人而习侦探之学，初非

1 柯南道尔.福尔摩斯侦探案全集[Z].刘半农，等译.上海：中华书局，1916f：1.
2 柯南道尔.福尔摩斯探案全集[Z].俞步凡，译.南京：译林出版社，2005a：487.
3 柯南道尔.福尔摩斯侦探案全集[Z].刘半农，等译.上海：中华书局，1916d：77.
4 柯南道尔.福尔摩斯探案全集[Z].俞步凡，译.南京：译林出版社，2005a：487.

视为营业，则事之小者，实至有味。盖事愈大，则情节愈简，不如小者转得乐趣。譬如游山，高峰大泽，往往一览无遗，而一丘一壑，转多幽致，足以供人徘徊。此犹铜琶铁板之不如红牙小拍也。"[1]画线部分明显是叙述者干预，这部分评论与前面福尔摩斯论述侦探之学的宏旨并不"搭调"。比较吴趼人评点周桂笙的《毒蛇圈》译文，吴趼人的点评紧贴民生国情、司法制度，第六回涉及警察摆架子也要在眉批中抨击几句："警察兵有架子可摆，无怪年来中国到处设警察，即到处受骚扰矣，尤无怪上海居民望巡捕如鬼神矣。"[2]尾评则有对中西司法制度的对比："幸哉，瑞福之托生于法兰西也，设生于中国而遇此等事，则今夜钉镣收禁，明日之跪铁链、天平架，种种非刑，必不免矣。"[3]尽管评论方式不同，还是不难发现《金丝发》译者的隐性评论并没有关注侦探科学的演绎推理精神，而多了一种市井民俗的审美趣味。

以上两种配合手段都意在使改造更为自然，得到市民读者的接受。

补充一点，在1916年这部浅近文言翻译的《全集》之中，对于等述有较深认识的有程小青、周瘦鹃两位译家。

1916年《全集》中只有程小青的《罪薮》译文未加改造采用了对话开篇。可见程小青在翻译之初已具有学习西方侦探小说雅化技巧的意识。对话这种直接引语形式达到了述本时间同底本时间相当的效果。程小青译《罪薮》开篇还使用了新式表达——省略号来对译原文的破折号，用以表示对话被打断、停顿。在当时译本均在竖排文字右侧加句点或打顿号为标识的情况之下，插入省略号是对对话这一等述模式深刻认识的结果。

对等述有所认识的译者还有严独鹤，他的《失马得马》译文有如下一节："福尔摩斯闻言，漠然曰：'凶人已就逮矣，尚何言？'大佐与余聆斯语，皆惊问曰：'君岂已获凶人乎？然则彼果安在？'曰：'在此。'曰：'在此乎？此间故无所睹也。'曰：'吾侪眼底，已现凶人，君等自不察耳。'"[4]尽管文言作

1　柯南道尔.福尔摩斯侦探案全集[Z].刘半农，等译.上海：中华书局，1916d：97.
2　鲍福.毒蛇圈[J].上海知新室主人，译.新小说，1904（11）：55-56.
3　同上，第61页。
4　柯南道尔.福尔摩斯侦探案全集[Z].刘半农，等译.上海：中华书局，1916e：31.

品及传奇中有省略说话人之例，但都不常见。[1]译文虽没能做到《巴黎茶花女遗事》译文中连"曰"都敢省略的地步，但能做到省略说话人，足见域外小说的等述方式之影响。

偶尔，福尔摩斯探案故事也会以静述开场。《掌中倩影》一案即以静述开场，切入主叙述的速度较慢，译者删减译文，以节省开篇时间：

> 吾自记寺院庄一事之后，已久勿握管。盖福尔摩斯近来忽好恬淡，读书湿洒克斯之荒村中，暇则以养蜜蜂为乐。旧时职业，一切谢却。故予亦久久不能得一新闻。然而翻其旧案，固犹不下数十百件，颇不忍其掩没，故又记此一事，以贡诸读者，此事盖关国际，人名皆从伪托，以远嫌疑，读者谅焉。[2]

此段英文原文为276个单词，1981年译文为336字，1916年译文仅为129字，压缩的内容包括华生提及的意欲封笔的原因不在于缺乏素材或是缺乏读者的关注，而在于福尔摩斯拒绝发表。福尔摩斯拒绝发表的原因（即对无谓名声的憎恶）以及华生对此事的抗议也被一并删去。关于该案的重大意义译文言之不详。译者对开场的改造说明其读者预判显然同阿西莫夫对福尔摩斯探案故事读者的预判大相径庭。阿西莫夫称："读者对那催眠式的开场有什么反应呢？不觉得枯燥无味吗？不，一点儿也不！"[3]民初的译者显然认为大量对案由解释的静态描述使得故事时间停顿、篇幅叙事时间过长，一般市民读者会感到厌倦、反感甚至愤怒。

等述或静述，不同叙事时限的搭配构成了《全集》开篇忽快忽慢的叙事速度，反映了作者道尔运用叙事时限的高超技巧。这是作者刻意营造的一种复杂多变的风格，对此译者常不能理解，采取适俗的改写策略。

1　参见：钱钟书. 林纾的翻译[C]. 钱钟书，等. 林纾的翻译. 北京：商务印书馆，1981：43-45.

2　柯南道尔. 福尔摩斯侦探案全集[Z]. 刘半农，等译. 上海：中华书局，1916i：125.

3　阿西莫夫，阿. 侦探文学和我——作家的笔记[M]. 北京：群众出版社，1988：121.

第四章
"五四"后至改革开放前：
"向俗"渐成主导

文学服务于政治的思想是追求文学社会功利价值的一种思想体现。这种政治工具论思想在20世纪20年代末"革命文学"兴起至1949年前这一阶段处于冒升期，1949年后的"十七年"及"文化大革命"期间成为主流。

> 直到抗日战争开始，在爱国主义高扬下，以统战政策为导向，（纯文学中的革命文学作品）愿与通俗文学共存，但从40年代末至50年代初，则以半行政或行政手段，遏制了继承传统的通俗文学流派，而在纯文学的范畴中也以工农兵方向为一元化的单兵独进，文学就成了政治意识形态下的"齿轮与螺丝钉"。[1]

从晚清"利俗"观到"十七年"及"文化大革命"期间的"向俗"观，两种社会功利性雅俗观均是对文学审美雅俗观的偏离，但其演变轨迹却发生了逆向转变。

侦探小说在几十年的译介过程中，其开拓国民视野的作用已有所减弱，其娱乐性质在革命语境中地位渐失。读者方面，"虽然侦探小说吸引各类型和阶层的读者，但它一向被视为知识阶层的消闲文学，与多半以低下阶层为对象的小说有显著不同"[2]。因此，侦探小说市场受到压缩。在向俗的社会功利导向成为主流期间，侦探所用演绎法仪式般的重复给人带来的心理安全感成为可遇不可求的一种奢侈感受。最重要的是，私家侦探的地位合法性丧失了根基，其个人英雄主义式的浪漫风格很难契合此期的社会制度。这种"向俗"的社会功利导向和清末强

---

1 范伯群.中国近现代通俗文学史[M].北京：北京大学出版社，2007：8.
2 孔慧怡.还以背景，还以公道——论清末民初英语侦探小说中译[C] // 王宏志.翻译与创作——中国近代翻译小说论.北京：北京大学出版社，2000：92.

167

调小说开启民智的导向正好相反，是一种由雅入俗的逆向运动。侦探小说的文学审美价值逐渐让位于社会功利价值，尤其是政治价值，被一步步排挤出翻译文学圈。"可以说，译者屈从于权力，并因之被降至无能为力之境。"[1]

1927年至1976年期间社会功利导向的"向俗"渐成主流，这直接导致了福尔摩斯探案小说的评价发生转变。1949年前通俗小说和通俗小说译作有一定的生存发展空间，下文拟讨论1949年前福尔摩斯译作的雅俗相关问题。另外，"十七"年期间还出现了三部福尔摩斯译作，这在当时有特殊的意义，下文也将讨论其出现原因和在雅俗流变过程中的地位。

第一节　1927年至1949年留待解决的雅俗相关问题

20世纪三四十年代，文学服务大众的向"俗"思想尚未上升为主流意识形态，通俗文学创作发展同雅文学的发展并行不悖，而且"五四"雅俗观的确立使雅俗文学的对话和融合成为可能。此期出现了"三个子系统：旧派小说系统、新文学小说系统、现代大众小说系统。后者是前两者流变、整合的自然结果，新旧两派小说对峙、交融、衍生、最终整合成大众小说"[2]。

这样的时代语境给了福尔摩斯探案小说译作一定的生存空间。对于福尔摩斯探案小说这类位于雅俗中间状态的作品，是以雅文学的翻译观还是以媚俗的翻译观来指导其实践是译者无法逃避的问题。

"五四"雅俗观的确立造成雅俗对峙。雅文学作者和译家均将福尔摩斯译作划归"二流"作家作品，福尔摩斯探案作品难以得到雅文学界的认可和重视。

尽管以程小青为代表的个别译者对福尔摩斯作品之"雅"有更深的理解，在翻译之中，尽量还原作品之原汁原味（见下节），但还有相当一部分译作仍留有商业运作和适俗的痕迹，标题改写及民国期间伪福尔摩斯译作的泛滥同适俗风气

1　Delisle, Jean & Woodsworth, Judith. *Translators Through History* [M]. Amsterdam/Philadelphia: John Benjamins Publishing Company, 2012: 127.

2　徐德明. 中国现代小说雅俗流变与整合[M]. 北京：社会科学文献出版社，2000：141.

不无关系。

1927年至1949年是白话地位稳固确立的时期,文白语体变化对译文之趋雅向俗有无影响,也需要进一步探讨。

一、福尔摩斯探案小说汉译中的标题改译与伪翻译问题

20世纪三四十年代,福尔摩斯译作标题改写之风有所回头,伪翻译泛滥,这里有必要联系此前的状况加以分析。

《时务报》(1896—1897)刊载的四篇福尔摩斯探案作品《英包探勘盗密约案》(*The Adventure of the Naval Treaty*)、《记伛者复仇事》(*The Adventure of the Crooked Man*)、《继父诳女破案》(*A Case of Identity*)、《呵尔唔斯缉案被戕》(*The Adventure of the Final Problem*)的标题多有话本小说的痕迹,留有公案小说标题拟制方式的烙印,四案标题基本上是对故事主要情节的概括。本书在此处将其同公案小说的标题做一对比。《海公案》的前四回标题为《海夫人和丸画获》《张寡妇招婿酬恩》《喜中雀屏反悲失路》《图谐鸳枕忽感丧居》。《歇洛克奇案开场》(1908)题名就留有与之类似的说书的意味。在《华生包探案》中,以故事情节为核心,另起炉灶的初期题名模式有所淡化,仅《孀妇匿女案》(*The Yellow Face*)、《书记被骗案》(*The Stock-broker's Clerk*)两案另撰,或部分另撰题名,其余四案《哥利亚司考得船案》(*The "Gloria Scott"*)、《银光马案》(*Silver Blaze*)、《墨斯格力夫礼典案》(*The Musgrave Ritual*)、《旅居病夫案》(*The Resident Patient*)均依原文翻译。

就福尔摩斯探案中篇小说的章标题而言,《歇洛克奇案开场》《壁上血书》(1915)仅写章的序号,无章标题,一个原因在于原标题短小,中文翻译标题像《时务报》那样强行铺排成七八字不大容易。另外,若另拟题名则数量又过多。1916《全集》短篇故事颇多,面对各案故事的题名,译者不能像回避章标题那样回避。为此,译者不得不改变策略,充分利用汉语的三字、四字结构(仅《血书》《情影》《魔足》《病诡》四案为两字结构),以情节之新奇、主题之新颖来招徕读者,偶尔也会借用典故。《全集》题名译者想尽各种手段吸引读者,甚至不惜泄底来媚俗。对照原文和1981年译文的题名,1916年《全集》44

案中,《佛国宝》《情影》等另撰题名者计23案。其中,《佛国宝》《失马得马》《佣书受绐》《孤舟浩劫》《窟中秘宝》《悬崖撒手》《绛市重苏》《火中密计》《剖腹藏珠》《赤心护主》《雪窖沉冤》《情天决死》《病诡》13案或多或少都有泄底之嫌。孔慧怡认为"谁是凶手"在公案故事中多有言明,并以*The Adventure of the Blue Carbuncle*三个中译本中的两个——《鹅腹蓝宝石案》和《鹅嗉宝石》均已泄底为证。[1]其实在福尔摩斯探案故事中,这种题名彻头彻尾的泄露是少见的(见表4.1),大部分改换题目都意在增强故事的曲折与离奇性,暗合晚清以来"倘若情节曲折,无关教诲也无碍"[2]的域外小说引介原则。

表4.1　1916年《全集》涉嫌泄底的另撰题名

另撰题名方式	类别	汉译题目	英文题目	另撰原因
总括式	故事梗概	佣书受绐	*The Stock-broker's Clerk*	趣味不足
		孤舟浩劫	*The "Gloria Scott"*	指示不明
		绛市重苏	*The Adventure of the Empty House*	主题欠突出
		火中秘计	*The Adventure of the Norwood Builder*	趣味不足
		剖腹藏珠	*The Adventure of the Six Napoleons*	陌生感
		雪窖沉冤	*The Adventure of the Golden Pince-nez*	趣味不足

1　参见:孔慧怡.还以背景,还以公道——论清末民初英语侦探小说中译[C] // 王宏志.翻译与创作——中国近代翻译小说论.北京:北京大学出版社,2000:102.
2　陈平原.中国现代小说的起点:清末民初小说研究[M].北京:北京大学出版社,2005:103.

续表4.1

另撰题名方式	类别	汉译题目	英文题目	另撰原因
非总括式	情节之奇	病诡	*The Adventure of the Dying Detective*	趣味不足
		情天决死	*The Adventure of the Abbey Grange*	趣味不足
		失马得马	*Silver Blaze*	趣味不足
		悬崖撒手	*The Final Problem*	悬念不强
		赤心护主	*The Adventure of the Three Students*	主题欠突出
	案值之重	佛国宝	*The Sign of Four*	主题欠突出
		窟中秘宝	*The Musgrave Ritual*	悬念不强

题名的改换配合了译者的媚俗策略，为译本争取到更广大的读者群。

有了以上背景，三四十年代福尔摩斯译作章回体题名的出现便不难理解了。拟定章回体标题是出版商与译者迎合读者的一种策略。

1948年，上海中央书店的福尔摩斯全集就用了章回体标题。1948年中央书店《最新世界侦探奇案　福尔摩斯全案》（封面写作"全集"，书目和版权页为"全案"）内容颇为通俗。如第一案开头："福尔摩斯和我对坐在他培格街寓所的火炉旁，他道：'我亲爱的老友，世上的事情，确有意想不到的神妙，有许多事情，我们决不敢逆料，却能很平凡的成为事实。'"[1]但标题仍有复古意蕴，20案的标题如下：

卷一　第一案　后父图私利巧设骗局　少女陷情网莫测玄虚

　　　第二案　觊觎藏金团体原是假　怂恿兼职主意本非真

　　　第三案　斗角钩心裘丽亚遭害　弄巧成拙劳洛脱丧身

　　　第四案　价值连城绿宝玉失窃　还珠合浦董事长消忧

　　　第五案　窗中现怪面疑云叠叠　室内起猜忌愁雾重重

1　柯南道尔.福尔摩斯全集[Z].姚乃麟，译述.上海：中央书店，1948：1.

该《全集》篇名的翻译反映了传统章回体小说题目对读者的吸引力，章回体题名的影响可谓持久。

另外，民国期间还出现了大量的伪福尔摩斯翻译作品，仅三四十年代就至少包含以下两种规模较大的伪翻译：（1）《福尔摩斯新探案大全集》（12册），1933年上海三星书局出版，谯北杨廛因等翻译，该套书书名页有"英国柯南道尔原著""紫琅崔鼎铭题"字样。版权页上有"中华民国二十二年四月旧版　中华民国二十三年七月五版"，可见该套书之畅销。尚有《蒙面女侠盗》（2册）、

1　由于该全集少有业界关注，特将各案英文原题代号对应如下（1～4出自《冒险史》，5～6出自《回忆录》，7～10出自《归来记》，11～15出自《最后致意》，16～20出自《新探案》）：1. IDEN；2. REDH；3. BOSC；4. BERY；5. YELL；6. LAST；7. EMPT；8. NORW；9. SIXN；10. GOLD；11. REDC；12. BRUC；13. LADY；14. DEVI；15. CARD；16. ILLU；17. 3GAR；18. SUSS；19. 3GAB；20. SHOS。

《女强盗》（西泠悟痴生译）、《侠女复仇记》（2册）、《黑衣女怪侠》（1册）、《木足盗》等。[1] 其中的《女强盗》更是在民国期间便被疑为伪作。[2] 樽本照雄在《中译柯南·道尔小说目录》中将该全集列入"赝作、原作不明"[3] 专栏。他认为该全集1935年出版，该说有误。（2）《福尔摩斯侦探奇案代表作》，汪剑鸣著，1946年广益书局出版。第一集《神秘的杀人针》、第二集《落魂崖》、第三集《毒蛇惨案》、第四集《两世冤仇》。这种以福尔摩斯之名创作的伪作，还有陆澹庵所著《黄金美人》，1922年通民图书馆发行，标有"福尔摩斯最新侦探案"字样。

　　此种伪翻译是否是翻译作品很难辨别，属于图里所称的"假定翻译"（"assumed translation"[4]）："既然目标语读者会对文本作为译本的地位起主要决定作用，'假定翻译'的概念很大程度上依赖于文本的接受条件。"[5]民国期间福尔摩斯伪翻译作品盛行，部分原因在于作者在此期间的创作时断时续，而本土需求却有增无减。

　　20世纪三四十年代以前，尚有一些零星的伪翻译作品，如上海国华新记书局1920年印行的《急富党》（周大献、李定夷合译），上海大同园书社1912年印行的《福尔摩斯自杀奇案》等。对于前者，民国时期就有侦探小说家揭示其伪翻译的性质："还有几部《急富党》等书，不但情节诡异（不是曲折，是信手乱写，像《真假福尔摩斯争功》哩，《福尔摩斯捻须》哩，等等），简直还不知道他所探何事。唉，这真是福尔摩斯的劲敌（真可恶极了）。"[6]

1　笔者以为其中的《木足盗》可能并非伪翻译，而是福尔摩斯探案故事《四签名》。

2　王橘. 福尔摩斯[J]. 新动向，1943（82）：15.

3　樽本照雄. 福尔摩斯汉译论集[M]. 东京：汲古书院，2006：424.

4　cf. Toury, Gideon. *Descriptive Translation Studies and Beyond* [M]. Shanghai: Shanghai Foreign Language Education Press, 2001: 33-35.

5　Tahir-Gürçağlar, Şehnaz. What Texts Don't Tell: The Uses of Paratexts in Translation Research [C] // Theo Hermans. *Crosscultural Transgressions: Research Models in Translation Studies II: Historical and Ideological Issues*. Manchester: St. Jerome Publishing, 2002: 45.

6　朱骐. 我之侦探小说杂评[C] // 任翔，高媛. 中国侦探小说理论资料（1902—2011）. 北京：北京师范大学出版社，2013：59.

比照国外，土耳其也有大量伪福尔摩斯翻译作品，其延续期的情形和我国颇为类似。此类伪翻译作品并没有任何社会、政治动机，诚如Şehnaz Tahir Gürçağlar所言，"很多伪翻译意在利用畅销作家及其笔下人物的商业成功从中获利"[1]。

真正具有社会、政治动机的伪福尔摩斯翻译作品在清末民初比较盛行，这类伪翻译作品以福尔摩斯探案为名，使用原作中的人物。但这类作品本身并不强调自身的翻译性质，称之为"仿作"更为合适。[2]正是原文和译文存在不同的分化状态，鲁滨孙才称"伪翻译的概念之所以有趣，很大程度上因为它质疑了我们最为珍视的一些信念，尤其是其中译文和原作之间存在绝对差异的信念。"[3]

清末的福尔摩斯仿作以"歇洛克来华"系列为代表。《时报》在1904年12月18日刊载陈景韩的《歇洛克来游上海第一案》，1905年2月13日刊载包天笑的《歇洛克初到上海第二案》，1906年12月30日刊载陈景韩的《吗啡案 歇洛克来华第三案》，1907年1月25日刊载笑（包天笑）的《藏枪案 歇洛克来华第四案》。此外，刘半农的《福尔摩斯大失败系列》也是典型的仿作。《中华小说界》1915年第2期刊第1～3案（第一案"先生休矣"，第二案"赤条之大侦探"，第三案"试问君于意如何……到底是不如归去"），1916年第4、5期刊第4～5案。《礼拜六》第45期上小蝶《福尔摩斯之失败》也系"滑稽小说"。陈景韩的《歇洛克来游上海第一案》留有模仿原作推理方式的痕迹，如套用福尔摩斯（该文中称"歇洛克"）同华生（该文中称"滑震"）的一则推理对话开场，模仿对话的方式和语气，这也说明福尔摩斯探案的拟作是抓住了原作的一些关键的。但其易于沮丧的人物性格则与原著形象相去甚远，案件也谈不上设计——因为无案可稽。陈景韩的系列仿作，均加入了滑稽成分，塑造的是一个失败的侦探形象。"'谑仿'是模仿的一种低等形式，它夸张扭曲对象，尤其重要的是，它简化被仿真的对

1　Tahir-Gürçağlar, Şehnaz. Sherlock Holmes in the interculture: Pseudotranslation and anonymity in Turkish Literature [C] // Anthony Pym, et al. *Beyond Descriptive Translation Studies: Investigations in Homage to Gideon Toury*. Amsterdam/Philadelphia: John Benjamins Publishing Company, 2008: 134.

2　因史料散佚，部分仿作和伪翻译的区别对于当下而言更难区分，笔者此处将两者一并放在伪翻译名下讨论。

3　Robinson, Douglas. Pseudotranslation [C] // Mona Baker. *Routledge Encyclopeadia of Translation Studies*. London and New York: Routledge, 1998: 185.

象。"[1]伪作的滑稽模仿与戏谑，表达了国人对当时国内司法体制的失望与无奈。关于仿作，仍有一些不为人知的作品，在此略作补充。如啸谷子的《歇洛克最新侦案记》（载《庄谐杂志：附刊》1909年第15-17期），孙寿华女士的《歇洛克侦案失败史》（载《小说新报》1921年第7卷闰五月增刊，1-5页）等。

现以刘半农的戏仿为例，试析仿作的根由。第一案即是对福尔摩斯推理的莫大讽刺，来者请福尔摩斯以推理之法断其身份。福尔摩斯的推理过程如下：

> 君气宇不凡，……吾知君出自世家。……君衣履翩翩，不类寒士，……吾知君资产甚富。君举止文明，……右手第二指染红墨水一滴，乃西文教员之特别符号。左手持《字林报》一张，因知君为报馆译员。……君体格坚实，不与普通之东亚病夫类，吾故知君必喜运动。……[2]
>
> 而来者大笑，称"吾一马夫耳。君言余气宇不凡，余乃效法古人以晏子之御者自命，君未之知也。君言余衣履翩翩，不类寒士，处上海而以衣履相人，大谬……君又以余举止文明，必受教育，实则上海人除乡曲外，殆无一不染文明气。……"[3]

这些伪作之中，福尔摩斯屡屡碰壁，五案之中，福尔摩斯先生先后经历了马夫当面之讥、浴室夺衣之窘、老爷庙被吊之辱、书记同打字员之戏、绑架案之骗局。伪作中的福尔摩斯不仅推理失效、行动鲁莽、探案无方，且娶妻并思纳妾，利令智昏。此处的福尔摩斯远非那个世界上仅有的咨询侦探，而和有"巡捕房耳目""中国之捕快"[4]之称的"包打听"即"包探"相类，其智慧和理性已经在中国语境中丧失殆尽，只能换来读者或无奈或伤感的一笑，其感时伤事的讥讽之情可窥。

1　王德威. 被压抑的现代性——晚清小说新论[M]. 北京：北京大学出版社，2005：51.

2　（刘半农）半侬. 福尔摩斯大失败[Z]. 中华小说界，1915（2）：2.

3　同上，第3页。

4　参见：熊月之. 稀见上海史志资料丛书1[M]. 上海：上海书店出版社，2012：44.

从以上分析可见，福尔摩斯伪翻译作品中仍存在社会功利和文学审美两种雅俗维度，早期福尔摩斯伪翻译作品仍有讽喻社会、抨击社会弊病的意图，而稍后的伪福尔摩斯译作则更多是在向俗众的审美需求靠拢，在进行消遣娱乐。[1]

二、福尔摩斯探案小说汉译中的文白分别

从晚清开始，文白便不再是雅俗区分的标准了。用白话写的政治小说《新中国未来记》（1902）并非通俗小说，而用四六骈文写就的《玉梨魂》却被誉为"言情小说之祖"，其通俗文学的性质自不待言。

20世纪三四十年代，白话文根基稳固，文言和浅近文言逐渐退出历史舞台。讨论此期文言和白话对翻译作品的"雅化"或"俗化"有无影响显得十分必要。

1　伪译和仿作（樽本照雄在上述提及目录中称后者为"赝作"）确实给研究者带来了一定的混乱，如樽本照雄将《福尔摩斯鳞爪录》也列入"赝作、原作不明"专栏。该文系道尔为1917年12月出版的《海滨杂志》撰写的文章《关于福尔摩斯的话》，讲述创作福尔摩斯故事中的奇闻逸事。伪译、伪作除了混淆真伪，还给侦探小说研究带来问题。一个典型的案例是《中国侦探小说理论资料1902—2011》对这些伪译和仿作作品序跋的收录。其所录《福尔摩斯新探案大全集》有张冥飞、张荫南、杨尘因三序，细读之，则讲述"利瑟·克莱斯顿之夺珠"（张荫南.《福尔摩斯新探案大全集》序[M].任翔，高媛.中国侦探小说理论资料1902—2011.北京：北京师范大学出版社，2013：159），并非福尔摩斯探案中的故事；译者杨尘因序中将福尔摩斯同"间谍事业"（杨尘因.《福尔摩斯新探案大全集》序[M].任翔，高媛.中国侦探小说理论资料1902—2011.北京：北京师范大学出版社，2013：160）相提并论也是误读，收录者不可不察。另一部伪作《福尔摩斯侦探奇案代表作》的卷头语也被收录在同一部理论资料中。该卷头语点明了故事的中国背景：

笔者在来发受书的时候，便听得徐海淮北一带的父老们，当作故事在传说。稍长，又无意在《淮海异闻录》的地方掌故笔劄说部中，见有确切详细的证明。"杀人针"确有其事，不能作"神话"一类看的，因此便采入本著作开场文章。（汪剑鸣.《福尔摩斯侦探奇案代表作》卷头语[M].任翔，高媛.中国侦探小说理论资料1902—2011.北京：北京师范大学出版社，2013：219）

据该卷头语可明确断定作品的伪翻译性质，况且，作者也坦承"这是综合清朝民国两代的离奇怪诞的事实，而成文章"（同上），理论编撰者至少应对其伪翻译的性质进行说明。

古文既可指"叙述和描写的技巧"的一面，也可指"语言"的一面。[1]仅以语言而论，言文不一常是白话倡导者抨击文言的由头。

实际上，用文言翻译西方通俗小说本身就给文言带来挑战。林纾的桐城派古文在翻译过程中早已扭曲变形。"'古文'的清规戒律对译书没有任何的裁判权或约束力。……林纾译书所用文体是他心目中认为较通俗、较随便、富于弹性的文言。"[2]

所谓的文言翻译并非是在一个封闭的文言系统内进行的，文言自身也在不断吸纳新的语言因素。在林译《歇洛克奇案开场》中，外国专名基本上采用了音译的原则。如"内特雷医院"[3]译为"乃忒立"[4]，"诺森伯兰第五燧发枪团"[5]译为"恼圣白兰炮队中第五联队"[6]，"伯克郡步兵团"[7]译为"伯克歇埃联队"[8]，"坎大哈"[9]译为"堪达哈尔"[10]。有些译音非常准确，如"阿富汗""孟买"[11]。在华生讲述自己回英国前的这段经历时，涉及的专有名词仅有四处未译，即"迈万德战役""捷泽尔枪弹""回教士兵""奥伦蒂斯号"[12]。

林纾、魏易合译的《歇洛克奇案开场》不乏古文词汇，如动词"讼阅"[13]即"争讼，争辩是非"之意，"鞫"为"审问犯人"之意，如"即善鞫者，亦莫定其罪"[14]。名词"逆旅"[15]表示"旅店"，源出《左传·僖公二年》："今虢为不

1　钱钟书. 林纾的翻译[C] // 钱钟书，等. 林纾的翻译. 北京：商务印书馆，1981：36-37.

2　同上，第39页。

3　柯南·道尔. 福尔摩斯探案全集[Z]. 李家真，译注. 北京：中华书局：2012a：1.

4　科南达利（柯南道尔）. 歇洛克奇案开场[M]. 上海：商务印书馆，1914：1.

5　柯南·道尔. 福尔摩斯探案全集[Z]. 李家真，译注. 北京：中华书局：2012a：1.

6　科南达利（柯南道尔）. 歇洛克奇案开场[Z]. 上海：商务印书馆，1914：1.

7　柯南·道尔. 福尔摩斯探案全集[Z]. 李家真，译注. 北京：中华书局：2012a：1.

8　科南达利（柯南道尔）. 歇洛克奇案开场[Z]. 上海：商务印书馆，1914：1.

9　柯南·道尔. 福尔摩斯探案全集[Z]. 李家真，译注. 北京：中华书局：2012a：1.

10　科南达利（柯南道尔）. 歇洛克奇案开场[Z]. 上海：商务印书馆，1914：1.

11　同上。

12　柯南·道尔. 福尔摩斯探案全集[Z]. 李家真，译注. 北京：中华书局：2012a：2.

13　科南达利（柯南道尔）. 歇洛克奇案开场[Z]. 上海：商务印书馆，1914：3.

14　同上，第5页。

15　同上，第2页。

道，保于逆旅。""凤契"[1]为"旧交、故友"之意，"仙璈"[2]指"仙乐"。形容词"良楛"，即"精良与粗劣"，如"汝自入辨，即识良楛"[3]。"偪仄"即"狭窄"，如"二人同舍，不病偪仄"[4]。连词"矧（况且）"可见于"矧与人同居，较独居为胜"[5]。代词"若"指"你"，如"若从阿富汗来耶？"[6]。副词"讵"表示"岂"，如"莫测者讵尔一人？"[7]但大部分都是浅近文言，甚或俗语，如华生遇故友司丹佛，友人问："近作么生？"[8]

林、魏译文的句法亦颇浅显。如："身为十九世纪文明国人，乃不知地球之绕太阳，此则余意所万料不到者也。"[9]遇到英文中的长难句，译文不惜破坏古文文法。如"A fool takes in all the lumber of every sort that he comes across, so that the knowledge which might be useful to him gets crowded out, or at best is jumbled up with a lot of other things, so that he has a difficulty in laying his hands upon it."[10]这句话的主句中嵌套定语从句，结果状语从句中嵌套并列复合句，其中一个并列复合句又嵌套了一个结果状语从句，其结构之复杂，让译者颇费脑筋。试看译文："果使愚者思实其屋，凡朽株腐木，均拾而纳之屋中，而家居有需于人，转因之而黜，不得列于堂室之内，即使家居不屏，然位置亦必不获当。"[11]一连使用"果""而""转""即使""然"五个连词，这是古汉语中非常罕见的现象，难怪钱钟书要感叹："不像不懂外文的古文家的'笔达'，却像懂外文而不甚通中文的人的硬译。"[12]限于当时的条件，译者可能无法将"lumber"同"（堆放着

1　科南达利（柯南道尔）. 歇洛克奇案开场[Z]. 上海：商务印书馆，1914：3.
2　同上，第6页。
3　同上，第4页。
4　同上，第6页。
5　同上，第3页。
6　同上，第4页。
7　同上，第7页。
8　同上，第2页。
9　同上，第9页。
10　Doyle, Arthur Conan. *The Complete Sherlock Holmes* [Z]. New York: Doubleday/Penguin Books, 1930: 21.
11　科南达利（柯南道尔）. 歇洛克奇案开场[Z]. 上海：商务印书馆，1914：9.
12　钱钟书. 林纾的翻译[C]. 钱钟书，等. 林纾的翻译. 北京：商务印书馆，1981：40.

的）家用废旧杂物"[1]这一引申义联系起来，但整体的理解没有大的偏差。

文言的一个不足体现在对外来术语的应对上。如吉卜赛人（"the gypsies"[2]）只能称其为"游民"[3]。《银光马》一案中，"痉挛抽搐"[4]这一术语的缺失，使得译文"安知非脑被击后自戕者乎？"[5]理解起来颇为吃力。

即便如此，所谓的文言翻译，并非没有创造力，译文还是引进了不少西洋术语。如"阿芙蓉"[6]对应"鸦片"（"opium"[7]），"论理学家"[8]对应"logician"[9]，"演绎之学"对应"the Science of Deduction"[10]等。

"林纾译文的文体不是'古文'，……他的译笔违背和破坏了他亲手制定的'古文'规律。"[11]而这种夹杂了文言小说、笔记小说和报纸杂志文体的所谓"古文"，从《巴黎茶花女遗事》的翻译起，不仅吸纳了西洋的名物及句法表达，还使用了"隽语"、"佻巧语"、俗语。

在晚清以新为雅、以域外小说为雅的时代，所谓的文言译本以开放的姿态囊括了各种特色的语言，为实现中国小说由俗向雅的尝试，即新小说的创作，积累了语言的表现形式。

从效率而言，文言确可"劳半功倍"[12]，效率的提升扩大了国人对域外文学

1　陆谷孙. 英汉大词典[K]. 2版. 上海：上海译文出版社，2007：1144.

2　Doyle, Arthur Conan. *The Complete Sherlock Holmes* [Z]. New York: Doubleday/Penguin Books, 1930: 338.

3　（柯南道尔）. 华生包探案[Z]. 商务印书馆编译所，译述. 上海：商务印书馆，1906：24.

4　柯南·道尔. 福尔摩斯探案全集[Z]. 李家真，译注. 北京：中华书局：2012c：13.

5　（柯南道尔）. 华生包探案[Z]. 商务印书馆编译所，译述. 上海：商务印书馆，1906：25.

6　科南达利（柯南道尔）. 歇洛克奇案开场[Z]. 上海：商务印书馆，1914：10.

7　Doyle, Arthur Conan. *The Complete Sherlock Holmes* [Z]. New York: Doubleday/Penguin Books, 1930: 21.

8　科南达利（柯南道尔）. 歇洛克奇案开场[Z]. 上海：商务印书馆，1914：12.

9　Doyle, Arthur Conan. *The Complete Sherlock Holmes* [Z]. New York: Doubleday/Penguin Books, 1930: 23.

10　同上。

11　钱钟书. 林纾的翻译[C] // 钱钟书，等. 林纾的翻译. 北京：商务印书馆，1981：38.

12　参见：梁启超. 《十五小豪杰》译后语（第四回）[N].《新民丛报》，1902（6）：83.

的认识面，并帮助国人识别域外文学的雅俗品格，这也是文言在小说汉译由俗到雅进程中的另一贡献。"意气合则聚，忤则行"[1]这样的表达确可彰显叙事简敛肃括之笔。"君果唇掀眼动"[2]同"嘴唇紧抿，眼睛闪闪发亮"[3]相比，"波闻华生言，色霁"[4]同"听到我提起他的著作，他苍白的双颊泛起了喜悦的红晕"[5]相比，文言译文确有简约之功效。梁启超在翻译《十五小豪杰》时曾感喟："原拟依《水浒》、《红楼》等书体裁，纯用俗话，但翻译之时，甚为困难。参用文言，劳半功倍。"[6]鲁迅在翻译《月界旅行》（1903）时感到"纯用俗语，复嫌繁冗"，不得不"参用文言"[7]。在接触西方文学的初期，这种参用文言的办法无疑使国人能够快速认知西方文学概貌。

然而文言对小说雅化品格认识也有不利之处，除上文提及的术语翻译不便，还有以下两点。

其一，从效果而论，文言译文毕竟略显粗糙，不能"毕肖"。以华生为福尔摩斯的演绎叹服一节为例："华生等以神思妙想，出人意表，盛叹精敏，自惭愚钝。"[8]接连四个四字结构表达了以下内容："他用作演绎基础的那些迹象实在太过朦胧微细，即便他已经将它们一一指明，我们还是很难跟上他的思路。"[9]文言效果自然精省，却难以完整地再现原文，这就是"译意不译词"的后果。

其二，文言相对封闭的语法结构制造了一些程式化的表达，"苟有虚伪，皇

1　科南达利（柯南道尔）. 歇洛克奇案开场[Z]. 上海：商务印书馆，1914：3.
2　（柯南道尔）. 华生包探案[Z]. 商务印书馆编译所，译述. 上海：商务印书馆，1906：101.
3　柯南·道尔. 福尔摩斯探案全集[Z]. 李家真，译注. 北京：中华书局：2012c：212.
4　（柯南道尔）. 华生包探案[Z]. 商务印书馆编译所，译述. 上海：商务印书馆，1906：102.
5　柯南·道尔. 福尔摩斯探案全集[Z]. 李家真，译注. 北京：中华书局：2012c：215.
6　梁启超.《十五小豪杰》译后语（第四回）[N].《新民丛报》，1902（6）：83.
7　鲁迅.《月界旅行》辨言[C] // 鲁迅. 鲁迅全集 第十卷. 北京：人民文学出版社，2005c：164.
8　（柯南道尔）. 华生包探案[Z]. 商务印书馆编译所，译述. 上海：商务印书馆，1906：117.
9　柯南·道尔. 福尔摩斯探案全集[Z]. 李家真，译注. 北京：中华书局：2012c：232.

天不佑"[1]这样的传统小说套语也就不可避免。

浅近文言的出现，从理论上讲，应当可以弥补"言文分离"的缺陷。但在1916年《福尔摩斯侦探案全集》出版之时，通俗小说占据文坛主流，造成"消闲小说一边倒的奇异局面"[2]。抛弃启蒙意识，迎合市民趣味，致使浅近文言仅仅带来语言翻译的便捷，却没能在丰富语言翻译上做出太多的贡献。如称谓方面，头衔音译的情况颇多："the only daughter of Aloysius Doran, Esq"[3]译为"密斯脱爱罗雪斯·道伦之女公子"[4]。称呼语"先生"有时用字略有不同，如"密斯忒麦克弗伦"[5]；"Captain Peter Carey"[6]直接译为"甲必丹彼得卡雷"[7]，"Dr. Watson"[8]译为"达克透华生"[9]；尚有头衔遗漏情况，"the Duke of Holdernesse"[10]仅译为"霍而忒奈斯"[11]，或是级别不分明，"枢机主教"（"cardinal"[12]）误作小一个等级的"大主教"[13]，"police inspector"[14]译为"警察"[15]，作为"督察"的警衔

1　（柯南道尔）. 华生包探案[Z]. 商务印书馆编译所，译述. 上海：商务印书馆，1906：48.

2　陈平原. 中国现代小说的起点：清末民初小说研究[M]. 北京：北京大学出版社，2005：113.

3　Doyle, Arthur Conan. *The Complete Sherlock Holmes* [Z]. New York: Doubleday/Penguin Books, 1930: 289.

4　柯南道尔. 福尔摩斯侦探案全集[Z]. 刘半农，等译. 上海：中华书局，1916d：60.

5　柯南道尔. 福尔摩斯侦探案全集[Z]. 刘半农，等译. 上海：中华书局，1916h：33.

6　Doyle, Arthur Conan. *The Complete Sherlock Holmes* [Z]. New York: Doubleday/Penguin Books, 1930: 559.

7　柯南道尔. 福尔摩斯侦探案全集[Z]. 刘半农，等译. 上海：中华书局，1916h：141.

8　Doyle, Arthur Conan. *The Complete Sherlock Holmes* [Z]. New York: Doubleday/Penguin Books, 1930: 938.

9　柯南道尔. 福尔摩斯侦探案全集[Z]. 刘半农，等译. 上海：中华书局，1916k：57-58.

10　Doyle, Arthur Conan. *The Complete Sherlock Holmes* [Z]. New York: Doubleday/Penguin Books, 1930: 559.

11　柯南道尔. 福尔摩斯侦探案全集[Z]. 刘半农，等译. 上海：中华书局，1916h：141.

12　Doyle, Arthur Conan. *The Complete Sherlock Holmes* [Z]. New York: Doubleday/Penguin Books, 1930: 559.

13　柯南道尔. 福尔摩斯侦探案全集[Z]. 刘半农，等译. 上海：中华书局，1916h：141.

14　Doyle, Arthur Conan. *The Complete Sherlock Holmes* [Z]. New York: Doubleday/Penguin Books, 1930: 560.

15　柯南道尔. 福尔摩斯侦探案全集[Z]. 刘半农，等译. 上海：中华书局，1916h：142.

没有体现。名物上也多有不确定，如 "canary"（"金丝雀"[1]）被译作 "百灵鸟"[2]，"sealskin"（"海豹皮"[3]）误作 "獭皮"[4]，"the East End of London"（"伦敦东区"[5]）仅译为 "伦敦"[6]。

译者的适俗做法使得浅近文言没有发挥自身应有的 "含蓄、包容和附着力强的特性"[7]。以周瘦鹃所译《病诡》中描述福尔摩斯怪癖一节为例。"其生性既不好洁，时复于深夜纵情弄乐，或试练手枪于室中，度其意，似一以扰人为得计者。弄乐练枪之外，则又时时试验化学，危险暴烈之空气，幂其四周，遂亦使彼成为伦敦至恶之寓客。"[8]译文浅显但并不易懂，如 "the atmosphere" 在 "the atmosphere of violence and danger which hung around him"[9]中理解为 "气氛" 比 "空气" 更合乎逻辑，"at strange hours"[10]译为 "深夜" 也过分直露，"扰人为得计者" 用语随意，增添了言外之意。"'鸳鸯蝴蝶派'虽然也受西方文学的影响，但是它还是依中国古代章回小说的发展线索延续下来的，以古白话为主，并且没有改变汉语的意图。"[11]体现在翻译上也是如此，鸳鸯蝴蝶派的译文既没有思考如何丰富白话语言的问题，也没有积极调动文言的有效资源来使译文更趋简洁工整。

1927年《全集》中程小青的译文语言有了质的变化。由于转变了意识，遵从了以原文为中心的翻译规范，加上程小青个人对侦探小说理论与实践的追求，程

1　Doyle, Arthur Conan. *The Complete Sherlock Holmes* [Z]. New York: Doubleday/ Penguin Books, 1930: 559.

2　柯南道尔. 福尔摩斯侦探案全集[Z]. 刘半农，等译. 上海：中华书局，1916h：141.

3　Doyle, Arthur Conan. *The Complete Sherlock Holmes* [Z]. New York: Doubleday/ Penguin Books, 1930: 560.

4　柯南道尔. 福尔摩斯侦探案全集[Z]. 刘半农，等译. 上海：中华书局，1916h：143.

5　Doyle, Arthur Conan. *The Complete Sherlock Holmes* [Z]. New York: Doubleday/ Penguin Books, 1930: 559.

6　柯南道尔. 福尔摩斯侦探案全集[Z]. 刘半农，等译. 上海：中华书局，1916h：141.

7　伍立杨. 浅近文言蔚成奇观[Z/OL]. （2006-02-09）[2015-07-10]. http://theory. people.com.cn/GB/49157/49165/4088295.html

8　柯南道尔. 福尔摩斯侦探案全集[Z]. 刘半农，等译. 上海：中华书局，1916k：45.

9　Doyle, Arthur Conan. *The Complete Sherlock Holmes* [Z]. New York: Doubleday/ Penguin Books, 1930: 932.

10　同上。

11　蒙兴灿. 五四前后英诗汉译的社会文化研究[M]. 北京：科学出版社，2009：207.

小青的白话可谓地道上口，通顺自然。在《火中秘》一案中，福尔摩斯借助读报总结自己的侦探心得：

> 华生，从前我们在每天的报上，瞧见了些琐细的事情，但据我看来，这背后却正伏着一个伟大的犯罪头脑，真像我们见了蛛网的边际微微波动，便知那网的中心必有一个大蛛伏着。譬如那些零碎的窃案，儿戏的袭击和无目的的暴行等等，在我眼光中看来，却都可以联做一贯，凡研究罪犯学的人们，若要搜寻资料，我常觉得全欧洲的京城，终没有比伦敦更适宜的。但是现在——[1]

译文明显有引进西方句法的意味：原文的两个长句刚好对应英文的两个长句，每个长句内部也能条理清晰、逻辑连贯地表达内在的衔接关系。虽然漏掉了一处"琐细的事情"的同位语"the faintest indication"[2]和一处定语"the man who held the clue"[3]，但在当时，此种译文已属难得。程小青的译文多少有鲁迅所谓"不但在输入新的内容，也在输入新的表现法"[4]的味道。

程小青对翻译语言所做的贡献不仅体现在句法层面，他在翻译侦探小说时，时时注意语言的逻辑，这无疑为助推译本"向雅"增添了一个维度。此前，《华生包探案》对福尔摩斯译作推理部分给出的解释十分混乱[5]，程小青译文在推理的逻辑上力求清晰。以探员就所获遗嘱求教福尔摩斯，福尔摩斯给出的解释为例：

> 我知道这东西在火车中写的。那端整的数行，是在车站上停止时写

1　柯南道尔. 福尔摩斯探案全集[Z]. 程小青，等译. 上海：世界书局，1934：438. 本书使用的1934年全集译本在1927年全集译本上补全了当时未翻译的六则短篇，《火中秘》为两种全集都收录的篇章，不在所补六篇译文之列。下文提到1927年全集译文引文均引自1934年全集。

2　Doyle, Arthur Conan. *The Complete Sherlock Holmes* [Z]. New York: Doubleday/Penguin Books, 1930: 496.

3　同上。

4　鲁迅. 鲁迅和瞿秋白关于翻译的通信[C] // 罗新璋，陈应年. 翻译论集. 北京：商务印书馆，2009：346.

5　《华生包探案》译文的逻辑混乱参见第二章第二节第一小节。

的；丑劣的字迹，就在火车行动时写的。至于那屈曲不能辨识的数字，一定在火车经过交轨时所写。一个有科学方法的专家，一见这纸，能知道这纸一定是在附郭的车程上写的。因为除了靠近大城的附近，绝没有这样连一接二的交轨处的。假使我们假定他全部的行程，都消磨在写这一张遗嘱的事上，那便可知那火车定是一班快车，并且只有在下脑胡镇和伦敦桥之间，停顿过一次。[1]

译文能在简明清晰的话语中将整个推理链条阐述完整，逻辑衔接无任何疏漏，显示了译者的语言追求。较之先前逻辑不通的译文，程译可谓侦探小说白话翻译的一个质的飞跃。

当然，程小青的白话译文也可在明白晓畅的基础上更进一步。如《火中秘》一案中的新闻报道："最近的消息——本报付印的时候，忽闻谣传那密司脱约翰梅克发已因着谋杀密司脱乔纳乌尔达的处分，被警察捉住。但有一点已可确信，就是那逮捕状已发出了。"[2]译文的新闻报道文体味道不足，口语色彩略重，试比较新译："最新快讯——本报付印之时，传言称约翰·赫克特尔·麦克法兰先生已遭逮捕，罪名即为谋杀乔纳斯·奥戴克尔先生。即令逮捕未成事实，逮捕令业已签发，此一节可无疑问。"[3]

总体而言，在清末以新为雅的风潮中，文言吸收了新的词汇、语法形式，为小说由俗向雅的改造做出积极的贡献。在早期译介西方文学的过程中，文言的应用还大大加速了翻译效率，对吸收域外文学精华，得其风貌，辨其雅俗有较大助益。随着对西方文学理解的深入，言文一致的要求使得浅近文言风行一时，但民初操浅近文言的译者缺少雅化的追求，译者视翻译为谋生手段，未能发挥浅近文言的优势，未能通过浅近文言增进对域外文学的了解，继而丰富本土语言。在新文学的推动下，程小青等译者在白话文翻译中重视语言的通俗晓畅、富有逻辑，

1　柯南道尔.福尔摩斯探案全集[Z].程小青，等译.上海：世界书局，1934：446.
2　同上，第442页。
3　柯南·道尔.福尔摩斯探案全集[Z].李家真，译注.北京：中华书局：2012d：40.

此时白话文的特性才得以发挥，助推译本雅化。[1]

第二节　福尔摩斯探案小说由雅到俗的评价转变

20世纪三四十年代，通俗文学创作之外，文坛存在三种不同的雅俗观。第一种以20年代后期开始的"革命文学"为导向，强调文学为大众服务的向俗的社会功利导向；第二种以文学革命，即"五四"新文学的延续为特征，仍有小资产阶级的创作倾向；第三种则尝试调和以上两种雅俗观，如张爱玲、张资平、无名氏的创作更多是在文学审美上尝试雅俗共赏，赵树理、丁玲等则将社会功利价值融入文学创作的体裁和题材之中。第一种雅俗观在中国历史的演进中随着社会形势的发展逐渐占据主导地位。

50年代，主流意识形态发生变化，大众以阶级对立的思想来考察侦探小说的社会功利价值，不免给西方侦探小说扣上维护资产阶级制度、维护殖民制度等罪名。此期对福尔摩斯探案作品的评价可以从苏联和中国两方面进行分析。

1　需要补充的一点是，文言如果运用恰当，在当下仍可视为译本雅化的一个表征。用"时乖运蹇"来形容一艘轮船（"the ill-fated steamer", Doyle, Arthur Conan. *The Complete Sherlock Holmes* [Z]. New York: Doubleday/Penguin Books, 1930: 434），用"褫夺圣职"（柯南·道尔. 福尔摩斯探案全集[Z]. 李家真译注. 北京：中华书局，2012d：126）来形容一位牧师应当受到的处罚（"And also unfrocked", Doyle, Arthur Conan. *The Complete Sherlock Holmes* [Z]. New York: Doubleday/Penguin Books, 1930: 536），木杖之上的刻字则为"惠存""敬赠"（柯南·道尔. 福尔摩斯探案全集[Z]. 李家真，译注. 北京：中华书局：2012e: 5. 原文"To..., from..."，Doyle, Arthur Conan. *The Complete Sherlock Holmes* [Z]. New York: Doubleday/Penguin Books, 1930: 669），题献则为：

罗宾森吾友：
　　端赖足下齿及之西部传奇，不才乃有动笔撰写此区区短章之念。不才既荷此德，铺排故事之时复蒙足下盛情相助，在此一并申谢。
亚瑟·柯南·道尔 谨启
（柯南·道尔. 福尔摩斯探案全集：插图新注新译本[Z]. 李家真，译注. 北京：中华书局，2012e：题献）

一、苏联对福尔摩斯探案小说的评价及其对中国的影响

"苏联的文学和艺术是世界上最先进的文学和艺术"[1]，"十七年"间，中国福尔摩斯探案小说的译介深受苏联的影响，其主要表现在两个方面：一方面，苏联以阶级对立的观点认定侦探小说低俗；另一方面，苏联发展了侦探小说的代偿产品——反特小说，以取代古典解谜推理。前一方面对我国20世纪50年代的侦探小说评价产生了较大影响，直接导致福尔摩斯探案小说的重译受阻；后一方面则可从主题的社会功利价值凸显和情节的向"俗"（科技情节的运用更多地充当了娱乐的角色，而没发挥出更多的教育作用）两点进行分析。

福尔摩斯的译介在40年代后期受阻，跟中国与西方的对立有关。朝鲜战争的爆发更加剧了这种对立。中国的1949年至1956年这七年间没有福尔摩斯译作重新出版，很大程度上是受到了苏联文艺评价机制的影响。在两大阵营对抗的年代，福尔摩斯译作无论是在苏联还是在中国，都被贴上了"资产阶级产物"的标签。相关评论旨在发掘其毒素并加以批判。

长期以来，苏联一直认为侦探小说是低俗甚至是有毒害的。苏联早在1929年发布的禁令中就提到福尔摩斯的"毒害"作用。"自从俄国革命后，柯南道尔（Arthur Conan Doyle）的侦探小说即遭当地禁售，目为'有害青年'的书籍。"[2]1946年《苏京晚报》仍在排斥福尔摩斯探案作品："他的作品，会败坏了苏俄读者的心情，转移了他们对于共产主义的信念。"[3]社会主义在苏联的建立及两大阵营的对抗直接导致福尔摩斯探案作品译介受阻，"苏联青年是被禁止阅读这种（指福尔摩斯故事——笔者）作品的，因为它是含有毒素的标准的资本主义国家的罪恶性的产物"[4]。

阿西莫夫在1980年出版的《我喜爱的体裁——侦探小说》一书中总结了苏联主流文学对待侦探小说的态度。当时季纳莫夫的观点"占优势"："侦探体裁是文学体裁中唯一在资本主义社会内部形成，并被这个社会带进文学中来的。对于

1　张铁弦. 保卫和平运动中最响亮的号角[N]. 人民日报，1951-04-01（5）.
2　娜弥. 苏联的侦探冒险小说[J]. 西书精华，1940（5）：179.
3　作者不详. 福尔摩斯在苏联的厄运[J]. 斯同，译. 宇宙文摘，1947（9）：33.
4　苏凤（姚苏凤）. 欧美侦探小说新话（一）[J]. 生活，1947（1）：56.

私有财产的保护者，即密探的崇拜，在这里得到了无以复加的程度；……侦探体裁就其内容来看，完完全全是资产阶级的。"[1]

高尔基批评暗探成为资产阶级作家的主要英雄，"只能以福尔摩斯来娱乐自己，更有力的形象再也创造不出来了"[2]。得鲁任宁则称，"俄国社会是不容许对密探加以赞美的。在我国的土壤里产生不了歇洛克·福尔摩斯"；"苏联惊险小说是与挑拨者尽力向青年灌输的，企图训练强盗和凶手的厚颜无耻的侦探小说和滑稽笑剧的毒害相对立的"[3]。别列扎克称福尔摩斯等侦探"充当了私有制的保护者和骑士"[4]。中国将福尔摩斯定位为资产阶级唯心主义、个人英雄主义的典型，因此"十七年"及"文化大革命"期间福尔摩斯译作遭受冷遇。

福尔摩斯的冷遇还和50年代的社会形势密切相关。1951年春，《人民日报》上登载了《一个急待表现的主题——镇压反革命》一文，表达了镇压反革命、剿匪、肃清特务作为文艺工作严重任务的迫切性，"人民要求坚决镇压反革命，同时人民也要求文学艺术工作者创作赞颂镇压反革命的文艺作品"[5]。作为中央的机关报、全国最具影响力的报纸，《人民日报》的呼吁表明了官方对侦探小说的特殊分支——反特小说的肯定和支持。私人侦探、官方侦探与罪犯的三角关系变成了两极对抗，福尔摩斯作为私人咨询侦探的身份难以得到官方的认可，福尔摩斯探案小说的地位十分尴尬，剿匪、锄奸、反特等充满革命英雄主义色彩的反特文学取而代之。

在此形势之下，我国引进了大量的苏联反特小说和电影。引进的中、长篇小说包括盖尔曼的肃反小说《黄狼皮大衣》（1955）、阿达莫夫的《形形色色的案件》（1957）、阿·沃依诺夫的《大铁箱》（1955）、符·费奥多罗夫的《座

1　转引自阿达莫夫，阿. 侦探文学和我——作家的笔记[M]. 北京：群众出版社，1988：3.

2　转引自刘文荣. 高尔基《苏联的文学》[C] // 钱谷融. 外国文论名著自学手册. 上海：上海文艺出版社，1985：232.

3　得鲁任宁. 论惊险小说的样式[C] // 史高莫洛霍夫，等. 论惊险小说和惊险电影. 北京：群众出版社，1958：25.

4　别列扎克，и. 我们的惊险文学[C] // 史高莫洛霍夫，等. 论惊险小说和惊险电影. 北京：群众出版社，1958：41.

5　刘恩启. 一个急待表现的主题——镇压反革命[N]. 人民日报，1951-04-01（5）.

标没有暴露》（1955）、勒·赛依宁的《军事秘密》（1955）、《将计就计》（1955）、尼古拉·托曼的《在前线附近的车站》（1955）等。中篇小说集有尼古拉·托曼的《好的印象》（1955，4个中篇）等。引进的短篇小说集有列·沙莫伊洛夫的《损兵折将》（1955，2个短篇）、符·马纳斯德略夫的《在宁静的海岸边》（1955，2个短篇）、维·伊万尼柯娃等的《无形的战斗》（1955，4个短篇）、斯·阿列夫耶夫等的《红色的保险箱》（1955，5个短篇）。

三大出版机构在这次反特小说译介高潮中表现突出，分别是潮锋、中国青年和群众出版社。潮锋出版社1954年至1955年推出"苏联冒险小说译丛"8种。中国青年出版社重点译介了尼古拉·托曼、勒·赛依林两位作家，群众出版社则以数量取胜，在1956年至1962年期间出版了16本反特小说。

苏联反特小说在50年代的盛行很大程度上是对侦探小说内部文类认可的一种转移。从福尔摩斯式的经典解谜推理到反特小说，其间的文类转移其实是一个曲折的嬗变过程。当阿达莫夫引述《苏联大百科全书》（1952）"恐怖、惊险，凶杀的场面，庸俗的内容，现代资产阶级各国的侦探文学是为了满足低级趣味……"[1]时，苏联的反特小说尚有斯大林时代的束缚，1953年后阿达莫夫等人将反特题材逐渐过渡到国内犯罪题材，这一点跟福尔摩斯探案的选题非常接近。中国在反特小说译介热潮中，于1957年至1958年推出福尔摩斯探案小说三部，这跟苏联"后斯大林时代"创作转向不无关系。随着中苏关系的恶化，20世纪60年代开始，反特小说译介一落千丈。苏联影响源给福尔摩斯译介带来的积极影响的一面也随之消失，60年代苏联翻译西方侦探小说，承认侦探小说的合理性，而这些思想在中苏关系破裂后没能引入国内。

某种程度上，反特小说的流行是福尔摩斯探案小说译作缺失产生的代偿效应。它以敌我矛盾为表现内容，这一点恰恰是古典解谜推理表现内容上缺失的部分，因此，反特小说巧妙地寓社会功利价值于娱乐性的表现方式之中，找到了社会功利性"雅俗观"同文学审美性"雅俗观"的结合点。

主题方面，反特小说的英雄是集体、国家利益的维护者，迥异于福尔摩斯式

1　转引自阿达莫夫，阿.侦探文学和我——作家的笔记[M].北京：群众出版社，1988：3.

的孤胆英雄;其爱国主义也是全民为国的体现,有别于福尔摩斯对个人财产和利益的维护。因此,反特小说社会功利一面的"雅"化价值是福尔摩斯探案故事难以企及的,从而矫正了侦探小说的"庸俗"一面。

表面上,反特小说在文学审美方面也做了一些向"雅"的尝试,突出表现在情节描写中科学技术的大量使用上,这一点可以看作是对福尔摩斯式科学探案手段的代偿。《剑桥维多利亚小说指南》称: "通过维多利亚时代的这一伟大侦探(指福尔摩斯——笔者),通过福尔摩斯在其中扮演着关键和巅峰角色的这一侦探小说类型,DNA指纹鉴定、卫星监控、计算机模拟犯罪现场这些当代世界的景象才让我们觉得可以想象。"[1]福尔摩斯探案利用了法医学的最新成果——毛发、足迹与指纹分析、血迹检验、焚烧过的尸体检验、有毒物分析、解剖学知识,还用到了笔迹鉴定、弹道学、密码学、心理分析、植物学、地质学等知识,这些科学、技术的发展和演绎逻辑的结合使得福尔摩斯作为科学侦探的形象深入人心。反特小说是在对福尔摩斯式资本主义探案方式进行批判的基础上发展而来的,在科学技术的应用上本应更进一步。以法医学的发展为例,《坐标没有暴露》中摄影师要"拍几张所谓的识别照片",法医会给出死因诊断——"由于头部受伤,血液流入脑部"[2]。但《坐标没有暴露》一案中通过对死者身上发现的白布进行化学和加热化验、发现密码文字并最终破解密码一节,并没有给出推理的过程,结论突兀不自然。同福尔摩斯探案对比,此处密码的破解既缺乏《跳舞的小人》中福尔摩斯的缜密(按照字母出现频率、单词使用场景以及密码所含语气来不断试推),也缺乏《"苏格兰之星号"三桅帆船》中福尔摩斯的清晰逻辑(以人名为突破口、通过变化词序试错)。

反特小说中的科技成了某种噱头,在提升作品的文学审美价值方面作用不大,更多倒是迎合读者的科技想象,其求雅的意图并未实现,更多发挥了娱乐适俗的功用。这种科技描写的夸张和缺乏现实依据可以在当时的一篇小说评论中见到:

1　Thomas, Ronald R. Detection in the Victorian Novel [C] // Deirdre David. *The Cambridge Companion to the Victorian Novel*. Cambridge: Cambridge University Press, 2001: 190.

2　费奥多罗夫. 坐标没有暴露[Z]. 于浩成, 译. 北京: 中国青年出版社, 1956: 20.

有一本苏联的惊险小说中有个特务在狗的眼窝里安了个照相机，来稿汇总就有人写了同样的情节，……安到人的眼窝里去了。有一本苏联惊险小说中有个特务在一本厚书中安了个无线电收发报机，来稿中也就有人写有个特务的无线电收发报机是安在大衣纽扣里的。[1]

　　《红色的保险箱》的前言集中反映了部分反特小说中炫目的科技，其真实性远远超出当时的科技发展水平，与其说是充当了科技教育的职能，不如说带有更多娱乐和炫技的成分："敌人有的潜伏在科学研究机关，有的做清道夫作为掩护，有的冒充成新闻记者，他们用假眼睛来照相，用打火机来摄影，用戒指来联系，用电视放射机来传送偷窃到的图样。"[2]

　　反特小说中的科技描写缺少证据链条的环环相扣，也缺少因果关系的前后贴合和理性思维的演绎归纳，其教育性远不及其娱乐性，与福尔摩斯科学探案蕴含的雅化品格无法相比。

　　反特小说结合社会主义国家的特殊国情，描写人民同破坏分子的斗争借以探求"为什么犯罪"，不追求福尔摩斯式的智力锻炼，即"为娱乐杀人"[3]，或是逃避现实。反特小说蕴含的爱国主义情感和社会责任担当使得作品的教育意义真正落到实处，而不再是"以开启民智为名，行娱乐消遣之实"。反特小说的大批量、成系列生产传播模式同民国的商业化出版运作有异曲同工之处，满足了读者的娱乐需求。而其服务对象正是城市学生及办公室职员等市民阶层，恰好接管了福尔摩斯译作的目标读者。

1　萧也牧.谈谈惊险小说[J].文艺学习，1956（7）：7.
　　在狗眼中安置照相机的情节出自斯·阿列夫耶夫的《射击场的秘密》，参见：斯·阿列夫耶夫等.射击场的秘密[C] // 斯·阿列夫耶夫，等.红色的保险箱.黄炎，高善毅，译.上海：开明书店，1955：35~58.
2　阿列夫耶夫，斯等.射击场的秘密[C].斯·阿列夫耶夫，等.红色的保险箱.黄炎，高善毅，译.上海：开明书店，1955：内容摘要.
3　"Murder for Pleasure"为霍华德·海格拉夫推理小说史著作的书名，全名为 *Murder for Pleasure: The Life and Times of the Detective Story*，1941年由D. Appleton-Century Company出版.

苏联文艺界在"后斯大林时代"对以福尔摩斯为代表的古典解谜推理的认识发生了转变。得鲁任宁对惊险小说提出了如下创作要求:"没有引人入胜的故事情节,没有绝无仅有的环境,没有为作者熟知的,用最大的毅力深刻发掘出来的具有优秀品质的英雄人物,好的惊险小说是写不出来的。"[1]细察之下,得鲁任宁对惊险小说提出的创作要求和福尔摩斯探案作品并没有本质上的区别。这说明苏联文艺理论工作者对侦探小说的认识在1953年开启了"后斯大林时代"的转型。这种转型的特点之一是将焦点转移到福尔摩斯探案为代表的作品的一贯主题——国内的犯罪活动。比较典型的此类作品有阿达莫夫的《形形色色的案件》(1957,群众出版社)、尼林的《考验的时期(试用期)》(1957,中国青年出版社)、《冷酷》(1962)等。尼林的前一部作品涉及同盗匪集体的斗争,后一部则揭露了肃反中的工作作风问题以及肃反机构本身的问题。

意识形态的松动会带来文艺理论工作者思想的解放,同时也会带来读者对通俗侦探小说热情的释放,福尔摩斯探案故事在特定时期的被压抑注定是暂时的、遮蔽的。

对于福尔摩斯译作的冷遇,读者以实际的阅读来进行抵制。在苏联,"这些书虽遭当局禁斥,终不能因此绝迹。不论是大人小孩,常在暗中偷看,他们都爱这种小说。"[2]为此,黑市猖獗。最终苏联教育委员会的禁令有所松动,其机关报《教师导报》"曾鼓吹重许发售福尔摩斯等侦探故事"[3]。

程小青注意到:"苏联近年来已将《福尔摩斯探案》重新翻译,而且印数之大,我见到的《古邸之怪》一种,初版就印了52.5万册之多。"[4]即使那位声称"我国的土壤里产生不了歇洛克·福尔摩斯"[5]的得鲁任宁,也注意到了福尔摩斯探案作品的文学性雅化品格——尽管采取了"先扬后抑"的策略:

1　得鲁任宁.论惊险小说的样式[C] // 史高莫洛霍夫,等.论惊险小说和惊险电影.北京:群众出版社,1958:29.
2　娜弥.苏联的侦探冒险小说[J].西书精华,1940(5):179.
3　同上,第180页
4　程小青.从侦探小说说起[N].文汇报,1957-05-21(3).
5　得鲁任宁.论惊险小说的样式[C] // 史高莫洛霍夫,等.论惊险小说和惊险电影.北京:群众出版社,1958:25.

他毕竟表现了资本主义所产生的道德畸形儿的各种面貌，例如，一个当父亲的人改换了容貌，追求他的女儿……因为这样就可以不用花费嫁妆了[1]，但是，柯南道尔及其福尔摩斯没有深入到犯罪的社会根源里去，这位天才横溢的密探，归根结底，看来象（像）个缺乏远见的，目光狭小的生意人。他缺乏一个争取正义的斗士的那种魅力，与他那世纪内的进步思想有着很大距离。[2]

得鲁任宁指斥"柯南道尔在西方的追随者根本背弃了道德，把犯罪的秘密归结到这样一个问题（在两个人、三个人或者四个人当中谁是凶手）的谜宫"[3]，实际上，他是在指责作品缺乏社会功利价值，对于侦探小说"为了娱乐杀人"的通俗文学本质无法理解。不管怎样，其措辞中"天才横溢"的肯定，"看来象（像）个"的犹疑态度都能看出评论家本人的思想波动，评论者已经认识到"提高写作技巧——这是整个摆在我们惊险小说作家面前的任务"[4]，却不敢将文学价值列为首要的衡量标准。

别列扎克赞同侦探小说应具有明确的、合情合理的主题，承认"侦探小说具有一种特殊的、极为复杂的技巧"[5]。批评得鲁任宁的惊险小说创作忽略了所有微小情节都服务于主题这一技巧，致使读者产生了误解。别列扎克对侦探小说的文学雅化品质有较为深刻的认识，将其文章同得鲁任宁的文章收录在一部论文集中本身就说明苏联文学界对侦探小说的认识处在转型期，刚刚摆脱斯大林时代的影响，思想正在进一步解放之中。从这一点看，苏联作家创作出福尔摩斯式的人物也属必然。作家史潘诺夫就模仿福尔摩斯塑造了尼尔·克鲁其宁，这个人物不仅

1　该情节出自短篇小说集《福尔摩斯冒险史》中的《身份问题》一案。
2　得鲁任宁. 论惊险小说的样式[C] // 史高莫洛霍夫，等. 论惊险小说和惊险电影. 北京：群众出版社，1958：31.
3　同上。
4　同上，第33页。
5　别列扎克，и. 我们的惊险文学[C] // 史高莫洛霍夫，等. 论惊险小说和惊险电影. 北京：群众出版社，1958：47.

运用指纹、录音、拍照等科学侦查方法,性格也同样冷静、沉着。

"后斯大林时代"苏联侦探小说理论与创作的发展动向在一定程度上影响波及国内,福尔摩斯译作借此得到喘息,得以在1957年至1958年部分出版。

二、国内对福尔摩斯探案小说的低俗评价:社会功利视角

20世纪50年代至80年代福尔摩斯探案小说的低俗评价有其历史渊源。从社会功利性的雅俗观而论,对译作的评价经历了由雅至俗的转变。

近代社会功利性的"雅俗观"自梁启超始,自其开启民智的主张推广开来后,全国掀起一股以小说为教化工具的"新民"热潮。

梁启超致力使小说跻身雅文学圈之时以新为雅、以旧为俗,他列举了旧小说的种种毒害——使我国民"轻弃信义,权谋诡诈""轻薄无行,沉溺声色",青年子弟"多情、多感、多愁、多病""甚者为伤风败俗之行","绿林豪杰,遍地皆是"。[1]以小说为社会改良工具的思想使梁启超视旧小说为低俗、甚至"海淫海盗"之物。"浅而易解""乐而多趣"的确是古代小说娱乐通俗的本质属性,但梁启超之所以强调其低俗、有害的一面,意在以新小说来"新民""改良群治"。

在第一波社会功利导向的"雅俗观"兴起之时,福尔摩斯探案小说因其蕴含的司法、正义、民主思想被大量译介。国人从此类侦探小说中窥见了"彼文明人之情伪"[2],"用心之仁"[3],"以理想之学,足发人神智"[4],"泰西各国,最尊人权,涉讼者例得请人为辩护,故苟非证据确凿,不能妄入人罪"[5]。以社会功利的眼光打量侦探小说,其"雅"的因素在这些序跋之中都可寻见。

1　梁启超.论小说与群治之关系[J].新小说,1902(1):7-8.
2　商务印书馆主人.序(1903)[C]//柯南道尔.华生包探案.商务印书馆编译所,译述.上海:商务印书馆,1906:1.
3　林纾.《神枢鬼藏录》序[Z].阿瑟毛利森.神枢鬼藏录.林纾,魏易,译.上海:商务印书馆,2009:2.
4　林纾.序[M]//科南达利.歇洛克奇案开场.林纾,魏易,译.上海:商务印书馆,1914:序.
5　知新子(周桂笙).歇洛克复生侦探案·弁言[C]//陶高能(柯南道尔).歇洛克复生侦探案.新民丛报,1904(7):85.

当时改良派精英将通俗小说的社会功利价值过分提升，期望改良旧小说、使其由俗入雅，这种"利俗"愿望不可能在大规模的通俗小说引进中实现。

梁启超以通俗小说"新民"的尝试注定失败，而侦探小说也只是假开启民智之名，行娱乐消遣之实，这就造成了对侦探小说政治功利作用的评价急转直下。贬斥侦探小说为"诲淫诲盗"之低俗作品的呼声四起。在《中华小说界》上，梁启超公然指斥侦探小说等新小说之"造孽"，"而还观今之所谓小说文学者何如？呜呼！吾安忍言！吾安忍言！其什九则诲盗与诲淫而已，或则尖酸轻薄毫无取义之游戏文也，于以煽诱举国青年子弟，使其桀黠者濡染于险诐钩距作奸犯科，而摹拟某种侦探小说中之一节目"[1]。

通俗文学圈中的吴趼人、何朴斋、程小青对侦探小说的教育意义多有维护或申辩。吴趼人看到了侦探小说批评中可能蕴藏的社会功利倾向，谨慎地维护侦探小说的正义导向。他在提及"吾敢谓今之译本侦探小说，皆诲盗之书"[2]的评论时意在反讽，因为他紧接着便说"明明为惩盗之书也"[3]。他对小说之雅俗可能会被意识形态操控也有清醒的认识："侦探小说则盗者见之谓之盗耳。呜呼！是岂独不善读书而已耶？毋亦道德缺乏之过耶？社会如是，捉笔为小说者，当如何其慎之又慎也。"[4]"十七年"和"文化大革命"时期意识形态对文学雅俗观的扭曲在某种程度上证实了吴趼人的说法。另一位反对"诲盗"说的是侦探小说作者何朴斋，他从多方面维护侦探小说对人的感化功效："科学侦探，能够灌输科学知识；武术侦探，可以发扬尚武精神；奇情侦探，更能使男女明白恋爱的真谛，总之跟读者的眼光而变换的。"[5]期望侦探来挽救社会秩序，也与该说法类似："社会间机诈之事，层出不穷，侦探之需要甚亟。窃愿有侦探如福尔摩斯、聂克·卡托华之产生，以救济哀哀无告之人也。"[6]

但上述声音并未占据主流，斥责侦探小说"诲淫诲盗"的声音逐渐占据主

---

1 梁启超. 告小说家[J]. 中华小说界，1915（1）：2.
2 趼（吴趼人）. 杂说[J]. 月月小说，1907（8）：209.
3 同上.
4 同上。
5 何朴斋. 侦探小说的价值[J]. 侦探世界，1923（2）：14.
6 （范）烟桥. 侦探小说琐话[J]. 侦探世界1923（2）：11.

导。清末，面对侦探小说的译介热潮，已有"痛心"之人，觉我约略统计了小说林刊行的各类小说销量，"记侦探事者最佳"，于是慨叹："夫侦探诸书，恒于法律有密切关系。我国民公民之资格未完备，法律之思想未普及，其乐于观侦探各书也，巧诈机械，浸淫心目间，余知其欲得善果，是必不能。"[1]民初，徐章垿（徐志摩）用"阴谋诡计""蛇蝎其心，豺狼其行""惟利是图"[2]这样的字眼来形容侦探小说。鲁迅批评包探案"只能当醉饱之后，在发胀的身体上搔搔痒"[3]。郑振铎在评价林纾的翻译之时，刻意将柯南道尔排除出雅文学圈，视其作品为二流："这些作品，除了柯南道尔与哈葛德二人的之外，其他都是很重要的，不朽的名著。"[4]《晚清小说史》影响颇大，最初由商务印书馆1937年刊行，阿英在书中持类似看法："……然后才从政治的、教育的单纯的目的，发展到文学的认识。最后又发展到歧路上去，于是有大批侦探翻译小说的产生。"[5]该评价将侦探小说自身的文学价值和读者的诉求加以摒弃，福尔摩斯探案小说因此无法同其他名著并列。福尔摩斯探案作品及其作者在文学史上陷入被孤立的无助状态。在众多评价中，阿英的观点在很大程度上影响了后来文学史对福尔摩斯作品的评价。1938年，阿英发表《翻译史话》，进一步从阶级立场对侦探小说做出了价值判断："翻译文学输入的初期，在实际上是有着两个主流，这主流……是伴着资本主义抬头和民族革命浪潮存在着的侦探小说和虚无党小说。真正优秀的文学作品，大都因此类说部的流行而被淹没。"[6]阿英从大势和潮流上对侦探小说下论断，自然无暇细分出柯南道尔探案作品的雅化品格。阿英的相关论断为1949年后的主流意识形态采纳。

以小说对民众的社会影响来断定小说的社会功利价值这种思想在20世纪

---

1 觉我（徐念慈）.余之小说观.小说林[J].1907（10）：8.

2 徐章垿.论小说与社会之关系[J].友声，1913（1）：11.

3 鲁迅.祝中俄文字之交[C] // 鲁迅.鲁迅全集：第四卷.北京：人民文学出版社，2005d：473.

4 郑振铎.林琴南先生[J].小说月报，1924（11）：9.

5 阿英.晚清小说史[M].南京：江苏文艺出版社，2009：190.阿英曾于1955，1960年两度修订《晚清小说史》，但仅涉及对三部谴责小说的评价修改，于侦探小说的评论无改动。

6 阿英.翻译史话[C].阿英.阿英全集：第5卷.合肥：安徽教育出版社，2003：789.

三四十年代又有了新的发展，产生了文学贴近大众的"向俗观"。此次雅俗标准的分化不同于晚清的小说革命。当时以通俗文学为教化工具的"利俗"变革，本质上追求由俗向雅，而此次文学社会功利价值的冒升本质上则是由雅入俗的。1926年，郭沫若的《文学与革命》对"革命文学"做出了阶级界定——"同情于无产阶级""反抗浪漫主义"[1]。这样的一种阶级标准在不断演变和升级，在有关文学大众化的讨论中，郑伯奇将大众文学理解为"大众能享受的文学，同时也应该是大众能创造的文学"[2]。《在延安文艺座谈会上的讲话》肯定了"五四运动"所取得的文学、艺术成绩和十年内战期间革命的文学艺术所取得的发展，提出文艺同根据地人民群众结合的问题，要求"文艺工作者的思想感情和工农兵大众的思想感情打成一片"[3]。这一时期新文学的影响力逐渐减弱，雅俗融合的趋势有所加强。（文学审美上的雅俗融合代表有张爱玲、徐讦和无名氏，将社会功利价值引入雅文学创作的尝试者有赵树理、丁玲等。）社会言情小说、武侠小说、侦探小说等通俗文学均有一定的发展。

　　第二波社会功利导向"雅俗观"提出的口号无论是"革命文学""文学大众化"，还是"文艺为工农兵服务"，都是一种"由雅向俗"的要求。福尔摩斯译作尽管被所有阶层接受，但其作为中产阶级和知识分子消遣读物的最初本色还是妨碍了作品在此期的译介和传播，显得与同时代语境扞格不入。"文化大革命"期间，我国同"美英帝国主义"的敌对立场更使得译本失去了传播的土壤。[4]

1　郭沫若. 革命与文学[J]. 创造月刊，1926（3）：9.

2　郑伯奇. 关于文学大众化的问题[C] // 北京大学，等. 中国现代文学史参考资料 文学运动史料选 2. 上海：上海教育出版社，1979：368.

3　毛泽东. 在延安文艺座谈会上的讲话[C]. 中共中央文献研究室中央档案馆. 建党以来重要文献选编（一九二一——一九四九）：第19册. 北京：中央文献出版社，2011：289.

4　在社会功利性"向俗"思潮未上升为主流意识形态之前，文学发展的多元和互补趋势留给福尔摩斯探案之类的侦探小说译作一定的生存空间。从此期出版的几部全集中可窥一斑：1934年《福尔摩斯探案全集》出版，该重排版在1927年全集的基础上由程小青补译了剩余的6部短篇，收录了全部56部短篇和4部长篇，是真正意义上的全集。1937年6月，杨逸生编译的《福尔摩斯探案大全集》由上海大通图书社出版。1943年因以、虚生同译的《福尔摩斯全集》由上海书店在重庆出版。此期的译本基本上仍由通俗文学译者把持，其他译本的翻译质量同程小青1934年主译的《福尔摩斯探案全集》仍有一定差距。

1949年至1959年,我国的文艺路线全盘模仿苏联模式,主流文学对通俗文学持警惕态度,但雅俗的社会功利评价标准还没有走向极端(施蛰存此期就从英、法文翻译苏联、东欧著作20余种)。"后斯大林时代"苏联文艺界对福尔摩斯译作的认识有所转变,其影响很快传到中国。1955年《人民日报》社论将侦探小说同取缔的淫秽荒诞书刊区分开来。侦探小说家程小青在《文汇报》上倡导重印"旧的纯正的侦探小说"[1]。1957年至1958年三部中篇福尔摩斯探案作品终得出版,分别为《四签名》(1958),《血字的研究》(1958)、《巴斯克维尔的猎犬》(1957)。据《四签名》(1958)封底文字,群众出版社本来还要推出第四部中篇——程小青译的《恐怖谷》,"反右运动"开始后,这位译介福尔摩斯探案小说的主将后来竟阴差阳错地和大批读者失之交臂,其译介之功被其创作的《霍桑探案》所遮蔽。不过台湾地区的出版社在1997年修订了以程小青为主译的1927年版《福尔摩斯探案全集》。

"反右运动"以后,对通俗文学的态度由寄希望于对其改造转而倾向于彻底否定,将侦探小说与武侠和言情小说一起贴上了"鸳鸯蝴蝶派"的标签,坚持认为侦探小说是资产阶级的产物,原有的侦探小说作家被列入遗老遗少之列。在这样的形势下,本土侦探小说作家孙了红创作了反特小说《青岛迷雾》(1958),以福尔摩斯为原型创作《霍桑探案》的程小青,也创作了《大树村血案》(1956)、《她为什么被杀》(1956)、《生死关头》(1957)等系列反特小说。可见,社会功利性的向俗思想已经上升为国家意识形态。此种情形下,私家侦探被公安机关的侦察员取代,个人英雄主义的侦探方式让位于为集体捍卫国家利益的侦破方式,对于对峙过程及其结局的关注也远远超过对智力和逻辑推断过程的关注。[2]

1　程小青.从侦探小说说起[N].文汇报,1957-05-21(3).

2　需要补充一点的是,尽管1949年之后的七年里没有福尔摩斯探案作品新译,但福尔摩斯译作的影响是持续存在的。以程小青创作《她为什么被杀》为例,以一具尸体的发现为案件的起点,侦探过程运用现代法医学手段,其间干扰线索重重,这些手法的运用或多或少都有福尔摩斯探案的影子。此种影响的存在说明尽管政治性的雅俗观已上升为主流意识形态,但福尔摩斯译作所传达出来的雅化品格仍在暗中起作用。

"反右运动"以来,《读书》杂志评论福尔摩斯探案小说的观点比较能够体现当时的社会功利性"雅俗观"的风向:"《福尔摩斯探案》尽管和当时流行的一些诲淫诲盗的黄色侦探小说有很大程度的不同,但是我们认为它也同样隐藏着极深的思想毒素。"[1]作者在回答读者提问时,首先看到的是译本中的"两大毒素"——资本主义及殖民主义的色彩、神化福尔摩斯的倾向。这篇文章充斥着思想性审查,将福尔摩斯同流氓、盗窃、枪杀等罪犯的斗争称作消除资产阶级的"不利"因素,其侦察行动则被冠以"神秘主义"和"孤立主义",脱离群众。当然,个别福尔摩斯作品中涉及政治事件,这是相当敏感的。"在《四签名》里,把1857年的印度大革命污蔑为'大叛乱',并把大革命写成是'把印度变成地狱一般','无处不是痛苦、烧杀和暴行'。"[2]文章指出,这是对殖民主义的颂扬。在批判的大前提下,也有一点得到了肯定,即福尔摩斯"细致地调查和科学地研究的方法"[3]。总体而言,这篇文章是在警告读者认清作品中的"资产阶级毒素",为看清"资产阶级封建贵族们的狡猾、阴险",要"抱着批判、谨慎的态度"阅读,"首先应该多读反映现实的社会主义的文学作品"。对于这种书的出版发行,读者表示"似乎印得多了些",作者"深有同感"。[4]

　　这种社会功利性向俗风潮的来源大都来自雅文学圈,也有个别特例。鸳鸯蝴蝶派的范烟桥在1932年撰写的《民国旧派小说史略》一书中就批评福尔摩斯存在"单纯依靠个人才智来进行侦探活动,不依靠广大群众的思想和方法上的缺陷"[5]。但范烟桥刻意将以福尔摩斯为代表的精品侦探小说同低劣庸俗的侦探小说区分开来,这是难能可贵的:"随着西方资本主义国家散布强暴和凶杀思想的黄色侦探小说的泛滥,移译的数量日渐增多,且以此为主体办起了侦探小说的专门刊物,……其不良倾向日益增长,不可闻问了。"[6]

1　刘堃.怎样正确地阅读《福尔摩斯探案》? [J].读书,1959(5):29.
2　同上。
3　同上,第30页。
4　同上。
5　范烟桥.民国旧派小说史略[C].魏绍昌.鸳鸯蝴蝶派研究资料.上海:上海文艺出版社,1984:329.
6　同上,第234页。

1959年北京大学中文系文学专门化1955级集体编著的《中国文学史》称福尔摩斯探案小说"故弄玄虚地制造一些惊喜离奇的情节。它也拥有广大的读者"[1]。该书将鸳鸯蝴蝶派和黑幕小说相提并论，称其为"小说逆流"[2]，称"'鸳鸯蝴蝶派'作品基本倾向是脱离时代精神，极力宣扬低级庸俗的感情"[3]。由于周瘦鹃、半侬、天虚我生等同鸳鸯蝴蝶派有过紧密关系的作家都曾翻译过福尔摩斯探案作品，自然无法期待该文学史对福尔摩斯译作做出较高的评价。

1960年复旦大学编的《中国近代文学史稿》视侦探小说为"有害的东西"，"中国资本主义的发展，形成了这类小说得以传入的社会基础，所以在这个时候，侦探小说的译本充斥书肆，流毒全国"[4]。该书还引用了高尔基对侦探小说的前述评价，苏联的直接影响可见一斑。

"文化大革命"期间，苏、日、美被视为"反帝""反修"运动的靶子，英国甚至连进入"内部译作"的资格都没有，福尔摩斯探案作品的复译随之销声匿迹。只有读者可以见证福尔摩斯的雅化品格，王安忆在回忆"文化大革命"期间自己的读书情况时曾说："福尔摩斯也都看的，这是很好的书，非常有趣味。"[5]

第三节　以"俗"译"俗"："十七年"期间三部零散译作（1957—1958）

视通俗小说为消极影响源给侦探小说的出版带来很大压力，20世纪三四十年代土耳其通俗读物出版商就曾声称其全部所为都意在满足人民之需[6]，强调侦探小说的社会功利价值："侦探小说不能被简单地理解为对人民有消极影响的小说，

1　北京大学中文系文学专门化1955级. 中国文学史：4[M]. 北京：人民文学出版社，1959：387.

2　同上，第384页。

3　同上，第386页。

4　复旦大学中文系1956级中国近代文学史编写小组. 中国近代文学史稿[M]. 北京：中华书局，1960：282.

5　王安忆，张新颖. 王安忆谈话录[M]. 桂林：广西师范大学出版社，2008：27.

6　参见：Iskit, Server R. *Türkiye'de Neşriyat Hareketleri* [M]. Istanbul: Delvet Basımevi, 1939: 295.

正如有些人所暗示的那样。此类书籍的精心选编有益于发展智力，提供驯服意志和神经的机会。这一点已为西方广大的心理学家和教育家所认可。"[1]

程小青注意到了苏联重新翻译出版《福尔摩斯探案》的举措及其受民众欢迎的程度，并在《文汇报》上撰文建议重译或改写"旧的纯正的侦探小说"[2]。苏联对侦探小说态度的变化为我国三部福尔摩斯探案译作的出版提供了契机。三部译作分别是倏萤（刘树瀛）翻译的《巴斯克维尔的猎犬》，严仁曾翻译的《四签名》，丁钟华、袁棣华翻译的《血字的研究》。如果考虑到1956年至1957年出现了"百家争鸣"的"文学艺术的春天"，这三部中篇小说汉译本出现的时间在雅俗文学史上就更有意义了。

在20世纪50年代末，以社会功利的眼光看待福尔摩斯探案作品的雅俗品格在苏联和中国已不鲜见。出版者为慎重起见，在出版前言中用寥寥数语批评福尔摩斯的局限：

> 但是，柯南道尔由于自己所处的社会地位的限制——他本人也被封为贵族——他不但是现存社会制度的拥护者，而且还是一个殖民制度的积极拥护者。因此，他的作品虽然在一定程度上暴露了资本主义制度的丑恶和缺陷，却未能深入到犯罪的社会根源里去。因此也就不能在思想上贡献出什么积极性的东西。[3]

长达两页半的前言大部分文字都是对作者地位、侦探小说这一文学样式、福尔摩斯译作文学价值的肯定，并且明确反对将福尔摩斯译作同低劣的侦探小说并列，称其"在文学史上占有一定的地位，至今还受着广大读者的欢迎"[4]。

三部译作在夹缝中求生存，但究竟译作的雅俗特色如何，何以如此，本节就

---

1 Christie, Agatha. *Mezopotamya Cinayeti* [Z]. trans. I. T. Karamahmut. Istanbul: Türkiye Yayınevi, 1946: Editor's note.

2 程小青. 从侦探小说说起[N]. 文汇报，1957-05-21（3）.

3 群众出版社编辑部. 前言[Z] // 柯南道尔. 巴斯克维尔的猎犬. 倏萤，译. 北京：群众出版社，1957: 前言.

4 同上。

200

以上两个问题做重点考察。

一、还以通俗：译本对充分性的关注

"五四"新文学逐渐确立起以原文为中心的翻译观念，这种翻译初始规范的确立意味着对源语文本的充分翻译，即"在目标语中实现源语的文本关系而不打破源语的（基本）语言体系"[1]。在这样的立场下，"翻译将遵从源语文本的规范，进而遵循源语和源文化的规范"[2]。

对于通俗文学汉译而言，对充分性的追求意味着还通俗文学以本来面貌。在对充分性的实际贯彻之中存在一个推进的过程。1958年的译作《四签名》同1934年的译作相比，在充分性上显著增强。在标题翻译上，1934年译本第三章、第十章依据情节另外拟定了题名，第六、七、十二章略有调整。1958年译本依据原文对上述调整和改动做出了订正（见表4.2），仅第六章和第十章题名略有出入。考虑到1948年出版的福尔摩斯译作仍存在使用章回体标题这一现象，20世纪50年代末这几部译作题名的译法给后来译本确立了标题翻译的一种规范。

表4.2 *The Sign of Four*各章标题的翻译（数字为页码）

原文	1916《佛国宝》	1934《四签名》	1958《四签名》	2012《四签名》
The Science of Deduction 89	第一章 1	推断学的小试 1170	演绎法的研究 1	演绎法 153
The Statement of the Case 94	第二章 11	案情的陈述 1177	案情的陈述 9	案情陈述 163
In Quest of a Solution 97	第三章 18	在沉闷的途径中 1182	寻求解答 15	寻找答案 170
The Story of the Bald-headed Man 100	第四章 25	秃发者的故事 1187	秃头人的故事 20	秃头男子的故事176

1　Even-Zohar, Itamar. Decisions in Translating Poetry: Baudelaire's *Spleen* in Hebrew Translation of Lea Goldberg [J]. *Ha-sifrut/Literature*, 1975 (21): 43 (Hebrew; English summary: ii).

2　Toury, Gideon. *Descriptive Translation Studies and Beyond* [M]. Shanghai: Shanghai Foreign Language Education Press, 2001: 56.

续表4.2

原文	1916 《佛国宝》	1934 《四签名》	1958 《四签名》	2012 《四签名》
The Tragedy of Pondicherry Lodge 106	第五章 38	本迪邱利精舍的 悲剧1195	樱沼别墅的 惨案31	别墅惨案 188
Sherlock Holmes Gives a Demonstration 110	第六章 45	福尔摩斯所得的 证据1202	根据现场，做 出判断38	福尔摩斯的示 范课198
The Episode of the Barrel 115	第七章 55	柏油之桶 1210	木桶的插曲 48	木桶插曲 209
The Baker Street Irregulars 122	第八章 71	培格街的侦探 小队1220	贝克街的侦探 小队60	贝克街特遣队 224
A Break in the Chain 128	第九章 83	线索的中断 1229	线索的中断 70	线索中断 236
The End of the Islander 134	第十章 96	泰晤士河上 1238	凶手的末日 81	岛民的末日 248
The Great Agra Treasure 139	第十一章 108	大宗阿克拉宝物 1247	大宗阿格拉 宝物90	阿格拉重宝 259
The Strange Story of Jonathan Small 143	第十二章 117	史毛尔的供状 1253	琼诺赞·斯茂 的奇异故事	乔纳森·斯莫 的离奇故事 267

同原文比照，以往的译本或多或少存在遗漏和明显的误译，20世纪50年代的这三部福尔摩斯译作对此有明确的纠正意识："在解放前，'福尔摩斯探案集'曾有过几种译本，可是有的译本是用文言文翻译的，有的译本文白夹杂，对今天的读者来说已不习惯；有的译本，漏译、错译的地方甚多，在一定程度上损害了原来的作品。"[1]译者认识到这些问题的原因部分在于翻译过程中作品文学性雅化品格缺失，同时强调了福尔摩斯探案小说"独具的特点"——"在小说中，对于人物和背景都有非常细腻的描写。作者成功地塑造了主人公福尔摩斯的形象——一个思惟的形象。"[2]

在人物描绘方面，1958年译本就细腻得多：

---

1 群众出版社编辑部. 前言[Z] // 柯南道尔. 巴斯克维尔的猎犬. 倐萤，译. 北京：群众出版社，1957：前言.

2 同上。

歇洛克·福尔摩斯从火炉的架子上,拿了一瓶药水,再从一只软皮篋里,拿出一件精致的皮肤注射器来,用他瘦白的手指,把皮肤注射器放在瓶里,吸满了水;然后卷起左臂的衣袖,注目在肘腕中间,慢慢的注射。等到臂上已经刺了无数细孔,水渍淋漓,方才收拾了注射器,弃掉了药水管,坐到一只天鹅绒的安乐椅里,默默地吁气,似乎有很快乐的意思。(画线部分原文自带[1])

歇洛克·福尔摩斯从壁炉台的角上拿下一瓶药水,再从一只整洁的山羊皮皮匣里取出皮下注射器来。他用白而有劲的长手指装好了精细的针头,卷起了他左臂的衬衫袖口。他沉思地对自己的肌肉发达、留有很多针孔痕迹的胳臂注视了一会儿。他终于把针尖刺入肉中,推动小小的针心,然后躺在绒面的安乐椅里,满足地喘了一大口气。[2]

新译增加了细节,使这一段福尔摩斯注射可卡因的描述更加翔实逼真,如添加了药水在壁炉台的具体位置("corner")、皮匣的材质("morocco case",确切地说是"檀鞣山羊搓纹革"[3],补充了对手指的描绘("有劲的","long, white, nervous fingers"[4])。对部分误译做出了校订("he thrust the sharp point home"一句发生在注视带着许多针孔的胳臂之后,旧译的前后顺序有误)。"等到臂上已经刺了无数细孔,水渍淋漓,方才收拾了注射器,弃掉了药水管"这一

1 柯南道尔.福尔摩斯探案全集[Z].程小青,等译.上海:世界书局,1934:1170.
2 柯南道尔.四签名[Z].严仁曾,译.北京:群众出版社,1958:1.
3 陆谷孙.英汉大词典[K].2版.上海:上海译文出版社,2007:1258.
4 Doyle, Arthur Conan. *The Complete Sherlock Holmes* [Z]. New York: Doubleday/ Penguin Books, 1930: 89

句包含增译、误译，新译予以删除。[1]

如果说上面情节涉及福尔摩斯使用毒品，旧译的删改情有可原，下面一段有关莫斯坦小姐的人物描写则更能说明问题：

> 莫斯坦小姐以稳重的步履、沉着的姿态走进屋来。她是一个浅发少女，体态轻盈，戴着颜色调和的手套，穿着最合乎她风度的衣服。因为她衣服的简单素雅，说明了她是一个生活不太优裕的人。她的衣服是暗褐色毛呢料的，没有花边和装饰，配着一顶同样暗色的帽子，边缘上插着一根白色的翎毛。面貌虽不美丽，但是丰采却很温柔可爱，一双蔚蓝的大眼睛，饱满有神，富有情感。就我所见到过的女人，远到数十国和三大洲，但是从来没有见过一副这样高雅和聪敏的面容。当福尔摩斯请她坐下的时候，我看见她嘴唇微动，两手颤抖，显示出紧张的情绪和内心的不安。[2]

"小姐"替代"密司"[3]，"她"替换"伊"[4]，"丰采"代替"丰神"[5]属于

---

1 以往研究者常常强调和情节关联不大是早期译者将背景、景物、人物及其心理描绘删改的主因，比较典型的说法有："删节通常是最简单、也最不伤脑筋的办法。……译者的方针是把他认为属于'枝节'的部分全部省略。"（孔慧怡.还以背景，还以公道——论清末民初英语侦探小说中译[C]. 王宏志. 翻译与创作——中国近代翻译小说论. 北京：北京大学出版社，2000：100）"译者为了适应中国人的欣赏习惯和审美趣味，大段大段地将作品中的自然环境描写、人物心理描写删掉，所译的只是作品的故事情节"（郭延礼. 中国近代翻译文学概论[M].武汉：湖北教育出版社，1998：34）。其实人物描写之难，即使当下亦不易解决，当下的译文"他用修长白皙的手指小心翼翼地装好细细的针头""若有所思地看着自己强健有力的前臂和手腕""又把针筒一推到底"（柯南·道尔. 福尔摩斯探案全集：插图新注新译本[Z]. 李家真，译注. 北京：中华书局，2012a：153）强化了原文"adjusted""forearm and wrist""home"（Doyle, Arthur Conan. *The Complete Sherlock Holmes* [Z]. New York: Doubleday/Penguin Books, 1930: 89）的理解，但又少了"nervous""（dotted and）scarred"之义。
2 柯南道尔. 四签名[M]. 严仁曾，译. 北京：群众出版社，1958：9.
3 柯南道尔. 福尔摩斯探案全集[Z]. 程小青，等译. 上海：世界书局，1934：1177.
4 同上。
5 同上。

204

语言习惯的改变。但比起1934年译本，新译有本质的不同，至少新译是以句子为翻译单位，没有打乱句群。1934年译本未像原文那样将"手上戴着手套"放在描述帽子的话语之后；1958年译本也没有像旧译那样进行审美价值干预，"秀发飘飘地覆在伊的额上，身体很轻疲而有秀气"[1]，"似乎有甚深的苦楚，一望而知是来商量案情的""（蔚蓝的眼睛，）水汪汪地好似在那里诉他的愁苦，格外足以引起人们的怜悯""樱唇微动……我禁不住对伊表一种深厚的同情"[2]；更排斥了旧译本译者的道德期许，"丰神极温厚可亲""容色之间表出天然忠厚"。旧译本中的叙事干预表现在多方面，除了译者审美心态的流露，福尔摩斯和官方的关系有所缓和，一改福尔摩斯探案初期的一贯讥讽语气和官方警察对福尔摩斯演绎法的不屑一顾。1934年译本中，"琼司谦虚得很，恭谨的情状，布满在颜面上。他仿佛在那里懊悔以前时的粗莽。现在方始眼见福尔摩斯的成功，不觉起了一种佩服的心"[3]。新译本消除了旧译中这段司法想象和对福尔摩斯形象的夸大。

新译本还删除了译者为降低叙事难度以说书人口吻补充的插入语，如"我父亲是驻印度的军官，我很小的时候就被送回了英国"[4]。旧译两个分句间有译者的因果解说："那时我还在襁褓，父亲因着抚养多累坠，（就送我还到英国）。"[5]

以雅文学的翻译规范来约束翻译行为自然会在旧译的基础上查漏补缺，使得所谓的细枝末节显得更加完整。以下两例中的画线部分即对1934年译本漏译之处做了补充。如莫斯坦小姐来访福尔摩斯的来由："您曾经为我的女主人西色尔·弗里斯特夫人解决过一桩家庭纠纷"[6]；福尔摩斯的笔迹鉴定法："再看字末s字母的弯法"[7]。有时添加的是旧译者不解而删去的娱乐成分，如华生因紧张而好奇，在给莫斯坦小姐讲述自己的冒险故事时前言不搭后语——"我如何在深夜里用一只小老虎打死了钻到帐篷里来的一支双筒枪"[8]。在紧张的破案情节之中

---

1 柯南道尔.福尔摩斯探案全集[Z].程小青，等译.上海：世界书局，1934：1177.

2 同上。

3 同上，第1239页。

4 柯南道尔.四签名[Z].严仁曾，译.北京：群众出版社，1958：10.

5 柯南道尔.福尔摩斯探案全集[Z].程小青，等译.上海：世界书局，1934：1178.

6 柯南道尔.四签名[M].严仁曾，译.北京：群众出版社，1958：10.

7 同上，第13页。

8 同上，第19页。

穿插点具有娱乐色彩的人物话语是柯南道尔对侦探小说发展的一大贡献，旧译者多不能识。再看一则增补："我准备了生蚝和一对野鸡，还有些特选的白酒。华生，你不知道，我还是个治家的能手呢。"[1]

正是因为新译明确地以雅文学翻译规范为指引，新译本才体现出了明确的注释意识，带有通俗读物的特点。如"吉特穆特迦"注为"对住在印度的英国人家庭中的印度管家男仆的称呼"[2]。新译本的21个注释可谓要言不烦，基本上是对相对陌生的地理、历史、风俗特产以及医学术语做出的阐释。而1934年译本则无任何注释，仅在提及"李德氏所著的成仁记"[3]时用括号给出了作者及书名的英文。

雅文学翻译意识还体现在对西方文学的体认上。福尔摩斯不时引用西方名言，旧译本可能认为通俗读者会由此产生曲高和寡的疏离感，也可能译者因不通引文所用的语言，将之统统删去。新译将其补回，《四签名》中共4处："'鄙俗为罪恶之源'这句法国谚语是很有道理的"；"法国老话：'和没有思想的愚人更难相处'"[4]；"'我们已经习惯，有些人对于他们所不了解的事物偏要挖苦。'歌德的话总是这样简洁有力"；"我常常想到歌德那句话——'上帝只造成你成为一个人形，原来是体面其表，流氓其质。'"[5]另外《四签名》开头，福尔摩斯提到一位法国侦探寄来的感谢信，1934年译本直接将法文的赞美之词放入译文，新译为"'伟大'、'高妙的手段'、'有力的行动'"[6]，另有一处使用了法文"（faced his dinner with the air of a）bon vivant"[7]，新译本补译为"尽量欣赏"[8]。

1　柯南道尔. 四签名[M]. 严仁曾，译. 北京：群众出版社，1958：10.

2　同上，第20页。

3　柯南道尔. 福尔摩斯探案全集（二册精装）[Z]. 程小青，等译. 上海：世界书局，1934：1182.

4　这句的原文是"Il n'y a pas des sots si incommodes que ceux qui ont de l'esprit!"（Dolye，1930：114）其汉译不够准确，参见李家真的译文："傻瓜不可怕，半吊子才麻烦。"（柯南·道尔，2012a：206）

5　柯南道尔. 四签名[M]. 严仁曾，译. 北京：群众出版社，1958：28-29，45，48，122.

6　同上，第4页。

7　Doyle, Arthur Conan. *The Complete Sherlock Holmes* [Z]. New York: Doubleday/Penguin Books, 1930: 134.

8　柯南道尔. 四签名[M]. 严仁曾，译. 北京：群众出版社，1958：82.

总的来说，范烟桥和范佩萸的《四签名》旧译尚有媚俗的影子，停留在原文中心的层面，而新译显然遵从了雅文学建立的翻译规范。1957年至1958年这三部福尔摩斯探案小说的汉译意味着通俗文学翻译实践向前迈了一大步，在原文中心观基础上又进一步，做到了基本忠实。

联系此期雅文学的翻译实践和翻译理念发展，上述观点得到进一步印证。"五四"之初确立的原文中心的翻译实践观在"五四"期间又逐渐发展为翻译实践中的基本忠实。而雅文学译者的翻译理念进一步深化，不仅有信、达、雅的翻译标准大讨论，整个学界对翻译的认识也有了多方面的拓展。

20世纪50年代末这三部福尔摩斯探案作品汉译大致上反映了通俗文学以雅文学翻译规范（忠实翻译观）来约束自己翻译活动的一个节点，这在通俗文学翻译史上具有标志性意义。

二、两种修订意识："十七年"译本同台湾修订本（1997）的比较

1957年至1958年三部福尔摩斯探案小说译文又在"五四"新文学译者的原文中心翻译观基础上更进一步，基本上做到了还通俗文学本来面貌。20世纪50年代末仅有福尔摩斯等少数几部通俗文学作品得到翻译。而正是这几部作品的汉译奠定了通俗文学译介应忠实于原文的思想。三部译作对旧译的修订也是遵循这一原则的，这是译本成功的一个关键因素（1981年《全集》对这三部译作基本上采取了"拿来主义"的态度）。

三部译作的功绩有目共睹，但从译介的角度看，按不按照新文学的忠实翻译观来指导翻译实践，都不会对读者构成阅读障碍，这是通俗文学译介的一个特质。从接受的角度看，非但开媚俗之风、部分译文逻辑尚不连贯的《华生包探案》在1906年至1920年创下了行销7版的佳绩，1916年集媚俗之大成的《福尔摩斯侦探案全集》一经推出，更是在20年间行销20版。[1]考虑到程小青等翻译的《标点白话福尔摩斯探案大全集》在1927年业已推出，这部浅近文言的全集能在白话全集推出后近十年内行销不绝，更值得关注。

1　数据统计参见：陈平原. 中国现代小说的起点：清末民初小说研究[M]. 北京：北京大学出版社，2005：75.

以上几例均为对旧译不做修订、不忠实于原文的例子。还有一种几乎不参照原文的修订，也是适应俗众之需，台湾1997年出版的福尔摩斯探案小说就是如此。

现就1957年至1958年译本的修订意识和台湾1997年版福尔摩斯探案小说的修订意识进行比较，以窥探通俗文学译作"向雅""向俗"意识的思想演进及其对当下通俗文学译介的启示。当然，所谓"向雅"是一个以原文为中心、力求忠实的过程，是后一阶段译文同前一阶段译文比较的结果。以当下的眼光看，1958年译本只达到了"以俗译俗"的目的，基本上做到了还通俗文学以原貌。即使和同期的经典雅文学译作比较，此期的福尔摩斯译作依然只做到了"还以通俗"。

现以 *The Hound of the Baskervilles* 为例来窥探译文的适俗取向。台湾版译文是对程小青译作《古邸之怪》的修订，强调修订原著要秉持"忠于原著并尊重译者的原则"[1]。事实上，如果译文不够忠实，修订者仍旧尊重译者的话，修订会存在很大问题，该原则自身就是矛盾的。译者程小青在1916年《全集》中曾独译《偻背眩人》《希腊舌人》《海军密约》《魔足》《罪薮》五篇福尔摩斯探案故事，在1927年《全集》中独自翻译短篇17篇，合译短篇1篇，并译有中篇《血字的研究》和《古邸之怪》。程小青翻译经验丰富，还曾在东吴大学附中给西籍英文教师教授中文，具有较扎实的语言基础。但程小青的译文是否达到了基本忠实，还得研究译文本身。

修订版"将百余万字重新顺读润饰并修改程小青先生的上海方言、文白夹杂和人名地名的翻译，以便更符合现代阅读习惯"[2]。适应现代阅读习惯的改动包括措辞的现代化，如将"他的严肃的眼光，也顿呈注意之色"[3]，改为"他严肃的眼光，非常专注"[4]。但台湾修订版的语言订正工作并不严密。当毛迪麦医生从烟

1　阎初. 出版缘起[Z]. 柯南·道尔. 古邸之怪. 程小青，等译. 台北：世界书局，1997：5.
2　同上。
3　柯南道尔. 福尔摩斯探案全集[Z]. 程小青，等译. 上海：世界书局，1934：1288. 本书引文使用的是1934年全集，该全集在1927年全集的基础上补全了剩余的6部短篇，内容上两者一致，均为世界书局出版。
4　柯南·道尔. 古邸之怪[Z]. 程小青，译. 台北：世界书局，1997：20.

208

灰两次掉落推断出查尔斯爵士在栅门处停留过五到十分钟时,福尔摩斯惊叹道:"太妙了;华生,简直是个同行,思路和咱们一样。"[1]1997年版对旧译的措辞没有实质性修订。试比较:"好啊,华生,我们竟得到一个同志"[2]与"太棒了! 华生,我们多得了一个同志"[3]。用"同行"对译"colleague"[4]显然能避免歧义。台湾1997年版参照大陆各版会更加完善。

程小青等翻译的白话版《全集》当年推出时,时间非常仓促,仅有半年时间,匆忙疏漏之处在所难免。"One page is missing"[5]被译成"有一封信已失掉了"[6]。修订版仅将"失掉"改为"遗失"[7]。程小青有时对原文进行了压缩和省略。如华生对荒原(旧译为"旷地"[8])的描述:"凡人在这里耽搁得越久,……你却觉得你已置身在先民的生活环境之中。"[9]这里的"生活环境"是对"(conscious everywhere of) the homes and the work of the prehistoric people"[10]的提炼,修订者换汤不换药:"人在这里待得越久,……你会觉得你已置身在先民的生活环境之中。"[11]部分译名欠准确,如"yew"[12]为"红豆杉、紫杉、水松",修订版仍沿用旧译名将"yew alley"[13]称作"松径"[14],不及1957年译本"水松夹道"[15]准确。程小青的用词可谓严谨,但仍有个别浮露之处。像华生结识的新邻

1 柯南道尔.巴斯克维尔的猎犬[Z].倓莹,译.北京:群众出版社,1957:21.
2 柯南道尔.福尔摩斯探案全集[Z].程小青,等译.上海:世界书局,1934:1289.
3 柯南·道尔.古邸之怪[Z].程小青,译.台北:世界书局,1997:21.
4 Doyle, Arthur Conan. *The Complete Sherlock Holmes* [Z]. New York: Doubleday/Penguin Books, 1930: 680.
5 同上,第712页。
6 柯南道尔.福尔摩斯探案全集[Z].程小青,等译.上海:世界书局,1934:1338.
7 柯南·道尔.古邸之怪[Z].程小青,译.台北:世界书局,1997:83.
8 柯南道尔.福尔摩斯探案全集[Z].程小青,等译.上海:世界书局,1934:1339.
9 同上。
10 Doyle, Arthur Conan. *The Complete Sherlock Holmes* [Z]. New York: Doubleday/Penguin Books, 1930: 712.
11 柯南·道尔.古邸之怪[Z].程小青,译.台北:世界书局,1997:83.
12 Doyle, Arthur Conan. *The Complete Sherlock Holmes* [Z]. New York: Doubleday/Penguin Books, 1930: 714.
13 同上。
14 柯南·道尔.古邸之怪[Z].程小青,译.台北:世界书局,1997:87.
15 柯南道尔.巴斯克维尔的猎犬[Z].倓莹,译.北京:群众出版社,1957:89.

居："His passion is for the British Law"[1]，程直接译为"他常喜欢涉讼"[2]，修订版仅去掉"常"[3]字，不像1957年译本那样紧贴字面："他对英国的法律有着癖好"[4]。程小青曾在22岁时向美国教员许安之夫妇求教英文文法，这使其翻译侦探小说的能力有所进步，但部分涉及文法的问题，仍有趋避的嫌疑。"He... gives a little comic relief where it is badly needed"[5]，程小青仅译出前半句"这一个密司脱佛兰加的举动，有时真非常有趣的"[6]，修订版也只在修辞上稍加润色，改为"这一个佛兰加先生的举动真是非常有趣"[7]，漏译的部分1957年译本补全了："并在迫切需要的时候给我们制造一些娱人心怀的小趣味。"[8]

原文的对话有时非常简短，1927年译本干脆将数则对话合并为一段，这一点在1997年的修订版中也没有进行任何调整。

秉持这样的修订思想，1927年译本疏漏的细节在修订中没有得到悉数补充。如毛迪麦医生拿出的古旧文稿"第二行就写着一七四二年的年代"[9]，对原文中的"...and below, in large, scrawling figures: '1742'"显然有所篡改。1958年译本中的"再下面就是潦草的数字'1742'"[10]是紧贴原文的翻译。再如，程小青对西方女性的理解十分到位，密司史推泊（修订后改为"史台柏小姐"[11]）基本没有了中国传统佳人的风姿，改变了同一部全集中《四签名》一案译者对女性形象进行文化干预的做法。但程小青旧译称该女士又系"上流女子"[12]是对"since ladies of any

1 Doyle, Arthur Conan. *The Complete Sherlock Holmes* [Z]. New York: Doubleday/Penguin Books, 1930: 714.
2 柯南道尔. 福尔摩斯探案全集[Z]. 程小青，等译. 上海：世界书局，1934：1342.
3 参见：柯南·道尔. 古邸之怪[Z]. 程小青，译. 台北：世界书局，1997：87.
4 柯南道尔. 巴斯克维尔的猎犬[Z]. 俟莹，译. 北京：群众出版社，1957：90.
5 Doyle, Arthur Conan. *The Complete Sherlock Holmes* [Z]. New York: Doubleday/Penguin Books, 1930: 715.
6 柯南道尔. 福尔摩斯探案全集[Z]. 程小青，等译. 上海：世界书局，1934：1342.
7 柯南·道尔. 古邸之怪[Z]. 程小青，译. 台北：世界书局，1997：88.
8 柯南道尔. 巴斯克维尔的猎犬[M]. 俟莹，译. 北京：群众出版社，1957：91.
9 柯南·道尔. 古邸之怪[Z]. 程小青，译. 台北：世界书局，1997：9-10.
10 Doyle, Arthur Conan. *The Complete Sherlock Holmes* [Z]. New York: Doubleday/Penguin Books, 1930: 673.
11 柯南·道尔. 古邸之怪[Z]. 程小青，译. 台北：世界书局，1997：77.
12 柯南道尔. 福尔摩斯探案全集[Z]. 程小青，等译. 上海：世界书局，1934：1334.

sort（must be few upon the moor）"的误解，修订版未做更正[1]；将"易于感觉的嘴"[2]改为"性感的双唇"也是不看原文（"sensitive mouth"[3]）、望文生义的结果。

　　从程小青创作的《霍桑探案》中可以看出他对福尔摩斯的崇拜。在翻译福尔摩斯探案故事时，也许是这种崇拜心理驱使他对福尔摩斯的"贬抑之词"视而不见。比如《第五章》开头福尔摩斯欣赏完美术馆的画作之后，就少了这样一句："其实，他对艺术的见解是非常粗浅的。"[4]在华生的总结中，福尔摩斯的文学、哲学、天文学知识为零，政治学知识贫乏，虽然华生的总结未必公允，但柯南道尔笔下的福尔摩斯绝非完美之人的确是事实。"福尔摩斯这不平凡人物的个人品质，未必是讨人喜欢的——他傲慢、过分的自命不凡、对他人冷言嘲讽、易动肝火、忧郁性的神经过敏和厌恶女人的怪癖，同时还是个麻醉品的嗜好者。"[5]尽管不能要求程小青将福尔摩斯的每个缺点都完整译出，但新译者在70年后仍没有这样的意识，的确是以译入语文化为导向的思维方式起了作用。

　　1997年译本的修订意在润色，这种修订方式不能说完全不能发现译文的问题，至少润色者可以发现措辞的语气是否合适。如华生觉得荒原上的这辈人，"实在是一种随遇而安和没有勤奋心的民族"[6]。这里的"没有勤奋心"略带贬义，改为"不喜争斗"[7]和原文"unwarlike"[8]刚好对应。但这种发现带有巧合的成分，并不可靠。如以"随遇而安"译"harried"[9]有偏差，修订者就没有发现。

1　参见：柯南·道尔.古邸之怪[Z].程小青，译.台北：世界书局，1997：77.

2　柯南道尔.福尔摩斯探案全集[Z].程小青，等译.上海：世界书局，1934：1334.
　　修改译文见柯南·道尔.古邸之怪[Z].第77页。英文部分见Doyle, Arthur Conan.
　　p. 709.

3　Doyle, Arthur Conan. *The Complete Sherlock Holmes* [Z] New York: Doubleday/
　　Penguin Books, 1930: 709.

4　柯南道尔.巴斯克维尔的猎犬[M].俟莹，译.北京：群众出版社，1957：45.

5　阿达莫夫，阿.侦探文学和我——作家的笔记[M].杨东华，等译.北京：群众出版
　　社，1988：148.

6　柯南道尔.福尔摩斯探案全集[Z].程小青，等译.上海：世界书局，1934：1339.

7　柯南·道尔.古邸之怪[Z].程小青，译.台北：世界书局，1997：83.

8　Doyle, Arthur Conan. *The Complete Sherlock Holmes* [Z]. New York: Doubleday/
　　Penguin Books, 1930: 713.

9　同上。

润色者如果不认真核查原文，容易让读者产生疑惑，如上面提及的旧文稿"是一种神话式的记载"[1]，一份18世纪的文件可能产生神话般的效果吗？"…it is a statement of a certain legend which runs in the Baskerville family."[2]《英汉大词典》（2版）中"legend"没有"神话"之义项，选择其"传说"之意更恰当。若修饰润色者自己对译文的审读不够审慎，则修订出来的译文仍可能漏洞百出，此处就是不核照原文修订带来的一个小瑕疵。

1997年译本并非完全没有对照原文修订，至少在一些专有名词的修订上参照了原文，如将"裴师格爵邸"[3]改为"巴斯克维尔爵邸"[4]。"芬完塞村"[5]改为"佛恩渥西村"[6]，同英文"Fernworthy"[7]及1957年译本中的"弗恩沃西村"[8]都很接近。类似的修订还有，将"白烈麻"[9]医生改为"白瑞莫"[10]，修订后更接近"Barrymore"[11]的读音，符合人名、地名拼写规范。这样的修订十分必要，表4.3列出了主要人物名字的订正情况。

1　柯南·道尔. 古邸之怪[Z]. 程小青，译. 台北：世界书局，1997：10.
2　Doyle, Arthur Conan. *The Complete Sherlock Holmes* [Z] New York: Doubleday/ Penguin Books, 1930: 673.
3　柯南道尔. 福尔摩斯探案全集[Z]. 程小青，等译. 上海：世界书局，1934：1344.
4　柯南·道尔. 古邸之怪[Z]. 程小青，译. 台北：世界书局，1997：90.
5　柯南道尔. 福尔摩斯探案全集[Z]. 程小青，等译. 上海：世界书局，1934：1342.
6　柯南·道尔. 古邸之怪[Z]. 程小青，译. 台北：世界书局，1997：88.
7　Doyle, Arthur Conan. *The Complete Sherlock Holmes* [Z] New York: Doubleday/ Penguin Books, 1930: 715.
8　柯南道尔. 巴斯克维尔的猎犬[Z]. 俟莹，译. 北京：群众出版社，1957：90.
9　柯南道尔. 福尔摩斯探案全集[Z]. 程小青，等译. 上海：世界书局，1934：1343.
10　柯南·道尔. 古邸之怪[Z]. 程小青，译. 台北：世界书局，1997：88.
11　Doyle, Arthur Conan. *The Complete Sherlock Holmes* [Z]. New York: Doubleday/ Penguin Books, 1930: 715.

表4.3　*The Hound of the Baskervilles*主要人物名字汉译表

英文	Sherlock Holmes	Dr. John Watson	（Sir）Hugo Baskerville	（Sir）Charles Baskerville	（Sir）Henry Baskerville	Dr. James Mortimer
1934年	歇洛克福尔摩斯1273	华生1273	许谷裴师格1281/嚣戈·裴师格1283	却尔司裴师格1284	亨利裴师格1285	乾姆司毛铁麦1276
1997年	歇洛克·福尔摩斯1	华生1	许谷·巴斯克维尔10/萧戈·巴斯克维尔14	查尔斯·巴斯克维尔14	亨利·巴斯克维尔16	詹姆士·毛迪麦4
1958年	歇洛克·福尔摩斯1	华生1	修果·巴斯克维尔10-11/14	查尔兹·巴斯克维尔14	亨利·巴斯克维尔16	杰姆士·摩梯末5

英文	Mr.（Jack）Stapleton	Miss Beryl（Stapleton）	（Mr. and Mrs.）Barrymore	Laura Lyons	Mr. Frankland	Selden
1934年	（杰克·78）史推泊1286	贝儿78	白烈麻1285	罗拉丽盎司1365	佛兰加1286	赛尔屯1321
1997年	（杰克·1334）史台柏17	贝尔1334	白瑞莫15	罗拉·莱恩斯116	佛兰加17	赛尔丹62
1958年	（杰克·81）斯台普吞17	贝莉儿81	白瑞摩15	劳菈·莱昂丝122	弗兰克兰17	塞尔丹63

注：文中出现两个"Hugo Baskerville"，第二个为前者的同名后代。

　　孔慧怡在论及20世纪90年代香港某福尔摩斯探案故事译本时，曾揣测"新译本的译者并不看原著，只是以一个或几个现有译本为蓝本，制造'新译'"，其做法实为"语言内部的翻译或编译"[1]。台湾版《古邸之怪》正是如此，是在语际翻译的基础上进行的语内翻译，即"用同一语言的其他符号对言

1　孔慧怡. 晚清翻译小说中的妇女形象[C]// 孔慧怡. 翻译·文学·文化. 北京：北京大学出版社，1999：67.

语符号进行解释"[1]。

此种修订的存在说明通俗文学译介的读者接受度是译文流通的重要一维，而这些大众读者大多不会比对原文，也不会就译文的忠实问题苛责译者，这是在旧译基础上加以润色的修订版能够流行的根本原因。这一点同外国雅文学作品的翻译有所不同。雅文学研究者之众，层次之高，关注者之多，远非通俗文学译者所能及。雅文学翻译会不断有研究者、批评者来"剜烂苹果"[2]，而通俗文学翻译缺乏这种批评环境，其复译的语内调整也就更多了些生存空间。

两种新译本的修订意识形成对比，1957年至1958年译本以雅文学的翻译规范着手翻译，的确给译文质量带来本质改观，也因此成为改革开放之初的样本，被1981年《全集》采纳，成为后者修订（主要为文字编辑，内容修订不大）的依据。而1997年译本的这种修订方式固然仍可吸引相当多的读者，但在提高读者品味、了解作品全貌，进而对通俗文学翻译提供启示方面都少有积极的意义。

1　Jakobson, Roman. On Linguistic Aspects of Translation [C] // Rainer Schulte and John Biguenet. *Theories of Translation: an Anthology of Essays from Dryden to Derrida.* Chicago: University of Chicago Press, 1992: 145.
2　鲁迅. 关于翻译：下[C] // 罗新璋，陈应年. 翻译论集. 北京：商务印书馆，2009：368.

第五章

"五四"时期及改革开放之初：
雅与俗的两次对峙

鲁迅早在清末就提出:"使观听之人,为之兴感怡悦。……与个人暨邦国之存,无所系属,实利离尽,究理弗存。"[1]周作人也强调"个人艺术之趣味""不依社会嗜好之所在"[2]。周氏兄弟追求文学的独立价值,摒弃梁启超倡导的社会功利观,为"五四"新文学雅俗观的建立树立了新的标杆。"落实到具体的小说创作,五四作家追求的'先锋性',使得其不可能真正的'平民化'。""五四新文学家对'旧派小说'的批评,既反'载道'与'教训',也反'游戏'与'娱乐';可实际上主要针对的是后者。"[3]

文学界对娱乐消遣的俗文学的排斥,造成了雅俗文学的对峙。而在对峙过程中,"总的来说,在20世纪的中国,'高雅小说'始终占主导地位"[4]。"晚清新小说家变革文学的努力受挫,五四作家方才真正开创了中国小说的新纪元。此后便是一路凯歌,一直唱到世纪末的今天。"[5]

五四雅俗观在革命文学的主张出现后,影响力减弱,在20世纪50年代末曾有短暂的复兴,但当时基本上是文学服务政治的局面,未构成对峙。改革开放之初,通俗文学勃兴,形成第二次雅俗对峙。

除文学审美性质的雅俗对峙外,20世纪70年代末、80年代初社会功利性雅俗观不甘退出历史舞台,曾阻碍文学本真状态的雅俗观回归,形成了社会性质的雅俗对峙。

---

1 鲁迅. 摩罗诗力说[C]// 鲁迅. 鲁迅全集:第一卷. 北京:人民文学出版社,2005:73.

2 启明(周作人). 小说与社会[C]. 周作人. 周作人集外文:上集1904—1925. 陈子善,张铁荣,编. 海口:海南国际新闻出版中心,1995:156.

3 陈平原.陈平原小说史论集下册[M]. 石家庄:河北人民出版社,1997:1727,1730.

4 陈平原.小说史:理论与实践[M]. 北京:北京大学出版社,1993:273.

5 陈平原.陈平原小说史论集下册[M]. 石家庄:河北人民出版社,1997:1718.

第一节　两次雅俗对峙的形成及其对通俗文学翻译的影响

中西文学在雅俗分裂之初都存在对峙阶段。通俗文学的读者群受教育程度不及雅文学读者，加之这派作者、译者不擅长理论论辩，在一定程度上导致雅文学在相当长的时期内占据文学主流，成为文学规范的制定者和指引者。以上事实使得通俗文学在雅俗对峙之中常处于弱势地位。

在中国，雅俗对峙带给通俗文学译介以明确的原文中心意识。在20世纪50年代末英美文学翻译高潮中，这种原文中心意识进一步演化为忠实原文的意识。对峙带来的改变为改革开放之初新译本还原通俗文学译本娱乐消遣的本质奠定了基础。

一、雅俗对峙的形成及雅文学的翻译观

从中西通俗小说发展史来看，通俗小说的发展总是同市民社会的形成、工人阶层识字水平提升、基础教育发展、印刷技术更新关联在一起的。通俗小说特定的阅读群体导致通俗小说创作有可能流于低俗，中西方莫不如此。19世纪初，大量充斥哥特式恐怖、暴力犯罪、性刺激的路边文学充斥英国，成为维多利亚时代最为畅销的文学类型。而清末鸳鸯蝴蝶派小说、狭邪小说、黑幕小说的泛滥都说明此类问题在我国同样存在。西方穆迪流动图书馆对小说内容的审查，晚清通俗小说受到"五四"新文学的抨击，说明通俗小说需要引领。高雅小说的存在满足了这样一种需求，使得小说不再仅仅满足娱乐的诉求。如何吸引分化的读者群，是雅文学作者常常考虑的。狄更斯晚期的作品《荒凉山庄》《小杜丽》都是都市神秘小说，前者在西方侦探文学史上也是常被讨论的作品（如《血腥的谋杀》第三章[1]）。这样雅俗共赏的作品在日益商品化的市场竞争中为作者带来了财富〔另一位作家特罗洛普（Anthony Trollope），就通过写作获得了七万英镑的收入〕。到19世纪40年代写作和阅读小说都被认为是体面之事，狄更斯的成就更是到了"近乎希腊、罗马经典的档次"（"if not precisely great literature on the order of

---

1　参见：西蒙斯，朱利安.血腥的谋杀[M].崔萍，等译.北京：新星出版社，2011：37-40.

the Greek and Roman classics"[1]）。就侦探小说而论，无论是爱伦坡、柯林斯还是狄更斯的作品，都具有较高的文学价值和艺术追求，福尔摩斯探案作品对此也有传承（短篇小说成就尤其突出）。侦探小说在小说雅化的过程中起到了积极的至少是过渡性的作用。在乔治·艾略特以前，小说的娱乐功能一直受到英国社会的反对和排斥。萨克雷早期的作品多为戏仿小说，《名利场》中作者还嘲讽了自己。这些例子表明西方小说的发展存在一个由俗向雅的过程。在小说跻身雅文学圈的同时，小说内部也出现了雅俗分化。其中，低俗的标准就很明确，即所谓的"诲淫诲盗"。

在我国，雅俗的标准在"五四"时期确立了起来，且以一种对峙的形态呈现，这一点同西方雅俗分裂对峙时类似。晚清过分强调小说的社会功利价值，以致走向反面。辛亥革命之后、"五四运动"之前新小说"无关风化"的消闲之风泛滥，作品在思想内容上认同市民趣味。此期的新小说创作趋向模式化，言情小说批判"买办婚姻"，黑幕小说"乃至丑诋私敌，等于谤书；又或有嫚骂之志而无抒写之才"[2]，侦探小说则"根据世间案例，警匪轶闻师法泰西侦探小说而创作"[3]。思想观念的保守和滞后注定了新小说在繁盛一时之后必然迅速衰落，民初这一现象引起了当时学界的注意。

> 试观民国改元以来，小说翼飞胫走，几有纸贵洛阳之势，殆可见矣。……然而盛衰循环，无往不然。一二年来，小说界又觉江河日下，衰落之速，出人意表。方其盛也，杂志不下百数十种，而今所存者，仅其一二而已。单本之作，昔亦层见叠出，充斥坊肆，而今则匿迹销声，奄奄欲绝矣。即阅时既久，出其一二，亦鲜风行者。撰文者因而减兴，营业者因而寒心。[4]

1　Brantlinger, Patrick & William B. Thesing. *A Companion to the Victorian Novel* [M]. Malden: Blackwell Publishers Ltd., 2002: 4.

2　鲁迅. 中国小说史略[M]. 北京：人民文学出版社，1973：448.

3　于润琦. 我国清末民初的短篇小说（代序）[C] //于润琦. 清末民初小说书系：侦探卷. 北京：中国文联出版公司，1997：7.

4　绮缘（吴惜）. 吾之小说衰落观[J]. 小说新报，1919（5）：1.

民初的新小说创作既缺乏社会功利价值，又不追求文学审美，这必然导致这股"回雅向俗"的风潮不能持久，"中兴中国小说的重任，历史地落在五四新文学运动的文学巨匠身上"[1]。"五四"建立起一套新的雅俗观，钱玄同、周作人、茅盾，甚至曾创作艳情小说和侦探小说的刘半农转型后也批评"礼拜六派"及黑幕小说消闲的、游戏的、拜金主义的写作观。"五四"文学革命的现代意义表现在"文学独立意识、开放意识、人道主义精神及形式美的强调等"[2]方面。

无论是"艺术派""人生派"，还是以周作人为代表的既坚持小说应密切联系艺术与人生，同时又应保有自身独立性和审美价值的"中间派"，"五四"作家在社会功利价值或文学审美价值上都有一种自觉不自觉的要求（突出表现在对文学审美价值的追求上）。以鲁迅为例，他前期翻译的作品抛弃直接翻译的便利条件，而是通过日语、德语译介俄国和东欧弱小民族文学，显示出强烈的社会功利目的性。[3]从文学审美的雅俗眼光审视，鲁迅在移译《域外小说集》（1909）之后便不再翻译《月界旅行》《地底旅行》这样的通俗文学作品。当然，这种作品遴选标准的变化并非个例，至少胡适在"五四"时期明确主张"只译名家著作，不译第二流以下的著作"[4]。郑振铎在名家名著中又做了进一步的雅俗区分，称林纾翻译的作品中，"仅有这六七十种是著名的（其中尚杂有哈葛德及柯南道尔二人的第二等的小说二十七种，所以在一百五十六种中，重要的作品实尚占不到三分之一。）其他的书却都是第二三流的作品，可以不必译的"[5]。哈葛德和柯南道尔显然被排在雅文学、"重要的作品"之外。

翻译选材的改变说明译者的翻译目的已有所改变。《域外小说集》提出引入

1　于润琦. 我国清末民初的短篇小说（代序）[C] //于润琦. 清末民初小说书系：侦探卷. 北京：中国文联出版公司，1997：16.
2　吴秀亮. 中国现代小说雅俗新论[M]. 北京：人民出版社，2010：2.
3　鲁迅在《域外小说集》序中说："我们在日本留学时候，有一种茫然的希望：以为文艺是可以转移性情，改造社会的。因为这意见，便自然而然的想到介绍外国新文学这一件事。"（鲁迅.《域外小说集》序[C] //鲁迅. 鲁迅全集：第10卷. 北京：人民文学出版社，2005：176）
4　胡适. 建设的文学革命论[J]. 新青年，1918（4）：305.
5　郑振铎. 林琴南先生[J]. 小说月报，1924（11）：9.

"异域文术新宗"[1]的翻译目的，明确揭示了译者的雅文学取向，为了达到雅化的目的，必然会提出"移译亦期弗失文情"[2]的翻译标准。翻译方法上的"直译"和"硬译"明显带有对当时译界不求准确之气加以矫正的意图。鲁迅在给友人的信中提道："《域外小说集》发行于一九〇七年或一九〇八年，我与周作人在日本东京时。当时中国流行林琴南用古文翻译的外国小说，文章确实很好，但误译很多。我们对此感到不满，想加以纠正，才干起来的。"[3]鲁迅本人就曾对早期翻译《斯巴达之魂》的豪杰译作风懊悔不已："现在看起来，自己也不免耳朵发热。"[4]以上翻译选材、目的、标准和方法的改变说明译界对于文学作品的雅化品格认识愈发深刻。译者的中外语言能力也渐趋成熟，不再像早年那样边学边译。鲁迅就曾说过，"而且我那时初学日文，文法并未了然，就急于看书，看书并不很懂，就急于翻译"[5]。

在选用什么样的语言来传达作品的雅化意识时，"五四"新文学运动明确表达了"反文言"、力求言文一致的主张。这种主张不仅体现在创作上，就翻译而言，"现在中国所译的西洋文学书，大概都不得其法，所以收效甚少。我且拟几条翻译西洋文学名著的办法如下：……（2）全用白话，韵文之戏曲，也都译为白话散文"[6]。在《域外小说集》之中，周氏兄弟对于文白问题上的保守复古立场在一定程度上造成了初版的失败。"不过《域外集》和《匈奴奇士录》因用文言，且用语古奥，遇抒情色彩浓郁或感情饱满的原作，以今日习惯于白话文的人读来，文情细腻曲婉处损失多半。"[7]

另外，晚清以来译名问题的探讨热为译者应对新思想、新名词积累了理论和实践两方面的经验，这也是文学作品，尤其是像福尔摩斯探案小说这样包含科

---

1 鲁迅.《域外小说集》序言[C] // 鲁迅.鲁迅全集：第10卷.北京：人民文学出版社，2005：168.
2 同上。
3 鲁迅.320116（日）致增田涉[C] // 鲁迅.鲁迅全集：第14卷.北京：人民文学出版社，2005a：196.
4 鲁迅.序言[C] // 鲁迅.鲁迅自编文集 集外集.南京：译林出版社，2014：2.
5 同上。
6 胡适.建设的文学革命论[J].新青年，1918（4）：305.
7 王友贵.周作人文学翻译研究[D].上海：复旦大学，2000：19.

学、逻辑思想的作品得以细化和精确传达的前提。严复"一名之立、旬月踟蹰"[1]
的精神为后世敬仰，然其为译名开创的原则并不全然适用，其"格义"和"会
通"的译名策略有助于译本为士大夫接受，但不免给译名带来本土色彩："盖翻
艰大名义，常须沿流讨源，取西字最古太初之义而思之，又当广搜一切引申之
意，而后回观中文，考其相类，则往往有得，且一合而不易离。"[2]

严复目睹了传教士"浅文理"文体的失败，这一点可从吴羽纶为《天演论》
作的序中可见：

> 适当吾文学靡敝之时，士大夫相矜尚以为学者，时文耳、公牍耳、
> 说部耳。舍此三者，几无所为书。而是三者，固不足与文学之事。今西
> 书虽多新学，顾吾之士以其时文、公牍、说部之词，译而传之，有识者
> 方鄙夷而不之顾，民智之瀹何由？此无他，文不足焉故也。[3]

因此，严复翻译的《天演论》刻意选择古雅文体。这一决定是否能够达到传
播西学的目的，吴羽纶本人曾表示怀疑："与晚周诸子相上下之书，吾惧其俪驰
而不相入也。"[4]严复在其自序中提到逻辑之学，涉及不少名词术语："及观西人
名学，则见其于格物致知之事，有内籀之术焉，有外籀之术焉。内籀云者，察其
曲而知其全者也，执其微以会其通者也；外籀云者，据公理以断众事者也，设定
数以逆未然者也。"[5]其中，"名学"为"逻辑（学）"，"格物致知"为"科
学"，"内籀"为"归纳推理"，"外籀"为"演绎推理"。林纾、魏易在翻译

1　严复.译例言[M] // 赫胥黎.严复先生翻译名著丛刊　天演论.严复，译.上海：上
海交通大学出版社，2014：18.
2　严复.尊疑先生复简　壬寅四月[J].新民丛报，1902（12）：7.
3　吴羽纶.吴序[M] // 赫胥黎.严复先生翻译名著丛刊　天演论.严复，译.上海：上
海交通大学出版社，2014：22.
4　同上，第23页。
5　同上，第26页。

《歇洛克奇案开场》时，将"science"[1]译为"科学"[2]，将"logician"[3]译为"论理学家"[4]，将"deduction"[5]译为"演绎之学"[6]，福尔摩斯探案小说全篇都没有使用"induction"（"归纳"），但其使用的"reasoning"[7]被译为"推解"[8]。严复推出的逻辑学术语用语古奥，立名的指导原则也不无问题，其流行推广自然受到阻碍。连作为古文大家的林纾对此套术语都加以摒弃，一般译者的反应可想而知。另一篇福尔摩斯探案小说《亲父囚女案》（1902）开篇探讨演绎本领、逻辑综合能力的部分被删去，一种可能的原因为译者没法找到恰当的术语。

"无论是文体也好，译名也好，时代所呼唤的新'国语'走上了一条与严译背道而驰的路。"[9]尽管如此，严复时代利用中西书籍、报刊既有词汇作译词，"自具衡量，即义定名"[10]和取法日本译词的三种译名拟制方式对于后来译者有深刻影响。晚清译名问题引起了梁启超、黄遵宪、吴稚晖以及读者的热情参与，后来胡以鲁、荣挺公、章士钊分别撰有《论译名》（1914）、《译名（致〈甲寅杂志〉记者）》（1914）、《答荣挺公论译名》（1914）。胡以鲁的《论译名》为意译专名订立了20条原则，为文化负载词拟定了10条翻译原则。荣挺公反对人

1　Doyle, Arthur Conan. *The Complete Sherlock Holmes* [Z]. New York: Doubleday/Penguin Books, 1930: 33.

2　科南达利（柯南道尔）. 歇洛克奇案开场[Z]. 上海：商务印书馆，1914：28.

3　Doyle, Arthur Conan. *The Complete Sherlock Holmes* [Z]. New York: Doubleday/Penguin Books, 1930: 23.

4　科南达利（柯南道尔）. 歇洛克奇案开场[Z]. 上海：商务印书馆，1914：12. 章士钊称"论理学"（"science of reasoning"）为逻辑学"稚时之定义""浅狭不适用"，见章士钊（行严）. 答荣挺公论译名[C]// 中国翻译者工作协会《翻译通讯》编辑部. 翻译研究论文集（1894—1984）. 北京：外语教学与研究出版社，1984：36.

5　Doyle, Arthur Conan. *The Complete Sherlock Holmes* [Z]. New York: Doubleday/Penguin Books, 1930: 23.

6　科南达利（柯南道尔）. 歇洛克奇案开场[Z]. 上海：商务印书馆，1914：12.

7　Doyle, Arthur Conan. *The Complete Sherlock Holmes* [Z]. New York: Doubleday/Penguin Books, 1930: 84.

8　科南达利（柯南道尔）. 歇洛克奇案开场[Z]. 上海：商务印书馆，1914：95.

9　沈国威. 近代中日词汇交流研究：汉字新词的创制、容受与共享[M]. 北京：中华书局，2010：180.

10　严复. 译例言[M] // 赫胥黎. 严复先生翻译名著丛刊　天演论. 严复，译. 上海：上海交通大学出版社，2014：18.

名、地名、物名之外的音译，明确提出了译名的淘汰原则："苟学者各竭其心思，新名竟起；将由进化公例，司其取舍权衡。"[1]章士钊主张音译："若取音译，则定名时与界义无关涉；界义万千，随时吐纳，绝无束缚驰骤之病。利害相较，取舍宜不言可知。"[2]"五四"时期朱自清的《译名》对前述见解有批判，有借鉴，说明学界对译名问题的理解又深了一步，渐趋成熟。朱自清总结了五种译名翻译方法（其中音译分为三种），逐一驳斥了反对意译者提出的三点意见，连带谈论了采用日本译名和借用外语两个问题。正是因其有了实践的积累和理论的深化，文学翻译才能做到更好地表达原意，进而雅化。诚如朱自清在《译名》一文中所言："译成的文字怎样才能达出原意，怎样就失掉原意了？这是译法问题。里面又包着两个问题：甲是译笔问题，是从译者修辞的方法一方面看。乙就是译名问题，是从所译的名确当与否一方面看。"[3]

"五四"时期翻译思想的转变还体现在对文体风格翻译问题的重视上，此期译者对文学雅化品格十分关注。郑振铎总结了当时的风格不可译思想，指出："人们的思想是共通的，是能由一种文字中移转到别一种的文字上的，因之'翻译思想而为文字'的表白——风格，也是能够移转的。"[4]他将作品雅化品格能够翻译的原因归结为译者翻译能力的提升和译者翻译经验的积累，这表明译者已经部分跨越了域外文学译介初期巨大的语言和文化障碍。"文学书是绝对的能够翻译的，不惟其所含有的思想能够完全的由原文移到译文里面，就是原文的艺术的美也可以充分的移植于译文中——固然因翻译者艺术的高下而其程度大有不同——不独理想告诉我们是如此，就是许多翻译家的经验的成绩，也足以表现出这句话是很对的。"[5]在翻译方法上，郑振铎主张"直译"，他以斯特林堡的小说《爱情与面包》、林黛玉的《葬花词》、《圣经》中的《加拉太书》、周作人的译文《沙漠间的三个梦》，甚至语内翻译的实例等证明"直译"的可行性："用

---

1 荣挺公. 译名（致《甲寅杂志》记者）[J]. 甲寅（东京），1914：37.
2 章士钊（行严）. 答荣挺公论译名[C] // 中国翻译者工作协会《翻译通讯》编辑部. 翻译研究论文集（1894—1984）. 北京：外语教学与研究出版社，1984：37.
3 朱佩弦. 译名[J]. 新中国，1919（7）：95.
4 郑振铎. 译文学书的三个问题[J]. 小说月报，1921（3）：2.
5 同上。

一句一句的'直译'方法，来从事文学书的翻译，则，（一）这本文学书的全体的艺术的布置法能完全的移到译文上……（二）就是一节一段的前后布置也能同样的翻译出来……（三）一句中的字的排置，有时也大略的能在译文里表现出来……（四）更可惊奇的，就是原文中的新颖而可喜的用字法，译文中也大概能把他引渡过来。"[1]

傅斯年强调了译者的两种责任："（一）译书人对于作者负责任；（二）译书人对于读者负责任。"[2]他将"对于作者的责任"放在"对于读者的责任"之前，显然是出于一种原文中心意识。晚清以来译述乃至豪杰译的做法同图里所谓的"文学文本的翻译"是颇为一致的，而其提出的"文学翻译"则同"五四"期间以原文为中心的翻译实践相吻合。"文学文本的翻译"指"接受文化认为具有文学性的任何文本的翻译"[3]，而"文学翻译"指"被源语文化认定为具有文学性的文本的翻译：……其重点在于保留（或做得更好些，再现）源语文本的内部关系网络"[4]。

综而论之，雅文学译者翻译域外文学经典时建构起一套文学翻译规范，基本上实现了从"文学文本的翻译"向"文学翻译"的过渡，其核心即以原著为中心的翻译观。随着"五四"新文化运动的发展，翻译实践中的这种原文中心观逐渐演变为基本忠实的翻译观。而在雅文学翻译理念上，论者更是探讨了包括"信、达、雅"在内的更为丰富和深刻的翻译思想，为后来译作向雅化译本迈进提供了理论动力和支撑。

1　郑振铎. 译文学书的三个问题[J]. 小说月报，1921（3）：3-4.

2　傅斯年. 译书感言[J]. 新潮，1919（3）：531.

3　Toury, Gideon. *Descriptive Translation Studies and Beyond* [M]. Shanghai: Shanghai Foreign Language Education Press, 2001: 168.

4　同上。图里提到两种类型的文学翻译（"literary translation"），却没有分别命名。"文学文本的翻译"和"文学翻译"的说法见饶梦华. 近代小说翻译的文学文本翻译——以侦探小说The Hound of the Baskervilles的译介为例[J]. 广东外语外贸大学学报，2010（5）：54. 本章中提到两种文学翻译时，不加引号的文学翻译指两种翻译的总称，加引号的"文学翻译"为文学翻译的子类型。后文在图里提到文学翻译的三种模式时，其中的"literary translation"笔者译为"文学翻译模式"，以示同翻译类型的区分。

二、雅文学翻译观给俗文学翻译带来的影响

"新文学运动的新精英分子在推动白话文之余，亦致力推广当时西方文学已有的文学建制，包括此建制认许的经典小说。"[1] "五四"新文学运动的发起表明该运动的文化主将具有明确的雅文学意识和精英立场，对俗文学的排斥是其雅文学意识的必然表现。鲁迅在《新青年》上批评北方的武侠小说与南方的才子佳人小说、黑幕小说泛滥。

> 直隶山东的侠客们，勇士们呵！诸公有这许多筋力，大可以做一点神圣的劳作；江苏浙江湖南的才子们，名士们呵！诸公有这许多文才，大可以译几页有用的新书。我们改良点自己，保全些别人；想些互助的方法，收了互害的局面罢！[2]

郑振铎在看到自命的"新的文人（？）"也在做消闲文章时，说："文学绝不是个人的偶然兴到的游戏文章，乃是深埋一己的同情与其他情绪的作品。以游戏文章视文学，不惟侮辱了文学，并且也侮辱了自己！"[3]

从创作技法上，胡适批评了通俗小说创作的因循守旧和程式化。

> 现在的小说，（单指中国人自己著的）看来看去，只有两派。一派最下流的，是那些学《聊斋志异》的札记小说。……还有那第二派是那些学《儒林外史》或是学《官场现形记》的白话小说。……现在的"新小说"，全是不懂文学方法的：既不知布局，又不知结构，又不知描写人物，只做成了许多又长又臭的文字；只配与报纸的第二张充篇幅，却不配在新文学上占一个位置。[4]

1　孔慧怡.以通俗小说为教化工具——福尔摩斯在中国（1896—1916）[C] // 孔慧怡.翻译·文学·文化.北京：北京大学出版社，1999：28.
2　唐俟（鲁迅）.（六四）有无相通[J].新青年，1919（6）：633.
3　西谛.中国文人（？）对于文学的根本误解[C] // 魏绍昌.鸳鸯蝴蝶派研究资料：上卷史料部分.上海：上海文艺出版社，1984：61.
4　胡适.建设的文学革命论[J].新青年，1918（4）：299-300.

　　雅俗的对峙不仅表现在创作领域形成相互对峙的两大阵营上，在翻译方面，这两大阵营也泾渭分明。程小青主译《福尔摩斯探案全集》（1927）的译者队伍就包括武侠小说家顾明道，侦探小说家朱痩、俞天愤，随笔、趣闻作家郑逸梅，鸳鸯蝴蝶派小说家包天笑，通俗小说作家范烟桥等。其他译者，如范佩萸、范菊高、周痩鹃等也系程小青所在的"星社"成员。可见，福尔摩斯探案作品是被雅文学译者排除在外的。

　　在译者群体雅俗分化对峙的局面下，雅文学翻译理念不易为俗文学翻译群体接受。雅文学翻译理论具有前瞻性和先导性，其指导意义在翻译实践领域的被接受与认可必然滞后。即使是《域外小说集》，其译文同周氏兄弟提出的"移译亦期弗失文情"[1]的理念也存在较大差距。以周作人翻译的《默》为例。爱伦·坡原文 *Silence—A Fable* 是一则恐怖故事，"著者事略"则称"自题曰寓言，盖以示幽默之力大于寂寞者"[2]。译者对"幽默"并非不解，至少鲁迅曾撰文，称"将 humor 这字，音译为'幽默'，是语堂开首的。因为那两字似乎含有意义，容易被误解为'静默''幽静'等，所以我不大赞成，一向没有沿用。但想了几回，终于也想不出别的什么适当的字来，便还是用现成的完事"[3]。此处对"幽默"的使用并不恰当，译者对于《默》中蕴含的超验主义和反理性主义思想，理解上存在较大偏差。译法上也不无问题，只求不失内容，对语言形式的忽略导致译文难以做到"弗失文情"。周作人曾回忆《域外小说集》翻译采用的方法时说："将原文看过一遍，记清内中的意思，随将原本搁起，拆碎其意思，……上下前后随意安置，总之只要凑得像妥帖的汉文，便都无妨碍，……我们于一九零九年译出《域外小说集》二卷，其方法即是如此。"[4]译文所用骈散夹杂的文体也有明显的

1　鲁迅.《域外小说集》序言[C] // 鲁迅. 鲁迅全集：第10卷. 北京：人民文学出版社，2005：168.

2　鲁迅，周作人. 著者事略[C] // 怀尔特，等. 域外小说集. 会稽周氏兄弟，旧译. 巴金、汝龙，新译. 长沙：岳麓书社，1986：2.

3　鲁迅.《说幽默》译者附记[C] // 鲁迅. 鲁迅全集：第10卷. 北京：人民文学出版社，2005：303.

4　周作人. 谈翻译[C] // 罗新璋，陈应年. 翻译论集. 北京：商务印书馆，2009：541.

复古倾向，并不具有先锋性。

鲁迅的"直译""宁信而勿顺""硬译"等翻译理念受到多方的挑战，引起了多次辩论，鲁迅本人的翻译实践也在朝自己设定的翻译目标前进的过程中不断探索。这些"应然"的翻译理论同"实然"的翻译现实之间，仍存在巨大的鸿沟。但有一点是"五四"时期雅文学理论界和翻译实践的指导观念都基本接受和认可的，即以原文为中心的翻译观。胡适曾表示："译书第一要对原作者负责任，求不失原意；第二要对读者负责任，求他们能懂；第三要对自己负责任，求不致自欺欺人。这三重担子好重呵！"[1]沈雁冰也强调："翻译文学书大概可以先注意下列的两个要件：（一）单字的翻译正确。（二）句调的精神相仿。"[2]有关译文的文体风格，他还表示："翻译文学之应直译，在今日已没有讨论之必要，但直译的时候，常常因为中西文字不同的缘故，发生最大的困难，就是原作的'形貌'与'神韵'不能同时保留。……就我的私见下个判断，觉得与其失'神韵'而留'形貌'，还不如'形貌'上有些差异而保留了'神韵'。"[3]围绕余家菊译《人生之意义与价值》展开的论战虽有政治因素的干预，但论者相互纠错的原文中心意识和直接翻译意识在论战中有明确的显露。吴稚晖参与论战并提出注译运动。[4]郭沫若并不赞同："所以吴氏说'注译是近于理想的'，我却以为不然。我们相信理想的翻译对于原文的字句，对于原文的意义自然不许走转，而对于原文的气韵尤其不许走转。"[5]在以原文为中心的基础上，"五四"时期的雅文学译者对风格在翻译中的传达格外重视。对风格的重视并不等同于在实践

---

1 适（胡适）.编辑余谈[N].努力周报，1923-04-01（3）.
2 沈雁冰.译文学书方法的讨论[J].小说月报，1921（4）：2.
3 同上，第1页。
4 吴稚晖在《移读外籍之我见》一文中，提出直译、意译以外，另增一"注译"，以解决翻译中的两个问题："（一）懂不得他字眼的解说。（二）看不懂他句法的构造。"［吴稚晖.移读外籍之我见[J].民铎，1921（5）：5］对于前者的解决，吴稚晖认为："拆开注外籍的组成分，便是（一）是存原文。（二）是直译当注。（三）是'译释'当疏。"［吴稚晖.移读外籍之我见[J].民铎，1921（5）：8-9］；对于后者的解决，吴稚晖认为"其实若能如日本人早悟文法段落的分配，从容将彼我不同之点，照文例转变起来，什么会瞎做语法毕肖的好梦，反致落在费解的浪漕里呢？"［吴稚晖.移读外籍之我见[J].民铎，1921（5）：12］
5 郭沫若.讨论注译运动及其他[J].创造季刊，1923（1）：39.

中能够将风格很好地传译出来。胡适在翻译欧·亨利的《苏格兰威士忌的〈鲁拜集〉》（*The Rubaiyat of a Scotch Highball*，1906）时便忘了对原作者的责任，竟然将开头一段文字全部删去，被删文字如下："This document is intended to strike somewhere between a temperance lecture and the 'Bartender's Guide.' Relative to the latter, drink shall swell the theme and be set forth in abundance. Agreeably to the former, not an elbow shall be crooked."[1]删改可能跟胡适本人强调短篇小说应当"经济"的理念有关，他对"短篇小说"界定如下："短篇小说是用<u>最经济</u>的文学手段，描写事实中<u>最精彩的一段</u>，或一方面，而能使人允分满意的文章。"[2]（着重号原文自带）当然，也不能排除译文的难度造成了译者的删改。试看当下译文："本文的目的介于戒酒讲座和《酒吧侍者手册》之间。关于后者，酒类将有助于拓展主题，大量供应。为了适应前者，文中绝没有举杯祝酒的意思。"[3]其中称要讲述的故事为"文件"（"document"）有一种故弄玄虚的架势，"agreeably to"有一种搭配上的古怪，而"crook an elbow"又添了方言俚语的味道，当下的译文没有体现出这种风格的个性化特征。原文的第二段共三句，胡适只译了第一句："巴伯白璧德国戒了酒了。"[4]后两句中不乏欧·亨利的诙谐与幽默，俚语的大量运用收到了欧·亨利式的幽默效果。"cut out the booze""on the water wagon"同首句的"off the stuff"呼应（胡适译文无呼应可谈，但其措辞也没有翻译出俚语的味道，今以"杯中物"译"stuff"显然在此方面有较大改进）。夸张的措辞和情节的出奇变化在第三句中体现得尤为突出："鲍勃突然对'恶魔朗姆'——系白领结的酒吧侍者把威士忌误称为'恶魔朗姆'（参看《酒吧侍者手册》）——抱有敌对态度的原因，肯定会使改革家和酒馆老板感到有兴趣的。"[5]胡适的删改说

1　O. Henry. The Rubaiyat of a Scotch Highball [C] // O. Henry. *The Trimmed Lamp*. New York: Doubleday, Page & Co., 1913: 32.

2　胡适. 论短篇小说[J]. 新青年，1918（5）：395.

3　欧·亨利. 欧·亨利小说全集：4[Z]. 王永年，译. 北京：人民文学出版社，2003：205.

4　欧·亨利. 戒酒[J]. 适之译. 新月，1928（7）：1. "白璧德国"应系"白璧德"，下文均用"白璧德"一名。

5　欧·亨利. 欧·亨利小说全集：4[Z]. 王永年，译. 北京：人民文学出版社，2003：205.

明他对原文文体的认识和传达远未达到"雅化"的程度。细察之下，胡适译文在达意的层面尚有不足。他在同周瘦鹃的谈话中提及删改该篇的原因："你瞧这开头几句全是美国的土话，译出来很吃力，而人家也不明白，所以我只采取其意，并成一句就得了。……我译了短篇小说，总得先给我的太太读，和我的孩子们读。"[1] 胡适的雅文学翻译实践反映了雅文学如何适俗的问题。

雅文学译者本身的翻译实践表明，"五四"雅俗对峙期间，雅文学的翻译存在理论超前、实践落后的问题。傅斯年对此有所察觉："现在读外国文的人多了，随时可以发现毛病。……翻译者虽欲不对于作者负责任而不能。但是这责任也还不是容易负的呢。要想不做罪人，须得和原书有六七分相同。这六七分的事业，已是极难了。"[2]

雅文学自身的译者在第一次雅俗对峙期间尚未完全摆脱译述之风，此时便无法期待俗文学译者能够在通俗小说的译介上走得更远。严独鹤主持《新闻报》副刊《快活林》，同编辑《申报》副刊《自由谈》的周瘦鹃被并称为"一鹃一鹤"。在1916年中华书局出版的《福尔摩斯侦探案全集》中，严独鹤译有《失马得马》《窗中人面》《佣书受绐》《午夜枪声》《孤舟浩劫》《窟中秘宝》《客邸病夫》《悬崖撒手》八篇，1927年世界书局出版的《福尔摩斯探案全集》中译有《空屋》一文。《午夜枪声》一则中，严独鹤按照其本人划定的"情节集团"（按情节相关程度和密集程度组合的段落群）将原文的段落重新组合。以严独鹤重组译文的前四段为例。第一段（原文前两段）系导引部分，即福尔摩斯探案生病，却因此卷入另一起相关联案件的调查与侦破。第二段（原文3至19段及20段首句），即案件的起因——福尔摩斯听从华生意见，到乡下疗养，不料乡间发生盗窃案。第三段（原文20段第2句至37段），案件进一步发展，发生杀人事件，华生友人、华生及福尔摩斯就案件进行讨论。第四段原文（38至52段，因有纸片内容的插入，不得不中断）讲警探登门造访福尔摩斯，陈述案情。译文第一段是将原文前两段打乱重新组合的，如案件发生的年、月、日分别出现在两段之中，被译者整合为一处。导入部分言明案件"去今未久，邦人君子，类能道其事，固无

1　周瘦鹃.胡适之先生谈片[N].上海画报，1928-10-27（2）.

2　傅斯年.译书感言[J].新潮，1919（3）：532.

庸余之陈述"[1]。华生的上述评论被译者安排在华生前往里昂看望福尔摩斯之后，原文顺序被打乱了。作者经常制造一些离奇案件的噱头来吸引读者注意，以强调正文案件的特异之处，这一点译者显然不了解。译文的删削虽不严重，但数目颇多，比如累倒福尔摩斯的案件不止译文中提及的"荷兰苏门答腊公司之巨案"[2]，还有"莫泊丢斯男爵策划的那个庞大阴谋"[3]。上校友人恭维他时，福尔摩斯先是"摆了摆手，意思是不敢当"[4]，然后才有接下来的表情"福尔摩斯微笑，若甚悦"[5]，此前一句的省略没能反映出福尔摩斯略显自负的一面。一些"By the way"[6]这样的插入语和其他小词的省略就更常见了。该译本只译情节的媚俗之风十分明显。

现就1927年译文[7]风格做一对比。严独鹤翻译的《空屋》在题名上没有对原文做任何改动（"The Empty House"），这一点读者从所附英文题名两相对照可知，1981年《全集》译本也采用了同一译名。该题名比1904年奚若在《再生第一案》中的题名"空屋伏袭案"简洁，比1916年《全集》中严天俟另起的题名"绛市重苏"清晰。"绛市重苏"取自《左传》："夏，会晋伐秦，晋人获秦谍，杀诸绛市，六日而苏。"（《左传·宣公八年》）就译本整体的媚俗风格来说，该题名可谓晦涩难懂，归化色彩浓，并不成功。1927年《全集》中《空屋》一案首段译文如下：

在一八九四年的春天，伦敦的人们——尤其是那些下流社会——都

---

1 柯南道尔. 福尔摩斯侦探案全集[Z]. 刘半农，等译. 上海：中华书局，1916f：55.
2 同上。
3 柯南·道尔. 福尔摩斯探案全集[Z]. 李家真，译注. 北京：中华书局：2012c：155.
4 同上，第156页。
5 柯南道尔. 福尔摩斯侦探案全集[Z]. 刘半农，等译. 上海：中华书局，1916f：57.
6 Doyle, Arthur Conan. *The Complete Sherlock Holmes* [Z]. New York: Doubleday/Penguin Books, 1930: 398.
7 由于收集困难，本书使用的是1934年的《白话标点福尔摩斯探案全集》。该《全集》在1927年《全集》的基础上补全了剩余的六部短篇（《三角墙山庄》《皮肤变白的军人》《狮鬃毛》《退休的颜料商》《戴面纱的房客》《肖斯科姆别墅》），重排出版。下文所有1927年译文的例证均出自1934年《全集》，不再另做说明。

因着罗奈特哀迪亚贵爵被杀的案子，互相喧传惊奇。那案子的情节原是很离奇复杂的，后来因着警察的侦查结果，已将犯案的情形披露出来。但所披露的，只是些大略，大部分却仍隐讳不宣。原来当时案情既很惊骇动人，在裁决的时候，原没有细究详情的必要。直到现在，已将近隔离十年了，我方才得到允许，把这案中失落的节环披露出来，以便完成这一条奇特的练子。那案子的本身，固然是很富趣味的，但若和那案子的意外的结局比较，那动人的程度，还相差很远。这里面的种种惊奇和骇怖，委实是我冒险生活中所少见的。现今虽隔了这许多岁月，我一想到这事，还不由的使我回想当时的惊诧，疑讶，和欢乐等等的感情。我还须说明一句，我从前曾把一个非常奇特的人的思想行动，介绍给社会上的人们。对于这一件案子，我也早想披露出来，便大家明了个中的真相。但所以迟迟不宣的缘故，我却不负责任，就因我因着他的禁止，实不便擅自发表，现在这禁止的信约，却已在上月的三日取消了。[1]

案件的开头对于一般读者而言可谓冗长而乏味，译者之所以保留应是对柯南道尔开篇的妙处有所体悟。这种催眠式的开场正是为情节的爆发做好思想准备："柯南道尔这位大师能恰到好处地掌握这个令人昏昏欲睡的、平静的开场所允许的限度。"[2]译文画线处补充了1916年《全集》译文的缺漏。该补充信息虽有些隐讳，但十分重要，因"那案子的意外的结局"本身就包含福尔摩斯再生一节，其中的微妙内涵是读者在读完全文之后才能醒悟和体味的，开篇处处隐讳也是柯南道尔高妙的情节布局手法的体现。另外，1916年《全集》将"一个非常奇特的人"直呼为"吾友福尔摩斯"[3]是对作者含蓄隐讳叙事的破坏，新译显然在叙事文体风格上有了更深入的认识，才做到了以原文为中心近乎直译的翻译。当然误

1　柯南道尔. 福尔摩斯探案全集[Z]. 程小青, 等译. 上海: 世界书局, 1934: 418-419.

2　阿达莫夫, 阿. 侦探文学和我——作家的笔记[M]. 杨东华, 等译. 北京: 群众出版社, 1988: 121.

3　柯南道尔. 福尔摩斯侦探探案全集[Z]. 刘半农, 等译. 上海: 中华书局, 1916h: 1.

译、漏译、增译现象也是有的。如将"the fashionable world"[1]译作"下流社会"偏差就很大，"for I should have considered it my first duty to do so"[2]一句系漏译，"实不便擅自发表"系增译。

从严独鹤的身上可以看到通俗文学译者翻译作风的变革。这说明部分具有雅化追求的通俗文学译者在雅文学翻译观的影响下，已经逐渐摆脱媚俗的风气，自觉追求原文内容和风格的如实再现。就翻译模式而论，至"五四"时期，翻译模式已经从"语言翻译模式""文本翻译模式"过渡到了"文学翻译模式"。针对"文学文本的翻译"和"文学翻译"两种文学翻译，图里提出"语言""文本""文学"三种翻译模式。语言翻译（"linguistically-motivated translation"[3]）强调译文"在目标语句法、语法、词汇方面符合规范"[4]，"文本翻译"强调"生成符合目标语文化文本生成规约的产品"[5]，"文学翻译模式""遵守目的方认为具有文学性的模式和规范"[6]，以上三种模式大致同晚清至"五四"期间的"豪杰译""译述""以原文为中心的翻译"[7]模式相吻合。

第一次雅俗对峙带来的译界风气的转变表现为"以原文为中心"的翻译方式逐渐被接受。至于在多大程度上翻译实践实现了雅化，这同译者自身的文学追求有很大关系。胡适就有明显的适俗翻译理念："《短篇小说第一集》销行之广，转载之多，都是我当日不曾梦见的，……这样长久的欢迎使我格外相信翻译外国文学的第一个条件是要使它化成明白流畅的本国文字。"[8]

雅文学存在适俗的问题，通俗文学也存在向雅的问题。严独鹤、周瘦鹃、程

1　Doyle, Arthur Conan. *The Complete Sherlock Holmes* [Z]. New York: Doubleday/Penguin Books, 1930: 483.

2　同上。

3　Toury, Gideon. *Descriptive Translation Studies and Beyond* [M]. Shanghai: Shanghai Foreign Language Education Press, 2001: 171.

4　同上。

5　同上。

6　同上。

7　"原文为中心"反映了"五四"期间新文学学习借鉴西方文学的现实，此期目的语文学性恰恰建立在学习域外文学的基础之上。

8　胡适. 译者自序[C]. 都德，等. 短篇小说集. 胡适，译. 合肥：安徽教育出版社，2006：87.

小青等具有与时俱进观念的译者在很大程度上提升了译文的准确性，并在此基础上注重传达原文风格，其雅化意识是第一次雅俗对峙给通俗文学译介带来的最大变化。

尚有一些过渡形态，比如吴宓翻译的《名利场》就游走于雅俗之间。题名的翻译体现了雅的一面：

> 此书名*Vanity Fair*直译应作虚荣市，但究嫌不典，且"名利场"三字为吾国常用之词，而虚荣实即名利之义，故径定名曰《名利场》。（近京中各剧场，演映美国人用此书中之本事所排制之电影，译其名为《战地鸳鸯》，此与商务印书馆小本小说译*Te Vhicar of Wakefield*为《双鸳侣》同一荒谬，盖全不察原书之主旨及其做法，而率意杜撰。以寻常说部之名词，<u>为歆动俗人之举也</u>。）至原书之名，乃本于耶教《圣经·旧约·诗篇》之第六十二章第九节。其文云："贫贱之人，确如无物；富贵之人，亦属虚假。衡以天平，浮而不沉。比之嘘气，尤为轻空。"意盖谓贫贱固不足道，即富贵亦安可恃？富贵本身外物，毫无价值。凡人但当猛省彻悟，虔信上帝，斯为得耳。……又《旧约·传道书》（*Ecclesiastes*）第一章第二节曰："吾观万事，空之又空，虚之又虚。"所译亦即"Vanity"一字。十七世纪中，彭衍John Bunyan（1628—1688）作宗教小说《天路历程》，*Pilgrim's Progress*中有虚荣城，城中有市集曰"虚荣市"Vanity Fair……入市者皆购得虚荣而去。至市之得名，以该城，城极轻，如嘘气，故曰虚荣市云云。此即用上述《旧约》中之典。……今沙克雷之书，其名由《天路历程》此段而来。[1]

吴宓对题目的解释只是"译者识"的一部分，接下来吴宓还讲述了题名所涉的"勾心斗角"内涵及题名后半部分*A Novel Without a Hero*的含义，兼及人名的寓

1　吴宓. 译者识[J] // 沙克雷. 名利场. 吴宓，译. 学衡，1926（55）：1. 引文中*Te Vhicar of Wakefield*为*The Vicar of Wakefield*之误。

言式内涵及其翻译。吴宓认为题名后半段"有违小说常例"[1]，这一点是否涉及小说作者的创新意识，暂且不论。仅就题目的翻译而言，译者下的功夫颇深，后来译本基本沿袭此译名。另外，在作品主要人物的译名如何体现寓意上，译本也斟酌了一番，如把"Amelia Sedley"译为"薛美理"，彰显其"才短而德厚，贤淑和善"[2]之品格。译文考证细致，甚至文中提及的"编戏人自备有烛多枝，照耀台上"[3]一句都标出沙克雷实际在暗指自己为《名利场》绘制的插图，这种详尽的注释（不长的《前言》中包含五处注释）意识颇有深度翻译的风格与特色。

然而，吴宓译本采用的却是章回体。第一回回目为"媚高门校长送尺牍 泄奇忿学生掷字典"，开篇为"话说"[4]，结尾为"欲知后事如何，且听下回分解"[5]；在解释因果关系时加上"原来（薛小姐之父⋯⋯）"[6]，转折的时候加上"且说（向来校长保荐学生之函⋯⋯）"[7]；作者被假想为说书人（"Amelia"被称作"薛小姐"，"we"被译作"说书人"且能替书中角色表白）：

> 但自薛小姐去后，那两扇校门怦然一闿，将卞仁美及他的校长姊姊关闭其中，恐怕永远不能再到我这书中的世界出头露面。既然如此，说书人又何必替卞仁美长久担忧呢？然而薛小姐之事方长，故此开卷之初，亦不妨即替他着实表白一番。[8]

译文中的适俗倾向还表现在译者没能注意到原文中局部的旁观者视角，没能体现人物语言夹杂法语这一特点，以及没能反映出叙事者使用古板累赘语言借以讽刺校长的用意等方面。[9]

1　吴宓.译者识[J] // 沙克雷.名利场.吴宓，译.学衡，1926（55）：2.
2　同上，第3页。
3　沙克雷.名利场[J].吴宓，译.学衡，1926（55）：4.
4　同上，第5页。
5　同上，第13页。
6　同上，第8页。
7　同上。
8　同上，第9页。
9　参见：方开瑞.语境、规约、形式：晚清至20世纪30年代英语小说汉译研究[M].
　　北京：北京大学出版社，2012：214-220.

民国时期的文学翻译规范一直在不断调整，在多大程度上适俗是雅、俗文学均需面对的问题。"五四"以后俗文学翻译整体有向雅趋势，明显表现为以原文为中心的翻译观逐步为通俗译者接受，译述之风受到较大遏制，译述程度显著降低。但译述之风并未马上消失，市民读者对章回体的偏爱加上20世纪20年代至30年代初文坛复古倾向的冒升，都使得译述之风的整体逆转到1949年以后才能完成。对这种由俗向雅的进程，鲁迅是有清醒认识的："大约凡是译本，倘不标明'并无删节'或'正确的翻译'，或鼎鼎大名的专家所译的，欧美的本子也每不免有些节略或差异。"[1]文学研究会为抵制译述风气做出了自己的贡献，1921年至1937年推出的文学研究会丛书就在推动译本雅化方面做出了贡献，诚如该丛书《缘起》所言：

> 近十余年来，颇有人介绍些世界文学作品到中国来，但介绍的人，与读他的人，仍是用消遣主义的旧眼光来介绍他，或读他，对于文学的轻视与误读仍然未除。他们不是为文学界的联锁来介绍他，乃是因其新奇足资娱乐而读他。因此，他们所介绍的东西，多不甚精粹，所用以为介绍的方法，也不甚精粹，只要把原书的事实介绍过来就足了。原文的艺术，是毫不注意的。所以也有许多很好的文学作品，遭了删节与误会与失原意之祸患。[2]

尽管第一次雅俗对峙给通俗文学翻译带来的是以原文为中心的翻译观，也带动了有雅化意识的通俗文学译者自觉向雅化靠拢，但通俗文学译介整体上做到基本忠实、不删不增地翻译外国文学作品还是在20世纪50年代后期。

> 我国对英美小说的翻译，经过建国后几年的准备阶段，到50年代后期出现了"百花齐放"的大发展局面。从翻译指导思想方面，有人崇尚傅雷的"神似论"，有人信奉卞之琳的"存形求神"论，有人力求"形

1　鲁迅.通讯：关于孙用先生的几首译诗[J]. 奔流，1929（3）：512.
2　李玉珍，等.文学研究会资料：上[M]. 北京：知识产权出版社，2010：551-552.

神皆备"，有人强调"归化"，有人注重"洋味"……因而，在短短几年中，涌现出一批各具特色的上乘之作，如杨必译的《名利场》，张谷若译的哈代小说，王仲年译的欧·亨利小说……都是一批水平很高的译作，至今仍受到读者的喜爱，有的还被青年译者视为学习的范文。[1]

这波雅文学占绝大多数的译介热潮持续时间较短（以英国文学为例，至1963年，仅有七部作品译出，1964年降为两部，1965年一部，之后中断）。所译作品中，除去几部儿童文学作品，其余几乎为雅文学作品。1957年至1958年福尔摩斯探案小说汉译之所以能做到基本忠实，同译者周围的雅文学翻译环境不无关系，同翻译质量明显上升期的翻译风气也有一定关联。此期福尔摩斯译作基本上还原作以原貌。其翻译作风虽经中断，但在"文化大革命"结束后得以传承，可谓引领了第二次雅俗对峙过程中忠实翻译观的普遍接受。

第二节　"五四"时期的雅俗对峙及其对福尔摩斯汉译的影响：以1927年《全集》为例

第一次雅俗对峙以"五四"新文学的建制为标志："他们（以鲁迅为首的第一代现代小说家群体）接受了以西方近现代文化观念为主体的五四新文化及其现代审美观念的洗礼，并对传统文化及审美思想进行了有效的转化和选择。"[2]（吴秀亮，1996：101）此期作家、译者明确的雅俗意识影响了通俗文学译者，使部分具有雅化意识的通俗文学译者率先接受了雅文学的译介观。1927年由程小青主译的《标点白话福尔摩斯探案大全集》同清末民初的福尔摩斯探案译本相比，实现了从"文学文本的翻译"到"文学翻译"的转变。程小青的雅化意识来自自己长期接触文学，受其熏染，这使他认识到自己旧译的不足，并在新译本中将之抛

1　孙致礼，等. 中国的英美文学翻译：1949—2008[M]. 南京：译林出版社，2009：68.
2　吴秀亮. "五四"雅俗小说并存格局的历史生成[J]. 中国现代文学研究丛刊，1996（4）：101.

弃。他对旧译的粗糙与适俗有所认识，表现出明显的修订意识。译者程小青明确的侦探小说理论意识促进其新译本翻译作风的转变。

一、从"文学文本的翻译"到"文学翻译"的转变

1907年至1908年，一批富有"直译"精神的作品出现，包括吴梼的《银钮碑》、马君武的《心狱》、曾朴的《九十三年》等。随着域外雅文学引入数量的增多，作家和译者的文学眼光渐高，为后来鲁迅的"移译亦期弗失文情"[1]、"直译"等翻译主张提供了实践和思想上的准备。第一次雅俗对峙是"五四"文学观对民初"回雅向俗"风潮全面反拨的结果，这次对峙给通俗文学译介带来新的转变。比如，程小青曾多次撰文为侦探小说的文学价值辩护（如《谈侦探小说》《侦探小说在文学上之位置》《侦探小说的多方面》），他对侦探小说雅化品格有清晰的认识。这种认识在雅俗对峙的论辩和思考中形成、加深，并在他的福尔摩斯探案小说翻译中多有体现。1927年程小青为主要译者翻译的《福尔摩斯探案大全集》体现了雅俗对峙给通俗文学译者翻译观带来的转变。

这种翻译观的转变，可以借助以色列翻译理论家图里的翻译规范加以解释。图里将翻译规范理解为"将某一社群共享的普遍价值和观念，如正确不正确、充分不充分，翻译成适合的并能运用于特定情景的行为指令，借此表明在某个特定行为中哪些是被规定和禁止的，哪些是被容忍和许可的"[2]。

图里将翻译规范分为预备规范（preliminary norms）、首要规范（initial norms）和操作规范（operational norms）。其中，操作规范又可分为母体规范（matrical norms）和文本–语言规范（textual-linguistic norms）[3]。

以图里的翻译规范理论为参考框架，不仅可以看到福尔摩斯探案小说汉译本译者翻译风格的整体转变，还可看到翻译界整体作风的演变带给单部译作的

1　鲁迅.《域外小说集》序言[C] // 鲁迅. 鲁迅全集：第十卷. 北京：人民文学出版社，2005：168.

2　Toury, Gideon. *Descriptive Translation Studies and Beyond* [M]. Shanghai: Shanghai Foreign Language Education Press, 2001: 54-55.

3　参见：Toury, Gideon. *Descriptive Translation Studies and Beyond* [M]. Shanghai: Shanghai Foreign Language Education Press, 2001: 58-61.

影响。

从删改的情况来看，1927年译本对旧译做出了较大的订正，实现了从重视可接受性到重视充分性的转变，这是一种首要规范（initial norm）的转变。以中篇小说 *The Hound of the Baskervilles* 为例，1927年译本的删改情况已经大大缩减，章节也都加上了章节名。同群众版对照情况见表5.1。

表5.1　*The Hound of the Baskervilles* 各章题名汉译对照（1927 vs. 1981）

章	年份					
	1927	1981	1927	1981	1927	1981
一、六、十一	粗心的来客	歇洛克·福尔摩斯先生	古邸中	巴斯克维尔庄园	旷地上的怪客	岩岗上的人
二、七、十二	古邸的故事	巴斯克维尔的灾祸	旷地	梅利琵宅邸的主人斯台普吞	惨死	沼地上的悲剧
三、八、十三	疑案	疑案	半夜后	华生医生的第一份报告	布网	设网
四、九、十四	亨利装师格爵士	亨利·巴斯克维尔爵士	黑夜的冒险	华生医生的第二份报告	可怖的怪物	巴斯克维尔的猎犬
五、十、十五	线索的中断	三条断了的线索	白烈麻的说话	华生医生日记摘录	最后的解释	回顾

三至六章、十一至十五章和原章节名比较接近，个别甚或相同。

1927年译本在景物、心理描写方面也有了长足的改进。就巴斯克维尔庄园的描绘来看，旧译颇多译述之风："既骤见坡下森林葱郁。两高塔矗立空际。御者以鞭指之曰。是即巴斯赤卫利旧宅也。"[1] "既而车转入一路。高塔二尊。巍然在望。离塔数百码。有巨室一。气象极佳。御者以鞭指之曰。此即为勃克维尔旧宅也。"[2]景物描写的删削反映了审美趣味的差异；在第六章稍前有另一段文字描绘德文郡的富饶美景，译者对之做了田园诗般的中国化处理："牛行田中。乡农行

1　（柯南道尔）. 降妖记[Z]. 陆康华，黄大钧，译. 上海：商务印书馆，1905：42-43.
2　柯南道尔. 福尔摩斯侦探案全集[Z]. 刘半农，等译. 上海：中华书局，1916j：56.

歌自娱。稻花之香。拂鼻而过。神为之醉。"¹译文忽略了建筑、草地、菜园、牛群这些细节在营造故事真实感方面的价值，此处景物描写的铺叙意在同后文"不祥"的景物描写形成一种渐进式的对比，早期译者对此尚无体悟。1927年译本译者显然对此种景物描写的价值有所领会，恢复了自然景致的详尽细节：

> 我们已上了高地。那丰腴的乡境，已在我们背后的下面。我们回头瞪视，见那落日的斜晖，照在溪流上面，幻成一条条的光线。那新耕的红土，也因残照而越发红灼。我们前面的路上，却越进越见荒野。那褐色的小山坡上，随处罗列着活动的大石。我们不时经过旷地的小屋，那屋子的墙和屋顶，都是石块砌成的，墙上也没有藤蔓等物。忽而我俯见一个杯形的空穴，四周有橡树和无花果树围着，这些树因着多年风雨的摧残，都交纠而弯曲。有两个高狭的塔尖，从树顶上透露出来。我们的车夫，忽举起他的鞭子指着，道："这就是裴师格爵邸。"²

1927年以前旧译本对心理描写的删改说明译者对于侦探小说悬疑特色尚无深刻理解。事实上，道尔的这部《巴斯克维尔的猎犬》通常被认为是其最好的长篇之一，原因就在于作品融恐怖和犯罪为一体，在侦探小说中成功地嵌入了哥特式小说的写法。以下文华生陪同亨利察看查尔兹爵士丧命之地时的心理描写为例：

> 但他究竟为什么奔逃呢？他可是瞧见了旷地上的一只看羊狗吗？或是当真是一只黑色无声的怪狗么？这件事的背后，究竟有没有活人指使呢？还有那灰脸而有监视状态的白烈麻，是否还有阴秘的事情不肯说出来么？这种种都不容易解释。但内幕后面，一定是伏着黑暗的罪影的。³

1　柯南道尔.福尔摩斯侦探案全集[Z].刘半农，等译.上海：中华书局，1916j: 54.
2　柯南道尔.福尔摩斯探案全集[Z].程小青，等译.上海：世界书局，1934: 1321–1322.
3　同上，第1341–1342页。

1905年译文译至"径半一门。即层母提耳所述查斯烟灰坠落处也"[1]，即转至结识邻居之事，忽略了上述心理描写。1916年译本增添补缀了不实之词："路既尽，见一草门，即马帖满医生所述却尔司氏之烟灰落地处也。<u>过此门时，阴风飒然，令人毛戴，所谓流泪门者非耶。</u>余辈既抵此地。随即折还。"[2]

对原作悬疑风格的误解，上例反映的问题在当时具有一定的代表性。以爱伦·坡《瓶中信》为例，恽铁樵将之译为《冰洋双鲤》（1912），放在冒险小说类下，均属不妥。坡的恐怖小说带有明显的非理性色彩，当时的译者和读者难以接受此种悬疑恐怖美学。钱基博所称赞的"笔曲意邃""绮丽清新"[3]恰恰是一种典型的误读。

首要规范业已变更，前文中可知，操作规范（含母体规范和文本-语言规范）也有明显的变化，文本的分割可以说明母体规范的演变。表5.2是《巴斯克维尔的猎犬》（1981）三个译本（1905年《降妖记》、1916年《獒祟》、1927年《古邸之怪》）字数统计及分割状况：

表5.2　*The Hound of the Baskervilles*三译本字数统计及分割状况

类	版（原文、年份）				
	1930	1905	1916	1927	1981
章数	15	15（无题名）	15（无题名）	15（有题名）	15（有题名）
段落数	1568	22	22	约1350	1568
总页码	99	111	132	148	170
总字数	59 471	39 000	46 500	89 000	109 000

术语和专有名词的翻译可以体现文本-语言规范的变化。对于1905、1916译本删除的专有名词，1927年译本尽量译出（有的并未译对）。植物类有：

1　（柯南道尔）.降妖记[Z].陆康华，黄大钧，译.上海：商务印书馆，1905：55.
2　柯南道尔.福尔摩斯侦探案全集[Z].刘半农，等译.上海：中华书局，1916j：74.
3　转引自：潘正文.《小说月报》1910—1931与中国文学的现代进程[M].北京：人民出版社，2013：79.

"penang lawyer 669"（"配奈的律师" 1273）、"hart's-tongue ferns 700"
（"凤尾草" 1320）、"mare's-tails 709"（"草丛" 1334）、"bracken 700"
（"蕨草" 1320）、"bramble 700"（"莓类" 1320）；科学类有："parietal
fissure 672"（"头颅顶骨" 1278）、"cast 672"（"颅型" 1278）；名物类
有："flagon 674"（"酒樽" 1282）、"trencher 674"（"盆碟" 1282）、
"patent leather 693"（"软皮靴" 1309）、"decanter 738"（"一瓶
酒" 1377）、"waterproof 738"（"油布" 1378）、"pannikin 739"（"小杯
子" 1378）；其他："claimant 681"（"应嗣人" 1291）、"Marcini's 766"
（"麦雪尼餐馆" 1420）；有的是对旧译做出改进和订正（见表5.3）。

表5.3　*The Hound of the Baskervilles* 1927年译本对旧译专名的订正情况

旧译改进与补充（非宗教类）							
原文	页码	1905年译文	页码	1916年译文	页码	1927年译文	页码
comparative pathology	671	百病丛书	3	百病来源	4	比较病理学	1276
Swedish Pathological Society	671	瑞典国医学会	3	瑞典国医学会	4	瑞士病理学会	1276
the Great Rebellion	674	英国大乱	8	大革命时代	10	大叛乱	1281
Michaelmas	674	佳节	8	佳节	10	米加勒节	1281
nervous depression	676	脑疾	11	——	——	神经上……震动	1285
spaniel	682	小猎狗	18	小犬	24	哈巴狗	1292
Esquimau	686	北冰洋土人	24	北冰洋人	32	哀史克曼克人	1299
outside porter/hall porter	691/692	外司阍者/内司阍者	31/31	司阍人/司阍人	40/40	守门的人/侍役	1307/1307
Museum of the College of Surgeons	699	医学校	40	外科博物院	53	外科医学校的陈列所	1318
lepidoptera	711	小博物馆	52	植物标本	69	鳞翅类	1336

续表5.3

旧译改进与补充（非宗教类）						
原文	页码	1905年译文	页码	1916年译文	页码	1927年译文	页码

原文	页码	1905年译文	页码	1916年译文	页码	1927年译文	页码
poaching case	737	失窃	80	鼠窃狗偷	103-104	偷猎的事	1375
Rear-Admiral	749	前居统领之职	94	前海军后卫大将	118	海军少将	1394
wine	755	麦酒	100	酒	124	酒瓶	1403
brandy	757	酒	102	威士忌	125	白兰地	1406
tin	760	——	——	——		铅罐	1411
旧译改进与补充（宗教类）							
Justice	674	苍苍者	7	上帝之刑罚	9	公道的上帝	1281
prayer	674/757	悔祸/——	7/	——/幸托天佑	—/102	祈祷/祷语	1281/1406
repentance	674	自艾	7	深自悔艾	9	悔改	1281
profane	674	横恣	8	不仁	10	侮谩	1281
godless	674	——		——		不信神道的	1281
goodness	675	赦宥	7	吊	9	仁爱	1283
Providence	675	上天	7	昊天	9	上帝	1283
Holy Writ	675	——		——		万能的神	1283
the Pope	677	——		——		罗马教皇	1286
Father of Evil	681	鬼妖	16	虚无者	22	恶势力的魔鬼	1290
supernaturalist	681	惑于鬼妖	16	迷于神鬼之说	22	超自然的灵学信徒	1290
diabolical	681	鬼妖	16	鬼妖	22	魔肯	1290
对错译的纠正							
dressing-gown	683	——		晚服	25	便服	1293
tan boots	688	履	26	——		黄色的靴子	1302
train	699	车	53	汽车	40	火车	1318
billiard-room	703	球房	44	吸烟室	58	弹子房	1325

注："火车"和"汽车"在清末民初曾混用过一段时期。

在文本–语言规范层面，除了专名、术语这类具体（particular）操作规范转变，也有一些一般的（general）操作规范转变。

体现在文体方面，一些西方再熟悉不过的喻体对于晚清民初的译者或读者来说理解起来仍有困难。以亨利爵士在酒店离奇丢失一只鞋子所发的感慨为例。"I seem to have walked right into the thick of a dime novel."[1]晚清民初的两个译本都将"dime novel"的喻体删去，1927年译本做了灵活处理："奇了，我此刻真像走进了一部情节离奇的小说。"[2]尽管仍然有部分漏译（"thick"指"情节最紧张之处"），但喻体的内涵保留了下来。[3]在比喻的方式上，1927年译文虽然有暗喻常被改换为明喻之举，但本体、喻体已然十分明了。如开篇处来寻找失落拐杖的人同福尔摩斯、华生互致寒暄："密司脱福尔摩斯，我在科学界上，真像是一个海边的弄潮人，在那广漠无边的海洋滩上拾取些儿贝壳。"[4]比照原文"A dabbler in science, Mr. Holmes, a picker up of shells on the shores of the great unknown ocean"[5]可发现，尽管不用比喻词的暗喻修辞对于译者和读者来说相对陌生，但译文本体、喻体准确。1905年译文为："余研究医学之日甚浅。犹在大海之旁。拾得片鳞小石。何足以齿。"[6]1916年译文为："下走研究医学之日极浅。正如徘徊大海之滨。偶拾得片鳞小石。以供玩赏已耳。"[7]旧译喻体有所改变。

人物方面，除侦探、罪犯、调查者，其他案件关系人的角色未得到晚清民初译者的重视。其实，这类案件关系人中至少包括线索提供者、虚假嫌疑人和趣味化人物三种。以报案人毛铁麦医生这一趣味化人物为例，他同福尔摩斯初次见面，便提出要摸福尔摩斯的头："我从来没有见过像你这样长的头颅，和这样发

---

1 Doyle, Arthur Conan. *The Complete Sherlock Holmes* [Z]. New York: Doubleday/ Penguin Books, 1930: 688.

2 柯南道尔. 福尔摩斯探案全集[Z]. 程小青，等译. 上海：世界书局，1934：1301.

3 在中华书局全集译本中，喻体"十分钱小说"（柯南·道尔. 福尔摩斯探案全集[Z]. 李家真译注. 北京：中华书局，2012e：45）不但得到保留，还加注说明了"十分钱小说"情节离奇、以冒险为主的故事特色，雅化程度进一步加深。

4 柯南道尔. 福尔摩斯探案全集[Z]. 程小青，等译. 上海：世界书局，1934：1278.

5 Doyle, Arthur Conan. *The Complete Sherlock Holmes* [Z]. New York: Doubleday/ Penguin Books, 1930: 672.

6 （柯南道尔）. 降妖记[Z]. 陆康华，黄大钧，译. 上海：商务印书馆，1905：5.

7 柯南道尔. 福尔摩斯侦探案全集[Z]. 刘半农，等译. 上海：中华书局，1916j：6–7.

展的眼窝骨。你可能允许我摸一摸你的颅顶骨吗？先生，我想在取得你头颅的原物以前，若使照样做一个颅型，陈列在人体博物院里，一定可以引起人家的兴味。"[1]1905年译文为："然余视子额俯而长。与黑种无异。不料子思想巧幻。有若是之奇者……此非吾之誉语。见子脑骨。益余愧愤也。"[2]1916年译文为："先生之额脑，绝类尼格罗人种。乃思想变幻，赢得天下闻名，奇异极矣。"[3]后两种译文都将阐释的重点从滑稽的话语移开，转至福尔摩斯身上（译文抬高了这位科学侦探的身价，但前者加上的"与黑种无异"无疑使读者产生困惑），对于次要趣味化人物的意义两位译者都不甚明了。

1927年福尔摩斯探案全集译本虽不存在间接翻译的问题，但就整个时代语境而言，对译作作者及作品流派、类型的选择问题显然有了较大的变化，鲁迅转译弱小民族的作品可为佐证。这说明译本所处时代的翻译政策已有较大调整，预备规范（preliminary norms）已经发生重大改变。

预备规范、首要规范和操作规范的变革说明翻译规范整体发生了大的调整。这种变化的源点是"五四"新文学运动及其文学建制。新文学反对文学的物化、追求文学作品的精神价值和艺术永恒性。"五四"启蒙主义文学观的引入造成小说内部雅俗的对峙。

对峙有其不利的一面，表现之一为译者队伍的分化。译者以"雅"的标准进行翻译选材，通俗小说自然受其排斥，通俗小说的译介也就相应成了旧派文人的任务。1927年《全集》的译者以程小青为主，翻译长篇两部（《血字的研究》《古邸之怪》），顾明道翻译长篇一部（《恐怖谷》），范烟桥、范佩萸翻译长篇一部（《四签名》）。程小青一人独译短篇十七篇，另同徐碧波合译《赤发团》，其他短篇译者中以顾明道、尤半狂数量居多，各六篇，朱瑹五篇，郑逸梅、范佩萸各三篇，范菊高两篇，尚有钱释云、赵苕狂、严独鹤、包天笑、俞天愤、俞友清等译者各译一部短篇。徐碧波、吴明霞合译一部短篇。

表现之二为夸大通俗文学作品中俗的一面的不利影响。尽管这部全集已经摒

1　柯南道尔.福尔摩斯探案全集[Z].程小青，等译.上海：世界书局，1934：1278.

2　（柯南道尔）.降妖记[Z].陆康华，黄大钧，译.上海：商务印书馆，1905：5.

3　柯南道尔.福尔摩斯侦探案全集[Z].刘半农，等译.上海：中华书局，1916j：7.

弃了新文学视为封建思想载体的文言，但译介通俗文学仍被视作对西方文学的无知。西方小说雅俗分裂之初确实有大量低俗作品混杂在通俗小说之列，通俗小说的价值评判因之受到影响。"1760—1830年间，大部分出版的小说都受到了谴责，并非因为小说有严肃对待者来购买，恰恰相反，是因为小说是一种轻浮的娱乐之物。"[1]读者需求促使当时产生了大量的"垃圾小说"（trashy novels），包括一批哥特式言情小说，教友会、福音派信徒、功利主义者对此表示反对并提出禁止阅读小说。托马斯·卡莱尔、约翰·罗斯金、马修·阿诺德都认为阅读小说是浪费时间。到19世纪40年代，小说阅读才逐渐为社会接受，其中不乏严肃小说、流通图书馆建立所带来的积极影响。穆迪精选流通图书馆（Mudie's Select Circulating Library）主导了借书行业并且实施审查制度（至少保证不让年轻人读了脸红）。由于价格等原因，通俗小说通常要以三卷本的形式（triple-decker）首先交由穆迪图书馆流通。通俗小说良莠不齐，低俗作品在中西方受到监管也是不争的事实，但优秀的通俗作品在雅俗对峙中常被忽略。

对峙也有其积极的一面。就文学创作而言，严肃小说带动了小说品质的整体提升。从这一角度看，程公达批评言情小说"以放荡为风流""有蔑礼仪伤廉耻"[2]，梁启超批评鸳鸯蝴蝶派"诲盗与诲淫""尖酸轻薄毫无取义"都有历史的必然性和合理性。雅俗的社会功利价值客观存在，并非如某些论者认为的那样简单——"所谓的雅俗之辩，不过是美学上的不同选择"[3]。

针对文学翻译，新文学运动对通俗文学的抨击有矫枉过正之嫌，但也不应忽略其积极影响。1920年，作为现代白话的国语正式进入官方的教育体系。通俗文学译者也是"言文一致"的受益者，1927年译本的白话就十分纯正流畅。1997年台湾世界书局整理再版时，只是对1927年《全集》稍加润色。以上为第一次雅俗对峙给通俗文学译介带来的一个益处。第二个益处即新文学的译介观使以原文为

1　Brantlinger, Patrick & William B. Thesing. *A Companion to the Victorian Novel* [M]. Malden: Blackwell Publishers Ltd., 2002: 2.

2　陈平原，夏晓虹. 二十世纪中国小说理论资料·第一卷（1897—1916）[M]. 北京：北京大学出版社，1989：456.

3　余夏云. 雅俗的对峙：新文学与鸳鸯蝴蝶派的三次历史斗争[J]. 东吴学术，2012（6）：108.

中心的翻译模式得到普及。通俗文学译者之中，程小青便是受益者之一。从他清晰流畅的译文中，可以看到译者在竭力以翻译雅文学的态度翻译福尔摩斯探案小说。从客观的效果来看，尽管译作未能达到更高的雅化标准，但至少在很大程度上做到了译"俗"为"俗"。

以上两点益处，1927年《全集》业已见证，现补充一些不足。1927年《全集》译文的瑕疵之一为专名的误译、漏译。现以《古邸之怪》为例，同台湾世界书局版《古邸之怪》（1997）、群众版《巴斯克维尔的猎犬》（1981）、中华书局版（2012）《巴斯克维尔的猎犬》对照见表5.4。

表5.4　《古邸之怪》（1927）专名误译、漏译对照表（不含街道、姓名和地名）

原文	年份			
	1927	1997	1981	2012
Penang lawyer	《配奈的律师》1273	槟榔子树1	槟榔子木537	槟榔讼棍5
Lancet	《雷斯脱报》1276	雷斯杂志5	《柳叶刀》541	《柳叶刀》9
Journal of Psychology	《生理学杂志》1276	生理学杂志5	《心理学报》541	《心理学杂志》9
Swedish Pathological Society	瑞士病理学会1276	瑞典病理学会5	瑞典病理学会541	瑞典病理学学会9
spaniel	哈巴狗1277	獚犬5	长耳鹐犬541	斯班尼犬10
flagon	酒樽1282	酒杯11	酒瓶547	杯16
trencher	盆碟1282	盘碟11	木盘547	盘16
the Powers of Evil	——	——	献给恶魔任其摆布547	恶魔17
Providence	上帝1283	蔽翼在……之下14	上帝……的庇护549	托庇于18
Holy Writ	万能的神1283	万能的神14	《圣经》549	《圣经》18
nervous depression	神经（……）震动1285	神经衰弱15	神经衰弱550	精神抑郁20

续表5.4

原文	年份			
	1927	1997	1981	2012
Father of Evil	恶势力的魔鬼1290	魔鬼22	万恶之神558	魔王本人29
neolithic man	——	新石器时代76	新石器时代606	新石器时代90
Cyclopides	——	值得收集的76	赛克罗派德大飞蛾606	独眼蝶90
mare's tails	草丛1334	草丛78	杉叶藻607	杉叶藻92
tin	铅罐1411	铅罐174	铁罐696	铁罐子203

另外，《全集》翻译十分仓促，世界书局总经理沈知方要求半年内完成，程小青在后来的回忆中也称译作"粗制滥造"[1]。

尽管有一些问题，但从整体和实际效果而论，1927年《全集》完全达到了从"文学文本的翻译"向"文学翻译"[2]的转变。这一点可看作是雅俗文学对峙给通俗文学翻译带来的最大变革。

二、1927年《全集》主要译者程小青的雅化意识

以原著为中心的翻译观表明译者的品位有所提高，颠覆了早期译者"中学为体、西学为用"的认知。全新的译作使国人了解到域外文学的高超写作手法、特定的文学传统、丰富的思想内涵和独特的艺术品位。

这种新的认识的取得有其自身演进的轨迹，"五四"新文学的译者群体自身就曾经历过翻译选材、翻译原则、翻译方法的裂变。比如鲁迅，他公开发表的第一篇译作《哀尘》（雨果《随见录》中的一篇，1903）就流露出"传统士子'悲天悯人'的情怀，而不是现代人道主义者对不幸的人们痛彻心扉、感同身受的博

1　郑逸梅. 程小青和世界书局[M]// 朱孔芬，编选. 郑逸梅笔下的艺坛逸事. 上海：上海书画出版社，2002：170.

2　Toury, Gideon. *Descriptive Translation Studies and Beyond* [M]. Shanghai: Shanghai Foreign Language Education Press, 2001: 166.

爱情怀"[1]。鲁迅翻译的《斯巴达之魂》更是杂糅了春秋侠客故事、烈女故事，译文有儒家之"家国情怀"和法家的严苛。鲁迅译《月界旅行》《地底旅行》时，"随阅随译，速度惊人"[2]。《月界旅行》经鲁迅"截长补短，得十四回"[3]，《地底旅行》则翻译前半部分故事，后半部分有关科学知识的解说删去不译。纵观鲁迅的早期翻译行为，"以广见闻"的翻译选材、以情节为中心的肆意删改、豪杰译的翻译作风其实和鸳鸯蝴蝶派译者的翻译并没有本质上的区别。尽管《造人术》这篇千余字的译文已显露"直译"的取向，但直至1909年鲁迅才在《域外小说集》序言中提出"移译弗失文情"的雅文学翻译原则。"五四"翻译新主张的践行实现了"文学文本的翻译"向"文学翻译"的转变。但从创作来看，"五四文学革命之后约十年才有较为成熟的长篇小说"[4]。据此推断，1927年左右，我国对西方小说的认识可以说是已经比较深刻和全面了。

雅化意识是译者在长期同外国文学接触之中形成的。通俗文学译者也是如此，借雅俗对峙的契机，部分通俗文学译者已经认识到还原通俗文学作品，尤其是带有雅化色彩的通俗文学作品全貌的必要。程小青可谓具有强烈雅化意识的通俗文学译者。

在1916年《全集》中曾翻译四部福尔摩斯探案短篇小说和一部中篇的程小青，在1927年自己主译的白话版全集中抛弃了自己的五部旧译作，全部改换译者（如表5.5所示），这种做法说明译者对旧译并不满意。

1　李寄.鲁迅传统汉语翻译文体论[M].上海：上海译文出版社，2008：110.
2　沈瓞民.回忆鲁迅早年在弘文学院的片断[C]// 薛绥之.鲁迅生平史料汇编第二辑.天津：天津人民出版社，1982：43.
3　鲁迅.《月界旅行》辨言[C] // 鲁迅.鲁迅全集：第10卷.北京：人民文学出版社，2005：164.
4　杨联芬.晚清至五四：中国文学现代性的发生[M].北京：北京大学出版社，2003：72.

表5.5　1916年《全集》程小青译作在1934年《全集》中的译者更换情况

原作	1916年版题名	册/案	译者	1934年版题名	册	译者	小说集
CROO	偻背眩人	6/21	程小青	驼背人	上	顾明道	回忆录
GREE	希腊舌人	7/23	程小青	希腊译员	上	顾明道	回忆录
NAVA	海军密约	7/24	程小青	海军密约	上	朱骥	回忆录
DEVI	魔足	11/40	程小青	魔鬼之足	下	朱骥	新探案
VALL	罪薮（上下）	12/44	程小青	恐怖谷	下	顾明道	长篇

　　1927年世界书局出版的《标点白话福尔摩斯探案大全集》由程小青担纲主译并负责统筹译事，但他并没有将旧译拿出来修订了事，其认真的态度可见一斑。程小青意识到"中华版是文言文，读者对象有了限制"[1]。新译更换译者，显然有读者对象转变以外更深层次的考量。尽管旧译的问题程小青本人没给后人留下片言只语，但从其旧译本的翻译实践中可以大致窥见端倪。比如题名"偻背眩人"就不符合程小青后来的雅化追求。

　　　　任何小说的命名，唯一的条件，要在能有含蓄和有暗示力量。侦探
　　小说更应恪守着含蓄不露的戒条。……譬如《福尔摩斯探案》中有一篇
　　叫做《The Dying Detective》，意思是"病危的侦探"，……但译名叫做
　　《病诡》，那就犯了显露之味的弊病。[2]

　　程小青所撰《古邸之怪》篇名就比原作*The Hound of the Baskervilles*（《巴斯克维尔的猎犬》）还要含蓄些。其他如"波宫秘史""火中秘""石桥女尸""可怕的纸包""网中鱼""怪教授""为祖国"也都注重题名的含蓄和富有吸引力。当然，也有不得已的时候："西国作家对于命名一点，往往因着案

1　郑逸梅.程小青和世界书局[M] // 朱孔芬，编选.郑逸梅笔下的艺坛逸事.上海：上海书画出版社，2002：170.
2　程小青.侦探小说的多方面[C] // 任翔，高媛.中国侦探小说理论资料1902—2011.北京：北京师范大学出版社，2013：154.文中引用的英文篇名应用双引号。

中事实的复杂,找不出一个集中的题目,便索性唤做某某路盗案,或某某人血案,象(像)范达痕的六种长篇,原名便都是某某人血案。"[1]1927年《全集》题名若包含较长、较陌生的人名和地名,译文会做出一定变通,如"囚舟记"(今译"'格洛里亚斯科特'号三桅帆船")、"蹄痕轮迹"(今译"修院学堂")、"胁诈者"(今译"查尔斯·奥古斯都·米沃尔顿")、"专制魔王"(今译"威斯特里亚别墅");如果国人对外国的专名已相对熟悉,则加以保留,如"六个拿破仑"(今译"六尊拿破仑胸像")。另外,如果没有更好的拟定题名,则依原题直译,如"三学生"(今译《三个学生》)、"血字的研究"(今译"暗红习作");或稍加修饰、增删,如"可怕的纸包"(今译"纸盒子")、"郡主的失踪"(今译"弗朗西丝·卡法克斯夫人失踪事件")、"吸血妇"(今译"萨塞克斯吸血鬼")。

新译题名虽然不乏适俗色彩,但比1916年译本的题名翻译、拟制显然多了一层深层考量,具有显著的雅化倾向。程小青的题名翻译和另撰原则有一定启示意义,如完全依原文翻译专有名词,的确可能出现拗口、传达信息过少,或是过分笨重等问题,程小青的探索至少给出了尝试性的答案,且产生了一种群体效应。1927年《全集》不乏另拟题目的佳例,如"湖畔惨剧"(徐碧波、吴明霞译,今译"博斯库姆溪谷谜案")、"故家的礼典"〔朱骁译,今译"马斯格雷夫礼典"〕、"密柬残角"(尤半狂译,今译"莱吉特镇谜案")、"凶矛"(尤次范译,今译"黑彼得")。

程小青本人创作的《霍桑探案》不断修改题名,也可看出他的雅化意识在翻译和创作中是一致的。

霍桑探案作品中有三十多篇的名称发生过变化,比如《蜜中酸》发表在《旅行杂志》上时名为《旅邸之夜》,待到收入《霍桑探案汇刊》第二集时改为了《湖亭惨景》,而收入世界书局版《霍桑探案袖珍丛刊》则变成了《蜜中酸》,前后改名大相径庭,如果不细加考察那么很

---

1 程小青. 侦探小说的多方面[C] // 任翔, 高媛. 中国侦探小说理论资料1902—2011. 北京: 北京师范大学出版社, 2013: 154. 文中引用的英文篇名应用双引号。

可能会将这一篇小说误作三篇。[1]

　　整体而言，旧译本翻译作风粗糙，适俗改写痕迹明显。《偻背眩人》中误译和漏译较多，如第一句提及华生本人在劳碌一天后抽睡前的最后一斗烟，同时对着小说频频点头。译作中的华生仿佛脱去了疲惫："手小说一册，徐徐披览，于意至适，以是日职务纠集，终朝劳顿，体颇惫乏，今得退憩，滋觉舒适无艺。"[2]用语古奥不说（"无艺"见诸《国语》，指"没有限制"），意义的脱漏和编补也十分随意，正如此处所示，意义已南辕北辙。华生知道福尔摩斯如此晚来，必有要紧之事，静待福尔摩斯开口，译文中的华生却表现为"意殊弗耐"[3]。福尔摩斯在陈述案情之时，讲到兴奋处："His eyes kindled and a slight flush sprang into his thin cheeks."[4]译文："言时眸子冏射，两颊微泛红色，状类沉霾幽闇之天，忽而呈露曙光。"[5]译者添加的明喻修辞夸张浮露，有旧小说陈词套语的意味。开篇涉及福尔摩斯的一系列推断——华生外套上的烟灰说明华生依旧抽阿卡迪亚混合烟草，华生将手帕塞入袖中泄露了自己的军人身份，华生家的帽架说明华生家里目前没有男宾；另外，福尔摩斯从地毡上的鞋钉印推断华生家来过修理工人。这些推理乃是柯南道尔精心设计的系列"噱头"，从译文中这些部分被删去这一点可以看出该全集译本出版之时（1916年4月），程小青译文中的雅化意识尚不够强烈，毕竟他本人是从1914年12月31日在《新闻报》副刊《快活林》上发表《灯光人影》后才正式开启其侦探小说创作生涯。

　　程小青在1916年《全集》中翻译的五部作品中，《海军密约》改动最大。尽管同《时务报》译文《英包探勘盗密约案》结构性的大调整无法相比，但开篇华生对选取案件特异性的描述被删去了，这一点同《偻背眩人》译文反映出的问题

1　ellry. 程小青作品再考[EB/OL].（2014-12-06）[2015-08-12]. http://www.douban.com/note/466362697/

2　柯南道尔. 福尔摩斯侦探案全集[Z]. 刘半农，等译. 上海：中华书局，1916f: 83.

3　同上，第84页。

4　Doyle, Arthur Conan. *The Complete Sherlock Holmes* [Z]. New York: Doubleday/Penguin Books, 1930: 412.

5　柯南道尔. 福尔摩斯侦探案全集[Z]. 刘半农，等译. 上海：中华书局，1916f: 84.

一致。可见，译者对原作的雅化品格认识不深。

其他三案，旧译的处理也比较粗糙。个别地方措辞浮露，还存在为了讲故事而删改原文的情况。《希腊舌人》一案涉及福尔摩斯的哥哥，译文在其形象刻画上不够细致，梅克劳甫·福尔摩斯仅是"出手向余致辞"[1]，译文没有译出作者所用的比喻："他一边说，一边伸出了一只海豹的鳍足一样宽大肥厚的手掌。"[2]由于喻体新奇，具有浓厚的域外色彩，译文对此持保守态度。福尔摩斯兄弟俩在窗边坐下，就所坐的位置开启了谈话。福尔摩斯的兄长说："要研究人类的行为，这里就是一个绝好的位置。"[3]译文的增补则过分直露："梅忽曰：'歇洛克，吾侪非素以精擅鉴人之术自负耶？今姑彼此一试，以验目力。汝不见彼处有两人缓行向余辈乎，盍各猜之？'"[4]两人的智力比拼是作者刻意为之，但作者此类表达从来都是略带含蓄，不至如此突兀。

《魔足》中的适俗改写也颇多，开篇的"华生曰"就留有第三人称全知叙事的干预痕迹。为求故事节奏的快速推进，福尔摩斯电报内容的表述由直接引语改为间接引语，并且进行了极大的压缩。电报原文为"Why not tell them of the Cornish horror—strangest case I have handled"[5]，译文为"顾当前礼拜二忽得余友电信，嘱令将《魔足》一案，付诸剞劂，以公同嗜"[6]。该案中福尔摩斯的休养地荒僻凄冷，渲染了故事的悲剧背景，译文的描写虽不无特色，语言上却有四六骈体的铿锵顿挫："恁（原文如此，笔者按）窗眺远，茫无涯涘，凡涛头起伏，鸥鹭翔集，历历入望，湾口巨礁屹峙，若为屏障。和风徐扇，海波不惊，舟楫往还，饱帆直驶，颇饶奇趣。但有时狂飙南来，怒浪奔腾，汹涌靡已，则礁势既失，转足滋航行之险。"[7]译者饶有兴味的描述同作者想要陈述的事实明显有不同的语义暗含。其实，平静的表面背后蕴藏巨大的凶险，恰同下文叙及的高地荒原

1　柯南道尔.福尔摩斯侦探案全集[Z].刘半农，等译.上海：中华书局，1916g：29.
2　柯南·道尔.福尔摩斯探案全集[Z].李家真，译注.北京：中华书局，2012c：243.
3　同上.
4　柯南道尔.福尔摩斯侦探案全集[Z].刘半农，等译.上海：中华书局，1916g：29.
5　Doyle, Arthur Conan. *The Complete Sherlock Holmes* [Z]. New York: Doubleday/Penguin Books, 1930: 955.
6　柯南道尔.福尔摩斯侦探案全集[Z].刘半农，等译.上海：中华书局，1916k：1.
7　同上，第2页.

的幽秘相暗合，同后文的致死致疯的惨案也是相互映衬，对于这种景物描写和悲剧发生的两相配合译者体味尚且不足。

《罪薮》开篇直接引入对话，译者多少有些不适，将对话的引导词"余曰"放在了直接引语之前。甚至连其中的"大教师玛列阿脱"[1]同其首次出现时的译名"莫礼泰主教"[2]都形若两人，未能做到全集《凡例》中所言，"全书人名地名，译音盖从一律，分之则各案自为首尾，合之仍可互相印证"[3]。以此观之，要求译者对人物语言、性格乃至故事牵涉的典故有深入的理解，难度更大。在福尔摩斯否定华生对莫里亚蒂教授的错误判断后，华生说了一句机巧的辩词"I was about to say, as he is unknown to the public"[4]来挽回上文暴露的无知（"The famous scientific criminal, as famous among crooks as—"[5]）。译文"余亟辩曰：'否，人言如是，余匪有意谤毁'"[6]并没有触及要点。莫里亚蒂的身边人，致信给福尔摩斯的"卜罗克"乃是"'不受欢迎的不速之客'的代名词"[7]，译者恐怕也没有注意到该人名的用典出处，自然无法提供注释。

除粗糙、适俗之外，旧译的另一问题在于原文的缜密逻辑未得到充分展现。《海军密约》的翻译暴露出此点不足，以该案中华生造访福尔摩斯适逢福尔摩斯做实验一节为例。"华生，汝来甚佳，试观吾之试验。果中程与否，今吾注液纸上，纸若不变原色，则液固无害，否则或转泛红色，足以杀人矣。言时引管注之，而纸色骤变，顾纸色非红非蓝，乃作深紫。福遽跃起曰：'是矣，吾自信所料非舛，今果然矣。'"[8]这样的译文同接下来的结果"吾适所验，事虽非奇，亦一杀人案也"[9]不符，因为紫色（红、蓝色之结合）与红色毕竟不同，以紫色定论

1　柯南道尔. 福尔摩斯侦探案全集[Z]. 刘半农，等译. 上海：中华书局，1916l: 2.
2　柯南道尔. 福尔摩斯侦探案全集[Z]. 刘半农，等译. 上海：中华书局，1916g: 91.
3　柯南道尔. 福尔摩斯侦探案全集[Z]. 刘半农，等译. 上海：中华书局，1916a: 1.
4　Doyle, Arthur Conan. *The Complete Sherlock Holmes* [Z]. New York: Doubleday/ Penguin Books, 1930: 769.
5　同上。
6　柯南道尔. 福尔摩斯侦探案全集[Z]. 刘半农，等译. 上海：中华书局，1916l: 2.
7　柯南·道尔. 福尔摩斯探案全集[Z]. 李家真，译注. 北京：中华书局，2012e: 222.
8　柯南道尔. 福尔摩斯侦探案全集[Z]. 刘半农，等译. 上海：中华书局，1916g: 53-54.
9　同上。

为杀人案同前提不符。这也说明程小青当时的雅化意识尚不强。

1921年程小青发表《断指党》时，这种逻辑意识已有所加强，他对寄来的断指的分析就体现了这种意识：

> 我说他是有钱的富人，也有别的根据，就是那指尖上面的黄痕子。这痕子你也必知道是烟痕，然却不是寻常纸烟或雪茄烟的烟痕，乃是鸦片烟的烟痕。因这指虽浸在火酒里面，还留着些余味，嗅之可辨。因此我才知道他浸入火酒的时候还不久咧。[1]

1933年推出的《霍桑探案汇刊　第二集》中，该案题目变更为《社会之敌》，1945年推出的《霍桑探案袖珍丛刊之二十六》又更名为《断指团》，该修订版为《程小青代表作·血手印》（2008）收录，修订后的分析进一步强化了这种逻辑意识。

> 你瞧，指尖的正面还有些黄色的痕迹。这痕迹你当然也知道是烟痕，但不是寻常的纸烟或雪茄烟痕，是鸦片烟的烟痕。我虽没有尝过这亡国灭种的东西，但我看见过鸦片鬼抽烟，他们装烟时总是用大拇指，大拇指的正面总有些烟痕。若是纸烟或雪茄烟痕总是在食指和中指之间，难得留在大拇指上；即使有，也应在指的侧面，而不应在正面。[2]

新译本中程小青雅化意识的提升同其修订《霍桑探案》时雅化意识的增强一致，这说明程小青在不断接触域外侦探作品和自身进行创作的过程中，对于侦探小说的雅化品格有了更为深刻的认识，越发认识到旧译的媚俗译法不可取。再以《希腊舌人》一案为例，旧译对情节不甚相关之处因循当时的译述之风进行了删改。福尔摩斯和华生的谈话，"话题天南地北，从高尔夫俱乐部聊到黄赤交角

1　程小青.断指党[J].礼拜六，1921（102）：37.
2　程小青.断指团[C] // 孔庆东，编选.程小青代表作·血手印.北京：华夏出版社，2008：80.

变化的原因，最后还聊到了返祖现象和遗传天性"[1]。程小青译文"余友先论天文，语多微妙。继及血统遗传之理"。[2]在应对新名词"golf clubs" "the obliquity of the ecliptic" "atavism"[3]时显得力有不逮。这些科学知识正是译者程小青创作《霍桑探案》时要竭力弥补的。他在1922年发表的《东方福尔摩斯的儿童时代》中，对霍桑的知识结构进行了补充说明："他所读的功课，不拘新旧，只捡选合时代而有实用的几门。譬如哲学、心理、化学、物理等等，都是他专心学习的，学习时总是孜孜不休，不彻底了悟不止。"[4]霍桑要想成为福尔摩斯那样的科学侦探，就需要进一步在相关领域有所钻研。程小青虽未重译《希腊舌人》，但对于完整再现科学知识之必要显然有了更深的认识。

我们从程小青的创作修订中可窥视其翻译思想的深化，还可看到除对科学知识的认识，程小青对福尔摩斯探案原作开篇雅化特质的理解也有加深。以《黄浦江中》为例，《海军密约》中删去的有关案件特异性的开场白，其影子在这里多少有所浮现，虽不算细致，但大致还能看出模仿的痕迹。开篇如下：

> 我常说"侦探"跟"冒险"有着不可分离的密切联系，而侦察工作的报酬，也就是因冒险而产生的反应——刺激。这篇《黄浦江中》是一种"入虎穴探虎子"的记录。当时我们所经历的险恶紧张的情势，可算已到了最高度——我几乎丧失了性命！[5]

程小青译介福尔摩斯探案故事的目的明确，就是为了日后自己能塑造一个"东方福尔摩斯"，这是提升新译雅化品格的根本动力。程小青对自己从事侦探

---

1 柯南·道尔.福尔摩斯探案全集[Z].李家真，译注.北京：中华书局，2012c：239.
2 柯南道尔.福尔摩斯侦探案全集[Z].刘半农，等译.上海：中华书局，1916g：25.
3 Doyle, Arthur Conan. *The Complete Sherlock Holmes* [Z]. New York: Doubleday/Penguin Books, 1930: 435.
4 程小青.霍桑的童年[C] // 孔庆东，编选.程小青代表作.北京：华夏出版社，1999：350.刊载在杂志上的《东方福尔摩斯的儿童时代》一文，说法略有不同："他所读的功课，只捡选他喜欢的几门，譬如心理、生理和化学物理等等，都是他专心学习的。" [程小青.东方福尔摩斯的儿童时代[J].家庭，1922（1）：7]
5 程小青.黄浦江中[C] // 孔庆东，编选.程小青代表作·血手印.北京：华夏出版社，2008：153.

256

小说创作的经历有所回顾：

> 到了民国三年，中华书局出一部《福尔摩斯探案全集》，因瘦鹃老
> 友的介绍，教我帮同著移译，我译了几篇，约摸近二十万字。觉得书中
> 的情节玄妙，不但足以娱乐，还足以濬发人家的理知。于是我对于侦探
> 小说的兴味，益发浓厚，文字方面就也偏重这一途了。[1]

报纸杂志刊载的霍桑探案故事，常在标题前题注"东方福尔摩斯（新）探
案"，如《怨海波》《一个嗣子》《一只鞋子》《冰人》《孽镜》《异途同归》
《怪别墅》等。程小青模仿福尔摩斯进行创作的契机在《程小青生平与著述年
表》中有较为详尽的描述：

> 因受柯南道尔所塑造的私家侦探福尔摩斯形象的启发，决心创造一
> 个有中国特色的私家侦探形象。这时上海《新闻报》副刊《快活林》正
> 搞竞赛征文，即以"霍森"为主角写了一篇侦探小说《灯光人影》应
> 征，居然被选中，刊后颇受读者欢迎，但后来因排字错误，校对失校，
> "森"作"桑"，致以讹传讹，"霍森"变成了"霍桑"。将错就错，
> 以后创作的"霍桑探案"即以"霍桑"为主角。[2]

这种明确的模仿意识，使得1927年译本在雅文学翻译观的影响下逐步建立起
原文中心的意识，进而部分地再现了原文的风格与雅化品格。

翻译和创作中雅化意识增强的另一原因在于程小青具有自觉的理论意识。程
小青曾发表侦探小说研究系列论文，仅在两次翻译福尔摩斯探案小说的间隙就发
表9篇，分别是《侦探小说的效用》（1922年发表于《最小》，1923年发表于《侦
探世界》）、《侦探小说杂话》（1923）、《霍桑和包朗的命意》（1923）、

1　程小青. 侦探小说做法的管见[J]. 侦探世界，1923b（1）：3-4.

2　卢润祥. 神秘的侦探世界——程小青、孙了红小说艺术谈[M]. 上海：学林出版
　　社，1996：133-134.

《侦探小说和科学》（1923）、《侦探小说作法的管见》（1923）、《随机触发》（1924）、《谈侦探小说》（1925）、《侦探小说作法之一得》（1925）、《小说之四步》（1926）。从这些文章中可以看到，程小青对1916年全集译本中的疏漏是有一定认识的。至少对于曾经一度被删改的人物、景物的描写，程小青就重新认识到它们的重要性，将其看作侦探小说组织架构的重要组成部分，"除了想象力外，其次重要的就是组织。组织含描写布局伏脉等几个要素，本是作任何小说所必备的条件，而侦探小说，更须特别注重。譬如流行的写实短篇，专描写片段的人生。若能在描写上下些功夫，便可成篇"[1]。旧译对福尔摩斯所做化学实验等方面的翻译粗疏，显出当时的译者对科学探案尚不够重视，《侦探小说和科学》指出：

> "科学侦探小说"……就是说借用了科学的原理，演述或解决那小说中主要的情节。这原是偏重于具体的科学智识，其实即使不讲具体科学，侦探小说的本身，早已科学化了。例如科学是论理的，侦探小说度情察理，也是论理的。科学重研究重证据的，侦探小说的组织，也注重研究和证据两项。科学的研究方法，分演绎和归纳两种。侦探小说中的主角，探案时也都运用这两种方法，以达到他破案的目的。[2]

程小青对福尔摩斯探案小说的文学价值给予了极大的肯定："今试观柯南道尔之福尔摩斯探案，已采入《韦氏大辞典》之名人录中，在欧美文坛亦早承认，故明明文学作品也。然美国之聂卡脱探案，人皆称之为一角洋小说（Dime Novel）。欢迎者皆中流以下人士，则又显无文学价值矣。"[3]事实上，程小青的眼光是精准的，曾经在清末民初风行一时的聂卡脱探案如今已被大众遗忘。

程小青本人的侦探小说理论同其翻译的侦探小说相辅相成，互相促进，构成

1　程小青.侦探小说作法之一得[J].民众文学，1925（6）：1.
2　程小青.侦探小说和科学[J].侦探世界，1923（13）：8.
3　程小青.谈侦探小说[J].新月，1925（1）：5-6."Novel"原文系"Uovel"，为排版错误。

了一种良性循环。这也是程小青在翻译和创作侦探小说两方面能够越走越远的根本原因。此期，程小青在发表的论文中还大量论述了侦探小说创作的思想，如侦探小说的取材："必须先研究人们的心理，怎样的情境，才能使人家读了惊骇动神"[1]，要随时留心将生活中的细节同侦探小说的命题结合起来，"'随机触发'四个字，实在是选择初步材料时唯一的要诀"[2]。情节方面，"惊奇之中，更须合乎自然和不出情理的范围"[3]；主旨方面，"不能不把锄强辅弱的主义，做一个圭臬"[4]。侦探小说的结构，程小青区分了动与静两方面，"动的结构，着重布局，处处须用惊奇的笔，构成诡异可骇的局势。……静的结构，则在乎'玄秘'二字，……文势上似乎使读者见得到底，而篇终结穴，却又奇峰突起，出乎读者意想之外"[5]。程小青还就侦探小说的效用和主人公的命名发表过简短的评述。

程小青在翻译和创作之余，不曾放弃理论探求，后来又发表了《侦探小说在文学上之位置》（1929）、《谈侦探小说》（1929）、《从"视而不见"说到侦探小说》（1933）、《侦探小说的多方面》（1933）、《论侦探小说》（1946）、《从侦探小说谈起》（1957）等系列文章。

程小青对侦探小说中"雅"化品格认识的不断提升，促进了译文质量的提升，引导其创作的《霍桑探案》走向成熟，进而赢得读者的赞赏。他的雅化追求使其在翻译实践中自然而然地接受了雅文学主张的原文中心观，进而注重原文的文体与风格，极大地加快了译本向"文学翻译"过渡。

程小青对旧译的粗糙适俗、逻辑缺漏有较为清醒的认识，并在自己的翻译和创作中克服了很多相关问题，但程小青如能从自己在1916年译本表现的不足之中吸取教训，其《霍桑探案》则必将产生更大的文学影响。下面就其雅化意识尚不够完备之处，略做几点说明。前述霍桑在大学修习的科目之中，仅提到生理、心理、物理、化学、哲学几门，在不同的案件中也提及霍桑在技击、医学、植物学方面的技能或知识，但同福尔摩斯的侦探知识结构相比，仍有较大差距。至少华

---

1 程小青. 侦探小说做法的管见[J]. 侦探世界，1923（3）：10.
2 程小青. 随机触发[J]. 侦探世界，1924（20）：16.
3 程小青. 侦探小说作法的管见[J]. 侦探世界，1923（3）：10.
4 同上.
5 同上，第4页，7-8页。

生总结的福尔摩斯知识领域就包括植物学、地质学、化学、解剖学、惊悚文学、小提琴、单手棍术、拳击和击剑以及英国法律诸方面。此外，福尔摩斯不时表露出痕迹学、笔迹鉴定、化妆术、血迹鉴定、心理分析、密码分析以及法医学知识等，福尔摩斯还在不同场合引用莎士比亚和歌德等的文学名著。可见，要想塑造一位成功的东方福尔摩斯，作为创作者的程小青必须认真考虑作为翻译者的程小青所扮演的角色。

《血手印》中霍桑用淡亚马尼亚液分辨血渍和果汁渍明显借鉴了《血字的研究》中福尔摩斯发明可沉淀血红素的试剂一节。但若论细节的描绘，《血手印》中霍桑科学的一面是粗疏的，检验的结果五分钟后立现缺少福尔摩斯孜孜以求得来的不易，"拿回了刀，走进化验室去，调剂亚马尼亚液"[1]缺少福尔摩斯做实验时的细致，如实验装备的齐全和散乱，血和水的比例调配适当，甚至刺破自己的手指滴入血滴。另外，福尔摩斯脸上的表情比找到金矿还要欣喜，"他一边欢呼一边拍手，高兴得像个刚拿到新玩具的孩子"[2]，并激动地将新发现命名为"歇洛克·福尔摩斯鉴定法"[3]。这些细节的刻画无疑使人物鲜活。而在《血手印》中，尽管作者也刻画了霍桑拿放大镜仔细观察的动作，但对侦探的描述略显单薄，人物描写 也不够生动。

《血手印》中的对话开场（"包朗，你来得正巧"[4]）有模仿福尔摩斯探案的痕迹，如《恐怖谷》开头"'我在想——'我开口说道"[5]。程小青以对话开篇的形式同引人入胜的内容结合，有其特色，但侦探小说的特质尚且不足。《血手印》中霍桑接着说："要是这一个小小的问题解决了，你不但又可以得到一种新资料，还可以得到一种新知识呢。"[6]这样的说法自然调动了包朗的热情，而

1　程小青. 血手印[C] // 中国现代文学馆，编. 程小青代表作. 北京：华夏出版社，1999：39.
2　道尔. 福尔摩斯探案全集[C]. 李家真，译注. 北京：中华书局，2012a：11.
3　同上，第12页。
4　程小青. 血手印[C] // 中国现代文学馆，编. 程小青代表作. 北京：华夏出版社，1999：38.
5　道尔. 福尔摩斯探案全集[Z]. 李家真，译注. 北京：中华书局，2012e：221.
6　程小青. 血手印[C]. 中国现代文学馆，编. 程小青代表作. 北京：华夏出版社，1999：38.

福尔摩斯打断华生则是由于他正在观察一封神秘来信的笔迹，开篇即彰显了某种神秘情绪。《福尔摩斯探案》的对话开篇往往还伴随理论的适度提升或是总结，如《铜色山毛榉》开头"'对于热爱艺术只为艺术本身的人来说，'歇洛克·福尔摩斯一边说，一边将《每日电讯报》的启事专版扔到了一边，'艺术的最大乐趣往往蕴藏在它最无足轻重、最卑微渺小的表现形式之中。……'"[1]这是福尔摩斯借助同室友的对话升华其演绎逻辑的理论。另外，同是对话开场，福尔摩斯的开篇节奏富于变化，这一点也是《霍桑探案》应当学习的，如《白额闪电》中的对话开篇直接切入案件及其发生地："'要我说，华生，恐怕我不得不走一趟了。'……'去达特莫尔，津斯派蓝马房。'"[2]

　　1916年程小青译作自身的不足虽然在1927年《全集》中得到了弥补（更多是受雅文学翻译观的影响），在创作中也得到了部分体现（如对话开篇叙述技巧的借鉴、科学探案的逻辑推理等），但并不充分。原作中尚有诸多雅化品格待发掘，人物性格活泼机智，人物形象略带瑕疵、有些许怪异，人物行事作风特异独立，以上都是程小青创作《霍桑探案》时可以借鉴的地方。此外，福尔摩斯探案故事细节刻画逼真，描述详尽，景物刻画紧密配合惊险的情节；福尔摩斯还不时引用名家隽语，其自身语言犀利独特，逻辑总结丝丝入扣，不时带有理解上的升华。这些雅化品格理解上的不足导致1927年《全集》译本仅能做到以原文为中心翻译，尚无法做到基本忠实。

第三节　改革开放之初的雅俗对峙：
以1981年版《全集》汉译为例

　　第二次雅俗对峙比第一次复杂，主要原因在于通俗文学的翻译群体还需矫正意识形态对通俗文学包括侦探文学过低的雅俗定位。另外，社会功利性的雅俗观从主流意识形态中淡出之初，部分雅文学内部人士仍以旧的眼光看待俗文学，对其文学价值多有微词，对通俗文学的复兴，颇感忧虑，恐其泛滥。

1　道尔.福尔摩斯探案全集[Z].李家真，译注.北京：中华书局，2012b：377.
2　道尔.福尔摩斯探案全集[Z].李家真，译注.北京：中华书局，2012c：3.

第二次雅俗对峙虽然在改革开放之初有明确的显露，但20世纪50年代末期的英美文学译介高潮已经奠定了忠实翻译观建立的基础。当时在一批雅文学翻译精品的带动下，雅化通俗文学的雅化本质在译介中被译者发掘，体现之一即福尔摩斯探案作品也被列入译介之列。

1981年出版的《福尔摩斯探案全集》虽然以忠实著称，但其译文尚不能达到所谓"定本"的高度，以短篇《魔足》为例，参照《翻译服务译文质量要求（GB/T 19682—2005）》对之考察，可见译文仅达到了还通俗文学以其本质的要求。雅化方面仍多有可提升之处。

一、雅俗的社会功利导向：影响消退

20世纪50年代，甚或更早，国内出现了批判古典文艺的倾向，在欧洲古典名家的思想被批判地继承的同时，一种社会功利导向的雅俗观已开始对其思想发生质疑。

> 一九四一年以后，……大量的古典作品在这时被翻译过来了。托尔斯泰、弗罗贝尔，被人们疯狂地、无批判地崇拜着。研究古典作品的风气盛极一时。安娜·卡列尼娜型的性格，成为许多青年梦寐追求的对象。在接受文艺遗产的名义下，有些人渐渐走向对旧世纪意识的降伏。于是旧现实主义、自然主义以及其他过去的文艺思想，一起涌入人们的头脑里，而把许多人征服了。……而从这一点上，也反证出革命文艺思想是怎样衰弱了。[1]

1958年出版的几本小册子批判了《简爱》《呼啸山庄》《红与黑》等古典文艺作品，直至"文化大革命"前，这种批判的声音仍未中断："建国以来文艺战线上一系列的批判斗争，其中所批判的资产阶级文艺思想几乎都和欧洲现实主义

1　本刊同人，荃麟执笔. 对于当前文艺运动的意见——检讨、批判、和今后的方向 [J]. 大众文艺丛刊：文艺的新方向，1948：9.

文学有着血缘关系。"[1]

曾经为主流所赞扬和推崇的雅文学在"文化大革命"前的际遇尚且如此，"文化大革命"结束以后，想要恢复通俗文学翻译，所遭受的阻力可以想见。这不仅是通俗文学面临的窘境，现代主义、后现代主义文学作品同样遭遇着尴尬。为确保其"新、奇、怪"的文学品格得以译介过来，该类作品一面标举社会功利价值，一面在文学审美价值上尽力同此前占主导地位的现实主义文学传统相联系。

> 译者普遍采取了两种翻译策略，即在作品的社会认识价值层面，强调其对西方资本主义社会"黑暗、腐朽"的揭露和批判意义，突出其现实主义意蕴；在美学层面，突出"现代派"作品的创作手法对现实主义创作的借鉴意义。[2]

1978年12月内部发行的《福尔摩斯探案选》出版说明采取了上述两种手段，首先批评作品的资产阶级立场，然后对作品的文学审美品格做了一些肯定：

> 此书典型地表现了资产阶级政权在侦察司法工作上的偏见和方法上的孤立主义，追求神秘、离奇的情节以吸引读者，但它还不同于目前西方流行的内容荒诞无稽，充斥格斗凶殴和色情描写，诲淫诲盗的所谓侦探小说。书中对案情的分析研究和推理方法，也还有一定参考价值。[3]

当时已有部分译者和评论者认识到了部分通俗作品的雅化品质，这是难能可贵的，它说明"文化大革命"以后文学的社会功利功能渐为学界疏离。在何满子同施咸荣关于《战争风云》的定位之争中，何满子分析了作品对读者口味的迎合

1　冯至. 外国文学工作者在毛泽东思想的旗帜下前进[J]. 世界文学，1966（1）：189-190.

2　查明建，谢天振. 中国20世纪外国文学翻译史[M]. 武汉：湖北教育出版社，2007：768.

3　柯南道尔. 福尔摩斯探案选[Z]. 北京：群众出版社，1978：出版说明.

（即如何以情节引力为中心，编织进大人物隐私、政治及外交内幕及英雄的冒险），进而对作者赫尔曼·沃克及其作品得出如下结论：

> 他并未因此达到现实主义，他没有通过生活深入历史事变的底蕴，没有能发掘出这一巨大灾难的深刻规律。因此，他逗留在现实主义的门外，他所写成的是一部当代形式的传奇小说。和我们所熟悉的四十年代也曾风靡一时的流行小说《飘》大致属于同一品格，只是才情不同，风格有殊而已。[1]

何满子认定《战争风云》和《飘》的文学品格类似，而《飘》恰恰是一部通俗畅销小说，《美国文学简史》第十章的标题即"玛格丽特·米切尔和她的通俗小说《飘》"，"作为一部通俗小说，《飘》生动地揭示南北战争前后南方大庄园的崩溃和贵族家庭的没落，成功地塑造南方新女性斯佳丽的形象。……它不胫而走地传遍了世界各地，成了广大读者喜爱的一部通俗历史小说。"[2]连当时认定《战争风云》为"现实主义作品"的译者施咸荣也在后来撰文称"像《战争风云》的作者赫尔曼·沃克、《富人、穷人》的作者欧文·肖、《夏威夷》的作者詹姆斯·米歇纳，在美国都算是通俗小说家，但他们已开始在学术界获得一定的地位，他们的某些优秀作品也开始受到评论界的赞赏和重视"[3]。

当时的文学界在文学思想上逐渐摆脱僵化的现实主义一统的认识，这使得通俗小说中的优秀作品能够脱颖而出，进而得到出版者的认可。群众出版社就曾多次到有关部门汇报，阐明福尔摩斯探案小说的宗旨、意义、价值等，力争公开发行，而不仅仅是限定在"为了开阔眼界，并用作我公安司法人员的参考读物"[4]的内部发行层面。《福尔摩斯探案选》在1979年2月至1981年5月陆续发行五册，1981年8月整合为三册发行，30多年来，1981年版一直是全国销量最大的版本。

---

1 何满子.《战争风云》，一部新型战争传奇小说[J]. 读书，1979（5）：49.
2 杨仁敬，杨凌雁.美国文学简史[M].上海：上海外语教育出版社，2008：291-292.
3 施咸荣.谈谈英美当代通俗小说[N].文艺报，1985-12-31（3）.
4 柯南道尔.福尔摩斯探案选[Z].北京：群众出版社，1978：出版说明.

通俗文学的价值并不为雅文学界立即接受。诗人艾青对于雅化通俗文学作品就不够肯定："有的人一说美学价值就用诗集畅销不畅销去衡量。现在最畅销的是幻想小说、福尔摩斯。但它们怎么也不能成为一个时代美学的最高标志。诗是文学中比较高级的领域，是文学中的文学。"[1]

从文学审美的角度坚持雅俗对峙，艾青的思想在当时具有一定的普遍性。更有来自社会功利性雅俗观的阻挠，冯至就曾批评翻译《尼罗河上的惨案》这类"堕落"和"倒退"作品，信中提及对侦探小说的认识、对畅销通俗文学的价值评判以及对《飘》的批评：

> 侦探小说中也有优秀的作品，但是大多数都没有什么教育意义，有时还能造成坏的影响，根本谈不上对于发展和繁荣社会主义文学，培养社会主义新人有任何好处。……去年（1979年——笔者）8月，美国文学研究会在烟台开会，江苏人民出版社在会上散发了他们新出版的《钱商》、《珍妮的肖像》、《医生》三种书。一位美国专家说，这样的小说，在美国都是供人在旅途上消遣，看完就抛掉的书。……浙江人民出版社把解放前傅东华翻译的《飘》印了几十万册，大为倾销。既不问《飘》对我们今天有什么意义，也不问翻译的质量如何，这种行动，除去为了赚钱以外，我得不到任何别的解释，可是"社会主义"不知随风"飘"到哪里去了。……[2]

此次雅俗论争中，侦探小说以其独特的价值带动了雅化通俗文学的引入与认识深化。试以冯至提到的三部著作为例，《钱商》的作者加拿大著名作家阿瑟·黑利（Arthur Halley，1920—2004）专以美国各界生活为题材，"写了一系列'社会问题小说'，蜚声世界文坛。……他写一部长篇小说一般均需二至三年，即一年亲身体验、收集资料，一年整理资料，一年出书。他的小说具有较强的知

---

1 艾青.答《诗探索》编者问[C] // 艾青.艾青谈诗.广州：花城出版社，1982：174.
2 转引自：李景端.因《尼罗河上的惨案》引发的一场冲突——我与冯至"不打不相识"[J].世纪，2000（6）：37-38.

识性和启发性，对于人们了解当今的西方世界，有一定帮助"[1]。这部为陆谷孙等翻译（2015）的著作无论如何也并非一部"看完就抛掉的书"。《珍妮的肖像》为美国小说家劳勃特·纳珊（Robert Nathan，1894—1985）所著的一部幻想爱情小说，"它以情节离奇，感情朴素，文笔富有抒情气息而受到广大读者欢迎"[2]。金克木将其同《廊桥遗梦》相提并论："一个叫做梦的不是梦，把肉体的爱和精神的情分开了。一个说是事实的实在如同幻梦，爱与情融合成一片，好像含苞将放的花朵。"[3]《医生》则是美国小说家亨利·登克尔（Henry Denker，1912—2012）的一本讲述医患纠纷的法律诉讼故事的书。扣人心弦的法庭争辩、环环相扣的逻辑推理、勾心斗角的相互较量都是小说出版后很快成为畅销书的原因。

创办《译林》杂志的李景端曾经说道："所谓'高雅文学'同'通俗文学'并没有截然的界限。世界上许多保留下来的名著，早期多是以'大众文学'或'通俗文学'出现的，我国的《诗经》《水浒传》和《红楼梦》等等就是明显的例子。……介绍一些外国好的'通俗文学'作品，对于打开'窗口'，了解世界是有好处的。"[4]

论争澄清了人们对雅俗文学的相关认识，自此以后以社会影响为名干预侦探小说译介的现象发生极大扭转，阿加莎·克里斯蒂的处女作《斯泰尔斯的神秘案件》在1980年出版时，已经没有《福尔摩斯探案选》出版说明所体现的谨慎，其简短的"本书简介"基本围绕文学事实，强调"情节曲折、结构严谨，具有严密的逻辑推理"[5]为作品特色。

侦探小说的译介出版也迎来了一波高峰："一九八一年全国共有二十九家出版社租印了八十九种外国惊险推理小说，印数达两千多万册，平均每种印

1　张德政.外国文学知识辞典[K].北京：书目文献出版社，1993：208.

2　周煦良.前言[M] // 纳珊，著.周煦良，译.珍妮的肖像.南京：江苏人民出版社，1979：前言.

3　金克木.爱·情：真·幻[C] // 金克木.倒读历史.南京：江苏文艺出版社，2007：226.

4　李景端.外国文学出版的一段波折——我与冯至不打不相识[C] // 李景端.如沐清风：与名家面对面.天津：百花文艺出版社，2006：204-205.

5　克里斯蒂，阿加莎.斯泰尔斯的神秘案件[Z].管绍淳，孙怀谕，译.乌鲁木齐：新疆人民出版社，1980：本书简介.

二十三万余册，比古旧小说以外的任何门类的书印得都多，也超过了'文革'前十多年的总印数。例如，《福尔摩斯探案》……成为全国印数最大的品种之一。还有克里斯蒂的惊险推理小说，近两年中也出了三十二种，印数高达八百二十万册。……不仅出版数量过大，而且还有重复浪费现象。"[1]以分别推出的五册《福尔摩斯探案集》第一次印数为例，译作的受欢迎程度从中可见（见表5.6）。

表5.6 《福尔摩斯探案集》各册首次印刷数

单位：万册

册	一	二	三	四	五
印数	20	53	53	53	40

以思想认识的转变而言，文艺主管部门不赞成禁止《查泰莱夫人的情人》一事发生在1986年以后，这反映了文艺主管部门的思想在20世纪80年代中期已从雅俗对峙向雅俗融合转折。转折的另一标志是20世纪80年代中期，已有一批学者认识到了雅化通俗文学作品的价值。施咸荣在《当代英美通俗文学的发展》中敏锐地意识到了通俗文学的发展所带来的文化意义。

> 前年在北京大学讲学的美国名教授杰姆逊也认为，在今天的信息社会里，由于大众传播媒介的影响，过去那种纯文化与大众文化之间的界限消失了，后现代主义的新文化所推崇的，恰恰是过去被斥为"低级的"一整套文化现象，如电视连续剧、《读者文摘》文化、广告模特儿、通俗文学，以及谋杀故事、科学幻想等等。[2]

施咸荣还特别留意到以下事实：博尔赫斯在自撰的《美国文学导论》中收录了推理小说等通俗小说，部分评论家认定后现代主义文学属于通俗文学，以接受美学角度重写的文学史必须重视通俗文学，80年代西方通俗文化研究兴起，剑桥

---

1 作者不详.刹住滥出外国惊险推理小说风[J].文艺情况，1982（8）：7.
2 施咸荣.当代英美通俗文学的发展[J].译林，1986（4）：232.

《美国文学史》拟收录通俗文学。[1]优秀通俗文学作品雅俗共赏的文学品格越来越多地引起学界的关注和重视。冯亦代就读者来信回答了是否应当禁绝侦探、推理小说的问题："侦探小说也好，推理小说也好，都有一定的娱乐性、知识性和逻辑性，这是文学门类之一种，不能偏废。"[2]冯亦代还注意到狄更斯、巴尔扎克和大仲马等作家在流行杂志发表小说以文还债的事实，并指出真正的雅文学作者唐奈德·巴塞尔姆、约翰·巴斯以及托马斯·品钦作品"曲高和寡"的事实，还特别提到"英国柯南·道尔的《福尔摩斯侦探案》，不但作者因此书而获得英皇的封爵，小说的本身也被列入世界古典文学之林"[3]。其中所述事实不无瑕疵（道尔本人相信是其《在南非的战争：起源与行为》一书使其于1902年获得下级勋位爵士，关于列入古典文学之林的说法也缺少明确的证据），但学界对通俗小说，尤其是侦探小说的重视程度可见一斑。冯亦代还对侦探小说"诲盗论"予以了驳斥："我认为侦探小说、推理小说不但不应禁，而且应当有更多的人去从事写作，……不但不会影响社会治安，而且有助于社会安宁。须知那些杀人抢劫等等暴行的刑事犯，有几个是识'之乎'二字，且手捧一书而读之不辍的。"[4]

20世纪80年代中期以社会功利的雅俗观来衡量文学作品的情形大有改观，文学自身的雅俗品格凸显。此前的文学作品评价基本处于一种过渡样态，《中国文学家辞典》对程小青《霍桑探案》的评价可从侧面看到意识形态的逐渐放松："书中既有《福尔摩斯探案》那种重视科学分析、推理、综合、判断的特点，又有对被损害的社会下层人物的同情，受到国内和东南亚广大读者的欢迎。"[5]

二、文学审美层面：从原文中心到基本忠实的转变

如果说第一次雅俗对峙的直接结果是俗文学译者接受了雅文学译者的翻译主张（主要是以原文为中心的翻译观），那么第二次对峙俗文学译者又有何借

1　参见：施咸荣.当代英美通俗文学的发展[J].译林，1986（4）：232-234.
2　冯亦代.漫谈通俗文学[J].群言，1985（2）：36.
3　同上。
4　同上。
5　北京语言学院《中国文学家辞典》编委会.中国文学家辞典　现代：第2分册[Z].成都：四川人民出版社，1982：911.

鉴之处?

　　一方面,雅俗对峙局面的客观存在使得通俗文学译者不得不做出一些雅化尝试与努力。以陈羽纶译本为例,为了收到较好的接受效果,译文使用了"庐山真面目"[1]、"微服出行"[2]、"拜倒在她的石榴裙下"[3]、"三十六计走为上策"[4]这样的归化表达,还使用一些地道的四字结构,如"司空见惯"[5]、"过从甚密"[6]等;甚至描写人物也注意措辞的紧凑和效率,如"肤色黝黑,体态英俊,很有朝气"[7]。译者雅化意识的增强助推了译文整体质量的提高和改进,译作获得1991年第一届全国优秀外国文学图书奖。译文客观上向雅文学翻译标准靠拢,进一步追求忠实和准确,这是译本成为全国销量最大的福尔摩斯探案小说译本的重要原因。

　　另一方面,由于时代的局限,参考资料的不足,查证原文的途径、方式有限,加之部分译者知识储备和表达能力尚有欠缺,1981年《全集》译文质量尚需完善。

　　福尔摩斯研究者刘臻将1981年《全集》称作"定本"[8],该评价引发了读者不同的反应。对于通俗文学作品汉译是否存在"定本"这一话题暂且不论,我们先对1981年《全集》做文本细读,考察译文的忠实情况,因为雅化是建立在忠实的基础上的。

　　本书选取的考察对象为福尔摩斯探案小说集《最后致意》中的《魔鬼之足》(雨久翻译),评价方式采用2005年出台并实施的《翻译服务译文质量要求(GB/T 19682—2005)》。之所以采用该要求,是因为"有些评论者的确尝试做出错误分析,但却在做出价值判断时对实际依据的标准言之不明,致使读者蒙在

1　柯南道尔. 福尔摩斯探案全集[Z]. 丁钟华,等译. 北京:群众出版社,1981a: 240.
2　同上,第242页。
3　同上,第247页。
4　同上,第259页。
5　同上,第246页。
6　同上,第248页。
7　同上。
8　参见:ellry. 福尔摩斯在中国(1896—2006)(4)[EB/OL]. (2007-02-07) [2015-07-30]. http://blog.sina.com.cn/s/blog_566947dd010007je.html

鼓里"[1]。依据该要求，对《魔鬼之足》从增译、漏译、错译、译文表述用词、语法错误和表述含混等方面分析，进而计算出译文综合差错率，对译文质量做出评估。其译文质量综合差错率计算公式为A.1[2]：

$$综合差错率=KC_A\frac{C_ID_I+C_{II}D_{II}+C_{III}D_{III}+C_{IV}D_{IV}}{W}\times100\%\qquad（A.1）$$

《魔鬼之足》中的增译部分仅一处，即"不，他不是这样的人"[3]。漏译之处较多，见表5.7。

表5.7　1981年版《魔鬼之足》漏译统计

（以外研社李家真汉译本为参照译文，页码指漏译页码）

英文	译文	页码	英文	译文	页码	英文	译文	页码
orthodox 955	一本正经的 207	315	注1，961	注2，220	325	beady 966	光闪闪 230	333
tack 955	抢风 208	316	then 961	这一来 220	325	a little 966	（早了）一点 231	333
something of 956	半个（考古专家）210	317	注3，961	注4，220-221	325	but 966	只不过 231	333
introspective 956	若有所思地 210	317	lonely 961	荒僻的 221	326	surely 967	当然喽 232	334
for a moment 958	有那么一瞬间 215	321	strode 962	大踏步 223	327	above you 968	楼上的 234	335
prosperous959	顺利 217	322	I saw him no more 962	他就此不知去向 223	327	be about to 969	这就 236	337

1　van Den Broeck, Raymond. Second Thoughts on Translation Criticism [C]. Theo Hermans. *The Manipulation of Literature: Studies in Literary Translation*. Abindon: Routledge, 2014: 55.

2　公式中各项指标简要说明如下：K为综合难度系数，C_A为使用目的系数，W为总字符数，D_I、D_{II}、D_{III}、D_{IV}为Ⅰ、Ⅱ、Ⅲ、Ⅳ类差错出现次数，重复不计，C_I、C_{II}、C_{III}、C_{IV}为Ⅰ、Ⅱ、Ⅲ、Ⅳ类差错系数，建议取值分别为3、1、0.5、0.25。其他具体情况参见该质量要求正文。

3　柯南道尔. 福尔摩斯探案全集[Z]. 丁钟华，等译. 北京：群众出版社，1981c：333.

续表5.7

英文	译文	页码	英文	译文	页码	英文	译文	页码
convulsion959	抽搐 217	323	flaky 965	片状的 228	331	all 969	前前后后 的 236	337
ascetic 960	苦行僧一 般的 219	323	swirled 965	不停翻卷 228	331	for 969	既然 236	337
skirted 960	顺着山脚 219	324	as yet 965	眼下 228	331	but 969	（未译） 237	337
then 960	由此看来 219	324	warning 965	警告 229	331	with the idea, perhaps, that 969	心里的算 盘兴许是 237	338
obvious 960	显而易见 219	324	drawn 965	变形 229	331	now 969	好了 238	338
seem 960	似乎 219	324	注5，965	注6，229	332	注7，970	注8，238	338
expedient 960	急中生智 的 219	324	a little time 966	等上一小 会儿 230	332	my dear 970	亲爱的 239	339

注1：There is a three-foot flower border outside this window, (...)

注2：那扇窗子外面有一块三英尺宽的花床，……

注3：由于对"mental detachment"的错误理解，导致句子改动较大。漏译的部分是"but never have I wondered at it more than upon (that spring morning when...)"。

注4：不过，他这种本领最让我惊异的时候，还得说是（我俩在康沃尔郡……）。

注5：and were lying side by side.

注6：肩并肩地趴在那里。

注7：ready to carry out my threat (to shoot...).

注8：兑现我对他说过的威胁。

　　除了上述情况，书中部分名词的译法也可以更准确，如"revolver"译作"手枪"，不及"左轮手枪"准确。除此之外，译文在以下几个方面还存在一定问题：

1. 语气、风格、搭配方面：探险家以"热情的声调"[1]询问福尔摩斯，不妥，从后文得知，死者正是探险家的心上人；"我只求你把我当做知己"[2]，探险家初次同福尔摩斯见面，语气不至于如此亲密，"take sb. into confidence"[3]就是"信任"而已；"Dear me! that is friendship indeed"[4]译成"哎唷！真是友情为重啊"[5]，语气不对，缺少了福尔摩斯要表达的某种钦佩态度；"not likely ever to forget"[6]译作"永生不会忘记"[7]，语气过于绝对。

搭配方面也有可商榷的地方，如"黝黑的悬崖""海浪扑打的礁石"同"绿草如茵的海岬"[8]的搭配就不大合适。搭配方面还存在选词不当的问题："这个奇妙的地方，特别能适应我的病人的恶劣心情。"这里"适应"应改为"适合"。

2. 语法方面："For years I have loved her. For years she has loved me"[9]译作"多年来，我爱他。多年来，她爱我"[10]，完成时态没有译出；"And this is what we have waited for"[11]译作"这就是我们等待的结果"[12]，也没有译出完成时；

1 柯南道尔. 福尔摩斯探案全集中册[Z]. 丁钟华，等译. 北京：群众出版社，1981c: 326.
2 同上。
3 参见：Doyle, Arthur Conan. *The Complete Sherlock Holmes* [Z]. New York: Doubleday/Penguin Books, 1930: 961.
4 Doyle, Arthur Conan. *The Complete Sherlock Holmes* [Z]. New York: Doubleday/Penguin Books, 1930: 962.
5 柯南道尔. 福尔摩斯探案全集[Z]. 丁钟华，等译. 北京：群众出版社，1981c: 326.
6 Doyle, Arthur Conan. *The Complete Sherlock Holmes* [Z]. New York: Doubleday/Penguin Books, 1930: 964.
7 柯南道尔. 福尔摩斯探案全集[Z]. 丁钟华，等译. 北京：群众出版社，1981c: 329.
8 同上，第316页。
9 Doyle, Arthur Conan. *The Complete Sherlock Holmes* [Z]. New York: Doubleday/Penguin Books, 1930: 968.
10 柯南道尔. 福尔摩斯探案全集[Z]. 丁钟华，等译. 北京：群众出版社，1981c: 336.
11 Doyle, Arthur Conan. *The Complete Sherlock Holmes* [Z]. New York: Doubleday/Penguin Books, 1930: 968.
12 柯南道尔. 福尔摩斯探案全集[Z]. 丁钟华，等译. 北京：群众出版社，1981c: 336.

"What were your plans?"[1]译作"你有什么打算？"[2]没有译出过去时态，即"原来的打算"。

3. 词义方面，"mental detachment"[3]并非"聚精会神思考问题的那股毅力"[4]，"craggy"和"face"[5]搭配起来并非"严峻"[6]的脸；"help in the inquiry"[7]不是"帮助打听情况"[8]，而是"协助调查"；"raised his eyebrows"[9]不是"抬起头来"[10]；福尔摩斯跟踪归来，发现一封"从普利茅斯的一家旅馆拍来的"[11]电报，原文"the Plymouth hotel"[12]特指接下来提到的狩猎者住过的旅馆，应改为"那家旅馆"；"our material has not yet all come to our hand"[13]不是

1　Doyle, Arthur Conan. *The Complete Sherlock Holmes* [Z]. New York: Doubleday/ Penguin Books, 1930: 970.

2　柯南道尔. 福尔摩斯探案全集[Z]. 丁钟华，等译. 北京：群众出版社，1981c：339.

3　Doyle, Arthur Conan. *The Complete Sherlock Holmes* [Z]. New York: Doubleday/ Penguin Books, 1930: 961.

4　柯南道尔. 福尔摩斯探案全集[Z]. 丁钟华，等译. 北京：群众出版社，1981c：325.

5　Doyle, Arthur Conan. *The Complete Sherlock Holmes* [Z]. New York: Doubleday/ Penguin Books, 1930: 961.

6　柯南道尔. 福尔摩斯探案全集[Z]. 丁钟华，等译. 北京：群众出版社，1981c：325.

7　Doyle, Arthur Conan. *The Complete Sherlock Holmes* [Z]. New York: Doubleday/ Penguin Books, 1930: 962.

8　柯南道尔. 福尔摩斯探案全集[Z]. 丁钟华，等译. 北京：群众出版社，1981c：326.

9　Doyle, Arthur Conan. *The Complete Sherlock Holmes* [Z]. New York: Doubleday/ Penguin Books, 1930: 962.

10　柯南道尔. 福尔摩斯探案全集[Z]. 丁钟华，等译. 北京：群众出版社，1981c：326.

11　同上，第327页。

12　Doyle, Arthur Conan. *The Complete Sherlock Holmes* [Z]. New York: Doubleday/ Penguin Books, 1930: 962.

13　同上。

"全部材料还没有到手"[1]，是"缺少材料而已"[2]；"（in）bursts"[3]不是"不停地"[4]，是指牧师语无伦次，说话"结结巴巴"[5]；"all energy in an instant"[6]译为"站了起来"[7]，太过平淡；三月下过雨的清晨，房间"闷热"[8]不够准确，"憋闷"对译"stuffiness"[9]较合适，从后文得知，闷的原因在于屋子里有毒气；"fatal apartment"[10]译作"性命攸关的住房"[11]也不合适，因为人已经死了；"foxhound"[12]译作"猎狗"[13]不够准确，是指"猎狐犬"[14]；"chimney"[15]指"油灯灯罩"，不是"烟囱"[16]；"inspector"也不能简单地译作"检查人员"[17]，有特定的警衔；"我们"[18]做了一个实验，主语不对，是福尔摩斯做的实验，且

---

1 柯南道尔. 福尔摩斯探案全集[Z]. 丁钟华，等译. 北京：群众出版社，1981c：327.

2 柯南·道尔. 福尔摩斯探案全集[Z]. 李家真，译注. 北京：中华书局：2012f：223.

3 Doyle, Arthur Conan. *The Complete Sherlock Holmes* [Z]. New York: Doubleday/ Penguin Books, 1930: 963.

4 柯南道尔. 福尔摩斯探案全集[Z]. 丁钟华，等译. 北京：群众出版社，1981c：327.

5 柯南·道尔. 福尔摩斯探案全集[Z]. 李家真，译注. 北京：中华书局：2012f：224.

6 Doyle, Arthur Conan. *The Complete Sherlock Holmes* [Z]. New York: Doubleday/ Penguin Books, 1930: 963.

7 柯南道尔. 福尔摩斯探案全集[Z]. 丁钟华，等译. 北京：群众出版社，1981c：328.

8 同上。

9 Doyle, Arthur Conan. *The Complete Sherlock Holmes* [Z]. New York: Doubleday/ Penguin Books, 1930: 963.

10 同上。

11 柯南道尔. 福尔摩斯探案全集[Z]. 丁钟华，等译. 北京：群众出版社，1981c：328.

12 Doyle, Arthur Conan. *The Complete Sherlock Holmes* [Z]. New York: Doubleday/ Penguin Books, 1930: 963.

13 柯南道尔. 福尔摩斯探案全集[Z]. 丁钟华，等译. 北京：群众出版社，1981c：329.

14 柯南·道尔. 福尔摩斯探案全集[Z]. 李家真，译注. 北京：中华书局：2012f：225.

15 Doyle, Arthur Conan. *The Complete Sherlock Holmes* [Z]. New York: Doubleday/ Penguin Books, 1930: 963.

16 柯南道尔. 福尔摩斯探案全集[Z]. 丁钟华，等译. 北京：群众出版社，1981c：329.

17 同上。

18 柯南道尔. 福尔摩斯探案全集[Z]. 丁钟华，等译. 北京：群众出版社，1981c：329.

下面说他（福尔摩斯）又做了另一个实验；"atmosphere"[1]译作"气氛"[2]不合适，此处指"空气"[3]，后文有"atmosphere causing strange toxic effects"[4]为证；"suppose"[5]是"假定"，不是"再假定"[6]；"subtle"[7]用来形容毒药，译作"微妙"不合适，"微妙而令人作呕"[8]让人不知所云；"unspeakable dweller"[9]译作"不知道是谁的人影"[10]也有问题，"unspeakable"指的是"无法言喻"；"我看到的是死人的模样"[11]（"the very look which I had seen upon the features of the dead"[12]），其中，"死人"是有具体所指的，指的是之前被害的那些死者的模样；"an instant afterwards"[13]译作"过了一会儿"[14]也不合适，华生将福尔摩斯拖出房门是一瞬间的事，因为两者都必须立刻离开毒气，"过了一会儿"才"躺倒"[15]在草地上也不对，"一头栽倒"[16]才对，因为原文是"an instant afterwards had thrown ourselves down upon the grass plot"[17]；"one's self"[18]指实验者本人，系

1 Doyle, Arthur Conan. *The Complete Sherlock Holmes* [Z]. New York: Doubleday/ Penguin Books, 1930: 964.
2 柯南道尔. 福尔摩斯探案全集[Z]. 丁钟华，等译. 北京：群众出版社，1981c: 330.
3 柯南·道尔. 福尔摩斯探案全集[Z]. 李家真，译注. 北京：中华书局：2012f: 226.
4 Doyle, Arthur Conan. *The Complete Sherlock Holmes* [Z]. New York: Doubleday/ Penguin Books, 1930: 964.
5 同上。
6 柯南道尔. 福尔摩斯探案全集[Z]. 丁钟华，等译. 北京：群众出版社，1981c: 330.
7 Doyle, Arthur Conan. *The Complete Sherlock Holmes* [Z]. New York: Doubleday/ Penguin Books, 1930: 965.
8 柯南道尔. 福尔摩斯探案全集[Z]. 丁钟华，等译. 北京：群众出版社，1981c: 331.
9 Doyle, Arthur Conan. *The Complete Sherlock Holmes* [Z]. New York: Doubleday/ Penguin Books, 1930: 965.
10 柯南道尔. 福尔摩斯探案全集[Z]. 丁钟华，等译. 北京：群众出版社，1981c: 331.
11 同上。
12 Doyle, Arthur Conan. *The Complete Sherlock Holmes* [Z]. New York: Doubleday/ Penguin Books, 1930: 965.
13 同上。
14 柯南道尔. 福尔摩斯探案全集[Z]. 丁钟华，等译. 北京：群众出版社，1981c: 332.
15 同上。
16 柯南·道尔. 福尔摩斯探案全集[Z]. 李家真，译注. 北京：中华书局：2012f: 229.
17 Doyle, Arthur Conan. *The Complete Sherlock Holmes* [Z]. New York: Doubleday/ Penguin Books, 1930: 965.
18 同上。

泛指，而"我本人"[1]则具体化了；"declare"[2]并非"料定"[3]；"note"[4]是"便条"[5]，非"信"[6]；"what the papers call"[7]即"报纸所说的"[8]，非"名为……的文稿"[9]；"gaze"[10]为"盯着"[11]，译作"看着"[12]不准确；"killing"[13]译作"死"[14]不准确，"杀害""谋杀"[15]更合适；"（I wished that I）were armed"[16]译成"全副武装"[17]，过了；"with a gasp"[18]不是"直喘气"[19]，是"喘了一口气"；"What do you mean?"[20]，译文缺少了强调语气[21]，此处有的原文版本未加强调，

1　柯南道尔. 福尔摩斯探案全集[Z]. 丁钟华，等译. 北京：群众出版社，1981c: 332.

2　Doyle, Arthur Conan. *The Complete Sherlock Holmes* [Z]. New York: Doubleday/ Penguin Books, 1930: 966.

3　柯南道尔. 福尔摩斯探案全集[Z]. 丁钟华，等译. 北京：群众出版社，1981c: 332.

4　Doyle, Arthur Conan. *The Complete Sherlock Holmes* [Z]. New York: Doubleday/ Penguin Books, 1930: 966.

5　柯南·道尔. 福尔摩斯探案全集[Z]. 李家真，译注. 北京：中华书局：2012f: 231.

6　柯南道尔. 福尔摩斯探案全集[Z]. 丁钟华，等译. 北京：群众出版社，1981c: 333.

7　Doyle, Arthur Conan. *The Complete Sherlock Holmes* [Z]. New York: Doubleday/ Penguin Books, 1930: 965.

8　柯南·道尔. 福尔摩斯探案全集[Z]. 李家真，译注. 北京：中华书局：2012f: 231.

9　柯南道尔. 福尔摩斯探案全集[Z]. 丁钟华，等译. 北京：群众出版社，1981c: 333.

10　Doyle, Arthur Conan. *The Complete Sherlock Holmes* [Z]. New York: Doubleday/ Penguin Books, 1930: 967.

11　柯南·道尔. 福尔摩斯探案全集[Z]. 李家真，译注. 北京：中华书局：2012f: 232.

12　柯南道尔. 福尔摩斯探案全集[Z]. 丁钟华，等译. 北京：群众出版社，1981c: 333.

13　Doyle, Arthur Conan. *The Complete Sherlock Holmes* [Z]. New York: Doubleday/ Penguin Books, 1930: 967.

14　柯南道尔. 福尔摩斯探案全集[Z]. 丁钟华，等译. 北京：群众出版社，1981c: 334.

15　柯南·道尔. 福尔摩斯探案全集[Z]. 李家真，译注. 北京：中华书局：2012f: 233.

16　Doyle, Arthur Conan. *The Complete Sherlock Holmes* [Z]. New York: Doubleday/ Penguin Books, 1930: 967.

17　柯南道尔. 福尔摩斯探案全集[Z]. 丁钟华，等译. 北京：群众出版社，1981c: 334.

18　Doyle, Arthur Conan. *The Complete Sherlock Holmes* [Z]. New York: Doubleday/ Penguin Books, 1930: 967.

19　柯南道尔. 福尔摩斯探案全集[Z]. 丁钟华，等译. 北京：群众出版社，1981c: 334.

20　Doyle, Arthur Conan. *The Complete Sherlock Holmes* [Z]. New York: Doubleday/ Penguin Books, 1930: 967.

21　参见：柯南道尔. 福尔摩斯探案全集[Z]. 丁钟华，等译. 北京：群众出版社，1981c: 334.

情有可原；"I may remark"[1]不是"我注意到"[2]，而是"我可以补充一点"[3]；
"beckon"[4]为"打手势"[5]，"叫他下楼"[6]不够准确；"With his face sunk in his
hands"[7]，译作"两只手蒙住脸"[8]欠准确；"table"[9]译成"石桌"[10]，欠准确；
"fanciful name"[11]指的不是给毒药起了个"有趣的名字"[12]，而是起了个古怪的名
字；"reddish-brown"[13]译作"黄褐色"[14]，是误译；"bowed gravely"[15]不是"点
头致意"[16]；"chain"[17]不是"线索"[18]。

4. 通顺方面："在这里常来常往"[19]不够通顺。

5. 理解方面："Well, I can answer for it that it was so"[20]译为"现在，我可以

1　Doyle, Arthur Conan. *The Complete Sherlock Holmes* [Z]. New York: Doubleday/
Penguin Books, 1930: 968.

2　柯南道尔. 福尔摩斯探案全集[Z]. 丁钟华，等译. 北京：群众出版社，1981c：335.

3　柯南·道尔. 福尔摩斯探案全集[Z]. 李家真，译注. 北京：中华书局：2012f：234.

4　Doyle, Arthur Conan. *The Complete Sherlock Holmes* [Z]. New York: Doubleday/
Penguin Books, 1930: 968.

5　柯南·道尔. 福尔摩斯探案全集[Z]. 李家真，译注. 北京：中华书局：2012f：234.

6　柯南道尔. 福尔摩斯探案全集[Z]. 丁钟华，等译. 北京：群众出版社，1981c：335.

7　Doyle, Arthur Conan. *The Complete Sherlock Holmes* [Z]. New York: Doubleday/
Penguin Books, 1930: 968.

8　柯南道尔. 福尔摩斯探案全集[Z]. 丁钟华，等译. 北京：群众出版社，1981c：336.

9　Doyle, Arthur Conan. *The Complete Sherlock Holmes* [Z]. New York: Doubleday/
Penguin Books, 1930: 968.

10　柯南道尔. 福尔摩斯探案全集[Z]. 丁钟华，等译. 北京：群众出版社，1981c：336.

11　Doyle, Arthur Conan. *The Complete Sherlock Holmes* [Z]. New York: Doubleday/
Penguin Books, 1930: 969.

12　柯南道尔. 福尔摩斯探案全集[Z]. 丁钟华，等译. 北京：群众出版社，1981c：337.

13　Doyle, Arthur Conan. *The Complete Sherlock Holmes* [Z]. New York: Doubleday/
Penguin Books, 1930: 969.

14　柯南道尔. 福尔摩斯探案全集[Z]. 丁钟华，等译. 北京：群众出版社，1981c：337.

15　Doyle, Arthur Conan. *The Complete Sherlock Holmes* [Z]. New York: Doubleday/
Penguin Books, 1930: 970.

16　柯南道尔. 福尔摩斯探案全集[Z]. 丁钟华，等译. 北京：群众出版社，1981c：339.

17　Doyle, Arthur Conan. *The Complete Sherlock Holmes* [Z]. New York: Doubleday/
Penguin Books, 1930: 970.

18　柯南道尔. 福尔摩斯探案全集[Z]. 丁钟华，等译. 北京：群众出版社，1981c：339.

19　同上，第326页。

20　Doyle, Arthur Conan. *The Complete Sherlock Holmes* [Z]. New York: Doubleday/
Penguin Books, 1930: 964.

解答这个问题了，情况是这样的"[1]。"answer for"是"对……负责任"，指特里根尼斯说过医生进入房间便栽倒在椅子上的这一事实，福尔摩斯"可以打包票"[2]。"to bring the experiment to an end should the symptoms seem alarming"[3]并非"只要不出现危险症状，我们就把实验进行到底"[4]，而是"一旦有人表现出了危险的症候，咱们就立刻终止这项实验"[5]；"He would tell you"[6]中的"you"指的不是"你"，是"你们"，指牧师会告诉福尔摩斯和华生，狩猎者的心上人是位天使；"how he died!"[7]译作"他死啦！"[8]，没有译出死者的痛苦；"Not a case in which we are called upon to interfere"[9]仅理解到"我们不用去干预了"[10]，没有反映出福尔摩斯不会接受调查委托从而保护冒险家的一片苦心；"not offend your intelligence"[11]并非"给你的思绪添麻烦"[12]，是"免得侮辱你（华生）的智力"[13]之意。

该译文还有一些不合逻辑的表达，如开篇段落中的几句："当然，也并非没有一些有趣的材料促使我在以后几年里把极少数几件案情公开发表。我曾参加过他的几次冒险事件，这是我特有的条件，从而也就需要我慎重考虑，保持缄默。"[14]其实，华生公布的案件少之又少，并非因为没有材料，而是出于福尔摩斯

1 柯南道尔. 福尔摩斯探案全集[Z]. 丁钟华，等译. 北京：群众出版社，1981c：330.
2 道尔. 福尔摩斯探案全集[Z]. 李家真，译注. 北京：中华书局：2012f：226.
3 Doyle, Arthur Conan. *The Complete Sherlock Holmes* [Z]. New York: Doubleday/Penguin Books, 1930: 965.
4 柯南道尔. 福尔摩斯探案全集[Z]. 丁钟华，等译. 北京：群众出版社，1981c：331.
5 道尔. 福尔摩斯探案全集[Z]. 李家真，译注. 北京：中华书局：2012f：228.
6 Doyle, Arthur Conan. *The Complete Sherlock Holmes* [Z]. New York: Doubleday/Penguin Books, 1930: 968.
7 同上，第970页。
8 柯南道尔. 福尔摩斯探案全集[Z]. 丁钟华，等译. 北京：群众出版社，1981c：338.
9 Doyle, Arthur Conan. *The Complete Sherlock Holmes* [Z]. New York: Doubleday/Penguin Books, 1930: 970.
10 柯南道尔. 福尔摩斯探案全集[Z]. 丁钟华，等译. 北京：群众出版社，1981c：339.
11 Doyle, Arthur Conan. *The Complete Sherlock Holmes* [Z]. New York: Doubleday/Penguin Books, 1930: 970.
12 柯南道尔. 福尔摩斯探案全集[Z]. 丁钟华，等译. 北京：群众出版社，1981c：339.
13 道尔. 福尔摩斯探案全集[Z]. 李家真，译注. 北京：中华书局：2012f：239.
14 柯南道尔. 福尔摩斯探案全集[Z]. 丁钟华，等译. 北京：群众出版社，1981c：315.

不愿意，这些因果关系在译文中没有表达清楚。类似不清楚的地方还有："拖曳着的铁锚，背风的海岸，都在白浪滔滔中作最后挣扎。"[1]

有些误译是历史原因造成的，如资讯不够发达、工具书有限等。"moor"译为"沼泽地"[2]，不取"高地荒原"之意，同接下来的教堂、史前遗迹等事实不吻合。高地荒原、绵长变换的海岸线、别具一格的村庄、康沃尔语和温和的气候正是康沃尔郡的特色。译者将康沃尔郡多次译成"科尼什"（Cornish），甚至在原文出现"Cornwall"[3]时译者也没有将两者联系起来，直接译为"康沃尔"[4]，这样的误译应该是译者态度不够认真而造成的。

另有几处可商榷的地方，比如定语从句有的翻译显得不够谨慎："From the windows of our little whitewashed house, which stood..."[5]虽有逗号分隔，但分句仍起修饰先行词"house"的作用，应翻译成定语；个别隐喻没有翻译过来，如将"death trap"[6]译作"失事的地方"[7]；将"the foxy face"[8]译作"狡猾的脸"[9]。

《魔鬼之足》反映了1981年《全集》的不足，错译、漏译、表述不当、缺乏逻辑等质量问题在各篇作品中均有不同程度的体现。如将"her pet spaniel"[10]译为"她的小狗"[11]就不够准确；"to complete my theory"[12]中的"theory"表"推

1　柯南道尔. 福尔摩斯探案全集[Z]. 丁钟华，等译. 北京：群众出版社，1981c：316.
2　同上。
3　Doyle, Arthur Conan. *The Complete Sherlock Holmes* [Z]. New York: Doubleday/ Penguin Books, 1930: 956.
4　柯南道尔. 福尔摩斯探案全集[Z]. 丁钟华，等译. 北京：群众出版社，1981c：325.
5　Doyle, Arthur Conan. *The Complete Sherlock Holmes* [Z]. New York: Doubleday/ Penguin Books, 1930: 955.
6　同上。
7　柯南道尔. 福尔摩斯探案全集[Z]. 丁钟华，等译. 北京：群众出版社，1981c：316.
8　Doyle, Arthur Conan. *The Complete Sherlock Holmes* [Z]. New York: Doubleday/ Penguin Books, 1930: 966.
9　柯南道尔. 福尔摩斯探案全集[Z]. 丁钟华，等译. 北京：群众出版社，1981c：333.
10　Doyle, Arthur Conan. *The Complete Sherlock Holmes* [Z]. New York: Doubleday/ Penguin Books, 1930: 1112.
11　柯南道尔. 福尔摩斯探案全集[Z]. 丁钟华，等译. 北京：群众出版社，1981c：566.
12　Doyle, Arthur Conan. *The Complete Sherlock Holmes* [Z]. New York: Doubleday/ Penguin Books, 1930: 412.

测"，不应将此处译为"使我的理论更加完善"[1]；另外，"看望他在乡间的哥哥"[2]实为"追捕乡下的逃犯"（"to track down his brother of the country"[3]），因为《希腊译员》一案明确交代福尔摩斯的哥哥就住在伦敦白厅附近，也没有到其他地方出行的习惯。《绿玉皇冠案》开头描述贝克街"两旁人行道上堆得高高的雪却仍然像刚下时那样洁白"[4]缺漏了"on the heaped-up edges of the foot-paths"[5]中的"edges"一义。时态上，"I rose rapidly to a responsible position"[6]并非"我很快将升任要职了"[7]。逻辑上，《恐怖谷》中新来的警察队长识破了麦克默多的身份，两者的对话如下："'我用不着抵赖，'麦克默多说道，'你以为我为自己的名字感到羞愧吗？'/'不管怎样，你干了些好事！'"[8]警察队长的答话和上文并不搭。原文为"'You've got good cause to be, anyhow.'"[9]译者显然没有理解"to be"后面省略的是"ashamed of your own name"，即"你的确应当感到羞愧"。另外，"（...we were soon whirling up）in a Portsmouth train"[10]指福尔摩斯和华生搭上了"一班朴茨茅斯开来的火车"，而不是"我们很快搭上了去朴茨茅斯的火车"[11]，理由是沃金在朴茨茅斯和伦敦的中间，想要从沃金返回伦敦只能如此；同样，"the prelude to his dinner"[12]指"晚餐前的例行散步"。就诊者预约

1 柯南道尔. 福尔摩斯探案全集[Z]. 丁钟华，等译. 北京：群众出版社，1981b：129.
2 同上，第147页。
3 Doyle, Arthur Conan. *The Complete Sherlock Holmes* [Z]. New York: Doubleday/ Penguin Books, 1930: 423.
4 柯南道尔. 福尔摩斯探案全集[Z]. 丁钟华，等译. 北京：群众出版社，1981a：479.
5 Doyle, Arthur Conan. *The Complete Sherlock Holmes* [Z]. New York: Doubleday/ Penguin Books, 1930: 301.
6 同上，第449页。
7 柯南道尔. 福尔摩斯探案全集[Z]. 丁钟华，等译. 北京：群众出版社，1981b：190.
8 柯南道尔. 福尔摩斯探案全集[Z]. 丁钟华，等译. 北京：群众出版社，1981c：110.
9 Doyle, Arthur Conan. *The Complete Sherlock Holmes* [Z]. New York: Doubleday/ Penguin Books, 1930: 831.
10 同上，第456页。
11 柯南道尔. 福尔摩斯探案全集[Z]. 丁钟华，等译. 北京：群众出版社，1981b：201.
12 Doyle, Arthur Conan. *The Complete Sherlock Holmes* [Z]. New York: Doubleday/ Penguin Books, 1930: 427.

时间为晚六点一刻，而就诊者消失后散步人归来，因此"dinner"非"午餐"[1]。
在《孤身骑车人》一案中，福尔摩斯"晚间很晚才回到贝克街，嘴唇划破了，额
头上还青肿了一大块"[2]。在解释原因时，福尔摩斯称"我给那凶恶的暴徒一连串
的打击。我就成了你看到的这种样子"[3]，对照原文"It was a straight left against
a slogging ruffian"[4]，可知译者将"一连串的打击"的实施者混淆了；译文还存
在意象偶有缺失的问题，如"stormy petrel"[5]字面义为海燕，喻指带来灾难、纠
纷、冲突的人，《海军协定》中仅译作"你是没有麻烦事不来的"[6]。《威斯特里
亚寓所》中，"bulldog eyes"[7]的意象在翻译时缺失，该句译文为"他那双大眼睛
转向我们的客人"[8]；在《退休的颜料商》中，译者更是将"his destination is more
likely to be Broadmoor than the scaffold"[9]中的"Broadmoor"直接替换成"精神
病犯罪拘留所"[10]。译文用语有古旧之处，如"scout"[11]在《血字的研究》中译作
"斥候"[12]，用语古奥，译为"侦察人员"即可。"scout"第一次出现时，侦察者
为骑兵，考虑到时间久远，也可译作"探马"；"the boots"[13]译作"一个擦鞋的

1　柯南道尔. 福尔摩斯探案全集[Z]. 丁钟华，等译. 北京：群众出版社，1981b：153.

2　同上，第321页。

3　同上，第322页。

4　Doyle, Arthur Conan. *The Complete Sherlock Holmes* [Z]. New York: Doubleday/
　　Penguin Books, 1930: 532.

5　同上，第448页。

6　柯南道尔. 福尔摩斯探案全集[Z]. 丁钟华，等译. 北京：群众出版社，1981b：188.

7　Doyle, Arthur Conan. *The Complete Sherlock Holmes* [Z]. New York: Doubleday/
　　Penguin Books, 1930: 871.

8　柯南道尔. 福尔摩斯探案全集[Z]. 丁钟华，等译. 北京：群众出版社，1981c：175.

9　Doyle, Arthur Conan. *The Complete Sherlock Holmes* [Z]. New York: Doubleday/
　　Penguin Books, 1930: 1120.

10　柯南道尔. 福尔摩斯探案全集[Z]. 丁钟华，等译. 北京：群众出版社，1981c：579.

11　Doyle, Arthur Conan. *The Complete Sherlock Holmes* [Z]. New York: Doubleday/
　　Penguin Books, 1930: 56, 61.

12　柯南道尔. 福尔摩斯探案全集[Z]. 丁钟华，等译. 北京：群众出版社，1981a：
　　71，81.

13　Doyle, Arthur Conan. *The Complete Sherlock Holmes* [Z]. New York: Doubleday/
　　Penguin Books, 1930: 47.

茶房"¹, "a sergeant"²译为"军曹"³也存在相同的问题。个别地方让人无法理解，如红胡须公爵的声音"简直像午饭的皿形铃声"⁴就让人难以猜解，英文倒是一目了然，"which boomed out like a dinner-gong"⁵。

以文本细读的方法分析，可以看到这篇不到2万字的译文，未达到出版物差错率不超过万分之一的合格标准，也未达到国家对翻译服务业制定的译文质量要求（仅以漏译为例，译文综合差错率就已达到了2.3‰，远在1.5‰的合格标准之上）⁶，译文虽相对忠实，但并没有达到雅的程度，只能将其定位为以"俗"译"俗"。

群众版《福尔摩斯探案全集》"到2002年已经印刷了19次"⁷，"从上世纪80年代至今，总印数超过2000万册"⁸，"群众版翻译严谨，译文优美，历经多年的考验，依然是读者心目中的首选，后来还被台湾远流出版公司引入海峡对岸，同样受到读者欢迎"⁹。群众出版社在推出修订版时自称"全国销量最大的《福尔摩斯探案全集》""中国读者最为熟悉和推崇的版本"¹⁰。其他版本甚至以能和群众版比肩为荣。重庆出版社2014年推出的《全集》称："本书是除福迷认可的群众出版社1980年译本外，最靠谱的译本，可谓是经典的延续。"¹¹华中科技大学出

1　柯南道尔.福尔摩斯探案全集[Z].丁钟华，等译.北京：群众出版社，1981a：57.
2　Doyle, Arthur Conan. *The Complete Sherlock Holmes* [Z]. New York: Doubleday/Penguin Books, 1930: 25.
3　柯南道尔.福尔摩斯探案全集[Z].丁钟华，等译.北京：群众出版社，1981a：21.
4　柯南道尔.福尔摩斯探案全集[Z].丁钟华，等译.北京：群众出版社，1981b：341.
5　Doyle, Arthur Conan. *The Complete Sherlock Holmes* [Z]. New York: Doubleday/Penguin Books, 1930: 544.
6　综合难度系数K取值为1.0，关于字词的漏译该标准没有明确分类，试将其放入第II类差错中的"一般语义差错"之下，该翻译服务译文质量要求应遵照2005年9月1日颁布的国家标准实施.
7　张文清，林本椿.《福尔摩斯探案集》的汉译状况及部分译本评析[J].三明学院学报，2006（1）：32.
8　群众出版社.群众出版社2014年度文艺社科类十大好书[EB/OL].（2015-01-07）[2015-08-22] http://www.qzcbs.com/shupingview.asp?did=70.
9　刘臻.真实的幻境：解码福尔摩斯[M].天津：百花文艺出版社，2011：180.
10　柯南道尔.福尔摩斯探案全集修订本[Z].丁钟华，等译.北京：群众出版社，2014c：563.
11　内蒙古日报社.《福尔摩斯探案全集》[N].内蒙古日报，2014-10-14（15）.

版社在2014年推出的全集中直言"参考了群众出版社1980年译本"[1]。其实，1981年群众版的问题如前所述，并没有得到足够的关注。即使是群众出版社2014年推出的修订本，也存在一定问题。像"'银色火焰'赛马"这样的标题并没有更正旧标题"银色马"的错误[2]。上文提到的《魔鬼之足》中的一些问题依旧没有得到改正，如"Cornish"[3]仍译为"科尼什"[4]，漏译的部分依然如故。尽管群众出版社称"特聘著名英美文学研究专家……等根据英文版原著对全书译文进行了审核、校正"[5]，但仅从《魔鬼之足》中的39处漏译来看，译本做出的修订还是不够完善。在此基础上的校核、审读还带来新的问题。如将旧译"由于他自己不愿公诸于众而往往使我感到为难"[6]改为"往往由于他自己不愿公之于众而让我感到为难"[7]就是对原文"I have continually been faced by difficulties caused by his own aversion to publicity"[8]修饰语位置的篡改。"It was indeed this attitude upon the part of my friend and certainly not any lack of interesting material which has caused me of late years to lay very few of my records before the public."[9]该强调句在1981年译本中被分译成两句，没能强调华生近年很少发表福尔摩斯故事的两个原因。修订版也仅在"态度确实如此"[10]之前加上了"他的"[11]，对原译中的错误未改正。如"也

1　参见其网络销售宣传语，http://item.jd.com/1241697557.html（检索日期2016-01-15）。

2　详见第六章第三节第二小节的讨论。

3　Doyle, Arthur Conan. *The Complete Sherlock Holmes* [Z]. New York: Doubleday/Penguin Books, 1930: 955.

4　柯南道尔. 福尔摩斯探案全集（修订本）[Z]. 丁钟华，等译. 北京：群众出版社，2014c：302.

5　同上，第564页。

6　柯南道尔. 福尔摩斯探案全集[Z]. 丁钟华，等译. 北京：群众出版社，1981c：315.

7　柯南道尔. 福尔摩斯探案全集（修订本）[Z]. 丁钟华，等译. 北京：群众出版社，2014c：302.

8　Doyle, Arthur Conan. *The Complete Sherlock Holmes* [Z]. New York: Doubleday/Penguin Books, 1930: 954.

9　同上，第954-955页。

10　柯南道尔. 福尔摩斯探案全集[Z]. 丁钟华，等译. 北京：群众出版社，1981c：315.

11　柯南道尔. 福尔摩斯探案全集（修订本）[Z]. 丁钟华，等译. 北京：群众出版社，2014c：302.

并非没有一些有趣的材料促使我在以后几年里把极少数案情公开发表"[1]至少包含两处错误，一处即"of late years"不应当翻译为"在以后几年里"，"lay very few of my records"也仅指"公开发表的案件少之又少"，而将之译为"把极少数案情公开发表"则有歧义。尽管群众出版社为了修订三十多年前的旧译花的时间长达三年，但从目前的单篇分析来看，效果可谓不尽如人意。群众版译文的评价和译文实际的雅化程度之间出现了较大差距，其原因大致可以从以下几个方面分析。

范伯群指出，通俗文学有两大先天不足："缺乏先锋性，基本上不存在超前意识，与'俗众'具有'同步性'"；"通俗文学流派的另一个先天的弱点是没有自己的理论队伍"[2]。这两大不足在通俗文学翻译中也有体现，以2014年推出的修订本观之，对三十多年前的旧译的修订，修订组织者虽然声称"按照'信、达、雅'的原则……全面展开了对该版本的精心修订工作，以期使译文更加准确、语句更加顺畅、文辞更加典雅和更加符合现代汉语语言文字规范，充分、完整地展现原著的魅力和韵味"[3]，但从上文提到的实际操作情况来看，修订者并没有"超前意识"，修订者明确意识到的问题，"一些诸如错译、表述不当以及人名、地名不统一等质量问题"[4]，大部分属于"显性"问题，而对于源头性的问题则重视不够。文本分析中提到的强调句型、定语从句的翻译旧译不时有缺乏考究之处，修订者显然并未意识到更正的必要性和紧迫性。另外，从所选译文来看，其逻辑、语气、具体指代、词义选择等方面的问题在新译中都无明显改观。修订者的工作缺乏类似古代译者"证梵本""证义"的精神，校订者既是运动员又是裁判员，加之校订者本身为"学院派"，自身有教学科研任务，校订工作的完善程度就很难把握。类似定语从句、强调句随意翻译的情形说明当时译者并没有形成一定的理性认识和规范意识，而眼下修订者

1　柯南道尔.福尔摩斯探案全集（修订本）[Z].丁钟华，等译.北京：群众出版社，2014c: 302.
2　范伯群.中国近现代通俗文学史[M].北京：北京大学出版社，2007: 23.
3　柯南道尔.福尔摩斯探案全集（修订本）[Z].丁钟华，等译.北京：群众出版社，2014c: 563-564.
4　同上，第563页。

则完全具备更正的条件。从实际执行效果看，有必要要求修订工作者在履行责任的同时接受监督。以"信、达、雅"的原则进行修订，本应视作通俗文学译者理论水平提升的标志，一旦理论成为空洞的口号则易沦为出版商和修订者的幌子。另外，对通俗文学作品的翻译批评相对匮乏，陈平原在多年前就发现了这一问题："谢尔顿《假如明天来临》不知多少种译本，可就没有人站出来评点优劣是非。表面上是相信群众的鉴赏能力，实际上是对读者不负责任。"[1]从1981年《全集》的翻译及其修订情况来看，修订组织者仍然需要总结翻译经验，对比不同译本差异并强化翻译质量责任意识（包括译文修订者的责任意识），同时还要进行有效的翻译批评与监督。

尽管1981年译本有这样那样的不足，但在那个历史年代，译本大受欢迎肯定有其客观原因。在"书荒"年代，福尔摩斯探案小说等通俗文学作品的译介填补了"外国文学名著丛书"（因封面特色，又称"网格本"）、"二十世纪外国文学丛书"、"获诺贝尔文学奖作家丛书"以及"法国二十世纪文学丛书"等雅文学出版伴生的俗文学读物的空缺。20世纪70年代末80年代初尚有一批"第二梯队"畅销通俗作品出版，《福尔摩斯探案全集》的出版也是先期《福尔摩斯探案选》（内部发行）"一炮打响，十分抢手"[2]带动的结果。加入这一梯队的有侦探小说（如《东方快车谋杀案》）、言情小说（如《爱情的故事》）、科幻小说（如《海底两万里》《格兰特船长的女儿》）、历史小说（如《战争风云》）、社会小说（如《克莱默夫妇》）、暴露小说（如《天使的愤怒》）。80年代后期"杰姬·柯林斯热"和"西村寿行热"则是通俗小说堕入低俗之谷的表现，不可同日而语。雅化通俗小说在改革开放之初的译介显示了雅俗中间作品的特定价值。钱钟书、杨绛曾在写给《译林》的信中表示："'畅销'并不保证作品的文学价值，但是也并不表明作品的毫无文学价值。'经典'或'高级'作品里有些是一度的'畅销书'。"[3]

1　陈平原.陈平原小说史论集[M].石家庄：河北人民出版社，1997b：1232.

2　柯南道尔.福尔摩斯探案全集（修订本）[Z].丁钟华，等译.北京：群众出版社，2014c：562.

3　转引自：李景端.外国文学出版的一段波折——我与冯至不打不相识[C] // 李景端.如沐清风：与名家面对面.天津：百花文艺出版社，2006：212.

在20世纪80年代，群众版《全集》之所以能垄断读者市场，是因为它具有一定的精品意识。这种精品意识一方面传承自1957年至1958年的三部中篇译作——能够跻身1957年至1966年出版的28种英国文学作品之列[1]，说明福尔摩斯探案小说雅化程度很高。同时译作能同人民文学出版社和上海译文出版社1958年开始推出的"外国文学名著丛书"在同一时间段推出，也说明福尔摩斯探案小说译者的自信。群众出版社邀请萧乾来翻译这部全集，但萧乾没有充裕的时间，便向出版社推荐陈羽纶、欧阳达等译者。另外，群众出版社还约请本社译文室编辑李家云等人共同翻译。十位译者均有翻译、编辑或大学执教经历，态度严谨，注释简明合理，具有明确的大众普及读物意识，这一点是同当时读者的知识水平相称的。当时的读者整体上尚不具备提出雅化通俗文学经典的翻译要求。试以山东一地的统计数据为例：

> 80年代初，我省15岁及15岁以上文盲、半文盲人口占总人口的比重为23.5%，1990年为16.9%，2000年这一比重下降为8.5%，2007年进一步下降到7.4%。……从1982年到2007年，全省每千人拥有初中文化程度的人数由177人增加到416人，拥有小学文化程度的人数由337人减少到267人。6岁以上人口平均受教育年限由4.9年提高到8.3年。[2]

群众出版社在1981年《福尔摩斯探案全集》的基础上不断推出福尔摩斯探案系列图书，包括精粹系列（9册，1992）、缩印本（1册，1995）、礼品本（4卷，2011）、插图精选版（4册，2000，改写版）、精选版（4部中篇与6部重新编排的短篇小说集，2004）等，2014年又推出了全新修订本（3册）。系列福尔摩斯探案小说的推出巩固了群众版的垄断地位，强化了译作的品牌效应。

群众版译本之所以在长时期内能够占据垄断地位，除了上文提到的社会翻

1　参见：孙致礼.中国的英美文学翻译：1949—2008[M].南京：译林出版社，2009：5.
2　山东省统计局.奋进的历程　辉煌的成就——山东改革开放30年[M].北京：中国统计出版社，2008：41.

译批评的风气不浓之外，还存在翻译批评范式的缺位问题。一方面是专家担心"比较译本不单吃力不讨好，而且很容易'伤感情'"[1]；另一方面，改革开放之初翻译理论界对翻译技巧的讨论与总结非常之多，但对通俗文学翻译研究得不多。虽然当时的《翻译通讯》（1979—1980）发表了一系列相关文章，如陈忠诚的《背景知识与翻译》、应雨的《英译汉的词义选择与引申》、曾炳衡的《首先要吃透原文》等，但此类研究多限定在雅文学翻译、政治文献翻译、科技翻译等领域，对通俗文学作品的翻译不够重视。谭载喜的《翻译是一门科学——评价奈达著〈翻译科学探索〉》、王宗炎的《纽马克论翻译理论和翻译技巧》、刘重德的《论翻译的忠实性》，这些翻译理论方面的探讨若能应用于福尔摩斯探案小说汉译的研究中，势必会使译文评价更加客观、公允。孔庆东称"程小青长期处于无压力、无竞争、无批评、无引导的状态，艺术感渐渐定型和钝化，一直局限于并满足于'福尔摩斯—华生'模式，失去了进一步雅化的活力"[2]。改革开放之初的侦探小说翻译批评也同民国时期雅俗对峙下的侦探小说一样，处于被漠视的边缘，延续了第一次雅俗对峙时雅文学的"思维定势"。"由于侦探小说是舶来品，从内到外都散发着西化味道，故而新文学对其攻击相对较少，多是采取视而不见的冷漠态度。"[3]即使偶尔出现一篇福尔摩斯探案小说汉译批评，亦掀不起波澜。如《应该重视翻译质量——评〈魔犬〉和〈幕〉的汉译》一文就对柯南道尔的福尔摩斯探案中篇小说《巴斯克维尔的猎犬》和阿加莎·克里斯蒂的《帷幕》进行了认真的文本比对，"发现两书译笔之粗糙，译文错译、误译之多，简直到了令人瞠目的地步"[4]。侦探小说在改革开放之初的翻译出版至少存在两种问题："各地报刊和出版社翻译、出版了不少外国侦探故事或推理小说，以招徕读者。对此，许多同志提出了严

1　陈平原.小说史：理论与实践[M].北京：北京大学出版社，1993：57.

2　孔庆东.超越雅俗——抗战时期的通俗小说[M].北京：北京大学出版社，1998：158.

3　孔庆东.早期中国侦探小说简论[J].啄木鸟，2013（12）：167.

4　肖谷.应该重视翻译质量——评《魔犬》和《幕》的汉译[J].山东外语教学，1983（1）：43.

肃的批评，但主要是责其'多'，而未涉及其'滥'。"[1]这两种问题未能引起后来研究者足够的重视，致使侦探小说的翻译质量评价既缺乏理论的指引，也缺少实践经验的总结，以译本销量作为评价译文的质量单一考察因素也就不足为奇了。

1　肖谷.应该重视翻译质量——评《魔犬》和《幕》的汉译[J].山东外语教学，1983（1）：43.

第六章

20世纪80年代中期以来：
雅俗多元格局的形成

从创作实践上看，20世纪40年代就曾出现通俗作家高雅化和高雅作家通俗化的雅俗融合现象，代表作家分别是张恨水和赵树理。

从学理上看，"从80年代中期起，学界已经开始尝试将所谓的'鸳鸯蝴蝶派'等通俗小说纳入研究视野"[1]。陈平原提出文学史家接纳通俗小说的三路径已有呈现。三条路径是："在原有的文学史、小说史框架中容纳个别通俗小说家"、"另编独立的通俗文学史和通俗小说史"，"强调雅俗对峙是20世纪中国小说的一个基本品格，把高雅小说和通俗小说作为一个整体来把握"[2]。《中国近代文学大系1840—1919. 卷二十. 通俗文学集》于1992年由上海书店出版社出版，这属于第一条路径；《中国近现代通俗文学史》于2000年由江苏教育出版社出版，这属于第二条路径；至于第三条路径雅俗对峙的整体把握，其代表作品有徐德明《中国现代小说雅俗流变与整合》（2000）、吴秀亮的《中国现代小说雅俗新论》（2010）、孔庆东的《超越雅俗：抗战时期的通俗小说》（2009）等。到了20世纪90年代，雅俗研究呈现出新的局面，"研究角度也开始从雅俗对立的单一模式向更全面地探讨雅俗区分和雅俗互动转化"[3]。大量研究成果的出现和研究视角的转变开启了雅俗融合的新阶段，并对翻译作品产生了积极的影响。

由于通俗文学翻译理念的滞后，福尔摩斯探案小说的汉译在20世纪末才出现重视俗中之雅的风潮，诞生了一批雅化译本。雅文学翻译界提出的"信、达、雅"中的"雅"、"化境"中的"化"、"忠实、通顺、美"中的"美"，乃至"神似"都是翻译者所追求的一种理想的应然状态，但究其实然状态，用"雅

1　陈平原. 陈平原小说史论集[M]. 石家庄：河北人民出版社，1997：1721.
2　陈平原. 小说史：理论与实践[M]. 北京：北京大学出版社，1993：118-119.
3　何涛. "五四"以来中国文学的雅俗研究，西南大学学报（人文社会科学版）[J]. 2007（1）：155.

"化"来评价译者的追求更为切合。自雅俗融合的趋势渐为学界接受以来，福尔摩斯探案小说翻译在基本忠实原文的基础上至少出现了三种向雅的趋势：被批媚俗的译林版夹杂了对原文文体风格的再现追求；新星版注重吸纳福尔摩斯研究（"福学"）成果，进行深度翻译；而中华书局新版则侧重误译的修订和中产阶级趣味的再现。福尔摩斯译作的雅化印证了菲立普·盖达拉（Philip Guedalla）所言："侦探小说是高贵心灵的正常消遣。"[1]

从低俗、媚俗、通俗、雅俗共赏到雅化，福尔摩斯探案小说译作的雅俗流变多元格局业已成形。多元格局的形成说明"不同群体的成年读者也需要不同的译本"[2]。读者群的分化是雅俗流变的根本动因，译者策略的改变同时说明"如果发送者想要进行交际，他会让自己适应接受者的个性，更准确地说，他使自己适应接受者期待他扮演的角色"[3]。

第一节 向"俗"风潮的再起

福尔摩斯译作自20世纪90年代中期以来迎来一波译介高潮，进入21世纪后出版数量更是稳中有升。以"福尔摩斯探案全集"为检索词，可以在CALIS联合目录公共检索系统上分别检索到2000年至2010年11年间出版的相关图书分别为1，32，6，11，2，2，7，21，13，17，17部（检索日期2015-09-16）。相当一部分福尔摩斯复译作品缺少自身翻译特色，仅是在向市民读者提供一份消遣读物，甚至以胡译、乱译、抄译来抢占市场，部分译作还留有清末民初那种"讲故事"的色彩，缺乏对福尔摩斯探案作品雅化品格的认识和传译出来的能力。

1　Qtd. in Haycraft, Howard. *Murder for Pleasure: The Life and Times of the Detective Story* [M]. New York & London: D. Appleton-Century Company, 1941: vii.

2　Lefevere, André. *Translating Literature: Practice and Theory in a Comparative Literature Context* [M]. Beijing: Foreign Language Teaching and Research Press, 2006: 115.

3　Vermeer, Hans J. *Allgemeine Sprachwissenschaf: eine Einführung* [M]. Freiburg, Rombach, 1972: 133. Cit. Nord, Christiane. *Text Analysis in Translation. Theory, Methodology and Didactic Application of a Model for Translation-oriented Text Analysis* [M]. Amsterdam and Atlanta: Rodopi, 1991: 15.

一、文本层面：福尔摩斯探案小说汉译中的适俗习气

题名方面，由台湾王知一翻译百家出版社2007年推出的《全集》，部分题名不够简洁，如"三名同姓之人案""那名秃头男子的故事"；还有一部分题名采用了意译的方式，如以"紫藤居"译"The Adventure of Wisteria Lodge"，以"荣苏号"译"The 'Gloria Scott'"，以"银斑驹"译"Silver Blaze"。此类题目翻译固然彰显了译者特有的审美情趣，但"紫藤居"有过分归化的嫌疑，让读者仿佛看到福尔摩斯在中国书斋中探案。"墨氏家族的成人礼""红榉庄案"题名也有同样的问题。"荣苏号"则难以"回译"，如果说"荣"可以回溯到"光荣"（"glory"）一词的拉丁语"gloria"[1]，那么"苏"则很难对应到姓氏"斯科特"[2]之上。"建筑商"一案题名缺少案件发生地"Norwood"，如果说译者是在另撰题名，但像"查尔斯·奥古斯特斯·米尔沃顿"这样长的专名也都全部译出，两则题名的翻译原则显然不尽一致。另外，"恐怖谷"一案第二部第三章标题"三四一分会，佛米沙"不及中华书局2012版全集"维尔米萨三百四十一分会"清楚。《四个人的签名》第八章为"贝克街杂牌警探队"，其实，"The Baker Street Irregulars"是一群流浪儿，福尔摩斯不时雇用他们来侦查情报，基于福尔摩斯私人侦探的身份，用"杂牌警探"形容他们并不合适。个别题名沿用了近百年前的译法，如将"The Adventure of the Red Circle"译作"赤环党"，该题名同1914年《繁华》杂志第5、6期刊载的福尔摩斯故事同名。

其他全集也有题名方面的问题，中国画报出版社2012年版全集就对题名进行大幅度改写（见表6.1），其中不乏"被'软禁'的军人""吝啬鬼妻子的'私奔'案"这样媚俗的题名。另外，大部分标题的改写追求新奇的适俗效果，如将"The Adventure of the Dancing Men"译作"暗语揭秘"，将"His Last Bow"译作"间谍之死"。"被鱼叉叉死的船长""空屋猎'猛兽'""诈骗犯的恶报""惹祸的遗嘱"也属此类题名。以"His Last Bow"和"The Casebook of Sherlock Holmes"两部小说集的题名翻译为例，译者刻意避开了群众版译文题名

1　参见：谢大任，等.拉丁语汉语词典[K].北京：商务印书馆，1988：246.
2　陆谷孙.英汉大词典[K].2版.上海：上海译文出版社，2007：1788.

以直译为主的翻译模式。

表6.1　小说集*His Last Bow*与*The Case-Book of Sherlock Holmes*
各案题名译法比较（2012 vs. 1981）

最后的致意（2012）	最后致意（1981）	怪案探案（2012）	新探案（1981）
死亡追踪	威斯特里亚寓所	被阻止的婚礼	显贵的主顾
纸盒里的人耳朵	硬纸盒子	被"软禁"的军人	皮肤变白的军人
暗语揭秘	红圈会	寻找"海底之心"	王冠宝石案
潜艇图的追查	布鲁斯−帕廷顿计划	神秘的书稿	三角墙山庄
福尔摩斯之"死"	临终的侦探	吸血的妻子	吸血鬼
郡主的失踪	弗朗西斯·卡法克斯女士的失踪	三个同姓人	三个同姓人
魔鬼脚跟	魔鬼之足	石桥附近的女尸	雷神桥之谜
间谍之死	最后致意	怪诞的教授	爬行人
		神秘的凶手	狮鬃毛
		房客的真面目	戴面纱的房客
		破教堂地下室	肖斯科姆别墅
		吝啬鬼妻子的"私奔"案	退休的颜料商

其中"寻找'海底之心'"这一题名中的"海底之心"应系该案中丢失的王冠钻石之名，不过原文并没有提到钻石的名称，华生和福尔摩斯分别使用了"the missing Crown jewel"[1]和"the great yellow Mazarin stone"[2]来指称该钻石。可见，是译者给了这颗宝石一个浪漫的名字。

该全集还使用了多种媚俗策略，其中之一便是添加耸人听闻或是引人好奇的引导语。短篇集《最后的致意》的引导语如下："寄来的包裹里有两个人的耳

1　Doyle, Arthur Conan. *The Complete Sherlock Holmes* [Z]. New York: Doubleday/Penguin Books, 1930: 1014.
2　同上。

朵；租房的房客有不可思议的行为；一夜之间，全家人不是死就是疯，一个个神秘现象背后到底隐藏着什么？"[1]该全集还采用了清末民初常常采取的适俗手段来推进故事情节的发展，删减旁枝叙述。以《寻找"海底之心"》开头第一段为例："新婚归来，华生医生又回到贝克街二层这间有点凌乱的屋子，福尔摩斯这位著名的私人侦探在这里住着，这里也是最早开始许多冒险活动的地方。一切照旧，福尔摩斯生活中很重要的两种东西——小提琴和烟斗，仍在原处摆放着。"[2]同原文相比，贝克街寓所的陈设——科学图表、化学实验台、小提琴盒、煤斗等物件的位置及相关描述被刻意忽略；对于小听差比利的描述译者则另起一段，但描述也仅限其"聪明"[3]，"young""tactful"[4]这些描述都不见了，评述福尔摩斯性格中孤独和遗世独立的部分也被删去。状物产生的生活真实感、人物描绘带来的亲切感以及人物特立独行性格的刻画，这些雅化品质在译本中被当作冗余的东西一并删去。有时，译文还会对故事的结尾进行适合传统小说交代结局式的叙事改造。"被'软禁'的军人"一案中皮肤病专家的结论是患者得的是假麻风，结尾一直是以该专家的视角和话语结束的——"不管怎么样，鄙人以职业声誉担保——哦，夫人晕过去了！我说肯特先生，快给她护理吧，她是惊喜已极而休克，就会好的，没事。"[5]而中国画报出版社2012版全集译文结尾将原文的限制视角改为全知视角——"'……总而言之，他肯定不是麻风病人。'/还会有比这更令人激动的消息吗？戈弗雷的母亲由于兴奋而晕过去了。她可以由肯特继续护理，这样一来，他不会马上失业的。"[6]插入最后一句略有喜剧调侃的意味，意即原来照顾白化士兵的这位外科医生可以继续照顾其母。这是译者加入的插科打诨之语，其策略同1916年全集颇为一致。

---

1 柯南道尔.福尔摩斯探案全集[Z].余林，译.北京：中国画报出版社，2012d：1. 本节评述的福尔摩斯探案译本较多，文内注中作者和年代相同时，可参考上下文提及的出版社加以区分。

2 柯南道尔.福尔摩斯探案全集[Z].余林，译.北京：中国画报出版社，2012d：157.

3 同上。

4 Doyle, Arthur Conan. *The Complete Sherlock Holmes* [Z]. New York: Doubleday/Penguin Books, 1930: 1012.

5 柯南道尔.福尔摩斯探案全集[Z].俞步凡，译.南京：译林出版社，2005d：250.

6 柯南道尔.福尔摩斯探案全集[Z].余林，译.北京：中国画报出版社，2012d：157.

中国画报出版社全集的媚俗策略并非个案，新世界出版社2010年推出的《福尔摩斯探案全集》也采用了类似的媚俗策略。该版译本题名的改写幅度之大，不亚于中国画报出版社译本。如"威胁国王的照片""爱情骗局""真正的凶手""暗室的秘密""神秘的乞丐"等，部分改写后的题名同原题名对应不上，给读者带来不必要的认知负担。为招徕读者，该全集也加入了醒目的提示语，如《血字的追踪》（即1981年全集中的《血字的研究》）提示为："在风雨交加的深夜，一个阴森幽暗的空宅里，一具龇牙咧嘴、面目狰狞的死尸直挺挺地躺在地上。他身边的墙上写着两个血字——'复仇'，到底谁与死者有着血海深仇呢？福尔摩斯与凶手展开了机智的周旋……"[1]这段导语极尽夸张渲染之能事，力图营造一种恐怖的氛围。该引导语以部分泄底为诱饵（墙上的"Rache"可做多种解读），以一种"欲知后事如何，且听下文分解"的说书人抖包袱方式来吸引读者关注。另外，看似流畅通顺的译文其实仍在偏重"讲故事"。如华生自述战场伤病归来的情景就有忽略之处："在英国我没有亲戚，就像天空中飘着的空气那样自由，也像一个无业游民那样逍遥自在。于是我去了伦敦，住在伦敦河边的一个小公寓里，过着寂寞难耐的生活。"[2]此处的译文经不起推敲，如华生的寓所在"the Strand"[3]，即斯特兰街，在泰晤士河北岸，并非"伦敦河"，华生的收入、伦敦的大染缸环境都被删去，华生精神状态的消沉也被忽略，用"逍遥自在"来形容华生的苦闷与孤寂之中的自由更可谓南辕北辙。

译文方面，部分译本没能把握好人物性格，译文中人物的语气处理随意。2003年中国电影出版社推出的福尔摩斯探案全集就存在这方面的问题。如随意加上语气词"呀""啊"等。在《波希米亚丑闻》中，波西米亚国王指出艾琳·艾德勒持有的信件上有国王本人的笔迹，且这些信为国王私人信笺，上有国王的个人印鉴，甚至持有同国王的合影。福尔摩斯认为均不足为凭："笔迹是可以伪造

---

1 柯南道尔. 福尔摩斯探案全集[Z]. 傅怡，译. 北京：新世界出版社，2010a：1.
2 同上，第2页。
3 Doyle, Arthur Conan. *The Complete Sherlock Holmes* [Z]. New York: Doubleday/Penguin Books, 1930: 15.

的呀""那是可以偷到手的呀""可以仿造啊""可以买啊"[1]这些答复显然同原文 "Pooh, pooh! Forgery!""Stolen""Imitated""Bought"[2]风格不符。此处，福尔摩斯简洁干练、雷厉风行的办案作风没有得到体现，拟声词"Pooh, pooh"没有译出相应的效果，不妨将之译为"呸，呸"之类。还有部分译本欠考究，如北方妇女儿童出版社2010年推出的全集，其中部分细节值得推敲。《海军协定》中对福布斯警官是一位"foxy man"[3]，译作"獐头鼠目"[4]失去了原文的双关修辞和相关意象。"獐"和"鼠"在汉语中并无"狡诈"的含义，反倒附带有猥琐的内涵，容易造成读者心目中的意象错位。福尔摩斯同其对话的口吻也显得生硬："可是如果你想在你的新职业中出人头地，那你最好和我合作而不要反对我。"[5]其中，"new duties"[6]译为"新职业"不妥，应为"新岗位"，"you will work with me and not against me"[7]的译文没有体现出原文并列结构的对立情绪，不妨将之译为"你最好同我合作，而不是和我对着干"。另外，将"an attack of brain-fever"[8]译作"神经失常"[9]很明显是借鉴了群众版全集译文[10]，可是这种借鉴错误译文的做法可谓是以讹传讹，应译作"急性脑（膜）炎"。该病同前文菲尔普斯给华生写的信中提及的自己的病情一致（群众版译作"神经错乱"[11]），这样译文就犯了连带错误。国际文化出版公司出版的《福尔摩斯探案大全集》（超值白金

1　柯南道尔. 福尔摩斯探案全集[Z]. 贺天同，等译. 北京：中国电影出版社，2003a：211.

2　Doyle, Arthur Conan. *The Complete Sherlock Holmes* [Z]. New York: Doubleday/Penguin Books, 1930: 165-166.

3　同上，第458页。

4　柯南道尔. 福尔摩斯探案全集[Z]. 陈垦，译. 长春：北方妇女儿童出版社，2010：623.

5　同上。

6　Doyle, Arthur Conan. *The Complete Sherlock Holmes* [Z]. New York: Doubleday/Penguin Books, 1930: 458.

7　同上。

8　同上，第460页。

9　柯南道尔. 福尔摩斯探案全集[Z]. 陈垦，译. 长春：北方妇女儿童出版社，2010：625.

10　参见：柯南道尔. 福尔摩斯探案全集[Z]. 丁钟华，等译. 北京：群众出版社，1981b：207.

11　同上，第187页。

版）也有类似的跟从群众版译文犯下的错误。如《海军协定》中看门人妻子误将菲尔普斯及警察当作"brokers"[1]而躲避起来。该大全集译文同群众版译文一致，将"brokers"译作"旧货商"[2]，其实该妇人接下来明确说"我们和一个商人有纠纷"[3]，此处"broker"应取"追讨人"[4]之义。福尔摩斯探案间隙，"伸手扶起一枝低垂着的玫瑰花枝"[5]，这里的"moss-rose"[6]特指苔藓玫瑰。大全集的假想读者依然是读故事的普通民众，而不求雅求精、不细致入微，对旧译本的过分依赖使得新译本毫无特色。

新译本在内容方面的适俗改造并非全无特色，部分福尔摩斯探案小说译作的改写较为成功，代表案例为山东友谊出版社引进的台湾版全集（青少年版）。该全集以提倡素质教育为理念，意在"帮助中小学生丰富知识、启迪心智、提高逻辑思维和推理能力"[7]。改写版在原作的基础上灵活变通，调整了部分案件的呈现方式。以中篇《恐怖谷》为例，改编者将原书倒叙的上下两部分颠倒过来，按照事件发生的时间重新整合叙述。各部分章节题名做了相应改编，第一部为《恐怖谷》，第二部为《布罗克的警告》。章节数量也发生了变化，并另拟题名。该译本在短篇的改写上也有特色，一般三到五案为一组，以其中某一案的题目为该组的题名，如《杂色的绳子》一组即由《六个拿破仑胸像》《企业家与乞丐》《杂色的绳子》三个故事组成。每个故事章节重新划分，如《六个拿破仑胸像》一案

1　Doyle, Arthur Conan. *The Complete Sherlock Holmes* [Z]. New York: Doubleday/Penguin Books, 1930: 454.

2　柯南道尔. 福尔摩斯探案大全集[Z]. 姚锦镕，等译. 北京：国际文化出版公司，2010：233；柯南道尔. 福尔摩斯探案全集[Z]. 丁钟华，等译. 北京：群众出版社，1981b：196.

3　柯南道尔. 福尔摩斯探案大全集[Z]. 姚锦镕，等译. 北京：国际文化出版公司，2010：233.

4　柯南·道尔. 新注释本福尔摩斯探案全集[Z]. 北京：同心出版社，2013a：624.

5　柯南道尔. 福尔摩斯探案大全集[Z]. 姚锦镕，等译. 北京：国际文化出版公司，2010：234.；柯南道尔. 福尔摩斯探案全集[Z]. 丁钟华，等译. 北京：群众出版社，1981b：199.

6　Doyle, Arthur Conan. *The Complete Sherlock Holmes* [Z]. New York: Doubleday/Penguin Books, 1930: 455.

7　柯南道尔. 福尔摩斯探案全集[Z]. 廖清秀，等改写. 济南：山东友谊出版社，1998：出版说明.

就被改写者分为"他是精神病患者吗？""破案竞赛""暗杀团的团员""价值连城的黑珍珠"四个部分。从小标题来看，改写者在调动青少年读者的好奇心上下了一番功夫。这一点还体现在目录前特别设置的人物介绍上。该部分概述了各单元故事人物的特色，以使读者了解人物间的关系、人物性格、人物在案件中扮演的角色等。在涉及核心谜题时，改写者点到为止，不泄露关键信息。如"间谍大王"板块下的海雅斯介绍："海雅斯：斗鸡旅社的主人，阴险而固执。公爵的秘书魏尔德曾骑着脚踏车到旅社来，引起福尔摩斯的警觉。最后，这个老板竟行踪不明。"[1]每则人物介绍前配人物插图，和正文中的漫画式的插图保持一致。第五册还特意配上该册改写者林钟隆的导言。导言介绍了华生和福尔摩斯的原型，并以和小朋友互动的方式提问："你想知道水电技师为何会被砍去大拇指，而一场高高兴兴的喜宴上，新娘又为何会失踪吗？就请小朋友仔细地阅读内容吧！"[2]故事的改写也有一定特色。如《怪客司达克》一案，提到我时注明为"我（华生）"[3]来使第一人称叙事显得不那么突兀。在故事的叙述上注意增加趣味性，如给出了华生诊所的名字"华生医院"[4]，又添加了华生自己的胡思乱想："啊！我不过是个蹩脚的侦探罢了！/《福尔摩斯探案全集》的读者们应该了解我为什么这么丧气了。/成不了'名侦探'的华生，却意外地成了'名医'。同样是医生，当然'名医'的称号是更可爱了。"[5]改写内容给华生增添了几分幽默感，叙事人称的转变也因幽默语气的一致而不觉突兀。改编版全集不仅在台湾取得了成功，"连连再版"[6]，在引入大陆之后，也"得到了读者的认可，社会效益、经济效益俱佳"[7]。

针对特定人群采取的适俗改写要结合译文做深度策划，才能取得预想的效

1　柯南道尔. 福尔摩斯探案全集[Z]. 廖清秀，等改写. 济南：山东友谊出版社，1998b：人物介绍.
2　同上，导言。
3　同上，第6页。
4　同上。
5　同上。
6　同上，出版说明。
7　邹韧. 山东友谊出版社：转型中焕发活力[N]. 中国新闻出版报，2013-11-07（006）.

果。普通全集常因为适俗而放弃了译者应当恪守的翻译伦理，在译本市场竞争中落败。

二、 非文本层面：译本流通中的过度商品化倾向

利用和强调译者的权威地位是出版者为促进译本流通常采用的手段，比如强调译者的学历水平，所在单位的知名度，学术兼职情况，著译情况等。国际文化出版公司推出的《福尔摩斯探案全集》就采用了这样的宣传策略（见表6.2）。

表6.2　国际文化出版公司出版的《福尔摩斯探案全集》（2007）译者宣传模式

译者	学位	工作单位	学术兼职	译作代表	备注
姚锦镕	——	浙江大学	——	《双塔奇兵》《小公主》	俄、英双语
许德金	博士	西南大学	《传记文学通讯》编委	《了不起的盖茨比》等	教授职称

除强调译者身份外，世纪之交以来的福尔摩斯探案全集的译本大都重视序、跋的作用。其中，译者所做的序、跋常常蕴藏了译者对作品的理解和他本人的翻译理念，出版机构常借此宣传其译本特色。以2010年新世界出版社推出的《福尔摩斯探案全集》为例，译者傅怡在《世间再无福尔摩斯（代前言）》中称："本译本在充分忠实于原著，充分借鉴前辈翻译家风格、手法的基础上，也更注重于藉本书寻求更接近于他们（福尔摩斯、柯南·道尔、华生——笔者按）灵魂的真实表达，寻求故事之外更接近于那个时代的深刻内涵。"[1]读者对此中译者的敬业精神自会有所体悟，但细读文本，则可发现译者的主张和其翻译实践未必一致。《血字的追踪》第一章即《古怪的福尔摩斯》，可谓从篇名到章名都做了适俗的改写，上下部的题名也都被隐去。对相关文化背景知识，如内特雷医院、第二次阿富汗战争、捷泽尔枪弹等统统不加注释。"你瘦了许多"[2]也失去了原文"You

---

1　柯南道尔.福尔摩斯探案全集[Z].傅怡，译.北京：新世界出版社，2010：2.
2　同上。

are as thin as a lath and as brown as a nut"[1]的比喻修辞效果。尽管译者在代前言中明确表示"深知其中难免存在错漏及不尽如人意之处"[2]并恳求指正，但此类"谦词"读者习以为常，不会当真，尤其是通俗小说读者，更是如此。在此情形下，译者通过巧妙的先扬后抑策略，达到了推出译本"特色"的目的。

需要说明的是，即使像1981年《全集》这样已经在读者心目中树立起一定威信的译作，其译者对作品的认识水平也未必一定权威。如参与翻译1981年版全集《归来记》的译者李广成为《福尔摩斯四大奇案》所做前言中，不乏存在一些史实错误。如"在一八九六年，有了第一个中译本，张仲德所译的《歇洛克呵尔唔斯笔记》（即《血字的研究》）"[3]。第一篇福尔摩斯探案译文实为张坤德在《时务报》上所译《英包探勘盗密约案》（即《海军协定》），署名处题为"译歇洛克呵尔唔斯笔记"；"一九一六年出版了程小青译的《福尔摩斯探案全集》"[4]，所涉的译者除程小青外，尚有九位，其中，严独鹤一人就翻译八案；全集的名称也不对。"柯南道尔一九一五年至一九二七年间又写出《恐怖谷》《最后致意》和《新探案》。"[5]《恐怖谷》于1914年9月到1915年5月在《海滨杂志》上刊载，而《最后致意》中的《硬纸盒子》则于1893年在《海滨杂志》上发表，在美国哈泼公司（Harper）出版的《回忆录》中也有收录，前言中的相关表述至少是不严谨的。称"这三组故事在解放前可能没有译本"[6]也是对福尔摩斯译介史不够了解所致。《恐怖谷》的译文在单行本尚未刊出之前已经有常觉、小蝶在《礼拜六》上跟进的译文。至于其他两部短篇集，至少1934年世界书局推出的《全集》是全部收录了的（小说集《最后致意》在1927年《全集》中已全部收录）。福尔摩斯探案"五十八个短篇"[7]应改为五十六个。甚至提及《包公案》"并不以某一办案

1　Doyle, Arthur Conan. *The Complete Sherlock Holmes* [Z]. New York: Doubleday/Penguin Books, 1930: 16.

2　柯南道尔. 福尔摩斯探案全集[Z]. 傅怡，译. 北京：新世界出版社，2010：前言2.

3　柯南道尔. 福尔摩斯四大奇案[Z]. 汪莹，等译. 北京：人民文学出版社，2004：1.

4　同上.

5　同上.

6　同上.

7　同上，第2页。

人员为主角去吸引读者的兴趣"[1]也同实情不符。该公案全名即"增像包龙图判百家公案"，撰者想要对公案小说和侦探小说加以区分，但没有击中要害。前言作者"由于偶然机会翻译了少量福尔摩斯探案故事，对于作家柯南道尔及其作品没有深入研究"[2]，但读者对于人民文学出版社这样的品牌自然抱有更大的期待，希望得到更专业的评价。借群众出版社《全集》译者的名声来推动译作的销售而忽略对作品本身的研究是不符合读者的阅读期待的。

有的译序对作品内容进行了概括，梳理了作品的成就与不足，使其成为译本的卖点之一。哈尔滨出版社2008年推出全集，其"译序"梳理了福尔摩斯探案故事在人物塑造、社会现实展示、结构与情节布置方面的独到之处，对作品中布局雷同和偶然性较多的问题提出了疑义，表明译者对作品有相对深入的了解，强化了读者对译作的期待。译者将侦探小说同武侠小说并置，分析两者畅销的原因，称"私家侦探与中国人心中的侠客一样，是正义和力量的化身，是公正的代言人。在小说世界中，人们可以尽情地享受大侦探和大侠客给他们带来的快感，并实现自己内心深处的某些幻想"[3]。这一观点能部分解释早期译文何以掺杂侠义色彩的改编，其实，《三侠五义》的故事原型即《龙图公案》。译者还在"译序"中巧妙地避开了读者可能对12人合译产生的疑问，称"我们考虑更多的是作品原意的表达、语言的流畅以及多人合译作品的风格的统一"[4]。至于实际译作中是否会出现群众版1981年《全集》中人名、地名不统一等多人合译问题，又另当别论了。回顾历史，以媚俗为特色的1916年《全集》也曾声称："本书系同人合译，译笔虽各有不同，务求与原文吻合。间有中西文法，万难同炉合冶处，或稍加参酌，然仍以不失原文神髓为主。"[5]此类序跋所声称的主张在一定程度上是一种商业策略的体现。

另有一些译作的序跋重视名人效应。1992年群众出版社推出的福尔摩斯探案精粹系列共10集，由海明威唯一剧本《第五纵队》的翻译者冯亦代做了《柯南道

1 　柯南道尔.福尔摩斯四大奇案[Z].汪莹，等译.北京：人民文学出版社，2004：2.
2 　同上，第3页。
3 　柯南道尔.福尔摩斯探案全集[Z].丁欣，等译.哈尔滨：哈尔滨出版社，2008：1.
4 　同上，第6页。
5 　柯南道尔.福尔摩斯侦探案全集[Z].刘半农，等译.上海：中华书局，1916a：1.

尔弃医从文百年纪念（代序）》。冯亦代对于福尔摩斯探案作品及其作者有相对深入的认识。比如他提及爱伦·坡和加坡利奥对柯南道尔的影响，这是柯南道尔自传《回忆与冒险》中明确提到的[1]；对福尔摩斯探案故事的写法，作序者有独到的体会："将这些凶手轻轻一笔带过，作为他故事的引子，大费笔墨的则是写神探福尔摩斯分析推理的方法，……也就是经过对案件的烛隐抉微，排尽万难，终于得到凶杀案的来龙去脉。"[2]另外，将谜题延至最后解开是古典解谜推理的常规，这一点冯亦代也有所论及。冯亦代还指出："后期的作品，情节虽异，过程大都有所雷同，不免有公式化之嫌，为读者所病。"[3]侦探小说毕竟属于类型小说（genre fiction），一定程度上的模式化不可避免，还应看到作者在模式内部的调整与变化，这一点刘半农早在百年前就有所认识：

> 且以章法言，《蓝宝石》与《剖腹藏珠》，情节相若也，而结构不同；《红发会》与《佣书受绐》，情节亦相若也，而结构又不同。此外如《佛国宝》之类，于破案后追溯十数年以前之事者凡三数见，而情景各自不同；又如《红圈会》之类，与秘密会党有关系之案，前后十数见，而情景亦各自不同。此种穿插变化之本领，实非他人所能及。[4]

冯亦代和刘半农的专业点评已带有些许引领普通市民读者深化文学认识的雅化色彩，这说明通俗译作的序跋若能引领读者提升文学修养，而不仅仅停留在读故事的层面，势必使得译作更接近雅俗共赏的目标，也能促使译者在研究作品的基础上设定更高的翻译目标。

然而，专业的点评不一定是普通市民读者的关注点，对于他们而言，像莱斯利·S.克林格为《新注释本·福尔摩斯探案全集》所做的长达41页的"前言"很

---

1 参见：Conan Doyle, Arthur. *Memories and Adventures* [M]. Cambridge: Cambridge University Press, 2012: 74.

2 冯亦代. 柯南道尔弃医从文百年纪念[J]. 瞭望周刊（27）：37.

3 同上。

4 刘半农. 福尔摩斯侦探案全集·跋[Z] // 柯南道尔. 福尔摩斯侦探案全集. 刘半农, 等译. 上海：中华书局，1916：跋.

可能构成阅读障碍，连克林格本人也建议初读者"跳过前言"[1]。"柯南·道尔似乎忽略了向纽恩斯或者史密斯提及他的投稿是代表好友约翰·华生"[2]，这样的福学观点也恐难为一般读者接受。读者群的差异迫使出版商针对不同群体调整了策略。同心出版社2010年推出的《福尔摩斯探案系列》针对青少年读者进行了改编和缩写，因此请"中国首位迪士尼签约作家、幻想大王杨鹏"[3]来作序，这符合受众的期待。这篇代序提出："小学生阅读侦探小说，最大的价值，就是培养跟名侦探一样的思维，并且用这种思维去看世界，处理身边的大事小事……还可以体验到创作者高超的智慧以及所营造的独特美感，并让他们成为个人审美与素养的一部分。"[4]代序作者结合青少年素质教育来讨论福尔摩斯探案故事的价值，这同作者本人倡导的"保护想象力"主张相一致。开篇以自己孩童时代因阅读侦探小说而产生的奇思异想来导入正文，颇能抓住青少年的心，无疑对译本的销售多有帮助。

通过对福尔摩斯探案作品序跋的研究，我们可以发现出版者为了适应和调动大众读者的不同阅读兴趣做出了多方面的努力。无论是彰显译者的敬业精神，还是突出译本的忠实程度，抑或是强调同目标读者的沟通，借此形成彼此信赖和互动的氛围，这些尝试更多关注的是福尔摩斯译作中通俗的一面，作品中的雅化品格并非译者的关注点。

序跋不是唯一实现同俗众沟通的手段，为了使译本尽快流通，出版者还运用了大量营销手段，从各出版社的宣传语可见其端倪。百家出版社2007年推出的《福尔摩斯探案全集》强调"限量绝版""不再重印"[5]，这一点强调了译本作为收藏品和礼品的价值，以期在众多福尔摩斯探案译本中彰显自身的稀缺性和

1　道尔.新注释本福尔摩斯探案全集[Z].北京：同心出版社，2013：2.
2　同上，第16页。
3　柯南道尔.巴斯克维尔的猎犬·恐怖谷[Z].熊风，译.北京：同心出版社，2010：代序.
4　同上。
5　由于网络书籍营销模式的异军突起，各出版、销售商家均重视网络宣传，此处及下文提及的网络宣传语均标明网络出处，同一译本的网络销售语均出自同一网站，不再另行注明。此处的宣传语出自http://book.douban.com/subject/2252703/（检索日期2015-09-20）

独特性。宣传语中提到"文中插图共407幅，全部为英国著名插画家西德尼·帕格特所创作的原版插画"，其实佩吉特（即"帕格特"）仅为38篇福尔摩斯故事绘制了356幅插图，另一位知名福尔摩斯插图画家弗雷德里克·多尔·斯蒂尔也只画了46幅插图，407幅之说并不可靠。至于"总结了以往版本的长处，修订了以往版本的部分错误"之说，也有可疑之处。如《银斑驹》一案，题名中的"银斑"应在"额头"，这本是英文题名中"blaze"应有之义。该案一开篇福尔摩斯即要求华生出行，"To Dartmoor; to King's Pyland"[1]，百家版译作"去达木耳，国王场那里"[2]。台湾译者王知一此处译文刻意同远流出版公司1999年引进台湾的群众版译文区分开来，但"King's Pyland"系一处虚构地名，地名翻译很少意译，此处"Pyland"译为"场"较轻率。另外，确知其为"King's Pyland Stables"，不妨加上"马房"二字；以"报童"[3]来翻译"news agent"[4]也不妥，应译为"报刊经售人"[5]；将"the *Telegraph* and the *Chronicle*"[6]译为"《电讯报》及《记事报》"[7]也值得商榷，两份报纸的全称为*Daily Telegraph*、*Daily Chronicle*，前者是英国仅存的几分"大报"（"broadsheet"）之一，一般译作《每日电讯报》，后者1872年至1930年发行，可译作"《每日纪事报》"。以上几例或多或少可以窥见百家版所谓的译文"改正"未必一定起到了改正的效果。网络营销在推进译本销售的同时缺少专业的翻译评价体系来支持或验证其译文的忠实性。部分译者也缺少比较意识，如上述两份报纸在同心出版社译文中就被译作"电讯和新闻报道"[8]。自我宣传同舆论监督缺位的汇合导致译本相关评价散

1　Doyle, Arthur Conan. *The Complete Sherlock Holmes* [Z]. New York: Doubleday/Penguin Books, 1930: 335.

2　该译本后又转由天津教育出版社出版，见柯南道尔.福尔摩斯探案全集[Z].王知一，译.天津：天津教育出版社，2009：4.

3　同上。

4　Doyle, Arthur Conan. *The Complete Sherlock Holmes* [Z]. New York: Doubleday/Penguin Books, 1930: 335.

5　陆谷孙.英汉大词典[K].2版.上海：上海译文出版社，2007：1310.

6　Doyle, Arthur Conan. *The Complete Sherlock Holmes* [Z]. New York: Doubleday/Penguin Books, 1930: 335.

7　柯南道尔.福尔摩斯探案全集[Z].王知一，译.天津：天津教育出版社，2009b：4.

8　道尔.新注释本福尔摩斯探案全集[Z].北京：同心出版社，2013a：362.

乱无序、相关宣传或有不实。

部分译本为迎合青少年读者,以流行语作为宣传语。如陕西师范大学出版社推出的全集,就从"拉风造型""八卦潜力"等六个方面归纳了福尔摩斯的魅力,使用的语言也体现了福尔摩斯的"超酷个性"——"骨灰级宅男""易容术10颗星""英国新锐型男"等评价可资证明。[1]

译文作为原文"生命的延续"("afterlife"),想要在日益激烈的市场竞争中取得一席之地必须呈现差异化的特色。为此,部分出版社还采取了随书附赠品的推广模式。如2007年百家出版社推出的全集精装版就随书赠送大力水手烟斗、伦敦地图册。译文具有雅化色彩的中华书局版全集(2012)也赠送1916年全集第一册《血书》仿真本和"福尔摩斯的伦敦"地图册。赠品强化了福尔摩斯探案小说中福尔摩斯的形象和地位,也有助于加深对作品时代背景的理解,但附送赠品、加强营销宣传以及通过序跋等手段促进译本流通时,不应"买椟还珠",偏离对译文质量的关注。

第二节　雅俗共赏的尝试

2005年译林出版社的《福尔摩斯探案全集》一经推出,立即引起读者的强烈反感。天涯网收集汇总了读者的网络批评言论[2],引起了《新京报》的关注和报道。对于译文质量问题,该报做了如下小结:

> 问题主要集中在两个方面,标题不妥,行文不通顺。有网友指出,诸如"劫色恶狼报应案"、"教授壮阳爬行案"、"老夫杀少妻反诬私奔案"等题目的使用,泄露了谜底,使故事没有了悬念,而类似"教授

1　参见百道网销售宣传:http://www.bookdao.com/book/1447675/(检索日期2015-09-20)
2　天涯网针对俞步凡译本的相关评论参见http://www.tianya.cn/new/Publicforum/content.asp?idwriter=761614&key=0&idArticle=79666&strItem=books&flag=1#Bottom (检索日期2015-09-07)

壮阳爬行案"的标题，则让读者觉得很低俗。[1]

译林出版社于2006年8月推出修订的第二版，曹正文的《中译本序》替换了涉嫌泄底的俞步凡序文《福尔摩斯：人性的法、情、理与知识技能的典型（译序）》，低俗的标题得到修订，部分措辞及表达问题也有订正。尽管如此，译林版《全集》引起的论争仍在继续发酵，其中也包含部分支持俞步凡译本的声音。比较典型的是曹利华在台湾《中文》杂志上刊载的《译林版俞译本〈福尔摩斯探案全集〉的特色》一文，曹利华还引孙耀芳《辨正对俞步凡福尔摩斯译本的诋毁》一文及网络评论参与者"asd1203"的观点来支持俞译本[2]。

一、译林版（2005、2006）雅俗共赏尝试的失败：词汇生造与文法混乱

《〈福尔摩斯探案全集〉翻译遭质疑》一文的导语为"网友发帖指责'标题不妥，行文不通'，译林社将推修订版"。该导语基本概括了读者普遍质疑的焦点问题，尚有误译和文体风格不符等问题。译林出版社2006年8月推出修订版之后，相关讨论仍在发酵，部分网友提出的问题在新译本仍未得到解决（见表6.3）[3]。

---

1 姜妍. 《福尔摩斯探案全集》翻译遭质疑[N]. 新京报，2006-06-30（A20）.
2 参见：孙耀芳. 辨正对俞步凡福尔摩斯译本的诋毁[EB/OL]. （2013-10-02）[2015-09-07]. http://blog.sina.com.cn/s/blog_4a53bf370102epm9.html
3 俞步凡译林本四卷，用a-d标明，李家真译本7册，用a-g标明，字母后为页码，斜体部分为笔者所增译例。

表6.3 译林版《全集》（2005）译文问题及修订情况

误译		
译文（2005、2006）	原文	中华书局译文（2012）
放着一只咖啡壶呢，还垫着个银盘子 c3	silver-plated coffee-pot 669	镀银的咖啡壶 e5
百分之七十溶液 a121	a seven-per-cent solution 89	百分之七的溶液 a154
男人容易莫名上火 a16	with the unreasonable petulance of mankind 23	本着无理取闹的凡人秉性 a22[1]
你初一看，还挺新，非常好，可是再一看，已经磕碰了不少 c4	this stick, though originally a very handsome one, has been so knocked about that ... 669	这根手杖虽然十分精致，上面却留下了许多磕碰的痕迹…… e6
地位只比医科大学高年级学生稍好一点 c6	little more than a senior student 670	地位比高年级医科学生高不了多少 c9
这条狗，我估摸着，不是很大，可也不算小 c6	which I should describe roughly as being larger than a terrier and smaller than a mastiff 671	大致说来，他的狗儿应该比㹴犬大，同时又比獒犬小 e9

词汇问题			
2005	2006	2005	2006
驭马 a3	驭马 a3	找个伴只有好呢 a5	找个伴才好呢 a5
合一合好了 a5	合住好了 a5	有破，给补去了 a20	破了，给补去了 a20
劳什子 a13	东西 a13	矮子里拔出来的长子 a22	矮子里拔出来的高个 a22
并不是黑皮色 a18	并不黑 a18	他归家路，准摸不掉 a37	他归家的路不会摸错 a37
懒得出蛆 a23	删	给做进 a44	竟上了个大当 a44
好血色红脸 a31	脸色红润 a31	小瘪三 a137	小混混 a137
左撇子，右撇腿 a331	未变 a331	有时候偶尔 c3	未变 c3
再好也没有 c208	未变 c208	在好笑自己 d12	格格笑了 d12

1　新星版此处译作"我一时没有道理地发起火来"（柯南道尔. 福尔摩斯探案全集[Z]. 兴伸华，等译. 北京：新星出版社，2011a: 27），可资参照。

续表6.3

词汇问题			
忌他一脚 *c289*	未变 c289	复杂、混乱的案子 d35	复杂、混乱的案子 d35

文法问题	
2005	2006
还有，他是个药剂师，一流的。尤其是，要知道，他并没有系统学过医学…… a5	未变 a5
今天早晨，发现死在奥克肖特公地上 a12	未变 a12
这跟我有什么相干，到底？ a13	这到底跟我有什么相干？a13
……不也是一钱不值，对我，对我的工作。a13	……对我，对我的工作不会有丝毫的影响。a13
观察，是我第二一种本能，有观察力。a18	未变 a18
一个帮忙的人也没有——没有人，只有一个，他关心我。a413	未变 a413
"……一八八三年，当'独角海兽号'轮船的船长，是丹迪港的一艘捕海豹船。那以前多次出海，几次都是满载而归。第二年，一八八四年，就退休。"b397	未变 b397
具有推上一把激发天才的力量 c4	未变 c4
才反过来把我引向正确，推我走向正道 c5	未变 c5
感恩戴德他的好心善举，不敢怠慢了。c289	对他的好心善举感恩戴德，不敢丝毫怠慢了。c289
我可以办到，当家庭教师安插到他的家里。d32	未变d32
这样给关了整整五天五夜，不给吃不给喝，叫你身体、精神都撑不住。今天下午，给我好好吃了一顿午餐。d34	未变d34 缺主语
很有趣——非常有趣，真是！d20	很有趣——真是非常有趣 d20
一个女人，就是那种花头，免不了那种事。d12	未变 d12

译林版译文生造现象较为突出，有生造副词的，如"女仆陌陌生生给他这么

突然其来吓坏了"[1]; 生造连词的, 如"以及还有"[2]; 生造拟声词的, 如"嘶哩嘶哩（地咒骂）"[3]; 人名翻译也有生造现象, "the same old Teddy Marvin"[4]被生硬地译成"泰迪·老马文"[5]; 部分短语也有生造嫌疑, 如"这件事的调查, 我归我自己在进行"[6]; 甚至"着""了""过"这类时态助词在用法上译者也有"超常发挥", 如"可是那老酒鬼的画像对他似乎有魔力, 吃着夜宵的时候, 叫他两眼继续不断地盯住画着"。该例还反映了句子层面的生造现象, "吃夜宵"的主语是"他", 即福尔摩斯, 而"叫他两眼盯着画"的主语是一种"魔力", 在分句之间频繁切换主语, 造成整句类似英文中的"破句"（"fragmentary sentence"）, 而由于译者常常省去分句主语, 造成了大量的"无主句"。下例可对上述例证再加补充: "我是说, 这份电报, 你发给乔赛亚·安伯利先生的, 关于他的妻子以及还有钱的事。"[7]再如, "'有意思, 虽然还只是初步, '他转身说, 一边走到长沙发的顶端去坐下, 他喜欢往那儿坐。'手杖上有一两个地方看出点问题, 以此为根据, 可以做几项推论。'"[8]福尔摩斯的话缺少连贯性, 这是译者对短句中的逻辑主语缺少足够重视造成的。再举杜兰多夫人陈述的刺杀行动为例: "可是事情出了毛病, 可能是我引起洛佩斯的怀疑, 那个秘书。"[9]"秘书"和其所指相隔过远, 造成了读者的困惑。作为一名编辑词典的专业人士和上

1　柯南道尔. 福尔摩斯探案全集[Z]. 俞步凡, 译. 南京: 译林出版社, 2005b: 7.
2　柯南道尔. 福尔摩斯探案全集[Z]. 俞步凡, 译. 南京: 译林出版社, 2005d: 437.
3　柯南道尔. 福尔摩斯探案全集[Z]. 俞步凡, 译. 南京: 译林出版社, 2005c: 354.
4　Doyle, Arthur Conan. *The Complete Sherlock Holmes* [Z]. New York: Doubleday/Penguin Books, 1930: 831.
5　柯南道尔. 福尔摩斯探案全集[Z]. 俞步凡, 译. 南京: 译林出版社, 2005c: 299.
6　柯南道尔. 福尔摩斯探案全集[Z]. 俞步凡, 译. 南京: 译林出版社, 2005b: 409.
7　柯南道尔. 福尔摩斯探案全集[Z]. 俞步凡, 译. 南京: 译林出版社, 2005d: 437.
8　柯南道尔. 福尔摩斯探案全集[Z]. 俞步凡, 译. 南京: 译林出版社, 2005c: 5.
9　柯南道尔. 福尔摩斯探案全集[Z]. 俞步凡, 译. 南京: 译林出版社, 2005d: 33.

海译文出版社资深编辑，译者[1]的生造做法显然并非仅仅是某种"失误"，而是出于一种美学认识。比如"有意思，虽然还只是初步"的原文即"Interesting, though elementary"[2]就有"输入新的表现法"[3]的意图。

生造词由来已久，鲁迅就曾使用"浅闺""有聊""文格""婆理""狭人"等"偶发词"同"深闺""无聊""人格""公理""阔人"形成对照。"原来鲁迅并不想创造新词，他只是为了达到一种特定的修辞效果。"[4]译林版《全集》这方面也有做得较好之处，如"掏他心，割他肺"[5]一语既讲出了作为"命主"的麦金蒂有多么狠毒，又较好地对应了原文"cut his heart out"[6]。其做法类似某些翻译家所用的"衬字"法，如将"prick and scratch"译作"刺扎戳抓"，将"streams"译为"溪汉浜湾"[7]，将"steed"译为"骕骦駃騠"[8]。译林版生造的例子还有："更有酒肆舞厅和牌屋赌场麇集一气热闹非凡"[9]，"昨天夜里的事，是一名拿破仑妄想症的凶恶武疯子在他家里杀人"[10]，"我觉得这辈子头一回做了件好事夜猫子活"[11]。这种生造词和新词之间的界限十分模糊，增加了读者的认知负荷，使得译文的表达介乎雅俗之间，极易引发不同读者群观点的

1　俞步凡"用30多年的时间设计出与汉字一一对应的拼音文字，把《辞海》上的15000字转写成功"（潘钧. 现代汉字问题研究[M]. 昆明：云南大学出版社，2004：178），尽管其汉字"书同文"的努力"现在还难以被群众接受"（同上。），甚至有论者称"俞步凡辛辛苦苦把汉字中上万个字都进行了没有用处的加工"（彭泽润. 词和字研究——中国语言规划中的语言共性和汉语个性[M]. 2版. 北京：中国文史出版社，2007：145），其工作态度之严谨则不言而喻。译者曾编有《学生英语袖珍词典》（1990，海洋出版社），译有杜鲁门·卡波特的《凶杀》（Cold Blood）。

2　Doyle, Arthur Conan. *The Complete Sherlock Holmes* [Z]. New York: Doubleday/Penguin Books, 1930: 670.

3　鲁迅. 鲁迅和瞿秋白关于翻译的通信[C] // 罗新璋，陈应年. 翻译论集. 北京：商务印书馆，2009：346.

4　王希杰. 新词、生造词、仿词和飞白[J]. 新闻通讯，1985（2）：53.

5　柯南道尔. 福尔摩斯探案全集[Z]. 俞步凡，译. 南京：译林出版社，2005c：347.

6　Doyle, Arthur Conan. *The Complete Sherlock Holmes* [Z]. New York: Doubleday/Penguin Books, 1930: 860.

7　参见：曹明伦. 英汉翻译二十讲[M]. 北京：商务印书馆，2013：64-65.

8　参见：莎士比亚. 维纳斯与阿多尼[Z]. 曹明伦，译. 桂林：漓江出版社，1995：38.

9　柯南道尔. 福尔摩斯探案全集[Z]. 俞步凡，译. 南京：译林出版社，2005c：278.

10　柯南道尔. 福尔摩斯探案全集[Z]. 俞步凡，译. 南京：译林出版社，2005b：444.

11　同上，第551页。

对峙。

　　不独词汇层面的生造现象明显，短语、句法层面也是如此（见表6.3）。就其效果而论，不但译者"仿佛是在戴着脚镣在绳索上跳舞"（"'Tis like dancing on ropes with fettered legs"[1]），读者也仿佛戴着脚镣跳舞。词汇、句法层面的生造反映了译者审美意识的混乱，而这种混乱又使得部分译文的风格与原文脱节。比如应在何种语境下保留原文的修辞，译者对此一直摇摆不定，用"一场谜案戏，总算演到头"[2]来对译"we have reached the end of our little mystery"[3]，增加了原文所没有的比喻。"It beats anything I have seen, and I am no chicken"[4]一句中，"chicken"有"涉世未深的青年人"[5]之意，而汉语的"小鸡"则没有对应的所指，俞步凡将其译成"我可是见过世面的人，不是只出壳小鸡"[6]。尽管有引导之词，但该明喻仍显生涩。有的比喻本可直接译出却被转换喻体，如将"a rare good man, as true as a stock to a barrel"[7]译作"不可多得的一个好人，可靠如左右手"[8]，这里的"stock"和"barrel"都系引申义，指"枪托"和"枪管"；有时原文未用修辞，译者有所附会，如将"Just to think of his having such an incomparable bit of good luck, and not taking advantage of it"[9]译作"想想看，有这么个机会多不易，千载难逢。到嘴的肉，给丢掉"[10]。夸张和比喻原文没有，译者的做法显然同民初作家型译者有相似之处。

1　Dryden, John. On Translation [C] // Rainer Schulte & John Biguenet. *Theories of Translation: An Anthology of Essays from Dryden to Derrida*. Chicago & London: The University of Chicago Press, 1992: 18.

2　柯南道尔. 福尔摩斯探案全集[Z]. 俞步凡，译. 南京：译林出版社，2005a：62.

3　Doyle, Arthur Conan. *The Complete Sherlock Holmes* [Z]. New York: Doubleday/ Penguin Books, 1930: 51.

4　同上，第29页。

5　陆谷孙. 英汉大词典[K]. 2版. 上海：上海译文出版社，2007：321.

6　柯南道尔. 福尔摩斯探案全集[Z]. 俞步凡，译. 南京：译林出版社，2005a：26.

7　Doyle, Arthur Conan. *The Complete Sherlock Holmes* [Z]. New York: Doubleday/ Penguin Books, 1930: 382.

8　柯南道尔. 福尔摩斯探案全集[Z]. 俞步凡，译. 南京：译林出版社，2005b：86.

9　Doyle, Arthur Conan. *The Complete Sherlock Holmes* [Z]. New York: Doubleday/ Penguin Books, 1930: 36.

10　柯南道尔. 福尔摩斯探案全集[Z]. 俞步凡，译. 南京：译林出版社，2005a：37.

词汇、句法生造不仅带来修辞问题，还不时引发语气同原文的不一致。以《巴斯克维尔的猎犬》开篇华生和福尔摩斯就某位来客遗落的手杖进行的推断为例。"'Then I was right.'/ 'To that extent.'/ 'But that was all.'/ 'No, no, my dear Watson, not all—by no means all...'"[1]译文为"'那不是我对了！'/'仅此而已。'/'这就够了，全部事情，不就这么一点吗！'/'不，不，我亲爱的华生兄，不是全部——绝对不是全部。……"[2] "But that was all"意为"这就够了"，俞步凡译文远不及原文来得简洁；另外"亲爱的华生兄"也不符合英美人士的表达习惯，称兄道弟的寒暄方式过于归化，且译者本人此前曾将"Well, Watson"和"I am afraid, my dear Watson"[3]分别译作"我说，华生"和"不一定，亲爱的华生"[4]。"华生兄"的称呼破坏了译者自身风格的统一；"熟练工老师傅就长心眼，往脑子这间阁楼里放什么很有心计。"[5]这句译文不符合福尔摩斯简明、直接的讲话风格。试比较原文："Now the skilful workman is very careful indeed as to what he takes into his brain-attic."[6]

俞步凡译本在语体风格上另一特异之处表现为语汇中外兼具、新旧糅合、方言汇聚。中外兼具体现在外来语的音译方面："不敢，不敢，就称我密斯特，称我密斯特好了——一个皇家外科医学院的学生，微不足道。"[7]这里的"密斯特"称呼仿佛是回到了清末民初上海大众满口"密斯忒""密斯""洋泾浜"英语的时代。哈尔滨的"戈比旦乐园"（百年前的沙俄领事馆），辽南方言中的"晚匣子"（"衬衫"）、"布拉吉"（"连衣裙"），这些伴随旧时半殖民或外来影响而生的语汇已日渐淡出日常用语，在当下重新使用能否重现维多利亚时代的风貌的确成问题，至少读者在理解时无法"以最小的认知努力获得足够的语境效

1　Doyle, Arthur Conan. *The Complete Sherlock Holmes* [Z]. New York: Doubleday/ Penguin Books, 1930: 670.

2　柯南道尔.福尔摩斯探案全集[Z].俞步凡，译.南京：译林出版社，2005c：5.

3　Doyle, Arthur Conan. *The Complete Sherlock Holmes* [Z]. New York: Doubleday/ Penguin Books, 1930: 669, 670.

4　柯南道尔.福尔摩斯探案全集[Z].俞步凡，译.南京：译林出版社，2005c：3，5.

5　柯南道尔.福尔摩斯探案全集[Z].俞步凡，译.南京：译林出版社，2005a：13.

6　Doyle, Arthur Conan. *The Complete Sherlock Holmes* [Z]. New York: Doubleday/ Penguin Books, 1930: 21.

7　柯南道尔.福尔摩斯探案全集[Z].俞步凡，译.南京：译林出版社，2005c：9.

果"（"yield adequate contextual effects at minimal processing effort"[1]）。

而新旧糅合方面则体现在古代文言小说和白话章回小说语汇的运用上。"可见这个死鬼打算回纽约去"[2]，这里的"死鬼"在词典中的第一义项为"鬼（多用于骂人或开玩笑）"，而此处"死鬼"的意思与传统章回小说中的用法相当。如《红楼梦》中"死鬼买主也深知道"[3]，该处"死鬼"的用法已退居第二义项，"指死去了的人"[4]，此处容易产生歧义。夹杂古旧词的表达尚有多例，如"一个傻瓜，尽把没用的劳什子往里塞"[5]，"童秃的野地，飕飕的冷风"[6]，"来人喘咻咻迸出的话"[7]，"威尔逊和另外八个人互相枕藉，扭动着作垂死挣扎"，"食无准时，记起来就大嗦个三明治"，"你不知道有多厌气，一个人整天守在这儿值班"[8]。

译本还使用了多地方言。《证券经纪人的书记员》中一位自称阿瑟·平纳的人出语是这样的："单靠几句话就给说动可没那么容易，办不到，这就中，该这样。"[9]接下来，平纳还用"我的伙计"[10]来称呼书记员。乡村酒店老板说话是这样的："庄园里每个周末男女闹猛。"[11]一个叫苏珊的女仆说话带西南地区方言："你什么人呦，有啥子权利这个样子揪住我？"[12]向导对麦克默多说话则带吴语："上帝啊，我说先生！你也真拎不清，非要我讲穿不可。"[13]福尔摩斯交待华生也使用东北等地方言："也是幸会嘛，老同学碰头在一起，一定有好多话要

1　Gutt, Ernst-August. *Translation and Relevance: Cognition and Context* [M]. Abindon & New York: Routledge, 2014: 32.

2　柯南道尔.福尔摩斯探案全集[Z]. 俞步凡，译.南京：译林出版社，2005a：28.

3　曹雪芹，高鹗. 红楼梦[Z]. 北京：人民文学出版社，1974：44.

4　中国社会科学院语言研究所词典编辑室. 现代汉语词典[K]. 5版. 北京：商务印书馆，2005：1232.

5　柯南道尔.福尔摩斯探案全集[Z]. 俞步凡，译.南京：译林出版社，2005a：13.

6　柯南道尔.福尔摩斯探案全集[Z]. 俞步凡，译.南京：译林出版社，2005c：64.

7　柯南道尔.福尔摩斯探案全集[Z]. 俞步凡，译.南京：译林出版社，2005d：332.

8　柯南道尔.福尔摩斯探案全集[Z]. 俞步凡，译.南京：译林出版社，2005b：88，565，571.

9　柯南道尔.福尔摩斯探案全集[Z]. 俞步凡，译.南京：译林出版社，2005b：58.

10　同上，第57页。

11　同上，第348页。

12　柯南道尔.福尔摩斯探案全集[Z]. 俞步凡，译.南京：译林出版社，2005d：275.

13　柯南道尔.福尔摩斯探案全集[Z]. 俞步凡，译.南京：译林出版社，2005c：278.

拉呱。"[1]福尔摩斯的"方言"似乎也有变化，如他在调阅一份资料时表示惊叹用了中原、江淮等地方言："头衔多得不得了！'伯维利男爵，卡斯顿伯爵'——乖乖，一大串！"[2]在《橄榄球队中卫失踪案》中福尔摩斯张口说出"院子里有一个人，是个老土地，还是好性格"[3]时，福尔摩斯又带上了吴语；《巴斯克维尔的猎犬》中亨利爵士气得"竟顾不得那个美国西部音、牛仔腔，张口全出来了"[4]，但其出言竟带有吴语的味道："这档子旅馆，拿吾好吃吃，耍吾猪头三怎么的！"[5]"吾这个人算得一向好弄来兮，福尔摩斯先生，您瞧这下子恶作剧也太不像话了！"[6]

以上各例中，说话人阿瑟·平纳、乡村酒店老板、女仆苏珊地域身份不明，而尽管有人认为福尔摩斯可能有美国血统[7]，但让福尔摩斯操一口中国方言而且随时变换也不伦不类，想通过方言还原原作艺术效果的雅化尝试往往不能尽如人意。尽管卡特福德在论及方言互译时指出："地理不仅同地形学及空间坐标有关——更同人类的地理，而不仅仅是地理位置有关。"[8]方言对译仍有必要将原文人物的地域身份、读者的认知能力及其感受考虑在内。

二、译林版（2005、2006）的雅俗混杂：新式媚俗与文体再现

2005年译林版《全集》部分标题的翻译采用了"知音体"，叙事保留了部分旧派小说的味道，译本标题有"泄底"嫌疑。为此，引发了读者在网络上历时超过十年的讨论与质疑。

---

1 柯南道尔. 福尔摩斯探案全集[Z]. 俞步凡，译. 南京：译林出版社，2005b：229.

2 同上，第362页。

3 同上，第519页。

4 柯南道尔. 福尔摩斯探案全集[Z]. 俞步凡，译. 南京：译林出版社，2005c：48.

5 同上。"好吃吃"："〈动〉因老实易被人欺侮。吴语。上海。""猪头三"："〈名〉蠢猪，笨蛋（骂人的话）。吴语。上海。"参见：许宝华，宫田一郎. 汉语方言大词典[K]. 北京：中华书局，1999：2328，5624.

6 同上。

7 著名福学家克里斯托弗·莫利曾撰文《福尔摩斯是美国人吗？》专门探讨该问题。

8 Catford, J. C. *A Linguistic Theory of Translation: An Essay in Applied Linguistics* [M]. Oxford: Oxford University Press, 1965: 87.

在《网络新新词典》中，"知音体"的定义如下："网络'恶搞'文字表达方式之一，指模仿《知音》杂志，用极具煽情性的叙述来书写标题，以吸引读者目光的表现方式。其形式多演变为对事件的夸张呈现和对文学作品的恶搞。"[1]俞步凡初译本标题确有"知音体"嫌疑。现试将改动前后的两版标题对比如表6.4（所标数字为所在册，未标者为第4册）：

表6.4　译林版全集（2006）题名修改情况

2005	2006	2005	2006
诺伍德建筑师焚尸案 2	诺伍德建筑师案	劫色饿狼报应案	显贵主顾奇案
黑彼得劫财害命案 2	黑彼得迷案	宝石上门回归案	王冠宝石案
米尔沃顿隐私敲诈案 2	米沃尔顿迷案	交际名花隐私案	三山墙山庄案
义士追杀暴君案	维斯特里亚住宅案	吸血鬼母蒙冤案	苏塞克斯吸血鬼案
情杀盒寄人耳案	硬纸盒迷[2]	稀有同姓横财案	三个同姓人案
黑手党徒覆灭案	红圈会迷	夫人横尸桥头案	雷神桥迷案
新型潜艇图纸案	布鲁斯·帕廷顿计划案	教授壮阳爬行案	爬行人迷案
魔鬼脚跟毒人案	魔鬼脚跟案	借尸还魂赌马案	肖斯科姆别墅案
福尔摩斯鞠躬尽瘁收场案	福尔摩斯鞠躬尽瘁	老夫杀少妻反诬私奔案	退休颜料商案

以上译名的改写反映了当时的时代风气。2007年，天涯社区某条帖子将《白雪公主》重新命名为"苦命的妹子啊，七个义薄云天的哥哥为你撑起小小的一片天"，引发一股以"知音体"重新命名童话、寓言、故事的风潮。俞步凡译文《情杀盒寄人耳案》《教授壮阳爬行案》《老夫杀少妻反诬私奔案》可谓开此风气之先，尽管俞译本题名没有直接影响后来的风潮，但令人瞠目的译名被网友斥

1　风君.网络新新词典[K].北京：新世界出版社，2012：46.
2　"迷案"与"谜案"系近义词，但"硬纸盒迷""红圈会迷"应分别为"硬纸盒迷案""红圈会迷案"之误。另外第一卷《血字的研究》第一部《圣徒之国》第四章《逃亡》页码"185"在第二版中改正为"85"。第一卷67页第三段在第一版中重复排印，第二版予以删除。"布鲁斯·帕廷顿计划案"系误译，初版题名以"图纸"译英文题名中的"Plans"，正确。

为"地摊"文学。之后兴起的"知音体"风潮恰恰反映了同样的基调，即"知音体""表达的是对这种以'煽情'、'感人'为幌子，吸引读者阅读并博取同情泪水的故事叙述方式的厌倦和嘲讽"[1]。

其他译本也不乏《医生的奇遇》（中国言实出版社2007年版《全集》题名）、《诊所怪客》（哈尔滨出版社2005年版《全集》题名）这样以"奇""怪"来招徕读者的更改题名方式，但以大量"知音体"入标题的译本1949年以来仅见于译林2005版《全集》。追溯历史，这一现象早在清末民国就有端倪，至少1948年中央书店的《福尔摩斯全集》标题就已有此风范，如"后父谋私利巧设骗局　少女陷情网莫测玄虚"。

程小青曾强调侦探小说题名的拟定原则，"'什么怨'、'什么潮'的标题，固然不适宜于侦探小说，而那些一目了然毫无含蓄的命名，也应绝对禁止"[2]。译林版的题名拟定方式没有达到程小青另拟题名的一般要求，更无法达到程小青提出的题目另撰的高要求，即"若能含着双关的意义，那才是上乘"[3]。

"'知音体标题代表的并非仅它本身，而是当前时代在大众传媒中相当普遍的一类文化现象。或者说，它代表的是一种大众文化，其最大特点就是'媚俗'。"[4]网友的直言抨击说明大多数读者都认为不应将福尔摩斯探案作品价值降低至迎合低俗趣味的程度。

从上述标题的翻译上看，译林版《全集》的题名在很大程度上涉嫌透露了故事核心情节或是谜底。标题泄底的程度比1916版《全集》有过之而无不及。如"火中秘计"一案讲到了失火和计谋，但没有泄露纵火人，而"诺伍德建筑师焚尸案"则明确指出了凶手及其作案手段；"室内枪声"提及作案地点和手段，但室内枪声发生在故事高潮接近尾声之处，恰到好处地使悬念得以贯穿始终，"米尔沃顿隐私敲诈案"则无谓增添了原文没有的案件性质；"隔帘鬈影"以石匠依

1　风君.网络新新词典[K].北京：新世界出版社，2012：46.
2　程小青.侦探小说的多方面[C] // 任翔，高媛.中国侦探小说理论资料1902—2011.北京：北京师范大学出版社，2013：154.
3　同上。
4　李慧云.坚守，还是华丽转身？——关于家庭类传统期刊在新媒体时代的思考[M].广州：新世纪出版社，2010：72.

窗帘所见短胡子男子确认其黑影并非死者，这一题名能引起读者产生好奇，同"室内枪声"有异曲同工之妙，都能起到钱钟书所谓"诱"的作用。译林出版社2005年版题名"黑彼得劫财害命案"则泄露了案犯的名字及其犯罪的性质。

"泄底"现象遭到了网络读者的批评，以解谜推理著称的古典侦探小说的一大忌讳便是"泄底"。新星出版社推出的《福尔摩斯探案全集》为该社推理小说系列"午夜文库"其中之一，该系列的图书在扉页即标榜文库的主旨："阅读之前没有真相"。王安忆因在《华丽家族——阿加莎·克里斯蒂的世界》中"泄底"被网友指斥——"最大的硬伤在于王安忆时不时要向读者宣布一下案情的结果"[1]。在不得已的情况下应标注"泄底"的警示字样，如约翰·柯兰的《阿加莎·克里斯蒂：秘密笔记》在一章的开头标明"泄底作品"。

译林出版社2005年版《全集》在个别细节处理上没有注意保留悬念。如《黑彼得劫财害命案》中有关烟丝袋内里"P. C."两个字母的注释："此处系警探误认为是受害人彼得·加里Peter Carey的首字母，其实是Patrick Cairns的首字母。"[2]Patrick Cairns是故事接近结尾处高潮时才出现的人物，也是小说中的杀人凶手，该注释部分破坏了小说的神秘感。《血字的研究》在介绍露茜长成"犹他一枝花"时，译者提前透露了露茜的命运，"然而，不幸的露茜·费里厄，青春岁月伊始，竟红颜薄命，厄运从此降临，还殃及其他的人，生出了其他的事。"[3]比较原文"In the case of Lucy Ferrier the occasion was serious enough in itself, apart from its future influence on her destiny and that of many besides."[4]可以发现，"不幸的露茜""红颜薄命""殃及"他人这些措辞明显是对原文的暗示性叙事做了夸大和显化处理，又采取了1916年《全集》译本的媚俗策略。

译林出版社2005年版《全集》泄底最典型的表现在于《福尔摩斯：人性的法、情、理与知识技能的典型（译序）》所做的故事内容提要。以《花彩绷带

1　老蔡. 质问王安忆——你会写评论吗？[EB/OL].（2006-12-19）[2015-09-12]. http://www.tuili.com/blog/u/8/archives/2006/139.html

2　柯南道尔. 福尔摩斯探案全集[Z]. 俞步凡，译. 南京：译林出版社，2005b：400.

3　柯南道尔. 福尔摩斯探案全集[Z]. 俞步凡，译. 南京：译林出版社，2005a：75.

4　Doyle, Arthur Conan. *The Complete Sherlock Holmes* [Z]. New York: Doubleday/Penguin Books, 1930: 59.

案》为例："恶如禽兽的继父欲侵吞后妻遗产，设计杀害两个继女，并施性虐待。福尔摩斯侦知为毒蛇谋杀，遂使第二个继女得救，恶父自食其果被豢养的蝰蛇咬死。"[1]提要虽短，但几乎泄露了全部重要情节，未读作品的读者因之失去了某种参与作者叙事的权利。在内容提要之前，译者至少应对初读者做出警示。该版全集前言常常泄露故事结局：《黄面人》"结局美好，是一出惊喜剧"；《格洛里亚·斯科特三桅船》一案，"老父终不堪骚扰中风去世，后水手也被杀，同学则另建家业"；《赖盖特之谜》中，"子为主犯，父为从犯，因与邻争夺地产窃凭证未果又被仆人看见受其敲诈，便予以诱杀，谎称捉夜盗遇害"[2]。除了结局，作案目的与手段等侦探小说的谜团核心也未能幸免，如《黑彼得劫财害命案》提示"知情鱼叉手找上来欲分赃，不允，即戳杀"。《金边夹鼻眼镜案》提示"妻寻踪来取材料营救流放同志，误伤人命，且已服毒，材料拜托大侦探转交俄使馆"。《魔鬼脚跟毒人案》题名泄露了作案方式，"同胞手足间的谋财害命案"[3]的提示则泄露了作案动机，古典侦探小说译者确实有必要恪守保留悬念成分这一译者伦理，还侦探小说读者以阅读情趣。

这些泄底的故事提要还有一个语言媚俗问题。"波西米亚国王玩弄美国歌女……英雄铁汉败于善良的歌星美女"使用了市井俗言；"文人下海扮相行乞，得以富起来，置金屋，藏娇妻"又多了"古文今释"的感觉；"反间计活捉大间谍，迎接开战"则有中国兵法的味道。故事提要语言驳杂，但终不脱媚俗的影子。

在小说语言层面，译林版译文在不同程度上夹杂了章回小说和古代文言小说的语言风格。读者的批评之一即指向俞步凡译本部分措辞的"武侠风"。如《花彩绷带案》中格林斯比·罗伊洛特医生呵斥福尔摩斯："你，姓福的，专管闲事！""你竟敢在太岁头上动土。""碰了我你小心吃不了兜着走！"[4]《波西米亚丑闻》中福尔摩斯称艾琳·阿德勒为"女俊杰"[5]，而《歇洛克·福尔摩斯回忆

---

1 柯南道尔. 福尔摩斯探案全集[Z]. 俞步凡，译. 南京：译林出版社，2005a：10-11.
2 同上，第11-12页。
3 同上，第13-15页。
4 同上，第423-424页。三个例子之中，后两个为笔者所加。
5 同上，第235页。

录》中的一则短篇故事则被译作《宝驹天门白》[1]。

在涉及黑帮犯罪的故事《恐怖谷》中，译者更是发现了武侠风格嵌入的适当语境，不时流露出武侠风格。"命主"杰克·麦金蒂对于想要入会的麦克默多的评价即是如此："无毒不丈夫。先下手为强，后下手遭殃"[2]。

有时译文还留有才子佳人小说的痕迹，夹杂鸳鸯蝴蝶派的套语。比如霍普夫人在福尔摩斯寓所登场时的描述就带有这种味道：

> 一会儿工夫，伦敦的大美人走进屋来。想不到我们这寒庐陋室，今天早上竟如此蓬荜增辉，现在更是无比堂皇荣耀。我久闻贝尔明斯特公爵的幼女美丽非凡，但无论是口头赞美，或是无色的照片形象，都不如亲眼得见。那是难以想象的高贵、典雅、花容月貌、艳丽动人，我两眼几乎不及准备接受如此的美貌。[3]

此前，福尔摩斯对这位美人到来表示欢迎的措辞也杂糅了绅士风度和中国旧派才子佳人小说的意味："希尔达·特里劳尼·霍普夫人，云驾仙临，有请上

1　英文标题"Silver Blaze"中"blaze"为"（马、牛等家畜）脸上的白斑，头上的灰（或白）毛条纹"之义（陆谷孙.英汉大词典[K].2版.上海：上海译文出版社，2007：191），而"天门"则"指前额的中央"（中国社会科学院语言研究所词典编辑室.现代汉语词典[K].5版.北京：商务印书馆，2012：1346）。俞步凡译本题名较《银色马》（群众版、新星版）、《白额闪电》（中华书局2012版）都译得准确。另外，有关 *the* woman "You are Holmes"（Doyle, Arthur Conan. *The Complete Sherlock Holmes*[Z]. New York: Doubleday/Penguin Books, 1930: 161, 264.）译文的讨论可参见本节导语部分提及的网站。前者译作"女俊杰"，体现了"敬重"的语用蕴含；至于后者，"一般说，英语国家在社交中直呼某人姓氏或姓名的做法是很少见的，但这并不等于它不存在。以姓氏相称多发生在主人对奴仆、上司对下属、军官对士兵、狱吏对犯人、中小学教师对学生的称呼上。"[许颖红.英汉称谓语的比较与翻译[J].茂名学院学报，2005（5）：61]有时口语中也有这种缩略，如用C罗来代替克里斯蒂亚诺·罗纳尔多，甚至用莎翁、托翁来代替莎士比亚和托尔斯泰（两者均为姓氏）。网友质疑的是其武侠风格的措辞，不妨紧跟原文以避免过分归化，如"那位女士""你，福尔摩斯"（柯南·道尔.福尔摩斯探案全集[Z].李家真，译注.北京：中华书局，2012b：3，254）。

2　柯南道尔.福尔摩斯探案全集[Z].俞步凡，译.南京：译林出版社，2005c：294.

3　柯南道尔.福尔摩斯探案全集[Z].俞步凡，译.南京：译林出版社，2005b：562.

楼。"[1]

甚至麦克默多同黑帮首领麦金蒂对峙时的情景也流露出"才子"的书生气。"'噢，你来见我。正好就是，从头到脚一点不差在这儿。对我<u>有何见教</u>？'/'哦，<u>晚生不敢</u>。你的心如你的身宽宏，你的灵魂如你的面目美好，那我就别无所求了，'麦克默多说。"[2]对偶和四字结构的运用加上文绉绉的措辞使得此处的场景过于"斯文"，而将习语"it's early days"[3]误译做"晚生不敢"则受到译者才子佳人审美情趣的影响。[4]

译文中福尔摩斯的绅士派头时常以一种旧派小说的言说方式呈现。《赖盖特之谜》中福尔摩斯想要调查坎宁安先生的房间，于是说："现在，<u>如蒙美意</u>让我们看一看屋子，我将<u>不胜欣喜</u>，坎宁安先生。"[5]遭遇坎宁安先生推阻后，福尔摩斯又说："还是请容我<u>再要叨扰</u>。"[6]全集叙事之中仍不时有说书人的语气，福尔摩斯在向华生阐释自己的推论时说："世上事，事事都明摆，有眼无心看不见。"[7]短句颇有"话说天下大势，分久必合，合久必分"[8]的措辞句型。一些对偶结构也是译者不时用到的。如"More in your brains than in your pocket"[9]就被译作"<u>脑子里空有，口袋里无有</u>"[10]，报纸标题"Singular Occurrence at a Fashionable

---

1　柯南道尔.福尔摩斯探案全集[Z].俞步凡，译.南京：译林出版社，2005b：562.

2　柯南道尔.福尔摩斯探案全集[Z].俞步凡，译.南京：译林出版社，2005c：291.

3　Doyle, Arthur Conan. *The Complete Sherlock Holmes* [Z]. New York: Doubleday/ Penguin Books, 1930: 827.

4　习语"it's early days"："it is too soon to be sure how a particular situation will develop. British informal."（Siefring, Judith. *Oxford Dictionary of Idioms* [Z]. 2nd ed. Oxford: Oxford University Press, 2004: 90）

5　柯南道尔.福尔摩斯探案全集[Z].俞步凡，译.南京：译林出版社，2005b：125.

6　同上。

7　柯南道尔.福尔摩斯探案全集[Z].俞步凡，译.南京：译林出版社，2005c：30.

8　罗贯中.三国演义[Z].北京：人民文学出版社，1979：1.

9　Doyle, Arthur Conan. *The Complete Sherlock Holmes* [Z]. New York: Doubleday/ Penguin Books, 1930: 426.

10　柯南道尔.福尔摩斯探案全集[Z].俞步凡，译.南京：译林出版社，2005b：161.

Wedding"[1]被译作"风光婚礼　突生奇变"[2]。短语表达也不乏旧式小说的常用四字结构："约瑟夫·哈里森先生是一位<u>梁上君子</u>，我绝对不相信他这种人会<u>心慈手软</u>。"[3]有些译文还带有中国典故的色彩："我想，能<u>朝闻夕死</u>，华生，这辈子也算没白活"[4]，以及"这样一位<u>窈窕淑女</u>，<u>君子好逑</u>，也是大自然之既定规律"[5]。

译林版《全集》虽因使用了"小瘪三""戆先生""无声哈哈"[6]这样的方言俚语受到读者批评，"喁喁地"[7]这样的古旧表达、"籁静"[8]这样的生造表达、"何必感冒"这样的网络表达给人以意外和惊奇[9]，但译本的词语表达仍有自己的特色。

1　Doyle, Arthur Conan. *The Complete Sherlock Holmes* [Z]. New York: Doubleday/ Penguin Books, 1930: 290.

2　柯南道尔. 福尔摩斯探案全集[Z]. 俞步凡，译. 南京：译林出版社，2005a：466. 该标题的译法显然同"上流婚礼惊现离奇变故"（柯南·道尔. 福尔摩斯探案全集[Z]. 李家真译注. 北京：中华书局，2012b：312）出于两种翻译理念。

3　柯南道尔. 福尔摩斯探案全集[Z]. 俞步凡，译. 南京：译林出版社，2005b：237.

4　同上，第252页。

5　同上，第344页。

6　柯南道尔. 福尔摩斯探案全集[Z]. 俞步凡，译. 南京：译林出版社，2005a：137, 401, 434.

7　柯南道尔. 福尔摩斯探案全集[Z]. 俞步凡，译. 南京：译林出版社，2005d：304.

8　柯南道尔. 福尔摩斯探案全集[Z]. 俞步凡，译. 南京：译林出版社，2005b：140.

9　"戆"："〈形〉傻；笨。吴语。上海"（许宝华，宫田一郎. 汉语方言大词典[K]. 北京：中华书局，1999：7527），译者以"戆先生"来对译"Mr. Cocksure"（Doyle, Arthur Conan. *The Complete Sherlock Holmes* [Z]. New York: Doubleday/Penguin Books, 1930: 253）；"Then he broke into a low laugh"（Doyle, Arthur Conan. *The Complete Sherlock Holmes* [Z]. New York: Doubleday/ Penguin Books, 1930: 271）被译作"接着便无声哈哈"，难以猜解；"The boy cooed and nestled his head upon his father's breast"（Doyle, Arthur Conan. *The Complete Sherlock Holmes* [Z]. New York: Doubleday/Penguin Books, 1930: 1042）中"cooed"以拟声的方式被译作"喁喁地"；用"籁静"音译"a villa called 'Lachine'"（Doyle, Arthur Conan. *The Complete Sherlock Holmes* [Z]. New York: Doubleday/Penguin Books, 1930: 413）中的别墅名称，发音并无不妥，但措辞给人以不必要的联想；"you must not grudge me a little pomp and ceremony now"（Doyle, Arthur Conan. *The Complete Sherlock Holmes* [Z]. New York: Doubleday/ Penguin Books, 1930: 508）被译作"现在我该有点我必要的步骤措施，何必感冒"（柯南道尔. 福尔摩斯探案全集[Z]. 俞步凡，译. 南京：译林出版社，2005b：305）。

译林版《全集》的雅化追求，突出表现在人物语言的准确再现上。

儿童语言方面，贝克街小分队的头领威金斯的语言翻译就体现了孩子说话的特点，《血字的研究》中，福尔摩斯与威金斯的问答如下："'……你们找到了没有，威金斯？'／'靡有，先生，'有个小孩回答。"[1]孩子回答时的严肃认真以及童稚天真通过"No, sir, we hain't"[2]的译文表现得淋漓尽致，此处加注也十分必要，便于读者理解原作的语言特色。

《四签名》中的落网案犯在讲述自己的故事时，其口吻颇契合其"前半生在安达曼修防波堤，后半生又要到达特穆尔高原去挖沟挖掉"[3]的人物身份，人物回忆案发情形时所用语言反映了社会底层一个瘸腿军人的生活环境对其语言的影响：

> 他是已经死掉了，先生。等我爬进窗子里去，看到他脑袋歪在肩上，咧开嘴，朝我怪笑，把我吓了一跳呢。从来没见过这么个样子。我真的火了，先生。要不是汤嘎跑得快，我简直要把他宰了。他就慌了，丢下那把锤子，连一袋毒镖丢掉都不知道。[4]

另外，这段文字的原文之中有"I never got such a turn in my life"[5]一句，译者译作"从未见过这么个样子"。由于译文中的"turn"难以猜解，新星版索性就没有译："当我爬进窗户，看见他那歪着头狞笑的样子，我吓坏了。要不是童格跑得快，当时我就把他宰了。"[6]可见俞步凡译文在注重语言个体风格的同时没有忽略准确性。

---

1 柯南道尔.福尔摩斯探案全集[Z].俞步凡，译.南京：译林出版社，2005a：47.
2 Doyle, Arthur Conan. *The Complete Sherlock Holmes* [Z]. New York: Doubleday/Penguin Books, 1930: 42.
3 柯南道尔.福尔摩斯探案全集[Z].俞步凡，译.南京：译林出版社，2005a：203-204.
4 同上，第203页。
5 Doyle, Arthur Conan. *The Complete Sherlock Holmes* [Z]. New York: Doubleday/Penguin Books, 1930: 140.
6 柯南道尔.福尔摩斯探案全集[Z].兴仲华，等译.北京：新星出版社，2011a：124.

人物身份语言的精细处理说明译者注意到了翻译中的社会语域——"一种特殊的风格，从中听者可以自信地、理性地推断出言说者的身份，即言说者属于何种社会典型。"[1]

译本的人物语言非常生活化。拒绝陌生化的纯文学语言模式可以说是俞译本的一大特色。以福尔摩斯在《身份案》中的推断为例：

> 姑娘给迷昏了头，一心以为继父去了法国，从来不怀疑自己陷入一场骗局。她完全陶醉于这位先生的花言巧语。母亲也在一旁敲边鼓，美誉有加，更说得姑娘心花怒放。好，安吉尔先生上门拜访……所以不如干脆把事情演戏演到底，打个永久性死结，落个结局算数。……霍斯默送姑娘到教堂门前，他自己不去，玩起了脱身老花招，四轮大马车这个门上，那个门下，溜之大吉。[2]

像"敲边鼓""心花怒放""溜之大吉"这样通俗切意的语言有其自身的审美期待，不同于雅文学语言所强调的"前景化"（foregrounding——"语言的美学探索，它以令读者惊讶的方式使读者进入一种对于通常被理所当然当作自动化交际背景的语言媒介产生新的体认或敏感"[3]）。通俗小说语言同高雅小说语言相比，不强调对语言常规的偏离（deviance）。通俗语言的翻译应凸显其鲜活、为大众读者熟悉的一面。通俗小说语言对语音和谐、节奏缓急、韵律有无一般没有特殊要求，语法上也不刻意打破规则，更不会迂回曲指，或做出虚指的"伪陈述"或"虚假陈述"。俞步凡译本十分注意此种通俗性语言同纯文学语言的差异，力求鲜活，为此，人物的语气也尽量做到贴近生活。以《蓝宝石》中心直口快的卖鹅摊贩老板的两段语言为例：

1　Hervey, Sándor G. J. & Higgins, Ian. *Thinking Translation: A Course in Translation Method, French-English* [M]. London and New York: Routledge, 1991: 123.

2　柯南道尔. 福尔摩斯探案全集[Z]. 俞步凡，译. 南京：译林出版社，2005a: 307–308.

3　Leech, Geoffrey & Short, Mick. *Style in Fiction: A Linguistic Introduction to English Fictional Prose* [M]. 2nd ed. Harlow: Pearson Education Limited, 2007: 23.

　　"肝火！换了你，老给烦着，你不火？我付钱，他供货，银货两
讫，生意就完了。可他一个劲缠人没完，非追问，什么'鹅哪儿去
了？'，什么'你把鹅卖给谁了？'，又是什么'鹅换了什么东西了
吧？'，难道就这么几只鹅成稀世珍宝了。谁来听那个唠叨！"

　　"家禽这档子事你还能有我在行？我从小就在鸡鹅摊上混大的。我
告诉你，卖给阿尔法的那些，全都是城里喂养的。"[1]

　　如果将阿尔法换成中国人名，读完这两段，一个中国市井摊贩的形象会立
即浮现在读者脑海里。人物的一些市井俚语在译文中也有所反映。如《单身贵
族案》中哈蒂·多兰小姐使用的美国俚语"jumping a claim"[2]被译作"占人窝
儿"[3]，生动贴切，和下文圣西蒙勋爵表示不解斗榫合缝。"俚语给译者带来不可
逾越的困难，其主要原因在于俚语的情感负荷。"[4]译者俞步凡在翻译中显然注意
到了俚语所负载的情感信息，对其中相关的背景暗示也不无体察。观诸其他译本
可见，"俚语翻译的风险在于标准化，即弱化，甚至忽视非标准语言变体，选择
更加理性、中立的标准语言风格。"[5]这一说法正击中其他译本做法的要害，俞译
本对此种标准化有所警惕。

　　在《黄面人》中，芒罗先生到邻居家探听情况，开门的女人一口北方腔。
（这是原文明确交代的："'你干啥？'他问我，是北方口音。"[6]）译者特意用

1　柯南道尔. 福尔摩斯探案全集[Z]. 俞步凡，译. 南京：译林出版社，2005a：400-
　　401.
2　Doyle, Arthur Conan. *The Complete Sherlock Holmes* [Z]. New York: Doubleday/
　　Penguin Books, 1930: 293. "To jump a claim 强占他人（地产等之）产权"（梁实
　　秋. 远东英汉大词典[K]. 北京：商务印书馆，远东图书公司，1991：1119）
3　柯南道尔. 福尔摩斯探案全集[Z]. 俞步凡，译. 南京：译林出版社，2005a：472.
4　Sornig, Carl. *Lexical Innovation: A Study of Slang, Colloquialism and Casual Speech*
　　[M]. Amsterdam: Benjamins, 1981: 81.
5　Mattiello, Elisa. Difficulty of Slang Translation [C] // Ashley Chantler and Carla Dente.
　　Translation Practices Trough Language to Culture. Amsterdam: Rodopi, 2009: 66.
6　柯南道尔. 福尔摩斯探案全集[Z]. 俞步凡，译. 南京：译林出版社，2005b：38.

北方方言来对译："好啊，俺啥时间用得着啥时间请你"[1]。此处的方言对译不同于上文提及的混杂方言译文，因为此处的北方方言有一定的群众认知基础，读者接受起来不觉困难。"英语原文的古今雅俗之别，可适当选用一些在今天仍具生命力的文言词语和已经融入普通话并被各方言区读者接受的方言俚语加以表达，但要格外慎重。"[2]

俞步凡译本"语言风格尤其是占大量篇幅的对话，与人物的身份很贴切，能体现角色的个性特征，从语言上反映出人物形象的丰富多彩"[3]。

除人物身份语言的再现逼真外，在描写性质的语言再现方面俞译本也有独到之处。在《单身贵族案》中福尔摩斯自述："我冒昧地以少长辈的身份对他们好言相劝，向他们指出，还是把他们的实际情况向外界特别是向圣西蒙勋爵讲清楚为上策。"[4]这里用"以少长辈的身份对他们好言相劝"翻译"to give them some paternal advice"[5]可谓恰当，"少长辈"的用法没有生造之嫌；"医生要作恶的话，那是天字头一号罪犯"[6]，其中，"天字头一号"的典故意义日益淡化，用语地道[7]；福尔摩斯在严肃场合也会用"彀中人物"[8]之类的表达，而华生也会用"笑里藏刀，口蜜腹剑"[9]来形容用心歹毒的斯泰普尔顿。甚至黑人英语发音的不标准也有体现："你们两个，谁叫福尔摩斯山生？"[10]反映了原文"Which of

---

1　柯南道尔.福尔摩斯探案全集[Z].俞步凡，译.南京：译林出版社，2005b：38.
2　曹明伦.英译汉的若干基本原则[C] // 英汉翻译实践与评析.成都：四川人民出版社，2007：40.
3　曹利华.译林版俞译本《福尔摩斯探案全集》的特色[J].中文，2009（1）：89.
4　柯南道尔.福尔摩斯探案全集[Z].俞步凡，译.南京：译林出版社，2005a：485.
5　Doyle, Arthur Conan. *The Complete Sherlock Holmes* [Z]. New York: Doubleday/ Penguin Books, 1930: 300.
6　柯南道尔.福尔摩斯探案全集[Z].俞步凡，译.南京：译林出版社，2005a：433.
7　"旧时用《千字文》文句来编排次序，'天'是《千字文》'天地玄黄'的第一个字，所以是第一号。"（宋永培、端木黎明.汉语成语词典[K].2版.成都：四川辞书出版社，2001：745）
8　柯南道尔.福尔摩斯探案全集[Z].俞步凡，译.南京：译林出版社，2005d：310.
9　柯南道尔.福尔摩斯探案全集[Z].俞步凡，译.南京：译林出版社，2005c：142.
10　柯南道尔.福尔摩斯探案全集[Z].俞步凡，译.南京：译林出版社，2005d：270.

you gen'l'men is Masser Holmes?"[1]的语言特色。"大拇指往肩后跷跷"[2] "瘦猴脸"[3]这样的描写也有独到的美学考量。四字结构"狂歌乱吼，淫言秽语，不堪入耳"[4]使用可谓恰当[5]；状景之句"溪水穿过灰色的乱石巨砾，泡沫飞溅，汹涌而下""阴风催急，乱云飞渡"[6]可谓贴切。

描写方面，译林版《全集》译文还努力还原了新闻报道介于庄严体（the frozen style）和口语体（colloquial English）之间的语体特色。《红发会》中报案人杰伯兹·威尔逊交给福尔摩斯一份报道，作为案情陈述的一部分：

> 谨致红发会员：
>
> 兹因美国宾夕法尼亚黎巴嫩已故伊齐基亚·霍普金斯之遗赠，现授权本会另立空职一名，系纯属闲职挂名领薪，薪给每星期四英镑。凡红发男性身心体魄健康年满二十一周岁者，皆具资格参选。有意者于星期一十一时亲至下列地点向邓肯·罗斯提出申请供选：舰队街教皇院七号红发会办公室。[7]

译文不仅再现了报纸的文体描述特征，且信息简洁清楚，用了相当多的程式套语，如"兹因"译"On account of"，"凡……者"译"All...who..."也颇贴切，"which entitles a member of the League to a salary of £ 4 a week"调整了宾语对象（"授权会员"变为"授权本会"），贴切通顺。

1　Doyle, Arthur Conan. *The Complete Sherlock Holmes* [Z]. New York: Doubleday/Penguin Books, 1930: 1023.

2　柯南道尔. 福尔摩斯探案全集[Z]. 俞步凡，译. 南京：译林出版社，2005a: 440.

3　柯南道尔. 福尔摩斯探案全集[Z]. 俞步凡，译. 南京：译林出版社，2005b: 80.

4　柯南道尔. 福尔摩斯探案全集[Z]. 俞步凡，译. 南京：译林出版社，2005c: 13.

5　三处译文对应的原文分别是"jerking his thumb over his shoulder"，"acid-faced"，"the singing and shouting and terrible oaths"（Doyle, Arthur Conan. *The Complete Sherlock Holmes* [Z]. New York: Doubleday/Penguin Books, 1930: 274, 379, 674）。

6　柯南道尔. 福尔摩斯探案全集[Z]. 俞步凡，译. 南京：译林出版社，2005c: 63, 334.

7　柯南道尔. 福尔摩斯探案全集[Z]. 俞步凡，译. 南京：译林出版社，2005a: 267.

译者注意到新闻描述语言的特殊性，做到了使译文既不过雅，亦不过俗，用语严谨，句法整饬，有时还刻意译出一种复古风格。如《血字的研究》结尾《回声报》对案件结局的报道：

> 据悉，凶犯系在一私人侦探歇洛克·福尔摩斯先生居室被当场擒获。歇洛克·福尔摩斯先生以私家侦探而表现非凡之刑侦才能，并受两位导师之教益，必有望获得更多卓越之成就。并悉，二位警官亦有望荣膺相当之奖赏，以表彰其劳绩耳。[1]

这一点也被后来的译者注意到了："《福尔摩斯探案全集》中反映的时代大致相当于中国的晚清时期，为给读者增加时代氛围，李家真在翻译小说中引用报纸报道时，特别采用文言文进行翻译。"[2]

译林版新闻报道译文的复古特色与简洁风格确实和清末民初的译文有相似之处。在此试比较1916版《全集》该报道译文："而其就禽处，则在一密司脱歇洛克·福尔摩斯之家。其人亦为侦探，似小有才，今后如能时从二名探游，他日或可造就。闻官中尚拟予二名探以褒状，用旌此次之劳绩云。"[3]

用浅近文言对译维多利亚时代的报刊并无不妥，但16世纪以后英语发展已经进入现代英语阶段，与当代的英语差别不大，尤其是进入后期现代英语（1700年以后）以来，英语规范化和标准化过程业已完成，语音、语法均无大的改变，仅是词汇极大丰富。所以，盲目的复古倾向也是译者不得不警惕的。从俞步凡译文来看，译者基本上把握了古文中尚有生命力的词汇入译文的原则。

俞步凡译本在习语处理上较为灵活，在所涉中西方都比较熟悉的意象时，意象一般予以保留。如《巴斯克维尔的猎犬》第五章《三条线索告中断》中，福尔摩斯感叹对手的狡猾："跟你说，华生，这一回我们是棋逢敌手，在伦敦他

1　柯南道尔.福尔摩斯探案全集[Z].俞步凡，译.南京：译林出版社，2005a：117.

2　菲菲.中华书局时隔近百年　再出《福尔摩斯探案全集》[J].晶报，2012-11-18（B03）

3　柯南道尔.福尔摩斯侦探全集[Z].刘半农，等译.上海：中华书局，1916a：142.

将了我一军。但愿你去德文郡能翻过来。"[1]原文为 "I tell you, Watson, this time we have got a foeman who is worthy of our steel. I've been checkmated in London. I can only wish you better luck in Devonshire."[2]词典 "steel" 词条中有 "*a foe*（或 *an enemy*）*worthy of sb.'s* ～值得某人与之一斗的劲敌"[3]这样的解释。俞步凡译本选择了以习语译习语，虽然 "棋逢对手" 缺乏原文 "steel" 的意象，但接下来一句中的 "将死"（"checkmate"）恰好同俞步凡译文所用 "下棋" 的意象搭配，译文的灵活处理可谓合理，"将某人一军" 也是地道的中国习语表达。汉语中缺乏某种意象时，译者试着对汉语稍加改造来引入异质成分，如将 "the devil's agents"[4]译为 "为恶魔作伥的"[5]就是在 "为虎作伥" 的基础上略做调整，表意确切；另有原文意象在中国语境中阙如，但却可理解的习语，译者也做了直译处理，如以 "牛奶拌鳟鱼，一清二楚"[6]来译 "a trout in the milk"[7]。

最后要说明的一点是，在双关语的处理上，2005版译文有其独特之处。如《花彩缅带案》中福尔摩斯同案件委托人海伦·斯通纳之间的对话涉及一处双关语："'嗯，那说的缅带，你想是什么带子——花彩缅带？'/……'有时候又觉得缅——帮，可能是一帮子歹人吧。……'"[8]委托人在陈述姐姐的临终遗言，涉及音、义双关。试比较其他版本的译文："吾意吾姊临死之言，恐非谓带，实指此一群之人也。（译者按BAND实有二解：一为带，一即一群人也。）"[9]"'啊，但你想伊怎么喊出一条带——一条斑斓色的带来呢？''我想那或是伊惊乱时的胡言，或是指着那一群极泼雪人说的'"[10]；"有时我觉得，那只

1　柯南道尔.福尔摩斯探案全集[Z].俞步凡，译.南京：译林出版社，2005c：58.
2　Doyle, Arthur Conan. *The Complete Sherlock Holmes* [Z]. New York: Doubleday/Penguin Books, 1930: 698.
3　陆谷孙.英汉大词典[K].2版.上海：上海译文出版社，2007：1972.
4　Doyle, Arthur Conan. *The Complete Sherlock Holmes* [Z]. New York: Doubleday/Penguin Books, 1930: 684.
5　柯南道尔.福尔摩斯探案全集[Z].俞步凡，译.南京：译林出版社，2005c：31.
6　柯南道尔.福尔摩斯探案全集[Z].俞步凡，译.南京：译林出版社，2005a：475.
7　Doyle, Arthur Conan. *The Complete Sherlock Holmes* [Z]. New York: Doubleday/Penguin Books, 1930: 294.
8　柯南道尔.福尔摩斯探案全集[Z].俞步凡，译.南京：译林出版社，2005a：420.
9　柯南道尔.福尔摩斯侦探案全集[Z].刘半农，等译.上海：中华书局，1916d：26.
10　柯南道尔.福尔摩斯侦探案全集[Z].程小青，等译.上海：世界书局，1934：131.

不过是精神错乱时说的胡话，有时又觉得，可能指的是某一帮人。"[1]再同原文比较，"'Ah, and what did you gather from this allusion to a band—a speckled band?'/ 'Sometimes I have thought that it was merely the wild talk of delirium, sometimes that it may have referred to some band of people, perhaps to these very gypsies in the plantation.'"[2]四种译文之中，仅有俞步凡译文尝试保留以音传义的双关形式，"绷——帮"虽然未做到发音完全一致，但发音十分接近。"Jame"，"fly"[3]，"moonshine"[4]等也属此类一词多义双关；另外，还有像"P. C.两个字母"[5]这样缩略语双关；译者均能在不可译时加以注释，也是尊重原文修辞风格的体现。[6]

第三节　追求雅化之新译：施莱尔马赫模式

如果没有新的立意，仅仅停留在以"俗"译"俗"的层面，无论新版本以怎样的速度增长，都只是对先前译者劳动的重复。表6.5是近年（2010—2015）福尔摩斯译作复译出版的统计数据[7]：

1　柯南道尔. 福尔摩斯探案全集[Z]. 丁钟华，等译. 北京：群众出版社，1981a：413.
2　Doyle, Arthur Conan. *The Complete Sherlock Holmes* [Z]. New York: Doubleday/ Penguin Books, 1930: 262.
3　柯南道尔. 福尔摩斯探案全集[Z]. 俞步凡，译. 南京：译林出版社，2005b：82.
4　柯南道尔. 福尔摩斯探案全集[Z]. 俞步凡，译. 南京：译林出版社，2005a：328.
5　柯南道尔. 福尔摩斯探案全集[Z]. 俞步凡，译. 南京：译林出版社，2005b：400.
6　另有"trap"表示"陷阱"和"轻便马车"，该双关语俞译本未译出（参见：柯南道尔. 福尔摩斯探案全集[Z]. 俞步凡，译. 南京：译林出版社，2005a：366），李家真译文可参见：柯南·道尔. 福尔摩斯探案全集[Z]. 李家真，译注. 北京：中华书局，2012b：178.
7　统计数字来自CALIS联合目录公共检索系统，检索词"福尔摩斯探案"，检索时间为2016-09-06.

表6.5　2010-2015年福尔摩斯译作复译出版数量

年度	2010	2011	2012	2013	2014	2015
译本数	44	72	98	77	74	48

以每年几十部甚至近百部的速度重新翻译出版，这个数字是雅文学重译难以企及的。问题是，种类繁多的复译之中多少是真正意义上的重译，而不是大量的重复劳动？这其中中华书局版（2012）复译译文可谓立志雅化、推陈出新的代表。

这一新译本的出现和读者层次的提升及学界对于雅俗观念的认识更新不无关联。

就读者层次而言，福尔摩斯探案读者对象最初是"中产阶级"，为他们提供"好的娱乐"[1]。到2014年，"中产阶层的消费占中国GDP的比重"为"36%"，"两成家庭进入'中层中产阶层'"。[2]福尔摩斯译作读者群的扩大，从一个方面推动了福尔摩斯译作向更高标准推进。

从思想认识而论，学界对雅俗关系不再固守二元对立立场。思想认识的转变带来侦探小说研究出现一波热潮，出版社联合译者译介了一批福尔摩斯研究（学界称之为"福学"）和柯南道尔研究（学界称之为"道尔学"）的作品。

顺应以上两种趋势，中华书局推出依照"施莱尔马赫模式"翻译的译本（"施莱尔马赫模式强调'异化'翻译的重要性"[3]），在雅化的道路上又迈出了一大步。

1　Thomas, Ronald R. Detection in the Victorian Novel [C]// Deirdre David. *The Cambridge Companion to the Victorian Novel*. Cambridge: Cambridge University Press, 2001: 185.

2　马翠莲. 澳新银行最新报告显示：中国中产阶层成消费增速"推手"[N]. 上海金融报，2015-5-22（B10）.

3　Lefevere, André & Bassnett, Susan. Introduction: Where are we in Translation Studies? [C] // Andre Lefevere & Susan Bassnett. *Constructing Cultures: Essays on Literary Translation*. Clevedon/ Bristol/ Toronto/ Artamon/ Johannesburg, 1998: 8.

一、雅化之新译：中华书局新版《全集》（2012）

中华书局的新版译文于2012年推出，包含1000余条注释。该版对旧译错误进行了大量更正，译者将自己的译文同其他五个新时期以来的版本进行对照，更正之处共计81则。[1]有关修订的原则，译者李家真曾自言："好的译文必须做到内涵和外延的所指意义和语用意义上尽可能精确、简洁。"[2]译本的纠错意识是雅化的表现之一。

纠错意识之外，李家真译文的雅化品质尚有多方面体现。首先，译者对于原文的风格把握有了更深入的认识，在翻译中更加重视文体问题。"文学翻译可被视为文体的翻译，因为文体使文本发挥其文学功能。"[3]

人物语言鲜活、人物形象更加丰满是新译重视文体的表现。译者对于福尔摩斯这一人物的理解，早期的认识和当下的认识有所不同。从1896年《时务报》率先译介福尔摩斯以来，福尔摩斯这一科学侦探形象已成为神探的代名词。"在歇洛克·福尔摩斯使用理性科学的逻辑和方法捍卫维多利亚时代最珍惜的那些事情之时，福尔摩斯便成为科学理性的典范。"[4]从刘半农的"虽非正式的教科书，实隐隐有教科书的编法"[5]，到冯亦代的"对案件的烛隐抉微，排尽万难，终于得到凶杀案的来龙去脉"[6]，再到俞步凡写的译序《柯南道尔的福尔摩斯——实证主义科学与法、情、理的文学典型形象》，对福尔摩斯的认识可谓日益深入，福尔摩斯身上的怪诞之处也渐渐为读者接受。除了前文提及的会有诸如用子弹在墙壁上打出"V. R."（维多利亚女王）的奇特举动，生活上福尔摩斯也不拘小节，他常将信件用折刀插在壁炉中、将烟叶放在波斯拖鞋里。他有一定的艺术细胞，但却

1　有关案例分析见http://blog.sina.com.cn/u/3975247309（检索日期2016-01-05）。笔者在案例基础上尝试对译本特色做出自己的归纳与总结。

2　Newmark, Peter. *About Translation* [M]. Clevedon: Multilingual Matters, 1991: 111.

3　Boase-Beier, Jean. *Stylistic Approaches to Translation* [M]. London and New York: Routledge, 2014: 114.

4　Paul, Robert S. *Whatever happened to Sherlock Holmes: Detective Fiction, Popular Theology, and Society* [M]. Carbondale and Edwardsville: Southern Illinois University Press, 1991: 52.

5　半侬（刘半农）. 福尔摩斯侦探案全集·跋[Z] // 柯南道尔. 福尔摩斯侦探案全集[Z]. 刘半农，等译. 上海：中华书局，1916：跋.

6　冯亦代. 柯南道尔弃医从文百年纪念[J]. 瞭望周刊，1991（27）：37.

发挥不稳定，例如他时好时坏的小提琴演奏技巧。另外，吸食毒品也显示出福尔摩斯这一人物非理性、神经质的一面。以上都是构成福尔摩斯矛盾性格的重要因素。李欧梵认为，福尔摩斯正是"有了这种双重个性，才会吸引读者"[1]。福尔摩斯的怪诞对侦探小说人物的塑造产生了深远影响。日本推理小说界的泰斗横沟正史在其作品中塑造的金田一耕助就颇为怪诞：鸟窝头，戴软帽，穿着脏兮兮的和服。

李家真译本的难得之处就是将福尔摩斯乃至其合作伙伴华生身上非科学的一面展现得更加充分。福尔摩斯幽默、爱讽刺挖苦的特点，甚至偶尔为之的戏谑被译者充分展现出来，读者因之看到了人物更加鲜活的一面。

福尔摩斯这一人物语言极有特色，常常在探案中以苦为乐或是苦中作乐。例如《驼背男人》中，福尔摩斯发现有人从窗爬进巴克利上校夫妇的房间，该人还有一名"同伴"，福尔摩斯对这个同行的动物有如下描绘："It has not been considerate enough to leave any of its hair behind it."[2]1981年版丁钟华的译文是"这东西虽没有留下什么毛来"[3]，忽略了原文中幽默的口吻，这一点李家真给予了补偿："这只动物算不上体贴"[4]。另外，福尔摩斯有自己的一套语言体系，不仅体现在福尔摩斯对上层用书面语言、对市民用平民言语、对下层不时用粗话上，福尔摩斯的语言尚有自己特定的修辞体系。《最后一案》中，为了摆脱莫里亚蒂的追踪，福尔摩斯建议放弃寄往巴黎的行李，变更行程，"不妨买上两个毡包，支持一下沿途各国的制造业"[5]。而该句在群众1981版中则被译为"鼓励一下沿途国家的睡袋商"[6]，群众版译文的缺漏对福尔摩斯苦中作乐的风趣反映不足。《金边夹鼻眼镜》中，福尔摩斯同霍普金斯教授的对话也颇有趣味："... What did you do, Hopkins, after you had made certain that you had made certain of nothing" / "I

---

1   李欧梵. 福尔摩斯在中国[C]// 李欧梵. 未完成的现代性. 北京：北京大学出版社，2005：183.

2   Doyle, Arthur Conan. *The Complete Sherlock Holmes* [Z]. New York: Doubleday/Penguin Books, 1930: 416.

3   柯南道尔. 福尔摩斯探案全集[Z]. 丁钟华，等译. 北京：群众出版社，1981b：136.

4   柯南·道尔. 福尔摩斯探案全集[Z]. 李家真，译注. 北京：中华书局，2012c：193.

5   同上，第330页。

6   柯南道尔. 福尔摩斯探案全集[Z]. 丁钟华，等译. 北京：群众出版社，1981b：233.

think I made certain of a good deal, Mr. Holmes." [1] 在1981版中被译为"霍普金，当你知道已经毫无办法的时候，你打算怎么办呢？"/"福尔摩斯先生，我想我还是弄清了一些情况的。" [2] 李家真译本使用了"确定自己什么都确定不了""确定了不少情况" [3] 来表现这种语趣，不至于"失其藻蔚，虽得大意，殊隔文体，有似嚼饭与人" [4]。

无论面对对手还是同伴，风险还是风险过后的平静，福尔摩斯都能处变不惊，不时以调侃的口吻来调剂生活。在《空屋子》中，福尔摩斯对擒获的莫兰上校不无调侃地说："I don't think I have had the pleasure of seeing you since you favoured me with those attentions as I lay on the ledge above the Reichenbach Fall." [5] 群众版译文使用了"悬崖上承蒙关照"（指向福尔摩斯投掷巨石）来传达反讽语气，但前半部分"我就再没有见到你" [6]，不及李家真译文"再睹尊颜的荣幸" [7]，体现出反讽语气的连贯性。事实上，之前的一句"Journeys end in lovers' meetings" [8] 也是在和莫兰上校调侃，群众版中被译作"不是冤家不碰头" [9] 应该说译者是下了功夫的。但是否是文化缺省，尚需进一步斟酌。新译"情人既已相见，旅路便是终点" [10] 似乎更能贴近原文"lovers"这一意象，而不是直接将"冤家"这一反语意味直接表达出来。原作中出自莎士比亚的这一经典名句更加简洁，译文还可进一步斟酌。

福尔摩斯的幽默也有把控不住的时候，这时幽默不免成为恶谑，这是福尔摩

1　Doyle, Arthur Conan. *The Complete Sherlock Holmes* [Z]. New York: Doubleday/ Penguin Books, 1930: 611.

2　柯南道尔. 福尔摩斯探案全集[Z]. 丁钟华，等译. 北京：群众出版社，1981b：449.

3　柯南·道尔. 福尔摩斯探案全集[Z]. 李家真，译注. 北京：中华书局：2012d：302.

4　鸠摩罗什. 为僧睿论西方辞体[C] // 罗新璋，陈应年. 翻译论集. 北京：商务印书馆，2009：34.

5　Doyle, Arthur Conan. *The Complete Sherlock Holmes* [Z]. New York: Doubleday/ Penguin Books, 1930: 492.

6　柯南道尔. 福尔摩斯探案全集[Z]. 丁钟华，等译. 北京：群众出版社，1981b：257.

7　道尔. 福尔摩斯探案全集[Z]. 李家真，译注. 北京：中华书局：2012d：23.

8　Doyle, Arthur Conan. *The Complete Sherlock Holmes* [Z]. New York: Doubleday/ Penguin Books, 1930: 492.

9　柯南道尔. 福尔摩斯探案全集[Z]. 丁钟华，等译. 北京：群众出版社，1981b：257.

10　道尔. 福尔摩斯探案全集[Z]. 李家真，译注. 北京：中华书局：2012d：23.

斯矛盾性格的自然呈现。这种有点搞怪的小把戏是作者增加娱乐气氛的手段，此中蕴含一种文化传统——"英国社会对怪人不但容忍，而且总带几分羡慕"[1]。《三个学生》中，福尔摩斯了解委托人的基本陈述后，对华生说："Not one of your cases, Watson—mental, not physical."[2] 群众版译文是"华生，这不属于你的职业范围，不是生理的问题，而是属于心理方面的。"[3] 该译文缺少福尔摩斯和华生之间的熟悉、调侃甚至带点贬损的味道（文中还有误译）。试比较李家真译文："这案子可跟你沾不上边，华生，完全是智力问题，用不上什么体力。"[4] 福尔摩斯对华生记录案件的写作不止一次地嘲讽过，在《诺伍德的建筑商》中，福尔摩斯说该案的侦破有一定难度，除非有天助，否则很难进入华生的破案记录簿（"that chronicle of our successes"[5]）。这里对案件记录簿的修饰是"which I foresee that a patient public will sooner or later have to endure"[6]，暗含的意思是福尔摩斯将会对案件簿的内容解禁，读者总有一天会读到。此处的措辞"endure"是对华生写作的嘲讽，所以李家真译本译作"耐性十足的公众迟早得摊上这么一本著作"[7]，丁钟华译作"我看耐心的公众只好容忍这一次"[8] 没能译对先行词，也没有译出福尔摩斯偶尔用语"尖酸刻薄"的特点。而这一点恰恰贯穿福尔摩斯系列作品的人物形象，形成一股"叙事暗流"[9]，前后呼应。《魔鬼之足》中华生就曾这样描述福尔摩斯："他性情冷峻、愤世嫉俗，自始至终都对公众的喝彩深恶痛绝。"[10]

1　孔慧怡. 以通俗小说为教化工具——福尔摩斯在中国（1896—1916）[C]. 孔慧怡. 翻译·文学·文化. 北京：北京大学出版社，1999：25.

2　Doyle, Arthur Conan. *The Complete Sherlock Holmes* [Z]. New York: Doubleday/Penguin Books, 1930: 598.

3　柯南道尔. 福尔摩斯探案全集[Z]. 丁钟华，等译. 北京：群众出版社，1981b：429.

4　道尔. 福尔摩斯探案全集[Z]. 李家真，译注. 北京：中华书局：2012d：272.

5　Doyle, Arthur Conan. *The Complete Sherlock Holmes* [Z]. New York: Doubleday/Penguin Books, 1930: 504.

6　同上.

7　道尔. 福尔摩斯探案全集[Z]. 李家真，译注. 北京：中华书局：2012d：52.

8　柯南道尔. 福尔摩斯探案全集[Z]. 丁钟华，等译. 北京：群众出版社，1981b：276.

9　参见：申丹. 何为叙事的"隐性进程"？如何发现这股叙事暗流？[J]. 外国文学研究，2013（5）：47-53.

10　柯南·道尔. 福尔摩斯探案全集[Z]. 李家真，译注. 北京：中华书局：2012f：207.

福尔摩斯也有被挖苦的时候。比如《查尔斯·奥古斯都·米尔沃顿》一案中，诈骗犯米尔沃顿说 "I cannot help thinking that ladies are ill-advised in not making an effort"[1]，暗指他的敲诈对象——无辜的年轻女士——听取了福尔摩斯的不良建议。丁钟华译本译作这些女士"太不明智了"[2]，反讽效果尽失，李家真译为"听信了别人的谗言"[3]才将反讽效果明晰化。原作中的人物语言鲜活在其他人身上还有体现。在《失踪的中卫》中，中卫的亲人，一位勋爵老人，患有严重的痛风，报案人奥弗顿这样形容道："the old boy is nearly eighty—cram full of gout, too. They say he could chalk his billiard-cue with his knuckles."[4]1981年译本只说"风湿病很重，人们说他可能快要死了"[5]。个中的戏谑、夸张（"打台球都用不着壳粉，拿球杆往自个儿的指关节上蹭就行了"[6]）没能得到重视。

原作里，华生也不总是那么刻板，偶尔也会幽默一下。在《四签名》中，华生因意中人可能得到意外的财富而心理压力倍增，导致他为舒尔托先生开错了药方。这一段之后叙事时间突然变为现在时态："I trust that he may not remember any of the answers which I gave him that night."[7]1981年版译文"我真希望他把我那天晚上对他的回答全部忘掉"[8]没有注意到时态的区别，也没能体现华生的话外音：不然，舒尔托早就死于误诊了。试比较李家真译文："我敢肯定，当晚我告诉他的那些答案，他多半是一个也没往心里去。"[9]

福尔摩斯探案故事中的幽默调侃说明"侦探小说的常见背景为其喜剧的、同

1 Doyle, Arthur Conan. *The Complete Sherlock Holmes* [Z]. New York: Doubleday/Penguin Books, 1930: 574.
2 柯南道尔. 福尔摩斯探案全集[Z]. 丁钟华，等译. 北京：群众出版社，1981b: 391.
3 柯南·道尔. 福尔摩斯探案全集[Z]. 李家真，译注. 北京：中华书局：2012d: 216.
4 Doyle, Arthur Conan. *The Complete Sherlock Holmes* [Z]. New York: Doubleday/Penguin Books, 1930: 624.
5 柯南道尔. 福尔摩斯探案全集[Z]. 丁钟华等译. 北京：群众出版社，1981b: 469.
6 柯南·道尔. 福尔摩斯探案全集[Z]. 李家真，译注. 北京：中华书局：2012d: 332.
7 Doyle, Arthur Conan. *The Complete Sherlock Holmes* [Z]. New York: Doubleday/Penguin Books, 1930: 105.
8 柯南道尔. 福尔摩斯探案全集[Z]. 丁钟华，等译. 北京：群众出版社，1981a: 152.
9 柯南·道尔. 福尔摩斯探案全集[Z]. 李家真，译注. 北京：中华书局：2012a: 187.

时也是功能性的目的服务"[1]。

在语气与身份的匹配上，新译本也做了一定的尝试。在《黄色脸孔》一案中，年轻的委托人芒罗先生和福尔摩斯的对话尽管匆忙，但毕竟该年轻人"含蓄内敛""还有点儿高傲"[2]。为此，译文使用了"恕我冒昧""多多包涵""您"这样的字眼，福尔摩斯也回以"有什么可以效劳""您是想请我……吗""可以吗"[3]这样的礼貌语。比照旧译，这种语气有所减损，其使用的相关语言分别是"请原谅""冒失""你""我可以帮你什么忙""你是不是想请我""（疑问语气未译）"。[4]

除文体风格之外，新译本的显著雅化特征之一还体现在译者对"'施语'的体贴入微"和对"'受语'的运用自如"[5]上。

新译本的译者对"小词"尤为"体贴入微"。《黄色脸孔》一案中提及福尔摩斯的体力，"没有多少人能在膂力上跟他一较高下"[6]。原文"Few men were capable of greater muscular effort"[7]，丁钟华等译作"善于运用自己体力的人并不很多"[8]，误译的根源在于忽略了比较级。接下的表述之中有这样一句："...and he seldom bestirred himself save where there was some professional object to be observed. Then he was absolutely untiring and indefatigable."[9]丁钟华等译文如下："（所以除了与他职业有关的项目以外，他对其余活动一向很少问津。）可是他精力非常充沛，不知疲倦。"[10]这里，译者对"then"的理解出现了问题，应还原

1　Grella, George. Murder and Manners: The Formal Detective Novel [J]. *NOVEL: A Forum on Fiction*, 1970 (1): 39.

2　柯南·道尔.福尔摩斯探案全集[Z].李家真，译注.北京：中华书局：2012c: 46.

3　同上，第45-46页。

4　柯南道尔.福尔摩斯探案全集[Z].丁钟华，等译.北京：群众出版社，1981b: 31.

5　余光中.余光中谈翻译[M].北京：中国对外翻译出版公司，2002：172.

6　柯南·道尔.福尔摩斯探案全集[Z].李家真，译注.北京：中华书局：2012c: 41.

7　Doyle, Arthur Conan. *The Complete Sherlock Holmes* [Z]. New York: Doubleday/Penguin Books, 1930: 351.

8　柯南道尔.福尔摩斯探案全集[Z].丁钟华，等译.北京：群众出版社，1981b: 30.

9　Doyle, Arthur Conan. *The Complete Sherlock Holmes* [Z]. New York: Doubleday/Penguin Books, 1930: 351.

10　柯南道尔.福尔摩斯探案全集[Z].丁钟华，等译.北京：群众出版社，1981b: 30.

为"where"引导的条件状语从句，即"手头有什么专业工作的时候"[1]。

对"施语"的关注也表现在对名物的细致核实上。如《狮子鬃毛》中的"coaching establishment"[2]旧译"私人学校"[3]，新译加注说明其突击辅导的性质，改译为"补习所"[4]。一个特别的例子是《显赫的主顾》中的一位中国艺术家，旧译"唐寅"，新译为"唐英"。从上下文来看，"伟大艺术家的款识、干支纪年的奥秘、洪武瓷器的标记、永乐瓷器的种种美妙"搭配清代陶瓷艺术家"唐英的著述"[5]是恰当的，华生正是拿着一个明代的薄胎瓷去和格朗纳男爵这位中国瓷器权威进行假交易。西方收藏者撰写的《中国古代瓷器术语汇编》也收录有"唐英"这一词条："Tang Ying（1682—1756）"，拼写和原文"Tang-ying"[6]基本一致。[7]译名更新也是细致入微的一个表现，如"佳士得"（Christie's）和"苏富比"（Sotheby's）[8]拍卖行旧译就只译了"克里斯蒂市场"[9]。原文斜体强调之处，译文用黑体标明。如《雷神桥谜案》中福尔摩斯肯定金矿大王一定会回来讲明真相——"他肯定会回来，**不得不回来**"[10]（原文为"He is sure to come. He *must* come back"[11]）。正是有了这样一种细致的工作态度，在之后金矿大王的讲述中，译者才会把"English woods"[12]译为"英格兰的山林"[13]，而没有译作"英国森林"[14]，原因在于前文提到金矿大王五年前"在汉普郡置下了一大片产

1　道尔.福尔摩斯探案全集[Z].李家真，译注.北京：中华书局：2012c：41.
2　Doyle, Arthur Conan. *The Complete Sherlock Holmes* [Z]. New York: Doubleday/ Penguin Books, 1930: 1083.
3　柯南道尔.福尔摩斯探案全集[Z].丁钟华，等译.北京：群众出版社，1981c：520.
4　道尔.福尔摩斯探案全集[Z].李家真，译注.北京：中华书局：2012g：236.
5　同上，第26页。
6　Doyle, Arthur Conan. *The Complete Sherlock Holmes* [Z]. New York: Doubleday/ Penguin Books, 1930: 995.
7　参见：http://gotheborg.com/glossary/tangying.shtml（检索日期2015-09-15）。
8　道尔.福尔摩斯探案全集[Z].李家真，译注.北京：中华书局：2012g：27-28.
9　柯南道尔.福尔摩斯探案全集[Z].丁钟华，等译.北京：群众出版社，1981c：379.
10　道尔.福尔摩斯探案全集[Z].李家真，译注.北京：中华书局：2012g：179.
11　Doyle, Arthur Conan. *The Complete Sherlock Holmes* [Z]. New York: Doubleday/ Penguin Books, 1930: 1059.
12　同上，第1060页。
13　道尔.福尔摩斯探案全集[Z].李家真，译注.北京：中华书局：2012g：181.
14　柯南道尔.福尔摩斯探案全集[Z].丁钟华，等译.北京：群众出版社，1981c：484.

业"[1]。在《狮子鬃毛》一案中，福尔摩斯隐退在苏塞克斯的一个别墅，"面对着辽阔的海峡"[2]，英文中"the Channel"[3]大写，为此，李家真直接译为"英吉利海峡"[4]，而没有简单地译为"海峡"[5]。

在"受语的运用自如"上，译者在词义的选取上尽量贴近原文。对于这部侦探小说界的"圣经"，译者本着"尽可能直译，必要时意译"[6]的原则。《跳舞小人》中，当福尔摩斯用六个演绎的环节串成一个链条，讲明自己何以能够猜出华生不打算在南非投资证券时，华生惊叹，而福尔摩斯却认为这样解释"所有的问题都变成了小孩子的把戏"[7]，原文的"childish"[8]在旧译中仅译作"简单"[9]。

新译本在措辞上注重使用三字、四字结构，使其在长句间不时穿插、点缀，赋予语言以节奏的美感。《跳舞小人》一案中华生看到福尔摩斯丢在桌上一张纸条，"纸条上画着一些荒诞无稽的符号"，1981年群众版中，华生认为"是一张小孩子的画"[10]。而新译本将这些符号形容为"鬼画符""小孩子的乱涂乱画"[11]。《暗红习作》中，逃难的老人约翰·菲瑞尔的描述文字为："长须飘拂，相貌冷峻，同时又瘦得皮包骨头。他面容平静，呼吸均匀，显然是睡得很沉。"[12]无赖敲诈者的描述文字为："动作畏畏缩缩、走路摇摇晃晃""刀条脸""露出一排参差不齐的黄牙"[13]。

措辞方面，译文特别注意福尔摩斯探案故事的文采，并运用受语将之展现。

---

1 道尔. 福尔摩斯探案全集[Z]. 李家真，译注. 北京：中华书局：2012g: 171.
2 柯南道尔. 福尔摩斯探案全集[Z]. 丁钟华，等译. 北京：群众出版社，1981c：520.
3 Doyle, Arthur Conan. *The Complete Sherlock Holmes* [Z]. New York: Doubleday/ Penguin Books, 1930: 1083.
4 道尔. 福尔摩斯探案全集[Z]. 李家真，译注. 北京：中华书局：2012g: 235.
5 柯南道尔. 福尔摩斯探案全集[Z]. 丁钟华，等译. 北京：群众出版社，1981c：520.
6 1989年推出的《新修订标准版〈圣经〉》，其翻译原则被概括为"As literal as possible, as free as necessary."
7 道尔. 福尔摩斯探案全集[Z]. 李家真，译注. 北京：中华书局：2012d：70.
8 Doyle, Arthur Conan. *The Complete Sherlock Holmes* [Z]. New York: Doubleday/ Penguin Books, 1930: 511.
9 柯南道尔. 福尔摩斯探案全集[Z]. 丁钟华，等译. 北京：群众出版社，1981b：288.
10 同上。
11 道尔. 福尔摩斯探案全集[Z]. 李家真，译注. 北京：中华书局：2012d：70.
12 道尔. 福尔摩斯探案全集[Z]. 李家真，译注. 北京：中华书局：2012a：91.
13 道尔. 福尔摩斯探案全集[Z]. 李家真，译注. 北京：中华书局：2012c：103.

尽管福尔摩斯不止一次批评过华生的写作"不懂得严格地遵循事实和数据"[1]，但当他自己提起笔来，才感到"既然是写故事，那就必须写成读者爱看的样子""华生确实有他的独到之处"[2]。关于华生的文采，不妨看看《骑自行车的孤身旅人》开篇的一段文字：

> 不过，我打算继续奉行以往的取舍标准，优先选择的案子应该以巧妙新颖、富于戏剧色彩的破案手法见称，而非以残酷野蛮的罪行取胜。基于这个理由，我准备向读者奉上维奥莱特·史密斯小姐的故事，奉上她骑车在查林顿孤身赶路时的奇遇，奉上我们曲折离奇的调查过程，以及变生不测的结案方式。诚然，囿于案情，我朋友借以扬名的那些本领并没有得到什么华丽惊人的展演；即令如此，此案依然不乏特异之处，足以从我汲引故事素材的那一长串罪案记录当中脱颖而出。[3]

此处，华生的开场白语体正式，措辞严谨，在表达并列关系时，为避免"头轻脚重"并保持一种均衡的节奏感，重复了动词"奉上"，使得语气流畅、结构复杂却不失逻辑。"For this reason""It's true that""but"[4]的翻译体现了起承转合的自然过渡。如果说尚有改进余地，不妨将"narratives"前的"little"译出，译为"汲引小小故事素材"，以示自谦，另一处"野蛮的罪行"不妨改为"罪行的野蛮"，来对应原文的"the brutality of the crime"[5]。

译者还有一定的超越、变通意识。以标题的翻译为例。福尔摩斯探案第一篇《血字的研究》改为《暗红习作》，读者对此颇有微词，译者声明自己的改动理由是："篇名为借用艺术术语，在艺术术语当中，'study'是'习作'的意思，故译为'暗红习作'，类似例子如同时期美国著名画家惠斯勒的《玫

---

1 道尔.福尔摩斯探案全集[Z].李家真，译注.北京：中华书局：2012g：39.

2 同上。

3 道尔.福尔摩斯探案全集[Z].李家真，译注.北京：中华书局：2012d：105.

4 Doyle, Arthur Conan. *The Complete Sherlock Holmes* [Z]. New York: Doubleday/Penguin Books, 1930: 526-527.

5 同上，第526页。

瑰色及褐色习作》以及法国著名画家夏加尔的早年作品《绿色背景之粉色习作》。"[1]在《译后记》中，译者简要说明了短篇作品 "His Last Bow" "The Blue Carbuncle" "The Beryl Coronet" "Silver Blaze" "Abbey Grange" "The Bruce-Partington Plans" "The Three Gables" "The Mazarin Stone" 以及一部探案集 *The Case-book of Sherlock Holmes* 题名改译的理由。有的从标题背后的典故着手（《马泽林钻石》），有的从故事发生时间推断（《福尔摩斯谢幕演出》），有的结合故事内容确定所指（《蓝色石榴石》），有的区分中外文化差别（《绿宝石王冠》，用"王冠"同"皇冠"区分），有的辨明词义（"Abbey Grange"即"修道院的田庄"，"gable"为"三角形山墙"[2]）。从上述各例中可见译者追求"善译"的良苦用心。

这种变通在引文的翻译上也有体现。比如，同是引用莎士比亚戏剧，译者的处理方式不尽相同。《弗朗西丝·卡法克斯夫人失踪事件》中，福尔摩斯和华生等不及警方采取行动，明知自身力量单薄，但是 "Thrice is he armed who hath his quarrel just"[3]。此处引用莎士比亚的《亨利六世》，译文为"理直气壮，等于身披三重铠甲"[4]。同莎剧的译文"他理直气壮，好比是披着三重盔甲"[5]如出一辙。另外两处引文则没有套用现成的莎剧译文，一处是前文提到的 "Journeys end in lovers' meeting"，译文做了变通[6]，另一处《福田宅邸》开头福尔摩斯叫醒昏睡之中的华生，说"好戏开场啦"[7]，该处引文的译文同样做出了调整。译本加注说明此句出自莎剧《亨利五世》，"是剧中英王亨利五世激励士兵攻打法国城池的

1 徐卫东. 为什么是福尔摩斯[N]. 深圳晚报，2014-01-26（A21）.

2 李家真. 译后记[Z] // 柯南·道尔. 福尔摩斯谢幕演出. 李家真，译注. 北京：中华书局，2012：330-331.

3 Doyle, Arthur Conan. *The Complete Sherlock Holmes* [Z]. New York: Doubleday/Penguin Books, 1930: 950.

4 道尔. 福尔摩斯探案全集[Z]. 李家真，译注. 北京：中华书局：2012f：194.

5 莎士比亚. 莎士比亚全集（三）[Z]. 朱生豪，等译，北京：人民文学出版社，1994：634.

6 朱生豪将其译为"恋人的相遇终结了行程"。参见：莎士比亚. 莎士比亚全集（二）[Z]. 朱生豪，译，北京：人民文学出版社，1994a：437.

7 道尔. 福尔摩斯探案全集[Z]. 李家真，译注. 北京：中华书局：2012d：359.

话"[1]。原文"the game is afoot"[2]，朱生豪译作"这一狩猎开始啦"[3]。此处，调整后的译文上下连贯，不致过分突兀，且"game"本身语涉双关。

译本的雅化趋向明显，但也不是说没有商榷之处，此处略加讨论，或可帮助译文"百尺竿头，更进一步"。以题名翻译来看，用"演出"来对译"bow"就有将福尔摩斯的辛勤探案过度娱乐化之嫌。其他如"blaze"，在《美国传统英汉双解学习词典》中有两个词条。第一词条固然有"烈焰"之意，但并无"闪电"（简要地说，有"火灾""强光""闪耀""迸发"4个义项[4]），但在第二个词条下的第一个义项即为"（马等动物面部的）白斑"[5]，为此没有理由认为"白额闪电"优于"银色马""银斑驹"，以马名应无"马"字为佳作理由也不充分，"汗血宝马"等马名确乎是例证；"grange"的第一义项即为"农场，田庄；（从前远离城镇的）贵族（或寺院）的庄园"[6]，但"取寺院田产之称谓为'福田'，译为'福田宅邸'"[7]，用语生僻。《现代汉语词典》第6版（纪念版）并未收录"福田"一词，查在线汉语字典，释义为"佛教语。佛教以为供养布施，行善修德，能受福报，犹如播种田亩，有秋收之利，故称"[8]。据此判断，"grange"译为"福田"欠妥，即便取此为名，至少也应加注说明。另外，"The Bruce-Partington Plans"在《小说丛报》1914年第4、5期首次翻译（水心、仪郼译）时便译作《潜艇图》，之前俞步凡译本等也都对群众版"plans"的误解予以改正，李家真对群众版题目的改换也算不上新颖。尚有一些标题变动译者未在后记中提及，如将《住院病人》改为《住家病人》（Resident Patient）不妥，因为

1　道尔. 福尔摩斯探案全集[Z]. 李家真，译注. 北京：中华书局：2012d：359.

2　Doyle, Arthur Conan. *The Complete Sherlock Holmes* [Z]. New York: Doubleday/Penguin Books, 1930: 636.

3　莎士比亚. 莎士比亚全集（二）[Z]. 朱生豪，译，北京：人民文学出版社，1994：382.

4　参见：休顿·米夫林出版公司. 美国传统英汉双解学习词典[K]. 赵翠莲，等译. 北京：外语教学与研究出版社，2006：114.

5　同上.

6　陆谷孙. 英汉大词典[K]. 2版. 上海：上海译文出版社，2007：814.

7　柯南·道尔. 福尔摩斯谢幕演出[Z]. 李家真，译注. 北京：外语教学与研究出版社，2012：330-331.

8　参见：http://xh.5156edu.com/html5/221507.html (2015-10-24).

"resident doctor"即"住院医师"，"resident tutor"才是"住家的家庭教师"[1]，且案中言明这位医生诊所的投资人"自己也搬来跟我一起住"，这样，"名义上算是个住家病人"[2]就说不通了；《"苏格兰之星"号三桅帆船》（The "Gloria Scott"）旧译《"格洛里亚斯科特"号三桅帆船》（1981），将船名由音译改为意译本身无可厚非，但"Gloria"为"glory"之拉丁语表达，"Scott"也并无"苏格兰"之义。

二、福尔摩斯探案小说施莱尔马赫翻译模式的推动力：雅俗观的新变

改革开放以来，港台武侠、言情等通俗小说从畅销书逐渐变为长销书，外国通俗文学也经历一波引介高潮。译林出版社推出的"当代外国流行小说名篇丛书"囊括了《天使的愤怒》《教父》《沉默的羔羊》等逾百种通俗小说。20世纪80年代中期以来，将通俗文学贴上现实主义标签的做法已不复存在，为此引发的争论也随着对通俗文学的接受和认可而停歇，学界对于通俗文学的认识立论更加公允："有的作品（占通俗文学极小一部分）同样达到了文学的最高层次，能和其他艺术品媲美"[3]，"通俗小说……成了当前的普及文学，成了为大多数人民服务的文学，理应受到肯定"[4]，"俗文学与雅文学同是文坛上的两枝奇花，应该……相互竞争，相互促进，相互借鉴"[5]。相关评论正视通俗文学复兴热潮，认真分析其起因、流变、弊病及其同纯文学的互动关系。

另外，学界对第二次世界大战后西方通俗文化的研究持续跟进，这使域外通俗小说的译介出版得到了更为广泛的支持。詹姆逊看到"这个后现代主义名词（后现代文化——笔者）的第二个特征是一些主要边界或分野的消失，最值得注

1　参见：陆谷孙. 英汉大词典[K]. 2版. 上海：上海译文出版社，2007：1682.

2　道尔. 福尔摩斯谢幕演出[Z]. 李家真，译注. 北京：外语教学与研究出版社，2012：218.

3　方竞. 关于社会主义时期通俗文学的思考[C] // 全国毛泽东文艺思想研究会.《毛泽东文艺思想研究》第五辑暨全国毛泽东文艺思想研究会论文汇编. 长沙：湖南文艺出版社，1990：258.

4　覃伊平. 应当发展社会主义通俗小说[J]. 广西民族学院学报（哲学社会科学版），1985（2）：91.

5　梁明. 试论读者心理的变化与通俗文学的美学价值[J]. 红河学院学报，1986（2）：54.

意的是传统的高雅文化和所谓的大众或通俗文化之间的区别的消弭"[1]。雅俗观念的变更，带动了新时期福尔摩斯探案小说翻译出版相关评价的转变。尽管评价不一，但总体而言，福尔摩斯作品中的雅化品格越来越为学界认可。

对于福尔摩斯探案作品的认识，史论著作的观点出现了一些转变。现以几部相关史论为例，略加阐释。

《简明中国近代史》在论及"翻译小说的兴盛"时，特别提及林纾以外的几位著名翻译家。其中对周桂笙的评价包含史学家眼中的福尔摩斯探案小说定位："（周桂笙）以翻译侦探小说见长，助长了中国武侠小说的泛滥。译有《妒妇谋夫案》、《福尔摩斯再生案》等。"[2]这种评价无疑受到了阿英《晚清小说史》等著作观点的影响。

《中国现代小说史》对福尔摩斯译作的地位评价不高，尚不及上面文学史的评价中肯："他（周瘦鹃——笔者按）虽然与人合译过卷帙浩繁的《欧美名家侦探小说大观》、《福尔摩斯侦探案全集》、《亚森·罗苹案全集》等卑不足道的小说，但是也翻译了《欧美名家短篇小说丛刊》这类难能可贵的作品。"[3]其实，颇为鲁迅称道的《欧美名家短篇小说丛刊》不仅收录了柯南道尔的《缠绵》《黑别墅之主人》，还收录了福尔摩斯探案故事《病诡》，并附柯南道尔小传。"卑不足道"一词足见雅俗对峙观点的影子还并未在融合的大趋势下消退。

作为高校文学史教材，《外国文学史纲要》的评价要比以上两部史类著作的评价略高，称柯南·道尔"在文学史上地位不高，但创立了侦探小说中着重推理的流派，对后来推理小说的发展产生影响"[4]。该文学史还注意到了福尔摩斯探案小说对英国社会犯罪问题的反映以及对刑警部门无能的讽刺，还看到了古典解谜推理的严密，对福尔摩斯探案作品雅化品格有一定的认识。

翻译史研究对福尔摩斯探案作品不乏立场保守的观点。《中国20世纪外国文学翻译史》在论及"外国文学翻译的发轫期（1898—1916）"时曾将柯南道尔称

1　詹姆逊，弗雷德里克.文化转向[M].胡亚敏，等译.北京：中国社会科学出版社，2000：2.
2　陈振江.简明中国近代史[M].北京：中华书局，2013：455.
3　杨义.中国现代小说史：（一）[M].北京：中国社会科学出版社，2007：34.
4　陈惇，何乃英.外国文学史纲要[M].北京：北京师范大学出版社，1995：336.

作"清末民初译成中文最多的英美名家之一"[1]。在评述"外国文学翻译的繁荣期（1917—1937）"时则明显受到郑振铎雅俗对峙观的影响："当时所标举的'名家'，受推崇的'名著'，可能与我们今天的文学标准很不相符，如将哈葛德、福尔摩斯等人也尊为'欧美名家'。"[2]这种补充说明式的评价显然是受新文学运动对作家及其作品雅俗定性的影响。

《20世纪中国翻译史》提及阿瑟·柯南道尔及其福尔摩斯探案作品时，采取先扬后抑的策略：

> 他在一定程度上注意到社会问题的严重，但对重大的社会问题及劳动人民的处境并不关心。他追求情节的曲折复杂、场面的紧张惊险，着意渲染气氛，吸引读者，但却不注意描写的真实性。他的作品涉及到了社会上的种种犯罪问题，客观上也反映了一些社会情况，然而缺乏严肃性和深刻性。[3]

这应当算是一种折中的立场，但论者显然对福尔摩斯探案小说的雅化品格有了更为深刻的认识，只是对译作的娱乐消遣功能认识不足。

郑克鲁2006年修订的《外国文学史》增加了柯南道尔及其《福尔摩斯探案集》一节。在评价中特意提及柯南道尔作为"世界侦探小说之父"的地位，这是客观公允评判的回归。该文学史对柯南道尔在侦探形象塑造、情节编排、社会现实的凸显及语言、技巧运用上的贡献予以了概括。[4]

郑克鲁将福尔摩斯探案及其作者柯南·道尔作为经典作家呈现在第二章"19世纪现实主义文学"的第八节中。同1995年的第一版相比，修订版将亨利·詹姆斯排挤出局，将勃朗特姐妹合并论述，将司汤达改为"斯丹达尔"。这些细微变

1　查明建，谢天振. 中国20世纪外国文学翻译史[M]. 武汉：湖北教育出版社，2007：38.

2　同上，第90页。

3　方华文. 20世纪中国翻译史[M]. 西安：西北大学出版社，2005：68.

4　参见：郑克鲁. 外国文学史：上册[M]. 2版. 北京：高等教育出版社，2006：306-311.

动可见福尔摩斯探案小说经典化走过的曲折历程，福尔摩斯探案小说终于在我国的外国文学史中被提到与经典文学平起平坐的位置。

除了史书对福尔摩斯探案小说的态度变更，教育领域对福尔摩斯探案小说的认识亦有转变。教育领域曾一直由高雅文学和文化占据，而近年福尔摩斯探案故事开始被部分学校列为推荐书目。中国少年儿童出版社2003年推出《福尔摩斯探案全集》（陈思民等翻译），该全集被深圳小学推荐为"五、六年级学生暑假阅读书目"。[1]"语文素质教育丛书"中的《初中生必读书导引》节选了《血字的研究》中"歇洛克·福尔摩斯的学识范围"和"演绎法的研究"两节作为"精彩片段"。节选部分注重福尔摩斯"敏锐的观察力和过人的逻辑分析能力"[2]，同时将阅读侦探小说与做"思维体操"类比，这是对福尔摩斯探案小说智力消遣功能的客观评价。

不仅中小学推荐书目中常见福尔摩斯的身影，在教材中也有福尔摩斯探案的相关内容。比如人民教育出版社普通高中课程标准实验教科书《英语4　必修》第三单元"A Taste of English Humor"就设置了与福尔摩斯相关的练习题。这则以福尔摩斯和华生露营为主题的幽默对话体现了福尔摩斯探案作品以益智的方式进行娱乐的实质。

此种变化说明雅俗的分野在教育领域内也有一定程度的打破。

其实，早在民国期间，福尔摩斯"正典"（56部短篇和4部中篇）就已出现在当时的课本中。例如，在《四签名》第一节《演绎法的研究》中，福尔摩斯通过观察推断出华生去邮局发过电报，进而引发华生拿出手表继续让福尔摩斯推断旧主人的性格与习惯，这是福尔摩斯探案中的经典桥段。经改编，该部分以"福尔摩斯（一）、（二）"为名进入了小学课本。[3]福尔摩斯作品进入教材充分说明作品本身既有社会功利的一面，也有文学审美雅化品格。在当下雅俗融合的大趋势下，我们有理由期待福尔摩斯作品重新进入学生课堂，成为启智、消遣的双

1　参见：深圳小学官方网站. http://szps.sz.edu.cn/tzgg/227.jhtml（检索日期2015-09-22）。

2　姚建庭. 初中生必读书导引[M]. 上海：百家出版社，2001：129-130.

3　参见：薛天汉. 民智新课程高级小学国语教科书：第三册[M]. 上海：民智书局，1931：53-57.

效读物。

在教材和文学史之外，福尔摩斯探案作品在文学作品选集当中也受到了重视。在《中国近代文学大系1840—1919》卷二十六、卷二十七、卷二十八150万言的《翻译文学集》中，通俗小说、高雅小说和非小说齐头并进。科学幻想小说、怪异小说和侦探小说等通俗小说被列入第27卷。该卷所选的两部长篇小说包含霆锐翻译的福尔摩斯探案小说《獒祟》1部，所选8篇短篇小说之中有6篇为侦探小说，其中福尔摩斯探案小说占5篇，分别是程小青翻译的《海军密约》，周瘦鹃翻译的《病诡》，常觉、小蝶翻译的《蓝宝石》，周桂笙翻译的《阿罗南空屋被刺案》和严独鹤翻译的《佣书受绐》。作为近代文学研究的基础文本，该文学大系雅俗比翼的格局展现了雅俗融合的新视域，而福尔摩斯探案小说译作的优势比重则可见原作的雅化品格之高。

改革开放后，福尔摩斯探案作品雅俗共赏的品格愈发得到学界认可，上述微观层面的变化就是见证。

从宏观层面看，学界对于雅俗关系的思想认识也发生了深刻的变化。

在理查得·格雷（Richard Gray）主编的《美国文学史》（*A History of American Literature*，2012）第四章《创新：当代美国文学的发生，1900—1945》中专门设置了"大众文化与作家"一节，分"西部小说、侦探小说和硬汉小说""幽默写作""小说和通俗文化"三个部分讨论。作为消费品的小说之所以在20世纪上半叶迅猛增长，义务教育的普及是此类逃避主义消遣文学兴起的重要原因。该文学史在侦探小说和硬汉小说部分主要论及聂格卡脱探案以及达谢尔·哈米特、雷蒙德·钱德勒的硬汉派私人侦探小说。[1]

如果说雷蒙德和钱德勒开启了侦探小说的美国硬汉派传统，值得入史，那么英国文学史对侦探小说的收录则更多体现了侦探小说自身的成就和雅化品质。例如，《英国及爱尔兰英语文学史》在论及"维多利亚晚期小说"时就提到科林斯的《月亮宝石》《白衣女人》、狄更斯的《荒凉山庄》以及乔治·艾略特《米德尔马契》对侦探小说复杂性的增进。《二十世纪：1900—1945》一章论及类型小

1　参见：Gray, Richard. *A History of American Literature* [M]. 2nd ed. Chichester: Wiley-Blackwell, 2012: 505-509.

说（genre fiction，即通俗小说）时，对阿加莎·克里斯蒂的波洛探案、马普尔小姐探案，多萝西·L.塞耶斯的彼得·温西爵爷探案均有评述，该章还特别提到J. I. M.斯图尔特的高雅化、学者化侦探小说。[1]

尽管约翰·佩克（John Peck）和马丁·科伊尔（Martin Coyle）主编的《英国文学简史》（*A Brief History of English Literature*，2002）没有对通俗文学加以讨论，但汉斯-彼得·瓦格纳（Hans-Peter Wagner）的《英国、爱尔兰及美国文学史》（*A History of British, Irish and American Literature*，2010）在《英国和爱尔兰文学》编"19世纪"一章中介绍了19世纪末作家针对读者群雅、俗及其中间层分化而进行的创作。在儿童文学和冒险文学之外，侦探和犯罪文学也在雅俗中间地带拓展了一片空间。该文学史对福尔摩斯探案作品有简短介绍，特别提及作品对维多利亚时代伦敦社会的描绘。[2]

国外专门通俗文学史的书写也给雅俗关系的认识带来了新的启示。比如19世纪，一大批"提高"性质的文学作品仅是雅文学经典的廉价版本，它们随着"自助"（"self-help"）概念的盛行也成了"通俗"（"popular"）读物。"当下的英国通俗文学研究几乎还未被认可为一种学术活动"[3]（持论者1977年初版的此番言论在2013年再版时并无改动），可见通俗文学要得到认可尚需时日，但再版本身已说明学界对其有所关注。

近年来，一些通俗文学作品的影响力遍及全球。《007》系列、《教父》、《达芬奇密码》、《哈利波特》系列的畅销和普及使得文学史编撰者不得不重新考虑收录通俗文学的可行性和必要性。2013年出版的《英国文学通史》就"注意收入了在西方及世界范围内曾广为读者喜闻乐见，但文学评论界评论较少、文学史也很少问津的一些作家及作品的简介，例如《吸血鬼》、《蝴蝶梦》、《007》

1　参见：Carter, Ronald & John McRae. *The Routledge History of Literature in English Britain and Ireland* [M]. London and New York: Routledge, 1997: 303-304, 399.

2　参见：Wagner, Hans-Peter. *A History of British, Irish and American Literature* [M]. Berlin: Wissenschaftlicher Verlag, 2003: 110.

3　Neuburg, Victor E. *Popular Literature: A History and Guide from the Beginning of Printing to the Year 1897* [M]. London and New York: Routledge, 2013:13.

系列等通俗作品。"[1]第二次世界大战后12位被收录的通俗小说作家中，阿加莎·克里斯蒂入选，收录作品为《尼罗河上的惨案》。

范伯群在编撰的《中国近现代通俗文学史》中提出："纯文学和通俗文学是我们文学的双翼，今后编撰的文学史应是双翼齐飞的文学史。"[2]这种雅俗"一体两翼"的思想认识无疑提高了通俗文学的地位。学界开始注意到《红楼梦》以外的"民间积累型"通俗小说和韩邦庆、张恨水、刘云若等"文人独创型"通俗小说均有独特的雅化品格，雅俗的互动与融通渐受文学史家关注。

孔庆东《超越雅俗——抗战时期的通俗小说》第五章为《雅俗文学的互动》。该章选取十二类对象进行考察，其中"初期的国统区抗战小说""国统区徐訏、无名氏的后期浪漫派小说""赵树理为代表的解放区大众小说""沦陷区张爱玲、苏青等人的雅俗之间的小说"被当作雅俗中间地带的作品加以讨论，此种讨论客观地呈现了雅俗通约的可能与现实。[3]

陈平原的《超越"雅俗"——金庸的成功及武侠小说的出路》（《当代作家评论》1998年第5期）称，"时至今日，称金庸的贡献在于其以特有的方式超越了'雅俗'与'古今'，不难被学界认可"[4]；《转型期大众文艺研究》一书设专章讨论"大众文艺对纯文艺的启示问题"；《多重文化空间中的鸳鸯蝴蝶派研究》一书梳理了鸳鸯蝴蝶派同新文学之间的纠葛，看到了作为雅俗中间地带的"蝴蝶派"的融通立场……凡此种种都说明当下的雅俗研究逐渐认可了雅俗的融合与相互促进的模式。

在此种宏观和微观形势之下，一批译者能在翻译雅俗中间地带作品时自觉发觉原作雅化品质，正是一种顺应时势的演进。李家真总结翻译《福尔摩斯探案全集》心得时称："译者必须从人情、事理、文化背景、事件细节、名物、前后照

1　常耀信. 域外研究新成果——《英国文学通史》前言[N]. 天津日报，2013-04-17（16）.

2　范伯群. 中国近现代通俗文学史[M]. 北京：北京大学出版社，2007：35.

3　参见：孔庆东. 超越雅俗——抗战时期的通俗小说[M]. 北京：北京大学出版社，1998：122-183.

4　陈平原. 超越"雅俗"——金庸的成功及武侠小说的出路[J]. 当代作家评论，1998（5）：25.

应、出处典故、历史事实、笔情墨趣等诸多方面用心揣摩，尽量不辜负作者的苦心，尽量向读者完整转达作品的韵味。"[1]另一位译者俞步凡也对全集的雅化品格有较为深刻的理解："说起天方夜谭，《福尔摩斯探案》却有着《一千零一夜》的痕迹，它故事套故事，以及象征性虚拟描写手法、情节安排带有故事叙述的空灵与神秘感等等。"[2]

微观层面对福尔摩斯探案作品的评价转变和宏观层面学界对通俗文学认识的深入促成了学者对福尔摩斯译作雅化品格的发掘，也将带动更多通俗文学的翻译走向雅化。

---

1 李家真. 译福尔摩斯的九个面向[N]. 晶报，2013-12-07（B05）.

2 俞步凡. 译序[Z] // 柯南道尔. 福尔摩斯探案全集. 上海：上海社会科学院出版社，2012：1. 原文表述存在文法问题，俞步凡用语特征参见第六章第二节。

参考文献

中文文献（凡作者姓名加括号者为原作未标明者）

（柯南道尔），1896. 记伛者复仇事[N]. 张坤德，译. 时务报（10-12）：18-20/17-19/17-19.

（柯南道尔），1896. 英包探勘盗密约案[N]. 张坤德，译. 时务报（6-9）：17-19/15-18/18-20/18-19.

（柯南道尔），1897. 呵尔唔斯缉案被戕[N]. 张坤德，译. 时务报（27-30）：17-19/16-18/16-17/16-18.

（柯南道尔），1897. 继父诳女破案[N]. 张坤德，译. 时务报（24-26）：17-18/17-19/16-18.

（柯南道尔），1905. 降妖记[Z]. 陆康华，黄大钧，译. 上海：商务印书馆.

（柯南道尔），1906. 华生包探案[Z]. 商务印书馆编译所，译述. 上海：商务印书馆.

（柯南道尔），1948. 福尔摩斯全集[Z]. 姚乃麟，译述. 上海：中央书店.

《当代广西》编辑部，2015. 读书[J]. 当代广西（7）：59.

ellry，2008. 福述、福学和福迷组织[J]. 青少年文学（推理世界B辑），（9）：74-79.

ellry. 程小青作品再考[EB/OL].（2014-12-06）[2015-08-12]. http://www.douban.com/note/466362697/.

ellry. 福尔摩斯在中国（1896—2006）（1）[EB/OL].（2007-02-07）[2015-07-30]. http://blog.sina.com.cn/s/blog_566947dd010007gn.html.

ellry. 福尔摩斯在中国（1896—2006）（4）[EB/OL].（2007-02-07）[2015-07-30].
  http://blog.sina.com.cn/s/blog_566947dd010007je.html.

ellry. 福尔摩斯在中国（1896—2006）（5）[EB/OL].（2007-02-07）[2015-07-30].
  http://blog.sina.com.cn/s/blog_566947dd010007k5.html.

阿达莫夫，1988. 侦探文学和我——作家的笔记[M]. 杨东华，等译. 北京：群众出
  版社.

阿列夫耶夫，1955. 射击场的秘密[C]. 斯·阿列夫耶夫，等. 红色的保险箱. 黄炎，
  高善毅，译. 上海：开明书店：35-58.

阿瑟毛利森，1914. 神枢鬼藏录[Z]. 林纾，魏易，译. 上海：商务印书馆.

阿英，2003. 翻译史话[C]. 阿英. 阿英全集：第5卷. 合肥：安徽教育出版社：781-
  796.

阿英，2009. 晚清小说史[M]. 南京：江苏文艺出版社.

艾青，1982. 答《诗探索》编者问[C]. 艾青. 艾青谈诗. 广州：花城出版社：171-
  175.

半侬（刘半农），2013. 福尔摩斯侦探案全集·跋[M]. 任翔，高媛. 中国侦探小说
  理论资料 1902—2011. 北京：北京师范大学出版社：35-37.

半侬，1915. 福尔摩斯大失败[Z]. 中华小说界（2）：1-13.

鲍福，1904. 毒蛇圈[J]. 上海知新室主人，译. 新小说（11）：51-72.

北京大学中文系文学专门化1955级，1959. 中国文学史　四[M]. 北京：人民文学
  出版社.

北京语言学院《中国文学家辞典》编委会，1982. 中国文学家辞典　现代：第2分
  册[Z]. 成都：四川人民出版社.

本刊同人，荃麟执笔，1948. 对于当前文艺运动的意见——检讨、批判、和今后的
  方向[J]. 大众文艺丛刊：文艺的新方向：4-18.

别列扎克，1958. 我们的惊险文学[C] // 史高莫洛霍夫，等. 论惊险小说和惊险电
  影. 北京：群众出版社.

蔡登山，2008. 林纾的"口译者"之一：魏易——另眼看作家之十七[J].（台北）
  全国新书咨询月刊（11）：26-30.

曹利华，2009. 译林版俞译本《福尔摩斯探案全集》的特色[J]. 中文（1）：89-91.

曹明伦，2007. 译者的注释意识和译文的注释原则[M] // 曹明伦. 英汉翻译实践与评析. 成都：四川人民出版社.

曹明伦，2007. 英译汉的若干基本原则[M] // 英汉翻译实践与评析. 成都：四川人民出版社：24-41.

曹明伦，2013. 英汉翻译二十讲[M]. 北京：商务印书馆.

曹雪芹，高鹗，1974. 红楼梦[M]. 北京：人民文学出版社.

常耀信，2013. 域外研究新成果——《英国文学通史》前言[N]. 天津日报，2013-04-17（16）.

陈惇，何乃英，1995. 外国文学史纲要[M]. 北京：北京师范大学出版社.

陈平原，1989. 二十世纪中国小说史·第一卷（1897—1916）[M]. 北京：北京大学出版社.

陈平原，1993. 小说史：理论与实践[M]. 北京：北京大学出版社.

陈平原，1997. 陈平原小说史论集[M]. 石家庄：河北人民出版社.

陈平原，1998. 超越"雅俗"——金庸的成功及武侠小说的出路[J]. 当代作家评论（5）：25-31.

陈平原，2005. 中国现代小说的起点：清末民初小说研究[M]. 北京：北京大学出版社.

陈平原，2008. 左图右史与西学东渐[M]. 香港：三联书店（香港）有限公司.

陈平原，夏晓虹，1989. 二十世纪中国小说理论资料·第一卷（1897—1916）[M]. 北京：北京大学出版社.

陈熙绩，1914. 歇洛克奇案开场·序[Z]. 歇洛克奇案开场. 林纾，魏易，译. 上海：商务印书馆：1-2.

陈振江，2013. 简明中国近代史[M]. 北京：中华书局.

程小青，1921. 断指党[J]. 礼拜六（102）：36-46.

程小青，1922. 东方福尔摩斯的儿童时代[J]. 家庭（1）：1-8.

程小青，1923a. 侦探小说和科学[J]. 侦探世界（13）：8.

程小青，1923b. 侦探小说做法的管见[J]. 侦探世界（1）：3-4，7-8.

程小青，1923c. 侦探小说做法的管见[J]. 侦探世界（3）：10.

程小青，1924. 随机触发[J]. 侦探世界（20）：16.

程小青，1925. 谈侦探小说[J]. 新月（1）：4-7.

程小青，1925. 侦探小说作法之一得[J]. 民众文学（6）：1-2.

程小青，1929a. 谈侦探小说（上）[J]. 红玫瑰（11）：1-5.

程小青，1929b. 谈侦探小说（下）[J]. 红玫瑰（12）：1-4.

程小青，1946. 论侦探小说[J]. 新侦探（1）：3-11.

程小青，1957. 从侦探小说说起[N]. 文汇报，1957-05-21（3）.

程小青，1999. 霍桑的童年[C] // 孔庆东，编选. 程小青代表作. 北京：华夏出版
    社：344-351.

程小青，1999. 血手印[C] // 中国现代文学馆，编. 程小青代表作. 北京：华夏出版
    社：38-93.

程小青，2008. 断指团[C] // 孔庆东，编选. 程小青代表作·血手印. 北京：华夏出
    版社：74-142.

程小青，2008. 黄浦江中[C] // 孔庆东，编选. 程小青代表作·血手印. 北京：华夏
    出版社：153-183.

程小青，2013. 侦探小说的多方面[C]. 任翔，高媛. 中国侦探小说理论资料 1902—
    2011. 北京：北京师范大学出版社：151-156.

道尔，1915. 壁上血书[Z]. 徐大，译. 上海：商务印书馆.

道尔，1997. 古邸之怪[Z]. 程小青，译. 台北：世界书局.

道尔，2012. 福尔摩斯探案全集[Z]. 李家真，译注. 北京：中华书局.

道尔，2012. 福尔摩斯谢幕演出[Z]. 李家真，译. 北京：外语教学与研究出版社.

道尔，2013. 新注释本福尔摩斯探案全集[Z]. 北京：同心出版社.

得鲁任宁，1958. 论惊险小说的样式[C]. 史高莫洛霍夫，等. 论惊险小说和惊险电
    影. 北京：群众出版社：22-39.

迭更司，1913. 二城故事[J]. 魏易，译. 庸言（13）：1-24.

迭更司，却而司，1913. 贼史[Z]. 林纾，魏易，译. 上海：商务印书馆.

定一，1905. 小说丛话[J]. 新小说（3）：168-173.

范伯群，1994. 总序[C] // 范伯群，主编. 哀情巨子——鸳鸯派开始祖——徐枕亚.
南京：南京出版社.

范伯群，2007. 中国近现代通俗文学史[M]. 北京：北京大学出版社.

范伯群，等，2006. 20世纪中国通俗文学史[M]. 北京：高等教育出版社.

范伯群，孔庆东，2003. 通俗文学十五讲[M]. 北京：北京大学出版社.

范烟桥，1984. 民国旧派小说史略[C] // 魏绍昌. 鸳鸯蝴蝶派研究资料　上　史料部
分. 上海：上海文艺出版社：268-363.

方华文，2005. 20世纪中国翻译史[M]. 西安：西北大学出版社.

方兢，1990. 关于社会主义时期通俗文学的思考[C] // 全国毛泽东文艺思想研究
会. 《毛泽东文艺思想研究》第五辑暨全国毛泽东文艺思想研究会论文汇编. 长
沙：湖南文艺出版社：253-267.

方开瑞，2012. 语境、规约、形式：晚清至20世纪30年代英语小说汉译研究[M]. 北
京：北京大学出版社.

菲菲，2012. 中华书局时隔近百年　再出《福尔摩斯探案全集》[J]. 晶报，2012-
11-18（B03）.

费奥多罗夫，1956. 坐标没有暴露[Z]. 于浩成，译. 北京：中国青年出版社.

风君，2012. 网络新新词典[K]. 北京：新世界出版社.

冯桂芬，1897. 采西学议[C] // 冯桂芬. 校邠庐抗议. 广州：聚丰坊校刻：67-70.

冯雪峰，1987. 中国无产阶级革命文学的新任务[M] // 中国新文学大系1927—1937
（文学理论集一）. 上海：上海文艺出版社.

冯亦代，1985. 漫谈通俗文学[J]. 群言（2）：35-36.

冯亦代，1991. 柯南道尔弃医从文百年纪念[J]. 瞭望周刊（27）：37.

冯至，1966. 外国文学工作者在毛泽东思想的旗帜下前进[J]. 世界文学（1）：
182-195.

复旦大学中文系1956级中国近代文学史编写小组，1960. 中国近代文学史稿[M]. 北
京：中华书局.

傅斯年，1919. 译书感言[J]. 新潮（3）：531-537.

高文平，1994. 二十世纪中国文学政治功利观念发生论[J]. 中国现代文学研究丛刊

（1）：75–83.

公奴，1954. 金陵卖书记[C] // 张静庐. 中国现代出版史料乙编：5卷. 北京：中华书
　　局：384–402.

觚庵（俞明震），1907. 觚庵漫笔[J]. 小说林（5）：1–4.

顾燮光，1960. 小说经眼录[C] // 阿英. 晚清文学丛钞　小说戏曲研究卷. 北京：中
　　华书局.

郭沫若，1923. 讨论注译运动及其他[J]. 创造季刊（1）：33–43.

郭沫若，1926. 革命与文学[J]. 创造月刊（3）：1–11.

郭沫若，1930. 新兴大众文艺的认识[J]. 大众文艺（3）：630–633.

郭延礼，1998. 中国近代翻译文学概论[M]. 武汉：湖北教育出版社.

郭延礼，2005. 中国前现代文学的转型[M]. 济南：山东大学出版社.

韩云波，2004. 自序[M] // 韩云波. 中国侠文化：积淀与承传. 重庆：重庆出版社.

何满子，1979.《战争风云》，一部新型战争传奇小说[J]. 读书（5）：47–51.

何朴斋，1923. 侦探小说的价值[J]. 侦探世界（2）：14.

何涛. 2007. "五四"以来中国文学的雅俗研究[J]. 西南大学学报（人文社会科学
　　版）（1）：154–159.

亨利，2003. 欧·亨利小说全集：4[Z]. 王永年，译. 北京：人民文学出版社.

胡翠娥，2007. 文学翻译与文化参与：晚清小说翻译的文化研究[M]. 上海：上海外
　　语教育出版社.

胡适，1918. 建设的文学革命论[J]. 新青年（4）：289–306.

胡适，1918. 论短篇小说[J]. 新青年（5）：395–407.

胡适，2006. 译者自序[C] // 都德，等. 短篇小说集. 胡适，译. 合肥：安徽教育出版
　　社：87–88.

胡亚敏，2004. 叙事学[M]. 武汉：华中师范大学出版社.

胡志德，2013. 清末民初"纯"和"通俗"文学的大分歧[J]. 赵家琦，译. 清华中文
　　学报（10）：219–251.

黄燎宇，2015. 德国文学传教士黄燎宇教授谈如何欣赏德国文学（下）
　　[EB/OL].（2015-03-09）[2015-10-31]. http://www.biz-beijing.org/news.

php?year=2015&id=402.

吉旭，2013. 文化困境中的艰难叙事——十七年小说的俗文学叙事特征研究[J]. 新文学评论（2）：108-116.

趼（吴趼人），1907. 上海游骖录[J]. 月月小说（8）：39-64.

趼（吴趼人），1907. 杂说[J]. 月月小说（8）：207-210.

姜维枫，2007. 近代侦探小说作家程小青研究[M]. 北京：中国社会科学出版社.

姜妍，2006.《福尔摩斯探案全集》翻译遭质疑[N]. 新京报，2006-06-30（A20）.

金克木，2007. 爱·情：真·幻[M]. 金克木. 倒读历史. 南京：江苏文艺出版社：224-226.

鸠摩罗什，2009. 为僧睿论西方辞体[C] // 罗新璋，陈应年. 翻译论集. 北京：商务印书馆：34.

觉我（徐念慈），1907. 余之小说观[J]. 小说林（10）：9-15.

卡斯泰，等，1981. 法国文学史[M]. 巴黎：阿金特出版社.

阚文文，2013. 晚清报刊上的翻译小说[M]. 济南：齐鲁书社.

科南达利（柯南道尔），1914. 歇洛克奇案开场[Z]. 上海：商务印书馆.

科南达利，1908. 蛇女士传[Z]. 林纾，魏易，译. 上海：商务印书馆.

柯南道尔，1916. 福尔摩斯侦探案全集[Z]. 刘半农，等译. 上海：中华书局.

柯南道尔，1934. 福尔摩斯探案全集[Z]. 程小青，等译. 上海：中华书局.

柯南道尔，1957. 巴斯克维尔的猎犬[Z]. 倏莹，译. 北京：群众出版社.

柯南道尔，1958. 四签名[Z]. 严仁曾，译. 北京：群众出版社.

柯南道尔，1958. 血字的研究[Z]. 丁钟华，袁棣华，译. 北京：群众出版社.

柯南道尔，1978. 福尔摩斯探案选[Z]. 北京：群众出版社.

柯南道尔，1981. 福尔摩斯探案全集[Z]. 丁钟华，等译. 北京：群众出版社.

柯南道尔，1987. 缠绵[C] // 周瘦鹃，译. 欧美名家短篇小说. 长沙：岳麓书社：174-183.

柯南道尔，1992. 福尔摩斯探案精粹 红发会[Z]. 陈羽纶，译. 北京：群众出版社.

柯南道尔，1998. 福尔摩斯探案全集[Z]. 廖清秀，等改写. 济南：山东友谊出版社.

柯南道尔，2003. 福尔摩斯探案全集[Z]. 贺天同，等译. 北京：中国电影出版社.

柯南道尔，2004. 福尔摩斯四大奇案[Z]. 汪莹，等译. 北京：人民文学出版社.

柯南道尔，2005. 福尔摩斯探案全集[Z]. 俞步凡，译. 南京：译林出版社.

柯南道尔，2006. 福尔摩斯探案全集[Z]. 2版. 俞步凡，译. 南京：译林出版社.

柯南道尔，2008. 福尔摩斯探案全集[Z]. 丁欣，等译. 哈尔滨：哈尔滨出版社.

柯南道尔，2009. 福尔摩斯探案全集[Z]. 王知一，译. 天津：天津教育出版社.

柯南道尔，2010. 巴斯克维尔的猎犬·恐怖谷[Z]. 熊风，译. 北京：同心出版社.

柯南道尔，2010. 福尔摩斯探案大全集[Z]. 姚锦镕，等译. 北京：国际文化出版公司.

柯南道尔，2010. 福尔摩斯探案全集[Z]. 傅怡，译. 北京：新世界出版社.

柯南道尔，2010. 福尔摩斯探案全集[Z]. 陈垦，译. 长春：北方妇女儿童出版社.

柯南道尔，2011. 福尔摩斯探案全集[Z]. 兴仲华，等译. 北京：新星出版社.

柯南道尔，2012. 福尔摩斯探案全集[Z]. 余林，译. 北京：中国画报出版社.

柯南道尔，2014. 福尔摩斯探案全集[Z]. 修订版. 丁钟华，等译. 北京：群众出版社.

克里斯蒂，1980. 斯泰尔斯的神秘案件[Z]. 管绍淳，孙怀谕，译. 乌鲁木齐：新疆人民出版社.

孔慧怡，1999. 晚清翻译小说中的妇女形象[C] // 孔慧怡. 翻译·文学·文化. 北京：北京大学出版社：31-67.

孔慧怡，1999. 以通俗小说为教化工具——福尔摩斯在中国（1896—1916）[C] // 孔慧怡. 翻译·文学·文化. 北京：北京大学出版社：19-30.

孔慧怡，2000. 还以背景，还以公道——论清末民初英语侦探小说中译[C] // 王宏志. 翻译与创作——中国近代翻译小说论. 北京：北京大学出版社：88-117.

孔庆东，1998. 超越雅俗——抗战时期的通俗小说[M]. 北京：北京大学出版社.

孔庆东，2003. 通俗文学十五讲[M]. 北京：北京大学出版社.

孔庆东，2013. 早期中国侦探小说简论. 啄木鸟（12）：167-169.

狂生斯威佛特，1914. 海外轩渠录[Z]. 林纾，魏易，译. 上海：商务印书馆.

蓝岚，2015. 这些年，我们追过的侦探小说家[N]. 贵州都市报，2015-11-30（B15）.

蓝玛，1996. 笔外余墨——关于侦探小说的随想[J]. 金盾（7）：37-40.

老蔡，2006. 质问王安忆——你会写评论吗？[EB/OL]. （2006-12-19）[2015-09-12].
　　http://www.tuili.com/blog/u/8/archives/2006/139.html.

冷血（陈景韩），2013. 福尔摩斯侦探全集·冷序[C]. 任翔，高媛. 中国侦探小说
　　理论资料 1902—2011. 北京：北京师范大学出版社：31-32.

李慧云，2010. 坚守，还是华丽转身？——关于家庭类传统期刊在新媒体时代的思
　　考[M]. 广州：新世纪出版社.

李寄，2008. 鲁迅传统汉语翻译文体论[M]. 上海：上海译文出版社.

李家真，2012. 译后记[Z] // 柯南·道尔. 福尔摩斯谢幕演出. 李家真，译注. 北京：
　　中华书局：329-335.

李家真，2013. 译福尔摩斯的九个面向[N]. 晶报，2013-12-07（B05）.

李景端，2000. 因《尼罗河上的惨案》引发的一场风波——我与冯至"不打不相
　　识"[J]. 世纪（6）：37-39.

李景端，2006. 外国文学出版的一段波折——我与冯至不打不相识[C] // 李景端. 如
　　沐清风：与名家面对面. 天津：百花文艺出版社：199-213.

李景端，2013. 一家之言　长官也该长进[N]. 南方周末，2013-12-27.

李欧梵，2005. 福尔摩斯在中国[C] // 李欧梵. 未完成的现代性. 北京：北京大学出
　　版社：177-202.

李世新，2006. 中国侦探小说及其比较研究[D]. 成都：四川大学.

李玉珍，等，2010. 文学研究会资料 上[M]. 北京：知识产权出版社.

李宗刚，2010. 玉梨魂：爱情悲剧和人生哲理的诗化表现[J]. 文艺争鸣（11）：
　　67-73.

梁明，1986. 试论读者心理的变化与通俗文学的美学价值[J]. 红河学院学报（2）：
　　47-54.

梁启超，1902.《十五小豪杰》译后语（第四回）[J]. 新民丛报（6）：83-84.

梁启超，1902. 论小说与群治之关系[J]. 新小说（1）：1-8.

梁启超，1915. 告小说家[J]. 中华小说界（1）：1-3.

梁启超，2011. 论报馆有益于国事[C] // 戴逸. 近代报刊文选. 成都：巴蜀书社：26-
　　30.

梁实秋，1991.远东英汉大词典[K].北京：商务印书馆，远东图书公司.

林纾，1909.序[M] // 却而司·迭更斯.冰雪姻缘.林纾，魏易，译述.上海：商务印书馆：1.

林纾，1914.序[M] // 科南达利（柯南道尔）.歇洛克奇案开场.林纾，魏易，译.上海：商务印书馆：1-2.

林纾，1914a.《神枢鬼藏录》序[Z] // 阿瑟毛利森.神枢鬼藏录.林纾，魏易，译.上海：商务印书馆：1-2.

林纾，1983.《撒克逊劫后英雄略》序[C] // 薛绥之，张俊才.林纾研究资料.福州：福建人民出版社：118-119.

林纾，2009a.《西利亚郡主别传》序[C] // 罗新璋，陈应年.翻译论集.北京：商务印书馆.

林纾，2009b.译《孝女耐儿传》序[C] // 罗新璋，陈应年.翻译论集.北京：商务印书馆.

刘半农，1916.福尔摩斯侦探案全集·跋[Z] // 柯南道尔.福尔摩斯侦探案全集.刘半农，等译.上海：中华书局：跋.

刘恩启，1951.一个急待表现的主题——镇压反革命[N].人民日报，1951-04-01（5）.

刘堃，1959.怎样正确地阅读《福尔摩斯探案》？ [J].读书（5）：29-30.

刘文荣，1985.高尔基《苏联的文学》[M] // 钱谷融.外国文论名著自学手册.上海：上海文艺出版社：231-237.

刘小刚，2013.正义的乌托邦——清末民初福尔摩斯形象研究[J].中国比较文学（2）：85-93.

刘叶秋，2003.历代笔记概述[M].北京：北京出版社.

刘忆斯，2013.《福尔摩斯全集》是一幅摹写英国维多利亚时代的风情长卷[N].晶报，2013-12-07（B02）深港书评.

刘臻，2011.真实的幻境：解码福尔摩斯[M].天津：百花文艺出版社.

卢汉超，2004.霓虹灯外——20世纪初日常生活中的上海[M].上海：上海古籍出版社.

卢润祥，1996.神秘的侦探世界——程小青、孙了红小说艺术谈[M].上海：学林出版社.

鲁迅，1929.通讯：关于孙用先生的几首译诗[J].奔流（3）：509-513.

鲁迅，1930.文艺的大众化[J].大众文艺（3）：11-12.

鲁迅，1973.中国小说史略[M].北京：人民文学出版社.

鲁迅，2005.《说幽默》译者附记[C] // 鲁迅.鲁迅全集：第10卷.北京：人民文学出版社：303.

鲁迅，2005.致增田涉[C] // 鲁迅.鲁迅全集：第14卷.北京：人民文学出版社：193-197.

鲁迅，2005.摩罗诗力说[C] // 鲁迅.鲁迅全集 第1卷.北京：人民文学出版社：65-120.

鲁迅，2005.《域外小说集》序[C] // 鲁迅.鲁迅全集：第10卷.北京：人民文学出版社：168-169，176-178.

鲁迅，2005.《月界旅行》辨言[C] // 鲁迅.鲁迅全集：第10卷.北京：人民文学出版社：163-167.

鲁迅，2005.祝中俄文字之交[C] // 鲁迅.鲁迅全集：第4卷.北京：人民文学出版社：472-479.

鲁迅，2009.关于翻译（下）[C] // 罗新璋，陈应年.翻译论集.北京：商务印书馆：366-368.

鲁迅，2009.鲁迅和瞿秋白关于翻译的通信[C] // 罗新璋，陈应年.翻译论集.北京：商务印书馆：335-349.

鲁迅，2014.序言[C] // 鲁迅.鲁迅自编文集 集外集.南京：译林出版社：1-6.

鲁迅，周作人，1986.著者事略[C] // 怀尔特，等.域外小说集.会稽周氏兄弟，旧译.巴金，汝龙，新译.长沙：岳麓书社：1-8.

陆谷孙，2007.英汉大词典[K].2版.上海：上海译文出版社.

罗贯中，1979.三国演义[Z].北京：人民文学出版社.

马翠莲，2015.澳新银行最新报告显示：中国中产阶层成消费增速"推手"[N].上海金融报，2015-05-22（B10）.

毛泽东，2011. 在延安文艺座谈会上的讲话[C] // 中共中央文献研究室中央档案馆.
　　建党以来重要文献选编（一九二一—一九四九）第19册. 北京：中央文献出版
　　社：286-315.

蒙兴灿，2009. 五四前后英诗汉译的社会文化研究[M]. 北京：科学出版社.

米勒，罗素，2012. "福尔摩斯之父"柯南·道尔的传奇一生[M]. 张强，译. 南
　　京：江苏文艺出版社.

莫言，1991. 谁是复仇者？——《铸剑》解释[J]. 中国现代文学研究（3）：107-
　　111.

穆勒，约翰，1981. 穆勒名学[M]. 严复，译述. 北京：商务印书馆.

内蒙古日报社，2014. 福尔摩斯探案全集[N]. 内蒙古日报，2014-10-14（15）.

娜弥，1940. 苏联的侦探冒险小说[J]. 西书精华（5）：179-180.

哦亨利，1928. 戒酒[J]. 适之，译. 新月（7）：1-11.

帕慕克，奥尔罕，2012. 我的名字叫红[Z]. 沈志兴，译. 上海：上海人民出版社.

潘建国，2006. 古代小说文献丛考[M]. 北京：中华书局.

潘钧，2004. 现代汉字问题研究[M]. 昆明：云南大学出版社.

潘正文，2013.《小说月报》1910—1931 与中国文学的现代进程[M]. 北京：人民
　　出版社.

彭泽润，2007. 词和字研究——中国语言规划中的语言共性和汉语个性[M]. 2版. 北
　　京：中国文史出版社.

蒲松龄，1979. 聊斋志异[Z]. 上海：上海古籍出版社.

启明（周作人），1995. 小说与社会[C] // 周作人. 周作人　集外文　上　1904—
　　1925. 海口：海南国际新闻出版中心：156-157.

绮缘（吴惜），1919. 吾之小说衰落观[J]. 小说新报（5）：1-5.

钱中文，等，2005. 自律与他律：中国现当代文学论争中的一些理论问题[M]. 北
　　京：北京大学出版社.

钱钟书，1981. 林纾的翻译[C] // 钱钟书，等. 林纾的翻译. 北京：商务印书馆：18-
　　52.

邱炜萲，1960. 客云庐小说话·卷三　挥尘拾遗·茶花女遗事[C] // 阿英. 晚清文学

丛钞·小说戏曲研究卷.北京：中华书局：407-409.

群众出版社，2015.群众出版社2014年度文艺社科类十大好书[EB/OL].（2015-01-07）[2015-08-22] http://www.qzcbs.com/shupingview.asp?did=70.

群众出版社编辑部，1957.前言[Z] // 柯南道尔.巴斯克维尔的猎犬.倏莹，译.北京：群众出版社.

群众出版社编辑部，1958.前言[Z] // 柯南道尔.血字的研究.丁钟华，袁棣华，译.北京：群众出版社.

饶梦华，2010.近代小说翻译的文学文本翻译——以侦探小说The Hound of the Baskervilles的译介为例[J].广东外语外贸大学学报（5）：54-58，92.

任翔，2012.序言[C] // 程小青.百年中国侦探小说精选1：江南燕.北京：北京师范大学出版社.

任翔，高媛，2013.中国侦探小说理论资料 1902—2011[M].北京：北京师范大学出版社.

荣挺公，1914.译名（致《甲寅杂志》记者）[J].甲寅（东京）：35-40.

萨克雷，1957.名利场[Z].杨必，译.北京：人民文学出版社.

沙克雷，1926.名利场[Z].吴宓，译.学衡（55）：1-13.

莎士比亚，1994.莎士比亚全集（三）[Z].朱生豪，等译，北京：人民文学出版社.

莎士比亚，1994.莎士比亚全集（二）[Z].朱生豪，等译，北京：人民文学出版社.

莎士比亚，1995.维纳斯与阿多尼[Z].曹明伦，译.桂林：漓江出版社.

山东省统计局，2008.奋进的历程　辉煌的成就——山东改革开放30年[M].北京：中国统计出版社.

商务印书馆主人，1906.序（1903）[Z].柯南道尔.华生包探案.商务印书馆编译所，译述.上海：商务印书馆：1-2.

申报，1895.论画报可以启蒙[N].1895-08-29（1）.

申丹，2013.何为叙事的"隐性进程"？如何发现这股叙事暗流？[J].外国文学研究（5）：47-53.

沈瓞民，1982.回忆鲁迅早年在弘文学院的片断[C] // 薛绥之.鲁迅生平史料汇编：第二辑.天津：天津人民出版社：39-48.

沈国威，2010. 近代中日词汇交流研究：汉字新词的创制、容受与共享[M]. 北京：中华书局.

沈文冲，2010. 民国书刊鉴藏录续集[M]. 上海：上海远东出版社.

沈雁冰，1921. 译文学书方法的讨论[J]. 小说月报（4）：1-5.

施咸荣，1985. 谈谈英美当代通俗小说[N]. 文艺报，1985-12-31（3）.

施咸荣，1986. 当代英美通俗文学的发展[J]. 译林（4）：232-234.

石玉昆，2014. 包公案[Z]. 长沙：岳麓书社.

适（胡适），1923. 编辑余谈[N]. 努力周报，1923-04-01（3）.

司新丽，2013. 论中国古代小说到现代小说之不同雅俗格局[J]. 东岳论丛（10）：77-80.

宋永培，端木黎明，2001. 汉语成语词典[K]. 2版. 成都：四川辞书出版社.

苏凤（姚苏凤），1947. 欧美侦探小说新话（一）[J]. 生活（1）：52-56.

苏文，2006. 晚清民国人物另类档案[M]. 北京：中华书局.

孙耀芳，2013. 辨正对俞步凡福尔摩斯译本的诋毁[EB/OL].（2013-10-02）[2015-09-07]. http://blog.sina.com.cn/s/blog_4a53bf370102epm9.html.

孙再民，2001. 中国古典孤本小说宝库[Z]. 北京：中央民族大学出版社.

孙致礼，2004. 序二 译界楷模 光照后人[M] // 孙迎春. 张谷若翻译艺术研究. 北京：中国对外翻译出版公司：xxi-xxxiv.

孙致礼，等，2009. 中国的英美文学翻译：1949—2008[M]. 南京：译林出版社.

覃伊平，1985. 应当发展社会主义通俗小说[J]. 广西民族学院学报（哲学社会科学版）（2）：91-93.

汤学智，2001. 大众文学与文学生命链——新时期一种文学现象考论[J]. 文艺评论（2）：23-31.

汤哲声，1999. 中国通俗小说流变史[M]. 重庆：重庆出版社.

陶高能（柯南道尔）. 歇洛克复生侦探案[J]. 新民丛报，1904（7）：85-86.

唐俟（鲁迅），1919. 随感录：（六四）有无相通[J]. 新青年（6）：90.

天笑生（包天笑），2013. 福尔摩斯侦探全集·笑序[C]. 任翔，高媛. 中国侦探小说理论资料1902—2011. 北京：北京师范大学出版社.

天虚我生，1987. 天虚我生序[C] // 欧美名家短篇小说. 长沙：岳麓书社：4-5.

童庆炳，2000. 文学理论教程[M]. 北京：高等教育出版社.

汪剑鸣，2013.《福尔摩斯侦探奇案代表作》卷头语[C] // 任翔，高媛. 中国侦探小
　说理论资料 1902—2011. 北京：北京师范大学出版社：218-219.

王安忆，张新颖，2008. 王安忆谈话录[M]. 桂林：广西师范大学出版社.

王德威，2005. 被压抑的现代性——晚清小说新论[M]. 北京：北京大学出版社.

王逢振，1979. 柯南道尔和他的《福尔摩斯探案集》[J]. 读书（8）：125-129.

王洁，2003. 建国后十七年文学与政治文化之关系研究[D]. 南京：南京师范大学.

王进庄，2007. 二十年代旧派文人的上海书写——以《礼拜六》、《红杂志》、
　《紫罗兰》为中心[D]. 上海：华东师范大学.

王橘，1943. 福尔摩斯[J]. 新动向（82）：15.

王希杰，1985. 新词、生造词、仿词和飞白[J]. 新闻通讯（2）：51-53.

王友贵，2000. 周作人文学翻译研究[D]. 上海：复旦大学.

王志松，2000. 析《十五小豪杰》的"豪杰译"——兼论章回白话小说体与晚清翻
　译小说的连载问题[J]. 中国比较文学（3）：64-73.

威尔逊，1937. 美国威尔逊硕士序[Z] // 柯南道尔. 福尔摩斯新探案大集成：12册.
　徐逸如，译. 何可人，选辑. 上海：武林书店：1-2.

魏惟仪，1990. 林纾魏易合译小说全集重刊后记[M]. 台北：魏惟仪个人出版：96-
　111.

文楷，1997. 盗尸[C] // 于润琦. 清末民初小说书系·侦探卷. 北京：中国文联出版
　公司：52-56.

吴燕，2008. 翻译相异性——1910—1920年《小说月报》对"异域"的言说[J]. 暨
　南学报（哲学社会科学版）（1）.

吴宓，1926. 译者识[M] // 沙克雷. 名利场. 吴宓，译. 学衡（55）：1-3.

吴秀亮，1996. "五四"雅俗小说并存格局的历史生成[J]. 中国现代文学研究丛刊
　（4）：99-119.

吴秀亮，2010. 中国现代小说雅俗新论[M]. 北京：人民出版社.

吴羽纶，2014. 吴序[M] // 赫胥黎. 严复先生翻译名著丛刊　天演论. 严复，译. 上

海：上海交通大学出版社：21-23.

吴稚晖，1921.移读外籍之我见[J].民铎（5）：1-13.

伍立杨，2006.浅近文言蔚成奇观[Z/OL].（2006-02-09）[2015-07-10]. http://theory. people.com.cn/GB/49157/49165/4088295.html.

武汉大学中文系，1974.马克思主义文艺理论[M].武汉：武汉大学中文系.

西谛，1984.中国文人（？）对于文学的根本误解[C] // 魏绍昌.鸳鸯蝴蝶派研究资 料　上卷　史料部分.上海：上海文艺出版社：60-61.

西蒙斯，2011.血腥的谋杀[M].崔萍，等译.北京：新星出版社.

萧也牧，1956.谈谈惊险小说[J].文艺学习（7）：7-12.

肖谷，1983.应该重视翻译质量——评《魔犬》和《幕》的汉译[J].山东外语教学 （1）：43-46.

谢大任，等，1988.拉丁语汉语词典[K].北京：商务印书馆.

新华社译名室，1993.世界人名翻译大辞典[K].北京：中国对外翻译出版公司.

熊月之，2012.稀见上海史志资料丛书：1[M].上海：上海书店出版社.

休顿·米夫林出版公司，2006.美国传统英汉双解学习词典[K].赵翠莲，等译.北 京：外语教学与研究出版社.

徐朝友，2003.鸳鸯蝴蝶派对柯南道尔小说女性形象的移植[J].安徽师范大学学报 （6）：714-718.

徐德明，2000.中国现代小说雅俗流变与整合[M].北京：社会科学文献出版社.

徐迺翔，1989.中国现代文学词典（小说卷）[K].南宁：广西人民出版社.

徐萍，2011.从晚清至民初：媒介环境中的文学变革[D].济南：山东师范大学.

徐卫东，2014.为什么是福尔摩斯[N].深圳晚报，2014-01-26（A21）.

徐章垿，1913.论小说与社会之关系[J].友声（1）：10-12.

许宝华，宫田一郎，1999.汉语方言大词典[K].北京：中华书局.

许颖红，2005.英汉称谓语的比较与翻译[J].茂名学院学报（5）：60-64.

薛天汉，1931.民智新课程高级小学国语教科书：第三册[M].上海：民智书局： 53-57.

烟桥（范烟桥），1923.侦探小说琐话[J].侦探世界（2）：11.

严独鹤，2013. 福尔摩斯侦探案全集·严序[M]. 任翔，高媛. 中国侦探小说理论资
　　料1902—2011[M]. 北京：北京师范大学出版社：32.

严复，1902. 尊疑先生复简　壬寅四月[J]. 新民丛报（12）：6-8.

严复，1986. 严复集[M]. 北京：中华书局.

严复，2013. 西学门径功用——在北京通艺学堂的演讲词[C] // 尚玉卿. 百年大学演
　　讲录. 北京：中国友谊出版公司：1-4.

严复，2014. 译《天演论》自序[M] // 赫胥黎. 严复先生翻译名著丛刊　天演论. 严
　　复，译. 上海：上海交通大学出版社：25-27.

严复，2014. 译例言[M] // 赫胥黎. 严复先生翻译名著丛刊　天演论. 严复，译. 上
　　海：上海交通大学出版社：17-19.

阎初，1997. 出版缘起[Z] // 柯南道尔. 古邸之怪. 程小青，等译. 台北：世界书局.

颜惠庆，1908. 英华大词典[K]. 上海：商务印书馆.

杨尘因，2013.《福尔摩斯新探案大全集》序[M] // 任翔，高媛. 中国侦探小说理
　　论资料1902—2011[M]. 北京：北京师范大学出版社：159-160.

杨敬宇，2001. 术语探源（一）科技名词发展考察三则[J]. 科技术语研究（4）：
　　32-34.

杨联芬，2003. 晚清至五四：中国文学现代性的发生[M]. 北京：北京大学出版社.

杨仁敬，杨凌雁，2008. 美国文学简史[M]. 上海：上海外语教育出版社.

杨义，2007. 中国现代小说史：一[M]. 北京：中国社会科学出版社.

姚建庭，2001. 初中生必读书导引[M]. 上海：百家出版社.

饮冰，1902. 论小说与群治之关系[J]. 新小说（1）：1-8.

于润琦，1997. 我国清末民初的短篇小说（代序）[C] // 于润琦. 清末民初小说书
　　系·侦探卷. 北京：中国文联出版公司：1-17.

余光中，2002. 余光中谈翻译[M]. 北京：中国对外翻译出版公司.

余瑾，2013. "福尔摩斯"与中华书局的百年因缘[N]. 光明日报，2013-02-19.

余夏云，2012. 雅俗的对峙：新文学与鸳鸯蝴蝶派的三次历史斗争[J]. 东吴学术
　　（6）：108-118.

俞步凡，2012. 柯南道尔的福尔摩斯——实证主义科学与法、情、理的文

学典型形象[EB/OL].（2012-12-19）[2015-01-02] http://blog.sina.com.cn/s/blog_66d1f1660101rih8.html.

俞步凡，2012.译序[Z] // 柯南道尔.福尔摩斯探案全集.上海：上海社会科学院出版社.

禹玲，2011.现代通俗作家译群五大代表人物研究[D].苏州：苏州大学.

育珂摩耳，1915.红星佚史[Z].周逵，译.上海：商务印书馆.

袁荻涌，2002.二十世纪初期中外文学关系研究[M].北京：中国文史出版社.

臧杰，薛原，2009.闲话（之七）半世浮沉[M].青岛：青岛出版社.

查明建，谢天振，2007.中国20世纪外国文学翻译史[M].武汉：湖北教育出版社.

詹姆逊，2000.文化转向[M].胡亚敏，等译.北京：中国社会科学出版社.

张岱年，等，1994.中国文化概论[M].北京：北京师范大学出版社.

张德政，1993.外国文学知识辞典[K].北京：书目文献出版社.

张华，2000.中国现代通俗小说流变[M].济南：山东文艺出版社.

张铁弦，1951.保卫和平运动中最响亮的号角[N].人民日报，1951-04-01（5）.

张文清，林本椿，2006.《福尔摩斯探案集》的汉译状况及部分译本评析[J].三明学院学报（1）：31-34.

张荫南，2013.《福尔摩斯新探案大全集》序[M] // 任翔，高媛.中国侦探小说理论资料 1902—2011.北京：北京师范大学出版社：159.

章士钊（行严），1984.答荣挺公论译名[C] // 中国翻译者工作协会《翻译通讯》编辑部.翻译研究论文集（1894—1984）.北京：外语教学与研究出版社：36-38.

赵毅衡，1998.当说者被说的时候：比较叙述学导论[M].北京：中国人民大学出版社.

赵毅衡，2011.符号学：原理与推演[M].南京：南京大学出版社.

赵毅衡，2013.苦恼的叙述者[M].成都：四川文艺出版社.

郑伯奇，1979.关于文学大众化的问题[C] // 北京大学，等.中国现代文学史参考资料 文学运动史料选：2.上海：上海教育出版社：367-370.

郑克鲁，2006.外国文学史：上册[M].2版.北京：高等教育出版社.

郑逸梅，2002. 程小青和世界书局[M] // 朱孔芬，编选. 郑逸梅笔下的艺坛逸事. 上海：上海书画出版社：166–173.

郑振铎，1921. 译文学书的三个问题[J]. 小说月报（3）：1–25.

郑振铎，1924. 林琴南先生[J]. 小说月报（11）：1–12.

知新子（周桂笙），1904. 歇洛克复生侦探案·弁言[J]. 陶高能（柯南道尔）. 歇洛克复生侦探案. 新民丛报（7）：85–86.

志希，1919. 今日中国之小说界[J]. 新潮（1）：106–117.

中国社会科学院语言研究所词典编辑室，2005. 现代汉语词典[K]. 5版. 北京：商务印书馆.

中国现代文学馆，1986. 程小青文集[M]. 北京：中国文联出版公司.

中华书局编辑部，2012. 中华书局百年总书目　1912—2011[M]. 北京：中华书局.

周瘦鹃，1928. 胡适之先生谈片[N]. 上海画报，1928-10-27（2）.

周煦良，1979. 前言[Z] // 纳珊. 珍妮的肖像. 周煦良，译. 南京：江苏人民出版社.

周旋久，2013. 近代诗人、博物学家蔡守（资料小集）[EB/OL]. （2013-07-07）[2015-01-15]. http://www.douban.com/note/286839546/?type=like.

周作人，2009. 谈翻译[C] // 罗新璋，陈应年. 翻译论集. 北京：商务印书馆：540–544.

朱戢，2013. 我之侦探小说杂评[C] // 任翔，高媛. 中国侦探小说理论资料（1902—2011）. 北京：北京师范大学出版社：59–60.

朱洪，2007. 刘半农传[M]. 北京：东方出版社.

朱佩弦，1919. 译名[J]. 新中国（7）：95–118.

邹代钧，1986. 邹代钧　一百五通[M] // 上海图书馆. 汪康年师友书札. 上海：上海古籍出版社：2631–2816.

邹韧，2013. 山东友谊出版社：转型中焕发活力[N]. 中国新闻出版报，2013-11-07（006）.

樽本照雄，2002. 新编增补清末民初小说目录[M]. 贺伟，译. 济南：齐鲁书社.

［作者不详］，1896. 英国包探访喀迭医生案[J]. 张坤德，译. 时务报（1）：22–

25.

［作者不详］, 1916. 凡例[Z] // 柯南道尔. 福尔摩斯侦探案全集: 12册. 刘半农, 等译. 上海: 中华书局: 1-2.

［作者不详］, 1947. 福尔摩斯在苏联的厄运[J]. 斯同, 译. 宇宙文摘（9）: 33-34.

［作者不详］, 1982. 刹住滥出外国惊险推理小说风[J]. 文艺情况（8）: 7-8.

英文文献

APPIAH K A, 2000. Thick Translation [C]. LAWRENCE VENUTI. *The Translation Studies Reader*. London & New York: Routledge: 417-429.

BAKER M, 2014. Translation as Re-narration [C]. JULIANE HOUSE. *Translation: A Multidisciplinary Approach*. Basingstoke: Palgrave Macmillan.

BASSNETT S, 1996. The Meek or the Mighty: Reappraising the Role of the Translator [C]. ROMAN ÁLVAREZ RODRIGUEZ, M CARMEN ÁFRICA. *Translation, Subversion, Power*. Clevedon, Bristol, Adelaide: Multilingual Matters Ltd.: 10-24.

BOASE-B, JEAN, 2014. *Stylistic Approaches to Translation* [M]. London and New York: Routledge.

BRANTLINGER P, WILLIAM B T, 2002. *A Companion to the Victorian Novel* [M]. Malden: Blackwell Publishers Ltd.

BEUTIN W, et al., 1993. *A History of German Literature From the Beginnings to the Present Day* [M]. 4th ed. trans. CALRE KROJZL. London and New York: Routledge.

BORGES J L, 1998. Death and the Compass [C]. JORGE LUIS BORGES. *Collected Fictions*. trans. ANDREW HURLEY. Harmondsworth: Penguin.

CARTER R, JOHN McRae, 1997. *The Routledge History of Literature in English Britain and Ireland* [M]. London and New York: Routledge.

CATFORD J C, 1965. *A Linguistic Theory of Translation: An Essay in Applied Linguistics* [M]. Oxford: Oxford University Press.

CHRISTIE A, 1946. *Mezopotamya Cinayeti* [Z]. trans. I T KARAMAHMUT. Istanbul:

Türkiye Yayınevi.

COWARD D, 2002. *A History of French Literature From* Chanson de Geste *to Cinema* [M]. Malden, Oxford & Carlton: Blackwell Publishing Ltd.

CUDDEN J A, 1999. *A Dictionary of Literary Terms and Literary Theory* [Z]. London and New York.

DELISLE J, WOODSWORTH J, 2012. *Translators Through History* [M]. Amsterdam/ Philadelphia: John Benjamins Publishing Company.

DICKENS C, 1989. *A Tale of Two Cities* [Z]. London, Penguin Books.

DOBSON W A C H, 1963. *Mencius: a New Translation Arranged and Annotated for the General Reader* [Z]. London: Oxford University Press.

DOYLE A C, 2012. *Memories and Adventures* [M]. New York: Cambridge University Press.

DOYLE A C, 1930. *The Complete Sherlock Holmes* [Z]. New York: Doubleday/Penguin Books.

DRYDEN J, 1992. On Translation [C]. RAINER SCHULTE, JOHN BIGUENET. *Theories of Translation: An Anthology of Essays from Dryden to Derrida*. Chicago & London: The University of Chicago Press: 17-31.

ELIOT T S, 2014. *The Complete Plays of T. S. Eliot* [Z]. New York: Harcourt, Brace & World, Inc.

FONER E, 1988. *Reconstruction: America's Unfinished Revolution 1863-1877* [M]. London: Harper Collins.

FORSHAW B, 2007. *The Rough Guide to Crime Fiction* [M]. London: Rough Guides.

GENETTE G, 1997. *Paratexts: Thresholds of Interpretation* [M]. trans. JANE E LEWIN. Cambridge: Cambridge University Press.

GRAY R, 2012. *A History of American Literature* [M]. 2nd ed. Chichester: Wiley-Blackwell.

GRELLA G, 1970. Murder and Manners: The Formal Detective Novel [J]. *NOVEL: A Forum on Fiction* (1): 30-48.

GUTT E-A, 2014. *Translation and Relevance: Cognition and Context* [M]. Abindon & New York: Routledge.

HAN J, 2005. On Annotation in Translation [C]. EVA HUNG. *Translation and Cultural Change: Studies in history, norms and image-projection*. Amsterdam/ Philadelphia: John Benamins Publishing Company: 183-190.

HANAN P, 1967. The Early Chinese Short Story: A Critical Theory in Outline [J]. *Harvard Journal of Asiatic Studies* (27): 168-207.

HATIM B, MUNDAY J, 2004. *Translation: An Advanced Resource Book* [M]. London and New York: Routledge.

HAYCRAFT H, 1941. *Murder for Pleasure: The Life and Times of the Detective Story* [M]. New York & London: D. Appleton-Century Company.

HERVEY S G J, HIGGINS I, 1991. *Thinking Translation: A Course in Translation Method, French-English* [M]. London and New York: Routledge.

HIGHAM C, 1978. *The Adventures of Conan Doyle: The Life of the Creator of Sherlock Holmes* [M]. New York: Pocket Books.

HITCHENS C. 2003. *Unacknowledged Legislation: Writers in the Public Sphere* [M]. New York: Verso.

ISKIT S R, 1939. *Türkiye'de Neşriyat Hareketleri* [M]. Istanbul: Delvet Basımevi.

JAKOBSON R, 1992. On Linguistic Aspects of Translation [C] // RAINER SCHULTE, JOHN BIGUENET. *Theories of Translation: an Anthology of Essays from Dryden to Derrida*. Chicago: University of Chicago Press.

KELLEGHAN F, 2001. *100 Masters of Mystery and Detective Fiction* [M]. Pasadena & Hackensack: Salem Press, Inc.

KNIGHT S, 2004. *Crime Fiction, 1800-2000: Detection, Death, Diversity* [M]. New York: Palgrave Macmillan.

KUNG S-W, 2013. Paratext, an Alternative in Boundary Crossing: A Complementary Approach to Translation Analysis [C]. VALERIE PELLATT. *Text, Extratext, Metatext and Paratext in Translation*. Newcastle upon Tyne: Cambridge Scholars: 49-68.

KUSSMAUL P, 1995. *Training the Translator* [M]. Amsterdam/ Philadelphia: John Benjamins Publishing House.

LEECH G, SHORT M, 2007. *Style in Fiction: A Linguistic Introduction to English Fictional Prose* [M]. 2nd ed. Harlow: Pearson Education Limited.

LEFEVERE A, BASSNETT S, 1998. Introduction: Where are we in Translation Studies? [C] // ANDRE LEFEVERE, SUSAN BASSNETT. *Constructing Cultures: Essays on Literary Translation*. Clevedon/ Bristol/ Toronto/ Artamon/ Johannesburg: Multilingual Matters.

LEFEVERE A, 2006. *Translating Literature: Practice and Theory in a Comparative Literature Context* [M]. Beijing: Foreign Language Teaching and Research Press.

LEVY J, 2011. *The Art of Translation* [M]. trans. PATRICK CORNESS. Amsterdam/ Philadelphia: John Benjamins Publishing Co.

LUO X, 2009. *Ideology and Literary Translation: A Brief Discussion on Liang Qi-chao's Translation Practice* [C]. LUO XUANMIN, HE YUANJIAN. *Translating China*. Bristol, Buffalo and Toronto: Multilingual Matters: 124-134.

MANNING S, et al., 2007. *The Edinburgh History of Scottish Literature Volume 2 Enlightenment, Britain and Empire (1707-1918)*. Edinburgh: Edinburgh University Press.

MATTIELLO E, 2009. Difficulty of Slang Translation [C]. ASHLEY CHANTLER, CARLA DENTE. *Translation Practices Through Language to Culture*. Amsterdam: Rodopi: 65-84.

MORLEY C, 1990. *The Standard Doyle Company: Christopher Morley on Sherlock Holmes* [M]. New York: Fordham University Press.

MORRISON A, 1896. *Chronicles of Martin Hewitt* [Z]. New York: D. Appleton and Company.

MUNDAY J, 2014. *Text Analysis and Translation* [C]. SANDRA BERMANN, CATHERINE PORTER. *A Companion to Translation Studies*. Chichester: Wiley Blackwell: 69-81.

NEUBURG V E, 2013. *Popular Literature: A History and Guide From the Beginning of Printing to the Year 1897* [M]. London and New York: Routledge.

NEWMARK P, 1991. *About Translation* [M]. Clevedon: Multilingual Matters.

NEWMARK P, 2001. *A Textbook of Translation* [M]. Shanghai: Shanghai Foreign Language Education Press.

NEWMARK P, 1998. *More Paragraphs on Translation* [M]. Clevedon: Multilingual Matters.

NORD C, 1991. *Text Analysis in Translation. Theory, Methodology and Didactic Application of a Model for Translation-oriented Text Analysis* [M]. Amsterdam and Atlanta: Rodopi.

HENRY O, 1913. *The Rubaiyat of a Scotch Highball* [C] // O HENRY. *The Trimmed Lamp*. New York: Doubleday, Page & Co.: 32-41.

PASCAL J B, 2000. *Arthur Conan Doyle-Beyond the Baker Street* [M]. New York & Oxford: Oxford University Press.

PAUL R S, 1991. *Whatever Happened to Sherlock Holmes: Detective Fiction, Popular Theology, and Society* [M]. Carbondale and Edwardsville: Southern Illinois University Press.

PECK J, MARTIN C, 2002. *A Brief History of English Literature* [M]. Basingstoke & New York: Palgrave Macmillan.

PRIESTMAN M, 2003. *The Cambridge Companion to Crime Fiction* [M]. Cambridge, New York: Cambridge University Press.

PYM A, 1998. *Method in Translation History* [M]. Manchester: St. Jerome.

SCHLEIERMACHER F, 1997. On the Different Methods of Translation [C]. DOUGLAS ROBINSON. *Western Translation Theory from Herodotus to Nietsche*. Manchester: St. Jerome Publishing: 225-238.

SORNIG C, 1981. *Lexical Innovation: A Study of Slang, Colloquialism and Causal Speech* [M]. Amsterdam: Benjamins.

ROBINSON D, 1998. Pseudotranslation [C] // MONA BAKER. *Routledge*

Encyclopeadia of Translation Studies. London and New York: Routledge: 183-185.

SIEFRING J, 2004. *Oxford Dictionary of Idioms* [Z]. 2nd ed. Oxford: Oxford University Press.

SYMONS J, 1992. *Bloody Murder: From the Detective Story to the Crime Novel* [M]. 3rd rev. ed. New York: Mysterious Press.

TAHIR-GURCAGLAR Ş, 2008. Sherlock Holmes in the Interculture: Pseudotranslation and Anonymity in Turkish Literature [C] // ANTHONY PYM, et al. *Beyond Descriptive Translation Studies: Investigations in Homage to Gideon Toury*. Amsterdam/ Philadelphia: John Benjamins Publishing Company: 133-152.

THHIR-GURCAGLAR Ş, 2002. What Texts Don't Tell: The Uses of Paratexts in Translation Research [C] // THEO HERMANS. *Crosscultural Transgressions: Research Models in Translation Studies II: Historical and Ideological Issues*. Manchester: St. Jerome Publishing: 44-60.

THACKERAY W M, 2003. *Vanity Fair* [Z]. New York: Barnes & Noble Classics.

THE EDITORS OF ENCYCLOPAEDIA BRITANNICA, 2015. Popular art [Z/OL]. (unknown) [2015-5-6] http://global.britannica.com/EBchecked/topic/470196/popular-art

THOMAS R R, 2001. Detection in the Victorian Novel [C] // DEIRDRE DAVID. *The Cambridge Companion to the Victorian Novel*. Cambridge: Cambridge University Press: 169-191.

TOURY G, 2001. *Descriptive Translation Studies and Beyond* [M]. Shanghai: Shanghai Foreign Language Education Press.

VAN DEN BROECK R, 2014. Second Thoughts on Translation Criticism [C] // THEO HERMANS. *The Manipulation of Literature: Studies in Literary Translation*. Abindon: Routledge.

WAGNER H-P, 2003. *A History of British, Irish and American Literature* [M]. Berlin: Wissenschaftlicher Verlag.

YUAN J, 2008. The Influence of Translated Fiction on Chinese Romantic Fiction [C] //

DAVID POLLARD. *Translation and Creation: Readings of Western Literature in Early Modern China. 1840-1918*. Amsterdam/ Philadelphia: Johns Benjamins Publishing House: 283-302.

日文文献

樽本照雄, 2006. 漢訳ホームズ論集 [M]. 東京：汲古书院.（樽本照雄. 福尔摩斯汉译论集 [M]. 东京：汲古书院, 2006.）

中村忠行, 1978—1980.『清末探偵小説史稿』,《清末小説研究》第2-4号, 1978. 10.31—1980. 12.1 所収.（中村忠行. 清末探偵小说史稿（一）/（二）/（三·完）[J]. 清末小说研究, 1978（2）/1979（3）/1980（4）：9-42（121-154）/10-60（236-286）/10-66（372-428）.）

德文文献

VERMEER H J, 1972. *Allgemeine Sprachwissenschaft. Eine Einführung* [M]. Freiburg: Rombach.

希伯来语文献

EVEN-ZOHAR I, 1975. Decisions in Translating Poetry: Baudelaire's *Spleen* in Hebrew Translation of Lea Goldberg [J]. *Ha-sifrut/Literature*, (21): 32-45 (Hebrew; English summary: ii).

附录：译本正误

1. 本书对中国最早译介的侦探小说进行了确认。徐萍将《英包探勘盗密约案》视为"中国第一篇翻译侦探小说"[1]，可商榷。《百年中国侦探小说精选1：江南燕》中任翔作序称："1896年，《时务报》刊发了由张坤德翻译的柯南·道尔的侦探小说《歇洛克呵尔唔斯笔记》，这是中国最早引入的侦探小说。"[2]这里的《歇洛克呵尔唔斯笔记》系指《英包探勘盗密约案》《记伛者复仇事》。该说法同中村忠行在《清末探侦小说史稿》（《清末小说研究》杂志刊载）里提出的观点相抵牾，笔者更认同中村忠行视《英国包探访喀迭医生案》为率先译介的侦探小说的提法，因民国亦有大量纪实侦探作品刊载。[3]

2. 本书对首次译介的福尔摩斯探案作品进行了确认。程小青认为，《新民丛报》（1902年2月梁启超创刊于横滨，1907年11月停刊）上丰维裕翻译的福尔摩斯探案系最早的侦探小说译介，有误。[4]孔庆东提及"第一部《福尔摩斯探案》登在晚清《新小说》杂志的第一期"，该说法有误。[5]笔者确认，首次译介的福尔摩斯探案作品是《时务报》1896年刊载的《英包探勘盗密约案》。[6]

3. 《福尔摩斯探案故事在清末民初的译介》（孔慧怡为《还以背景，还以

---

1 参见：徐萍. 从晚清至民初：媒介环境中的文学变革[D]. 济南：山东师范大学，2011：71.
2 任翔. 序言[Z]. 程小青. 百年中国侦探小说精选1：江南燕. 北京：北京师范大学出版社，2012：1.
3 参见本书第二章第一节。
4 参见：程小青. 论侦探小说[J]. 新侦探，1946（1）：4.
5 参见：孔庆东. 早期中国侦探小说简论[J]. 啄木鸟，2013（12）：167.
6 参见本书第二章第一节。

公道——论清末民初英语侦探小说中译》[1]所做附录）影响广泛，但存在缺漏和
不实。试做修订如下：《案中案》另有1913年第5期和1904年第2期两个刊本，情
节无增减，但书中人名不同。警察学生译《续包探案》（也称《续译华生包探
案》）中，"跋海渺王照相片"为"跋海森王照相片"之误；"3K党橘核案"
为"三K字五橘核案"之误；"伪乞丐"应为"伪乞丐案"。该小说集的初版时
间应为1902年12月。《红发会奇案》的译者中，郑健人为口述，陶报癖为笔译。
《包探案》（也称《新译包探案》）标注为"张坤德/丁杨杜"有误。1899年，上
海素隐书局将1896年《时务报》第1期刊载的《英国包探访喀迭医生案》（该篇
在《时务报》刊载时未署名）同《时务报》上刊载的四篇福尔摩斯探案故事（张
坤德译）结集，名为《包探案》（也称《新译包探案》），同《茶花女遗事》合
刊。结集时五篇故事的译者均署"丁杨杜译"。丁实为文明书局发行人，应将其
排除在福尔摩斯的译者之外。短篇译文《鹅嗉宝石》为《鹅膆宝石》之误。常
觉、小蝶译文《毒带》及《小说月报》第7卷第11号袁若庸翻译的《毒带》系道
尔的科学小说，非福尔摩斯探案小说，不应列入。《福尔摩斯侦探案全集》译者
队伍中严独鹤与天侔并非一人，将其标注为"严独鹤/天侔"有误。严天侔系严独
鹤家族兄弟，中华书局编辑。严独鹤在1916年全集中翻译了《失马得马》《窗中
人面》《佣书受绐》《孤舟浩劫》《窟中秘宝》《午夜枪声》《客邸病夫》《悬
崖撒手》8案；严天侔翻译了《绛市重苏》《火中秘计》《荒村轮影》3案。针对
"The Adventure of the Cardboard Box"一案所做的注释，"Memoris of Sherlock
Homes初版没有收录此篇"，"Memoris"为"Memoirs"之误。"麦斯夸夫典礼
案"为"墨斯格力夫礼典案"之误。"却尔登乘自转车案"为"却令敦乘自转车
案"之误。"显原蹄迹"应为"隰原蹄迹"。"亚特克焚尸案"为"约拿哑特克
之焚尸案"之误。"Prince-nez"系"Pince-nez"之误。马汝贤1906年翻译的《黄
金骨》和《华尔金刚赞》同为一书，不应单列。《黄金骨》标为"华尔金刚石，
福尔摩斯侦探案"[2]。在标为"出处不详"（"original unidentified"）的福尔摩斯

1　孔慧怡. 还以背景，还以公道——论清末民初英语侦探小说中译[J]. 通俗文学评
论，1996（4）：24-36.
2　常大利. 世界侦探小说漫谈[M]. 北京：知识产权出版社，2014：51.

探案小说中，经查甘作霖译《福尔摩斯侦探案》为《单身女士失踪案》。水心、仪鄌译《潜艇图》为《新型潜艇图纸案》。出处不详名单之中，《秘密党》应为《恐怖谷》一案；《深浅印》《黄金骨》为伪福尔摩斯探案作品，可参见樽本照雄《福尔摩斯汉译论集》一书附录。

4. 《中国20世纪外国文学翻译史》称："1899年，福州素隐书屋将柯南·道尔的《华生包探案》和《巴黎茶花女遗事》合刊出版。"[1]小说史也有类似表达。[2]其实，《华生包探案》1906年由商务印书馆刊行。此处指的应该是《新译包探案》（也称《包探案》）[3]。其错误源头在林纾和魏易合译的《歇洛克奇案开场》，其前言中林纾称："当日汪穰卿舍人为余刊《茶花女遗事》，即附入《华生包探案》，风行一时。"笔者认为，正确的表述为："即将《巴黎茶花女遗事》、《新译包探案》、《长生术》三种合印发售。"[4]

5. 本书更正了7部作品的首译信息。《红圈会》（1981）的最早译文发表在《繁华杂志》第5期和第6期（1915年1月—2月，题名也叫《红圈会》），整体早于《小说丛报》1915年第8期发表的《红圈党》（1915年2月8日）。《失踪的中卫》（1981）首译并非《荒村轮影》（严天侔译，1916，中华书局）；《格兰其庄园》首译并非《情天决死》（常觉、天虚我生译，1916，中华书局）；《第二块血迹》首译并非《掌中倩影》（常觉、天虚我生，1916，中华书局），三者首译为小说林社出版的《福尔摩斯再生后之探案第十一、十二、十三》，分别对应的译名为《役犬案》《马显镇杀人案》《密札案》，1907年出版。以上信息更正了新星图注本全集中有关福尔摩斯首译的失误。另外，新星图注本（2011）全集称《最后致意》（1981）的最早译文是《为祖国》，程小青译，1926年世界书局在《福尔摩斯探案大全集》（第8册）中出版。最早的版本应为1919年5月1日出版的《欧美名家侦探小说大观　第一集》中的《岩屋破奸》，周瘦鹃等合译（第一

1　查明建，谢天振. 中国20世纪外国文学翻译史[M]. 武汉：湖北教育出版社，2007：34.

2　参见：陈平原. 小说史：理论与实践[M]. 北京：北京大学出版社，1993：236.

3　参见：刘臻. 真实的幻境：解码福尔摩斯[M]. 天津：百花文艺出版社，2011：174.

4　参见：潘建国. 古代小说文献丛考[M]. 北京：中华书局，2006：210.

集写明"周瘦鹃、程小青等编译");《威斯特里亚寓所》（1981）首译为《黄眉虎》，周瘦鹃等译，收录于1919年上海交通图书馆出版的《欧美名家侦探小说大观》（第一册），《威斯特里亚寓所》的首译并非新星全集所称的《专制魔王》（《福尔摩斯探案大全集》第八册，程小青译）；《三个同姓人》（1981）首译确为《利诱记》，周瘦鹃译，但系1925年《半月》第5期的译文，早于新星全集所称的《福尔摩斯新探案全集》（1926）作品。另外，确认了《壁上血书》即《血字的研究》，也系早期译本，弥补了相关研究的疏漏。

6. 本书订正了部分"福尔摩斯""华生"译名首次出现的错误说法。称"福州素隐书屋"（实际在上海）出版了林纾译的《华生包探案》，并在此率先用闽音译为"福尔摩斯"，有误。[1]林纾只翻译了一部福尔摩斯探案作品《歇洛克奇案开场》，在该篇中确实使用了"歇洛克·福尔摩斯"的译法，但最早使用"福尔摩斯"译名是在1903年警察学生译的《续包探案》七篇故事中。"华生"译名则出现在更早的1901年，见于黄鼎和张在新合译的《泰西说部丛书之一》。该错误见于《晚清民国人物另类档案》[2]。另外，《民国书刊鉴藏录续集》中提出民国最早的"福尔摩斯探案"小说出版于1906年，也有误。[3]蓝玛《笔外余墨——关于侦探小说的随想》一文提及"福尔摩斯'引入'中国似乎在20世纪20年代或者更早一些"[4]也是类似的错误。

7. 郭延礼《中西文化碰撞与近代文学》提出还有几篇不大为学界论及的福尔摩斯探案作品，笔者对此做了考察。陈家麟译（译者中还应有陈大灯）的《博徒别传》（1908年商务印书馆刊），系柯南·道尔的作品《劳特耐·斯吞》（*Rodney Stone*，1896），非福尔摩斯探案。西泠悟痴生译的《三捕爱姆生》（1908年集成图书公司刊），故事情节如下："福尔摩斯屡破巨案，结下不少仇人，致使华生被爱姆生贼党劫持。福尔摩斯投鼠忌器，和女贼爱姆生之间进行三次艰难的较量，爱姆生在被捕前跳水自尽。"[5]尽管出版时题为《三捕爱姆生巨

1　参见：苏文.晚清民国人物另类档案[M].北京：中华书局，2006：17.
2　同上。
3　参见：沈文冲.民国书刊鉴藏录续集[M].上海：上海远东出版社，2010：402.
4　蓝玛.笔外余墨——关于侦探小说的随想[J].金盾，1996（7）：38.
5　阚文文.晚清报刊上的翻译小说[M].济南：齐鲁书社，2013：281.

案》（福尔摩斯再生后之探案续出），实系伪作。另有常觉、小蝶译的《毒带》
（1916年《春生》本），系柯南道尔的科学小说，不应列为福尔摩斯探案作品。
2000年对外经济贸易大学出版社仍将该篇列入"福尔摩斯探案故事丛书"，可谓
以讹传讹。

8. 《刘半农传》认为《福尔摩斯大失败》系"《福尔摩斯侦探案全集》的一
部分"[1]，此说有误，因为《福尔摩斯大失败》实为仿作。另外，《福尔摩斯大失
败》也并非10人"合译"，而是刘半农一人创作的"滑稽小说"。

9. 袁荻涌《二十世纪初期中外文学关系研究》收录的《蛇女士传》《洪
荒鸟兽记》《围炉琐谈》[2]，均非福尔摩斯探案作品。《蛇女士传》是柯南·道
尔表现英国当代生活的小说《城市之外》（*Beyond the City*，1892），由林纾和
魏易合译。《洪荒鸟兽记》是柯南·道尔写的科幻小说《失落的世界》（*The
Lost World*，1912）。《围炉琐谈》翻译自柯南道尔的短篇小说集*Round the Fire
Stories*，共17篇，商务印书馆1917年12月初版。

10. 1916年全集译者中的天侔为严天侔，中华书局1916年全集第九册第
三十六案《荒村轮影》即标注为"桐乡严天侔译"。另一说为许天侔，该说法有
误。[3]

11. 1927年，程小青又用白话文全部重译，名为《福尔摩斯探案大全集》，
世界书局出版。这是第一个白话版全集，收短篇50篇，长篇4部。还有1930年推
出该全集一说。[4]从作品的选译来看，应是同一部全集。出版时间应为1927年，全

1 朱洪. 刘半农传[M]. 北京：东方出版社，2007：19.
2 参见：袁荻涌. 二十世纪初期中外文学关系研究[M]. 北京：中国文史出版社，
　2002：106.
3 参见：臧杰，薛原. 闲话（之七）半世浮沉[M]. 青岛：青岛出版社，2009：122.
4 参见：孔庆东. 早期中国侦探小说简论[J]. 啄木鸟，2013（12）：167；徐迺翔. 中
　国现代文学词典（小说卷）[K]. 南宁：广西人民出版社，1989：219；郑逸梅. 程
　小青和世界书局. 郑逸梅著，朱孔芬编选. 郑逸梅笔下的艺坛逸事. 上海：上海书
　画出版社，2002：170；中国现代文学馆. 程小青文集[M]. 北京：中国文联出版公
　司，1986：352.

集的名字为《标点白话福尔摩斯探案大全集》。[1]1934年又以《福尔摩斯探案全集（上、下）》的形式再版。该重排版收录了全部56部短篇和4部长篇。此版仅由程小青补译了1927年2月剩余的6部短篇，是真正意义上的全集。1941年，8册《福尔摩斯探案大全集》由世界书局出版，称该全集是真正意义上的全集的说法不正确。[2]

1　"13册，1—2册为《冒险史》，3—4册为《回忆录》，5—6册为《归来记》，7—8册为《新探案》，9册为《血字研究》，10册为《四签名》，11册为《古邸之怪》（《巴斯克维尔的猎犬》），12册为《恐怖谷》，13册为插图集。"参见：ellry. 福尔摩斯在中国（1896—2006）（1）[EB/OL].（2007-02-07）[2015-07-30]. http://blog.sina.com.cn/s/blog_566947dd010007gn.html. 樽本照雄的《新编增补清末民初小说目录》没有提到1930年有新的福尔摩斯译本。见：樽本照雄. 新编增补清末民初小说目录[M]. 贺伟，译. 济南：齐鲁书社，2002：168。上海图书馆、首都图书馆收藏有1927年2月出版的全集，开元知海（calis）标注出版时间为1926年。《近代侦探小说作家程小青研究》同时提及了1930年全集和1927年全集两种说法。参见：姜维枫. 近代侦探小说作家程小青研究[M]. 北京：中国社会科学出版社，2007：74，246。1930年3版实为1927年2月版再版。参见：http://y2myeah.lofter.com/post/1cc7097b_7cde5ba?act=qbbloglofter_20150506_01（2015-01-05）。

2　错误参见：刘臻. 真实的幻境：解码福尔摩斯[M]. 天津：百花文艺出版社，2011：176. 1927年《全集》还有6篇未译，分别是《三角墙山庄》《皮肤变白的军人》《狮鬃毛》《退休的颜料商》《带面纱的房客》《肖斯科姆别墅》。程小青补译篇名分别为《三角屋》《白脸兵士》《狮鬣》《幕面客》《老屋中的秘密》《棋国手的故事》。曹利华的说法基本正确，"《福尔摩斯全集》……于1934年出了中文全译本"［曹利华. 译林版俞译本《福尔摩斯探案全集》的特色[J]. 中文，2009（1）：89］，但失之过简。

后 记

　　本书是在我博士论文的基础上修订而成。回首读博往事，有苦痛，也有巨大的收获。在种种艰辛背后，支撑我坚持下来的除了学术上的信念，还有来自四面八方的支持和鼓励。

　　学习方面，感谢导师曹明伦教授。在被慷慨允入四川大学的那一刻起，导师便成为我人生旅途上的指路明灯，他那严谨的学术作风和独到的学术见解融于幽默的谈吐之中，儒雅风范令人景仰。本书从发端到终稿得到了曹明伦教授的悉心指点，师母叶英教授多次鼓励、支持我，论文因之得以完成。

　　感谢母校四川大学的培养。感谢外国语学院段峰院长、敖凡教授、任文教授、金学勤博士，他们提出的中肯意见使我的思路更加明晰。感谢外国语学院及文学和新闻学院的任课教师，他们的教学为我的英语语言文学研究打下了基础，开阔了我的学术视野。感谢学院研究生办公室的陈东、韦足梅老师，他们细致入微的工作让我感到家的温暖。

　　我还要感谢方仪力、万江松、安芳三位同学，和他们在一起的每次讨论都能使我收获满满；感谢师兄焦鹏帅博士的经验分享，感谢山东政法学院颜海峰老师帮我查找文献，感谢宗教研究所于飞、曹辉林博士在我求学期间的友情陪伴和鼓励。

　　工作方面，大连大学英语学院高巍院长、王善江副院长在我求学的道路上给予诸多便利；人事处曹盈处长、谢铁山副处长积极支持我，他们的工作使我少了许多后顾之忧，在此一并表示感谢。

　　生活方面，我要感谢爱人刘颖对家务的分担，感谢孩子班贺带给我的喜悦和触发，他们永远是我内心的港湾、精神的归宿。

最后，我还要感谢为我引荐导师的王立先生、语言学方面答疑解惑的李青博士、生活和学习上多有叨扰的师门兄弟姐妹、各位帮助过我的同学和校友，他们是段自力、焦鹏帅、范先明、杨司桂、贺桂华、李霞、吴术驰、王军、周勇、周永涛、马冬梅、陈雪梅、方小莉、胡晓军、李长亭、王恩科、刘利刚、刘臻龙……

博士论文答辩过程中，段峰、任文、石坚、金学勤、罗列五位教授提出了宝贵而又中肯的意见，我已在本书中进行了修改。

本书得到国家留学基金委资助。本人受国家留学基金委的资助，到加拿大渥太华大学访学。本书的大部分修订工作是在渥大完成的。

本书由大连市人民政府资助出版。

班　柏

初稿毕于渥太华大学

终稿毕于大连大学

2019年3月